文
景

Horizon

社 科 新 知　文 艺 新 潮

罗念生 著

从芙蓉城
到希腊

上海人民出版社

编者说明

　　本书收录的是罗念生先生已刊或未刊的散文、诗歌以及书信等。其中《芙蓉城》曾于1943年由西南图书供应社印行,《希腊漫话》曾于1943年由中国文化服务分社印行,1988年生活·读书·新知三联书店再版,《龙涎》则曾于1936年由上海时代图书公司刊行,是罗先生早年创作的诗歌集。

　　罗先生与诗人朱湘情谊甚笃,朱湘的突然离世成为他永远的遗憾。罗先生曾撰写过多篇文章,推崇朱湘的文学造诣,怀念这位富有才情的莫逆之交。1985年,罗先生与罗皑岚、柳无忌一起合著《二罗一柳忆朱湘》,寄托思念之情。本卷予以收入,并搜集了罗先生早年纪念朱湘的文字,合编为"关于朱湘"。

　　此外,本卷还收集了罗先生未曾结集的诗歌、杂文多篇。在新版编辑过程中,杨新宇、吴心海等老师给予了莫大支持,提供了多篇难于搜集的重要文章;罗宏才老师提供了罗先生早年在西安进行考古发掘时写就的《莲湖公园发掘记》手稿复印件,在此特表谢忱。

　　最后,本卷收入了罗先生的书信157通,新增写给孙大雨、彭燕郊、卢剑波、杨德豫、田仲济、王焕生、孙琴安等多位学者的书信。罗老治学之严谨,为人之热忱跃然纸上,感人至深。

《罗念生全集》编辑委员会

卷　目

目　　次

芙蓉城

希腊漫话

龙　涎

关于朱湘

散　篇

从芙蓉城到希腊

目
次

书　信

从芙蓉城到希腊

目
次

芙蓉城

芙蓉城

燕京城像一个武士，虽是极尽雄壮与尊严，但不免有几分粗鲁与呆板；芙蓉城像一个文人，说不尽的温文，数不完的雅趣。芙蓉城的地基相传是西王母大发慈悲，用香灰在水面炼成的：城中从来不敲五更，因为敲了便会沉没；不信，掘地三尺便可见水，好像历城一样，到处都是水源。这城在一个高原的盆地中央，四周环绕着"翁郁千山峰"。西望灌县的雪岭犹如在瑞士望阿尔卑斯山的雪影一般光洁。春天来时，山上的积雪融化了，洪水暴发，流过一个极大的灌口；那儿筑着一道长堤，防范这水泛滥。这堤比黄河的堤防还更坚实，还更紧要，特派一员县令治理；倘若疏心一点，那座城池顷刻就会变作汪洋。口内的水力比起奈阿加拉瀑布的还要强：磨成水电，全省可以不烧柴炭。从这灌口分出几十支河流，网状般会萃在岷沱二江，芙蓉城就在这群水的中央。谷雨时节，堤边开放一道水门，让清亮的雪水流下盆地给农家灌溉。这些农田多是方方块块的，有古井田的遗风，也就像我们顶新派诗人底"整齐主义"一样美。这儿的土壤很肥沃，一年计有三次收获；今天割了麦，明天便插秧，眼前黄金变成翡翠。这儿也许冷，但冷得不让结冰；也许吹风，但不准沙石飞扬；也许有尘埃，但不致污秽你的美容；这儿云多，云多是这儿的光彩："锦屏云起易成霞"，所以南边的邻省叫做"云南"。

"蜀先人肇自人皇"，在很古时代，就有人想到西方的"古天府"；但那时无路可通，"秦开蜀道置金牛"，才辟了一条"金牛道"。后来发见了西方有灵气，"大耳儿"据了芙蓉城南面称尊：至今少城内还遗存一座金銮宝殿，恍惚京师的太和殿一般庄严华丽。不久，又有一位风流皇帝在马嵬驿抛了爱妃，逃到"天回镇"：他望见那儿有一团异氛，忙命太子返旗兴师；自己却跑到芙蓉城乐享天年。如今改朝换代，还有人觉得那山川险峻，可攻可守：所以我们的国父戎机不顺时，想进去闭关休养；那位长胜将军"匹马单刀白帝城"，也逗留在那边疆上，一心想进驻蓉城。

芙蓉城对穿九里半，周绕四十里。从孟旭开端，城上遍植芙蓉，硕美鲜丽，"二十四城芙蓉花，锦官自昔称繁华"。中央有少城，也有一座煤山。西南角石牛寺旁有块"支机石"，高与人齐，略带青紫，相传是织女的布机堕下人间；还有一块尖锐的"天涯石"，生在宝光寺，象征远行人的壮志。城中古迹要数文翁兴学的"石室"，君平算命的卜肆，杨雄的"子云亭"和他钞太玄经的洗墨池。

西郊外可寻访相如的古琴台，在市桥西岸，也就是文君当炉涤器的地方。北门外可望凤凰山，满生着青蔚的梧桐。山旁有驷马桥，相如当日豪语道："不乘高车驷马，不过此桥。"附近有昭觉寺，寺大僧多，古柏苍翠。明代的"和尚天子"曾在那儿选高僧辅佐诸王，可知名器的隆重了。

东关外有望江楼，不亚于黄鹤楼那样举目空旷：前人有半边对子，缺少下联："望江楼，望江流，望江楼上望江流，江楼千古，江流千古"。旁边有一口古井，每个名士，每个游人都要取点井水来品尝：因为多才多色的薛涛的香魂潜没在井中，所以这水就名贵了。江上顶好要是端午的龙舟竞渡：名士，美人，观客，重重叠叠聚在江边；耳听火炮一响，龙舟鸣金击鼓奔向彩舫；忽然一只酒醉的水鸭从舫上飞下，群龙怎样奋勇也擒不住它。江水流到峨眉山麓，转变黑了，特产一种美味的墨鱼，相传是东坡洗砚台染黑了的。

南郊不远就到武侯祠。祠前有几抱大的古柏，传说是孔明亲手植的，恍惚像孔林的枯桧。这老柏有些灵怪，不逢盛世，不发青枝。祠内竹林修茂，气象森威；先帝的衣冠坟像一个山头，横斜着楠木几口。正殿上有付扁联："三分割据纡筹策，万古云霄一羽毛。"殿旁古式的草亭里存放着空城计弹用的古弦琴，亭周题满了名句，还记得几字："问先生所弹何调，居然退却十万雄兵？"想司马氏见了，当如何懊恼。到如今依然祭祀隆重，时有过客瞻拜；庙宇重修，正梁是千里外运来的一根"乌木"。

南门口有一道长拱的石桥，很像颐和园的十七洞桥。"万里桥西一草堂"，逆流西上，行过芦花小径，直通"草堂寺"。寺门很古雅，两旁题着"花径不曾缘客扫，蓬门今始为君开"，你见了也必心中荣幸，充满了无边的诗意。石砌上的苔痕，垣墙外的野草，虬干的古梅，清幽的竹径，都是杜公当年的诗料。堂前有一方很深的池塘，塘内养着许多鱼鳖，有的白鲤已长到"丈大丈长"。如果你抛下一块面饼，那些鱼会成团起来吞食，嘴皮伸到水面有茶碗样大，吞起东西来"通通"地响。一个暮春晚上，杜公在池畔吟诗未成，忽觉青蛙叫得烦腻，他用朱笔在蛙的头上点了一点，封它到十里外去唤"哥哥"：所以如今草堂寺的青蛙头上有一点红痣。逢到四月十九"浣花节"，你可邀约良朋，泛舟到草堂，摆一台"浣花宴"，醉酒赋诗，极尽雅人雅事。

出寺不远就到百花潭，又叫浣花溪：水涯竹木丛生，天然幽韵；这溪水用来濯锦，格外鲜明，薛涛曾取这水制造十色笺。"百花潭水即沧浪"，后人因爱慕这名句，在溪边的柏林里年年春天举办"花朝会"。全省的花卉宝器都送到那儿赛会，远近的人都爱到那儿观赏。城内的戏园，茶社，酒肆，商场，和音乐，武艺，球戏等娱乐都移到花会去。见天有成千成万的游客观花玩景：会场内笑声与管弦合奏，美色与名花争艳。妇女们更有别样的心事，进青羊宫道院去摸弄青羊，许下求嗣的心愿。你高兴可以到处游玩，有何首乌，有灵芝草，江安的竹器，精巧玲珑，峨山的"眉尖"，清甜适口。倦了，你踏进酒家酌饮几杯，别忘了当炉的美人。醉后，你醺醺地在十里花圃中息芳香，看美色，这艳福几生修到！

芙蓉，你的自然美妙，你的文艺精英，我还不曾描出万一。愿你永葆天真，永葆古趣，多发几片绿叶，多开几朵鲜花；别给楼高车快的文明将你污秽了，芙蓉！

自跋：我有几次乘驴到西山踏雪，那位驴夫从戎游过四川，他频频向我赞叹蜀中风景："喝，那才是真山真水啦！……呵唷唷！……先生，北京简直不成，……你瞧，那雪里的西山还不是那笨头笨脑的，一点儿也不秀气。……呵唷唷！……我这辈子再也别想进川了。……喝，那才是真山真水啦！……"这是驴夫随心吐出的诗话，我因想起蜀中的风物值得记述。昨晚梦归故乡，见几对鹭鸶在妩媚的江边觅食，心中莫名的高兴，起来便写就这文。

打　猎

　　刚才在校园内瞧见几只小兔，我正想去捕捉，身后转出一条老兔，我便乒乒乓乓放了三声口枪，惊得那老兔飞跑，还用尾下的白旂招引小兔，我追逐了一程，已不辨兔的去向，坐在草地上想念我的祖父：要是他在这儿，准请那野物去见灶王菩萨。这下面是他打猎的"龙门阵"：

　　说起我的公公，我先要祝福他。今年"古稀"进三了，不知还爱打枪么？记得有一年秋天，收获完毕后，他约了些亲友来围猎，有刘老师，余表叔，成哥哥和打靶极稳的刘四，我的娘顶厌恶打枪，她以为那样的伤生是不合天良的，时常诫我不可跟去，怕惹出什么意外，因此我每回跟去时，娘在家一刻也不放心，甚至还请土地菩萨来看管我。这回临睡时，娘再三叮咛，千万跟去不得。但睡到曙色初明，耳听唤狗的哨子一嘘，我便忘了母训，起来偷偷地跑了。

　　公公缠一块青丝帕，巾角垂在肩上；穿一件家织的毛蓝布长衫，衣角卷在腰上；白角的药带和铁砂包挂在腰间；鸟枪背在肩上，右手挽着一圈竹绒编的火绳。他的脸色是和善的；决不像我那天在圆明园里看见的捕鸟人那凶相。花狗在前面领路，每行一箭远近，它就撒些水在道旁，作记路的暗号，花狗长得很好，身段苗条，前腿开张，耳尖微微向下弯曲。顶灵敏是它的鼻官，能嗅出隔日的兽腥。我们大队人在晨光稀微里进发，有的还在打呵欠，忽然一阵晓风拂过，才清醒了一些。这日草木枯黄了，发出异样的野香；田坎上堆放些稻草，几对蟋蟀在草上爬寻。空中还不见飞鸟，只听猫头鹰在林内"呜呜"。我们经过几处农庄，短篱内透出犬吠与鸡鸣，勤苦的农夫负着犁头牵着牛出来了。我们行了几里路，走进一带平野，两边的山层层合抱，前面是重叠的高岗，清秀中透露着庄严。

公公在土里寻见了新鲜的兔屎，花狗儿忽然嗅得了热臊，——读老的阴平声，是野物经过留下的腥气，——尾巴向上挽圈，公公忙说是兔臊，叫大家分开守口子。说着说着那兔就惊了出来，花狗还没有看见，公公早放了一枪，大家以为是引脉走火，忽听狗叫，才知兔子真出堂了，——猎犬不见野物不会乱叫的。五六只狗死命追去将兔子擒回，放进网带里叫我背着。论功行赏喂了花狗一个生鸡蛋。大家都说这只兔来得太容易了，但都恭维罗二老爷手稳，回回见采。公公的枪法也实在高明，他会用双眼描准，枪尾随着野物移动，百发百中。

公公笑了笑说："算不得'啥子'，这匹山很多老兔，今天大家显一显身手，看那个的枪稳？"我同刘老师在斜坡底下截凸口，他们上山去了。守兔子要定一个目标，枪对正，兔子隔目的地几尺远就开火，它一射来正好碰在子弹上。我们等了许久不闻声响，刘老师道："等着空事"，叫我守在底下，他自己到右山打野鸡去了。但不久就听得"嘴儿，嘴儿，……兔儿下来啰！"我平日听说兔子衔着人骨会学死鬼"哇哇"地哭，并且，那家伙被人追逼了反会噬人。所以我这时吃惊不小，忙拾得几粒石子在手，念了一道咒："吾奉太上老君，急急如令敕"——这是打狗的咒，对野兔怕不生效力。兔儿前足太短下坡难，只见那家伙几滚几滚就下来了，一到底下反蹲在道上，张着尖细的耳朵四下探听。我手中的石子早打完了，没法，放声喊哭起来。兔儿听了，舍却下坡路，不慌不忙从乱草里横起逃了。公公赶下来忙问刘老师怎不开火，我哭着说："公公，兔儿咬人吗！我害怕！刘……刘老师那边打野鸡去啰。"公公听了有点生气，打发幺爷去喊刘老师回来好生守着口子。我因为害怕，舍了口子，紧跟着公公身边。四五条狗到处猖狂，连兔的去向也不明了。公公呼唤了很久，花狗才肯回来，那几条却跑到隔山去了。许是兔子刚才卖膘，花狗在原地尽转圈子，总拉不出去。等它理出了膘时，它的尾巴又挽的太圆，难道这狡兔还在这儿不成？只见狗的头颈往林里伸缩，一爪篷就把兔子按了出来，那兔隔它很近，它边叫边按，一连几下都扑个空，公公的枪指正了却不敢放——怕"投鼠忌器"。等兔子逃开了几丈，公公的枪力又达不到了。前面是刘四的口子，想来一定逃不脱，那知刘四的枪老是不响，许是这狡兔又卖了膘。花狗追了一整，逢着那四五条狗，一齐乱追乱闯，又迷失了方向。

翻第三堂可不容易，花狗急地发慌，随着那些狗乱冲，连热膘也理不走。公公才决计把那几条狗唤回，用火绳系着，让花狗独自去翻堂。它理着了膘，转了几个弯，跑到第二匹山上，公公才明白兔子过山了，打出几声"鸣哄"；于是满山都应着"鸣哄，鸣哄"，——这是换防的口令。走到那边山麓，狗尾越挽越圆。过了一根田坎，在田角上将兔子赶出，那兔发慌，跳进了水田里——这许是兔子第一回下水。狗也跟着下去，这时好打又不忍放枪，等它跳上岸，公公一火，打正了，但没有致命。一连翻到第五堂，兔子又带了两枪伤。最后跑到刘老师的口子上，他一响火，兔子应声倒地。一纵一擒，刘老师好将功掩过。后面的狗还远呢，他提起那足足三斤重的老兔子一看，全身是伤，他叹道吃不得了；但公公跑来说："费了蛮大的力气，将就带回去。"花狗这时气都喘不过来，周身一呼一吸地抽动，舌头红东东的露在口外。今天它头一次翻上了五堂膘，从此就出名了。

正在这些时候，有人瞧见崖边惊出了一只母鸡，幺爷带黄狗去试试，看雄子飞走了没有。黄狗得了臊，尾巴垂地笔直，忽然从附近的石崖里飞出一只雄鸡，幺爷一枪打偏了，公公的枪又不响，因为他刚才忘了上药。刘四才端正的放了一火，只见那鸡毛篷篷地一栽就落下，幺爷去检了回来，绿英英的羽毛还是尚好的，尾翎有尺来长。

跟着又围猎了两场，却一无所获。这时太阳当午，大家有些饿了。幺爷将他背着的干牛肉取出，和着冷饭粑吃。石崖下流着清亮的山泉，人和狗都饮了些。用过了午，抽的抽烟，打的打盹，花狗靠着公公，前足伸在地上，头放在足间。这时听到刘老师说："兔子跑到我的凸口，已经带伤过重，算不得我的功劳。"公公抢着说："功劳？就是因为你才闹到这时！咳，难重你存心累坏我的狗不成？"这边成哥哥在打趣我，他说："你真不中用，那有兔子会咬人，只有人会吃兔子的。你就是没有枪，闭着眼睛去捉也行。喜得好没有骇掉魂！不然，你妈又要怪……"我听了怪不好意思，一个人跑到山腰采了些野果和"救命糖"吃，还不觉饱。打枪第一要饿得，第二要等得，第三要跑得，三者缺一，就失掉了资格，我那时当然不够资格哟。

远处看牛匠高唱山歌，歌声越听越近，冲破了深山的静穆。他唱："幺姑儿今年十七八哟……柳得儿柳连柳！"他走来向我们说："郭幺爷后龙山上有根毛狗，时常偷鸡偷鸭。大清早听见它在山下'汪汪'地叫。……诸位大爷去不去打？"打毛狗顶难，只有公公才打得着。他老人家那天格外欢喜去试试。他把狗带到那边山上，半天寻不着臊，偶尔一点冷臊，又牵不起线。他才把狗唤回，走下山来。后来听说郭幺爷堰塘里的鸭子少了两只，于是大家分好口子，公公让刘老师带狗，自己去截一个紧要的凸口。守毛狗要在斜坡上，人躲起来，枪比正，一见毛狗的头冲上来就开火，因此有时会误伤猎犬。切不要打身子，那真冤枉，因为那家伙带了伤还跑得过几重山。刘老师带了狗到堰塘坎上理得了臊，狗尾拖直，尖端微微弯曲，这显然是狐臊，要是九节狸或虎豹的大臊，狗的尾巴便会夹在两腿中间，现出一种畏惧的样儿。这臊很热，它起初往西走，觉得不对，才折向东方。大步大步走了许久还没有声响，它忽然离了正路，向凤尾草丛里走去，在那里拾得满口的鸭翎，以为隔狐狸很近了；但绕了几圈还拉不出来，又才回到正路去。刘老师不敢放哨，紧紧地尾着它走。它爬上崖腰绕了一会还不见踪影，又顺着崖边走了一程，寻见一个很深的崖洞，狗儿直向洞里嗅，想进又进不去，退出来抬头一望，见那狐已出了洞在山下奔跑。花狗一声"嚆儿"，那野东西跑地更快，它那儿追得上，前面是成哥哥的凸口，成哥哥是新手，打坐火都像缺牙巴咬虱子，打毛狗更难形容了，那知他不懂规矩，像守兔子一样坐在路中，那狐狸一见他的身影就折奔南路。不久公公的枪响了，几条狗才追上，这显然是它已经带伤。但追了很远，终于失去了。打毛狗不能翻堂，除非是它带了伤。短尾巴狗跑得顶快，在湾里又将野狐赶出来。这回许是它受创过重，跑不得了。不容它狐疑，只好偷回来进原洞逃生，那知会转到刘四的凸口上又中了弹。短尾巴狗赶上去，死死地含着它的颈子，刘四怕撕坏了狐皮，急忙招呼狗，擒着狐狸。公公见了喜地连口都合不拢来，他道："这件狐裘做得成啰，可惜不曾交冬，怕会脱毛呢。"垂死的狐狸还在地上"丝丝"地呻唤，耳朵短，脚也短，眼睛小的不成比例，但很发亮，全身是赭黄，正像凋零的颜色，尾毛更黄得好，它的样儿大体讲来像家狗不是？无怪有时猎犬见了还当是同伴呢，成哥哥告诉我："狐狸成精会变女人，《聊斋》上的'龙门阵'不算；有一回一个打枪客在这儿赶狐狸，他跑到凸口上不见了野物，却逢见一个很乖态的女人在这儿憩气，她对他说，刚才有一条毛狗在她面前跑过，那知这位猎人往前面跑去，回头却不见了女人。他断定那妖精就是狐狸。这个凸口就变成了狐狸凸，特别修了一座土地菩萨来镇压这妖精。"哦，狐狸会变女人，为何又将它打死？留来做猎人的艳遇岂不是好？

大家又打了几场，一直打到日落，才满载而归，在归途上余兴未尽，刘四夸他的枪好。很巧，我们走过一林楠木树，树上归来很多斑鸠，大家商量去赛枪。打斑鸠枪力要好，因为那鸟太灵敏，每每枪力还达不到时，它们便飞去了。我们当中只有三柄好枪，定了余表叔和二刘去打，余表叔那天顶不中用，这时才有用武之地。他们三人插进林中，这回许是快近黄昏，斑鸠不曾惊动。余表叔同刘老师打坐火，刘四打飞火，结果打得了五只，但刘四的飞火却打飞了，这五只斑鸠腌出来就是山珍。

回到家中，全家都很欢喜，只有娘骂了我一声"鬼团团"。大家帮忙将兔皮剥下，宰成碎块用香油炸得酥酥的，加上花椒，黄酒，白糖一类的香料，这味道真鲜，决不像家兔的腥怪，父亲又叫"长年"酤来了一罐烧酒，大家醉醺醺地在席上重温当天的功课，评来评去，还是恭维罗二老爷的枪术老练，吃兔肉得小心铁砂；那只老兔带砂过多，只有两只腿免强可吃。几只猎犬在桌下抢骨头，甚至争打起来，还劳主人给它们分解。

钓　鱼

　　大清早我正在梦中闹趣，恍惚蹲在树上钓鱼，浮子忽然不见了，我连忙举起钓竿，好家伙，一个秤砣般重的鱼把竿尖拉得像猎人的弯弓！正在有趣的当儿，忽听公公在窗外唤："辉儿！快起来钓鱼啰！"我惊醒起来，才知道空喜了一场。但钓鱼的梦是有财喜的预兆，就不管有不有财喜，今天的大鱼准来上我的钩。我还没着好衣鞋就奔出去，见公公已经收拾妥当：头上戴一顶宽大的斗笠，衣裳是松松的，脚下带泥的草鞋也是松松的，一个小圆的草蒲团吊在身后；腰间悬着旱烟棒，虫线筒和蚱蜢筒；左手拿着几根细长的斑竹钓竿，右手理理他花白的胡须，那神情真是个快乐的渔翁！我抢上前去，背着鱼兜，锄头，和矮凳跟着公公出了门，在路上公公要瞧着竿尖走，免得拌着树枝或碰着石子弄断了竿尖。这时金晃晃的朝暾照着苍黄的野草，草尖还有露珠滴垂，田边时时发散着鱼腥和稻草的野香。

　　走了一程，快到孔夫子田，隔得远远的惊起了几对投宿的野鸭，鸟的颈子伸得长长的，和翼尾连起来像一个十字架，有一只的嘴上还有个小十字架，那是一尾不曾咽下的鱼。要下钓得先看水色，太清了你别钓，那枉子，鱼在水中瞧见你的身影便不肯游来；太昏了又不中用，因为鱼儿寻不见你的食饵，顶好是"二浑水"。这日打了谷子不久，一望全是淡赭，在朝阳里简直是一坝黄金，余下的稻根一丝一丝的发亮。公公在稻根中间寻得两方空隙，洒下了些生米，这叫畜窠子，像喂鸽子一样，食子一抛，鸽子会结队飞来。但切不要洒的过多，因为它们吃饱了，会洋洋地游去远方，再也不贪你的香饵。喂好了窠子，公公才解开钓线，洒入水里试试深浅，让水将马尾浸湿，省得是弯弯曲曲的。一会儿就扯起来，好运气，还没有穿上食饵就钓着一尾两指多宽的鱼，仔细一看怪了，钓钩挂在它的脊鳍上。公公笑道："今早真顺手！"我忙解下鱼兜，装进鱼儿放在水里养着。公公这时才取一条虫线在掌中，用手拍了两拍使它发晕，好穿上钓钩。但这回下钓却没有动静，通花浮子安静地卧在水面，有时一口"丁丁猫"伏在上面休息，更看得清楚。那是活的浮子。一忽儿来了，但浮子动的太快，并且太微，显然是小"鲹杆儿"，它吞不进食饵，只好用头拼命的闯，所以浮子会那样抖颤。公公动了动线，那丁丁猫飞走了，但兜了一个圈儿又回来伏在上面。钓鱼全凭这点经验，只看浮子的动法便可料定鱼的种类和大小，就是浮子在波浪里翻动也可以辨别。鲫鱼来得大方，它斯斯文文地动了三四下，拖着食子就跑；黄鳝和鳅鱼顶轻顶慢，差不多看不出，它们要玩弄老半天才肯咽下；还有"烧火老者"（一种粗皮的小花鱼），顶是可厌，学"鲹杆"的吃法，但不那样调皮，一连几下，浮子便永远不会再动。公公又等了一整，这回当真来了；浮子突然下水，险些丧了那美丽的丁丁猫的命，要不是它飞的快。但浮子跟着就起来了；公公用手捏着竿子时，浮子动了第二下，但轻微一些；接着又动了一下，水波还没有浪到很远，那通花便斜斜的又进水了。公公把钓竿一带，只见竿尖弯弯的，线直直的，鱼还没有现水，打的水花四溅，隐约可以望见一片彩鳞。公公不慌不忙，顺着水里将它拖拢来。鱼在水里他怎会不慌不忙呢？要是我早就来一个"翻山钓"，把鱼抛空，从头上翻过来落在身后。这自有道理，因为鱼儿含进食饵在口里时，它并不知中了计，还以为是得获了好吃的香东西，如同你的小小弟弟含着一块五香糖

从芙蓉城到希腊

一样的狂。那时"图藏匕首"还没有透露锋芒，等上面的竿子一带，钓线绷紧，要将食子从它口中拔出，它那里舍得，含的更紧些，那锐利的钩子自自然然会穿进它的嘴唇，它还以为是小伙计同它争食，扯起尾巴鲅过来，又鲅过去，打的水花飞溅，还逃不脱。这时候要是它能够顺着钩子翻，岂不是轻易就脱了险？但也不成，因为第一，上面的竿尖紧紧地吊着它，不让它有机会翻；如果它动的太厉害，那竿尖多弯几分，更扯的紧张；第二钩上若有倒须，只让钩进，不许退出，所以也逃不掉。——所以公公会不慌不忙的扯拢来。但若从空中扯拢来那又坏了，因为鱼在空中，心神错乱，挣动得更使劲，鱼小倒不坏事，鱼大会弄断钓线，而且要顾惜竿尖的弹力，不可使它弯的太很了。鱼儿拉近了身前，公公还让它在水里乱动一会，见它累了，才顺势提上。这是尾鲫鱼，有巴掌般大，背作青灰，腹是乳白，肚子胀阔阔的，我双手捧着鱼，解下钓钩，它还想挣扎，我才撩着它的鳃放进兜里，我手上粘着些"涎沫"和几片鳞甲。转身过去，见公公另外那根钓竿又拉起了一尾鲫鱼，小得多，一直就拉出水面。公公忙说："辉娃儿，快点，窠子发了！"我刚刚拿着鱼，看见我的通花也在摆动，赶忙去拉了起来，那知是一个空，钓线从头上抛过去绊在柏树枝上。我放下鱼，攀到树上解钓钩，这才是"缘木求鱼"，不料我清晨的梦果然实现了。我在树上见公公的双钩钓扯起一对鱼，又才跳下来捧鱼。这样忙了一大整。等到闲一点，我又去守着小竿子，总钓不起鱼，甚至一个极小极小的鱼。有时钩子会绊在稻根上，害了我扯半天才扯起来；扯起时又因使劲太大，把钩和线卷做一团。有时起了风浪，浮子不住地摆摇，我以为鱼来了，但扯起来又是空。有时风平浪静，浮子从没动过，我举起竿子，却只剩一个空钩。我厌烦极了，想开一开心，偷偷从鱼兜里取出那头一尾小鱼，把它穿在钩上，趁公公不防，抛进水中。通花不住地浮游，一会儿起，一会儿又沉，我叫声："公公，快看，我的鱼来啰！"公公看了看说："等一等"；通花忽然斜斜地进水了，公公才吩咐"扯！"我遵命扯起。公公见了那尾二指多宽的鱼，欢喜极了，他说："你也算开张啰！这鱼儿和我开张那根差不多大。"我忍不住笑，也照样取下鱼儿放进兜里。每放一回鱼，兜内的泼水声要响闹一整，好像开办一个欢迎会似的。公公回头不见通花，他举起竿子，却是根蛮大的鳅鱼，擒在手里取不出钓钩，因为它吞下肚子里去了。公公取出鱼骨镶的小剑，把它的肚子破开才取出来。又钓了一整，只是些鲹子同"烧火老者"偷吃虫线被它们嚼得白白的，只剩一圈皮，松松地挂在钩上，不提防就被它们吞去了。后来公公说："窠子发过了，到堰塘那边去钓。"

　　随着公公把全副钓具移到双叉叉树堰塘。因为水深，将浮子移近竿尖，食饵改用蛴螬，在水牛滚澡的浅滩下钓。这里鱼多，一连就钓得几尾，但都不大。有一回通花很凶地摆了摆，公公忙说是大鱼，说着说着浮子就沉下了，公公把鱼竿一带，真重！扯起了一节线，鱼还没有见水，这线往东一跑又往西一跑，等到带近身前，我俯身一看只见一条乌黑的，细长的鱼，忙喊是"乌棒"，公公说："我猜也是乌棒。"拉到水面时果真不错，鱼的尾子真有劲儿，这双股马尾钓线经不起它乱蹦，但公公很小心，松松地带着它游到滩上。青花的脊梁，三角形的头，真像一条水蛇。公公要捏着钓竿，不能下水，叫我去擒这乌鲤。我因为受过一回乌鱼的教训，不多于敢惹它，那家伙的性子很凶猛，口里还有牙齿：曾经咬伤过我的手指。记得有一年天干，塘水都放了去养田，一位农夫用竹笼罩着一根大乌鲤，他用胸膛掩着笼口，那知那家伙一冲上来，正碰着他的胸口，为的受伤过重，回来就病死了！我想到这故事，真有点寒心！正在为难的当儿，我打量这条乌鱼连头带尾不过尺来长，也许害不死人命，才试试去擒它的尾鳍，那知它又死命挣扎，洒了我一脸的水，我正忙着拾眼睛，公公喊道："乌棒跑啰！"我张眼一望，见它的尾鳍一蹦，"悠然而逝"，把它莫可奈何。公公又道："算啰，反正那不是好吃的东西。"我听了后硬着心肠说："多等一个钱，我一定请它上岸！"这么一来，鱼都骇跑了，只剩些小鱼贪食，公公才移到深处钓鲤鱼。鲤鱼是水族中的高士，心很慈善，志向又远大，那天修成圆满，趁着洪水去跃龙门！鲤鱼吃素，公公才换上煮熟的"包谷"，洒线入水，我也把小钓竿洒下。这回清静了，许久没有影响。忽然间我的小通花很凶地摇了一摇，不免着起急来，第二次摇得更凶，我忍耐不住，用力举起钓竿，那知太重，我才双手捧着，几乎要弄断了竿尖。公公忙叫："轻点扯！"但线还没有启到一半，忽然变轻了，一下就抛出了空中，落下一看，天哪！钩上只挂着一圈鱼唇，有乡姑娘耳边的玉环般大，我才知道鱼可不小，埋怨自己扯地太嫩，太凶，气得不住地蹬脚。算了，算了，我索性不钓了，坐在矮凳上看着公公垂钓。等了好一会，公公的浮子才连着摆了两下，我忙叫："扯扯！"但公公总说："还没有吃老呢！"等到通花从旁边移，但并未沉下，公公才轻轻一带，又有了鱼，钓线垂地多有劲！扯出水面，果然是鲤鱼。我捧着鱼仔细看，它的嘴是尚好的，显然不是我刚才钓着的那一尾！鱼的头圆圆的，全身浅黄，尾上有几点赤，据说是雷火烧过的创痕。又守了些时刻还是空，公公才说："鲤鱼不很吃钓，收拾下河沟去。"

　于是我同公公背着钓具下河沟去。我们走到一小深沱，沱周尽是些乱石，有一大块石头从中间裂开，两旁且有蚌蛤的壳形，相传那蚌蛤成了妖精，闪电娘娘嫉妒她那两瓣绿英英的介壳同自己的电光一般美丽，才将她烧毙，因此这水就叫蚌蛤沱。公公坐在那块蚌蛤石矶上，改用"车车竿"下钓。首先钓起一尾鲢鱼，周身作黄色。鲢鱼的"涎沫"多，我擒不稳，公公才自己擒着放进兜里。它进了里面，并不乱动，扁起个嘴巴慢慢吞水，还用它的触须卷来卷去。跟着又钓起几尾"黄鲢丝"和鲫鱼，但是没有田鱼肥。我忽然看见公公很认真的样子，但浮子并没有动，只轻轻地往旁边移。我问："有鱼吗？"公公说不是鱼，叫我别做声。浮子轻轻摆了两下，移地更快，公公才举竿一带。他见钓着了，反把车车上的丝线放松些，试试那家伙所走的方向，试准了，他使劲地倒起一带，竿尖反而没有起先弯的厉害，难道大鱼变做了小鱼不成？这时公公急忙收线，不让鱼乱游，就带近身前，提起一看，哎呀！是一个斗碗般大的甲鱼！它那短健的脚趾想来攀线，却攀不着。公公一手提着线，一手用斗笠去接，那知团鱼太重，斗篷驮不起，往下翻倒。公公一着急，失脚跌入河中，我见了惊骇不小，半天才晓得嚷："救命！救命！"但公公在水里却很镇静，竿子还握在手中，向我道："辉娃儿，别做声，快来接过竿竿，扯紧点！"我接了钓杆，觉得很重，不敢放松，也不敢高举，等公公上了岸，他接过竿子，才顺势提起鳖鱼，放进他的衣兜里带到岸上。趁它的头缩进时，一手挡住它，用"钱串索"系住它的后足。公公解下衣裳摊晒，一面向我很高兴地说："你外公爱吃团鱼，等我再钓几根'鲭波'，你明天给他老人家一块儿送去，作秋节的贺礼。"钓鲭波要用浮线，钓竿穿着虫子，洒在清亮的滩上，人要稍为躲藏，顶好不要露出倒影在波上，站立着，钓竿捏在手中，时刻作准备的模样。鲭波成群的逆水上游，一见水面食饵的影子，它一跃起来，含着就逃，顶爽快！但也因为过于爽快，不容易钓着，除非你是钓鲭波的老手，公公站地累了，还鼓起精神坚忍地待着。忽然一个浪头冲来，公公的手一带，钓线就扯的笔直，扯起一尾三四两重的鲭波，大体很像鲫鱼，不过头要圆点，背脊青青，真像一层波浪。一连就钓得四尾，已够送外公的礼物。公公才说："钓得很累了，留下几根在沱里做种。"快快的收拾回家。公公的衣服晒干了，只是染上很多泥沙。这时红日搁在山边，西天泛出几朵鱼腹色的鳞状彩霞，我眼中尽是些鱼形在变幻，手上还带满了鱼腥。家家屋顶冒着炊烟，牧童与樵夫牵着牛背着柴回去，我两公孙也满载而归。

我提着鱼兜奔进柴门，弟妹们停了捉迷藏要看鱼儿，猫儿嗅着鱼腥迷迷地叫来，它来地真凶，一直往兜里钻，小弟弟扯着它的尾巴拖了出来，我才把鳅鳗挑来给它，它含着跑了。我把团鱼提出来放在地坝上，再擒一只家兔陪它赛走，到底是它慢，但你别小觑它，它慢慢地爬行，一步也不肯停留。我又取怀中的鱼唇给娘看，娘替我欢喜了一下。父亲端着水去破鱼，先用水洗洗鱼身，在腹上花一刀，把肚腑挖掉，不曾弄破胆囊；随着又挖出"鱼泡"，鱼泡是一对天然的橄榄形气球，好玩极了，捏破时会发出清脆的响声。娘在灶上等着鱼下锅，先用菜油炸得香酥酥的，再加上红椒、花椒、芹菜、姜、蒜、酱、醋一类的香料烹调，起锅时又加上甜酒糟。公公在桌上酌满一杯黄酒，鱼上桌时他还不肯先尝，一会儿大家坐齐了，猫儿也蹲在角上等鱼骨吃。那晚的鱼味呀，真美！真鲜！吃鱼得小心刺，顶好是闭着嘴咽，那样不会刺着喉咙，公公饮一口酒，吞一片鱼，谈谈当天钓鱼的乐趣。我插一句说："公公今下午跌在……"父亲听我吞吞吐吐，已猜了几分，他接下说："爷爷跌在水里吗？年纪大啰，好生保重才是！"公公扒了扒胡子点了点头。……临到上床时我牢牢的记着来朝要给外公送节，一个团鱼，两对鲭波。睡梦中我还在嚷："鱼鱼！……扯呀！……团鱼呀！鲭波呀！"

芙蓉城

打　鱼

一

　　庙山子湾里有一家乙字形的茅屋：前面有竹荫，后面有松青，竹林下还有一方池塘——游鱼戏水，时时击破茅屋的倒影。一踱进这人家的柴扉，就嗅着一股鱼腥；地坝当中晒着一块一块的干鱼，阶沿上高挂着丝网和麻网，仔细一看，网上还钩着片片的鳞甲。鱼兜，鱼竿，鱼罩，渔船……到处堆放着；鸡鸭中夹着几只"野老鸹"，猫犬中杂着两根水獭：正堂内神祖旁还供着龙王菩萨——这无疑是个渔家。

　　这人家姓鱼，据说是春秋时宋公子鱼的后裔。鱼老太爷生了六位"龙子"，一家人全靠打鱼过活。这六弟兄都短小精悍，他们的肤色是光滑的，褐黄的，永远带着鱼腥；他们的手指很尖细，像水翠鸟的足爪一般灵活，一看就知道他们是打鱼的老手。他们捕鱼的技术很精巧，代代祖传：说远一点，是渔猎时代遗留下来的；说近一点，他们本是福广沿海的渔民，移到内地还是靠打鱼过活。鱼老太爷上了年纪，他一边做着鱼具，一边用福广话教他的儿子们一切传家的宝诀，所以他们每回出门，总是满载而归。

二

春天来时水暖了，他们六弟兄携着鱼兜，竹罩和网子，在春水田里打鱼。起首在各处用生米洒下窠子，等鱼儿成团的游来，他们提起小网，一半挂在肩上，使劲向田里一摔，那网便团团地洒入水中。他们赤着脚下田去摸鱼，一根一根的擒来放入腰间的鱼兜里。田的中央不使蓄窠下网，他们便一手提起竹罩，一手拿根尖子弯弯的竹竿在水面泼。一见有彩鳞掀现，忙用竹罩对着鱼儿插进水泥中，再伸手往水里一绕，那鱼儿不论大小，准擒在渔夫的手中。

清明时节，河畔长着青青的芦苇，鱼儿一对一对逆水上游，到滩上产卵。他们几弟兄拿着鱼叉在河岸逡巡，一见大鱼破浪泅来，描准了叉将过去，正好钉在鱼的脊梁上。立刻收起绳子扯起鱼，一二斤大的鲭波叫人见了真爱。到晚来，用一些竹枝拴在滩上，他们坐在岸边守夜，谈谈过去的经验，或是神奇的渔人故事。他们相信蚌蛤蛟鱼会变妖精，变成娇娆的临江仙子，但他们还没有遇见过。守到子夜，滩上的水拨的真响，明朝准交好运。他们才踏着星光，将拦河网在河的两端洒下几道，打发两个兄弟，冒着水寒下河去理理网脚；理好了，才回到篷里安眠。黑夜漫漫地移过，他们在梦中不知捉得了多少鱼儿。东方渐渐吐放了天光，鱼肚色的云霞层层掀涌。他们翻身起来，抬着鱼篮走到下河；两个小兄弟在两岸牵着假老鸹绳——绳上系着老鸹的黑羽，——沿河走下，这影子映入水中，鱼儿见了疑心野老鸹来了，一齐往下河奔，那知会碰着拦河网陷入重围。这时几弟兄一齐入水，将大鱼一根一根擒上岸，有鲫鱼，有鲭波，还有鲤鱼。

他们又把拦河网收起，上面还挂着些同网眼一般大小的鱼。最后把竹枝捞起，上面粘着千万朵"鱼花"，晒成干枝运回家去，——这鱼卵一下水就化作小鱼——在鱼池里养一批好种。

三

大暑天河里洪水暴涨；他们负着筝网和竿子走下河沟，把网子张开，系在十字竿上，另外用一根大竹棒，一端捆在架上，一端踏在脚下，扯着竹棒上的绳子慢慢放入一个洄水沱边。等一会鱼儿游到网中，他们使劲扯起来，网兜还在水中，波浪不住地翻动。假使是一根大鳝，那就像一块黑柴，滚下网里：它东一钻头，西一钻头，担心网子要给它弄破。但是网子拉上空中，它就挣动不得了，大鱼小鱼，一齐装进鱼篮。搬网全凭运气，有时等了半天拉起来只是一堆乱草，草上只有小虾和水子。有一回，幺兄弟正在启筝，一对白鲤跃出空中，这是学跳龙门的初步；可是跳出去又落在大哥的网里，两弟兄拉起网来，各人网兜里都有一双鲤鱼。

等水消了许多，他们换上钓竿，不用锡坠子，让钓线在洪水里到处浮游，只看竿尖的动法，当作浮子。钓钩上穿着一个大螺蛳，至小也要斤大斤的鱼才吞得下。老四的尖竿先摆了一下，他向幺兄弟道："来啰！老幺收拾下水！"他说时，竿尖很凶地一弯，他把竿子一带，拖着个很重的鱼。老幺急忙跳下水里抱着了鱼，他把钩子取下，老四拉了个空，当是鱼跑了，正在埋怨兄弟，见他抱着一尾尺来长的鲫鱼，从他面前起来，他才哈哈大笑。憩了一阵，大哥也钓着一尾鱼，老幺又下水；刚刚擒着鱼，见四哥又钓着了鱼，他把鱼夹在臂下，两脚一伸就泅到老四的钓丝旁。他双手高擎着鱼儿，踩水到岸，这那儿是垂钓，简直是老幺在河里空手摸鱼。

四

秋来了，鱼正肥，他们背着大网和鱼具走到一个深沱边，坐在黄叶林下饮了一罐"干酒"，才抬起那八丈长的大网，踩水到河心。大哥吩咐一声放，那网便慢慢沉下水中。沱水很深，鱼老大首先去理网脚，没水很久还不起来。老二疑心他拌在石孔里出来不了，赶忙下去打救。但老二下去又很久了，也不见起来，老三和老四又跟着下去，剩下老五和老幺守在岸上。忽然望见大哥同二哥在对岸起来，张嘴吸了一口气才喊道："找了半天，连网子都摸不到，莫非大鱼拖跑啰！"但是这十六丈直径的网，就是铁坠子都有几十斤重，那来这大的鱼把网子拖走？随后老三和老四也起来了，他们也说寻不着网。大哥吩咐他们守岸，同着三位兄弟分头没水；但那三位兄弟一忽儿就起来了，还是说不见了网子。等大哥起来时，他说："我钻进网里，摸到一根大鲤鱼，那家伙的尾子真凶，一蹦来打到我的耳门子。我的耳朵发响，才舍啰鱼起来。……这水真深，一连要蹬五下才能现水，五三不是一十五丈？……"但弟弟们似乎都信不来。他们商量说这儿水深不便打鱼，不如拔起网来到别处去。这回除了老幺，都一齐入水，这是体贴父亲的心意——"百姓痛幺儿"。四位兄弟跟着又上来了，还是说不见网子，证实了大哥的话不是扯谎的。等了多时，见大哥的手伸出水面乱动，忙派老幺去接。大家瞧见了网，才一齐去帮忙。网子拖上了岸，打开一看，那儿有鲤鱼，却见一尾尺来长的大鳑子前来替死。大哥说："今天开张不利，我很累啰，你等人在边上打罢；别又寻不着网，叫我来淘气！"

五位兄弟怪不好意思，牵开网子靠岸放下，打量网子沉到了水底，一齐下去理好网脚。老幺独自后上来，他说罩着了四五根大鱼。换了几口气，都下去擒鱼。看谁擒的多。四位哥哥有的得一尾，有的得双尾，都起来献给大哥。等了一刻，见幺兄弟头顶一现水，又沉下去。大哥怕他淹着了，赶紧去救，扶他上水。他连脚都不会动，还要大哥拖他过来；他嘴里含着一尾鱼，手上擒着两根，腰下挟着一对，腿上还挟着一尾。他说鱼是擒完了，只是他腿下挟着的跑了一尾。

跟着又打了几网，得了不少鱼，都是么兄弟的功高。随后他们围着一个大石穴，在穴外洒下几重拦河网；但是用竹片去探，却不见鱼出来。他们才把酒炒过的"爬山豆"，和着石灰溶在洞里，这一来，水都浑了，只见拦河网的浮子不住地摆动，想必是出来了不少的鱼。有的鱼浮到水面呼吸，只须用网兜轻轻一笼就笼住了。这时将拦河网围小一点，擒得了许多鱼。

五

在冬天，河水清亮得同水晶一样。他们站在长狭的鱼船上，引着一群黑羽的野老鸹在河中打鱼。这老鸹大体很像野鸭，足上的蹼很健劲，眼是绿的，嘴壳很长，尖端弯曲，像锋锐的鹰嘴，颈子很宽大，用稻草轻轻系着，得防它咽了鱼儿。主人用篙竿在水面打几下，它们就全体钻入水中。有几只含饱了鱼，主人用竿尖接它过来，提着双脚一倒，那些小小的鱼儿，便从它嘴里呕了出来。忽然有一只老鸹出水"呷呷"叫了几声，全体老鸹都跟着它下水，鱼老大在船上注意撑起篙竿，望见水里现出一堆黑影，忙摇船过去；一会儿五六只老鸹抬起一尾三四斤重的大鱼，老大扑在船边将鱼擒上，放进篮里。那只有劲的老鸹，站在鱼篮上休憩，主人特赏它一块猪油。

打完了一个沱，收起拦河网，网上也吊着不少的鱼。老大老二背着鱼船；老三老四挑着竹竿，竿子上站着两排老鸹，两位小兄弟挑着鱼具，还随着几条狗，一齐走到另一个深水沱，在那里又得了许多鱼。河边围着许多观客，有的要买鱼，老么凭手称给他们，那分量只有多不会少的。

有的沱水过深，他们就放出一根水獭。水獭有一二尺长，毛色灰黑，很宝贵，尾子尖长如锥，足很短，有蹼，下水时比空中还要活泼。这家伙的性子真凶，只要是鱼，准死在它的口中。鱼儿见了它，一群一群藏进深渊；但深渊更是它用武之地。它专吮鱼血，不吃肉；不然，打得的鱼，都会给它吃光。它独占豪强，只许它自己打，要是碰着同伴，它先打死了它，再去擒鱼。它在水中拼命追，一下攀到船边，一下又游到水底。它专擒大鱼，小一点的便饶它过去。有一回它追上一尾蛮大的鱼，一口含着鱼鳃，吮它的血，任随鱼挣扎得怎样厉害，它死也不放。等到鱼软了，才拖了它起来。回到船上，主人也给了它一块猪油。它正吃的快活，主人用铁链将它系着，叫它憩憩，放它的同伴下水。他那里肯依，不住在船上转圈子，看见它的同伴打着一条大鱼，它便发急地"丝丝"号叫。

到晚来，他们弟兄在沙滩上搭起鱼篷，用网子做围篱，老鸹一排一排系在当中，水毛子关进笼内，几条狗在外面看守。篷前点着一星渔火，哦！那一星渔火，有福的渔人！

芙蓉城

养鸟

　　我家里养着很多鸟儿，单是雀笼就像灯笼一样，满屋悬挂着，还有燕窠，鸽巢，野雉笼，鸡鸭笼，瓦缝里的麻雀窠，和屋后松林里数不清的鸦鹊巢："一天到黑"有百鸟欢歌。那红嘴绿羽的鹦哥，耸着尖尖的冠羽立在铜圈上，足爪抓着一枚松果，用它那弯钩似的喙细细地剥食松子；有时听得小儿的哭声，它也会啼哭。那花白的四喜雀，毛羽很光滑，身材又伶俐，时时高举它的尾翎，它不爱叫，专会打架，一场争斗总是百银子的输赢。打架的鸟儿要数蚕豆雀；这雀子小极了，约莫一粒蚕豆般大，但它玲珑精悍，性子极凶猛，每回打架总要拼过死活；起初在桌的两端疏疏地洒几颗芝麻，它俩抢完了食子，碰着就打；你啄着我的颈毛，我啄着你的，爪又着爪，挽做一团，还用翅膀扑去扑来，弄得羽片纷飞。还有那花绿绿的雄雉也养在家里，它爱吃菜花和虫子，虽长得美丽，却不顶肥，打枪时把它系在凤尾草间做鸟囮；它叫上几声，看守那青山的野雉，立刻就会飞来决斗；但那诱来的鸟还未着地，猎人的枪早就响了。在这许多许多的鸟类中，我最爱那巧啭的画眉和健飞的鸽子。

　　金画眉要上山去捕取，折一片毛草叶在指尖上挽个圈，用嘴唇吹上几声"吁吁"，引起许多画眉的唱答；从这崖边应到对岸，又从对岸回响到这边。在那叫声顶多的林外张起网罗，再用泥沙将鸟儿赶出。画眉飞时不看前方，专用头往空中钻，一飞来碰着鸟罗跌在兜里，它挣动得越厉害，那丝罗将它缠地越紧。一只一只的擒来关进那鸟笼；它们的野性太大，拼命撞笼，有的头顶的羽毛都碰光了，鸟笼上还沾着血腥。过了几天，把那不叫的雌鸟放回山去，挑选羽毛丰美的，腿骨健壮的，分养在竹丝笼内，笼外罩上衣子，省得它们再要碰笼。这时将它们喂得好好的；食子是鸡蛋牛肉和面粉蒸成的，间或还喂一点虫子；有时它们的排泄火结，用蚯蚓煮水给它们饮，可以退火，使排泄变清，颜色转绿。每三天给它们洗一个澡；打一碗水放进笼内，画眉便会用颈子蘸水洒满周身，翅膀翩翩地扇动，还用它的嘴壳去爬梳羽毛。这样它们长地越发好看，许有一只格外美丽，它的羽毛金样的黄，弯弯的眉毛如有新画的双蛾。它在笼内旋转跳跃，从轴上扑到笼边，又从笼边跃下笼底：有时它伸着颈子向笼顶探望，要是你的手扶在上面，它会扑上来啄。饿了，它吃一点食子，用它的嘴在壶内乱啄，把食子糟蹋满地，外面的鸟儿时时飞来检食；它再饮一口水，伸长了颈项细细地吞。晚上它静静地睡眠，怕长脚蚊吸它的血，把头缩进羽内，只用一只腿立在轴上；红日初升时它就醒来，金黄的身子浴在通红的阳光里，它心中快乐，张着口，狭长的小舌不住地摆动，放出那甜蜜的，清脆的歌声："足呷唧！足呷唧！足支支吁……"它的巧啭，它的圆润，胜过百舌，叫你听了犹如饮了一杯葡萄汁，麻醉了你的知觉与性灵。叫的高兴时，放一面镜子在笼外，它见了会忽然发怒，扑到笼边同它的影子打架。这样练了很久，才让它学打架：预先灌几滴人参水，把两个笼门抽开，揭开了隔板，两个画眉钻拢就打：足爪互相缠着，用嘴尖使劲地啄，好像啄木鸟爬在树上啄食虫子；它们这样在笼内乱滚乱拼，死不肯放，直到敌方软了，才把它们分开；这样一来，鸟的性子越是发作，那得胜的尽力高唱，惹得远山的鸟都唱答起来，庆祝它的胜利。

鸽子的翅膀比起别种鸟的格外健强，上面的羽毛也格外多，

芙蓉城

鼻孔外有一圈隆起的边缘，保护它的呼吸；顶精敏还在它那圆圆的眼睛，白沙眼比红沙眼更是宝贵，眼中还可以分别各样的水色；眼睛好的，视力和记忆也强；鸽的羽色多是瓦灰，在屋檐上立着分外合色，但我总喜欢那对白羽带绿的。清晨起来，先去开了鸽笼，这一大群鸽子飞向朝霞里悠游地盘旋，有时斜斜地翻飞，它们尾翎上的哨子便"银银"地鸣；远处的鹞子听了，时常飞来捕捉，我见了急忙放一排火炮，它们听了，便往高处翱翔，那鹞子飞来也往天上腾，等它飞到鸽子顶上，它便收敛着羽翼，一爪篷扑下，一连扑了几个空我才欢喜；鸽子再往上腾，小到起"麻子点"，鹞子便追不上了。它们飞进了白云，白云在天上悠悠地行，鸽子呵！烦恼的形影再不能靠近你身，你翘首望天空是什么颜色？你侧眼看地面的山川，田野，人家，又是什么形像？吃了早饭，我去喂鸽子，见它们刚刚飞回，胸膜微微地抖颤，张着嘴在槽边吸水。我手中的谷子一抛，它们结队飞到我的身周：有的站在我肩上，我手心还有些余粒，那对白鸽便飞来站在手心上；我摸摸它们光泽的白羽，又让它们飞去。它们当中，还拐来了几只野鸽，我擒着关进笼里驯养。它们吃饱了，互相追逐，雄鸽的颈毛松松地耸起，一伸一缩向雌鸽献媚；口中哼着"鸪鸪"的情曲。更用足爪踩在雌鸽的尾翎上。有一天正值我表哥的婚期，娘打发我到姑家去道喜，因为农忙没有护送；我才对娘说捉那对白鸽作伴，等我安抵姑家时再行放回。娘点了点头，说很妥当，还叫我把新郎头上的金叶系两朵在鸽的身上带回。到了姑家，我向新郎讨金叶，他那里肯，好在新娘也是我的表姊，她听了摘两片给我，还用花线替我系在鸽的足上。我让它们多饮几滴水，在它们颈上亲了几下，默默地祝道："鸽儿，把这美丽的礼品带回家去给母亲！"我才朝着我家的方向放它们飞去。这时喜堂前燃起花炮，惊得它们往天上飞腾，绕了几周，向东方一直飞回。母亲呵！你瞧见那对白鸽没有？

龙　灯

太阳是红的，桃符是红的，女人的脸也是红的，这是新年的一般喜象，你耳边不时透来爆竹的爆裂声，儿童的欢呼声，和亲友们向你道"拜年拜年"的祝贺声。在乡下，穿着花花绿绿的新衣裳的村姑娘，这日更着上她新绣的花鞋，提着一篮"黄粑"和"茶食"，走过一块开满了金黄油菜花的土畔，又转过一方开遍了杂色豌豆花的田角，一直走到外婆家贺年，趁这机会好看龙灯。在镇上，店门是掩着的，里面透出"当当啾"锣声，这是儿童在练习龙灯锣，准备接龙的；时更吹起"呜嘟嘟"的竹筒号，这新年的号声一响，大地立时就回到了春天。

初八晚上，龙王庙竖起了天灯，天灯柱旁挂着两行菱角形的红灯，招引远近的人前来膜拜，祈祷龙王放出一条更亮更长的龙。十一晚上，庙里的人挤得不透风，欢跃着，狂呼着，等候出龙。忽然从龙王的宝座后，爬出一条蛮大的，发光的火龙，它头上有一对金亮的触角，比牛角还大；一对眼球突出尺来长，张着口，摆着舌，额下还有青的龙须，它的身子有十来节，每节都是丈大丈长，像一个大的"字纸篓"，上面满画着鳞甲；它的尾巴是扁的，像鲤鱼的尾鳍。全身点着浸过油的纸条，纸条上还沾着火硝。龙身移出了正殿，锣鼓花炮响闹喧天，前面是一对元宝引灯，后面是各种彩灯：有鲤鱼，有乌龟，有莲花，还有鼓形的花灯，提灯的人尽是天使般的儿童。他们后面有一个元宝，这宝是红的，可以上下转动，龙头紧紧地追逐那元宝。龙的尾上跟着一大群赶龙的人，这些人真挤得有个样子，他们的脚可以不必着地，别人自然会挤着他走。街坊的店户远远听龙灯锣响："当当，钱钱，当啾当啾钱啾钱！"连忙焚起香烛，香烛前还有一个红纸包着的青钱，送给龙王作贺仪。海龙滚来，向神龛叩头拜年，给主人招财进宝。主人化了一束钱纸，海龙又移向他家。每条街上架起一座牌坊，上面画着戏图和劝善的彩画，里面的灯光都是很亮的。龙头行到此处，要低头穿过。有时经过一家茶馆，门前高挂一盏"檐灯"，这灯光的亮度预兆今年卖茶的生意，所以更点得辉煌；店门的两旁还悬着一对走马灯，转过去是鲤鱼，转过来却变成了龙，灯下还贴着许多春谜，给观客猜破，每谜子都有一包糖食作奖赏。有时走过一家朱门，海龙望见窗眼里的颜色，疑心海中的龙女逃到了人间。有时逢着一群糊闹团，一个无赖化装做歌女，在空轿内和一个小丑相对唱答，其余的人全体附和。小丑唱一句："荷花闹海棠。"大家和一声："柳得儿柳连柳。"接着是歌女唱："正月里，百花灯，那里有心观？"大家又和一声："柳得儿柳连柳。"同时做出种种猥亵的表情，海龙见了也笑地作呕。远望前面火光四射，花炮一阵阵地爆着，这不是接龙，是替王大爷送求子的宝灯：一对童子抬着这宝灯在火炮欢呼里送进王家的堂屋，不到明年王大娘准添贵子！海龙进到王氏堂前，一心想吞下那个宝灯，忽然听说主人要烧花筒，它心中一怔，水到不怕，火可受不了。它朝了家神，转身出来，长长地摆在街心。耍龙的人脱了衣服，主人先放几串花炮，中间夹有"天冲子"和"地耗子"，然着时到处乱钻，有时会钻进龙的眼里，和观客的袖中。花筒点燃了，起初朝天放射，等火力然足时，星星的火花射出几丈高，放花的人才提起花筒指着龙烧。耍龙的人不住地抖动身子，火花一簇一簇地坠下，龙头和龙尾烧得顶惨。这火花射在身上，如同蚂蚁啮了一般，但咬得太多，也未尝不痛。好在耍龙的人尽是英雄，他们不怕冷，更不怕烧，这几个花筒算得什么？一连放了十来个，有两筒因为火眼太小爆炸了，耍龙的人还要请主人烧；但主人回答说："是好汉明晚再来！"大家才叫一声："恭喜发财！"海龙又耍到他家，又穿过几座牌坊，忽然大锣大鼓迎面前来，走近一看，才是一条彩龙：这是两人耍的小龙，全身披上绫罗彩缎，金晃晃地在灯下闪耀着。二龙相对点了点头，跟着抢一回宝，彩龙小巧玲珑，一会儿在地上滚动，一会儿又腾上空中；但大龙不慌不忙用尾子将小龙缠住，转头过去却擒不住宝。这时前面然起了九连环火炮，彩龙害怕受伤，早就逃之夭夭，剩下大龙又遭了一次火攻。

耍遍了街坊，海龙耍下乡去，远远望去，真像一头活龙，前前后后还有千百个灯笼火把。首先走过一间茅屋，屋的主人是个渔夫，他恭恭敬敬向海龙进香叩首，愿龙王今年多送他几尾大鱼。跟着龙灯耍到保正庄上，打引灯的会首先向保正贺年，祝福他人财两旺。保正把祭台抬出大门，上面拢着一台很体面的茶食，香酥酥的芝麻"油果子"放在当中。保正亲身接了龙，大家道了一声"恭喜发财"。龙进了正堂，向神主朝贺，叩了三次头，摆了几下尾，才仰着退出来。它在地坝上兜了几道圈子，打了几个滚，现出很活泼的样儿。花炮不断地在它周身爆响，地面的纸壳积了一层，满屋中缭绕着火药的烟味。猛的一声花筒来了，起初只端出一筒，朝天放射，火花冲得真高，中间还夹有火酒炒过的铁末，然着时发出美丽的星花；跟着洒了几把硫黄烟，弄得烟雾沉沉，才端出两个花筒指着龙头龙尾烧个痛快；还没有烧完，又来了四筒对着烧，看热闹的人尽都挤上了阶沿，地坝中只剩海龙在火花中四处浮游，做出各样的舞态。花筒由四个变成了八个，围着龙烧，火花充满了天空，没有一点儿空隙，爆竹也不断地放；有时更听得几声巨响，大家都疑心花筒爆了，但保正的花筒是专家制的，从不会爆裂；这只是几声"铁炮"。烧到后来，

芙蓉城

龙灯里的火全舞熄了，保正看见，笑地半天合不了口。等合了口时，他吩咐一声："饶啰他们，明晚再来！"耍龙的人立定了，高吼几声："恭喜发财！"回头全体人员请到堂中吃茶点，主人特敬他们几大盘"年粑"。大家谢了主人，舞着龙灯又耍到他家，像这样的火花不知这晚上还要碰上几回？

端　阳

丁丁猫，

爱赶场；

飞蛾子，

爱乘凉；

不杀猪，

不杀羊；

杀个耗儿

过端阳。

　　我听了五弟的歌声，跳下床来，见红日映在窗上炎赤可畏。我裸身跣足跑出房门；门旁悬着菖蒲与艾叶，那菖蒲像一双青光宝剑，镇压着五毒的猖狂。我刚刚打开柴门，碰着保娘家的长年过来送节，连忙喊道："妈！妈！当真过端阳啰！保娘家送来这么多红蛋，白鸡公生的红蛋！……还有粽子，三尖角的。"我把礼物收了大半，妈吩咐我取几百青钱放在送礼的提篮内垫底，打发长年回去了。

　　我跟着去赶早市：卖艾叶的，卖菖蒲的，担着挑子尖声叫卖。生意顶兴隆要数扇铺。罗团扇上绘着龙舟竞渡，纸折扇上嵌着绿霞霞的鱼骨。我只花了三十文小钱购得一柄蒲叶扇，大摇大摆扇过街心。

一会儿我挤进了城隍庙的扯谎坝，那儿尽是卖打药的，看相的，算命的；还有变"把戏"的，他凭着空手变出一个鸡蛋，鸡蛋变鸭蛋，鸭蛋化成一只小鹅，鹅的头有点儿像蛇了；最后变作一套茶碗，碗里盘着一条菜花蛇，他再从匣里放出一根蜈蚣和一只偷油婆。三个虫子摆在摊子上，大家以为它们会逃跑，甚至还会伤人呢；那知谁也不敢动，因为蛇要害偷油婆，偷油婆要害蜈蚣，蜈蚣要害蛇：一个想害一个，却又一个害怕一个。那边卖打药的布篷上挂着一大块蛇皮，匣里还关着一条黄花的鸡冠蛇：这家伙很毒，头作三角形，会立起身子来追人；要是它比你高，那你就活该短命。你当时赶快把裤带解下来拴在树上；过端阳你再用青黄赤白黑五彩线系在手臂上，这是长命避灾的神诀。那卖打药的带说带唱，那怕毒虫怎样凶，只须他一包药粉见效如神；倘若趁早服了这药，什么毒虫也不敢咬你。恰好这时来了一个病人，腿肿得和身腰一般大，说是走夜路被长虫咬伤了的。那卖打药的首先火化了几张钱纸，念了一道咒文：说病人的命星太坏，犯了青龙的道儿，这口伤势非三五月好不了。倘若不趁早医治，肿上了胸口还有性命之忧呢！病人连忙作揖求治，他腿肿了不能叩头；卖打药的才用朱绳紧系着他的腿，取片瓷片花破了皮肤，用嘴巴使劲把毒血吮出，再敷上那神妙的打药。今天过重五，五毒冲天，叫他忌避些，不要坐门限，不要露宿，更不宜见血物。

我回头踱进一家面馆里叫了一碗"绍子面"，两个水晶包子，那点心上面有一点红，真可爱。我正在嚼得津津有味，一位老道进来鬻符。他取一张黄纸，用香灰在上面一抹，立刻就现出一道符文。他唱道这符可以"避兵躲电，驱禁百虫。"可是面馆主人老不睬他。跟着又来了一位痞子，身上缠着一根十来尺长的大蟒：这家伙的头有茶杯般大，一对火须从鼻孔里射出来；那痞子不住的玩弄着，把它举起来向着主人：给主人招财进宝，消毒除害。吃面的客人中有几位妇女和小孩早骇跑了；主人没法，才赏了他几文钱，封它早日修成圆满，归依大海。端五玩蛇真有意思，我从面馆里买了一根面粉做的蛇，一路吃回家中。

在家中，表姐和姊妹们正在忙着缝做香包儿，好像过年做毽子一样。大姊替我做了一个猴三儿，里面装满了香粉子：嘴尖尖的，耳目口鼻是墨画的：虽是很精巧，我总嫌太小了。难为她替我制一个蛮大的，有尺大尺长，眼睛是油珠子做的。我牵着它到处去逛，教它翻跟斗，爬树子；要是碰到真的弼马瘟，恐怕还会打架呢。表姐又替我做了一个青缎的鸡心子，上面系着一块菖蒲，嗅着时好叫我想念这个节气。连爸爸都要带一个鸡心子（那自然是娘做的），里面包着麝香。

金鸡唱午，一家老少聚在堂屋里团节，首先摆上几盘白玉般的艾香角粽。这粽子是用箬叶包着糯米粟枣，用浓浓的稻草灰汁煮熟的，还得先用艾叶浸过糯米，吃起来有股艾香，甘温适口，这种食法很妙，如果你吃过镇江的松毛包子，你一定会嗅着一股松香。吃了粽子，跟着端来下酒菜：一盘盐蛋，一盘红烧茄子，一盘小煎青椒，和一盘独蒜鸡丁。各人杯中酙上家制的黄酒，里面加上雄磺：这矿石有点带膏药味儿，说是去毒的；其实雄磺本是毒物，只不能单独存在，常与他种矿质化合，所以就不毒了。香料中生的独蒜最不可少，那是化毒的；吃不完的大蒜泡在酒里，干后可以磨来擦疮。上饭时有苦瓜丸子，回锅肉（阔气人家不吃这菜）和两斗碗清汤富瓜；汤里必须加几片苦瓜，一来苦味作凉，二来可以保护汤汁，过夜都不致变味。此外还有一盘别致的素炒苋菜，加上蒜末与醋酸，汤汁作紫红。苋菜是化毒的，正像野菌中的火炭菌，吃了不但不会中毒，反可以化毒。这桌酒席很清淡，不在乎吃的滚饱，像吃年饭那样。饮不完的酒，加水冲淡，洒在房中，枕头上尤其要多洒，恐怕你打死了的蛇复活起来给你做枕头睡。再把剩下的雄磺调得酽酽的，在各人的，自然是我们细娃儿的额上画着虎王，顶好是对着镜子自己画，谨防人家在"王"字底下画一个"八"字；就是人家替你画上"八字胡"，你死也不要干。再蒙上虎皮，学一只猛虎在百草上打滚、狂跃：这是古人蹈百草疗病的遗风。到晚上，把那些野草采回家去煮水洗澡，这澡水自然臭草药味儿，但洗了不会生疮，一直可以保险到来年重五。

团了节，牵麻不断线的游人挥着扇子，醉醺醺的走向江边。满河中恍着船影，那彩舫挂满了绫罗，里面坐着佳人与名士：他们吹弄笙箫，清歌漫舞，也许还要吟诗作赋，凭吊屈原。还有数不清的龙舟，龙头当前，龙尾在后，长狭的船身绘着鳞甲，划起来轻快如飞，活像一条水龙。起初是龙舟竞渡，由彩舫发令，耳听花炮一响，群龙鸣金击鼓，舟子们提起桡扁使劲的划，"哼荷哼荷"，哼着船家的口哨，龙舟一齐争先恐后往对岸飞奔，有一只用力过猛，将船身弄翻了；他们爬起来，翻过船身，还是跟着追去。中间有一只似乎很快，但在中途丢了两块桡子，又让后面的赶上了。两岸的观客不知鹿死谁手，也帮着他们哼呀哼扎！直到后来，有一只先碰对岸的机石，得了头彩；又是一排鞭炮，一阵闹声。那得胜的龙，这时用尾做头，倒起划到各家彩舫前头去领奖，大家都笑它这时游地太慢了。领奖完毕，龙舟谢一声"恭喜发财。"这时彩舫打发龙舟去拯救二千年前投水的屈原，用竹筒盛着米饭抛入河中去祭他，或是把粽子沉到河心去饲蛟龙，舟子都扑进水里去抢东西，但谨防在水中碰着死鬼的阴影。正在忙个不了，有一只彩船上的花炮响了，一个花绿绿的气包滚下河中。龙舟奋勇地奔去抢拾，那知那宝贝太圆滑了，半天都拾不起来，那么多的龙爪简直不中用。忽然有一个舟子急中生智，双手抬起气球向空中一抛；那知呀，那彩球会抛在人家的船上，笑坏了夹岸的观客。结果领得的赏，二舟平分。这边的彩舫又然放火炮，不见彩球，只见一只水鸭从顶篷上飞下：这鸭子灌醉了酒，昏头昏脑地到处乱钻；好在它的腿已经断了一只，不然简直没办

从芙蓉城到希腊

法擒住。龙舟挨近它时，全船的舟子都扑下水去；但鸭子早就潜逃了。一会儿在远处伸出颈子呷呷的鸣；群龙又奔去，又扑了个空。鸭子顺着水泅，龙舟也顺着水赶，一直追到下河。大家以为鸭子逃跑了，龙舟丢脸不小。这一来，今天的戏就散场了，再没有鸭子可看了。料不到后来那鸭子会从一架龙舟的尾下伸出颈来叫，那船尾打锣的梢公来不及脱衣裳，卜东跃入水中将鸭子抱住；两岸又是一阵吼声，河中又是一台锣鼓！比这个还调皮的鸭多着呢，哦，好热闹的端阳！

芙蓉城

贼

　　要做贼先要拜师，献上一只生的猪脚和一只熟的猪脚做赘礼，发誓要遵守本堂的忠义信条；然后贼师才传授秘密的法门，同时又结交几位师兄师弟，在桃园里煮酒"换把"。

　　一年顺遂地偷过，到了岁腊，堂上也要办过年货。众兄弟奉了贼师的旨令，"造了粉子"（吃饭），酌上一盅壮胆的药酒；携带随身用具，披上黑衣，着上一双头发底子的草鞋，踏着星光分头进发。他们望见人家屋内灯火全熄，便拾几块石子向瓦上掷去：要是这叮当的声响惊动了屋里的人，便知他们还没有熟睡。主人不亲身出外巡查，便唤狗来追；这时贼子躲在阴暗地方，顶好是屋檐下的柴堆里；要是恶狗赶来，掷出几枚香酥酥的药蛋；它们吃了，便无声无息地躺在地下；先把它们抬回去，卖给做狗肉汤锅的商人。回头一切都静了，溜到人家灶屋壁外，避开烟囱，择定一块墙壁，把腿上插着的刀子取出，先画一道圈，才轻轻地挖；要是碰着墙内的"柴块"，或是里面预防的木板，得舍了这洞，另挖他处。这洞只要同肩膀一样宽大就成了，因为除了肩头，别的身肢经了惯熟的练习，可以缩的极小极小；反正洞口太大了不中用，主人也难得弥缝。打好了洞，熟脚留在外边，派一个生脚进去探险，他恐怕头颅遭主子暗算，先把脚伸进去；要是没有响动，便然着火条，探望屋内的景况，再贴一张鬼符在墙角，那屋子便冷浸得可怕。他嗅着灶头上腊肉的焦香，先偷了那块肥厚的"坐凳肉",再偷些香肠，肝子，腰子，舌头，……递出洞外，剩下的几块留给东家过年。然后把火钳，火铲，锅铲，菜刀，夹子等等零件取出，连吹火的竹筒也取了出去；屋内有一架织布机，他快刀斩乱麻似地连布带纱割了下来。灶内的东西偷得差不多了，剩下些笨重的拿不出去，才"想方子"钻进卧房。他忆起了他的熟脚"把兄"曾经告诉他，那房门的闩上，有个暗销。他在旁边挖了一个小孔，伸手进去抽开那闩下的暗锁，才轻轻地开了房门，里面静极了，只有一丝熟眠的气息。他吹着纸条四下探望，隐约的满房都是财喜：吃的，穿的，玩的，件件齐全。他抢着些粉条，水烟，蜡烛，火炮一类的年货；再拿走些衣服，首饰，茶壶，酒壶，……慌忙中连夜壶都拿走了。回头他闯着一个竹罩，揭开一摸，里面有只"叫鸡公"，他一手擒着鸡的颈子套进腰带上。忽然听得厨房里的猫儿叫了两声，他屏息静立一会，还是没有响动，胆子又壮了起来。他认定了那个空床，将上面的棉被拖下，那知里面睡着一个"细娃儿"，那孩子很响地跌下踏板，骇昏了，心里明知有贼，口中却喊叫不出。贼娃子看见漏了水，伸开腿便跑，那知打错了方向，碰着墙上的钉子，他急忙转身，又闯倒了一塔"细碗"；同时厨房门也咿呀地响了起来，外面的贼娃子知道事情不妙，便背着黑货逃跑了；等那生脚奔到门口，一枝长矛搠了过来，可惜搠早了，没有搠着人。那贼娃收不住势子，撞在矛杆上跌了一个倒栽葱。他顺手擒住矛子，那汉子舍了武器，双手死死地抱着偷儿的背和手，这是擒贼的上上良方，省得他的刀子伤人。那贼挣扎几下，轻轻地唤了一声："水涨啰！ 拢来救命！"但是洞口连回声都没有，他又挣动了一会还逃不脱，那大汉的力气真猛，紧紧地搂着贼的腰干，弄得贼的呼吸都快断了。他觉得贼软了，将他的双手挽在背后，一腿压着他的颈子，把头上的青帕取来系着他的手脚。这时屋里的人全都惊醒了，大家帮忙把贼捆在柱上，看出这贼娃就是当天化装来讨饭的叫化子：他的身材很柳条，头发蓄得很长；裸腿上挟着一把尖长笨重的刀，腰间还挂着一只叫鸡公，可怜那鸡早就闭气死了。一家大小聚在房里和厨下清点东西，乱得很，年货全丢了；顶可惜，那陪嫁的布是东家母女亲手纺织出来的，也给偷走了，难保将来那对美满的姻缘——主妇正在叹气，见"长年"打着火把回来，手上抱着那已经织成的家常布，和一些零碎东西，说是在路上追回来的。东方渐渐发白，太阳出来照管世界，不再是黑夜的权威了。那长年把贼娃牵出大门，倒吊在树上。大寒天，他额上的汗珠像黄豆般大，一颗颗滴下。长年又往土边割来一束苎麻，系成一条鞭子，向贼的赤背上乱打，口中骂道："你这黑心肝贼娃子，会假装叫化子来打方道，老子省啰一碗冷饭喂狗杂种吃；那晓得，你这个杂种会来偷我们老板……'马立点'把东西全退回来，换你这条狗命；不干的话，老子活活地捶死你！痒死你！……"那麻叶上的毒毛打在他身上，红肿得，痛痒得钻心，但贼子咬着牙关，死不开腔。野麻不住地挥打，像一条毒蛇在身上乱滚，渐渐背上的肉隆肿起来，颈子胀得同脑袋一般大，他还是不开腔。那汉子发威了，看见老板娘的东西要不回来；他又去把过年香点来烙他的背，还要取雕刀来挖他的足筋。老板娘不忍见娃子活活地受罪，连忙挡住长年。她说偷东西没有犯死罪，打了一顿也就够了。长年一心要送他进衙门坐监，但报一个案子，要花一大笔银钱。还是老板娘慈善，说把他放了，叫他记着长年厉害，以后休要再来。长年遵命把偷儿放了，还踢了他几脚，叫他滚蛋，但是他倒在地下，动也不动，腰没有断，腿没有伤，人又没有死，怎样还不滚开呢？长年又要吊起他来，他不动；要拿他送官，他也不怕！这才淘气了！到底是老板娘体贴得到，赏了他几升米，几件破衣；他马上就爬起来，向着屋子磕了三个响头，才"扬长而去"！好个贼娃子！

赌红宝

这家门口忘了点"檐灯",门缝里也望不见星火;四周全是漆黑的,寒风一阵阵向着这清冷的街上呼号,好像在吐露一桩秘密。店门外隐约有个人影,像一个监狱门外守夜的哨兵。

里面是一个秘密的赌窟,流氓,烟鬼和土匪的安乐窝。窟的四壁是圮坏了的土墙,墙基的石块肮脏得像癞子头上的疮疤;墙角铺着一层薄薄的谷草,有几个骨瘦如柴的烟鬼躺在上面吞云吐雾。中间两张门板镶成一个案桌,一对白烛点在两端,四周围满了赌徒,他们正在押红宝。癞子娃儿当宝令,他头上裹一块丝帕,额前挽一个"英雄结子",帕尖吊在耳旁再也看不出他头上的癞疤;虽是大冷的冬天,他右边的袖口永远吊在背后。"马头上的"赵赌哥立在对面,跑江湖的烫毛子(赌场骗子,本姓汤)站在他旁边;人已经围得很紧了,还有人想挤进去。

从窗眼里递进一个红宝:一只寸半见方的铜盒,盖顶是圆的,宝底连着一块铜片,铜片的缺口对着宝令的方位;盖里的宝心也是立方体,只有一边涂上朱红,这红色定宝的名位和输赢的命运:它对着缺口与宝令叫"归陛",向着对面门叫"出门",左叫"青龙",右叫"白虎"。红宝一上案桌,宝令放一个铜钱在盖上,大家随随便便下了些注,因为是头一宝,没有法子可以猜算。瞎眼睛赵赌哥押了一串钱的左右,八个钱摆了一行,左右再添上二文。其余很多人各押各的,押好了,癞子宝令取下铜钱通报一声："赵大哥押左右双方一串，现注押上下五百……"报完了才高声吼道："押齐啰！喂！开啰！"这时烫毛子嚷道："妈的！跟老子等一等！"他取了一个制钱，在案上一卜，才押了二百钱左右。宝令叫道："不要白虎！"当的一声开了宝盖，果真是白虎！瞎眼睛老赵还不肯信，他把眼睛凑近宝心一看，真是白虎，他张嘴大笑，一口黄色的痰沫溅在癞子的头上；癞子哪有工夫理会，连忙唱道："对门赵大哥红一串，十个，（抽头）现注黑五百，五个；现注红一百，一个，付清啰……"打子的记清了账，才把红宝收回。

跟着摆上第二宝，烫毛子向大众嚷道："徐三江这个杂（种）爱开重宝，老子押四百钱现注，白虎锭子！你等人照样押呀！"他把铜钱直摆一行，另外一塔摆在右边的白虎方向。押双方一文赢一文，打锭子一文赢三文。大家看那毛子走遍江湖，阅历不少，他的话很可靠，不是打白虎锭子，就是押左右，只有几个小注是例外。徐宝官在窗外向宝令递了一个暗号，宝令发急，生怕人家再要添注，一下就揭开了。他向窗外骂道："他娘的徐老三又来白虎！……今年戊辰，青龙值岁，他龟儿子偏要开甲寅老虎！"第二宝赔完了，庄上五块光亮亮的龙洋旅行到赌客的手中，徐三江又递进五枚银元和第三个红宝。

这时烫毛子又嚷道："狗杂种变啰！×他万代！老子打一串青龙锭子，看他龟子敢不敢再开重宝！"这一来许是癞子娃儿走了风；二来许是大家有了成本，冒冒险也不妨，于是都打些青龙锭子。注报完了，徐三江那老头子走进来一看，他心内虽是作急，脸上却不露马脚。他是一个大瘾客，见天抽五钱鸦片，要值好几元钱，饭却吃得很少，不过"百十来钱"；所以一天瘦一天，全身如同骷髅。他暗想这两天的烟钱全输光了，真倒霉！忙又做了一个暗号，癞子当地一声又揭开了宝盖，见是青龙，气地火上浇油，回身向徐宝官骂道："老子叫你开青龙，你就开青龙，真是在行……"宝官一言不发，又出去做宝。

这时赌徒少了几人，外面透来一声响动，立时派了二人出去打听；赌鬼们却一点也不惊惶，眼睛死盯着那几块光洋。赔，赔，赔清了，又端出第四宝。这时窟中的空气改了方向，烛光朝着宝令闪了几闪。

赵赌哥这时说道："徐三江连赔三宝，不是跳出门，定是转归陛，白虎他输怕啰；说不定还是个青龙重宝。老子押三方，包他龟子逃不脱啦！"他跟着押了两串钱的上下，在角上打了一串青龙锭子。要是出门或归陛，他该赢一串；要是青龙，他也该红一串。大家说瞎子的话有理，都照着他一样的押法。宝令报完了数目，徐三江又在窗外挤眉弄眼；这回却被大家看见了，挡住癞子说还要加注，各人把腰包里所有的钱都取出来押上，赌账的人也几百几串地加注。宝官说："老子要封红，不准押过四串，多啰老子就不开！"立刻有人应道："癞子，你娃儿别赖！不开，老子连脑浆都跟你打出来！"癞子回道："那老子就要告官！""告官老子陪你坐班房！"大众那里肯依，迫着癞子揭开，癞子没法，咒他的伙伴道："妈的三江，再来回重宝，老子连裤子都穿不成啰！……喂！开啰！单走白虎一方！"正当这时，徐老头儿笑哂哂地跑进来，大家知道中了计，连赵瞎子不必看宝，也知道是白虎。眼见青的铜钱，白的花边，全盘扫归庄上，好不生气，烫毛子看见没有烫着毛子还更急燥，他首先骂道："狗的，挨刀死的徐三江，这红宝有假，普天之下断没有再转白虎的道理！老子当了棉袄，连本钱都输光啰！"赵瞎子也闹道："可不是？我姓赵的在赌场中过了一辈子，从来没有见过这么怪的宝！徐老三，不依你的，把老子的股本退出来！我姓赵的再也不赌红宝啰！"徐老三，是驰名的打将，他烧足了烟，有千斤的力气！他不答言就动武，可怜那毛子给他一脚踢到墙角上，把人家的烟盘子压坏了；回头一拳罗汉捶，打在赵赌哥肥胖胖的肚皮上，他立时就昏倒过去。赌窟变成了武台，案板翻在地下，火烛熄了，铜钱滚得叮叮当当。

外面透进一声"水涨啰！"这一堆人各自逃生；立刻进来几个雄纠纠的差人，手上端着"五子枪"，有的提着风雨灯。屋里落后的几个赌徒当场就擒。但提灯的差人发现了满地是钱，他们都舍了人去检钱；回头人都逃走了，只剩了烫毛子和赵赌哥还在地上呻吟；几位差人分好了赃，将这两个犯人用法绳捆着送进衙门；他们连赌具也忘了，只说是破获了一家烟馆。

飘叶子

我的家乡自来是重文轻武的，这是几千年来的历史风尚。在远古时我们的祖先本是一群顽冥的蛮戎；直到父翁化蜀，才在石室启发了文风；跟着就有司马相如和扬雄出来，有如彗星乍现，吐着万丈光芒；等到天生李白，金星谪下了红尘；（有人误引杜诗，说太白是山东人；就退一千步说，唐朝的山东，决不是元朝以后的山东）。三苏父子（应作四苏不是？如今有女权鼎盛的时代了！）也化作了亘古不灭的文星；当代的豪雄还有"中国的拜仑"。——这几根柱石支撑着文昌宫的正殿。

自来都说"穷而后工"（我以为工必穷，穷不必工，像愚下穷得连白水都喝不起，还没有工呢！），所以文人总是闹穷。刘禹锡拿子云亭来比他的陋室，想来扬雄的居处很是鄙陋；相如奔到芙蓉城饿饭，才叫文君去当炉；太白更是一生潦倒，虽然他曾经享受过宫廷生活；至于三苏呢，我们知道得不很清楚，相传东坡是吃干牛肉胀死的，许是饿得太久了，一下贪多致死的，而且干牛肉不比得什么膏粱美味，那是自流井盐灶里的瘟牛肉，穷光蛋吃的；还有那当代的拜仑也在饿着肚子呐喊口号，希图讨碗饭吃。

在科举时代，文人不是怕穷的，他们去赴科考，一路上都有人款待。就是反正后，我也曾沾过这种光，有一回我从学校回家，在半路上天黑了投不到客栈，我跑到一处农庄去借宿，那主人真是厚道，杀鸡宰羊来敬奉我，还给我铺了一架新床，满铺着轻松的稻草。他巴不得我早日中了状元，好修一座奎阁来保镇文风，好像资中的骆成骧状元一样。他还告诉我："甲子年深更半夜来一个叫化子，背兜上插着一支烂笔，说要上省城去赶考，因为夜黑啰，跑来讨宿。他一进门，听说我们这家人姓尤，立刻念啰几句诗，说什么'东西两汉皆文章'；小的那时是'黑眼睛'，一点也不懂，后来懂啰，可是我们并不姓刘。那晚上寒家也曾杀鸡宰羊来敬奉他，他睡的也是这们样的床。后来他当真中啰秀才，点啰翰林，有人到寒家来送报条，多们体面呀！目下那张报条还贴在那墙上的！"

有一年父亲说新书读了不中用，跑到两母山麓半边寺去设馆，一来是为教我，二来也是为家贫。那知有一位东家不给束修，闹到"吃茶"，请保正来评论公道。我当时愤恨极了，真想劝父亲不必开"子曰铺"了，不如收拾书箱，回家去专教我一人。记得那年塾中连"伙手"都请不起，事事由我们师生自己干。我们的伙食自己烧，我们的字纸自己检，我们的衣服自己在古井边洗涤。我那时很知克苦，晚上人家都睡了，我还在学"锥刺股"，高声诵："三更灯火五更鸡……"

有一天来了一位打烂账的过客，好像是从监牢里才拖出来的：他穿着一件油黑的长衫，踏着一双穿了眼的布鞋；他的头发毛篷篷的，眉目到还清秀。他的财产恐怕就只是那根旱烟杆。他慢吞吞的踱了进来，先向老师长揖，然后递上一张大红帖子，上面题着他的姓名。（这就叫"飘叶子"，又叫"打秋风"。）他坐下来讨了笔墨，马上题了一首诗呈与老师，他的字写得很健劲，这是读书人的衣冠，那首诗我记不很清楚了，开首两句是："异乡羁旅仗途穷，闻道罗君是个中，"跟着就慨叹时事，那时盛大老爷在县中颇有德政，他因道："仰看为吏亦宏通。"还有一句是："操琴鼓瑟酬钟子"，表明他得遇了知音。看来历已很分明了；他还说他路过这山中，已经绝粮三日了（可还没有孔圣人在陈国饿得厉害），昨天经过底下幺店子，在店中叫了半个"猫儿头"饭和一碗高汤；吃完了向店主求情，改天再来奉付；那知掌柜听他的口音不对，不但不肯，反罚他跪在店门口，顶了半天板凳。后来他打听这深山里有没有私塾，有人告诉他半边寺有一位罗老师，他才跑来求张罗。父亲怕他的诗靠不住，特要试试他的文才，顺便拿了几本卷子给他改。他谦逊了一下，恐怕遭人家的白眼，也就接受了。他看了看题目，直是皱眉，有一本是"岁寒然后知松柏之后凋义"；有一本是"主陈绝粮说"；还有一本是我作的，题目叫"君子忧道不忧贫义"。这样的题目，叫一位飘叶子的看了多么难受呵！他先改我那一本，把我的题目："无财非贫，无道为贫，是以君子忧道不忧贫也。"用朱笔轻轻的上下一勾，另改作："道亦忧，贫亦忧；忧道不忧贫者，君子也"。随就翻开末页，从尾上改回去，似乎比父亲还改得快些。

父亲留他吃饭，他也就不推辞了。那知我们那天也绝了粮，我忙对父亲使了一个眼色；父亲会意，踟蹰了一会，打发我去向保正借了两升米。我看菜也没有，溜到蔡家竹林里偷得了几根笋子；偷书不算贼，偷菜便难说了，幸亏没有人撞见。沿途又扯了些"狗地羊"和"马齿汉"一类的野菜，拿回去凉拌来吃。米才下锅，卷子就改完了。这时来了一位笔客子，背着一褡连新笔。那位客人很懂得这门功夫，他替我们讲好了价钱，再公道没有了。他特别为我挑选了两只，说只要顾惜用，包可以用两年，叫我每写了一百字，用清水洗一次。他又同父亲谈了许久的书法，他从怀里取出两页王羲之的兰亭记真笔（这才是他的财产），父亲见了真是高兴，立刻就展砚来试试新笔。客人说羲之献之是书法的始祖，后人得了他们的一笔一划，便自成一家：单看那"之"字，就没有两个相同的。临了一会帖，饭已备好，父亲陪着客人吃，我们几位门徒在旁边侍立。父亲总是停着筷子，谈古论今，滔滔不绝；那位客人却只是努力加餐。客人说这笋子真是鲜嫩，我真想问他吃过"干笋子"（老师的竹杖）没有？父亲问我这笋子可是保正送的，我红着脸点了点头。我看客人真是饿慌了，三口两口就吞光了一碗；转碗时他不让我们侍奉，自己动手满满的盛了一碗。他以为这顿饭是专为客人和老师用的，一连转了好几碗，我们几位同窗只好暗暗叫苦；父亲陪着客人，又不好先放下筷子。吃完了饭，我们又敬烟敬茶，他看我们这般殷勤，立刻又吟了一首诗来赠我们，可惜那首诗我全忘了。这一来惹动了他的诗兴，他又作了一首来道别，其实是在发泄他自己的牢骚，说什么"天生我才不我用，流落江湖亦有年。"像这样的打油诗，我如今也会作了。临走时父亲送了他两百青钱的盘川，他再三拱手道谢。

　　送了客，父亲就发卷子，我们大家围着观看。父亲说卷子改得很稳当，只是虚字眼改得不大合式，他顺便重改了几个。一篇文章全靠这几个虚字眼。发完了，父亲长叹一声道："尔等细听，有道即非贫，读书人出门不必带盘川钱。尔等勉之，书理精通，不愁衣食。"且不说我那天饿饭，就是如今流落在天涯，也难得一饱，大概是还没有读通吧！

五堡墩

这是伏天里，太阳一出山便觉暑气蒸腾，我跟着父亲的轿子上山。山路崎岖，才知蜀道艰难。往日走的是"东大路"，路上镶着平坦的石板；这儿尽是羊肠似的毛草路，两旁长着人样高的冷蕨萁，有时在悬崖边爬过，大暑天我也会寒心，但轿夫们却如履平地，脚步并不移的慢，前面呼一声"滑得很"，后面应一声"踩得稳"。这青山好像就生长在眼前，松林里满是矮蕨萁，丝毛草，杂着些斗碗花，山枇杷，罐□子，救命粮，和许多无名的野花。处处可以嗅到泥草的芳香，甚至还有麝香。空谷里满应着画眉和野雉的歌声，偶尔有猎人放哨和牧童唱山歌。这儿只有壮穆与和平，我好像回到了童年，随父亲隐处在两母山中。对我父亲说："这样的山野生活真是有福！山上的画眉这们多，那么子不网几只来养？"父亲叹息的说，先前总是为我读书奔走，如今清闲了，倒可以栽花养鸟，享点清福。

轿子爬了山又要下沟，沟里涉水过去总是一处农庄，田里的稻子黄得像一坝金沙，稻香风里还飘来一阵桂香。田坎上蹲着的青蛙长得肥胖胖的，人来了，它往田里一钻，发出一种清脆的泼水声。这样沿着山脚转了几个弯，轿子又要上山。遥望头上的山势陡转雄峻，五个高峰摆成一列长蛇阵，这无疑就是五堡墩了。这时山路不明，轿子迷了路，父亲说他时常走过的怎样会着迷？我暗想莫不是遇着"桃花源"？崖边虽有小孔，但石滑苔软，不许高攀。还是父亲吩咐不用爬山了，已经到了墩前，绕着旁边过去，岂不就到了高墩！后来果真到了，但绕了几弯空路。这墩略作圆形，周围尽是悬崖，基脚好像还不及山头广大。底下修着一段马路，我暗自称奇。这日四野清平，所以砦门半虚半掩，这道石门隔断了几层。踱进去只见一条阴冷的石梯，两旁浸着泉水，解除了远行人几分暑意。这道儿笔样的陡，攀着石栏才能登上。百步之上转过一弯，犄角上有几方大石，倘如推将下去，任人和马也只会粉身碎骨。转拐后进了二门，门里有一个长洞，在里面呼唤一声，回响不绝。一连又转了几个拐，才出了洞望见青天，这比起登泰山的南天门还要艰难。

山上有一座人家，并不闻犬吠鸡鸣。直升了堂屋，才见主人，这主人很清瘦，眼睛已落了眶，但他的精神很矍铄，态度又安闲，好像一位深山的隐士。主人随即讯问人间的沧桑变故，连国都改建金陵都不知道，更不用说关外的风云险恶。据说这堡砦已有了千百年的史话，当年张献忠剿川时，还攻打不下，今世的匪徒更无力侵犯。因此砦上的人家得以清平度日，从不感到人世的纷纭。憩了一会，我便出去观望，见四处的龙脉都奔向此山，宛如一列小昆仑。那对山，第二堡峰，挨的太近，万一失守，将危及此山。山崖险处修着城垣，并不是为防贼，乃是怕守望的人昏夜失足。我环着绕了一圈，在山腰得见水源，泉水流贮池内。避砦的人最怕缺水，张献忠那回围了几个月，后来探知上面水涸了，下令猛攻，几乎要攻破了，那知天心厌乱，忽然下起雨来，为川民留下一线生机。

进屋后又去逛花园，园里长着繁茂的竹林，花径很是清幽，还有一方水塘，里面有青鳍与红鳞。花厅上悬着满壁书画，还陈设着有棋子。厅旁一所吊楼，窗外远望群山，无边的空旷与消遥。

也不知过了许久，听天牛"朗朗"的鼓噪夕阳，我又出去眺望。微闻砦下有兵马之声，一时不免惊惶，临崖一望见底下有人试马，在那段马路上来回的奔驰。渐渐红日坠入远山，映着满天的紫，天边的云霞化成叠叠的峰峦，与远山相混，不辨真幻。望了许久，云淡了，山远了，天上星儿渐渐的开朗。天是这样低，我疑心伸手可以撮取银河的水来灌溉人间。

芙蓉城

回 川

　　我于十八年六月十六日由北平绕道上海回家。等到二十九日才由宜昌开早班，从平善坝上去进入三峡，河身陡然变窄，好像从船边一跃便可登岸，水流如瀑布般紧急，船边涌起两道波浪，像两条蛟龙随着船身翻动。山势越来越险峻，两岸万刃石崖斧劈一般的陡，相传是禹王治水的神工。有时山顶蓬了拢来，头上只留一线天，江流随着山势曲折万转，拐弯过去，只见一段河身，来去都不分明，船像遇了大雾，不时放哨，回音在两壁上回应不息；想古昔的猿声当更增悲壮。巫峡的高峰上有云团如柱，这峰得雨那峰晴，这就是"巫山云雨"。跟着山洪暴发，万壑争鸣，瀑布似长龙奔下。

　　过云阳望见清道人题的"江上风清"，很是健劲，江水都为此生色。上面有张爷庙，据说将军的头颅，还泡在油坛里，只须灌入百十斤油，那骷髅便会浮起来，这一带的山多方方的，像一座塔；每见一座保镇风水的高塔，便知隔城市不远了。

　　这晚泊在一个乡场上，我伴着一些同伴上"坡"去玩，惹得乡人惊怪，问我们是不是外洋人。一踩着这土地，就如到了家，我们在市上饮茶，买了许多瓜子，橘红，盐蛋，酸菜大嚼特嚼，这真是川味了。

　　我在船上结交了张植辉君夫妇，还认识了曾冉尤三位女士。我和植辉"萍水相逢，顿成莫逆"。植辉少年英俊，中山先生曾向他说："中国的事全放在小老弟肩上。"我和这几位女士辩论过妇女问题，我说："你们妇女被男子欺侮全是因为不事生产，你们应当求经济独立。"她们回答说："什么叫不事生产？我们生了孩子就算尽了天职；难道你们男子还生得出么？"问得我哑了口。她们听说我还要远渡重洋，便向我说："这何必呢！到不如留在家乡开开风气。"我说没有法子开通，这几道长峡永锁着"古天府"。我今回还得装老腐，捧军阀，这是我们四川人生活的秘钥。

三日早上望见了重庆，喜得我差点跳下水去。植辉邀我住他的花园，省得在客栈里受苦；他的太太也坚请，好像不去他们还会多心，这使我不得不羡慕孟尝的高义。我们换上小划子，沿江上溯，在江边菜园里买了些青椒，茄子；又在河心购到几尾刚上网的鱼。

到了张家花园登亭一望，见长江浩荡奔下，与嘉陵的清流汇萃，将巴城围绕，宛如一岛。对岸峰峦重叠，青得像翡翠，园里栽着许多兰卉，石榴，晚来香；地上满是青青的薛苔，又过江看他城内的公馆：这是一个幸福的园庭，嘻嘻嚷嚷，不是孩子闹，就是鸟儿啼。天井里遍植花草，榴火吐地红艳，正厅像宫殿一般华丽，雕楼上可以眺望全城。这人家的礼节很大，植辉拜见了老人，我也进前长揖，穿着西服行古礼，惹得主人好笑；植辉说我大概十年没有作过揖了，这正好温习温习，进了客厅，主人把床上的烟灯点然，说如今招待客人专敬洋烟，别的烟茶全免了，这使我吃惊不小。这套家伙就值得赏玩：枪是玉制的，灯是银铸的，烟膏是"南土"，烧起来不会开花。帐上还吊着许多芝兰与茉莉，烟香与花馨混在一起，那天吃尽了家乡美味，那椒麻鸡的味儿如今还像是粘在唇边。

五日是我的生辰，植辉把他的母亲和弟妹全请过来；原是为家庭取乐，顺便好与我庆生。这回有米粉肉，腊肉，鲜鱼，山珍海味我已遍尝了。因为是贺生，免强我多饮了两杯黄酒。我醉醺醮地过河去看戏，这是高腔，要吼牌子，譬如汉武帝出台唱一句："有朝一日时运转"，那打招鼓的心灵口快，马上吟成一句："升到天宫作玉皇"。跟着把"皇"字拖长了声音，全班合吼。我最爱那小生，风流标致，穿着轻飘的绿绸衫，方帽后面还悬着一双飘带，小生的声音与小旦的全然不同，且角要唱阴喉咙，咿咿呀呀，声音很尖。戏不很规矩，乐鼓又闹，那圆锣有二尺圆大，还有钹打得锹锹地响。

有时我在大街上闲耍到处吃东西，白天吃甜蜜的冰粉，和酸辣的凉粉，还有榨菜，豆花，糍粑，满街叫卖。晚上吃汤元，酒糟蛋，和素面，那面加上许多"红"酸咸麻辣，味道很长，两三天内我的肚子就出了乱子。

六日打早离了城，才到了真正的四川，巴县原不过是一座下江化的口岸。这是上成都的小东路，路上有牵麻不断线的行人，背着衣包，穿着草鞋；有的还露着半臂，大暑天头上也打个英雄结子，也有骑骡骡马的，也有坐滑杆的，这滑杆只是两条竹竿，中间有一个竹兜可以乘坐，改良的再支上凉篷，通常是一分钱一里，不过轿夫听见我的口音不对，总是欺生，非要双价不行。后来每过站口，我假装哑巴，托原来的轿夫替我写，写成了我另添他们两分茶赏。

一路上青山绿水，稻子已牵线了，长得又青又肥。有时稻香风里送来杜鹃声，这和北方的"鸹鸹鸹"不同，这是"鸹国杨"。

在北平听说进了四川，一上坡就有"棒老二"（兵老大，匪老二，学生老幺），但我这回经过，却算清平，就是端着银子走都没有人敢打"起发"，这全仗民团练得好，匪人抢了银子无处逃生，但这并不是说全没有歹人，我快到老关口时，听说前两天杀了几个"花路板子的"，害怕他们的余党出来报仇。我听了很有戒心，在路边停着等候行人，大家好壮胆，那知空等了许久；后来才知他们还在后面结队。我因为忙着赶路，只好单人过关。大道转进了深山，又险又窄，两旁的树林蓬得很高，冷浸得可怕，我时刻都在提心吊胆。忽然看见路旁的树子摇动了两下，轿夫们都骇坏了，但并没有歹人出来，后来发现了一根兽尾，才知道是一条水牛。登到了关口，轿子要憩气：那地方是土匪的窠子，我那里肯依，忙添了他们五百钱，叫他们飞抬下山。进了码头，听说前面的行人才遭了抢，心里越是惊惶。

行到太平镇，投了客栈，心里才安定了些。么师见我气象不凡，忙请我住上官房：这间房也不过是几架草床，一盏油灯，一躺下就有臭虫蚊子来招待。么师给我倒茶倒水，吼个不休。吃饭时，又敬我一盘茄花小煎，还殷勤地问我一人难免不太孤单。

过内江看见新修的马路，坐了一程东洋车。车夫把车杆高举，用手臂横压在上面，他头上还支着布篷。他大步大步地走，像抬轿子一样，我教他也教不会。在车上睡醒来，见辘轮旋转，疑此身依旧在京华。

晚上赶回了资中，这是我的旧游地，那时夕阳正搁山，珠江泛着血红的水；醮坛与重龙两峰高耸，笔架山依然秀蔚；还有一座奎阁镇守着文风。进了城，寻不到栈房，使我回到了故乡依然感到飘泊。

第二天是七月十日。我出了资城，奔向小道。行到高楼乡，逢着市集，鸡鸣猪叫闹杂了。那知到了故乡，轿子还要欺生，我便雇人背着箱子，步行到走马场，那儿是"寒天"，写不成轿子，我又只好走，在半路上起了脚泡，走不动了；但归心很急，巴不得一步就到家。幸得在么店子上写成了一乘滑杆坐回去。到了罗泉井坡上，我下轿来奔跑，临崖望见了街市和外婆的老屋子，我狂叫起来，轿夫以为我发疯了。我飞奔下山，进了场口，转了几条街，连一个人都不认识，难道我竟变作了陌生的远客？蹀过子来轿，听见有人叫"懋德回来啰"，这是奎大爷的大喉咙声音。我惊喜间忙问家中的人好么？他说："都是尚好的。"说着说着他就悲泣起来，我也禁不住下泪，想起这七八年的苦别，越觉心酸。奎大爷告诉我荣哥丢了；谁料相亲的手足，我来稍迟了，就成永诀，跟着盘三姑爷，雨霖舅爷和一些长辈都来了。姑爷说他亲眼看见我走过，简直认不得了。雨霖舅舅是我进清华时的恩人，他这回很高兴，说我是有用的子弟，还说我身体保养得好，纵然是憔悴一点。奎大爷说公公头场叫人买了几串火炮，天天算日子，眼都望穿了！舅舅才说："老人望得很，早一刻到家，早一刻令老人放心。"

我立刻又坐轿子回去，这一节是熟路，这青山，这流水，这一根草，这一块石，都像在欢迎我；还有蝉声，七年不听了的蝉声，把我唤回了童年，在路上逢着一位赶马的小孩，拼命唤三哥，唤了几声才知道是唤我。他说："我早就知道三哥要回来啰，我听轿子里面声音，猜想一定是三哥。前天二娘打发我来接，当真接到啰。"我问他几岁了，他说快满十二岁了，那我离家时他才四五岁呢。

隔家还有三四里路天就黑了，要快也快不起来，心里越是急，过了油房沟，上坡就望见了家，这时如痴醉一般，反以为是梦，害怕醒来，我先过佃客家，请人替我打狗。佃客听了，大声嚷："少爷回家啰！"我到了屋侧，只听到几声狗吠。进了柴门，小弟妹忙叫："二娘，三哥当真回来啰。"这真是天国的福音！我不理他们，直奔进堂屋，向着神龛敬礼时，公公还以为我是装假的；因为家里的人骗过他好几次了。等我伏在他的足下时，他才肯相信，惊得老人流泪道："辉儿是你吗？"以后就不能说话了。我回头望见母亲，老瘦了许多，早已是满脸的泪。说："辉儿，你当真回家啰，两母山菩萨有灵有验。"我再掉头看见父亲，依旧是那样尊严，却苍老了许多。我不敢哭，免强忍着泪，一时么弟在地坝里放花炮，闹得满屋响轰轰的。一家人又给我上了许多件红，我记得只有接亲才挂红的。大家聚在堂屋里问长问短，路上可曾受惊么？学堂毕业了么？还要不要放洋？我一一答复了，那知他们全听不懂，把我看做奇货。娘说："辉儿，你那门子变得这样啰？快不要去留洋啰，二年子回来，怕连娘都认不得啰。"真的，这些弟妹我已认不清了，娘替我介绍："这提水的是你的亲妹妹，嫁去周家啰，这是三妹，那是幺妹，地坝里检火炮的是幺老弟，你走时他还在吃奶呢。他听说你要回来啰，天天跳门坎，说一跳一跳，三哥就回来呢。这吃奶的是新添的小侄女，……"我问醴泉那去了，母亲迟疑了一会才说："他下重庆去接你，那晓得你到先回来啰。你在路上没有撞见吗？他出门时飞叉叉地跑，伞上还写得有几个欢迎的字……"大家那样多话，我简直答应不及。大爷说，那年子夏天打啰一个大雷，连房子都要震倒啰，问我在京城听到没有？我当然回答没有，他信不来。幺弟抱怨他扯疯扯呆啰，要我给他医治，我摸摸他的头，说好啰，他真的信。后来公公说我去啰不久，他老人家的头发胡子全变白啰，那料去年子又转青啰，我那里肯信，忙将他的丝帕解开一看，果然还剩下稀疏的青发；连声道公公的福气大，当孙儿的也好托福。我抬头望见梁上悬了十年的老纸，沉默了片刻。跟着大家翻看我的东西，幺兄弟抢了电筒往地坝里去找火炮，幺妹拿了表，细听它讲话；其余的人也各取了一件；娘才把我的衣箱收了进去。长到这样大了，还要娘替我收拾衣服。

晚上吃小菜饭，那酸菜和豆瓣真有味儿，我吃得很饱，公公叫我剩点肚子，夜里还要消夜：他老人家为我蒸了一坛甜酒糟。

随就进入房间，谈了许久；人渐渐地散了，还是幺弟首先叫睡，许是他闹得太累了。后来只剩下父亲和母亲了。父亲平日最是心硬，这回却有点酸鼻，叙到别离的苦况，和双亲连年的重病，我不禁暗泣起来。但说到后来，父亲反喜笑开颜，说如今我已成人，再等两年学问造成啰，便好为国家出力，一切的家事也就好办啰。夜很深了，父亲又问了我的学科，他喜欢我学文学，

芙蓉城

正好承继他的志向。谈到深夜，娘要我去睡啰；父亲却不肯，说这样远接回来，连话都不谈够么？娘吵道："我的儿要睡啰！"

第二天在家里谈叙家常，最离不开的自然是公公；他坐在椅上卷烟锅巴，桌上放着一盆他手植的卉草，时时放出清香。他问世道这样乱，真命天子几时才出来呵？我说也许就出在我们家里，那年子奶奶老了时，阴阳先生不是说五十年后我们家里要出龙吗？他又问京地原是帝王都城，到底是多么堂皇？我说从天安门一直进到太和殿，殿里有九根龙柱，都是十来抱大的，中间还有一座金銮宝座，我们的国父死后还在上面坐过呢。我问他老人家还会钓鱼打枪么？他说如今眼力差啰，鱼不肯上钩，枪也瞄不准啰。我对老人说我已把他从前打猎，钓鱼，养鸟一类的生活全写下来啰。我把文章念给老人听，他听到得意处总是扒扒胡子："大家都说我这只兔子来得太容易了，但都恭维罗二老爷手稳，回回见采，公公的枪法也实在高明，他会用双眼描准，枪尾随着野物移动，百发百中。"

一会儿又跑进横堂屋和伯母闲谈，她说大姐接到了我一封信时常拿起来读，读到流泪。大姐向学心切，在这样高压之下免强废学。她这时正在赶做嫁妆，向我说这一针一针都像刺进啰她的心头。又说如今家里开通了许多，姊妹们都剪啰发，还是我的母亲先剪呢！我怕是取笑的，忙跑去看，果然剪啰。母亲总是忙着给我做菜吃，香肠腊肉还为我留下两罐，她最担心的自然是我的亲事，她说妹妹早嫁出去啰，弟弟不久也要成亲啰；问我的婚姻到底怎么办。我说请娘给我订下一门吧，娘假骂道："你这娃儿扯得很，和娘都不肯说真话啰！在外面有啰人，那门子不带来？"娘告诉我如今又有人来说亲，爷已经去看过，人材满好，如花枝玉叶一般，问我肯不肯。我满口答应，请娘赶快给我接到家里来。这一半是假，一半也是真，我觉得家里订下的女子至少不得会调皮，省得白费多少心思。正在这时，有人在我的书里发现了一张女子的相片，母亲忙叫取放大镜来照。大家胡乱地猜，幺妹喊这就是三嫂啰。我说这是一位朋友的相片，她临走时送我的。她们说身材到好，只还不够乖态，我们家里不要这样的人；我道恐怕要还要不到呢！

谈了许多话，我出去看屋基。怎样从前当作很大的东西，如今变小了许多：譬如这阶沿，记得是很高的，如今只轻轻一步便登上了。这房子本是四合头式，北面因为要望风水，没有起下厅。房子很高朗：后面是柏林，两房边种竹子，正面是一块桑园。我在园里手植的胡桃树已长得很高，结了许多果子。再前面是祖母的坟山，坟里还空着一边，将来公公老了就长眠在里面。坟前有两株柏树，剪得尖尖的，像一对蜡烛。底下是一湾玉带田；再下去还有一方罗盘田。田外便下山了，两边的沙脉重重合抱；象山是凤凰寺，山上蓄着青蔚的梧桐；象山背后还摆着一列龙祖山，有头有尾。柴门口服贴着一幅对联：

> 天星临水口
> 龙凤镇柴扉

我把它换成了

> 龙游大海
> 凤集高梧

太阳偏西了，我在家呼唤一声出去游山，要来的尽管跟着来。这可了不得，姊妹们不让弟弟争先，大娘和妈也要去，几乎全家出动。我们穿过茶树林，直奔火烧坡，采的采野花，捉的捉迷藏，真有野趣。忽然惊起了一只山兔，忙唤狗去追，小弟弟也跟着追到对山去了；又在那边赶出了一对花绿绿的野雉，飞过这边山上来了。大家累了，坐下来摆"龙门阵"。望西天尽是红云，把这山映红了，犹如火烧了一般。

十二日随着父亲去赶连界场，一路上尽是驮矿炭的牛马，许多乡下人担着米粮，牵着猪羊上市，他们脸上表现着无知的满足和快乐。场上没有什么变动，只新添了一所庙宇。这日瘟疫流行，庙上竖起了天灯求玉皇祛禳病症。在茶馆里会见许多老前辈，和我启蒙的刘老师，老师已改业行医，吃起洋烟来救人；这是他顶忙碌的日子，我生怕他自己也传染着病。

第二天下罗泉井，井上烧盐，比自流井的味儿还来得长。我先到耀才家里，他们不知耀才战死两年了；还在望他生还。他的父亲皱皱眉头，母亲直是哭，问我到底是怎样一回事？这风声泄漏不得，我随便扯了几句谎。这岂不是最好的小说资料？我为耀才筹备的追悼会，只好作罢。

从芙蓉城到希腊

在街上呆了一会儿，便下乡到幺舅娘家，知道建中表弟把家业败坏了，外祖父便一气身亡。我急忙去祭拜外祖父和幺舅的坟，在坟前痛哭了一场。记得我去京时，外公含笑送道，日后学成归来，还要吃我的酒呢！那知这片孝心已无从报答了。

天幸外婆还健存，我忙赶下球溪河去拜见。外婆见了我很欢喜，只是年寿高了，有些懵懂：我同大舅爷所谈的话她老人家全听不明白，只觉口腔虽变了声音还与儿时的一样。大舅说："德辉，你的亲事一定要在外头找，我已经对你的娘说过啰。唉，人在人情在，从前你幺舅要把大表妹放跟你，要是幺舅还在，你敢说不吗？去年子大表妹已经出阁啰。后来外婆又想把二表姐放跟你，因为你不在家，便嫁过萧家去啰。这白胖胖的就是我的外孙儿。……"

十七日游五堡墩。

次日大姐过八字，我忘了这就是订婚，这一天我不很高兴，大姐也像带着泪痕。我隐忍着把礼物挑进了堂屋，行了礼，才交与冰人送去。

醴泉这天才回来，为我白跑了一两千里路，见到时真想哭。他已经成人了，他这门婚姻也和大姐的一样。我原得了父亲的同意，随着母亲去看未来的弟媳；可惜忙不过来，看也不一定看得见。

大嫂这时要下富顺找大哥，无奈伯父不肯，说大哥放浪成性，恐怕靠不住。我对伯父说"儿孙自有儿孙福"，用不着伯父这样操心。我愿写信与大哥保障一切，他才得应了。大嫂要我送她下去，那知秋妹也要我送她到遂宁去看善义，我不知送谁好。

这天几位姑父和姑母都来齐了，家里非常热闹。晚上我当着客人劝谏父亲从此归隐林泉。父亲很受感动。我的大姑母吃长素，肺病已害得很重了。我劝她开荤，她说万一犯啰两母山的菩萨，她的孙儿又长不成器，谁担保？

廿一日下老房子拜了三公公和荣哥的灵。三奶奶见了我，老泪长流，她说荣哥和我先前正像一对儿，如今见啰我，就像是荣哥生还呢。奎大爷特别请厨官司办好了一桌席；他不早告我，等到好菜来时，我已吃不下了。在席上提起荣哥，大爷又哭。他望我将来支撑门面，还托我教导几位弟妹。饭后又到么房子，那一房人连炊火都举不起了，想起从前在那儿读书的快乐，很生感慨。顺便又到华林家，这就是"打鱼"文中的"渔家"。见到华林的老父依然健旺，满口的湖广腔，我已学不来了。华林的儿女已成行，他夫人的脸上不见了春光。

华林第二天才到我家里来，老友相逢，依然谈笑不拘；只各人脸上都起了经验的皱纹。约他第二天再来谈论艺术，那知太太不放他过来。

二哥这时也从县中回来，天伦聚乐只差大哥了。二哥赞成我学文学，说如今四川找不到新文学教员将来不愁没饭吃。

从廿三日起在家里清耍了几天，这晚上开了一次家庭聚乐会；采用开会仪式，由二哥主席。长辈致了训辞后，我致答辞如下：

> 这次回家享到无限的家庭乐趣；社会诚然冷酷，但一到了家中便感到亲热。如今我们的家庭在思想上，在形式上已改进了许多。我深觉这种淡朴的生活有无穷的美趣，愿家人永保这种优美。这七年我虽是没有造到一点学识，但能保全着童稚的天真，还是本来的面目。此次远渡重洋，当固守这一点。

演讲完了，我唱校歌，大家听得很新鲜，父亲叫我重唱一遍。最后由我敬茶点，又想了许多游艺，全屋都闹震了。

第二天在家里尝新，也就是给我送行。这日大家都有点作闷，连幺弟都不爱跳了。我到处找母亲也找不见；后来闻得哭泣声，才往楼上寻着。我说母亲何必这样悲伤，过去的几年，不是一放就过啰？母亲道："辉儿，七年，你伸起指头数一数，娘在家那一天不望你？"我想母亲在家生活很单调，生活一单调，日子就过得慢。其实我自己也觉得七载难挨。后来娘又问我此去又要几年才回来？我说学校规定五年，但三两年后我准定回来孝敬母亲。说到后来，我也想哭了，好在我会讲笑话，我问娘喜不喜欢我从外国带一个洋女子回来侍候娘？娘道绝对使不得，说地娘笑起来了。

下午娘又到庙上去烧香，两母山的愿日后再还。在庙上认不清观音菩萨，我说观音是男身谁也不信。归时路过孙家堰塘，我着上泅泳衣下去戏水，大家都说我的手脚动得好看。只是母亲暗暗着急，生怕我淹着了。她说："再不起来，娘就要跳水啰。"

这晚上大家留我；我答应多要一天，大家才觉好了一点。虽是后天的日子不宜出行，父亲也没有说什么。

再叙了一天的别，大家都是说不完的话，只母亲一句也像说不出来。几天的操劳，她老人家已经累倒了。晚上等大家睡了，几位姑母和父亲在地坝中望月；这是下弦月，那缺口是别离的象征。月光很清辉，我们在光里沉思，不知几时才得团圆？

廿六日离家，几次想动身都留住了；不是伯父催行，我真想又改期了。大家敬了礼，把我送出柴门；祖父扶杖要远送，我忙叫人扶着他，再三挡住。老人挥杖相指，老泪长流。母亲早已哭得不像人了。别了，真别了。到对面树林里，我回头探望，见他们还站在那儿，母亲还挥着手巾！慈母呵！你的巾色永留在孩儿梦想中，像天使的翅膀轻轻地招摇。

芙蓉城

老钱局剧景

　　人物是"主人"公，女英雄，傻子，火夫，和老妈子，有时过客里的观众也加入扮演。

　　地点在老钱局五号，头上是晴蓝或是阴沉，四面是人家的剧场。我们的剧场是一方 Orchestra 空地，有时却变成了小小菊园。舞台是罗马式的（希腊可没有这怪东西），这一道长狭的廊子尽够排演，背后的"舞台建筑"（一个不通的名字）有五个房间，中间是客厅，厅内陈设着橘红的沙发，大箱当茶桌，此外就像没有什么旁的东西了。配景有狮子狗，花猫，"沙和尚"，画眉，和芙蓉鸟。还有一对百灵鸟，那是火夫养的，挂在"舞场"里。

　　时间是最近一两月，可以说是一出"现代"剧。

　　主人是一个大汉，像是从昆仑山才移下来的豪强。化装时，不妨仿照希腊办法，把比例弄高大些，脸上的肌肉和鼻子就像几座荒野的山头。至于主妇呢，倒是一位精明美丽的女子，虽然不十分会看管这个剧场。傻子自然是一个陪衬，和主人是那样不同又那样相似：人个子不矮又不高，因为不明白一切养生的秘密，把身子弄的又青又瘦，把意志弄得十分糊涂。他在戏剧里的功能自然是在安慰那苦痛的主人，并且给主人一面镜子，好使他把人情世故看得清楚些。主人喜欢现在，傻子却好古，时常捧着一块古代的破陶片，一定说上面精致的绘画是女战神的肖像，且时常想把一种死（？）文字弄活，摹拟古来的剧景和诗情。他开口

"河马"长，闭口"河马"不短，主人却喜欢 Eliot，Picasso 和一些顶新的诗人与画家。主人每天要生三十次至五十次气，因为水不热就想到管子坏了，甚至因为一月要九元半的水钱硬说是水管在地下漏。傻子可不生气，他说人家要九元半，就给他十元整数吧。看他说话的神情好像全不懂得钱的艰难。这正是傻子聪明的地方，如果傻子也有些聪明的地方。但如你硬说傻子不聪明，他却有一位最聪明不过的朋友，这朋友能说故事，能在一件事物上"生出五十种联想"。他曾经来看过两次戏，两次都见到傻子在斗牌，输了也就是赢了。那位朋友用诗人的口吻说："傻子，你怎样不去欣赏'诗'，一种天生的'诗'；把整个心情寄在那上面，那你就不会再叫无聊，再有闲情斗牌了！"这傻子成天喊叫无聊，说东方没有阿福罗提忒。其实他最感到生活的兴趣，用一种傻气骗过了聪明。他虽然不懂得"诗"，却懂得诗里许多法则，如像九行体与十四行体的分别，如像中国诗里应该有 meter，他时常忧心我们没有 Rhythem，主人却说："傻子，你何妨读点法国诗，节律原可以生出许多变化。"他虽从主人面前学得了许多智慧，依然化不掉半分傻气。主人正在把 King Lear 谱成中国诗歌，有一天译到 Fool 一字，问傻子可否译作"浑人"或"优孟"，傻子回答说，这还要问，现成的名字不就挂在口头。

在某一幕戏里，进来了一位诗人，因为主人出去买梅花鹿去了，害得傻子款待诗人。他介绍诗人去看马，拿玉米虫去喂画眉，诗人吟道："I love the bird, but I weep for the worm."吟罢用手蒙着头，表示一种难堪的状态。但最使他难堪的，却是为"沙和尚"的病。"沙和尚"病了，像是胃炎，一身热的发抖，虽然已经放过了血，像拜仑病卧 Corinth 海岸时那样放过血，同是放得太晚了。这一定是傻子的错，他不敢告诉主人。大概是三个礼拜以前，他误给了它一颗枣子核，这鸟擒着就不肯放，傻子伸手进去，它却把果核含进了喙里，但是傻子一走开，它又放出来玩。想必是这一颗东西害了它的性命。诗人看见鸟站立不稳，把头靠近笼边，他说："鸟死了，得要像 Gray 那样做一首悼诗。"鸟当时就"羽化"了，傻子暗中哭泣，再没有橙黄带绿的彩影了，再没有吱呷的学叫了。他整天望着空笼子发痴，希望什么时候能够替主人另买一只，好使主人每天早上把多余的精力和心情全盘放在鸟身上。

除了鸟，要数狗和猫最有趣。狗的名字叫 Earl of Leicester，猫自然叫以利沙白皇后。它们俩由仇敌变作了最顽皮的朋友，不知当时英国宫廷里有没有这一段良缘。猫会学狮子滚绣球，不，那简直像我们的大学生踢足球。它也是惹观客喜爱，谁都喜欢上台来抱抱。傻子却不顶爱它。主人突然要把它送回原主，因为它扑过了一次小芙蓉，惹得主人生气。傻子当时却在旁边吟道："不吃鸟，不叫猫。"主人更气了："傻子，谁教你做会了打油诗？"那晚上猫却很聪明，跳到傻子怀里看他译一本古剧。傻子明白了猫的来意，向它说："你才是傻子，谁敢放你回去！"于是猫便在傻子被上睡了一晚，人动动，兽也动动，何曾睡着过？傻子又不忍把它推下去。天还没有亮，听见猫叫，他还当是鬼哭。起来一看，自家的猫乖乖地躺在身边，那准是什么野东西在捣鬼；又不是春天，叫什么呢？于是傻子想起春天的花，想起秋天的落叶，想起成天成夜扮演过的戏，便爬起来写文章。写好了文章又去睡觉。

农　庄

这是人家的"七四"节，大清早就有许多车子往郊外驶去，车里的人有的还没有清醒，任晓风怎样吹，那女人娇懒的伏在男子的怀里，许是昨夜工作得太累了，旁边许还立着一条狗，狗也在打呵欠，车外许还放着有钓鱼竿，和一些野宴的粮食。我们的车子开得很快，有时竟超过了六十哩的速度，只觉车子在空际飞翔，和孙猴子打筋斗一般灵快。车外的物景已看不清楚，好在掌车的人，生得一副鹞子眼睛，前后左右同时看得见，他远望着了一位乡警，忙把速度退到了四十哩，快到警兵处时又开快五哩，我们一齐向那铁面鬼道一声 Hello，他才把表放下，也没有来追，逢着这喜庆的日子，好意思为难？据说只要车子体面如 Stutz、Lincolnv、Packaro 之类，再开快点也不害事。这并不是说车里坐有贵人，乃是说那种车子不肯轻易和人家的相碰。忽然我们撞过了一辆烂篷车，车后发出了一声破响！大家这回可吃惊不小，有的说是车子碰坏了，有的说是轮子破了，但车子还是转得尚好的。后来才知道是人家放我们的小炸弹。

这日大麦黄了，黄得发亮。那怪物在田中开过，一边就洒出麦子，一边放出草。（比起我们用手搓麦子真费事。）太阳一晒，玉米长得真快，绿叶间现出几道红白的花纹。牛栏外总是青苍的草场，里面杂着些紫花。有时晨鸡传来一片相催，村里的人家渐渐出来工作了，他们用工作来纪念休暇，不像城里的人那样偷闲。

路这样平，车转得快，遥望那树林深处隐伏着一所农庄。那就是我们的消遣地了。进了林子，望见两位女娃娃在樱桃树下贪嘴，那枝上有两只红胸鸟含着樱桃喂小雏，它们全不怕人，孩子们见我这外国人倒想逃避，我忙说："婴孩，我是来给你们采果子的。"我顺手采得了一些鲜红的樱桃，先塞了几个在自己口里，然后才给与孩子们。趁势就擒着一位，她想要挣扎，我将她举到树枝间，她倒忘了一切，只顾采果子。这样我们就做了好朋友。她又把小妹和爱犬唤来，人和兽同让一方糖。她们伏在我身上玩，挤眉弄眼的闹个不休。那长的说："You are funny！"我回答："Baby，You are lovely！"她却说她不再是 Baby，她是 Girl了。这孩子也有她的自尊心。她的话真多，How is this？ How is that？我简直回答不清。

大门响处，主妇出来请我进屋里玩。那客厅里全堆着孩子们的宝贝：滑车，娃娃，皮球，……旁边有一架雷蒂机，我嫌那是俗物，主妇忙解释说，他们并不喜欢时髦的 Jazz，只听一点天气和商情报告，间或还听一点黑人的对话。从前在南方时，黑人成了极有趣的人物：如今雇不起人工，他们的艺术已欣赏不到了。厨房里倒也整洁，那里面用人工孵化的鸡子，快要出壳了。寝室全在楼上，室内的装饰品尽是些玉麦，佳禾和别的农产，小姑娘特要我去看她们的小床。

跟着请用午餐，这全是新鲜的蔬菜：四季豆，莲花白，苋菜，青葱，那牛油是自家作的，再敬一块樱桃 pie。这儿的穷人吃肉，富人吃菜，想不到乡下人比富翁还吃得阔些。

憩了一会儿，我们出去游玩，这时太阳正炽，乳牛躺在树阴下反嚼，肥豚滚着一身的泥水在太阳底下倦卧，那红胸鸟也舍了樱桃，张着嘴喘气。乡下人多么诚朴，见到时就打一个招呼，有时在篱边遇着几位择菜的村姑，向她们叫一声 whoopee，她们全不生气，只脸上热一会就好了。她们只穿着背心在土里工作，那胸前好像长着一对嫩南瓜，并不像城里的满园春色只露着半枝红杏，我们沿着溪边采了些野果来尝，Gooseberries，blackberries，strawberries 到处都有，我用树叶编成了兜子来盛着，像从前放牛时那样好玩。我又折了三根狗尾巴草编成了一个狐狸，大家看了说除却了尾巴，全然不像，腿太大，脚太小。我寻不到棕叶，用黄花的叶子织成了一个蟋蟀，放在草间简直是一个活的，风吹着它的触须摆动。他们问我从那儿学来的这门手艺，我说小时做过牧童，牧童的玩意儿真多，我们还会隔山比赛山歌，听谁唱得多。于是我就唱：

> 唱个山歌把姣兜，
> 看姣抬头不抬头？
> 马不抬头吃嫩草，
> 人不抬头少风流！

大家听了怪有意思的，我说："你们的女人听了这种歌，十个有九个半会抬头的，那半个准是瞎眼睛。"他们问我将来想作什么，我说只想作一个牧人，大家以为偶尔放放牛羊到有意思，当真拿来做职业就没味了，我才说牧人本是诗人的徽号。大家记得 Spenser 的 *The Shepheardes Calendar* 么？

"趁天晴，好晒草"，主人正忙着割草，这不像我们的牧童用手来割，只见那家伙滚几滚，草就倒成了一堆。这八十五英亩田地，全靠他两手耕种收获。他这时坐下来同我们谈天，他说虽是成天劳碌，倒也快活，比不得工厂里那样机械。如今工业过于繁盛了，失业问题闹得凶，大家又改行回到田间去，这真是一个好现象。

夕阳西下了，牛羊渐渐归来，主妇提着桶去挤乳，我也去帮忙。五指齐挤，却不见乳浆，我说这牛不中用了。主妇笑道，挤奶也得要学学，你得用大拇指和食指紧捏着上端，再用小指轻轻一挤，不就射出了一根白线。这牛倒好像是欺生，它用尾子拂来，几乎瞎了我的眼。我把乳提回去滤过，分出了乳油，饮了一盅鲜乳。这时有许多乡下姑娘提着罐子来讨乳，好像我们乡里打醋一样。

这天我们买了三块金洋的火炮，听说这火炮全是从中国来的，这笔钱还可望转运回去。我认为这工业可以大大发展，把货物推销到全世界的市场。只可惜如今不许在城里放了。天一黑，我们就把火炮拿出来演放。我总爱拿在手上爆，毛子们却在然着时向空中一掷，或是把这东西装进铁管里放，更来得响。我们试了天冲子，冲得很高；再把烟火筒点然，里面射出许多红绿的火球。女孩子然着镁光来玩，像自由神掌着明灯。那花筒也做得巧，火星溅得均匀。我在那火光里放了一排花炮，惊得孩子们哭啼，再不肯让我携抱了。

花炮放完，大家还没有尽兴，打算再去买些。主人说倒不如放真枪，五分钱一粒的子弹倒比花炮便宜些。我不敢放来福枪，只放了几声鸟枪，子弹像毛瑟，要拆开了枪才放得进去。于是我们谈起打猎，主人说他爱打兔子，野鸡，顶有趣还是在夜里打树狸。他用猎犬去追寻，如其野物上了树，在枝叶间见到那绿霞霞的双睛时可用来福枪射击，等它跃了下来，准被狗擒着，我听了有些神往，祝福这快活的农人。

玉　米

生成是乡下人，吃包谷长大的；离开家乡，在外面漂浮了十几年，年年到仲夏总怀念那马缨似的玉米花。前些日子在城里住闷了想回乡下，妻问我回去做什么，我说去看包谷开花没有，她不信，尽同我捣麻烦。后来城里的落霞红到五更天，妻倒催着我往乡下躲，随我看包谷花也好，看稻花也好。

才到了家乡，就有几位青年朋友来找我，同我谈起他们怀疑人家说《史记》不是文学，问我为什么信了朱孟实先生的话，读了一部柏拉图的《共和国》还不懂得什么是希腊哲学。这些问题经我答复得相当满意后，他们便回去提着几挂包谷来相赠。我忙告诉妻，我的心意并不专在看花，且在吃包谷，这果实的吃法非常之多，在成都只看见人家煮来吃，或用炭火烧，或磨成浆来炸成块，可都做得不好。我们乡下人也煮来吃，可是煮得特别嫩，里面还是刮浆，剥下来用油盐炒过，香而有味，也还妙。今年白米吃不完，没有人把包谷或新玉米渗在饭里蒸。磨成浆的吃法倒也多。通常是用包谷壳包着来蒸，这要蘸上蜂蜜才妙，可惜今年到处蜂子不朝王，不酿蜜糖。加一点糖炸成薄片也还可口，但不如放盐，放葱花来炸，又甜又咸，又很香。妻吃惯了葱花饼，对于这办法非常满意，我今回得来的赠品多半是这样送下喉咙的，我个人还是喜欢烧来吃。这要挑那些不老不嫩的，连包谷壳一起埋在灰里煨，再放在松毛火底下爆，吃起来又脆又软，说不出的

芙蓉城

焦香美妙。如果你没有一点实际的经验，我再说好，你也不能领会。要是你命好，得到了那白润似玉的"酒米玉米"，那烧出来才细糙呢。可惜我享受了三天，喉咙上火，痒痛难当。于是妻大大的反对，说这种吃法要不得。她尽想，想念北平，想念窝窝头，要我磨一点老玉米粉子，好让她满足一点梦想。哪天我们打回北平去，我一定要啃窝窝头，往年在五龙亭吃过一种很小的，可不知那就是玉米做的；如今知道这另一种吃法，我一定要啃过够，这条命只让我啃一种粮食。

斗鸡台斗鸡

　　客人，你沿着渭河西上，到了秦岭底"龙尾"，便可以望见一幅奇迹：陈宝山前涌出了一朵鸡冠，又清秀，又嶙峋；也许你在泉边小憩，那窑里的仙人会向你细数当年的祥瑞；说是一对金鸡从玉阙飞来，天皇便下诏，将陈仓换作宝鸡。但如，客人，你的好奇心还未满足，你得进斗鸡台古庙里来，我可以化作一个道人向你指点：这是陈宝夫人，一位最有灵的求嗣菩萨，人间就只有这一所香烟。且不说她怎样抱来了天上的麒麟子送给你的心爱，她原是一只白羽的金鸡，比仙鹤还要光泽，在云端望见了这下界的灵秀，便飞来保镇这一带河山。千百年后她依然端坐在庙堂里，怅望着对岸的冠峰。

　　客人，你得让我脱下道袍，再同你讲一个凡间的故事：我初来时看见一只雄纠纠的红毛将军，同一只文绉绉的白羽王公在庙堂前决斗，耸着颈毛，一啄一退，还用肉距向对方刺去。这样相持了半天，像我们的书生打架，双方面连羽毛都没有损失一片。到底是将军威武，绕着庙堂向王公追了三周，于是重整冠羽，高唱凯歌，这歌声应到了鸡冠峰下。回头去朝见白玉娘子，昂着头，蹬着爪，斜着凤眼向她一瞧，好像说："他怎样行呢！"此后天下太平，庙里的一切全让他们主治；他们倒也相亲相爱，寸步不离，偶尔寻见了一个虫子，那红冠便会涌了起来，咯咯咯低唤娘娘；等她吞了那虫子，再议后话。有时他们会飞上灶台，把人家的茶饭糟蹋一地，谁也不敢唠叨。那王公更是低声下气，在那儿卧薪尝胆，准备复仇。我自己绝对同情他，论美丽，论温柔，哪像那一介武夫？昨天我请庖师去打一只山鸡来献祭，他说："不如把那白东西宰了。"我听了十分动怒，这可不成。且不说这庙宇将失去颜色，这"斗鸡台"也就不成为斗鸡台了。今晨将近破黎，听见一片悲鸣，反疑心那驱邪的咒语招来了鬼魔。睁眼一看，那狰狞的神像正盯视着我，我因此不能入睡，起身来望见了一团白影在那儿起舞，才放下了心。

掘　坟

　　我是一个不信鬼而怕鬼的人，这时候坐在这幽暗的屋子里，想起这半生掘过这许多坟，我眼前就像现出了一具一具的尸骨和鬼影，使我在大暑天也战栗起来。

　　从前在雅典看人家掘过一所中世纪的坟墓，那地方的人不信鬼神。我也就没有把尸骸和鬼魂两个名词联想到一块儿。如今回到了这神权高于一切的领土内，我便觉这职业是如何的可怕了。

　　有一次我在长安城莲湖公园内发掘一段砖墙，大家都说那是唐代的宫墙，每天有许多遗老，要人，新闻记者和大大小小的公民前来看热闹。后来发现了一层"四出"五铢钱，钱下有骨头，那些看热闹的人便完全退走了，连我的工人也不肯帮忙了，问他们都说是不敢得罪死人，害怕晚上回家作怪梦。我既然靠这门手艺吃饭，只好壮着胆下去掘个干净。掘完后我三天不能睡觉，晚上不是这个在响，便是那个在动。直到我把房内的人骨装入坛内送去安葬在原地后，一切才安静了下去。

　　后来我去到宝鸡斗鸡台参加一个更大的发掘工程。那头一晚上睡在陈宝寺内的偏殿里，有两位狰狞的神像立在我的床头，每次醒来时他们总是睁眼望着我，我也只好睁眼望着他们。后来我用被单挡住了他们，心里才好过一些。

　　那是一个有鬼有灵的地方，同事的人每晚上报告掘坟工作后，便谈起鬼来。当中只有一个好听的，那是从一位老哲学家口里说出的。他说有一次有一个人穿着很长的衣服骑在一个人肩上去骇一个不怕鬼的人，那人见了举着棍子就打将过来，于是那上面的人便往树上一攀，分成了两节。那胆大的人心想他一打变成了两个鬼，再打一下不就会变成四个鬼？这还了得！他抛了棍子，回身便跑。

过了两天我便去掘一个古城，黄昏时候忽然看见了一束黑头发，我的脑子便麻了一阵。第二天我再也不敢去动那一堆土。我成天祷告不要碰着骨头，那知到处都是这东西，从没有见过什么金珠宝玉，飞龙走马。

从芙蓉城到希腊

那时候忽然发生了一种神话，说我们挖坏了陈宝夫人的背脊骨，说不定会出乱子。有一天我正在一个深坑内掘骨头，有一个工人说什么在响！我抬头一望，天呀，那如山的墙壁正在飞奔下来！我忙叫了一声跑，回头一看，大海已填成了平地，三个工友全都不见了，我自己的坟土也埋到了胸前。大家乱七八糟的翻泥，忽然看见了那高个子工人冲出了头来，身子埋在泥里不能挣动。他说他身前还有一个人，那人也算是得救了，他年轻，直是哭，说是底下有鬼在拖他的脚。那一大堆泥好容易才翻开了一点，忽然有人看见了一团黑，那便是那第三个工人的头发，我们把他的脑袋往上一抬，只听他出了一口气，便没有了声响，原来他的额头上已经陷入了一块砖头！我当时急了，听见工人的一阵哭号，想起那一堆乱泥倘若再高两尺，这些声音一定是为我哭的。不久，死者的亲娘赶来了，抱着尸体大哭不止。她说那一定有鬼，大清早她看见一阵旋风从她儿子的身边转过，她因此劝他莫去挖坟去听戏，那知他不听老人言，竟闯下了这天大的祸事。直到夜里我们才借得了强心针，有一个同事固执要去打。那时候旁观的人一个一个的退走了，谁也不肯替死者解解衣服。亏了那行善的人替他打上，还用手替他搓搓。

从此后工作便停顿了，庙里的人晚上简直不敢出去，更不敢谈鬼谈神了。我想起他在生时和我相隔只有三尺，他死后也一定是和我相隔不远？我一个人总是在小殿内疑神疑鬼的。直到我送他还山，向他行三鞠躬礼告别后，我们当中才有了距离。

隔不了几天那对山上又出了乱子。据说是明知道那地方危险，直到填土时都是好好监工的。正当工作快完时，有一位老头儿失足跌进坑里，大家都笑他那样笨，还不赶快爬起来，说着说着，眼见他在坑内转了一个圈子便随着沙土流下去了！我跑去时，大家都措手无策，连声说若不是有鬼，那是谁把他拖下去的？

芙蓉城

通常从泥里救人，一刻钟内就得要见功夫，不然，便没有什么希望了。我们今回翻了半点钟的泥还没有见到人影，谁都说完了完了。就是尸首也得要挖出来再埋葬不是？决不能让他就这样活活的埋在里面。又过了半点钟，忽然发现了他的手，还能够抓动，我以为那只是死者在抽筋。他的脸就像一张白蜡纸，起初还有一线呼吸，随即昏了过去，一身冷得发抖。

埋过一点钟公然救活了，这岂不是一件奇事？实际上这全然不希奇；因为我们原是在底下掘了一个三代的坟墓，后来怕墓顶塌下来，才从上面打下一个很深的坑子。这坑子与墓身相连处只有一个大孔。后来填土时，因为工作太急，把那个大孔塞住了。等那个工友跌下去时，孔中的泥土就往下坠，因此把他带了下去。他停留在那孔上，可以稍稍吸取墓内的空气，倒像是坟墓有灵，救活了人。这长命的人有几分傻气，要不然，骇也骇死了！他说一直到出土时他的脑子都是很清楚的，他听得清我们在上面吵闹，只怕工友们用铲子铲破了他的脑袋。

究竟那次有没有鬼，我可说不清楚。我们的工作虽是更感觉困难，但那位老工人却照样在深坑内翻泥，全然不记得他遭遇过什么危险。

在这一种事业上，我倒十分盼望有鬼，因为有了鬼便没有人敢去盗坟，我们地下埋藏的宝藏倒可以保存得十分完整。我自己既然是这样怕鬼，就得要改行。天保佑我，这一生切不要去掘秦始皇的坟墓！

安　葬

　　三十年前我的祖母便死了，安葬在屋前，辰山丙向，向着那青蔚的凤凰山。墓室是用砖石砌成的，那左方还空下一间，那是为祖父预备的，据当日的阴阳先生说这家冢选得再好不过，龙脉沙水都配得很整齐，五十年后家冢人定要昌大。老祖父自从那次遭了变故后很是灰心，自己把寿棺，寿衣，寿纸准备齐全，等候在那里面长眠。幸好在那一年里添了一个小孙，颇算聪颖；他便极力节省他的养老谷来培养这条小生命，希望这孩子五十年后可以成名，那知他望到了八十几岁，白发转青后，这孩子虽然是磨穿了铁砚，游遍了天涯，回国后并没有得到一官半职。这老年人在失望中一口啖塞着喉咙竟归了大梦。他临终时说他的坟墓要向龙祖山，不可向凤凰寺，谁知道他心头有什么苦处呢？

　　因为怕泄气，怕惊坟，老祖父的遗体不便与祖母合葬，一时又找不到阴地，便停在那坟旁，到如今已停上了三年。据说是死者若不得安葬，他便永远跪在冥府里。今岁自远方来了一位阴阳，也不知什么时候偷偷的到我们的屋前看了一次山向。他偶尔向我父亲说我们屋前有一块银子都买不到的阴地，为什么还不把老人家安葬？他说挨棺葬，转向龙山，日子八月初三日便好。我听了这消息于七月底抱着老祖父的小曾孙回去安葬老人。那知到了家中，伯父说初三天星期，日子不好，要去查期，一切事情都还没有准备。初一晚上查好了期，说是可以葬。第二天那位阴阳带了一些工人到屋前去找坟地。据说是一块好地上沙土分明，可以依着天然的界限制就一个坟墓。他在距老坟五六尺远的地方找到这样一块地，立刻就打了桩，把前面那挡着山向的楠木树和茶树砍去了。祖母坟前立着一对柏树，修剪得像一对蜡烛，也被砍掉了一根。我十分可惜那一根柏树；因为不懂得一点阴阳事，也就没有说什么。到晚上父亲赶场回来，听说阴阳这样布置，并不是挨棺葬，他说这不行，离得太远了。我问他老人家为什么不行，他说气接不过来：这话我仍然不懂。母亲在旁边急得直是哭，她认为那树子砍坏了，老公公今天在作怪，害得这远方归来的小曾孙肚皮作痛。好在父亲安慰她说"明坟暗屋"，再砍掉一些树子也不要紧。大家商议又不敢请家人依照我们的主意下葬，只得说日子不好，改期再葬，家中事还不能由我作主，这迷信一时难于就打破。但若我们能像古代的人那样迷信，把丧葬当作一种艺术来安排，我倒不反对；只是这样选坟择地，我真有点莫名其妙。如果我的父亲母亲临老时不立下什么遗言，我一定把他们葬在屋前，不去赶龙脉，找阴地。至于我自己呢，我愿遭受一个神奇的死，不让这骸骨存在人间。

鳞　儿

自己糊里糊涂就做了父亲。孩子生下来一两个月后，还没有命名，我叫他做"铁牛"，妻说按阴历是鼠年生的，还不如叫做"鼠儿"呢。我后来看他那样文文绉绉的，全没半点牛劲儿，因叫他做"鳞"，他的肌肤倒也像鳞甲那样润泽光滑。这孩子的排行是"锦"字，我没法替他取一个雄壮的名儿。"锦鳞"之后应当还有"锦藻"，我希望那是一个女孩，但是妻十分反对这种愿望，因为这儿子已经使她受了不少的苦处。

鳞儿刚好才半岁就听见马可孛罗桥畔的炮声。那炮声越响得厉害，他越是高兴。我们大人也有同感吧。至少我个人是这样，炮越响时我的笔也越是忙。七月二十八那晚上我们庆祝各地胜利的消息，这孩子也通夜不肯睡觉。三更天听见墙外有人说"快走，快走"，于是机关枪响了，弄得我们莫明其妙。天明后忙上大街一看，望不见半个勇士，连警察也换上了便装，才知我们被骗了。

此后困处在亡城中，因有妻儿相羁，不能支身离去。等到八月十二日南方某学校找我去念西洋经，要我立刻回信，因为北平电报不通，决定到天津去想办法。妻一定要携着小儿随我前去，我没有理由可以拒绝。当晚四更天就上车站去，警察远远的挡着我们，说是人家正在运子弹。我当时不很相信，想进站去看看，那老好的人便说："咱们同是中国人。你怎么不相信，要去冒险？"我们只好抱着孩子又回去。鸡鸣后再去车站看时，那车上全挤满了人，全是想发横财的，我出了二十元钱还买不到一个位子，后来只好立在当中，但汽笛一鸣反而空出了一些位子，妻占据了一个又让给一位老太太了。我抱着孩子挤得莫可奈何。过丰台时上来了好几个鬼子，他们像检查员那样望了一望。后来把人家的东西推开，坐下来同我们挤。我旁边有一位英国人几乎同鬼子动起武来，他骂了一句"野蛮东西"，也就忍下去了。这绅士后来同我谈起雅典城的古色古香，使我忘却了大热天，忘却了身周的危险。我告诉他我提箱内有几本《美狄亚》，也许会闯出天大的祸事。他叫我把书交给他，但因为旁边有人监视，不敢开箱子也就算了。他又安慰我，说有孩子一路不致于被检查，而且没有通行证也可以通过万国桥进入法租界。我因想这孩子虽然累赘，倒也可以由他身上讨一些便宜。

从芙蓉城到希腊

　　到津后孩子就病了，每天都要服侍他安睡后我才能够译几句古书。这样的"保姆"生活没有过许久，我终于离开他们母子南下听风声。临行时他死不放我走，举起手来要我抱。妻愤恨的说我一定抱他不到了。

　　此后我随风飘动，在南方算一算命运不好，一阵风把我吹回了故乡。妻不久就回北平去了。人家问孩子想不想爸爸，他便用手拍拍他的心。妻写信来说有一次他发热不省人事，请来一位戴眼镜，穿短服的医生。这孩子头一天全不理人，第二天清醒一点，要医生抱，医生走后他直是哭。妻想了许久才明白是怎样一回事，忙把我的大相片给他看，他看了就抱着亲嘴。可是嚷了半天叫不应爸爸，他更生气了，连奶也不肯吃。妻还说这孩子越长越灵秀，他曾在"北平公园"里出了一回很健的风头，那便是参加儿童健美比赛。但我十分反对那事，因为那不是一个亡城里应有的现象。

　　也不知为什么缘故，妻在北方住了半年，忽然要来川，且说只有鳞儿作伴，这消息可把我急坏了，一个全没有出过远门的女子，带着一个婴儿万里寻家，路上的危险又不是言语所能形容的，这结果当不难令人想像。我用尽了方法，想去买一张飞机票，那知票价大涨特涨，小儿身体发育过重，还得买一张半票。妻到了香港看见无法，只好独自乘车北上。她后来告诉我行李是放在车上的，我问她警报来时怎么办，她说那只好抱着孩子跑，管不了那许多。她总相信孩子的命运好，不会出什么危险的。命运果然不坏。车快到武昌时有一位稽查看见，十分佩服他们母子的胆量，可是汉口那地方是一个顶坏不过的码头。那稽查便派了一个人送他们过江。因为夜深了，江滨的车夫不肯拉了，那护送的人多方设法才把他们送到朋友家中。

　　我得到妻由汉口上船的信后，便下重庆去迎接。我在那里等了四五天全没有消息，连怡和的老板都不知江轮是怎样一回事。我心想这一场戏未必就这样收场——在逃难的戏剧中这样收场的正多呢。有一天下午公司里的人告诉我水太小了，船上不来。我正在朋友家中纳闷时，看见妻的行李到了。我赶忙去迎接，沿途望见许多远方的客人携着孩子前来，可望不见我想要看的形影。行到江边有一个孩子远远的望着我笑，那就是小鳞儿。他娘向他说这就是真爸爸，他直是点头。

　　那晚上我向妻说船进了港里可脱险了，妻说未必吧。我心想妻在路上受惊不小。她的心情还没有宁静下来，难怪她这样回答。那知睡到半夜后，妻惊醒起来说是起火了，我还当是她在做梦。但起来一望，那满天的火焰好像封了大门，心里十分着急，妻把孩子交与我拖着我就跑。幸亏那火原在屋后，我们才逃出了大门。有人望见空中的白鸽疑心是铁鸟飞来了，疑心这大火是汉奸放的信号。街上的秩序十分不好，逃难的人把救火的人挤的倒退。我踩在水里跌了一跤，若不是我的膝头上磨去了一大块皮，孩子的脑袋一定会碰在石板上。我把他们放在大街上，又回头去抢出一口箱子。也不管是多少重，扛在背上就跑，跑到妻面前时，那箱子忽然变重了，提也提不动，妻说港里也有风浪呀！我只好苦笑。第二天我们三口全都发热，孩子更是可怜，不断的叫"唉呀，爸爸！"可是他望见我总是笑，右边一个酒窝，左边一个眼窝。

这样的逃难故事，未免太平凡了。如果我们肯在那些灾童里面去访问，一定可以得到许多惊心动魄的材料。但是风浪还在涌呢，谁知这孩子日后会遭遇什么命运？古书里常说命运是逃不掉的，我们还是向前去和她作对吧！

捉汉奸记

往年在北平很少听人家说起"汉奸"二字，——莫不是进了鲍鱼之肆吧！后来一位朋友告诉我"大都"里的奸人多如牛毛，他在半年之内就杀掉了好几百头，我才恍然大悟，那些"日语一月通"的地方都是汉奸制造所。

事变后好像有鲍鱼在发臭，我才逃了出来。——我可怜那些没有吃过这海螺的也染上了鱼腥，在广州踏上了祖国的土地，看见一切都那么有精神，很令人兴奋。呜的一声警报来了，望见许多兵士提着枪往高楼上攀，问他们是不是去打飞机，他们说是打那些放火箭的奸贼。我当时还不信五羊城也出产鲍鱼。

我跟着就踏上火车，过着两位青年同我攀谈，每一段谈话的尾上都向我打听广州的情形，不论是军事的，政治的或教育的。我总说我是陌生人，他们颇感失望。后来我索性告诉他们我是从北方来的，他们便找旁人谈天去了。那时火车没有放光，在黑暗中慢慢爬行，寂寞无聊，我正要昏沉入睡，忽然有一位客人把我推醒，向我打听那两位青年是不是绥远人？我觉这话里颇有文章，忙献他一个计策，叫他去问那两位客人绥远城外有一座什么名山。这样一来，奸贼便露了马脚，我们且断定那两个家伙身上没有皇帝的血轮。我们因向车警报告，求他们注意这两个汉子的踪影，到汉口时把他们拘留起来。那知那警官反疑心我，问我在北方做什么，——好像北方人都是可疑的，——怎样连护照都没有一张？问我为什么说道这次的抗战一年就可以完结？我向他一一解释，且说那是威尔斯先生的预言，说我们一年内就要胜利：那并不是我的妄断，我个人希望到胜利时才停止，不管是十年八年，我当时心想那一定是奸贼先控告了我，把我的话切成了两截，这手法倒也高妙。我生气极了，因向警官说道："车到长沙后，请派人把我关起来审问；但请您到汉口时别忘了你对国家的责任！"过了两天，听说武昌车站上捉着了两个高丽侦探。

　　后来我飘到了另外一个都市里，在那儿忽然见到一位老哲学家。他曾经同我在秦汉人的古墓里讨论过春秋战国的哲人思想，颇令我敬佩。我今回伴着他游过庙堂，玩过青山。那时正值第一期抗战快要完结，老哲学家无心赏玩。我们当时所讨论的多半是抗战文艺问题，这位思想家曾在文艺协会的会刊发表了两篇抗战剧本。过了几天，他买好了车票又要踏上征程，我同他道别那晚上谈起汉奸问题的严重，曾把我在粤汉车上的一段经验告诉他。第二天我以为他已经上路走了，那知中午时他跑到我家里来，说他捉了一早上的汉奸。他说他昨晚夜半醒来，听楼上达达的响，他疑心是贼，又疑心是老鼠。那知响了一两点钟还没有停止，他便出门来观望，见楼上的灯光忽然熄了，声音也就停了。他说，这样一来，我那个汉奸故事老是在他心里面转动，更引起了他的疑心，天明时，那楼上的客人就收拾行李走了。一位旅馆的主人说他是药材商，要出西门上山去；但茶房说客人叫车说是出东门。不久，又下来两个客人，也要走了。那位哲学家便向他们说："先生，国家的情形到了这步田地，我们应当尽尽国民的责任，请你们不要忙走。"这样一说，他们更是想走，双方几乎动起武来。好在旅舍的主人已把警察请来，这警察也没有办法，只好把他们带到区里。可是到了那儿，依然问不出什么证据，那两人说他们在教育界做事，于是那哲学家便提议到教育局里去找证人，且说他也认识局长，到了那儿，的确有人认识他们，但不知经过一番什么手续，他们竟自就走了。老先生想着武侯擒孟获的故事，他说："也许再过几天，你可以在报上看见这两人的名字。"

可是我心里却这样想："鱼我们尽管捕，漏出了网的也不知多少。"

穷

文学史上第一位大诗人是一个瞎眼的老头儿，他时常在宫庭里唱着那悲壮的诗歌，乞一点面包屑来果腹：他的名字据说叫荷马，这开头的预兆就不吉祥，所以后来的诗人都承继这乞丐的命运。

可是那些继起的希腊诗人都是些高贵的公民，他们且是政治家，是重甲兵，他们自己是自己的保护人，从不望人家施什么恩惠。到了罗马时代可就不同了：魏基尔（Virgil）身体太文弱，不能做一个骑士，只好在奥古斯都（Augustus）大帝和密西那斯（Maecenas）两人的保护下做一个诗人，我们且知道文艺复兴时代的文人，和艺术家都是受人保护的。

等到蒸汽机发明后，许多暴发富的人，高踞在贵族的宝座上，他们只懂的黄金不上锈，文学有什么用处呢？因此一般的文人便开始叫穷了，有的转过头向群众打招呼，可是群众正和他们一样，都带着饥馑的颜色。

近来的文人闹穷的自然多，但有的也很有魔法，自从印刷机发明后，书印得多，价钱又公道，买书的人也就多，于是那些聪明的人便把荷马的口诵诗译成现代的语言，可以换取一个很富丽的生活；或是把中国故事炼得十分过火，借一点圣经里的文笔写成小说，可以在市场里称霸称雄；或是把我们的古香古色搬上舞台，文艺可以随意解释，只要来得清新有趣，可以在伦敦显露头角；或是行文有风趣，对世间万事皆能以幽默眼光来观察，这样也可以在纽约的城头露锋芒。这些人都懂得一点登龙术，都能利用这机械文明来解决自己的吃喝。

这一两年来一般文人望见生活高涨，求生无路，但也有一些大文豪满不在乎，他们同达官贵人比着肩，今天到香港，明天就跃过大沙漠去到新疆。我曾经在什么地方见过这样一段信："到港的（这在写稿为生的人是颇阔气的举动），有××及××两位作家，有人问他们来港目的，据说是来玩玩。"真豪放！

时势究竟造不出多少英雄，穷朋友总是居多，我认识一位青年诗人，他在北方流浪时，常常来找我这个同病相怜的朋友，我只好封着自己的口，尽量帮忙他，他一会儿说要东渡去求灵感，一会儿要西归去接一个女相知，我告诉他浪漫的事情未尝不可做，得要自己肩得起啊！那知他后来进入了那浪漫圈中，却伸出手来向我呼援。事变后听说诗人发了横财，我起初还不肯相信；后来我向他伸手时，他递给我的却是好几张上千元的借据，说他的钱就是这样花光的。前不久那朋友心中掉进了一颗炸弹，炸破了他几年来的美梦，他便袖着清风往北方去了，希望他从此改变作风。

我还有一个写小说的朋友，他善于写湘西古朴雄健的生活，善于从一件小事物上生出五十种联想，这朋友还没有成名时我便认识他，他那时穷自然是不用说的，妙在他不向你伸手，你自会接济他。因为母亲病，哭着要还乡，他能够在三五天内流着鼻血，写一部不长不短的小说，拿到一家书店里去换一笔钱来做盘川，那样的书公然可以翻上十来版，那版税自然是被人家剥削了。后来书走运了，那朋友依然是穷，可是每当饭上了桌子，为小妹想吃四川泡菜，不惜叫汽车到市场里去买，许多文人都这样闹穷的，或一点不明白钱的用处，把汇票夹在稿子当中一齐拿去卖。听见我那朋友如今不再闹穷了，我的拙作在香港只能领第

芙蓉城

七八等稿费，千字两三元法币；他领的却是头等稿费，千字七八元港币，他这样还会穷吗？（据说是住港的作家可领港币稿费，住在国内却只能领法币稿费，想来是怕我们领着港币无法在国内通用。）我这朋友，聪明绝世，他如今变做了一个绅士，时常提携人家，周济人家，教训人家。

我还有个薄命的朋友，他善于做方块诗，善于翻译英国叙事诗。这位诗人一生穷，一生不叫穷，只因为他的骨头硬，脾气也硬，他有次过上海，住在一个教室里，桌上只有面包果酱同文稿，据说他那次还空着肚子上洋船。他学成归国后更是潦倒：据说他除夕晚上无处安身，去到一个友人家里，想在那绿绒的沙发上躺到天明，做一个绿绒色的梦。那知主人送他一点钱，请他到旅馆去安息，他气愤的立起来就走了，那晚上天安门外有一个孤独的身影立在西北风中。又据说他曾用一张稿纸写上名字，在天津拜访一位旧相知，他进门后眼睛直望着那包纸烟，不断的取来抽，不断的喷烟圈，烟圈里有多少玄思！他临走时竟把剩下的纸烟袖走了。这朋友后来在上海连果酱面包都混不到嘴，竟在江心沉没了生命。

如今生活爬上了南天门，各处的稿费反而往地洞里钻，比方说上海那家曾风行一时的杂志如今只肯出两元千字。比方说你花上一年功夫，把一个古代戏剧翻出来送到一个文化机关里去，他们只给你一大袋米，你拿回家去活得了多久？今后的文人怎样打发日子，恐怕科尔利治（Coleridge）再生也想像不出来，但我们看见目前的惨象，可以回想过去，想像承平时代文人叫穷多少有几分无病呻吟。

尽管到处有人在喊提高稿费待遇，鼓励文章生产，这许许多多的穷朋友依然没办法，没办法还是要吐泄我们的情感。有人说诗成于感情的扰乱，诗成后情感才得安宁，一个文人若因为文章跌价而搁笔，便不是一个真正的文人。我自己决不是一个文人，近几年虽曾在笔尖下讨过生活，但穷得并不够风雅。今后倒还想努力制造精神粮食，还打算要专靠这粮食来养活这一家人。

皮夹子

今天失掉你，我曾感到一阵懊恼，一阵思念。你原不过是我拾来的，如今又被人家拾去了，让历史尽循环。记得二十年前这时节，我独自在一条幽静的道上散步，——我那时无忧无虑，多么安闲！——巧遇着你，你当时给我的并不是惊喜，却是一片烦恼，你怀中只有几瓣邮花，全没有证件，害得我到处通告，都没有人来认取。

于是我带着你四海云游。你在新大陆上发现一种绿色纸票带着一种脂粉的香气。虽是人家都骂它代表"铜臭文明"。你认得英镑与法郎，马克与拉克马（希腊币名），一张张的飞进，又一张张的飞出。那时候主人懂得一句名言："青春的热情要用钱票来烘。"因此你每月怕过十五，过了那日子你就该饿肚囊。

这两年你的情形更惨，每到月初你的腰身胀得不能再胀了，可是主人要米要盐，立刻就弄得你空虚，偶尔有客人来找你，你依然会想办法，能自无中生有；可是前两天你的女主人病得厉害，要你去弄针药，你却十分吝啬，不住的嚷："没办法，没办法！"女主人听了向我苦诉："夜猫子叫得凶，你还不想想后头的事？"急得我真是蹬足。

今天我从苏稽雇鸡公车，讲好推到草鞋渡。车到唐房摆渡时，我发现你已经不辞而去了。我当时气得直是跳，坐了人家的车，岂不要剥衣衫？那老好的人倒相信有这么一回事，连说：

"给不给钱没关系。"我总得向他讲好话，约好把车费交到一个面铺里等他去领。于是我下车来步行，脚已经举不起了，只好慢慢拖，到了青衣江畔，想白坐船往下流，但转念一想，懒得再同人家讲好话，还是靠自己的气力回到家。家是到了，可缺少了一把开门的钥匙。

你今天走后我真是一贫如洗，这不过饿一两天就了事，你知道我这方面的本领，并不比甘地的差。只可惜我还丢了借书证，寄书单，一首未完的诗稿，还记得两句：

> 豆芽论根根，盐论颗，才下了春雨，米价又翻身。

此外还有一个发富的朋友的住址也随着你不见了。眼前一点希望都没有。但愿你逢着一个好主人，永远躺在他怀里，他如果发一点慈悲，许会把这些杂件都寄还与我。

我虽曾为那张旧书桌，你那朋友，写道一首"十四行"，但如今心情不好，我只能把这一片思念之情化入这一篇散文里，这也许很合于你的身分。

芙蓉城

希腊漫话

序

　　我曾经在希腊游学一年，对于这古代的文化、近世的风俗都发生过一种强烈的情感。回国后写过一些零碎的文字，描述我那一年所记取的印象，后来，我又写了几篇古希腊的抗战史话，总共也有二十来篇了。可惜有些稿子已经散失，无法收集在这里。集子中关于希腊波斯战争的故事多取材于希罗多德的《历史》。我总觉得我们的国运与古希腊的很有相似之处，我们读了这些史话一定更加奋勇！又，关于亚历山大作战的故事多取材于阿里安的《亚历山大远征记》。西西里岛上原有许多古希腊城市，我那次是去参观那些古代建筑的，因此把那篇游记也收在集子里。

　　如今日耳曼人南下行凶，很令人愤慨！希腊人这次为自由而战，又写出许多轰轰烈烈的史话，我们彼此都深表同情。希望我们的联合阵线胜利后，希腊又得恢复自由。我谨将这集子献给东西两个古国的抗战英雄。

罗念生

三十年（1941 年）8 月 7 日，峨眉山麓

希腊漫话

古希腊与中国

　　我们通常都觉得东与西原是两个方向，特别是古希腊那样辽远的地域、那样古昔的时代，好象和我们完全没有一点儿关系。其实我们在古时候也受了一些希腊影响，虽然不像西方人那样全盘接受。这影响也可以从文字上看出来。记得好几年前我曾经碰到一位化学博士，这博士还没有"博"以前，沉默寡言，绝不谈什么历史文化，只会说什么二氧化碳、三氧化水。可是当他刚刚"博"了那晚上，他便口若悬河，告诉许多洋毛子说，英国文字很受了一些东方的影响，如象"茶"字转成了 tea，typhon 原是"台风"的译音。那些毛子听了参信参疑。我那时初初认识几个希腊字母 alpha，beta，gamma，忙去翻字典查查，哪知 Typhon 原作 Typhaon，又作 Typhoeus，Typhos，这原是希腊神话里的大力神，虽然也就是"台风"，却难以担保这字的古希腊音也作"台风"，而且这"台"字也难以担保是一个古字。

　　我现在要说的是中文里的古希腊字。司马迁老先生说过，葡萄是从阿拉伯输入我国的。北平燕京大学的司徒雷登告诉我们，"葡萄"二字原是希腊文 botrus 一字的译音。据他说，有一把汉镜上刻得有葡萄花纹，很象古希腊的浮雕。我曾经请教司徒雷登，他说得条条是道，但我问他那把汉镜保存在什么地方，他一时可想不起来，也许是跟着人家出洋去了。（后来成都华西大学的葛维汉拿了一把葡萄镜给我看，那上面雕着很均匀的一串一串的葡萄，虽然没有枝叶，但也很素雅可爱，依照样式看来，恐怕是唐代的东西。）司徒雷登还说，"萝卜"二字也是从希腊文rhaphe（莱菔，中医称萝卜籽为莱菔子）变来的。此外，有一位东方人说"西瓜"二字是sikua（本义是葫芦）的译音。我初读这生字时，总记不清是什么意思，经他这样一提，我记不清也记得清了，我天天出门不就看见许多冬南西白瓜？还有石榴也是同葡萄一块儿输入我国的，只可惜rhoia一字和"石榴"的字音相差太远了，要不然，我也可冒充一个发现家。

日本关卫先生著了一本《西方美术东渐史》（已由熊得山译出，商务印书馆出版），里面说起一些有趣的史话。

据说希罗多德说过，有一位希腊商人，名叫阿里忒阿斯（Aristeas）的，约在公元前七、六世纪之间到过我国西境。当时的西方人管我们叫seres，这名称是从"丝"字转变来的，由su变成sur，再变成希腊文和拉丁文seres（丝国的人）。有一次我读贺拉斯的短诗就遇着这个拉丁字，没有去查，先生问到我时，我只好红脸。我们知道亚里斯多德研究过一种蚕子，那也许是由我国盗去的。据说还有一位希腊商人，名叫马厄斯（Maes）的，实曾到过Serametropolis（意即"丝国之都"），德国人里奇托芬（Richthofen）一口咬定那就是汉长安，但也许是我国西部的城市，当时天山南路的喀什噶尔是著名的国际大市场，这位希腊人也许到过那儿。此外，我们有一个证据可以证明希腊人到过我国，那就是《汉书·地理志》里面记载的张掖郡（即今甘肃）内的骊靬人，据说那些骊靬人原是从一个亚历山大里亚城（Alexandria）移来的，虽然说不定是哪一个亚历山大里亚城，但总是一个希腊系的城市。

当时的东西交通有三条道路。第一条是天山北路，即是由黑海到阿速夫（Azov）海，跨过伏尔加河到里海，再穿过吉尔吉斯（Kirghiz）大平原，爬上阿尔泰山，爬上天山。第二条是波斯南路，由小亚细亚经过米索不达米亚东行。第三条是由海道到广东。这些交通留下一种很真实的痕迹，那便是希腊的艺术精神。据说四川雅安县高颐墓旁的有翼的石狮上面所表现的希腊精神，便是由海道传来的。那石狮雕刻得很简单雄劲。

若干年前希腊人跑到大夏、大月氏居住，为那些本地人雕刻了许多佛像，即所谓犍陀罗（Gandhara）式的雕刻。这一种艺术精神又分两路传到我国：第一路从大月氏经过乌孙，越过葱岭来到我国；第二路南下到印度，成为希腊印度艺术，又回到葱岭来到我国。我国最古的千佛洞要数敦煌的莫高窟，那是前秦时代开凿的，那里面的佛像便是犍陀罗式的雕刻。此外，大同的云冈、洛阳的龙门、宝山的大留圣窟，北响堂的刻经洞、释迦洞、大佛洞，南响堂的华严洞、般若洞，太原的天龙山等处的石刻多多少少都表现这种艺术精神。云冈有几个浮雕小佛像，很象柏林收藏的斯巴达墓碑坐像那样古拙，那样带着古拙的微笑（如今这些无价的艺术珍品不知流落到什么地方去了？我们的亚历山大必能东去把它们收回）。

此外，不知我们还直接或间接受了一些什么希腊影响？如果有人肯在那些山道上或海道上去寻找，也许还可以找到古希腊的歌舞队翩翩飞舞来到唐宋的宫前时所遗下的踪迹。

从芙蓉城到希腊

希腊精神

希腊文明是世界文明的高峰，是近代文明的泉源：近代的西方哲学、文学、艺术以及民主政体都是从希腊传来的；我们东方的美术显然是受了希腊影响，试看我们的佛像不就象希腊古拙时期的阿波罗神像？希腊精神的特点很多，我只就下面这几点同诸位谈谈。

（一）求健康的精神。希腊教育很注重身体训练。斯巴达的教育，目的是为造成强健的重甲兵，特别注重体格训练。据说他们的女子可以同男孩儿角力，不管这风气我们赞不赞成，总可以表示他们的特殊精神。雅典的教育却是为造成完善的公民，也很注重身体训练。

现在谈谈雅典的教育方式。亚里斯多德曾说，六、七岁的小孩依然是动物，因此在这个幼稚时期，总是让他们生长在闺中，受一点家庭教育。满了六、七岁，他们就进初级学校，受的是音乐与身体训练，还学习一点数目学，背诵一点荷马史诗。十四岁进高级学校，学习语法、文学、图画、几何等科。到了十八岁，教育就算完成了。此后得受两年军事训练，直到六十岁都要服兵役。在受训期中，还可听听哲学演讲，这是我们的军事训练里面所缺少的。受训满了，他们便取得公民资格，有的回家做农夫，有的再研究哲学和修辞学，后者可以使他们成为演说家，取得政治地位。希腊人爱打官司，或者说爱听人家打官司。他们到了法庭上，双方都得亲自出来辩论，只有外邦人和奴隶才请人代替。据说有一个修辞学教师收了一个弟子，那高足学得了满口辞令，反而不付束修，师傅便要去控告他，他却说，这官司他打赢了，自然不付学金；万一打输了，那只怪老师没有教好，他也不付半文钱。真气坏了那老夫子！

现在谈谈他们的日常生活。每天早上男人得到市场里去买东西，正如我们现在的大学教授提着篮筐上大街。那些雅典人真是政治动物，总爱打听政治新闻。直到如今，他们见面总是问："阁下对于目前的政局有何高见？"他们还可以在那儿听哲学演讲，如果他们遇见苏格拉底，那就够苦了，老头儿会问得他们哑口无言，把聪明变成愚钝。到了下午，他们便到柏拉图的学园里去听课，听音乐，欣赏艺术；然后运动，沐浴，约朋友来家里进晚餐，他们认为一个人吃东西只算"喂"（feed），要有人共餐才是"吃"（eat）；这年头我们请不起客，"喂"的时候很多！他们进餐时，桌上没有酒，餐后才"会饮"（有人把柏拉图的"会饮"译作"宴会"，似乎不很妥当），谈论哲学，苏格拉底可以同他们谈到天明，他休息片刻，精神就复原了。试看我们的大学教授讲了两个钟头就上气不接下气，比起人家差多了。

他们很少享受家庭生活，他们过的是社交生活、宗教生活、艺术生活、特别是阳光生活，他们的阳光是那样晴明，不象我们这儿雾气沉沉，甚至他们的思想也是那样晴明，没有一点雾。他们一生都在受教育，教育的目的是为人生而不是为生活，这和我们现代的教育观念多么不同啊！

健康的身体养成健康的灵魂、健康的头脑，他们的智力也就特别高。有一位近代生物学家说过，人类的智力自古希腊时代以来并没有什么长进，他认为希腊人与英国人的智力差别，还大于英国人与野蛮人的智力差别，这话也许不差。雅典城在短短的两三百年内竟产生了那许多人才，也许只有意大利的佛罗伦萨城的人才才能和雅典城比一比。佛罗伦萨博物馆的长廊上立着两排石像，尽是他们的天才，但只须一个荷马、一个菲迪亚斯便可以把他们压倒。

（二）好学精神。埃及人和腓尼基人爱的是黄金，希腊人爱的却是学问。亚里斯多德说过："哲学家是一个求知识、为知识而求知识的人。"原来"哲学"二字的希腊文本义，就是"爱好智慧"的意思。

希腊人富于好奇心，急于要求知，他们敢于问"为什么？"他们对大自然发出过许多疑问，想求得解答。比如世界变不变的问题，就有哲学家出来证明，说一个人不能在同一条河里涉过来又涉回去。

希腊人是一个喜欢用思想、用理智的民族。理智的运用可以产生科学、科学方法和抽象的思想。他们爱求事实，爱旅行，亚里斯多德就到过许多地方去搜集科学资料。

（三）创造精神。希腊人的思想很活泼，自由，不受宗教的束缚。只因为他们的想象力很高，他们才富于创造精神。

他们接受少许的外来影响（例如埃及和小亚细亚的影响），把外来的东西变成他们自己的东西，变成一种新的东西。柏拉图曾说："我们把一切从外国借来的东西变得更美丽。"他们吸收过后再行创造，这是我们应该取法的。

外来的影响究竟很少。凡是哲学、科学、艺术、特别是建筑，以及文学上的各种形式，如史诗、戏剧、抒情诗、演说、对话、小说、文学批评，都是希腊人创造的。

（四）爱好人文的精神。我们东方人对于人生的知识只求一知半解就算满足。希腊人是人文主义的发现者，他们首先要求完全了解人类的行为与心理。他们的雕刻只注重人体，文学专描述人性，惟其这样，他们的文学才能永久存在，我们如今读起来还觉得很亲切。甚至他们的神也是人化了的，很富于人性。他们的

希腊漫话

战神会打败仗，被凡人刺得叫痛。

人性里面似乎只有爱情不是希腊人所能了解的，他们甚至认为这东西会贬低文学的高贵性，这和我们的观念多么不同。直到如今，雅典城白日里没有男女的追逐；可是到了夜里，他们夜夜有月光，全城的青年都配成了对，嬉笑高歌，连园中的鸟儿都不肯入睡，这是我所不能了解的。

欧洲文艺复兴可以说是希腊精神的复活，当时的人从希腊文学与艺术里发现了那种对于人性的趣味，他们便脱离宗教束缚而追求快乐的人生，发动那伟大的文艺运动。

（五）爱美的精神。希腊人不论做什么事情都想达到那最美、最善、最理想的境界。从他们的文学与艺术里可以看出他们有很高的审美力。他们要求崇高、简单、正确、雄健、匀称与和谐。雅典娜处女庙（Parthenon）的建筑是难以超越的，那上面没有一条直线。他们认为直线是死的，曲线才是活的，一条曲线不论跑了多远，终于是会回来的，这对于我们的心理是一种藉慰，因此那神庙的地基也成了一条很微妙的曲线，看来是平的；如果是直线，你便会感觉到中间部分在往下陷。直线的柱子，看来是中间比较细，不稳当。

他们喜欢健美的人生，从不让什么病态的心理表现在文学里。一切是那样宁静，那样美。甚至他们演戏，也不许当场杀人流血，所有凶杀行为都在景后发生，那剧尾更显得宁静。我有一个朋友读法国戏剧太受刺激，竟害了一场大病，不想活命；我后来介绍他读一两部希腊悲剧，他的心情才平静下来，这也许是这古代戏剧的特殊功能。

歌德在意大利看见一些希腊墓碑，大为感动，因为那上面全没有可怕的景象和悲惨的情调，那些浮雕所表现的尽是死者生前的宁静生活。那些古代的雕刻家实在无法表示悲哀，只好叫一个小奴隶伏在椅脚下哭泣，那简直成了一个滑稽人物。甚至希腊人所想象的冥界也没有我们东方人所想象的这样可怕。传说有一个人在冥界推一块石头，快推上山顶时，那石头又滚了下去，他只好再往上推。还有一个人望见满湖的水，他口渴难当，可是等他蹲下去吸饮时，那水忽然就不见了。这便是希腊人所想象的冥土生活。

这种人生观能使他们临危不惧。波斯大军那次开到马拉松时，雅典人依然不慌不忙前去抵抗。几何学家欧基米德在罗马兵到了他门前时，依然在沙盘上解答他的几何问题，不经心地叫人家让开，别挡住他的光亮，因此被那人杀死了，这便是那种宁静生活最好的表现。

（六）中庸精神。希腊人追求黄金的中庸之道，他们不过度，不走极端，这是希腊人生活的秘诀。有人说亚历山大那种过奢的欲望，原是他的师傅亚里斯多德引起的，那未免太冤枉了那老头儿，因为他所传授的正是这种中庸的美德。

希腊人善于把个人与政府，灵魂与肉体，理想与现实调和起来，善于把两个极端连接起来。他们的文学里从没有叛逆运动，正因为他们的理智与情感是融洽的，形式与内容是和谐的。

他们一方面不喜欢外来的影响，一方面却很厚待客人，这也是一种中庸精神。在这个世界上，除了中国人外，恐怕就只有希腊人才厚待客人。我曾经遇见一个同胞在希腊流落十年八载，要不是人家厚待他，他早就饿死了。

他们虽然爱闹政见，但国难当前时，他们却能彼此迁就，牺牲自己的见解。萨拉米海战前，忒弥托克勒斯将军的政敌阿里斯提得斯竟跑来向他说："我们今天所争的是看谁能为邦家卖更大的力气。"这两人释了冤仇，赢得那最后的胜利。

（七）爱自由的精神。他们的政府让公民的个性自由发展，因此个人主义很盛行。结果自然是缺乏组织力，那是罗马人的天才。

希腊漫话

在另一方面，他们又爱好民主政体和政治上的自由。波斯国王曾派人到希腊去征收水土，叫他们表示降服。斯巴达人却把那个信使抛在井里，叫他到那里面去领取他所要的东西。这种精神引起他们的爱国热情与抗战决心。他们曾在马拉松、温泉关和萨拉米作殊死战。如今意大利想侵略人家，反被希腊人螫了一口；直到日尔曼人南下帮凶时，希腊人才渐渐支持不住，但他们所表现的英勇行为，却不让我们专美于前。

希腊精神与我国固有的精神有很多相似的地方，但他们所表现的种种精神还是很值得我们学习，特别是这最后一种爱自由的精神。

雅典之夜

Homonoia（和谐广场）是新城的中心，周围立着九根光柱，每一根下面供奉着一位女神，塑得有些象罗马的仿造品，但她的名儿却是很风雅的：你该记得 Erato，她是一位文艺女神，手中抱着一架弦琴。这时候也许有人在叫 Erato，那不是什么诗人在神前祈祷，而是人家在叫那卖花女郎。她抱着满怀的玫瑰，Rhoda 呀 Rhoda（玫瑰）！只须一枚银币，这抱花便会落到你的怀抱里，她也许还会给你一点额外的恩惠，但看那唇边的玫瑰。你还可以看见成群的毛驴，驮着花从这儿招摇过市。这时海风徐徐吹来，全市都挤满了人，男的一堆，女的一堆；偶尔看见有人手挽着手，那准是远方来的"蛮人"，他们非挽着手走不成，放开一点，那美丽的藕节就会被人家用指头捏一下。咖啡店的生意拼命往街心进展，各人面前有一杯土耳其咖啡，通常调得很浓，仅够一口，底下全是渣滓。最好让它凉一凉，让渣子先沉下去，然后一口饮下，后劲很大。也许还有人在抽土耳其烟，烟筒上有一根很长的皮管，皮管连接在一个大玻璃壶上，壶里冒着水泡，据说那就是烟。客人不是谈天就是看报，那头一句话一定是："阁下对于政局有何高见？"不用问天气好不好，那天气一定是好的，一年有三百个晴天。他们绝不谈什么事务，谈起来总是耸一耸肩头，说一声：Aurion（明天）。

从那地方通到 Syntagma（宪法广场），那一带全是戏院、舞厅和时髦的商店，这令人想起纽约城那一套。你在那儿还听得见 Josephine Baker 的情歌、J. Smidt 的高音；不过我还是劝你去看希腊杂剧，听东方调子，那声音拖得很长，你也得随着大家唱，一夜的新歌弥漫全城。

颜色是看不厌的，你最好找一家 Taberna（酒店），你得一对儿去，Barbajanis 就是一个好去处，那里面有他们故乡的美味和佳酿。整个肥羊就吊在你身旁烤，还没有熟你就想争着先尝。记住那叫 psito arnaki。你得先呼唤 paedi（伙计）来 missi oka retsinato（半斤树脂葡萄酒），那是雅典佳酿，有一种刺喉咙的怪味儿，但喝上了三天，你准叫好！价钱并不比水贵多少，用不着牵着"五花马"去换。此外，可来一节烤羊肠，肠上有野艾的芳香。你吃得合口时，不妨捏着指尖握一个空拳，连说 Poly kala（非常好）！说时又把指尖分开。这时候会来一个牧羊人，他把气吹入羊皮，再由羊皮灌入笛中，笛音依然很尖脆，可惜他吹不来潘（Pan）山神的"双管"了。他一边吹，一边学羊儿跳舞，酒神的戏剧就是这样开始的。再看邻桌那一群 Gypsies（吉普赛人）端着杯子和着牧笛高歌，他们是那样放肆，可一点也不浪荡。你饮到酩酊时，切不要学拜伦那样摔坏了羽觞，土耳其人早退到东方去了，这全城尽是自由人，再用不着你出来打抱不平。

醉后，你沿着 Zappeion 广场前面的公园走去，夜里园内百鸟争鸣，有鹭鸶、天鹅和异鸟的歌声。园内的人这时忽然配成了对，象我们举行集团结婚一样，低吟高唱。他们的喉咙是那样清，这洁净的空气对他们一定有许多好处。

前面出去是 Olympieion（奥林波斯山的天神宙斯的大庙），一所科林斯柱式的庙宇，只剩下十来条柱子，每一条柱影里藏得下一对情人：光是那样明，影是那样深，他们全然不娇羞。那西边倒下了一条石柱，象一条巨龙卧在那儿，不时闪着鳞光。

出了哈德良（罗马皇帝）拱门，你便由罗马去到了古雅典。

行过了三足鼎街，绕过了酒神剧场，就到 Acropolis（卫城）的正门。月明之夜可以任人上去。穿过 Propylae（前门），再向东进，左边是 Erechtheon（雅典先王厄瑞克透斯的庙宇），那廊上有几位女郎顶着庙上的千钧重压，她们一点不觉得痛苦，反而显出一种高超的宁静。右边是 Parthenon（雅典娜处女神的庙宇），周围的残柱依然吐露着乳白色的光辉。地面的沙砾全都发亮，象铺上了一团星星。你南望法勒戎（港口）海上的银光，银光里有船影在蠕动，胜利的萨拉米岛就在那前方沉沉地安睡。东边许墨托斯山现出一带青色，北面是新城，你望过灯光，那远处彭忒利孔山巅反映出一道绿光，大理石山上发出了磷光。你可以站在那残柱旁边出神，梦想两千多年前此地的神灵。

那儿有一双人影在正殿里祈神，细诉痴情，且听：

格尔蒂，你可以忘掉我，可不要忘掉雅典。……为什么哭？——我自然相信你不会忘掉我！……哦，不怕 Artemis（月亮女神）会缺，缺了又会圆的。……格尔蒂，我扶你回家去。……听，S'agapo（我爱你），那山前有人在唱，那正是我要向你吐诉的。

雅典城美国古典学院

假如你想去雅典城念一点活的书，我劝你进一个和你的外国语最相投的古典学院。假如你的美国英语最好，你不妨进美国古典学院。你可以从海港乘地下铁道车进城，在卫城北边钻上来，一辆 Gamma（第三个希腊字母伽马）公共汽车会把你送到利卡威托斯山麓，你在那儿望见一座很秀丽的伊奥尼亚柱式的大理石建筑，那就是美国古典学院的图书馆。你问问那里的老年人，他会告诉你，那地方就是古代哲学家亚里斯多德讲学的吕刻翁故址。雅典城永远是神灵的古城，不论站在哪儿，你都可以发生无限历史与神话上的联想。

只要有美国大学的介绍信，你便能入学。这学院希望你懂得一些考古学上的基本知识，除了古今的希腊文外，还希望你懂得一些现代西方语言，在日耳曼语里还希望你听得懂高地德语。假如你不是美国大学推荐去的，他们会要你交一百金元学费。我劝你不要住学院的宿舍，费用大，不划算，因为一大半时间你不能留在雅典城。

秋天你得随着一群同学到希腊内地和海上去旅行。大概先看马拉松和温泉关，这两个地方没有什么古迹，但是想起历史上轰轰烈烈的战争，想起雅典人和斯巴达人抗击波斯军的大无畏精神，你一定很兴奋。德尔菲、奥林匹亚依然是神灵的地方，你如果想做一个诗人，别忘了去饮一口卡斯塔利亚圣泉的水。斯巴达是最没趣的地方，那里的长脚蚊咬死人，因此日本蚊烟香在那儿很销行。美国学院在科林斯发掘了几十年，还不曾挖出一个市场，你也得去看看，看他们怎样翻泥，看美丽的女神自地中出现。

希腊的海岛更是明丽异常。提洛、克里特你一定得去，去看古时的福地变做了一片荒凉，去看那断垣上绘着的百合与飞鱼。你最好在那时背诵《奥德赛》中的诗句，随着奥德修斯去到伊塔卡，不，那不容易去，你且从科孚岛下去看这英雄漂泊的孤舟怎样变做了一个青葱的小岛。

然后你回到雅典上课，实际上无所谓上课与下课，而是和古希腊人一样无时无地不在受教育。有一门功课是雅典地方志，一道城门、一口流泉就值得你花三天功夫去查书，然后随着一些考古家前去观察研究。你的书越看得多，你说话的机会越多。德普斐尔特否认公元前五世纪的希腊剧场有舞台的学说虽已成立，导师还会叫你代表对立派出来辩护。建筑班上时常给你一方残石，叫你去定下名称，把它安放在适当的位置上。雕刻课则是在博物馆里作比较研究。你得记住欧美博物馆里保存的重要雕刻，还要明白许多美学上的原理。至于文学班的课堂却是在国家剧院里，每次他们排演什么古剧，你得先仔细读过那剧本才去看。也许你不容易懂得那种现代化的希腊语，但是剧中的情节你全然明白，那也可以"陶冶"你的情感。如果德国人下来上演埃斯库罗斯的悲剧《波斯人》，你的机会更好，那将更容易使你明了。你可以相信希腊国家剧院会同他们比赛，你还可以相信酒神会给现代的希腊人加上胜利的荣冠。

到了春天，你可以每天去看古市场里的发掘工程，看他们怎样掘壁画，怎样用酸水洗陶片，那些陶片没有几片他们舍得抛掉，不象我们在宝鸡挖出来的破砖烂瓦，用处不大。有时候一个年轻人惊喜地跑来报信，你便知道古代的光华又自土中出现了。

　　剩下的时光你得花在一篇论文上面。你可以到酒神剧场里去认石块，把上面的文字考证出来；或是在典籍里去搜寻，看有多少剧本是演唱俄狄浦斯家族的故事的。

　　如果命运不许你在希腊住上一年，你最好加入他们的暑期学校，把一年的课程在六个星期内赶完，全看你自己会不会消化。

　　也许你要问希腊的天气好不好，我敢说哪儿的天气都没有希腊的好，你的日记簿上一年会记上三百个晴天，隆冬时节也会记上一些温暖。也许你还想问希腊的生活程度高不高，这个我难以回答。大概比法国的生活程度还要低得多。但若你能象希腊人那样生活，简直比北平还要贱些。一毛国币可以在博物院前面坐一夜咖啡店，听一夜音乐。

　　欧洲几个大国都在雅典设立有古典学院，我们纵谈不上这种设备，也应该有人去念一点活的书回来。我们如今正需要象这样念一点书，这方法是可贵的。

西西里游程

二十三年（1934）六月十一日　晴，凉。

早上过海峡，到处望荷马史诗中的妖怪 Scylla 和 Charybdis，不见踪影。

把衣箱存在墨西拿。

近午到 Taormina，这便是古希腊诗人 Theocritus 所赞颂的风光：山是这样清秀，一条条的青土挂在岩边。想必是在这些岩前"当和风从远处吹来，成群的白犊在杨树下啮嚼嫩芽。"（《第九牧歌》）也必是在这些岩前"我搂着你看牧羊群，西西里海就在我们脚下。"（《第八牧歌》）许多人羡慕这古时的浪迹，在这个梦境里饮蜜月酒。我这回真恨我自己。

城里有一个罗马剧场，建筑在希腊地基上，并不美观。

十二日　晴，热。

南行抵叙拉古，这是品达和埃斯库罗斯所邀游的圣地！这地方并不美丽，好象连一株绿树都没有。

在大教堂内看见雅典娜的神殿，任随墙壁遮掩，依然可以看出那雄健的躯壳。

岛上的发掘工作还在进行，看人家挖出了一个殿基。

在 Arethusa 泉旁见到埃及的纸莎草，有些象小棕树，尖端有

希腊漫话

成团的细须，据说只有这地方才栽得活。

昨夜梦见密尔顿，他说不知道有泰戈尔这个诗人。醒来觉得好笑。

十三日　晴，凉。

乘马车出城，看莝窟和格斗场，后者很能吸引一般游人，我觉得全没趣味。旁边有一个希腊剧场，很整齐美观，埃斯库罗斯曾在这儿上演他的《波斯人》，那原是演唱波斯水军在雅典海岸前吃败仗的故事，哪知雅典的水军倒会完全败在叙拉古，结束了它的命运。

Euryalus 是一座牢不可破的堡垒，里面有许多地道深濠。

理杂事。

十四日　晴，凉。

向西行，薄暮过 Crela，投宿 Belvere 旅舍。主人是一位希腊学者，壁上题着一句希腊古语欢迎过客。他特别赠送我一个泥塑的女头，带回去好转赠大雨。

十五日　晴，凉。

望见对山上一排古庙，真是壮穆，当中的奥林波斯宙斯庙是第二个最大的希腊建筑。地上卧着一个支撑柱子的巨汉，有两三丈长。意大利人还在旁边发掘地坛。和睦女神的庙宇保存得很完好，那比例似乎笨重一些。

十六日　晴，热。

到 Selinunta，这地方没有人烟，借宿政府招待所，有如古庙。看 O，A，C，D，E，F，G 一大群古庙，这最后一个也是很大的，在庙中行走如同爬山。

十七日　晴，凉。

午间从 Segesta 下来，车站上连一个人影也没有。把行李交到一个农庄上，更向他们讨得面包和水，步行上山。行了十余里，向本地人打听，据说距庙不远了。又行了十余里，又向人打听，据说距庙不远了。后来十分疲乏，花了二十个意大利里拉，雇得一辆马车。哪知转个弯，不到五分钟就到了，但当我看见那荒山里立着一所巍峨的古殿时，一肚子气便完全消了。这建筑因为没有完成，可以看出工程上的一切构造。

晚上到巴勒莫过节日，提着行李在人丛里挤了两三个时辰才找到一家客舍。今天真累坏了人。

十八日　晴，凉。

这地方没有什么古迹，只是博物馆内有一些很好的泥塑。这海港象一个露天剧场，金壳山谷十分娟秀。歌德赞美 Pellgrino 为世界最美的山冈，我觉得他的世界太小了。

在西西里绕了一圈，回到墨西拿取得衣箱，直奔罗马。

希腊漫话

焦　大

　　记得二十三年（1934）初夏，我独自从雅典到提洛岛去寻访古迹。在船上有人问我全希腊有多少中国侨民，我当时很高傲地说，就只有我一个人，中国大使是我，随员也是我。旁边有一位希腊小姐却说，还有一个中国人住在雅典的码头上，比起我资格老，声名也响亮得多。我起初不肯相信，但经我一打听，才知道那小姐是希腊移民局的秘书，她的话自然可靠。她还告诉我，那人叫"周大"，日子过得十分可怜，每天都在那海岸徘徊，要不了三分钟准保找到他。

　　回到雅典，我就同那位小姐到码头上去找他。我们起初在面包房里打听，说是刚过去，我们追过去时，一大群孩子便向我们嚷道，那不是"周大"！他原是一个人坐在沙滩上遥望那远处的船只。他回头看见我时，十分惊异，半天说不出话来。我向他讲了几句中国话，他好象不很懂得。后来他流泪了，一个三十多岁的大汉子竟当着一大群人流泪，惹得那些看热闹的人也同声叹息，甚至还有为他流泪的。他们安慰"周大"说："现在好了，不要哭，有人来接你回去了。"这流泪的人是一个清瘦的高个子，头发蓄得很长，样子并不顶脏。他的态度很端庄宁静，一望就知道他是一个善良的中国人。我再三问他，他才说他是大沽口人，在希腊住上了八年，不，他又改口说，住上了十八年。我当时交了一百希腊币给他，叫他去剃头洗澡，说好第二天再接他进城去。临走时，那满街的人再三要求我把他带回国去，一个人不应该受更多的罪。那海关上的警察也跑来说他的确是好人，他们时常叫他去换钱，他换来半文不少。他们实在不忍把他驱逐出境。

我回到城里，先去为他找衣服鞋袜。我自己的太短小，才特别去找一个同学要一点破衣衫。那绅士对这故事十分感兴趣，向我打听了好半天。后来检点东西时，他觉得这件还可穿两天，那套还可著一月，样样都舍不得割爱，结果只送了那可怜的人一双破胶鞋。

第二天我只好夹着一套我自己的衣服和那双破胶鞋到码头上去。可是我找了半天竟找不到人。一大群孩子也在帮着我找，后来还是警察出力，从那古旧的空屋子内把他拖了出来，他那时醉醺醺的，头发没有剃，澡也没有洗，问他钱哪去了？他说喝酒用了。还有一半借给了一个朋友，可是他连那个朋友的名字都弄不清楚。（说也奇怪，他虽然在希腊住了那么久，他的希腊话并不比我的高明。）他说，十几年前他在一只荷兰船上当水手，因为喝醉了酒，在君士坦丁堡赶掉了船，才溜到希腊来，别的国土他都上不去。他如今感激我不尽，又想喝酒。我当时有些动怒，那一大群人却替他解释，说他是好人，从没有这样喝过酒，劝我不要改变心肠，不肯送他回去。我后来转念一想，假如我自己处在那种情境里，恐怕也想喝酒啊！

我因此把他带到旅馆去休息一会，让他打整干净。旅馆的老板知道了，忙跑来见我，说他是码头上的穷光蛋，怕盗了他什么东西。我当时无心向他解释，只道一切由我承担。然后我带他到移民局去，那里面早有他的底细，说他在希腊偷住了十多年，无法遣送他出境。我问他会不会写字，他说只会写自己的姓名，写出来一看才是"焦大"，"佳"字脚下画着四个小圆圈。这可怜人在希腊连姓氏都被人家改换了。那荷兰船的名字他倒记得很清楚。（我曾写信到那只船去问过，他们回信说，记不起这样一个人，但愿意用荷兰船白送他回国。）

　　我再把他送到警察局去，那里面有许多人认识他，同他打招呼。他们立刻就发了一个通行证给他，并且答应他白坐希腊船去埃及的塞得港，再换赴中国的邮船。

　　我想护照还是必需的，因此为他在街上几分钟内就照得了一张像片，寄到中国驻罗马大使馆去办护照。我特别写信给朱英先生，把详情告诉他，请他帮忙。（不几天护照就来了，交给移民局替他保存。）

　　于是我带着他去参观雅典城，问他这是什么地方，他说不知道；问他这是些什么人，他也说不清楚。我更把他带到卫城上去看看古迹，告诉他这就是世界上最有名的山城，使他见识见识，也不枉到过这古国。他说他老是在那水边过日子，从没有进过城。他每天替人家做点小差事，谁都送他几个小钱，送他一块面包。希腊人虽是不宽裕，但自古厚待客人，十分慷慨。如果这流浪人落在什么别的地方，恐怕早已饿死了。游览过后，我还是把他送到码头上去，没有给他多少钱，叫他照旧过日子。

　　过了几天，我在美国旅行社内遇见一位英国老太太，她是个社会活动家，时常到近东一带搜集资料。（可惜我连她的姓名都记不起了，她同我写过许多信，全都保存在北平。）她直接来找我聊天，谈起中国近年来的社会情形，谈起她怎样结识我们的革命元勋，并且说她很喜欢中国，希望能到那儿去度余生，我因此把有关焦大的事情告诉她，看她能否帮一点忙。她说她很表同情，就可惜手边没有钱，无法帮忙，我却说精神上的同情也是可贵的。这老太太离开旅行社后，我发现她遗忘了一个皮袋，我赶忙追上去，把东西交给她，她非常感动地谢谢我，想说什么又没有说。

　　第二天早上我得到一封信，信里说起焦大的故事很使她感动，说起她愿意负责照料这人。她附了一英镑钱在信里，托我交给他，还说她当天就要回英国去，答应在码头上去找焦大，再当面交给他一点钱。我觉得这件事有些奇怪，立刻就到她所乘的船上去见她，可惜没有遇着，问焦大，他说那老太太人真好，送了他一百希腊币，我因为回国在即，便写信给那老太太，把焦大的一切都托付她。

再过几天，我就要到意大利去，上船时，焦大跑来送行，一句话不说又跑了。后来听说他在那空屋子里哭，我特别去安慰他，说我一定设法使他回国，叫他耐心等着。那一大群看热闹的人却变做了我的送行者，临到开船时还叮咛我务必送他回去。我不觉也下泪了。

我去到罗马，特别到大使馆去见刘大使，总见不着。朱英先生慷慨捐了一百意大利币，还告诉我不必再找其余的人，我非常感激这位忠厚长者。

在意大利募捐很困难。我那时募得的款子连同那英国老太太后来答应捐助的十镑，还买不到半张回国的船票。那时听说我国政府在伦敦买得四条大商船，正找水手驶回去，我曾写信到伦敦去打听，可是没有消息。

到了七月中，我失望地坐着意大利邮船 Conte Verde 号回国。在船上许多中国乘客曾联名请求意大利轮船公司送焦大一张免票。船长答应把这事交到总公司去，说不见得没有希望。我在船上募捐，许多人都很热心；只有几个同船的说我这人靠不住，天下哪有这种事情？但经过十几天的努力，我公然募到十六、七镑。船到科伦坡时，由我凑足二十镑，上岸去汇给希腊移民局。邮局收条曾经在船上传观过。那海船忽然提前开行，我回船稍迟，多亏船长特为我等了七分钟；要不然，我就会变成"周大"第二。

回国那年冬天我到天津南开大学去演讲，顺便买好车票到大沽口去访问焦姓的族人，哪知等了一点多钟，听说火车不开了，也就没有去成。

那些时候，我时常接到那位英国老太太的信，说她愿意资助焦大回国，并且愿意亲自送他到塞得港。第二年春天，我在西安忽然接到她的电报，说事事都准备好了，只差护照，叫我立刻回电，回电的用费是由她预付了的，我当时不明白她的意思，只回电说，护照存移民局。后来得到她的信，才明白她同移民局争着要送焦大回国，叫我勉强移民局把护照交给她。我同时又接到移民局的信，说他们已经把焦大送去塞得港，等换好船再通知我。

我那时在陕西斗鸡台考古，忙写信到上海中国旅行社，把详情告诉他们，托他们去迎接焦大，还说定汇款去请他们代买船票，把这客人送回大沽口。旅行社对这事很热心，答应白帮忙。

我日夜焦急地等待着。隔了许久才由上海柳亚子先生转来希腊移民局寄来的航空信，信到得似乎太迟了，我急忙电告旅行社。

后来旅行社回信说，他们接到电信就到船上去迎接，可惜已经太晚了。船上的人说，倒是有焦大这人，可惜已经下船走了。我也曾写信到意大利轮船公司去询问，回信说那次的客人当中确有"周大"这名字。这些信都保存在北平。

悲剧是不许团圆的，这幕悲剧就这样收场了。凡帮助过焦大的人，我都代他致谢，特别要感谢那位英国老太太、希腊移民局和上海中国旅行社。至于你，焦大，希望你回到大沽口做一个渔夫，永远度着那漂泊的生涯，要不然，就留在上海做一个英雄！

马拉松战役

这里叙述的是一些著名的希腊史话，在这些史事上，我们可以看出古希腊和我国似乎是遭遇着同样的命运。一大部分希腊历史都是爱国史，都充满了轰轰烈烈的英雄事迹。希望每一个公民、每一个将士都读一遍希腊历史，读一些古典作品，如荷马的史诗、埃斯库罗斯的悲剧《波斯人》和《七将攻忒拜》，这些不朽的诗里回应着刀兵的声音，这些雄伟的诗人把战争歌颂为一种最光荣的事业。又如希罗多德所记载的波斯与希腊之间争斗、色诺芬的《进军记》（一译《长征记》）、阿里安的《亚历山大远征记》和雅典将军伯里克利的《追悼辞》，都是些惊心动魄的史话，我们读后，抗战的热情更会高涨。

朋友，你也许参加过"马拉松竞赛"，你至少在运动场上听说过这奇怪的名称。可是你知道这名称的来历吗？你跟着我一块儿跑吧，总有一天我们也要跑一回真正的马拉松跑步。

约在公元前 6 世纪和 5 世纪之间（正当周朝末年），波斯人在亚洲称霸，征服了小亚细亚沿岸的希腊城邦。后来那些城邦起来反抗，雅典人派了二十一船兵将去帮助他们的同族人。不幸在公元前 494 年，那主要的城邦米利都便陷落了，沿海的希腊人的起义也就终止了。当时有一位爱国的诗人写了一部悲剧叫做《米利都的陷落》来悲悼他们的种族，雅典人看了，十分悲痛，反而罚了诗人一大笔钱，禁止以后再上演这一类剧本。

　　波斯国王镇压了希腊人的起义后，才问雅典人是什么人。他打听明白后，便吩咐臣仆每饭三呼"勿忘雅典人"。他命人到希腊各城邦去征收水土，斯巴达人却把他的使臣抛到井里，叫他到那里去取他所要的东西，雅典人也不肯献上这两件"元行"，表示屈服。于是波斯国王决定征讨希腊。第一次出征是公元前492年，大军浮海到阿托斯附近遇着风暴，损失了不少船只，只得退回。第二次出征是公元前490年，一共有六百只船渡海前去。

　　这时期希腊内部不很和睦，雅典的兵力很单薄，他们没有作战的经验，又没有强烈的爱国观念。雅典人看这次战争难有胜利的希望，但是"难有希望"总还有一线希望。波斯的精良骑兵与水师都没有前来，即使他们都来了，希腊人还是要抵抗的，要斯巴达人和雅典人投降，那才是绝对无望的事。雅典人一面准备出兵，一面打发一个长跑健将到斯巴达去请救兵。斯巴达人答应帮忙，但不能立刻就出兵，因为那时正值月初，依照他们的习惯，大军要到月圆后才能启程。许多人不了解这是什么意思，实际上是因为希腊人重视宗教典礼，那时节斯巴达人正在庆祝日神节，从初七到十五。古希腊人每逢宗教节日是不许打仗的。

　　波斯军中有一个被放逐的雅典僭主叫做希庇阿斯，他想借敌人的兵力恢复他的王权。有个晚上他做梦同他的母亲睡在一块儿（史乘上这样的梦正多呢），他认为这是他要回国的征兆，那"母亲"即是雅典城邦。于是他把波斯兵引到马拉松海湾。他上岸后打了一个喷嚏，把一颗老牙掉在沙滩上，可是无论如何他总找不到那颗牙齿，因此叹道："这土地并不是我的。"

　　雅典人鼓着勇气，带着一万人到马拉松去迎战，另外还有一千布拉泰亚人前来助战。到了那儿，有五位雅典将军不愿打仗，认为他们的兵太少了；另外五位却十分想打，其中一位是米太雅第，这位将军因此对那位地方官说道："我们希腊人到底是当奴隶还是当自由人，全望你来决定。雅典城邦现在处在很大的危险当中。如果我们投降了，便会落在那个僭主手里；如果我们抗击成功，雅典城就会变做第一等城邦。我们现在还不抵抗，我们的勇气便会消失；希腊奸便会出来活动。只要我们抵抗，那后方的人便没有机会做奸贼。现在全看你决定。"米太雅第居然说服了那位地方官，到了他自己值日那天，战事便发动了。

刚才说的那位地方官任右翼，那十位将军任中锋，布拉泰亚人任左翼。希腊阵线在那海湾的平原上同波斯人的摆得一样长，免得受敌人包围。因为兵太少，中锋只列着几层人。他们在作战前举行献祭，一切预兆都很吉祥。于是他们跑步上前去迎战，波斯人看见他们这样跑来，认为他们发疯了。这原是一种战略，因为波斯的箭矢很厉害，射起来天日无光，他们这样冲上前去短兵相接，可以避免箭矢的危险。波斯人总是隔得远远地打仗，那是一种自卫的战术，不是英勇的打法。

双方相持了一些时候，后来，希腊的中锋被敌人突破了，可是他们的两翼却得胜了，再转身围攻敌人的中锋，因此全军获胜。他们向敌人追去，追过那低洼的草地，刺杀无算，一直追到海边，放火烧船。他们抢船时死了几员兵将，有一位攀着船尾，被人家斩断了一只手。他们一共只抢着七只船，那其余的却逃走了。

那些敌船向着雅典的海港驶去，想要夺城。雅典人在高山上望出了他们的用意，立刻就凯旋回去，拱卫都城。波斯人望见他们先到了家，不敢再上岸去领教，只好驶着那些破船烂片回到亚洲去。

正当胜负初决的时候，有一个雅典兵士放下盾牌，跑回去报信。他越跑越快，好象神使赫耳墨斯在帮助他飞奔。他念及城内的父老妻室都在等死，等着当奴隶，等着受污辱，那种心情是多么焦急啊！他不得不速跑，不得不飞奔。他这样跑了四十二公里，跑到城边道了一声"胜利"，便倒在地下气绝而死。马拉松竞赛便是这样起源的。朋友，我们也跟着跑吧！

据希罗多德说，那次波斯人一共死了六千四百人，受伤的还不在内。据说雅典人只死了一百九十二人，此外还死了一些布拉泰亚人与奴隶。那最著名的悲剧诗人埃斯库罗斯曾经参加这次的战斗，他有一个弟兄名叫铿奈癸洛斯的，便是在这次战死的。老诗人临死时为自己写了四行诗，他在那墓碑上并没有提起他在戏剧上的成就，只说那些鬈发丛生的波斯人当记得他在马拉松立下的威名。

那些殉国的英雄一齐埋在马拉松，如今还可以在那儿看见一所高坟，象咸阳城北的皇陵，象芙蓉城武侯祠的衣冠冢。1890年经考古家发掘，证实了那是真坟，那也许是当日战斗最剧烈的地点。雅典的政治家、演说家、诗人每每提起马拉松这名字，他们总是很高傲的。

月圆后斯巴达人兼程赶到马拉松，只看到一片战后的痕迹，很称赞雅典人的功绩。这并不是一个很大的战役，但这是一场很重要的格斗，它解救了雅典的危厄，打断了波斯霸业的九链环。这是希腊人第一次同波斯人争斗。他们以前听见敌人的名儿就丧胆，但自从那次战争过后，他们增加了不少的勇气与自信心。从此希腊人才能作十年的准备，全体惊醒起来，联合起来，在萨拉米作最后的决战！朋友，萨拉米的战声又兴起了！

好几年前，我为了敬仰这些古代英雄，特别跑到马拉松去凭吊。那地方正在大理石山下，沿岸的山峰都长着常青树，平原上躺着一片苍黄的衰草，那海水蓝里发红，象是紫血，海外是一带青翠的长岛。后来我无意间遇着几位祖国的军人，我特别介绍他们去跑马拉松。他们回城告诉我，那几座山头生得险，雅典人占据了那要地，自然会打胜仗。他们还绘了一张详细的地形带回国去作参考。我不知那位向导向他们说了些什么，竟使他们得到这稀奇的印象。反正这轰轰烈烈的战斗已够激起他们保卫祖国的志气，倒不算白跑了一趟。如今他们当中有一位正在守卫一个要塞，还有一位在指挥军队。也许他们在沙场上，在月光下，也常常忆起马拉松而更增强他们的斗志。

御前会议

波斯人两次远征希腊失败后，薛西斯便召集波斯的元老重臣开御前会议，这史事很能令我们想起一个近代的"御前会议"，虽事隔千百年，还象一对同胎产下的婴儿。

波斯国王首先从宝座上立起来这样说道："波斯人啊，我朝自古用兵如神，从未罢干戈，这原是上天的意旨。孤王的先人曾征服九洲万国，寡人却自登基以来尚未建立奇功，与先王媲美。因此很想从海外夺取一大块肥沃土地，报雪旧日的冤仇，为此特别召集你们前来商议。孤王有意在那海峡上架起两道浮桥，遣派大军西去，踏平希腊，惩罚雅典人，因为他们上次在马拉松海岸不曾给皇军留下半点颜面。寡人决心去烧毁雅典人的都城，出一口气。如果我们征服了他们，普天之下哪一块土地不是我们的？谁敢出来抗命？孤王下令时，你们就率领人马前来，谁的兵甲最坚利，谁就得重赏。孤王言出必行，但这事不能由寡人专断，王公大臣如有意见，尽可上言。"

于是马都尼大帅上前奏道："大王，愿你的声威赛过古人，赛过后来人！我们波斯人征服了印度人和亚述人以后，若不去讨伐希腊人，岂不是一个大笑话？因为那些印度人、亚述人并没有得罪过我们，我们只为了扩张国土才去征服他们；至于那些希腊人却是我们的世仇，怎能饶了他们。我们怕什么呢？他们的兵力那样单薄，而且是乌合之众。我曾经去征伐过他们，快打到雅典城边时，还没有人敢同我作对！希腊人诚然是好战的民族，可是只好打内仗，在平地上肉搏冲锋，刀下不留情，他们打仗时专比硬功夫，全不懂避实就虚，这是兵法上的大忌。我去他们都不敢同我交锋，大王啊，若是你去，他们更不敢了，因为你背后有千百万貔貅，有成队的水师！万一他们敢在太岁头上动土，可给他们一个厉害。让我们勇敢前进吧，一切人类的成功都是从冒险中得来的。"

举朝文武都不敢有什么异议，只有皇叔阿塔巴诺斯这样胆大地劝道："国王啊，我曾劝你的父亲不要好大喜功去远征大月氏，哪知他竟败得一塌糊涂！你如今却想去惹那些比大月氏人更厉害的人。让我告诉你，这是多么危险的事：上次好几十万大军竟被雅典人打败了，可见他们的陆军很强悍。你说你要架两道浮桥，如果他们在海上战胜了，驶来毁坏了你的浮桥，岂不是断绝了你的归程与生路？从前我们去打大月氏时，就冒着这种危险，幸亏没有人叛变。波斯的霸业不能这样就败坏了，国王，请马上闭会还宫，仔细思量，你不看天雷时常击毙那些过于雄伟的凡人，不让他们太矜夸？你不看那些高楼大树常遭雷劈，不能耸立在云霄？往往一支大军会被少数的敌人攻破，天神会作怪，弄得草木皆兵！急进是失败之母，从容乃成功之师！国王，这便是我向你所进的忠告。

"马都尼，我告诫你，快不要再这样愚蠢地挖苦希腊人，他们的名誉是不容诽谤的。你只想诱劝主上派遣大军去远征，如果真要出兵的话，听我说，让国王留在波斯，咱俩拿孩子的性命来打赌。你就统率陆军前去，随你要多少人马。如果波斯得胜了，你可以把我的孩子和我这条老命杀了，但不幸我的话说中了，波斯军败得很凄惨，你的孩子和你的性命也就保不住！"

这元老说完后，国王便大发雷霆："阿塔巴诺斯啊，若不看你是我的叔父，我一定叫你吃苦头，免得你这样瞎说。你既然很丧气，我便这样丢你的脸：我自己御驾亲征，你在后宫里镇守祖国，我用不着你帮忙，便能实现我夸口的话。如果我不去报复雅典人，就不算是阿塞弥斯的儿子的儿子的儿子！你知道，我们若不去进攻，他们迟早就会来打我们，许多年前，他们不是曾经渡海来攻打过我们？一座山头容不下两头猛虎，不是波斯吞了希腊，便是希腊并了波斯。"

散会后天就黑了，国王在静夜里沉思，觉得这未免太危险，幡然改变了他的主意。他安寝后，梦见一位巨灵向他说道："波斯国王，你现在改变了你的圣意吗？你既然下了动员令，怎么不去攻打希腊呢？这样三心二意，真没有道理，你还是去攻打吧！"

第二天国王重新召集会议时，他竟忘了这个梦，向群臣说道："孤王昨日所说的话可不算聪明。孤王听了皇叔的话，未免火气太大了，对不住那位元老重臣。孤王现在看出了自己的错处，还是听信他的话吧。现在决心保守和平，不去劳师远征。"

举朝文武听了这道圣谕，十分高兴，但是那天晚上那巨灵又向国王说道："国王，你胆敢违背我的话吗？你若不去西征，我立刻就要害死你！"

国王从梦里惊醒起来，命人去把皇叔召来，这样对他说道："孤王那日有些唐突，后来很懊悔。孤王本想听你的忠告，但势有所不能，因为有一个巨灵在梦中威胁寡人，逼着孤王前去远征。如果这是天神的意旨，孤王便得前去。你现在穿上皇袍睡在这儿，看这巨灵来不来打扰你？"

皇叔不敢这样无礼，极力推辞，只因为国王逼着他这样做，他只好遵命。但他对国王说道："主上，你既然听信忠言，这真是国家之幸，你要知道，梦中的景象只是白日思想的反映，并不是什么天神在作怪。但若我也看见这个巨灵，那又当别论。可是我总不相信有这么一回事。"

于是皇叔穿上国王的衣袍，在宝座上昏昏沉沉地睡去，那巨灵居然出现在他的梦中，向他说道："你就是那位劝谏国王不要去征讨希腊的人吗？你想要破坏这注定的事情，一定难逃天谴！如果国王不听从我的话，他就要倒霉的！"

这巨灵好象要用热铁刺皇叔的眼睛。皇叔惊醒起来，把梦中的情景告诉国王，而且这样奏道："既然是天神命你去攻打希腊，我也就改变了主意。你快把这神圣的意旨宣告全国，准备出征！"

此后国王又看见一个异象：他在梦中戴上一顶橄榄枝叶扎成的王冠，那枝叶长得很长，长遍了全世界，但忽然又不见了。先知说这是全世界都要归顺国王的吉兆。于是全国开始动员，谁都想获得国王的恩赐。这次出发的水陆大军共有二百五十万，再加上夫役随从，不下五百万人。

这远征的陆军居然踏平了雅典城，但海军却在雅典岸前的海面上覆没了，幸亏希腊人没有前去破坏那两道浮桥，国王才得逃回亚洲。那夸口的马都尼没有脸面回国，很颓丧地死在沙场上。

死守温泉关

公元前 480 年，波斯国王薛西斯统率五百万海陆大军征伐希腊。他在那海峡上架起了两道浮桥，那浩荡的人马不断地从桥上跨越，整整过了七天七夜。大军于那年六月到达温泉关。这原是希腊北部一个依山靠海的关口，那关前有两口硫磺泉水，因此叫做"温泉关"，或简称"关"。古时候这关口十分险要，只有一两百尺宽，如今海岸淤积起来，山和海相隔有好几里路。那次希腊守军只有五千多人，斯巴达国王李奥尼达担任全军的统帅。他只带着三百个健儿前来给希腊人壮一壮胆。据说这三百人只是国王的卫队，大队人马还没有到达。他还苦苦地叫忒拜派了四百人前来，免得它捣鬼，因为这是一个不可靠的城邦，大有做"希腊奸"的可能。

波斯国王派了一个骑兵到关前去侦察，这人只望见那关外有一些斯巴达守军，他们把武器堆在城边，在那儿做柔软体操，梳理头发，好象准备赴宴会一样。国王听了侦骑的报告，莫名其妙，因此问希腊的奸贼得马剌托斯，这是什么意思。那人回答说："那些人是来守关口的。每逢大难当前，他们总要梳理头发，准备死战。大王，如果你战胜了那些斯巴达人，再没有什么人能够阻挡你前进。"国王听了，全不相信，这几千人怎能够阻挡他？他在关前等了四天，希望敌人自动逃走。到了第五天，他再也不能忍耐，下令要活捉敌人。那些波斯人前仆后继，拼命进攻，可是攻不进去。国王因此叫他的"长生军"前进，也不中用，因为希腊人使用长矛，波斯的短兵器杀不到他们身上；而且那地方十分狭小，那蜂拥的波斯人简直无用武之地；有时候希腊人假意退却，让出一点地盘，他们便死命地追，却被人家回头来杀得干干净净。正当血流成渠的时候，波斯国王三次从他的宝座上立起来观望，眉毛胡子皱做一团。

国王正在无计可施，有一个"希腊奸"叫做厄庇阿尔忒斯的，跑来献策，说有一条山道可以绕到关口的后方。国王因此叫他做向导，引着一大队人，于黑夜登山。那山道上原有一千福西斯人在把守，可是那山上有许多橡树，掩护着波斯军进行，直到他们踩着落叶作响，惊动了那睡梦中的敌人，才被人发觉。波斯人起初不敢应战，后来那位奸贼告诉他们，那山上的守军并不是斯巴达人，他们才向上进攻。那些福西斯人认为敌军是来攻打他们的，他们在箭矢的威逼之下，匆促间无法迎战，便逃向山顶，准备在那儿据险抵抗。哪知敌人不理睬他们，不耽误戎机，立刻就飞奔下山。

那头天晚上有一位预言者警告希腊人，说来朝他们就要死战。还不到天明，他们就听见警报，知道波斯人正下山来抄袭后路。李奥尼达便把那些不必牺牲的人遣送回去，他自己得遵守他的城邦立下的"非胜即死"的法律，带着那三百个儿郎死守在这儿。那七百个忒斯庇埃人自愿留下来拼命，至于那四百个忒拜人却是国王逼着他们留下的。那些友军刚好退出去，后路就被敌人截断了。

波斯国王预料时机到了，便下令进攻。希腊人这次下了必死的决心，反而冲出关外，要敌人出重价来收买他们的性命。他们刺杀了无数的敌人，还推了一些下海里去，波斯人在纷乱之中，自己践踏自己。一会儿希腊人的长矛大都折断了，他们只好用短剑刺杀，李奥尼达便在这时候立下了不朽的名声，双方都在争夺他的尸体，希腊人十分奋勇，把敌人杀退了四次，终于拖着这主帅的尸首退回去。直到他们背腹受敌时，胜负才见分晓。于是他们退进关口，集中在那小丘上，利用刀剑作最后的抵抗，有时更用拳头和牙齿来对付敌人。直到后来，他们四面受包围，全体死在刀剑下，只有那些忒拜人看见敌人逼近，赶忙上前去投降，说他们并不是有意来抵抗王师，而是被人逼迫着，不得不前来，还说他们的城邦曾经献上水土，愿意称臣。这样一说，他们的狗命倒是暂时保全了，可是当他们上前去投降时，有许多人惨死在刀下，后来波斯国王更下令给他们打上"亡国奴"的烙印。

从芙蓉城到希腊

传说有一个斯巴达人名叫狄厄涅刻斯的，听说波斯的箭镞射起来天日无光，他并不气馁，反而向他的朋友说："那我们就在阴影之下战斗吧！"还有两个斯巴达人害了眼病，主帅叫他们回去，这样回去倒可以获得安全；但若他们不愿回去，就得一块儿战死。可是他们两人都不听命令，各有各的办法。当他们快要受包围时，其中一个前去迎战，另一个却胆怯，逃了回去。斯巴达人见了这个逃兵，说他有辱国体，大家都侮辱他，谁也不肯借火给他，谁也不肯同他说话。据说还有一个斯巴达人也没有死去，他回到家乡，也受了不少侮辱，自己上吊死了。那殉国的二百九十几个斯巴达人却真是勇敢，真是光荣。他们给了希腊人一个良好的榜样，给了斯巴达人一种报仇的刺激，给了波斯人一个可怕的威胁。波斯国王后来打听还有多少希腊人这样英勇，有人告诉他，那南方有一个城邦叫做斯巴达，它有八千子弟，个个都象这三百个儿郎；那其余的希腊人虽然没有他们这样厉害，却也是很勇敢的。国王听了真是胆寒。

记得好几年前，我曾经在一个愁惨的阴天，象是在箭矢的阴影下，到那关前去凭吊这些古代英雄。那泉水依然很绿，依然很温，那地面依然罩上一层白土，那古代的城垣依然留下一段段的痕迹。我更想象那小丘上还立着一个纪念李奥尼达的石狮，那狮下刻着两行诗句：

> 过往的客人，请去向斯巴达人传话，
> 说我们遵守邦家的律令，在此长眠。

据说全体殉国的人都埋在那争斗最剧烈的地方，他们的坟上也曾立着两行诗句：

> 四千个南方的希腊人在这里
> 抵抗过三百万波斯貔貅。

这两道碑铭都是那位著名的抒情诗人西蒙尼得斯写的，看来似乎是很平淡，但我们联想到轰轰烈烈的史事，便觉得它们是不朽的名句。1899 年曾经人发掘，可惜没有发现什么，但希罗多德所记载的战争遗迹都是他亲眼见过的。客人，你如果上喜峰口去看看，那山岭上也留下有相似的痕迹，你所带回来的也就是这悲壮的诗句。

希腊漫话

萨拉米海战

　　公元前 480 年，波斯国王薛西斯统率五百万海陆大军攻打希腊，他穿过温泉关，乘胜追到雅典，却只烧毁了一座空城，那留守的军民还叫他出重价来收买他们的性命。他们这个"空城计"原是日神阿波罗教他们的，日神曾经说，希腊的命运要靠木头才能得救。有人认为那是指卫城上的"木墙"，躲在城中不肯迁移；但是他们的将军忒弥托克勒斯却猜中了是指"木船"。他看见都城难保，并不灰心，忙把老弱妇孺移到岛上去躲避，把剩下的船只完全集中在萨拉米海湾，好利用海湾内窄小的形势来争取最后的胜利。可是当时的斯巴达人不肯听从他的计划，想撤退到科林斯地峡南边去保卫他们自己的土地。这将军在海军会议上一边劝诱，一边恳求他们不要离开，当中有一位将军在盛怒之下要用手杖打他，这可怜的人却说："尽管由你打，只求你听我的话！"到后来劝诱和恳求总不见效，他才采用一个万不得已的计策，叫一个奴隶送信给波斯国王，告诉他有的希腊水师想要逃遁，叫国王好好地围住他们。这计划终于逼着那些友军于次日和四倍以上的敌人在海湾内作战。这一段史话里有一件很动人的事情不可忽略，就是这将军的不屈不挠的政敌阿里斯提得斯于大战之晨偷渡到萨拉米，把将军从会议室里请出来，同他说了几句很坦白的话，说他们此日竞争的是看谁能为邦家出更大的力气。于是他报告希腊水军完全被包围了，忒弥托克勒斯向他说明这是怎样一回事，并且要求他把被围的消息报告给军中的将领，如果这消息由他的口里说出来，当更能使人相信。阿里斯提得斯因此向大众报告了这消息，并且说当天就得出战。

雅典的爱国诗人埃斯库罗斯写了一部悲剧叫做《波斯人》来描写这次大战的情形，剧中的信使报告了这样一段话："但是当灿烂的白昼驾着白驹照耀着大地时，首先从希腊人那边响起了一阵欢呼，像是胜利的歌声，那岛上的岩石同时传来高亢的回音。我们异族人的想法落空了，大家吓得胆战心惊，因为希腊人当时并没有唱着庄严的凯歌逃走，而是鼓足勇气杀奔前来，整个阵线军号齐鸣。一声口令，万桨一齐划进海水深处，顷刻间全部舰队都历历在目。领先的是右翼，阵容严整，然后是整个战舰袭来。这时我们听见他们大声呐喊：'前进呀，希腊的男儿！快拯救你们的祖国，拯救你们的妻子儿女、你们父亲的神殿、祖先的坟茔！快为这一切而战斗！'我们这边也回报以波斯语言的喧嚣声。时机不容耽误；那铜甲的船头立刻就冲撞起来。首先袭击的是一只希腊船，把一只腓尼基战舰的尾巴整个儿截断了。于是每一只船都向着对方横冲直撞。起初那波涛似的波斯水师还能抵抗，可是等到那许多船只聚集在那狭小的海湾里，它们不但不能互相支援，反而用铜甲的船嘴向着自己的船冲击，把整排整排的桨碰断了。希腊兵舰并不愚蠢，它们四面围攻，把我们的船撞翻了。海已经看不见，尽是破片和尸首；海滩上和礁石上也堆满了我们的死者。我们异族的军舰都划着桨乱纷纷地逃跑。我们的人就象是金枪鱼或一网什么鱼，任敌人用破桨和船片砍杀。国王坐在那临海的高岗上，可以俯瞰全军。他撕破袍子，大哭大叫，立即传令给他的步兵，让他们纷纷退却。"

这五百万大军只剩下三五千逃返亚洲，国王的老命也几乎送掉了。

我们可以由这古代的战争得到精诚团结和英勇抗战这两种教

训。这古昔的史话很可以使我们警惕和借鉴，照我们自己目前的情形看来，我们的萨拉米大战就要开始了，这便是我们胜利的时机，我们得努力追学古人。

亚历山大进军记

亚历山大曾经在科林斯接受希腊人的嘱托前去攻打波斯，报复旧日的冤仇。他于公元前334年出师，渡过海峡，行军到格刺尼科斯河畔。他听说波斯人在对岸列好了阵势，他也就准备进攻。正当这时帕墨尼昂将军上前说道："国王，我们最好在这边扎下营盘，等来朝黎明时，趁敌人还没有排列整齐，我们就涉水过去。照现在的情形看来，我们若立刻进攻，一定会冒很大的危险，因为我们不能够排成一列列的全线过河，这河水有许多深处，而且两边的河岸又高，有些地方简直是悬崖绝壁。正当我们的军容混乱时，那严阵期待我们的敌骑会向我们冲来：初次交锋如果失利，是很不幸的。"

亚历山大却这样回答："帕墨尼昂，这个我自然知道，但我感觉羞耻，如果我们渡过了那汹涌的海峡，却渡不过这小小的河流！这一点危险算什么？我们若不立刻进攻，那就会助长敌人的勇气，现在不给他们一个厉害，他们会觉得他们也象马其顿人这样善于打仗呢！"

亚历山大说完后，马上就命令帕墨尼昂去率领左翼，命令这位将军的儿子去率领右翼。他自己把人马安排妥当，也跑到右边去。

波斯那边有两万骑兵，步兵也将近两万。他们把骑兵列在岸前，步兵列在后面。他们望见亚历山大在他们的左方，忙把骑兵集中在左翼，和国王对峙。亚历山大的装束很华丽，他的随从也很多，一望就可以认出来。

两边的人马隔河对峙，不敢造次进攻，许久都没有动。波斯人正期待马其顿人渡河，好往下冲。亚历山大忍耐不住了，他自己策马下河，命令他的随从也跟着前进，鼓励他们做勇敢的人。于是军号吹起了，步骑两军一齐鼓噪渡河。

有的波斯兵从高处放箭，掷下标枪，有的站在低处，有的竟冲下河边。两边的骑兵彼此乱冲，希腊人很想上岸，波斯人却极力阻挠。希腊人的长矛往上刺，波斯人的箭矢向下飞。希腊人过河的太少，初次交锋自然失利。他们的地势很不安全，敌人却是居高临下，而且波斯的骑兵之花又聚集在他们登岸的地点上。那先锋队几乎被敌人杀光了，剩下的只好逃向亚历山大。这时候国王已经率领右翼冲过来了，他自己首先向着波斯的骑兵将领所在的地方进攻，他身边的战斗十分激烈，同时希腊人一排排地渡过河来，这情形便没有先前那样困难了。于是马和马、人和人彼此格斗，希腊人要把波斯人推上高处去，波斯人却要把希腊人赶下河里去。亚历山大和他的卫队渐渐占了上风，这不仅是因为他们很勇敢，很有训练，而且因为波斯人的短兵敌不过他们的长矛。

正在杀得高兴时，亚历山大的长矛忽然折断了，他忙叫阿瑞提斯给他一支，哪知那位将军的长矛也弄断了，只拿着一半截在那儿苦斗。他把那半截矛给国王看看，叫他另外要一支。好在有一个科林斯人把自己的矛交给亚历山大。国王拿着这武器，望见波斯的驸马，他便带着一些人马形成一个楔子向敌人冲去。他亲手刺中驸马的脸，使他摔在地下。另一个波斯将领却向着亚历山大扑来，举起砍刀对着他的头劈来，劈去了他的盔顶，可是那金盔依然戴在他头上。亚历山大用力一刺，刺穿了那人的胸甲，刺进了他的胸膛。另一个波斯人却举起新月刀向国王砍来，这一刀真要命，多亏克勒托斯早已赶上来，一刀斩断了那人的手臂。到这时那些渡过河的骑兵急忙冲上来保护亚历山大。

波斯人现在受困，人和马都受了矛伤，骑兵和步兵混在一起，彼此都不能动作，于是他们渐渐往后退，先从亚历山大进攻的地方退起，他们两翼的骑兵阵线也乱了，只好一齐退下，这一刹那间他们的骑兵死了一千多。可是亚历山大并没有追赶敌人，却向着波斯军中的希腊雇佣兵冲去，那些同族的兵士并不是决心要抵抗，而是因为战斗起得太仓促，来不及往后退。亚历山大命令他的方阵步兵上前冲，骑兵三面包围，那些敌人好似网里的鱼，全都跑不掉，只有几个从死人堆里爬了出去。这次战争，波斯将帅死得很多，连国舅、驸马、郡主都丧了性命。

据说国王的骑兵死了八九十名，步兵只死了三十名，国王下令厚葬他们，连他们的兵器盔甲都葬下去，还为他们立铜像，永留纪念，他们的父兄都免征免役。对于那些受伤的兵士他曾亲往慰劳，看看他们的伤势，问他们是怎样受伤的，问他们杀死了多少敌人。亚历山大恨死了波斯军中的两千希腊兵，他把那些生擒的"希腊奸"送回国去作奴隶，这些人也活该受罪，因为他们不但不遵守科林斯的誓言去攻打敌人，反而回头来杀自己的同胞。

亚历山大送了三百套波斯铠甲到雅典去献给女战神雅典娜，还写了这样一道献辞：

腓力之子亚历山大
从亚洲送回这些战利品。

勇敢呀，我们的亚历山大！

希腊漫话

象　战

　　亚历山大东至印度，到达许达斯珀斯河畔，被波洛斯挡着去路。希腊军在河边扎下营盘，印度人在对岸把守渡口。亚历山大带着一些人马上下移动，弄得波洛斯心上心下，他的兵士也随着移动，很感觉疲劳。亚历山大还带着一些人马下乡去，一边破坏敌人的财产，一边侦察良好的渡口。所有河西的粮草都集中在他的营盘里，使敌人看见他有意在河边久住，等冬季水枯时再行渡河。这时候正当雨季，河水高涨，高加索山上的雪水更冲下来助威助势，大军过河是很困难的。

　　亚历山大公开宣布，如果夏天过不了河，他可以在此等候；可是他总是在寻找偷渡的机会。从正面是过不去的，因为敌方的人马又多又精，当中还夹着象队。希腊的战马看见那巨大的动物，听见那喇叭似的吼声，也许会受惊，在中流跃入深水中。

　　每到晚上，亚历山大便领着骑兵在岸前奔跑，唱希腊战歌，大声鼓噪，好象大军就要过河进攻。波洛斯也领着军队和象队随着那闹声移动。这样闹了许多晚上，只是无雨打空雷，这个印度国王也就懒得动了，认为那不过是虚张声势。

　　亚历山大看见敌人安静下去了，他便采用下面这个计策：那河身弯曲处伸出一块地角，上面长着浓密的树林，地角对面是一个没有人迹的小岛，这地方正好掩护军队渡河。

　　希腊军中依然热闹喧哗，渡河的准备依然公开进行。亚历山大把大军留在营中，交给克剌忒洛斯率领。如果波洛斯带领他的象队去迎击那偷渡的希腊军，或是敌人已经溃退了，那时候才许克剌忒洛斯过河。

亚历山大亲自带着一些精选的步兵、骑兵和弓箭手偷偷地行到那地角上。那晚上雷雨交加，更好掩护军队过河。可是军队绕过了那小岛，靠近对岸时，就被敌方的哨兵发现了，他们赶快去报告波洛斯。希腊军上岸后，立刻摆好阵势，准备进攻。可是他们后来发现那不是真正的对岸，而是一个很大的荒岛，岛的那边还有一条河，虽然不大，水势也够汹涌。他们费了相当大的功夫找到浅滩，步骑两军才涉水过河。这回上岸后，大家又把阵势摆好，五千骑兵首先加鞭前进，六千步兵在后面慢慢随行。亚历山大认为他的骑兵便可制胜，万一冲不过去，他便采取守势，等待他的方阵军。如果敌人看见他这样勇敢地渡河，自行溃退，他更好去追杀，越杀得多，日后的困难越小。

据说波洛斯曾叫他的太子带着六十辆战车前来抵抗，却被亚历山大冲散了，那个印度王子竟死在那儿。又据说希腊军上岸时曾有一场恶斗，亚历山大自己也受了伤，他的名马也死在岸前。

波洛斯听见这恶耗，便决心同亚历山大拼老命。他留下几匹象和一些人马在后面把守渡口，自己率领三万步兵、四千骑兵、三百辆战车和二百匹象前去应付。他把大象列在阵前，每匹象相隔七、八丈远，使希腊的步兵和骑兵无法冲入。他又把步兵陈列在象队后面，把骑兵摆在两翼，骑兵前面还有战车。

亚历山大望见这阵势，不拟从中直闯。他领着骑兵向敌人的左翼前进。趁敌方的骑兵还没有增强，他就下令放出那如雨的箭矢，骑兵随着就往前冲。印度右翼的骑兵前来援救，希腊骑兵便紧跟在后面追。印度人的阵线一乱，他们抵挡不住，便退到象后面去了。于是象队向着亚历山大冲来，希腊的方阵军立刻上前去应付，他们围着象队，用标枪掷去；可是那些巨兽一直踏来，踏坏了希腊的兵士。这时候印度骑兵又从旁边冲出来应战，却又被亚历山大逼到象后面去了。到后来那些象挤在一起，有些已经失去了驾驭人，有些受了伤到处乱闯，对希腊人和印度人都同样践踏。那些夹在象群里的骑兵也受了很大的损失。希腊人却站得相当远，象来就退，象去就追，那些长枪一条条向它们投去。等那些象疲倦了，亚历山大才叫骑兵四面包围，方阵军上前去杀个痛快。所有残余的印度人都从缺口里逃走了。这时候对岸的希腊人便渡过河来追赶，完成了这巨大的胜利。

印度步兵损失近两万，骑兵损失近三千，所有的战车都毁坏了，剩下的象也成了俘虏。亚历山大总共才折了三百人马。

波洛斯看见全军失败时，他并不象波斯国王那样逃走，而是英勇地上前抵抗，直到他的右臂受伤，他才掉过象头向后退走。亚历山大看见他那样勇敢，不忍伤害他，打发一个印度人去劝他投降，哪知他举着矛就刺过来，几乎刺死了这信使。亚历山大到这时都没有动怒，又打发人去劝他。波洛斯这时口渴难当，便下象来饮了一点水，恢复了力气，前赴希腊军中。亚历山大骑着马来迎接，看见他这样魁梧，这样英俊，十分称赞，问他希望得到什么样的待遇，他回答说："亚历山大，把我当一个国王看待！"亚历山大听了这句话很高兴，又问道："波洛斯，在我这方面，我一定满足你的愿望；可是在你那方面，你到底想要些什么？"波洛斯回答说："一切愿望都包含在那句话里。"亚历山大听了，更是高兴，便把他的王权还给他，还赠送他一块更大的土地。

亚历山大受伤记

亚历山大东至印度，他渡过许剌俄忒斯河，向马利亚人进攻。马利亚人抵挡不住，只好退进城去。亚历山大叫骑兵四面围城，敌人看见来势太凶，又放弃城垣，躲进卫城。这时候有一队希腊人突破了一道城门，先行闯入。他们以为这城市不攻自破，没有带云梯。后来看见卫城还在敌人手里，他们就开始挖地道，架云梯。亚历山大看见他的兵士动作太慢，认为他们在装病，他很不耐烦地抢过一架长梯，放在城边，自己举着盾牌就往上爬。剖刻塔斯举着特洛亚女战神庙上的盾牌紧跟在后面，阿瑞阿斯和卫队长勒翁那托斯也跟着往上爬。亚历山大爬上墙顶，用短剑刺死几个守城兵，其余的敌人都被他用盾牌推到里面去了。城外的卫队很担心他们的国王出危险，争着爬上来，不幸把梯子压断了，梯上的人都坠了下去，底下的人便无法登城。

亚历山大立在城墙上，四面都有毒箭飞来，那些印度人不敢挨近他，只好用箭攻。国王是一个很显著的目标，他的衣饰最华丽，他的胆量也最大。他心想立在城墙上太危险，又做不出什么惊人的动作，但若他勇敢地跳到城里去，也许可以吓退敌人，万一遇着什么危险，倒也死得光荣。他这样想着就跃了下去。他在底下靠着墙根用短剑刺杀，敌军中的主帅勇敢地扑上来，也被他刺死了，他还用石头击退了两个人。于是马利亚人再不敢上前，只好用石头打他，用弓箭射他。

那些同时登城的人也都跃下来保护他们的国王。阿瑞阿斯脸上中了一箭，死在那儿。亚历山大自己也受了伤，那箭头穿过胸甲，进入肺部，气和血都从那创口里冒出来。只要他身上的血还够温暖，他总是奋力抵抗。到后来血流得过多，他便蹲在盾牌底下，晕过去了。剖刻塔斯横跨在他面前，勒翁那托斯也立在他身旁，他们两人都冒着箭矢的危险保护他。

城外的希腊人十分焦急，他们用尽各种方法爬城，有的在那土墙上钉上钉子，攀着钉子往上爬，有的踩在别人背上往高处爬，爬上城就跳进去。他们看见国王躺在地上，一齐放声哭唤，并用盾牌挡住国王的身体。

正在危急关头，有人启开城门，放进一小队希腊兵士。他们逢人便杀，连妇孺都不放过。于是他们把国王放在盾牌里抬了回去。据说有位军医把毒箭拔出，把创口的肌肉割去了一块。又据说当时没有医生，乃是国王叫一个卫兵把肌肉割下一块才拔出箭来。因此国王又流了不少的血，又晕过去了。他这样失去了知觉，血也就停流了。

当时军中谣传亚历山大已经受伤死去，将士一边痛哭，一边传递消息。他们忧心这王位谁来继承，继承人倒很多，可是他们的名声都彼此相齐，这事情谁来决定？他们更忧心回家路远，四面都是强悍的敌人，一大半都还没有被征服，那些降服了的印度人听见国王的死耗，也许会起来叛变。

后来又听说国王已经活了过来，可是大家都不肯相信。甚至还有人说国王就要亲身出来，他们更不相信，以为是将领制造谣言，安定人心。

亚历山大知道军心浮动，怕惹出乱子，他便叫人把他抬到河边，坐船下行。到了水陆军中，他更叫人把天幔揭开，让兵士亲眼看见他。这时候都还没有人相信，认为那不过是他的尸体罢了。直到国王伸出手来，他们才举臂欢呼，有的喜出望外，不禁下泪。后来兵士送上一架床，把他抬到岸上。他还叫人准备鞍马，他骑上马，大家都亲眼看见他，于是全军欢呼，震彻云霄。他最后下马步行，大家更是争着打他身边穿过，有的用手触触他的臂膀，或是摸摸他的膝头。一簇簇鲜花往他身上抛去。

当日有人说他太勇敢，独自往上冲，说那是一个大兵的责任，不是一个统帅的行为。亚历山大听了十分动怒。他好战喜功，认为那冒险的行为里有无穷的乐趣。据说有一位希腊诗人看见他那样生气，忙上前对他说："高贵的行为人人应作。"他更从悲剧诗人埃斯库罗斯的剧里借来这句名言："一个做大事业的人多难多磨。"这人立刻得到国王的称许，还赢得他最亲密的友谊。

亚历山大之死

　　亚历山大征服印度，回到巴比伦，有一些预言者劝他不要到那古城去，怕遇着什么不祥的事情。他却引悲剧诗人欧里庇得斯的诗来回答他们："那说得最美的才是最好的预言者。"那些人听了，更是滔滔不绝地劝告。国王哪里顾得这许多，依然领着他的人马前进。他走到城边，看见一群乌鸦在空中争斗，有一些斗死的落到他的脚前。很奇怪，他自己的最强健的狮子竟被一头驯驴踢死了。这些现象都使他心里发愁，不敢在城里居住。他不是在营里练兵，便是在河上游船。

　　有一次他亲手驾驶一艘古战船，他的王冠被风吹落水，那冠带却挂在芦苇上，这是多么不祥的预兆！有一个水手立刻跃入水中，拾得了那冠带。他怕把带子打湿，只好缠在他自己的头上，泅水过来。据说国王看见他那样灵敏，赏了他一笔钱，却把他的头斩了下来。还有一次国王脱了袍子去打球，有个犯人偷偷跑去戴上他的王冠，穿上他的王袍坐在那宝座上。那些卫兵见了，因碍于波斯的习惯，不便把那人拖下来，只好捶打自己的胸膛，撕毁自己的衣服，就像是遇着了什么天大的灾难。国王知道了，问那人是不是有意做什么不轨的事情，他回答说，是神叫他来坐坐的，他本人并没有意思要害国王。事情传出后，那些预言者更是振振有辞。

　　过了几天，国王照样献祭，献祭后同他的将士饮酒到深夜。

他正想退入寝殿时，有一个心腹友伴前来劝酒，他更是欢狂地酌饮，然后沐浴入睡。第二天他又同那个友伴共餐聚饮，直到深夜。这晚上入睡时，他身上有些发热。此后他每天躺在床上，叫人抬着他去献祭；每天照旧指挥水师，要到西海去称雄。可是他的温度越来越高，直到病重时，他才还宫去。有人问他这庞大的帝国传与谁？他心里明白他没有后嗣，所有的将领都不能支持这座大厦，只说道："传与最贤能的人。"这时候宫门外的兵士十分浮动，疑心国王已经抛弃了他们。他们冲进门来，整队在国王身边致最后的敬礼，国王频频向他们点头，或用眼睛向他们示意。亚历山大于公元前 323 年 6 月 13 日死去，只活了三十二岁零八个月。他一生都是灾难，冒过许多危险，不死在战场上，不死在城楼下，却这样淹死在酒里，未免太平淡了。他自己也知道太平淡了，想去投河，好让世人知道他去得无踪影，一定是升天去了。王后明白了他的用意，忙说他本是天之子，用不着那样做，也可以留下不朽的威名。

重游希腊

在德尔菲

中央戏剧学院 1984 级导演专修班和进修班于今年 3 月及 5 月在北京上演了二十场古希腊索福克勒斯的悲剧《俄狄浦斯王》，受到好评。这剧的情节如下：忒拜城的国王拉伊俄斯预知他的儿子会杀父娶母，因此他的儿子俄狄浦斯出生才三天，他就派牧人把他遗弃在荒山上。忒拜牧人却把婴儿送给科林斯牧人，这人又把婴儿转送给科林斯城的国王波吕玻斯，国王把他当作太子养大。俄狄浦斯成人后，听人说他并不是国王的亲生儿子，他因此往北到德尔菲去问阿波罗，谁是他的父母。神只说他会杀父娶母，他因此不敢回科林斯，而往东向忒拜走去，在路上因为争路，他打死了一个老年人（即他的亲生父亲）。他到达忒拜，因为救了忒拜人民，被立为国王，并娶王后伊俄卡斯忒为妻。这剧开场时，忒拜城发生瘟疫，国舅克瑞翁从阿波罗那里得知，要把杀死老国王的凶手驱逐出境，瘟疫才能停止。先知同国王争吵时，指出他就是凶手。俄狄浦斯因此疑心国舅收买先知来篡夺他的权力。王后劝俄狄浦斯不要相信神的预言，因为老国王是死在一群强盗手里的。俄狄浦斯正在怀疑老国王是他杀死的，这时候科林斯报信人（也就是牧人）前来报信，说科林斯的国王死了，要迎接俄狄浦斯回国为王。俄狄浦斯害怕回去会娶母为妻，报信人因此指出，科林斯的王后并不是他的母亲。俄狄浦斯又找来忒拜牧人，这人指出婴儿时的俄狄浦斯原是他送给科林斯牧人的。于是真象大白。俄狄浦斯挖瞎了自己的眼睛，请求出外流亡。这剧由我的老大罗锦鳞导演，采用我 1936 年出版的译本。我等了五十年，才看见我们首次上演古希腊悲剧，得偿生平夙愿。

希腊大使雷拉斯曾于 3 月 27 日晚上看了《俄狄浦斯王》的演出，认为这是他看过的外国人演的古希腊悲剧中最好的。希腊大使馆参赞拉多波洛斯也对我们说："我在西欧、美国都看过这个戏的演出，那些演出都未能反映出古希腊悲剧的精神。你们的戏却很好地反映了这种精神。这个戏的布景是我所看到的这个戏中最好的，非常棒。" 3 月 31 日晚上，希腊大使馆参赞海伦·兹西施第二次观看了演出，她告诉我，希腊的德尔菲欧洲文化中心邀请这台戏到希腊去演出，并邀请我参加该中心举办的第二届古希腊戏剧国际会议。

我曾于 1933 年秋天赴雅典入美国古典学院学习一年。回国后，每次阅读古希腊经典著作，我总是怀念希腊的古迹、风光和好客的情谊，盼望能旧地重游。多年的愿望如今可以实现了。好些亲友劝我，说年岁到了，勿作远游，要去也须多加小心，避免风尘劳顿。医生为我两次检查身体，只叮嘱我到达时不宜过于兴奋。

6 月 13 日傍晚，我随同中央戏剧学院廖可兑教授和张全全老师自北京起飞，途中在沙加稍停留，于 14 日抵达法兰克福，换飞机到达雅典，稍事休息，于当地夏令时间下午六时乘汽车出发，经过忒拜古城（俄狄浦斯的家乡），向西盘山前进，暮色苍茫，气氛神秘，九时抵达德尔菲。只有在梦中才能象希腊神话中的"神行太保"（神使赫耳墨斯）那样迅速，飞跃千万里。

德尔菲欧洲文化中心，是希腊文化部领导的半官方性质的机构，旨在振兴希腊文化，加强国际和平与世界人民的友谊，促进国际间的学术交流与合作。中心每年举办各种学术讨论会和艺术表演，包括戏剧、舞蹈、电影、电视、诗歌、音乐、绘画、雕刻等节目。今年是第二届，曾邀请我国诗人参加，后来因故将诗歌讨论会改至明年举行。

今年的戏剧节有二十多个国家的学者和艺术家参加，讨论会的题目是："古希腊戏剧的解释问题：剧本、声音、形体、面具。"

15 日下午举行大会的开幕仪式，只有文化中心主任伯里克利·涅阿尔胡和副主任忒俄多罗斯·泽佐鲁洛斯两人发言，共占十五分钟，然后是酒会，自由交谈。主任在致辞中说："使我们特别感到高兴的是，一部与德尔菲有密切关系的悲剧《俄狄浦斯王》将由中国人在德尔菲古竞技场首次公演。我想借这个机会为我们的下一届古希腊戏剧国际会议提出一个讨论题目，即'亚历山大大帝之后古希腊戏剧在东方'。希腊化时期在古希腊戏剧史上是一个重要关头。在这个时期，古希腊戏剧与其他文化传统发生了直接的接触，突破了自己的摇篮的边界、古希腊城邦以及古希腊世界，并且在完全不同的情况下，在多民族的、多文化的结构中得到扩张和发展。"

晚上看日本剧团上演《克吕泰墨斯特拉》，这剧取材于现存的六部有关希腊联军统帅阿伽门农家族的英雄传说的古希腊悲剧，由铃木忠治先生自编自导。实际上，正如一些学者看后所指出的，这不是古希腊戏剧，而是一出现代化的反对战争的新戏剧。剧中有一个角色由美国人扮演讲英语，其余的由日本人扮演讲日语。演出采用日本脸谱和表演风格，技术精湛。只是舞台上出现装美国万宝路香烟的烟筒，使我百思不得其解。据说这剧在美国演出，大受欢迎。

16 日晚上我们的剧团上演《俄狄浦斯王》，受到非常热烈的欢迎。演出后，我国的唱鸿声大使同代表团和全体演出人员一起参加文化中心款待的烛光宴会，我们在那里见到文化中心的主席，他祝贺我们的演出成功，同我们畅谈希中两国人民的深厚友谊。剧团的歌手伊琳、蒋立力两人唱我国的著名歌曲，希腊友人也唱他们的古老民歌。大家兴致很好，饮酒到深夜。

17日的学术讨论会成了"中国人的上午"。在大会上发言的有罗锦鳞，他主要谈《俄狄浦斯王》这剧的导演构思，认为这是一出反抗命运的英雄悲剧。我的发言要点如下：我们已翻译、出版三十六部古希腊悲剧和喜剧，其余十部即将出版。单说《俄狄浦斯王》就已发行十万册之多。为了使中国观众易于了解，我们已将译本简化，把所有的神都称为"阿波罗"，因为这个神名与太空飞行有关，在我国已是家喻户晓。我还提及这剧的"退场"有三百零八行，似嫌过长，而且和古希腊悲剧的传统结尾一样，相当宁静。我们因此把这一场景稍微压缩，并且为了使剧情更能激动人心，引起观众的同情和怜悯，我们使主人公自动出外流亡。我感谢希腊国家剧院曾于1979年到我国以传统的表演方式上演埃斯库罗斯悲剧《普罗米修斯》（写普罗米修斯因送火给人类而受到大神宙斯的迫害的故事）和欧里庇得斯悲剧《腓尼基少女》（写俄狄浦斯的两个儿子为争夺王权而自相残杀的故事），为我们上演古希腊悲剧提供了很好的典范。我特别感谢希腊国家剧院的著名导演米诺蒂斯。

讨论会上对我们的演出表示称赞。也有人指出，我们在演出中借用的一段希腊音乐不是悲剧的音乐，与剧情不合。也有人建议我们采用东方音乐，效果也许更好一些。但也有人认为剧中的音乐是成功的，请原谅有人提出不合适的问题。此外，还有人认为服装的颜色和布料太漂亮，使演出显得太浪漫了，与悲剧气氛不和谐。我的补充解答是，我们原来弄到的专为《俄狄浦斯王》配制的音乐太现代化，不合用。排演时间短促，几次更换音乐，都没有配好。其实那一段是我们弄到的专为这剧谱写的音乐，一般人没有认出来。至于服装的鲜艳颜色是为了吸引中国的观众，我们当初担心没有什么人看我们的演出。我记得轻飘鲜明的服装是埃斯库罗斯首先采用的。

讨论会后，能歌善舞的伊琳身穿旗袍表演戏曲旦角在花园扑蝶、采花和刀马旦扬鞭趟马两种身段，以口头音乐代替伴奏，引起各国戏剧家的极大兴趣。

我们向文化中心赠送汉砖拓片、唐三彩马一类的礼品以及我译著的有关希腊文学的书籍十余种。文化中心回赠我一件银质的浮雕仿制品"酒神和二女信徒"，非常精美。

18日我们参观德尔菲的古迹。此地上有光亮的峭壁，下有幽深的峡谷直通科林斯海湾，时有气流自谷里向上翻腾。阿波罗庙地是古代宗教、政治、外交、文化的中心，闻名于全世界。女祭司坐在庙内三角鼎上，口中念念有词，代神发出预言，由男祭司编成模棱两可的诗句。这些预言曾在公元前7世纪到公元4世纪千余年间对许多国家和个人的命运产生过很大的影响。吕底亚的国王克洛索斯曾请求神示，阿波罗告诉他：

你若向波斯进攻，会毁灭一个大帝国。

结果是克洛索斯毁灭他自己的强大帝国。阿波罗曾预言，希腊战胜波斯要靠木头。雅典将军忒弥托克勒斯猜中了神示的意思是指"木船"，他因此建立海军，挽救了希腊人的命运。阿波罗还指出苏格拉底是世上最聪明的人，这句话害了这个哲学家。

阿波罗庙上的残柱，是用倒在地上的石鼓重新建立的。庙顶上曾刻有"认识你自己"和"勿过度"两句哲理格言。庙中原来存有"肚脐石"（德尔菲博物馆现存的蛋形肚脐石是后世的仿制品），表示此处是大地的中心。神话中说，宙斯曾遣两只鹰自大地东西两端相向飞行，它们在德尔菲上空相遇，"中心"之说起源于此。有记者要我谈谈观感，我说，我仍然相信德尔菲是大地的中心，如今已成为欧洲文化的中心，并且是西方世界的中心。

阿波罗庙上方有一个小剧场，建于公元前 3 世纪，现已残破，须经过修理才能供演出之用。德尔菲竞技场并不是理想的演剧的场所。古时候这里每四年举行一次运动会，盛大程度仅次于奥林匹克运动会。庙地东边是卡斯塔利亚泉水，晶莹甘甜。女祭司颁发预言前须饮这泉水，受到神的感召。历来各地前来朝圣的诗人都要喝口泉水，以求获得诗的灵感。我从前也喝过，这次多饮几口，望能有助于我翻译古希腊诗。

庙地上原来有三千多件雕刻，被罗马皇帝尼禄（公元前68—前 54 年在位）抢走了五百件，剩下的后来被拜占廷皇帝忒俄多西俄斯（公元 379—395 年在位）毁坏了。但德尔菲博物馆尚存有各个时期的古物，其中最著名的是《战车御者》的铜像，为公元前 478 年左右的作品，表现车赛将要开始时的紧张而镇定的心情。

在雅典

19 日我们回到雅典，晚上在俄得翁古剧场看我们上演的古悲剧。这个剧场是罗马贵族赫罗得斯出资于公元 161 年建成的。剧场原来有屋顶。观众席能容五千人，已于第二次大战后重新修建，非常美观。舞台高一米，宽三十米，深六米。舞台后面仍然有两三层残墙高耸，气势雄伟，所以我们的演出显得分外庄严。如今这里经常表演古希腊戏剧以及现代戏剧、歌剧、舞蹈，吸引着全世界的游客。记得很多年前，我曾经在这里看德国人来此上演埃斯库罗斯的历史剧《波斯人》，当时剧场很荒凉，我是半躺在石座上观赏的。短短一出悲剧竟演了两个钟头，报信人传达波斯水师在萨拉米海湾被希腊人击溃的消息后，步步升高退入波斯王宫，未免夸张过甚。

我们的演出受到极热烈的欢迎，观众齐声称赞，有许多著名导演和作家以及侨胞走上舞台同我们握手、拥抱。当初我们担心两千多年前的古剧，在国内恐无人欣赏，如今竟能在索福克勒斯的故乡引起这样大的反应，使我们感动得流泪。

我们在俄得翁演出之后，已近午夜，寄居在雅典的侨胞还为剧团举行宴会，庆祝演出的成功，盛况有如德尔菲的烛光晚会。想起我当初在雅典求学时，全希腊只有我和焦大两人，使我不胜感慨，赞美今日的繁荣。

雅典的报纸、电台、电视台曾对我们的演出作过广泛的报道与评论。《新闻报》报道："北京中央戏剧学院剧团将《俄狄浦斯王》带到德尔菲，这剧的演出将成为第二届古希腊戏剧会演中最引人注目的核心。据希腊文化部长的助理米哈伊说，中国剧团的来访，是文化部长梅尔古莉访华的结果。"有的报纸曾预言，在德尔菲戏剧节最大的兴趣将集中在中国剧团上演的《俄狄浦斯王》。6月9日我们的剧团举行记者招待会，有人问，中国人是唯物主义者，为何要演古希腊悲剧？怎样演？这些问题是很有趣味的。

《黎明报》写道："中国人上演的《俄狄浦斯王》成了德尔菲舞台的中心。随着灯光熄灭而爆发出来的热烈掌声是最好的证明。中国人以一种质朴的风格表演出对古悲剧的热爱。他们自觉地使演出更接近于古典形式。所有舞台实物都是他们根据古希腊史料、亚里斯多德的《诗学》，以及希腊国家剧院的演出资料而构思的。我们第一次看到用流畅，纯洁的戏剧语言演出的《俄狄浦斯王》。"

《民族报》写道："中国人在努力想象希腊人是怎样演古悲剧的。昨晚，赫罗得斯古剧场上的观众向中国剧团报以热烈的掌声。中国人的演出具有质朴、纯洁的情感和在此难以见到的清新，让人想起本世纪初西克里诺斯夫妇的剧团在德尔菲的尝试。一段西方音乐引出了对古希腊生活的介绍，中国演员摆出了模仿古希腊陶器图案的造型，我们从中看到了掷铁饼者。中国的俄狄浦斯长着小胡子，装扮得象古罗马的元老，以精湛的表演胜任了他扮演的角色。在此以前，中国的艺术家只看过米诺蒂斯率领的国家剧院的访华演出。就这样，我们看到了中国的玻科比兹和特佐革亚，看到了龙迪里斯戏剧学院的舞步，看到了一位美貌绝伦的伊俄卡斯忒，她使所有珠光宝气的妇人相形见绌。中国人尊重希腊传统，并根据自己的见解演出了《俄狄浦斯王》。"

《日报》写道："如果铃木先生企图使古希腊悲剧日本化，与此相反，中国人则使他们的演出希腊化。希腊观众立即认出中国人的演出是古希腊演出的模仿。显然中国剧团从希腊国家剧院的演出和剧照资料中获得了直接的经验。然而这带有强烈的浪漫色彩的演出比希腊国家剧院的传统风格更生动活泼。我甚至认为他们的演出更接近于龙迪里斯的风格。一般的印象是，希腊观众目击了这包含着天真与灵巧的演出。我认为这是非常积极的因素，足以表示中国人对某种具体文明的赞赏。"《日报》甚至说："中国人演古希腊悲剧，艺术水平这样高，演得这样好，使我们希腊人要重新认识我们的古悲剧，为此我们应该派人去学习汉语，了解中国人怎样理解古希腊悲剧。"

希腊前文化部长对我们说："我研究古希腊悲剧四十五年，看了你们的演出后，我感到自己很渺小，因为我从来没有想到中国人会用这样虔诚的手法来演古希腊悲剧。你们的谦虚、你们对原作的研究、你们的发言，对我来说，是很好的学习。你们用精彩的演出给我上了一课。我祝贺你们的成功。中国人对希腊文化进行了那么多研究，出版了那么多译本和文章，又有这么精彩的演出。不知我们当中有谁在研究中国的文化？我们是欠了你们的债。"

文化中心的副主任、艺术总监、在德尔菲上演的欧里庇得斯悲剧《酒神的伴侣》的导演忒俄多罗斯·泽佐鲁洛斯也对我们

希腊漫话

说："你们的演出使我们重新认识了古希腊悲剧。"

法国科学院院士、希腊文学专家彼特里迪斯也对我们说："看了你们的演出，使我百感交集。我想，也许只有象中国这样具有古老文化的民族，才能理解古代希腊的智慧和文化传统。"

希腊著名女演员艾兰娜·查达莉看了我们的演出感动得流泪。她对我们说："你们的演出好极了，你们非常尊重希腊的古典传统。"

有人称赞俄狄浦斯在舞台上背向观众挖掉自己的眼睛，带上一块黑纱布，说这是中国人的重大发明，而希腊导演多年来未能解决这个处理问题。也有人称赞中国导演从戏曲表演中借来抢背的手法，使俄狄浦斯仰面倒地，他们认为这种动作能表现人物的痛苦心情。他们还说，应该派人到中国去学习这类的舞台技巧。据说 1979 年，我国京剧团在雅典上演《白蛇传》时，戏曲的表演程式很受称赞，只是剧情复杂，观众跟不上。

从上述报道和发言可以看出传统派的评论家对我们的演出非常满意，认为既合乎希腊的传统，又有中国表演的特色。至于现代派评论家则不完全满意，认为没有中国的民族特色。这一派人很称赞日本剧团上演的《克吕泰墨斯特拉》。希腊的泽佐鲁洛斯剧团这次在德尔菲上演了欧里庇得斯悲剧《酒神的伴侣》（写忒拜妇女在山中疯狂地庆祝酒神节的故事）中的疯狂场景，约占两个钟头。这也是现代派的表演手法，用姿态表现疯狂的心理，受到这一派人的称赞。也有人评论说，疯狂姿态处理得很怪。我们看了，有些难受。此外，塞浦路斯剧团也在德尔菲上演了《俄狄浦斯王》，也是现代化的，演员穿的是背心一类的现代服装。由于时间冲突，我们没有观看，不便评论。

目前的情况是现代派的表演在舞台上占有优势，因此有人叹道："目前希腊舞台上存在着以追求现代派手法为时髦而否定传统的倾向。中国人的演出给了我们以新的启示。我们应重新考虑怎样对待希腊的古典传统这一问题。"如果我们的演出能在这个问题上起一点作用，这算是意外的收获。

我们的演出已引起一些国家的注意。我们的剧团于 6 月 23 日由雅典乘火车返国，次日在途中下车参观时，得悉南斯拉夫曾邀请我们的剧团去演出，可惜为时已晚。

我们会见过巴黎的音乐、戏剧、电影杂志《厄勒拉马》的编辑吉尔斯·亚历山大，他对我们的演出表示称赞，曾在他的杂志上介绍我们的演出，并要我们给他剧照，以便作更详细的介绍。

我们会见过美国著名导演罗伯特·威尔逊，他非常称赞我们的演出。他告诉我们，世界各大都会他都去过，就是没有到过中国，很想到我国访问。他导演的欧里庇得斯的悲剧《阿尔刻提斯》、莎士比亚的《李尔王》等名剧这一两年将在美国、西德等国的大城市轮流上演。

我们还会见过雅典青年剧院院长兼希腊商业航海部导演扬尼斯·卡瓦拉斯，他送我一大本《希腊航海文学作品集》，上面给我的题辞是："您热爱希腊，把《俄狄浦斯王》译成了中文。"

我们在雅典访问过库恩先生。1933 年，我在雅典的美国古典学院念书时，库恩在那里教英文，现在他已成为希腊最负盛名的导演之一，老态龙钟，体弱多病，还在大暑天训练演员，真是辛苦。他力求以新颖的表现手法赋予舞台以新的魅力和诗意。他导演的阿里斯托芬的喜剧《地母节妇女》（写雅典妇女恨欧里庇得斯在悲剧中污蔑妇女而要他的老命的故事：欧里庇得斯的亲戚乔装妇女混进去为他辩护，被她们发现是个男人，诗人多方设法才把亲戚救出来），19 日在德尔菲上演，应是一台最好的戏，我们因为当天赶回雅典而未能观看，很是可惜。我们的《大百科全书·戏剧卷》上有他的条目。我们得到一本记载他的戏剧活动的书，拟对他作更详细的介绍。

如今雅典城有好几十个剧团。听说希腊国家剧院正在改组，米诺蒂斯已另行组织剧团。他曾劝我们先到雅典观摩，然后回国排演，再到希腊演出。我在北京见过他，可惜这次来不及同他联系。我们曾经在北京借到由他导演并主演的索福克勒斯悲剧《俄狄浦斯在科罗诺斯》（写俄狄浦斯辩明自己无罪，得到神的眷顾，神秘地死亡的故事）的录像带，希望有特别的放映机能放出彩色在国内播放。

文化中心曾介绍我们去看雅典上演的歌剧，临时由于演员罢工没有看成。据说时令尚未到旅游旺季，雅典戏剧演出不多。如今一向平静如镜的地中海的上空风云险恶，雅典的桃杏因高空核扩散污染而中毒，墨西哥足球大赛又夺去了大量游客，希腊有无旺季，尚难预卜。

我们曾应希中友好协会的邀请，和剧团一同去游海。船主是协会的主席，对我们热情款待。这艘豪华游船由雅典港口比雷埃夫斯东岸出发，我们遥望西边的萨拉米湾，古希腊人曾在那里击溃波斯海军。开船不久，听说有游客的照好的相片出售，我买了一张，上面有我的全身像，锦鳞站在后面，脸部未完全照出。我佩服这游船既为旅客服务，又生财有道。船直航埃吉纳岛，当年雅典全城的居民曾撤退到这里避难。岛上有阿淮亚（类似女猎神阿耳忒弥斯）庙的残柱，庙顶三角墙上的精美雕刻已流落到西欧去了。船南行到达许德拉，有人下海游泅。一路上风光明丽，海水蔚蓝，天边一带紫红，上涂淡青，有似长虹。希腊人得天独厚，自然美景有助于艺术的繁荣。希腊三宝是阳光、海水、石头，到处是可供建筑和雕刻的石料。游客沐浴阳光，面海亲昵，尽情欢乐。协会的秘书长同我畅谈希中两国的文化交流与友好来往。他赠送我一本彩色旅游手册《希腊》，此书介绍希腊文化与风光，十分精美。

21日我们上卫城，远远望见"雅典娜胜利女神"（这是雅典娜的别名，不是那位有翼的胜利女神的称号）的小庙，有四根石柱，是 1936 年复原的，非常秀丽。那就是我们在国内演出的《俄狄浦斯王》的舞台背景。我们随即进入卫城的大门（Propylaia，本义是"大门两端前面的柱廊"），这个建筑在古代与卫城上的雅典娜处女庙齐名，如今虽然残破，仍显得宏伟雄壮。

上到高处，看见雅典娜处女庙（巴特农，或解作"处女们崇敬的雅典娜的庙宇"），这是古代最有名的建筑，堂皇、完美、和谐、匀称。庙上没有一条直线，四面的地基线和柱顶上的横线稍向上弯曲，从两端可以看出来。这样的曲线，半径很大，现代的建筑师画不出来。当日最著名的建筑师伊克提诺斯和克刺忒斯用这个办法来纠正眼睛的错觉，因为完全平直的地基线看起来是中间部分稍往下陷落，使人觉得不平稳。庙的东西两边各有八根大柱，左右两边各有十七根大柱（犄角上的大柱数两遍）。柱下部的直径约一点八米，柱顶部的直径约一点五米。柱的周围有二十条线槽，下宽上窄而深度相同。这个庙地从前让人自由游览。记得当年曾偕好友月夜上卫城，躲在石柱的阴影里，不致被人看见。

庙上面的雕刻是最珍贵的艺术品，出自最著名的大师菲迪亚斯之手，或是经他指点而雕成的。东边顶上的三角墙上面雕刻的是雅典娜自宙斯头里出生的奇景：工匠神赫淮斯托斯用斧头劈开宙斯的脑袋，两端底角上刻的是太阳神车前的马头和月亮神车前的马头，马的鼻孔似乎由于喷气而颤动。西边三角墙上刻的是雅典娜和海神波塞冬争着做这个城邦的守护神的奇景：雅典娜献出一棵象征和平的橄榄树（一种似橄榄树而非橄榄树的厄莱亚树），海神用三叉击出海水，水里出现一匹战马。众神选择橄榄树，因此雅典娜成为这个城邦的守护神，雅典成为"和平城"。1984 年 8 月 6 日，东、西欧和平运动国际会议正式宣布，将雅典命名为"和平城"。上面这些艺术品以及一百六十米长的壁缘（沿墙顶的饰带）和九十二块"方形墙面"上面表现献祭游行与战斗场面的浮雕，大部分已经流落到西欧去了，希腊人正要把他们的国宝收回。

古希腊的建筑物本来可以使用一万年，可是 1687 年，威尼斯人用大炮击中了土耳其人存放在雅典娜处女庙里的炸药，破坏了古代艺术的精华，真是可惜。这座庙宇虽然残破，依然无限光华，人人喜爱。上次大战期间，各国飞机奉命不得轰炸卫城。

下山后，我们参观酒神剧场。从中世纪到近代，一般认为俄得翁剧场就是酒神剧场，直到 1765 年才由一枚钱币上得知这个剧场位于雅典娜处女庙的东南方。这个石结构的剧场约建于公元前 340 年，在此以前，所有的戏剧都是在这里的木结构的剧场上上演的。这个遗址自 1841 年开始发掘，直到 1895 年才完毕，现在仍然保持着五十年前的原样，显得荒凉。

从芙蓉城到希腊

我们还参观了奥林波斯宙斯庙，这座大庙由雅典僭主庇士特拉妥（公元前 560—前 527 年在位）开始兴建，工程因继任的僭主被推翻而中断，直到公元前 174 年才由叙利亚国王厄庇法涅斯出资继续建筑，到了公元 130 年才由罗马皇帝哈德良完成。庙基长约一〇六米，宽约四十米，为古希腊世界第三个大庙。原来有一〇四根非常秀丽的科林斯式石柱，高约十六米，现存十五根，有十三根立在庙基的东南部，有两根立在西南部，自海上可以望见，有似雅典的门户；还有一根 1852 年被狂风吹倒，卧在地上，有似巨灵。

大庙北边有一个拱形牌坊，上面刻有文字："北边是古希腊，南边是新罗马。"可能是大庙建成时为了对哈德良表示谢意而修建的。

大庙东边是一个非常幽雅的大公园，里面有许多雕像，拜伦像立在公园西南角上，有女神给诗人加冠，感激他为争取希腊的自由而献身的精神。

卫城北边是古雅典市场，那里原来有许多建筑和几个长廊，是当日雅典人的政治活动和娱乐的场所，为苏格拉底和斯多葛派哲学的创始人芝诺谈话和讲学的地方。东部的长廊是小亚细亚拍家马的国王阿塔罗斯修建的，已由美国古典学院复原，非常美观。

22 日游伯罗奔尼撒半岛。车沿海湾西行，经过埃斯库罗斯的故乡厄琉西斯。古时候那里有敬奉农神得墨忒耳和冥后珀耳塞福涅的庙宇，有四十多米见方，盖有屋顶。信徒们为了对未来的世界抱有希望而加入得墨忒耳的密教，其中的秘密是不许泄漏的。埃斯库罗斯曾被控告在戏剧中泄漏了秘仪，他在答辩中说，不知道是秘仪，因此被判无罪。

我们到达科林斯（这是俄狄浦斯寄居的地方），旁边有沟通科林斯海湾与爱琴海的运河，建于 19 世纪末年，长约六点五公里，宽约二十三米，河上的桥高五十来米，桥下有船影移动，水波粼粼。在古代，海船由陆地上拖过地峡。古时候，这里崇拜海神，每两年举行盛大的运动会。这个城邦地处东西方交通要道，当日商业繁荣，生活奢华，所以《俄狄浦斯王》剧中的科林斯报信人（牧人）比忒拜牧人有教养。

车往南行到达埃皮扎弗洛斯。这是崇拜医神阿斯勒庇俄斯的圣地，医神庙旁有一所疗养院，古时候病人住在院里，用自然疗养法，靠清洁的水和空气恢复健康。这里的古剧场是保存至今最完好的希腊剧场，左右对称，和谐美观，能容纳一万二千人。1933 年，剧场是一片荒凉。1955 年，这里首次举办戏剧节，至今希腊国家剧院已经在这里演完现存的四十多部古代剧。文化中心曾告诉我们，晚上可以看欧里庇得斯的悲剧《海伦》，但消息不灵通，演出已于昨晚结束。这个剧场音响效果非常好，据说最高排的观众都能听见演员的衣服拖地的窸窣声。吴雪同志曾告诉我，他坐在观众席半高处，能听见下面撕纸的声音。我耳力不聪，这回坐在同一个高处，也能听见圆场上游客的轻言细语，至

希腊漫话

于拆舞台搬石头的声音，则似雷鸣。

车向西南到达瑙普利亚港，海水深绿，风景明丽。西北岸是阿耳戈斯城，归阿伽门农管辖。荷马史诗中的希腊人称为阿耳戈斯人。这里有一个大剧场，据说能容纳两万人。瑙普利亚北边是迈锡尼，为阿伽门农的都城。卫城入口处有狮子门，门上方有两只抱着石柱的狮子。门内有坑冢，可能是阿伽门农家族的墓穴，从那里发掘出许多黄金器皿，有王冠、别针、酒钟、嵌金的宝剑，工艺精美，足以证明荷马诗中提起的迈锡尼"遍地黄金"。狮子门旁边有一个用石块一圈圈砌成的蜂窝形建筑，称为阿伽门农的陵墓，其实是他父亲阿特柔斯的宝库。

23 日游苏尼翁海角，海角三面是六十米高的悬崖，海面时有对吹的风掀起波涛。海角上有敬奉海神的大庙，可作为雅典水手航行回家的指标。庙地选择在最理想的地点上，据拜伦说，在阿提卡（雅典的领土），除了雅典和马拉松而外，再也没有比科罗那（苏尼翁）更美的景致。

24 日参观戏剧博物馆，馆前有公元前 5 世纪著名政治家、军事家伯里克利的全身像，头部是仿古的复制品。雅典城经波斯人毁坏后，由伯里克利重建，卫城上的建筑就是他亲自筹划和监督建造的。馆内有许多古希腊戏剧的演出剧照和角色的服装，还有戏剧研究室和名演员的化妆室。有一位演员曾把他的头骨献出来，作为上演莎士比亚的悲剧《哈姆雷特》中掘坟一景之用。我们的剧团曾把部分道具赠送给戏剧博物馆，他们将设立专柜展出。

中午参观美国古典学院（又称美国考古学院）。学院建于1881 年，主要工作是发掘雅典的古市场和科林斯古城。学院的根那得翁图书馆很有名，藏书八万册，管理得很好。有些书籍有二十多张卡片，便于学者收集资料。那两位分别于 1963 年和1979 年获得诺贝尔奖金的希腊诗人塞菲里斯和埃利蒂斯曾把他们的手稿赠送给这个图书馆，馆内还保存着埃利蒂斯获得的奖品——"诗人在琴音下写诗"的浮雕复制品。我曾把我译著的十余本书赠送给这个图书馆。

我从前住在南北校园之间的斯珀弗西波斯街,现在街道两旁已全部改建为百尺高楼的漂亮宅第,见缝栽花。环境变化是这样大,使我认不出我当年寄住的人家,街上的行人尽是陌生的面孔。

街道西头就是我们下榻的圣乔治·利卡威托斯宾馆。下午我独自攀登利卡威托斯山。古时候,雅典娜曾嫌卫城太矮小,因此搬来这座山。当时她听说城里出了乱子,便把这个山峰扔在这里,赶回家去。这山道是我从前每天看晚霞必登之路,如今也成了陌生之地。上到高处,俯瞰全城,楼阁林立,色彩斑烂,一扫从前的低沉灰暗。前方是海水,蓝中带紫。夕阳西下东方许墨托斯山红得发紫,透过清明的空气,把彩色反射到城市上空,犹如给它"戴上一顶紫云冠",这是写颂歌的诗人品达赠送给雅典人的诗句,惹得阿里斯托芬在喜剧中叫歌队长对雅典人说:"那些外邦的使节想诱骗你们,他们只要首先把你们的城邦称为头戴紫云冠的雅典,你们立刻就蹯起屁股尖坐得笔挺了,因为你们喜欢戴这顶高帽子。"

25日参观考古博物馆。记得从前这是一个小小的建筑,放不下多少珍宝,主管人因此同我开玩笑,只要给他一点我们的古物仿制品,他就能用古代的土瓶作为回赠。如今这庙宇式的建筑,庞大雄伟,保存着从石器时代至古希腊晚期的历史文物,美不胜收,尤以雕刻和瓶画最引人注目。海神掷三叉的青铜雕刻雄健有力,威严可畏。墓碑上的浮雕表现死者生前的愉快生活而不引起哀思。古希腊的土瓶形状优美,人物秀丽,是用工笔绘成的,能永久保存,打破了也能复原。

这天下午得知已购得明日的回程飞机票,不胜惆怅。原来伯里克利·涅阿尔胡主任曾留下字条,说我年事已高,不易再来,留我多住些日子,一两个月也可以。现在由于种种原因提前回

希腊漫话

国，以致好多地方来不及参观考察，好多知识来不及吸收消化，未免辜负了这个大好时机。

晚上到我国大使馆汇报并辞行。这次的访问多承唱鸿声大使、范承祚参赞以及大使馆的工作同志指导与帮助，得以顺利完成，很是感激。范同志外交事务繁忙，还有兴致写出大量诗篇，形式仿古而内容新颖，真是难能。他的《题拜伦墓》是一首悲壮而清新的诗："岂止下笔如有神，正义远征唱拜伦，舍得赤心留异域，长使青松伴英魂。"使馆房舍雅致，花园幽静，有盘根大树、芬芳绿叶。

返回途中，在科罗那基广场停留片刻，这是我从前午间常到的清幽之地，如今灯红酒绿，换了人间。

26 日雅典大学教授兼导演安娜·德娜西到旅馆来访问，她非常羡慕我国的文化，对我们的演出声声赞美。她赠送我一本她母亲（雅典大学哲学教授）保存的由丁多尔夫于 1914 年校勘的《索福克勒斯全集》，这是一种很珍贵的古希腊文版本。本想请她介绍我们去雅典大学访问，可惜已经来不及了。

在法国钻研大半生古希腊史与古希腊文的左景权先生约我绕道巴黎去看法国人于 6 月底至 8 月初上演的索福克勒斯悲剧《厄勒克特拉》（写俄瑞斯忒斯和他的姐姐厄勒克特拉为他们的父亲阿伽门农报复血仇的故事），可惜音信迟到，难以改变行程。

我遥望卫城上的雅典娜处女庙，赞美希腊文化的光辉灿烂，感谢希腊人民对我们的深情厚意，怀念当年在此度过的一段美好生活，心潮澎湃，不忍别离。

中午文化中心派车送我们上飞机场。下午在法兰克福换飞机，经卡拉奇回国。我在飞机上看到一本德文杂志，上面有对我们的演出的报道和我在德尔菲留下的身影，可惜无法购买。

回来后，反而很兴奋，身在祖国，心留异地，昏昏沉沉，不思茶饭。近日始从梦中清醒过来，身心尚健。叹五十年流光似水，未下功夫。愿上天假我数年，使我能在远游的兴致和激励下完成未竟的工作。

尾　声

希腊今日国家繁荣，人民幸福，他们每周工作五日，每日五小时（九点至十四点），得闲暇，尽情欢乐。高收入，高消费，行人匆匆，车如过江之鲫，一片繁忙景象。旅游道上，千百里鲜花似锦，处处有好去处和海滨浴场。我的心情却怀念昔日的安闲与从容，看青年伴侣携手同行，夜游公园。

如今中希两国政治、经济交往频繁。今年5月，希腊总理帕潘德里欧曾来我国访问。7月10日，赵紫阳总理回访希腊，传说是雅典娜女神把高温降低到二十六度，表示欢迎，可谓神奇。两国宾主对进一步加强中国和希腊在经济、技术和文化等领域的合作都表示了强烈的愿望。赵总理在参观希腊考古博物馆时甚至说，中希两国加强文化交流将会对世界作出贡献。这些消息使我们深受鼓舞。

我们这次到希腊访问，增进了我国戏剧界同希腊戏剧界的交往和友谊，开阔了眼界，扩大了影响。我们要尽最大的努力提高我们的艺术水平，多介绍希腊的经典著作。

希腊友人对我国的学术研究、文学艺术、戏剧演出了解不多。另一方面，我们对希腊的戏剧研究和演出所知甚少，同各国学者和艺术家的联系也远远不够。这些情况应设法补救。我们认为我们也应当以德尔菲欧洲文化中心为榜样对待我们的文化事业。只要国家鼓励，重视教化，我辈努力，潜心学术，我们的文学艺术事业必将有更大的发展。

1986年7月，北京

希腊漫话

再版后记

　　人到暮年，重读这些小品文，依然似青年时血气旺盛。我曾负笈海外，学习一种"死"文字、"死"文学。1934 年归来，四年间为职业奔波，很是狼狈。1937 年回到故乡，在一个学园里觅得两点钟书教，计件工资只有三十二元。后来被雇为专任教师，发薪后不立即把"法币"、"金元券"换成七钱二分重的"龙洋"、"袁大头"，就得喝西北风。贫病交加，只靠写些小文章以救燃眉之急。这种劳什子在当日乃是"无价"之物，有时候还要倒赔。1936 年我和朱光潜、谢文炳、何其芳、卞之琳等人各出资十元，在成都创办《工作》半月刊，由之琳编辑。这个集子中讲述古希腊人抗击波斯军的史话等篇，便是在这个刊物上作补白之用的。当时戴望舒在香港编《星岛日报》文艺副刊，我便一稿两投，获得救济。

　　当然，我在重读的时候，同时也感到喜悦，那古代的光华、那明丽的风光、希腊人的好客情谊，时萦脑际。据古希腊悲剧诗人欧里庇得斯说，甚至痛苦的回忆也往往是甜蜜的。

　　这本小书曾于 1943 年由中国文化服务社重庆分社编入《青年文库》丛书，印数不多。当时的出版界和我的境况差不多，能把书印出来已是幸事，不能对它抱有奢望。此后数年，个人的命运依然如故。直到解放后，我的生活才安定下来，真是感激涕零。"文穷而后工"，是诡辩派的逻辑，全然不可信。鼓励我写这种小文章的，是 20 年代诗人朱湘，他的遭遇是：文穷而后拙，而后腹内空空，而后望月投江。

《希腊精神》原是一篇见面礼演讲，我曾在四川乐山一个学园里信口开河，出语诙谐，赢得满堂欢笑。后来写成文字，平淡无奇，只有"他们夜夜有月光"一语，依然滑稽可笑。

《焦大》一文起过两次稿。第一次是申辩辞，剖白本人并非侵吞英镑肥己的人，全文作废。这次重读此文，泪下涟涟，恨当日信息不灵，使我无缘和这位落难的同胞再见一面。听说这个故事曾吸引不少读者。

欧里庇得斯悲剧《特洛亚妇女·引言》，是这次收入的。此文曾有人谬奖，认为读起来有味。至于观点，则不大正确。请参看《欧里庇得斯悲剧二种》（包括《美狄亚》和《特洛亚妇女》，人民文学出版社出版，1962 年）的"译本序"。当年出版这部悲剧，是想借古希腊诗人对国破家亡的特洛亚人寄予的同情来激励我们的抗战精神。贵阳吃紧时，这一两千本书在两个月内即已售完。我手中的孤本于动乱年代中上交付"审查"后遗失，感谢商务印书馆为我复制这篇引言。

萧乾同志曾在他的《海外行踪》第 290 页上写道："中国报纸有两个特色是外国报纸所没有的。……第二点就是特写。我没有考据过中国报纸登特写是从什么时候开始的，就是用文艺的手笔，集中的写一个人或一件事情。……特写在外国不是一种文体，而对我们来说，却是一种很重要的文体。"这个问题，我也没有考证过，但我知道一点情况。1927 年，我写过一篇小品文，题目为《芙蓉城》，是青年时期的习作，投北平《雨丝》杂志，未蒙采用，同年在清华校刊上发表。1934 年，我托孙大雨介绍给林语堂，这位主编回信说，文字"秀气"，也许是称赞抄稿人写得一手好字吧。他为这篇随笔取名为"特写"，把它登在他主编的杂志《人间世》1934 年 11 月 20 日第十六期上。后来这篇小品文多次被转载，一些报刊也大写其"特写"。有一家出版社还出过一本"特写集"，其中第一篇便是拙文。抗战后期，我在重庆西南图书供应社出版了一本散文集，取名《芙蓉城》，也收入了此文。听说中国社会科学院文学研究所编有《中国现代散文选：1918—1949》，其中第五卷（即将由人民文学出版社出版）选有《芙蓉城》一文。我只有两篇小品文勉强算得上"特写"，其他一篇便是《雅典之夜》。

只说到这里，其他一切尽在不言中，免得牢骚太甚。

罗念生

1983 年 4 月，北京

从芙蓉城到希腊

　　附记：《重游希腊》一文是 1986 年写的，作为对比附在后面。

希腊游历漫记

1933 年夏天至 1934 年夏天，我在雅典城美国古典学院念书，对希腊的风土人情非常喜爱，曾为文记述，收入《希腊漫话》，那明丽的风光只能在梦中寻觅。直到 1986 年，我的大儿锦鳞在中央戏剧学院导演我翻译的古希腊索福克勒斯的悲剧《俄狄浦斯王》，引起希腊德尔菲欧洲文化中心的注意，这台戏应邀于是年6 月带到希腊上演。我当时作为中国戏剧家协会的代表，与学院的廖可兑教授和张全全老师参加中心举办的第二届国际戏剧节。旅游记事，见于附在《希腊漫话》中的"重游希腊"一文，这里不赘。

今年（指 1988 年——编者注）锦鳞在哈尔滨话剧院导演我翻译的索福克勒斯的悲剧《安提戈涅》，这台戏也应中心邀请带到德尔菲和雅典上演。我接受中心邀请，于 6 月 22 日偕锦鳞与大儿媳赵淑宝乘飞机出发，当天到达雅典，住在市中心厄斯佩里亚王宫旅馆，这所豪华"宫殿"坐落在竞赛场大街中部。大街东头是和谐广场，当晚我们散步到那里，只见灯火辉煌，车如游龙，广场上空无行人。回想起半个多世纪以前，那里有九根灯光柱，每一根供奉一位文艺女神，有女孩牵驴售玫瑰，人人争购，生活无限悠闲。

24 日中午，希腊文学专家弗提亚拉斯老教授请吃地道的希腊菜，味道浓厚，香酥可口，名产剑鱼特别鲜美，价格不及王宫旅馆之半。老教授曾于去年冬天到北京观光，他的高足兹西斯夫人任希腊驻华大使馆文化官员，曾在国际大厦设宴为老教授和他的夫人洗尘，我和锦鳞作陪，饭后至屋顶听音乐，畅叙中希文化交流，谈笑风生，甚是欢乐。这次在雅典重逢，我们的兴致很高。老教授对我获得希腊科学院赠予的文学艺术最高奖感到高兴，认为这是对一个人在古希腊文学研究中所作出的成就给予的承认。

晚上有一位白手兴家，聚资百万金元的莫先生来接我们三人到城北北京大饭店吃饭，尝尽海味佳肴。莫先生谈论他的抱负与苦闷，主要是缺少文化生活。他有心摄制电视剧，向欧洲的华裔人士介绍我国的文学艺术。他想把两个女儿送回祖国学习文化。莫夫人毕业于香港大学，很有才干，经营城南北京大饭店。

25日下午我们去访问索菲亚，进门一看，大为惊异，室内没有床和桌椅，只有垫子和小茶几，洗手间水力不足，一切是这样俭朴，使我想起古希腊犬儒第欧根尼的苦行生活，他看见农民用手捧水来喝，自己连饮水的碗都舍弃了。索菲亚是个著名的演员，我曾在德尔菲看见她扮演古希腊欧里庇得斯的悲剧《酒神的伴侣》中的老母亲，用姿态表现疯狂的心理。她曾在今年春天到北京观光，对道教的白云观庙宇和其他的宗教建筑很感兴趣。她吃素食，自奉甚薄，没有固定收入。她本想赴西安参观，我曾劝她不要去，因为费用甚高。一个演员，身无"十万贯"，却花大笔旅费到远方观光，可谓雅趣。索菲亚参加"六人剧团"，剧团的全称是"特奥多罗斯·特佐普洛斯演出队"。特佐普洛斯先生是《酒神的伴侣》的导演，前年他在德尔菲担任艺术指导，我们在希腊的一切活动都由他安排。六人剧团正在排戏，即将赴西德、西班牙等国演出。据说雅典的话剧团有几十个，小的只有几个演员，演古悲剧是足够的，因为剧中人物只有几个人，在古代演员限于三人。

26日，我同淑宝参观国家博物馆。满街出租车，好容易叫到一辆，淑宝把千元的希腊币两张（每张合七美元）当作百元的使用，付出了十二倍的车资，不胜懊悔。我安慰她说，出门总是有事，不要介怀。我们到博物馆，参观青铜雕刻，大神宙斯掷雷，特洛亚王子帕里斯将金苹果送给美丽的女神，以及无数的精美浮雕、土瓶人物画，很快我们便把刚才的不快忘记了。

傍晚特佐普洛斯邀请我们到一家希腊式小吃店品尝各种素菜，有苋菜、辣椒、茄子、西葫芦，别有风味，客人桌前添一大块羊腿。饮的是带树脂味的葡萄酒，大桶的陈酒就摆在餐桌旁边，芳香四溢。这时候美景还在天上，朵朵紫云霞组成一顶花冠，戴在雅典城上空，这是雅典特有的景观。古时候希腊最著名的颂歌诗人品达在一篇酒神颂中将"紫云冠"一词赠给雅典人，获得十万希腊币，相当于一万三千人一日的收入。自古至今，雅典人总是以这顶荣冠自豪。

午夜时分，我们到花园咖啡馆听音乐和民歌，令人陶醉。希腊人爱好的就是这种艺术享受。前几年希腊人曾在北京演唱这种优雅动听的民歌，受到欢迎。但在剧场里欣赏，远不及与自然风景相配合的演奏。希腊人最重视音乐教育，柏拉图和亚里士多德曾在他们的哲学著作中论述音乐对性格的陶冶。

27 日偕淑宝游国家公园，园中花木繁茂，曲径通幽，几番绕行，仍在原地徘徊，不得不向游人打听出口。园中有许多著名人物的雕像，特别是为参加希腊解放运动而献身的英国诗人拜伦加冠的白云石雕像最令人敬仰。烈日当空，我们在绿阴下不觉闷热。回忆旧日月圆之夜，我常到这里游玩，园中百鸟齐鸣，有如仙游。

晚上马努里斯请我们到海边吃饭，饱至喉头。马努里斯自备大汽车运客。两年前他曾送中央戏剧学院的剧团到保加利亚，同锦鳞建立深厚友谊。他经常开十几个小时的长途车，很辛苦，晚上在他的别墅休息。从这里可以看出希腊人的辛劳与享受。

28 日晚上中心主任伯里克利斯·涅阿尔胡先生驾车请我们到海边吃饭，谈论古代悲剧。我称赞公元前 5 世纪伯里克利斯提倡

希腊漫话

文学艺术、重建雅典城与卫城上的神庙，现代的伯里克利斯倡导戏剧、诗歌、音乐、舞蹈，使古今艺术得到发扬光大。

29日早上参观雅典科学院，院士都度假去了，只有守门人，他看见我获得的奖状，便打开会议室，让我参观，里面无限庄严，有古今学人的雕像。院前是古希腊哲学家苏格拉底和亚里士多德的雕像，令人崇敬。

30日傍晚，新华社记者周锡生同志驾车送我们去参观国家迎宾馆。司门人看见奔驰牌汽车，便让我们进去。馆后临海，风景特佳。晚上我们又到周家（新华社记者站）吃西瓜，甚甜美，价格只有王宫旅馆的十分之一。这个家很雅致，我们偷闲，主人则时有紧急电话电传，国际间大事，从这里传往祖国。

7月1日上午参观卫城北边的古市场，原来有许多建筑，有长廊与画廊，是古希腊人的政治、经济、文化中心。苏格拉底曾在市场逢人谈论人生哲理，斯多葛派（画廊派）哲人曾在那里讲学。阿塔鲁柱廊已由美国古典学院恢复旧观，有石柱成行，非常壮观。

2日上午我们乘车到总统府和总理府前面看卫兵换班，他们身穿彩色民族服装，举大步绕行过街，汽车停驶让路。他们与下班的卫兵相遇时，行举枪礼，然后站在岗位上，屹立不动。两府对面是花园，非常幽静，任人游玩。

晚上中心在普拉卡屋顶花园餐厅款待剧团，台上唱民歌，奏民族音乐，有民间结婚舞、青年舞、胸舞、腰舞、腹舞，既雅致又具民俗。宾主上台跳霹雳舞，旋转如风电，人身倒立用腿舞。这种疯狂舞蹈，即使对身体无伤害，对神经却有震动，使人安静不下来。作为旁观者，我感到头晕。最后到室内餐厅，饮香槟酒，舞台上有通俗音乐家在演唱，随着演唱，突起的来宾走上舞台自由起舞，侍者送来专供舞者摔碎用的石膏制盘子。剧团的演员和各地的来宾与希腊的朋友们尽兴歌舞，摔碎粉制的盘子，狂舞达高潮。我的心情很激动，眼睛潮润，喟叹当初只有古庙孤灯，翻译古希腊悲剧，才有今夕的欢愉。有一位在雅典的台湾学生和一位在雅典开创多种事业的台湾人到餐厅来访，我了解到有不少台湾青年在雅典求学，与当初只有我一个人在雅典求学的情况大不相同。

4日上午参观戏剧博物馆，承馆长为我们详细介绍各种剧照和服装。其中有一个头骨展放在厅中，一位著名演员要求死后把自己的头骨献出来，作为演莎士比亚的悲剧《哈姆雷特》掘坟坑一景之用。从这里可以看出希腊人的戏剧传统和他们对戏剧艺术的重视与爱好。

晚上莫先生在城北宴请剧团，餐馆设有小舞台，台上演唱中国歌曲，店员为我们舞狮子舞，可见他们的思乡之情。

5日上午，中心对我和扮演安提戈涅的演员阎淑琴同志进行录音讯问，就《安提戈涅》这出悲剧提出一些问题，如政治与爱情哪一种更重要。我的回答是，政府重政治，民间重爱情，但爱情在剧中未占重要地位，安提戈涅与她的未婚夫海蒙所重视的是婚姻，不是爱情。新国王克瑞翁重视政治，但是他的禁葬令与埋葬死者的宗教信仰冲突，是错误的，以致酿成悲剧。

10时举行记者招待会，介绍上演各剧的情况。我表示对希腊人民和希腊文化非常爱好，希望这次的访问和演出有助于加强中希文化交流。

下午随剧团乘马努里斯的大汽车赴德尔菲。晚上聚餐，邻座是委内瑞拉剧团，我们见到扮演俄狄浦斯王、伊俄卡斯忒王后、克瑞翁国王等人物的演员，与他们建立了友谊。

晚上床摇动得很舒服，才明白有地震。这地方是地震活动区，没有人理会这件事。

6日晚上看委内瑞拉剧团上演《俄狄浦斯王》，很感动人。集体朗诵很有声色，但表演过于严肃与悲伤。科林斯报信人前来报告国王逝世，迎接俄狄浦斯回国为王，他没有表现出轻松的心情，新国王克瑞翁没有叫俄狄浦斯的两个女儿前来安慰这个因杀父娶母而刺瞎眼睛的国王。

7日下午大会开幕，由涅阿尔胡致十五分钟祝词。过去没有讲话，这次由我和印度学者发言。我讲古希腊戏剧在中国、悲剧陶冶性情的作用、翻译悲剧的风格问题。

晚上看库恩艺术剧院上演欧里庇得斯的悲剧《酒神的伴侣》，这剧写忒拜城的妇女在山中庆祝酒神节，国王彭透斯否定这种教仪，前去侦察妇女的行动，被他的母亲和妇女们当作狮子杀死了。母亲把儿子的头扛回来，她清醒后才认出是严重的悲剧。艺术剧院的表演非常精彩，没有突出恐怖气氛。这出悲剧是欧里庇得斯的杰作，希腊人时常上演。一般认为这位对神抱怀疑态度的诗人年老时反对维护宗教信仰，我却认为诗人的用心在于暴露酒神的残酷，对宗教依然持批判态度。

我国驻希腊的唱鸿声大使从雅典赶来，参加开幕典礼，观看其他剧团的演出。他因为有要事，无暇看我们的演出，我便把《安提戈涅》的录像送给他。

8日晚上，我们在运动场西头上演《安提戈涅》，剧情如下：忒拜国王俄狄浦斯曾诅咒他的两个儿子会用兵器来瓜分王权，各自得到一块葬身之地。哥哥厄忒俄克勒斯在位一年，不让弟弟波吕涅刻斯接位，波吕涅刻斯便率领外邦军队回国夺权。我们在开场之前，加上弟兄动刀格斗的场面，这是我国传统的武打戏，受到欢迎。新国王克瑞翁颁布命令，厚葬厄忒俄克勒斯，将波吕涅刻斯曝尸于野，不许人埋葬，违者处死。守兵发现尸体被人撒上干沙，象征性地埋葬了。国王怀疑有人收买守兵干这件事，要他们招供这罪行。这个报信的守兵是个可爱的人物，他的动作有些可笑。他对国王说："伤了你的心的是罪犯，伤了你耳的是我。"这个守兵后来押着再次埋葬波吕涅刻斯的安提戈涅上场。我们加上一个场面，由八个女子进场绕行，就把尸体带上场，由安提戈涅举行埋葬仪式。此后是国王审讯甥女，安提戈涅声称：她是遵守天条，尽她对死者必尽的义务。妹妹伊斯墨涅出场来，说她愿意分担罪行，被安提戈涅拒绝了。伊斯墨涅提醒国王，说安提戈涅是他的儿子海蒙的未婚妻，国王还是把安提戈涅处死。海蒙出场来规劝父亲，父子争吵起来。海蒙说，国王再也见不到他的脸面了。安提戈涅同长老们告别，这是最动人的场面。她慨叹她即将被关进石窟，逐渐饿死。先知忒瑞西阿斯警告国王，说众神为曝尸的事发怒，国王将有灾难。国王回心转意，他先去埋葬死者，然后去救安提戈涅，但安提戈涅已自缢而死。海蒙在石窟里看见父亲来了，他企图杀父亲，没有刺中，随即自杀。王后听见报信人的报告，进宫去自杀了。国王不胜悲痛，他看见（我们增加的）九个安提戈涅穿着白衣服向他舞来，他往后躲避，最后孤孤单单进入王宫。

我们的演出受到多次掌声。演出完毕，观众又热烈鼓掌，表示赞赏。

午夜时分，中心为我们举行烛火晚会，宾主兴致很高，频频祝酒，轻歌曼舞，尽情欢乐。涅阿尔胡先生说，演出甚好，有中国艺术特色。他还说，我的讲话很好。

9 日开讨论会，我在赴会途中遇见一位年高的女演员，她称赞我们的演出，在我脸上亲了两下，淑宝说有红印，替我揩去。

锦鳞在会上谈他的导演构思，受到欢迎。不少学者对我们的演出给予很高的评价，认为是希中艺术的结晶。

下午西德电视记者约我们到运动场去录像，问我一些问题，为何爱好古希腊悲剧？古希腊悲剧对中国有何影响？到德尔菲有何感想？我的回答大意是：我在北京清华学堂读荷马故事和古希腊悲剧故事，入迷甚深，因此专攻古希腊文学。古希腊悲剧使中国人获得艺术享受，认识人生的意义。半个世纪以前，我曾在雅典负笈求学，时常想旧地重游，现在实现了梦想，大慰生平。

10日晚上看埃斯库罗斯的悲剧《阿伽门农》中特洛亚女俘卡姗德拉进入王宫的折子戏。女俘的疯狂心理表现得很深刻，为远征特洛亚的希腊统帅阿伽门农凯旋时被他的妻子谋杀制造悲剧气氛。第二个折子戏表演索福克勒斯的残剧《追踪》，追寻偷盗日神阿波罗的牛的婴儿赫耳墨斯那一段，为疯狂舞蹈。第三个折子戏表演《酒神的伴侣》中的老王后把她的儿子的头当作狮子头扛着归来，放在地上，鲜血流了一长条，令人不寒而栗。

11日上午开讨论会，有人认为恐怖中也有快感，我百思不得其解。

晚上在剧团驻地卡斯特里旅馆举行告别宴会，吃饺子。到会的有德尔菲市长和涅阿尔胡先生。旅馆主人对中国人有深厚情感。他说这不是他的家，而是中国人的家。他在致辞中说，有我的翻译才有中国人的精彩表演，才有今晚的盛会。市长赠我德尔菲荣誉市民证章和德尔菲著名古雕刻御车人的仿古铜像。涅阿尔胡先生向全体团员赠送仿古艺术品。市长建议哈尔滨与德尔菲结成姊妹城市。涅阿尔胡先生还邀请我国派一位画家参加今年的德尔菲艺术节。我当时激动得流泪，涅阿尔胡先生说，以后随时可再来希腊。

12日剧团从德尔菲往南游览特洛亚战争时代的古城迈锡尼、奥林匹克运动场等地。我家三人和扮演过俄狄浦斯和克瑞翁的徐念福同志返回雅典。午间唱大使为我祝贺八十五岁生日，蛋糕上有草莓，很美观。我叫锦鳞切，大使说照规矩应由我切。我的生日往往忘记，不庆祝。能在雅典过生日，心情很愉快。

14日剧团乘马努里斯的大汽车赴索菲亚。我与淑宝继续留在雅典候机赴莫斯科。

我曾在德尔菲见到女诗人委诺斯，她来雅典旅馆访问，把她的诗集第三册赠给我，并问我早上喝咖啡还是喝茶，我听不懂。

晚上到俄得昂古剧场听波兰歌剧，场面宏伟，演员有两百多人，音乐高雅，女高音特佳。上海歌剧院曾上演《海伦》，海伦是古希腊的美人，因被特洛亚王子帕里斯拐走而引起荷马史诗中的几年战争。这剧的场面也很壮观，演员上百人。我希望能在希腊上演我们的歌剧。

15日傍晚，委诺斯开车来接我和淑宝。她把车开往海边，接来她的好友卡特里娜，这位女士是政论家，据她说，希腊的政治、经济有问题。车横穿半岛，开到波尔托港口，到达别墅。晚餐后，我以为委诺斯会送我们回城，她却说就在这里住两天过周末，我才明白她为什么问我早上喝什么。时已午夜，我请主人与旅馆通电话，说我们今夕在友人家住宿，免得引起误会。次晨起来一看，这地方风景绝佳，花木茂盛，禽鸟争鸣，同索菲亚的生活比起来，有天渊之别。早餐后，我把青年时作的新诗"时间"、"眼"和"蚕"翻译给她们听，她们很欣赏。卡特里娜喜欢宁静的生活。她说委诺斯是诗人，太重情感，生活节奏过于急速。因我们在等机票，不能久留，委诺斯随即开车把我们送到半路上。警察罚她开车超速，她说送中国友人进城有急事，因此被放行。

午间，中心的科斯塔先生送来飞机票。他曾与旅馆通电话，知道我们在城外过夜，就放心了。

下午6时许，乘中心的汽车赴埃皮扎弗洛斯，距城一百七十公里。车过科林斯，沿西海岸前进，路上净是厄莱亚（橄榄）林，树叶青翠，果实累累。道路弯曲处，常有悼念遇险的死者的小玻璃屋，里面供一瓶水，等于警告驾车人的公路牌告。

9时到达，看塞浦路斯的希腊人上演欧里庇得斯的悲剧《赫卡柏》，这剧写特洛亚王后赫卡柏向那个杀死她的儿子，侵吞她寄托的财宝的波吕斯托耳报仇，弄瞎他的眼睛。演出很动人。这个剧场的音响效果特别好，剧中的每个字都可以听清楚。据吴雪同志说，他坐剧场的半高处，听得见下面撕纸的声音。

18 日早上涅阿尔胡先生来送行。科斯塔先生送我们到飞机场。飞 3 小时即到莫斯科，锦鳞到机场来接我们与乘汽车、火车到达的剧团朋友们汇合。

19 日我们同剧团一起瞻仰列宁墓，参观红场和克里姆林宫。整个城市是个巨大的公园，绿树成阴，生活安静。

21 日晚上 11 时起飞，次日中午到家。除去时差，只飞八小时。我不大明白，为什么绕北路，距离近得多。

8 月 2 日至 5 日，《安提戈涅》在北京上演四场。曹禺同志看戏后，在台上说，比看英文译本生动得多。他对演出的称赞，使我感到欣慰。

5 日开讨论会，出席有吴雪、刘厚生、李超、丁扬忠、赵健等同志。他们认为，这是希腊传统演法，加上我们自己的艺术手法。序幕加得好，使观众理解人物心理活动。舞蹈与剧情调和。舞台美术有创新，化装有希腊味。演出达到相当高的水平。古希腊悲剧很单纯，令人思索。主要人物的塑造，相当完整。《安提戈涅》更有现代意义。缺点是台词吐字不够清晰，口语化不及《俄狄浦斯王》有咏叹调。

1988 年 9 月 13 日，北京。

附记：1988 年 11 月初我再次赴雅典，到达时即因小肠缠结开刀，随即在盘特俄斯大学领得名誉博士学位。12 月初回到北京，曾两次住医院，前后八个月。日前才知道我患前列腺癌。我的日子不多了，希望能继续用新诗体译出荷马史诗《伊利亚特》的下半部分。

1990 年 3 月 9 日

（原载上海《文汇报》）

龙　涎

自　序

　　我们的"旧诗"在技术上全然没有毛病，不论讲"节律"（Rhythm），"音步的组合"（Metre）、韵法，以及韵文学里的种种要则，都达到了最完善的境界；只可惜太狭隘了，很难再有新的发展。于是我们的"新诗"便驶出了海港去乘风破浪；这需要一个更稳重的舵工。我不反对"自由诗"，但是单靠这一种体裁恐怕不能够完全表现我们的情感，处置我们的题材。我认为新诗的弱点许就在文字与节律上，这值得费千钧的心力。

　　这集子对于体裁与"音组"冒过一番险。这里面包含有"十四行体"（Sonnet），"无韵体"（Blank verse），"四音步双行体"（Tetrametre couplet），"五音步双行体"（Pentametre couplet），"斯彭瑟体"（Spenserian stanza），"歌谣体"（Ballab metre），四行体，"八行体"（Ottava rime）和抒情杂体。

　　　　罗念生　二十四年八月二十四日，北平。

龙
涎

毒 药

我上山去采取毒药，我要毒害
　　这世间所有的青年：我采得了几根
　　紫色的鱼毒，几瓣铜绿的覃菌，
藤黄，莽草，和阴沟里面的秋苔；
我从蛇牙里抽出了毒涎，又在
　　癞蛤蟆背上挤出了白浆，蜥的鳞，
　　蝎的尾，蜘蛛的丝囊，蝴蝶的粉，
蜈蚣的腮足，和蜜蜂腹里的毒蚤，
我拿回家去制成了蜜酿，卖给
　　那些年少的人尝，那知道
　　　　他们服了毒药更添颜色；
于是我重新提炼，渗入了几滴
　　女人的心血，他们这回吃了
　　　　一身烂肿，脸上发青又发黑。

爱

龙
涎

亲爱的，你的手臂是两道长堤，
　　挡着那险恶的风浪，让这憔悴的心
　　享受须臾的安息；我此次航行，
损失完尽，只记取海上的神奇：
我曾随那战后的英雄[1]飘渡伊几[2]，
　　曾闻莲花的妙药[3]，异鸟的歌鸣[4]；
　　纵有妖魔巨怪阻碍前程，
他终于返到了家巢，守护爱妻。
我难忘天付的使命，一生的艰险：
　　我要下水去斩杀蛟龙鼍鳖，
　　拯救那苦海的生灵；任海神暴烈，
　　　　掀起狂波巨浪，我总不惊惶；
　　　　每念及你的勉励与安慰，仰望
长天有爱星照佑我的安全。

注　释

[1] Odysseus。

[2] Aegean Sea。

[3] 指"食莲人"故事，见 *Odyssey* 第九卷。

[4] Sirens。

爱

往常时地球在天轨上面狂喜的
　　飞奔，无数的星辰在以太空中
自由的运行，那恒星亘古不移，
　　把不灭的光芒向着人间吐送；
如今好像是末日到了，那天狼
　　吞噬了日月星辰，地球也化作
流星陨入无垠；从此不见天光，
　　更不要盼望极光与彩虹出没。
哦，不看这光明与快乐的天宇，
　　为何顷刻就变作了地狱的阴沉？
是谁的造化，谁的毁灭？我恐惧，
　　我战栗，我要去祈求造物的神——
这都是因为你不肯和我相爱，
天道不调和，还成什么世界？

劝　告

记得是奥维得[1]玩弄过一点"爱情的
　　把戏"[2]，记下他对科林娜[3]凭空的迷恋，
　　还替神话里的女英雄写过缠绵的
书简，竟自恼怒了国王，被禁
在黑海岸旁；他在那儿苦痛地歌吟，
　　细数他奔流的景况，制就了几篇
　　"宗教礼赞"[4]，又在"物化"[5]里面发现
一颗星辰[6]，终不见国王的赦恩。
朋友，你曾在铁窗下梦想过自由，
也曾吐尽了多少心血，诅咒
　　天道不平，诅咒人间的险毒；
朋友，你应该怨恨自己，换取
一个严肃的心情，免得又去
　　闯祸，在牢狱里面一生叫苦。

龙
涎

注　释

[1] Ovid。

[2] 指 Art of Love。

[3] Corinna。

［4］Fasti。

［5］Metamorphoses。

［6］奥维得把 Julius Caesar 化作了天星。

友 谊

我当初失去了爱情，到不觉厉害，

　　只当是一阵暴风雨扑灭了心中的

　　　烈焰，一会儿晴起来，那辽阔的天空

浮着一片白云，悠悠的飘来，

悠悠的飘去了；但如今长久的阴霾

　　掩盖在心中，一阵空雷响动，

　　却不见雨水，地面的热气又无从

发散，这样的天气真把我闷坏。

我还在生命的初程，来遭逢绝大的

　　失败与成功，友谊却透来一声

　　　嘲笑，不给我半点同情与鼓励；

可惜我在这苦涩的海水里，洒下了

　　无量吨的白糖，却没有半分

　　　蜜意：我从今再不肯浪掷这友谊。

龙
涎

天　伦

我孕育在根里时，常觉泥土滋润，
　　当春雷响动，我忙把枝叶舒张，
　　太阳散给我生命的绿素，在少壮的
纤维管里循环；不久爱情的
花萼就开始展放，友谊的蔽荫
　　也渐渐长成；那知呀，茂盛的时光
　　转瞬就消逝了，秋冬的霜雪在头上
飞降，我不能不回到根里藏身。
我曾在生命的中途几经失败，
　　死神在阴暗里向我招手，我正思
　　　　追随他去；忽然我忆起这人间
唯有天伦的至爱始终不改，
　　我才赶快回来，母亲呵，我将似
　　　　重生的婴儿在你的怀内酣眠。

归 去

我离家远出时，曾发誓不再归去。

　　我奔向城市，在人众里拥挤，摩擦，

　　我爱那儿的楼高，楼上有高塔，

我爱那车轮流光似的迅速；

淫荡的"箫丝"[1]变做了时代的音律，

　　还有美丽的颜色，并非虚假：

　　这一切都令我沉醉，在快乐里醉麻，

竟自忘却了家园，忘却了自己。

如今我来在荒郊，似醉后醒回，

　　得见真实的梦境：那巉岩缺处，

　　　　一幅白幡斜挂在苍老的松枝上，

哦，这原是我的故乡风物，

　　　　这凄凉的回想使我忆起了家乡：

落日呵，请挽住光轮，载我同归！

注　释

[1] Jazz。

自　然

有一天上帝震怒了，自天门击出了
　　一个雷霆，有如当日与魔王
争仗，惊破了天体，震落了无数的
　　星辰；上帝说："人，你不必猖狂：
你不看这几百万年的人类历史，
　　和永恒相比，一点儿也不算久；
你在大宇中的位置，和无穷对峙，
　　渺小得如同乌有！我只须把地球
拖近一些，立刻就会化作
　　星云；或是把它轻轻的推移，
又给你一次冰期；就是一个
　　地震，一个火山的爆裂，也可以
毁灭你所有的文明！人，你尽管
享受吧，怎样能够征服自然？"

罪恶与自然

不看那天空星球的运行，迅快的
　　彗星自由的奔闯，那博大的体积，
　　雄伟的气力，从古至今不曾起
半点冲突，破坏了自然的安排。
又不看太空中网密的音浪与光彩，
　　电力，磁力，以及原子的游移，
　　它们彼此相遇，从来不许
丝毫错乱，破坏了宇宙的和谐。
惟有人，还没有生出娘胎就争斗
　　起来，[1] 不看他一个人走路都觉
　　　　拥挤，他一面走一面咒骂，咒骂
这道儿这样不平；忽然宇宙
　　遭了毁灭，黑暗的影子吞没了
　　　　一切：这是人类最后的惩罚。

龙
涎

注　释

[1] 指《圣经》里 Cain 和 Abel 相争的故事。

力与美

不看太空中星球的吸引，太阳里
　　一颗沙尘压得死人；再计算
那一切原质的化合与化分，射放了
　　许多的光热来培养这生命。不看
那电机磨出了磷火，拖引着车轮
　　好像一条长龙爬过；那高楼
压破了地壳，总有一天，我们
　　可以用杠杆把这笨重的地球
抛来抛去。又不看荷马的史诗，
　　圣经说狮子会伴着羊儿吃草，
米开郎吉罗雕刻的雄峻的摩西氏[1]，
　　和近代立体的绘画：这都是依照
那力的表现。因此我们悟及
这神律："力就是美，美就是力。"

注　释

[1] Moses。

天　象

我随着星士的指引，在天空探望

　　未来的生命：我望见残月侵蚀

　　爱星，正当那昏痛的时节，那星士

指点我南极星还有一线光芒；

我问他那北方的恒星能否永放

　　光明，照护我的生命？说时

　　那北辰忽然化作了流星陨逝，

那彗星出来预兆了我的灾殃。

我哭泣，我畏惧，我求星士为我

　　祛禳那灾星，他却说命运的注定

难移，叫我去到人间，依顺着

天心；我回头望见那东方飞来

　　一点灵光，他说那是奎星

再现，这下界又降生了绝世的文才。

龙
涎

东与西

从芙蓉城到希腊

我归来了，归到这黄金的东方，
举目观望，不见了黄金的太阳；
蠢笨的石狮子蹲在门前打盹，
还有笔直的龙柱，弯曲的人。
我忽然忆起了西方，（那才是家乡，）
晴明的阳光照着晴明的思想；
毕竟橄榄枝赛过了暴力的泉源，[1]
古希腊典雅的精神便凝结在雅典：
看呀，女神自天帝头上跃出，[2]
惊动了神祇，凡人也瞠了目；
那地基怎样"不平"？[3]（"不平"是生命，）
斜欹的石柱倒有万年的安稳。
东与西各有各的方向，
我的想像还在那相接的中央。

注　释

[1] 指 Athena 与 Poseidon 竞争雅典的故事：橄榄树象征和平，因得胜。

[2] 指 Parthenon 上面的雕刻：女战神的赋生。

[3] Parthenon 庙为一曲线，曲线是活的。

得尔淮（Delphi）[1]

日神呵，我自远方追随你的阳光
来到这圣地：我仰望名山[2] 高接青天，
太空中飘动着你的神灵；这山前只余
巨石残柱，依然炫耀着古代的光荣。
日神呵，我祈求你的神示，你的先知：
但我不问爱情的秘诀，生命的哑谜；
我问你，东与西几时才能相合？
未来的云彩是否遥盖在苍老的昆仑？
我愿你的神乐应到天边，惊动
那衰颓的种族，起来观望灿烂的朝阳。

龙
诞

注　释

[1] 在希腊北部，为 Apollo 的圣地。

[2] Parnassos。

培洛克洛斯（Patroklos）的死

——献给朱湘

"西娣丝[1]女神，我的母亲，你曾否祈求
天帝，施降光荣来遮饰我的耻辱？
为何我的勇士，我的腹心，竟被
黑克托[2]刺死了？他并夺去我的刀甲，
那神灵的武器，我将凭空手报雪这冤仇？
快令火神铸一支残忍的矛子，好誓杀
那猛烈的妖孽？

"伊琴海[3]，波动着你的狂涛，
痛哭良将的死亡！天山上的威灵，雅典娜，[4]
天后，[5]放下悲音来回应这人间的哀唤！

"培洛克洛斯你的勇敢竟遭了损伤：
只因我满胸的忿怒，不去攻夺特罗亚，[6]
他们竟肆放猖狂，杀到了乌木船边；
你难忍见这如山的死伤，全军的奔溃，
奋着你的神力，天赋的才智，独自
赶赴前方。我曾闻你的胜利，正私心
庆幸你的成功，践踏名城；那知
噩报飞来，使我怒中生怒；[7]恨不能

马上登车，取得那贱骨头和你献祭

任随天帝的旨意注定我也早日夭亡！"

注　释

[1] Thetis。

[2] Heotar。

[3] Aegean Sea。

[4] Athena。

[5] Hera。

[6] Troy。

[7] 阿克利斯（Achilles）第一次发怒是因为和阿加孟农（Agamemnon）争一女郎。

龙

诞

眼

假如我化作一只水鸥，
去到她的眼波里浮游；
白沙堤插着两行细柳，
黄铜的明镜在湖面漂浮。

我远望见那五岳的高峰，
嵩山上吹来一股薰风，
歌声与花香满湖飘送，
波光里荡漾着几道长虹。

早晚湖边有潮汐涨歇，
晶莹的水珠往山边泻，
天上挂着黯淡的眉月，
绯红的世界褪了颜色。

有一天湖水骤然枯涸，
盖上一层蒙蒙的白雾，
两岸的垂柳倒成一路，
镜儿埋在乌泥深处。

死 刑

是先前为了那分外的忠贞，
　　忤了你的心意与尊严：
你差我来到这边地从军，
　　好叫我忏悔那一时的失言。

眼见这荒城好似坟茔，
　　罂粟花染黑了遍地的髑髅；
我唇边带着酪乳的膻腥，
　　深夜时取一块干柴来枕首。

漫天的烽火连接塞外，
　　我跳上马鞍踊跃争先；
为何又传来一道金牌，
　　立刻就把我推出了门辕？

我死后依然紧抱着坚贞，
　　这阴魂还望得赦归来；
倘若你念及这白骨浮磷，
　　收回陵寝去亲手掩埋。

龙
涎

热　情

我曾经做了一个噩梦，这梦
来得太凶：我梦见火山要爆裂，
人和兽纷纷的逃命，听呀，那一片
愁惨的声音，儿在唤娘，娘唤
天；看呀，那山尖冒出了一股
浓烟，地在动摇，山就要爆；
忽然滚来了一条长虹似的
巨蟒，缠着这山腰，不肯放松，
这山头就像一个孕妇，产不下
胎来，她一身的肌肉，青一块，紫一块，
止不住胎儿的蠢动；这时电火
像一条金龙在空中摆动，跟着
雷霆震下了滂沱的雨水，扑灭了
那山口的烈焰，这火山才没有破；
等雨雾一收，不见了王蛇的踪迹，
只那山边还印着几片石鳞。（未完）

虹

那西方飞来漫天的乌云，吞没了
日色的煌辉，那雷霆击破了天门，
滂沱的雨水自天上涨到人间，
恍如当日上帝惩罚人类，
用洪水来淹没天地，顷刻间宇宙
便要消沉。往日里你们抱怨
天旱，蝗虫伤害了你们的禾苗，
疟蚊吸吮了你们的精血；如今
你们的咒语招来了这苏生的雨水，
你们又喊叫过多，那江河同时
暴涨，冲破了长堤，泛滥了无极的
平原，平原上不再见生命：这都因
你们的罪恶满盈，争杀，毁坏，
欺诈，奸淫，才遭来这二度的洪涛。
你们不须上船逃难，只伏在
地下诚心忏悔，取滴圣水
来洗涤你们心内的肮脏。果然
那天心开朗了，一朵一朵的祥云
托来上帝的赦恩：那天边现出了

龙
涎

两带虹霓，中间透着一圈
紫光，那天青衬着环内的鹅黄，
上帝又微笑的显示着永久的和平。

戚黎宜（Cellini）自传

天才的前身原是魔王，
　　他不怕死也不怕生，
上帝给了他一把利剑，
　　凭这剑到处去杀人。

算来他的命星也坏，
　　他一身尽是刀痕，
决斗，坐监，中毒，遭劫，
　　时常在虎口里逃生！

在暴力下他凶恶得像一匹雄狮，
　　在美丽前又柔顺得像羔羊，
不，羔羊原指美丽，
　　他倒像那噬羊的狼。

一切手上的艺术他都会，
　　（艺术从技巧里得来，）
他破坏了人家再来创造，
　　这世界只容他是天才。

龙
涎

试看我们自己的天才，
　　（天才全靠自命，）
天才的怪癖我们学到了，
　　说到本领可不行。

还没有触到痒时就叫痛，
　　痛来时又不会呻吟；
我们的天才全是白痴，
　　卖劲儿也赛不过人。

提奥利西奥斯（Dionysios）

（一）

提奥利西奥斯[1]凯旋高唱，

　　（国王的雄心像一只飞鹰！）

他从莫提亚[2]战胜欢狂：

　　（国王的威权永无穷尽！）

"我要把迦太基[3]沉入海中，

　　西西利的王权才得安宁；

争城夺地还不算豪雄，

　　雄心以外我更有雄心！"

国王歌罢举起羊头杯[4]，

　　他的饮量像一条过山龙，

龙头吸尽地中海的水，

　　庆祝国王争仗的成功。

使臣进朝呈上奏简，

　　（国王的雄心像一只飞鹰！）

料是邻国前来觐见，

（国王的威权永无穷尽！）

国王看了转变愁容，
　　群臣跪地□不心惊；
未必是雅典人不肯进贡，
　　大王赶快下令东征！

国王罢宴退下宫殿，
　　摒去了禁卫，摒去了侍娥；
国王的忧愁化作了轻烟，
　　他低头合眼沉沉的思索：

他忽然想起了特罗亚的国王，[5]
　　怀着财宝去赎取尸身，[6]
老年折丧了爱儿猛将，
　　这是人间莫大的忧心。

国王挥笔速写成篇，
　　悲壮的乞辞和着哀歌，
这歌声能引起观众的悯怜，
　　国王心里转觉雍和。

（二）

国王自利利比[7]败阵逃回，
　　满胸的忿怒，满腹的忧愁，
三军跪下一同请罪，
　　愿与大王雪耻复仇！

从芙蓉城到希腊

使臣又来进朝请见，
　　献上桂叶的荣冠一顶；
国王忽然敛下了愁颜，
　　（国王的雄心像一只飞鹰！）

"孤王今日满足了雄心，
　　三军起立宽怀畅醉！"
国王言罢举杯痛饮，
　　像是一条过山龙吸水。

国王一杯一杯的酣饮，
　　他的酒量有似海洋，
直至国王饮到酩酊，
　　饮到酩酊时还要举觞。

国王酣醉不再醒来，
　　他梦中戴上了胜利的冠冕：
九尊女神[8]在座旁拥戴，
　　万千黎庶缭绕在脚前。

国王沉醉不再醒觉，
　　他渡过了冥河去到阴曹：
阎王不责他杀人的罪过，
　　反来称贺他的功高。

注　释

[1] 为西西利 Syracuse 的暴君兼戏剧家。

[2] Motya。

[3] Carthrage。

[4] 羊头形的酒器，酒由羊嘴流出。

[5] Priam，为 Troy 的国王。

[6] 指 "Ransom of Hector"，这是国王得胜的剧本，描写 Priam 到希腊军中赎取他的
儿子 Hector 的尸身。

[7] Lilybaeum。诗中所叙及的国王的死与历史时间不合。

[8] Muses。

从芙蓉城到希腊

弥尔敦（**Milton**）

"这老头儿准是疯了，把黑夜当作
白天，总是不睡觉，在床上翻来
翻去，闹得一家人都睡不着。
安恩[1]是跛子，底波拉[2]人又小，
事事都要我服侍，要东要西
到也容易，那知他东摸西摸，
摸出了一本希伯来圣经，叫我
翻开创世记第三篇念给他听。
我那儿会呢？那晚上大雷大雨，
骇死人！我们房里闪着异样的
光，也不知是什么光？那瞎子
好像也觉得了，他跪在床前祷告
什么'天神'[3]，连上帝的名儿都忘了；
于是他起来斜欹在椅上，一只腿
搭在靠手上，叫玛丽[4]，玛丽，快写：
'请歌唱人类的始祖怎样违背
禁律，误吞了禁果，那果浆换来了
苦难与死亡，于是他们失去了
绮登，直到救主降生，将我们
赎了回去，重居于幸福的园地，……'[5]

龙
涎

我这样写了五六个年头，多辛苦，
我抄改后还得念给他听，满纸的
上帝，天使，亚当，夏娃，我那儿懂？
德来登[6]那傻子到把那东西恭维得
了不得，他跑来见爸爸，说要加入
韵脚，打成歌剧。老头儿冷笑说：
'就让你去作吧！'后来他老人家的
毛病又翻了，这回[7]却只叫魔鬼[8]
与耶稣，比先前更是糊涂。到底是
人老了，神经也衰了，竟自为了
一盘好菜，把家产全付与那年轻的
后娘；若不是我们打了一场
官司，真是白替他抄写了十年！
有一天他忽然说起要回到天上去，
临终时我们辨不出他的死生，
只听人说他的诗魂不死，
从此我们也不让荷马，檀丁。"

从芙蓉城到希腊

注 释

[1] Anne，弥尔敦前妻 Mary Powell 所生的女儿。

[2] Deborah，弥尔敦前妻 Mary Powell 所生的女儿。

[3] Heavenly Muse 指 Urania。

[4] Mary，弥尔敦前妻 Mary Powell 所生的女儿。

[5] 这五行是《失乐园》的起引。

[6] Dryden。

[7] 指 "Paradise Regained"。

[8] Satan。

乞　丐

别嫌我是一个乞丐，这肮脏的
百结衣遮不住灵魂的清白；谁说
我一生依靠，没有半点儿职业，
难道这行乞不是一门行道？
但我不乞黄金与美味，我爱在
炎凉的日子，立在十字街头，
向人间乞一滴同情；或是去到
少女的唇边乞一缕香馨，看能否
拯救这垂毙的灵魂？那知呀，有人
骂我不知羞耻，这灵魂的暴露
有碍人性的观瞻；因此我的
乞辞变成了咒诅，我咒诅这吝啬
泄漏了人世的贫穷。
　　　　　于是我逃向
书楼乞一页残经，问残经里蕴着些
什么精微？我在纸堆里拾得了
几片诗章，这诗章给了我无穷的
安慰，我因知古来也有不少
行乞的人，有一位[1] 戴着桂叶
在宫殿前高歌那位渡海的英雄[2]，

乞得了不死的声名。那知呀，有人
说我偷了"弥尔敦"，拷死我也不
招认：那天经原锁在高楼，时间的
野火还烧不到，我这无力的
乞丐，怎能超越那铁壁铜墙？
纵说是我偷了，你们还有
那万卷的珍藏，又何必这般吝惜？
他们不听我的恳求，那无情的
刀笔，刺得我半死半活。

                   于是我
逃去青春的园里，乞一朵残花
来制药；在夏天向绿荫里采得了
一片艾叶来解毒；偶尔经过
秋林，我拾得了几片落叶来当
生命的引火；到冬天我讨得了一瓣
雪花来止救灵魂的枯渴。那知呀，
有人说我毁坏了自然，在深山里
悬着许多禁律，不许我再来
攀采。世界呵，你不是夸奖地大
物博，为何连一个乞丐也像
难容？我不向你哭，我没有泪，
反正明儿我要回到天上去
行乞，上帝会给我无量的仁慈。

注　释

[1] Virgil。

[2] Aeneas。

口　角

有一天聋子和瞎子见面，
　　（宁可说是瞎子闯着聋耳朵，）
聋子把瞎子盯了一眼，
　　瞎子把聋子摸了一摸。

"我真可怜你这聋子，
　　一点儿声音都辨不清：
声音里又分出宫商角徵，
　　你听我弹得来一手好琴。"

"瞎子，你也是一生作孽，
　　一点儿颜色都辨不出：
颜色里又分出青黄赤白，
　　你瞧我配得来一幅好图。"

"我从声音里听得出颜色。"
　　"我也从颜色里看得出声音。"
于是他们气冲冲的分别，
　　各自去创造各自的人生。

龙
涎

筵 席

碰巧，我们坐在这桌席，
不必客气，也不必拘礼；
菜未来时先酌上酒，
让我们欢饮呀，别再忧愁。

盖面菜只有这三两块，
这要看谁的筷子来得快；
剩下的只是骨头与菜根，
一点儿不吃又饿得要命。

谁要酸醋这儿有点，
白糖吃多了不会尽甜；
顶好是加上几滴酱油，
辛的苦的，样样可口。

烛光一暗，我们就分手，
剩菜残羹不许带走；
跟着又摆上一桌新的，
留待那些后来的客人。

结

这儿有一个神秘的结，
　　从没有人能解得伸；
有一根绳儿透着血色，
　　还有一根却不现影形。

我会去借真理来照鉴，
　　依然看不清结内的玄冥；
任凭我拿去风吹雨溅，
　　一点儿不松，一点儿也不紧。

我也曾去向爱神哭泣，
　　又给他打上了一个死结；
后来我又去祈求上帝，
　　那知神力也无法解拆。

我心中急得不能忍耐，
　　提着宝刀斩作了两截；
纵说是我没有解开，
　　总算毁了这神秘的结。

生　活

我先前想像生活是一个少女，
她对我不即不离，惹得我忧郁，
如今揭开一看，她已到了中年，
饥馑的颜色向我要米要盐。

我说："这些都容易，不必尽唠叨，
给我一盘沙子，瓦灰更好：
让我把这片古铜磨成了明鉴，
把丑的照美，美的要永久鲜妍。

难道你拖着我走，同去看棺材？
就是棺材也得要有钱来买。"
我真不想再过什么老年，
朽了的梧桐怎样燃得起火焰？

夜　游

这儿望不见明月，让明月去照
荒郊；这儿有的是灿烂的灯光，
光影里映着引诱的颜色，不住的
在那儿变幻。满街上是拥挤的人，
人的拥挤，像蚂蚁一般的蠢动，
匆忙；他们脸上挂着微笑，
化去了白日过去的忧愁。那女人
打扮得一般模样，卷着发，染着眉，
嘴唇红得像火，这样的寒宵里，
多感她们放射了不少的温热。
让脂香化除了煤气，车声里含着
蜜糖，——"蜜糖，再亲我一下！"客人，
你寻不到美丽，去问警察，
他会遥指在红楼第几家，里面
还有更热的戏，驴子耍把戏，
那雪幕上正映着奸杀，里面的绿头巾
得意他做了英雄；那舞台上正演着
哈姆雷特[1]向俄非利阿[2]装疯，
那歌楼上正唱着菩卡绰[3]骗了店主
爬树，他在下和斐亚麦达[4]偷情；

那舞厅里在奏着"笳丝",[5]女人的身腰
弯得像爬藤，伏着人家蹈舞。
谁知这繁华会透着穷荒，那不是
一个瞎子在讨口，莫怪他瞎，
他走起路来比谁都快；谁知
这升平会应着战争，那高楼的电光[6]
说日本人又攻下齐齐哈尔，替中国
担忧！那边的火炮还没有响定，
这儿已听到轰烈的声音。又道
来朝要降雨，今宵呀，努力消磨！

注 释

[1] Hamlet。

[2] Ophelia。

[3] Boccaccio，又为歌剧名称，演唱菩卡绰少年的韵事。

[4] Fiammetta，（Maria D'Aquino）为菩卡绰的情好。

[5] Jazz。

[6] 纽约城 Times Square 高楼上有电光报告新闻。

异邦人

那怕日本人踏平了闸北，
满街是尸首，满沟是渣血，
灰堆里埋着焦黑的髑髅，
髑髅还死死的记着复仇。

上海要的只是快乐，
和着炮声跳个快活，
剧场外映着辉煌的戏目，
荒唐的故事，嫩细的肉。

"听说中国兵完全败下，
来朝好到江湾赛马！
人家的事管不了许多，
我们要的只是愉乐。"

龙
涎

爱情与战争

亲爱的，你曾屡次问我，为何
不把你咏入诗歌，赞美你做希腊的
女神：我总是装聋，不肯答言；
你竟自怀疑到爱情的本身，如果
我再是顽固，悲哀便要来临。
过来，躺在我怀里亲亲嘴，
这就是爱。你知道古来的爱神
没有翅膀，也没有眼瞎，他原是
一个美丽的少年；到后来渗进了
东方的华靡，中世纪的浪漫情怀，
才变成了现在的想像。你那知我还有
更深的思想，更厚的恩情：我早前
曾发誓不歌颂爱情；我要歌颂
战争：你应知你是当今的赫伦[1]，
只不过我们还在希腊海上
度着甜蜜，这风声还不会泄漏。
是来朝，十年的大战就要开始，
借一个美丽的衅隙只为女郎；
但真实却没有那样荒唐：是当初
特罗亚[2]阻隔了黑海口岸，希腊

不能从那儿转运麦粮；如今
那岛国也饥慌得要命，她要侵夺
邻国来饱果自己的皮囊。你的
美内雷阿斯[3]仗着斯巴达的豪强，
"肉体炸弹"就要准备攻击；
我的父亲虽已白发龙钟，
我的弟兄却集合如云，我还有
一支"箭矢"，射得死千百万雄师。
爱，未来的毁灭全都为你，
你当能体贴我这勇烈的心。

龙
涎

注 释

[1] Helen。

[2] Troy。

[3] Menelaus。

割　爱

待你醒来时，你许会痛哭，痛哭我
像西修斯[1]将你遗弃在荒凉的岛上；
这并非我感到厌恶，改变了心情，
亦非我疑心到一点颜色的分别；
只因我从理想悟到生命的真实，
不容我不别去你，赶赴前途。
忆得我少年时何样凶勇，跨着
野牛在深山里驰骋欢狂，不畏
荆刺，不怕瘴烟，我要杀尽
世间的猛兽毒虫：像一个斯巴达
勇士，锻炼我这铁样的身肢。
待我感觉疲劳，我便想念
那骑士精神，凭着你的温存，
你的美丽，给我一个荒唐的
使命，鼓励我去探冒人生的艰险；
那知我一些儿不勇往，终日伏在
你的裙边，顾惜自己的生命。
但见我的友伴，为那苹果的
罪孽，世俗的纠缠，竟在江流
沉没了生命，我不能不惊惧。因此我

离开你，怀着先前的勇敢，去征服
鬼怪邪魔。我轻吻你的丝发，
让你在酣眠里享受须臾的安息，
也许你正梦见那初遇的情景，
我们在林间射猎，是爱犬引诱
我们相逢，呀，那相逢时的心荡！
别了，格尔忒，我不愿你像克利攸萨[2]
那样轻生，断绝我的忧虑；
但愿酒神[3]来迎接你，让你沉醉在
欢愉里，忘却了这割离的辛苦与悲伤。

龙
涎

注 释

[1] Theseus。

[2] Creusa。

[3] Dionysus。

招　魂

如今的自然依旧是那般美丽：

　　那麦陇有农夫举锄翻泥，那铁铮

惊起了一双野雉，拖着几疋

　　麦草翔入朝云；到冬天，白云

盖着一簇绵羊，绵羊在安息，

　　不时还听到牧羊人古昔的歌声：

我恨这一管破笛再也吹不来

西西里的[1]牧歌，赞颂自然的主宰。

如今的爱情依旧是那般圣洁，

　　美丽的颜色不曾减去半分，

少女的温存，可以融化壮烈的

　　心志，但它也能够引导灵魂

往上升，随着柏拉图的理想升列

　　高天，去瞻仰爱星亘古的光明：

我恨这一架古琴再也弹不会

"神乐"[2]的曲调，赞美爱神的权威。

如今的传说依旧是那般轰烈：

　　两个民族在争斗里要求生存，

眼见那绿原变作了沙漠，要铁血

　　才能灌得肥沃；那一坝钝金

换成了焦土，焦土里还埋着不灭的

　　忠魂，像特罗亚[3]毁灭的光荣：

我恨这一支画角再也吹不出

"伊利亚"[4]的战歌，唤醒这衰颓的种族。

这都因我的灵魂早已飞翔，

　　只剩下这躯体不曾化作灰烬，

我没有爱憎，也没有什么希望，

　　玫瑰刺上去不觉苦痛，"蜻蜓"

点水也不会震惊，倘若我还想

　　忠心牟塞，[5]我首先得要重生：

我应该去祈求上帝或是鬼魔？

我要到何处去招魂，天堂，地狱？

龙
涎

注　释

[1] Sicily。指 Theocritus 的牧歌。

[2] 指《神曲》。

[3] Troy。

[4] Iliad。

[5] Muses。

自　然

自然，我赞颂你的美丽与圣洁，
水的清华，月的光辉，给人间
添上了许多颜色，隐饰着一切的
丑恶与平凡；自然，我愿你永远
美丽，永远圣洁，莫给一点
尘埃污秽了你的清白；我恨
这笔尖描不出你的体态容颜，
给时间留下一个不磨的凭证，
好令我们追念那太初的造物神明。

这是一个美丽的春宵，暖风
吹得游人舒软，那花香，香得
大气不再爱肮脏；那天边的紫红
让给了柔媚的月色，夜的墨黑
也让给了幽暗的新绿，有如不灭的
酒火，绿霞霞的在那儿浮游；那塘角的
蛙声咯咯，正似"笳丝"[1]的音节，
单调与轻薄，给春宵奏起了音乐：
赞美呀，美丽的春宵，春宵里有无穷的快乐。

我要去追寻一个理想，一个
更美的境界：我忽然寻见那水源，
在苔石上开做了浪花，这花朵
一些儿不凌乱，月光射在上面，
更显得洁白透明；我望着这流泉
出神，这原是仙灵的境界，自然，
我赞颂你的圣洁与美丽，给人间
透露着造化的神奇，我诚心赞叹，
但愿这美丽的泉源流出世间泛滥。

看哪，那流动的浪花变做了人形，
像是一对鲛人在那儿起舞，
那鳞甲映着光芒；显出满身的
细软光滑，任水珠也停留不住；
更像是人了，像是叩彼德[2]搂抚
赛基[3]，在爱情的力量中化成了一体，
那双峰倒压在胸前，肉压着肉，
那是美丽的模型，模型的美丽，
岱雅娜[4]更增你的妩媚照护这有福的神祇。

听呀，那幸福的歌声在水珠间回应，
"蜜糖，再亲那一个！心肝，你今晚
得给我一个满足！"唉呀，这声音
惊破了我的梦，自然呵，我不能再赞
你的美丽与圣洁，情欲的垢汗
污秽了你的清白，这流水立刻
变作了肮脏，皎洁的月光也忽然

龙
涎

灭去了颜色，让黑夜吞噬了一切，

我痛恨人类的丑恶竟遭惹了自然的毁灭。

注　释

[1] Jazz。

[2] Cupid，爱神。

[3] Psyche。

[4] Diana，月神。

史　诗

我再不肯歌颂爱情，血肉里那儿有
精神；我也不赞美自然，太阳的
光华，月亮的清辉，终有一天
会变作黑暗。我要把人类的历史，
从创造到末日，完全谱入诗歌里；
当宇宙毁灭时，一切都化成了乌有，
只剩下这一片雷声，在上帝耳边
回响，使他想念着人类的光荣。

龙
涎

时　间

从芙蓉城到希腊

有人说时间在光影里，但黑暗也不间的
推移；有人说它随着动力转变，
但静止也像在运行；有人说时间
原住在声音里，但沉默也像在拖延。
我忽然望见了时间，那不是一条线，
也不是一道圈；那是一个浑圆的
整体，密密的充塞着天宇，这一点
是太初也是末日，更无从分辨
过去，现在与未来，我们别怨
生命的短促，这短促是永恒的一片。

空

女人，你只是一圈幻影，
偶然出现在这片刻的时辰，
你能否证实你的生命？
没有人听就没有声音，
没有人看就没有色形，
没有我，你也不会生存。

龙
涎

死

我不怕死，我不怕死，
我不怕临死时节断不了气，
我不怕灵魂要与肉体分离，
　　我不怕死，我不怕死。

我不怕死，我不怕死。
我不怕尸虫来腐化我的肉身，
我不怕千刀万剐，那地狱的拷刑，
　　我不怕死，我不怕死。

我不怕死，我不怕死，
我不怕死后阴魂返不到家乡，
又要我走遍天涯把足迹收藏，
　　我不怕死，我不怕死。

我不怕死，我不怕死，
我只怕刚才死了，又叫我重生，
生下地来又要我的命，
　　我不怕死，我不怕死。

殉　道

生不容易，死更不容易，
　　这几千年才死了两人：
那是耶稣和苏格拉底[1]，
　　为信仰和真理无畏的牺牲。

哦，你们这古代的圣贤，
　　你们像火鸾死后重生；
行为的果敢与信道的贞坚，
　　使你们超过了时空的准绳。

你们雅典人，和法利赛人，
　　你们的罪恶已经恕免；
要不是你们的天良丧尽，
　　真和善永远不能出现。

克赖托[2]，柏拉图[3]，和十二个门徒，
　　你们不必痛哭伤心；
要不是有人把血衅涂，
　　这人间何来幸福的钟声？

注 释

［1］ Socrates。

［2］ Crito。

［3］ Plato。

蚕

我爱这枝间生长的绿叶，
绿叶给我生命的琼浆，

任凭那春风怎样淫邪，
春风里还载着桃李的芳香：
我心中从不起爱情的幻想。

我的天性生来就良好，
我愿这世界永远安宁；

那知到处是毒虫与飞鸟；
螳螂，蜻蜓，杨雀与黄莺，
它们要残害我的生命；

于是我露出了保护的容色，
像一支嫩芽伏处在叶尖；

我更墨守明哲的缄默，
运思我内心的理智冥玄，
忘却了外物的纷纭与艰险。

我最恨那蝴蝶炫耀着美丽，
讥诮我一身丑恶与笨拙；

那知我正在培养技艺，
创出美丽来羞死那蝴蝶，
给生命罩上一层颜色。

因此我努力吸饮叶浆，
直到我炼成了三寸纯金，
　吐出那万丈的细韧丝芒，
织成一个精密的体形，
取象那星球绕日的行径。

我伏在茧内沉沉的蛰眠，
梦想那就是灵魂的永生；
　我心中忽然发生爱念，
化作了彩蛾去寻找欢心，
那知呀，这就是生命的止境！

鳝

在一切水族中，蛟，龙，沙鱼的
性子太野，乌龟，王余，
螃蟹与鲟鱼蠢笨得可怜，
鲤鱼跃龙门终是虚典，
鲸，鲵，鳄鱼，海豹与河豚，
根本就不能算做水鳞；
我也不爱蝌蚪与金鳍，
单爱一种曼长的鳝鱼：
可是我不爱吃人的白鳝，
任凭你说它怎样可餐；
那钻泥的黑鳝我更不高兴，
任凭你说它怎样补人；
我最爱那金黄的高贵的颜色，
那苗条的身腰，像柔韧的"骨肋"[1]，
它生来爱水，水就是它，
从来不带上一点泥沙，
它的性子很是驯良；
驯良得像是一位女郎；
只怪它一身太是光滑。
轻轻易易可擒不住它。

龙
涎

有一位渔夫，有一位渔夫，
曾经下过海，飘过江湖，
他学那水獭捕过黄鲢，
就是长蛇他也惯拳，
从不曾被那毒齿啮伤。
有一年开了春，水暖花香，
他在那塘边观赏鱼跃，
绿波里漾过翡翠的羽毛。
他把鱼钩系在竹枝上，
饵子里合着蚯蚓与茴香；
他瞧见塘角冒着昏水，
忙用鱼钩前去兜喂，
首先发出了一串气珠，
忽然拖起了一带黄绿，
定睛看时是一条长鳝，
（高贵的颜色，苗条的身段！）
他乐得忘形，往水里一扑，
好容易擒住了那条水物；
不知怎的他喊叫苦痛，
像是玫瑰刺入了心中，
他舍了鳝鱼往岸上飞奔，
逢人便说黄鳝咬人！
人家说他气运希罕，
偏偏逢着那"抱儿"[2]黄鳝！
他从此相信鳝鱼啮人！
见到那东西就骇掉魂。

从芙蓉城到希腊

临死时节他断不了气，

一声黄鳝他就昏迷。

注　释

[1]《圣经》里说上帝取男人的肋骨造成女人。

[2] 养子。

龙
涎

关于朱湘

《二罗一柳忆朱湘》引言

　　一口气读完了我们三人写的有关朱湘的文章，心情久久不能平静，为这位同窗好友的不幸遭遇感到悲伤，也为他的作品能重见天光感到高兴。我们在五十年前写的悼念文章，调子是忧郁而悲愤的。我们在五十年后的今天写的回忆文章，调子虽然没有变，但心情有宽慰之感。

　　诗人在世时受尽了谩骂与侮辱。后来又有人认为他参加过"新月派"的活动，因此把他和徐志摩一起当作逆流来批。这个问题有澄清的必要。我们认为朱湘并不是"新月社"中的人。

　　吉林大学李凤吾同志于1982年3月1日来信说："朱湘虽然在追求诗歌艺术的完整与新月诗派有一定共同之处。但在为人与为诗上，则与新月派大多数诗人大相径庭。所以简单地把他归入新月派是并不公允的。"北京市社会科学研究所钱光培同志甚至根本否定朱湘是新月派中人。他的论据如下：北平《晨报副刊·诗镌》是刘梦苇与清华文学社的闻一多、朱湘、孙大雨、杨子惠、饶孟侃创办的。至于徐志摩参与《诗镌》，那是在《诗镌》正式创刊前夕才定下来的。其所以要他参与的原因，是因为《诗镌》要借《晨报副刊》的地盘，而这个地盘又是由徐志摩把持着的。朱湘早就不满意于徐志摩凭借"学阀的积势"招摇的行为。朱湘在头三期《诗镌》上发表过诗文后，就因徐志摩的"油滑"而与《诗镌》决裂了。"新月派"正式出现是1928年徐志摩与梁实秋在上海创办《新月》杂志的时候，朱湘在该杂志创刊之前，早已赴美国，未和新月派发生任何关系。朱湘后来于1930年、1933年在徐志摩在上海创办的《诗刊》上发表《镜子》（被徐志摩改为《美丽》）和《悼徐志摩》十四行诗，都是讽刺徐志摩的。不能因此就说朱湘加入了"新月社"。

以上这些论证是言之成理的。

近年来介绍朱湘的文章，最早的一篇是孙玉石写的《朱湘》，收入《中华民国史料丛稿·人物传记》第九辑（社会科学院近代史研究所中华民国研究室编，中华书局，1980年）。文章说："同年（按：指1925年10月），朱湘在《小说月报》发表长篇寓言诗《猫诰》，以整齐的格律和诙谐的语句，描写了老猫自恃高贵、信奉强权、贪得无厌、凌弱怯强的性格，对鱼肉人民、'大勇若怯'的军阀势力进行了影射和讽刺。第二年又发表了长诗《还乡》、《王娇》，多少接触了人民的苦难和社会的不平。"

李南蓉写的《试论新月派诗人朱湘》一文载《南京大学学报·哲学社会科学》1981年第1期。文章说："朱湘，这位穷困潦倒的诗人现在很少有人知道他了。去年，上海教育出版社出版的《新诗选》[1]和《散文选》[2]分别收了他的十首诗和两篇散文，虽然只是一鳞半爪，但也可以窥见作者的才情和对新诗勇于探索的精神。在中国现代诗史上朱湘应该占有一定的地位。"又说："七十年代以来，香港等地，他的著作不断再版，对朱湘著述的研究工作也正在开展。我们更不应等闲视之。"

与此同时，内蒙古一个学术刊物发表了一篇评论朱湘的短文，分析中肯而深入。可惜此文的复制品，不知被笔者塞到什么地方去了。

在这些文章的鼓舞下，笔者又才有勇气为人民文学出版社与三联书店香港分店合编的《朱湘》（诗文选）[3]写一篇序文，并将序文的前半部分加以补充，改写成《忆诗人朱湘》，发表在人

从芙蓉城到希腊

民文学出版社编辑的《新文学史料》1982 年第 3 期上。

上海书店影印了《朱湘书信集》。当初笔者编辑此书，只怀有纪念心情，并没有料到这是一种研究朱湘的诗歌理论和生平的重要资料。人民文学出版社重印诗人的代表作《草莽集》，即将出书。这个出版社正在编辑《朱湘诗论》，笔者曾对书中疑难问题提供解释。朱湘的译诗集，将在湖南出书，这是我国第一部西诗大成。四川将出版朱湘新诗创作全集。此外还有人在写朱湘论、朱湘传、朱湘年谱。

柳无忌近年写了两篇谈论朱湘的文章。笔者曾鼓励罗皑岚写出《忆朱湘》，不料这篇文章竟成绝笔。皑岚体弱多病，字迹潦草，他的文章都是由笔者整理抄录的，而笔者的字迹也是涂鸦。

无忌很早就建议把我们三个人纪念朱湘的文章整理成书。皑岚也"双手赞成"。但在皑岚逝世后，无忌反而认为不宜出此书。笔者对这本书始终不热心。

罗皑岚生于 1906 年，湖南湘潭人。学名正晖，笔名山风、山风大郎、岂风、溜子、鲜苔、飞来客等。1922 年入清华学校。1925 年发表独幕诗剧《诗人与月》。同年加入清华文学社，该社成员先后有闻一多、梁实秋、顾一樵、翟毅夫、林同济、朱湘、孙大雨、饶孟侃、杨世恩（子惠）、何一公、毕树棠、罗皑岚、柳无忌、罗念生、水天同、陈麟瑞（林率）、陈铨、陈嘉、李健吾、汪梧封、李维建、曹葆华等人。文学社的指导老师有讲授莎士比亚戏剧并写英文剧在学校演出的王文显先生[4]、写长篇小说《玉君》的杨振声先生（教务长）、热心提倡戏剧的张彭春先生（教务长，是曹禺的戏剧导师），还有朱自清先生、俞平伯先生。

1926 年夏天，罗皑岚回湘潭探亲。北伐战争开始，南北交通受阻，蛰居家中一年，写小说。

1928 年写完长篇小说《苦果》，由吴宓先生、毕树棠审阅文稿，俞平伯先生作序，朱自清先生题签。同年 10 月将短篇小说

《中山装》寄给鲁迅先生，先生回信说："来稿是写得好的，我很佩服那辛辣之处。但仍由北新书局寄还了；因为近来《语丝》比在北京时还要碰壁，登上去便印不出来，寄不出去也。"（《鲁迅书信集》上卷）

1929 年发表短篇小说《疯婆子》[5]。同年出版短篇小说集《招姐》（上海光华书局）和短篇小说集《六月里的杜鹃》（上海现代书局，收有《中山装》）。同年 8 月赴美国，入斯坦福大学。

1931 年入哥伦比亚大学研究院。同年发表短篇小说《祸水》，载《文学杂志》创刊号。此刊物系罗皑岚、柳无忌、陈林率等人所创办，经罗念生编辑，由上海开华书局出版，至 1932 年 9 月，共出四期。后来，开华书局出版此刊物的选本，书名为《文艺园地》。

罗皑岚于 1934 年回国，任南开大学外文系教授。次年与柳无忌发起组织"人生与文学社"，出版期刊《人生与文学》和丛书《苦果》及《朱湘书信集》。罗念生也加入了这个文学社。

1937 年罗皑岚在北京大学、清华大学和南开组成的临时大学（在南岳）任教。容肇祖作打油诗，套用同住停云楼各教授的姓名，诗中有：

> 无忌何时破赵围？
> 皑岚依旧听鸣泉。

次年，短篇小说集《红灯笼》由长沙商务印书馆出版。

1939 年以后在湖南大学和湖南师范学院任教。

1983 年病逝。无忌撰有《恻恻吞声生死两别——悼念罗皑岚》一文，载长沙《芙蓉》杂志 1983 年第 6 期。文章说："面对方才整理出来的皑岚寄给我的一大堆信件，从 1979 年 9 月 1 日始，到 1983 年 1 月 14 日止，积起来可装成一本薄薄的小书。我情不自已的自己问道：为什么这些年来，我竟没有与皑岚再见一面之缘呢？……直到不久前，另一位老友罗念生从北京来信，我才知道皑岚已于3月27日不幸逝世了。而今生死阻隔，即使灵魂能在梦中显现，也没有远隔重洋而能相聚的例子。……这四十年来，我与皑岚各在天之一涯。我首次返国，打听不到皑岚的消息（只知道他在湖南教书，但弄不清是哪一个学校）。事实上，当时皑岚在报上看到我在北京的新闻，即驰函给我，寄外交部转，却如石沉大海，因此，我们二人两地相思，却脉脉不通。最使我失望的，当我于1981年二次返国，参加辛亥革命七十周年纪念，竟未得去长沙与皑岚聚晤。我希望他能去北京或上海一聚，但他回信说道：'可惜我行动不便，不能来京沪欢迎你（我两脚疲痪，已十多年没有越过雷池一步了！）。真是憾事。'他约我去湖南，看韶山，重游南岳，我亦因旅程匆匆，未能前往，满以为后会有期，而今已成绝望。"

皑岚是"五四"以后第一批有成就的小说家之一。朱湘对他十分器重，认为他天生只能写小说，只好写小说，皑岚观察敏锐，分析深入，文笔生动，很能引人入胜。他的短篇小说选经罗念生推荐，将由人民文学出版社出版。

谢文炳曾建议由皑岚和念生编朱湘传，如果编不完，他愿意继续编。皑岚于1982年9月19日来信说："多谢文炳兄好意，论我与他，尤其与子沅的友谊，'义'与'谊'都不容辞。写评传的文章，我万不如你，并且材料又少。……万一要助瓦添砖，届时当尽一臂之力。"皑岚去世后，计划成泡影。文炳早已到高龄，还要花七年时光，才能写完他的六卷本长篇小说《他们是知识分子》，其中一卷将写朱湘。他最近来信说："第三卷已写一半，正在写安徽大学的事，估计1984年年底可以完稿。年事老了，现在动起笔来很迟钝，为之奈何！"至于念生，他编完古希汉字典后，余日无多。

柳无忌出身于亚子先生的书香之家，1907 年生，江苏吴县人，笔名啸霞。曾入上海圣约翰大学。"五卅"惨案发生时，他与同学要求在学校升国旗，充任校长的美国人不允许，他愤而离校，转入清华学校，主修西洋文学。1927 年赴美国留学。1931 年赴欧洲，在伦敦大学学习德国文学，在英国大不列颠博物馆和法国国家图书馆研究中国古版明清小说和戏曲。1932 年回国，在南开大学以及由北大、清华、南开组成的联合大学（在昆明）和中央大学（在重庆）任教。

1946 年重赴美国，在佛罗里达州博林学院讲授中国文化。两年后，到耶鲁大学讲授中国文学。1961 年，到印第安纳大学主管东亚语文系。1976 年退休。

无忌是一位诗人，学贯中西，著有中文书籍十二种、英文书籍五种、中译英书籍五种，如《中国文学概论》（英文本）、《苏曼殊评传》（英文本）、《少年歌德》、《西洋文学研究》、《古稀话旧集》、《休而未朽集》，译有《三千年中文诗选集》。无忌的散文选，经罗念生推荐，将由北京友谊出版公司出书。

1973 年，无忌回国探亲。他后来在《恻恻吞声生死两别》一文中说："惟独在北京时与念生失之交臂（我误以为他在北大教书，去校参观时发现了错误）。" 1981 年，无忌第二次返国，才和念生相逢。只见他精力充沛，翩翩风度，不减当年。他决心花七年功夫写出三卷本《中国戏剧史》（英文本）。

罗念生，1904 年生，四川威远人。学名懋德，笔名罗睺。[6] 1922 年入清华学校。1926 年放弃数学，改学文学，靠卖文为生。

1929—1933 年，入美国俄亥俄州立大学、哥伦比亚大学、康奈尔大学念英国文学和古希腊文学。1933 年秋入雅典美国古典学院学习古希腊艺术与悲剧。

1934 年回国，在中华教育文化基金会翻译古希腊戏剧。自1935 年起，在北京大学、四川大学、武汉大学（在四川乐山县）、湖南大学、山东大学、清华大学等校任教。

1952 年入文学研究所。1964 年转入由文学研究所分出的外国文学研究所（现属社会科学院），工作至今。

罗念生译有古希腊悲剧和喜剧多种，亚理斯多德的《诗学》和《修辞学》（待印）、《伊索寓言》（与人合译）、《琉善哲学文选》（与人合译）、《古希腊罗马散文选》（与人合译，即出）、《古希腊小说选》（与人合译，即出）。著作有《龙涎》（新诗选）、《芙蓉城》（散文选）、《希腊漫话》（散文选，即将重印）、《论古希腊戏剧》（即出）。

我们三人都是在朱湘的指引与鼓励下走上文学的道路的。这本纪念册表达我们对这位诗人怀有深厚的情感。我们希望朱湘的名字不至于湮没无闻。鲁迅先生曾称誉朱湘为"中国的济慈"，这是很高的评价。朱湘在我国新文学的早期发展阶段应占有一席地位。

罗念生

1983 年 12 月，北京

注 释

[1] 《新诗选》（第一册），上海教育出版社，1979 年 6 月版，共收《哭孙中山》等诗十首。

[2] 《散文选》（第一册），上海教育出版社，1979 年 6 月版，收《画虎》、《十二行的晨暮》两篇散文。

[3] 香港版已出书，人民文学出版社即将出此书的简字版本。——编者注（《关于朱湘》中的"编者注"，为《二罗一柳忆朱湘》一书的编者注，下同）

[4] 《王文显剧作选》，收《委曲求全》、《梦里京华》两剧，李健吾译，人民文学出版社，1983 年。

[5] 这篇小说收入《现代中国短篇小说选》第 3 册（社会科学院文学研究所编辑，

人民文学出版社，1981年）。

[6] 从前有一本笔名录，上面说："罗皑岚，号念生"，讹传甚久。"罗睺"是天上一颗"凶煞星"的名称（另一颗叫"计都"），现在有人误写作"罗喉"，没有意义。

评《草莽集》

近来我们的诗坛未免太寂寞了，据本报的出版统计看来，诗集最不时行，好象是说，诗的时代已经死去了。读一首诗不比得看《消闲录》那么容易，所以某君在《幻洲》上说，读朱湘君的诗不如去看程艳秋的戏。朱君的《草莽集》出版两年了，似乎也不很销行，读者方面似乎不很注意这集子，直到现在除赵景深君的《朱湘的短诗》外，还没有别的人给它一个评价。这个我们并不急需，狄更斯的《块肉余生述》直到他的晚年才蒙批评家的青睐。我们可以劝告朱君将他的著译收拾起来放在抽屉里，那不会生虫的，这年头真不是诗的时代。

我这儿先介绍一点作者的身世：朱君原籍安徽，家住湖南。（我以为徐祖正君的《兰生弟日记》中不应用"朱湘"一名，望徐君再版时更改，除非真正还有一个"朱湘"。）他父亲作"清官"，早年去世，家道从此中落，昆季多人又欠和睦，可见他没有享到什么家庭幸福。好在他有一位嫂嫂薛琪英女士，他读书很得力于她的帮助，也只有他的嫂嫂才能劝诫他。大概在"五四"后不久，他进了清华[1]，快要毕业时因为旷课超过二十七小时被革除了[2]，离校后在外流浪了两年多，这部集子中的新诗就是那时期所写的。离校不久就结了婚，那首《婚歌》也许是后来追咏他们自己。《王娇》长诗是 1926 年春回到北平后写的，仅费了十五日工夫，诗成后，我们几位朋友邀请他来清华园休息了几天，他说，倒不觉得累，只是眼力吃了亏。他的天性孤傲，脾气急躁，他的神经 over-sensitive [3]，时刻需要新的刺激。他的自信力特别坚强，记忆也很好，但只是限于文学方面的。他爱自然，更爱"人情"（human nature），然而他并不懂人情世故，太相信别人，太诗人化了，所以他处处上当。

他的诗很少有热情，就是这诗集的第一首《热情》也不见得怎么热，那是雄浑中的细致，对自然的 wonder [4]。他的情歌多是替别人写的，如《情歌》。他的情感不多于放在儿女间的私情上，却化成了 patriotism [5]，在《哭孙中山》一诗中已可看出。后来作者到美国后，此情感愈来愈强烈，可于《送黄天籁》一诗中见之。他这种情感是很 Elevated 和 Serious [6]。他不是一个 Naive，而是 Sentimentalische Dichter [7]。他宜于作叙事诗及史诗，他自己说他将来的努力是在这一方面，头一篇史诗预定了写《文天祥》。他正在收集材料，以历史作经，以作品为纬，希望他多得点 knowledge of mankind [8]。

他的想象力很丰富。他的思想没有十分发展，最近已大变，进而研究一切社会科学及其他。他对人生的经验不丰富，所以他的诗很空灵，不踏实，不呻吟。随便举一个例子：

> 葬我在荷花池内
> 耳边有水蚓拖声，
> 在绿荷叶的灯上，
> 萤火虫时暗时明——
>
> ——《葬我》

他能用极简单的字，描写出极富丽的想象，并善于写景，如：

风过草象蛇爬行。

——《有一座坟墓》

一夜里青苔爬上了阶砌。

——《王娇》

他的笔路很细致，如：

我最爱你那手背的凹，
同嘴唇中间娇媚的弓弯。

——《王娇》

但有时未免装饰太过，失去了自然意趣，这很容易看出，尤其是后期以及新近的作品。

他的诗是浪漫的灵感加上古典的艺术，他对于形式极讲求，带古典色彩。他对于西洋古典文学极喜欢，而且极有研究，但那种精神没有明白显现在他的作品里，正因为他是 patriotic 诗人。在新诗的形式运动中，他是一个中坚人物，他在《刘梦苇与新诗形式运动》一文中说：

音韵从胡适起一直就采用，诗行方面，陆志韦的《渡河》当中就有许多字数划一的诗。关于诗章，郭沫若很早的已经努力了。不过综合这三方面而能一贯的作出最初的成绩来的，那却要推梦苇……后来我又向闻一多极力称赞梦苇《孤鸿》集中"序诗"的形式，音节，以后闻一多同我很在这一方面下了点工夫。

于是诗的新形式便形成了。以前大家对于形式太不讲究，这运动也许是一个反动。有人说是"复古"，其实说是"创新"又何尝不可以。我们自然不能用形式束缚情感，如旧诗一样。但形式是诗的躯壳，某种情调适合于某种形式。单论西洋的诗体已经有许多种，如双联体，三联体，联锁体，Spenserian 体，[9] 无韵诗体，十九行诗体，十四行诗体，Triolet，Sestina，[10] 歌谣体，牧歌体，以及各种抒情诗体，此外我们还可以创造新的形式。惟字的整齐颇难，因为字有虚有实，如虚字太多，则意空而"音步"少，这是朱君句子生硬的主要原因，因为他非用实字不成。有时把句子弄的太短，割掉助词，反而不够达意。他的诗行，在这个集子中，由二字尝试到十一字。诗行诚然不宜太长，以免不简洁，但也不宜太短，以免不达意。西诗中有 Alexandrine line，共六拍，十二音缀。（还有 Septenary 与 eightstress line [11]，不常用。）我以为诗行顶好不要超过六拍，十四五字，至少也得要两拍，one-stress line [12] 甚难（两拍中不易有单字拍）。字数不必整齐，可用音步来代替，因为诗是时间艺术，是拿来听的。这集子中的体裁已很多，三十四首诗中没有几首是相同的。但尚无无韵体及十四行体，前者朱君从前认为在中国文字中为不可能，但他的《泛海》一诗已有尝试，他说当时情境觉得非用无韵体写不成。新近他译 Matthew Arnold [13] 的叙事诗《索拉卜与鲁斯通》也是用无韵体，很是成功。十四行体他后来也常作，如"Gautier"[14] 一诗。

在音调方面朱湘却很有成就。可是读者不细心，不易体贴得出来。据他说："《婚歌》首章中起首用'堂'的宽宏韵，结尾用'箫'的幽远韵，便是想用音韵来表现出拜堂时热闹的锣鼓声，撤帐后轻悄的箫管声，以及拜堂时情调的紧张，撤帐后情调的温柔。"其他如《采莲曲》，《晓朝曲》，都有同样的用意。他用韵很谨严，纯以官话和发音的地位为准。《采莲曲》音调尤响亮，我们听他自己念过，然而他也不过在尝试中。他吐字很清楚，念起来很悦耳，可惜他当日要开的"读诗会"竟没有开成。

他自己说过:"天下无崭新的材料,只有崭新的方法。"所以在题材方面,他采取了许多旧有的。最显明的是《王娇》,《昭君出塞》,《热情》与《催妆曲》。全集可以分作抒情诗与叙事诗,抒情诗比较成功,叙事诗多属试验。前者如《婚歌》首章(这首诗虽未写完,但可以独立),《催妆曲》,《摇篮歌》,《残灰》,都是很完美的。叙事诗共有三篇:《猫诰》,《还乡》与《王娇》;《猫诰》为一 satire[15],题材很新颖。此诗已由作者自译为英文诗,较原诗尚有过之。《还乡》无甚特色。

最后说到《王娇》,这是一篇很值得注意的长诗。这诗的艺术并不坏,只是题材不好,那本是小说的题材而且很普遍。朱君的意思以为借这通俗的故事可以帮助这诗的传播,使读者得到更深刻的印象。但试比一比 Longfellow[16] 的 "Evangeline",一个是女英雄,一个是弱女子,一个永留在情人的心中,一个不过是日常故事。《王娇》共分七章,全诗多是抒情的,叙事力量还小。前三章的情调由简趋繁。第四、五两章最整齐,最带抒情的情调。第六章为全诗之 climax[17],叙事力量最强,而且极精彩,不分 stanzas[18],有无韵体的趋势。煞尾写王娇之死,加入作者的情感,虽是活灵活现,但不是叙事的手腕。[19]

1929 年 4 月 29 日,病中草于清华医院

注　释

[1] 朱湘是 1919 年秋进清华学校的。——编者注,下同

[2] 一次不吃早餐,听候点名,作为旷课一小时,旷课三小时记小过一次,三个小过积成一个大过;三个大过就除名。朱湘所犯的过错中,可能还包括他无故缺课所犯的过错。

[3] 过于敏感。

[4] 惊叹。

[5] 爱国心。

[6] 崇高和庄严的。

[7] 不是一个质朴的而是一个富于情感的诗人。

[8] 对人类的知识。

[9] "连锁体",指意大利诗体,脚韵为 a b a,b c b。"Spenserian 体",指英国的九行体,第九行比较长。

[10] Triolet,是法国的八行诗,脚韵为 abaaabab。Sestina,是法国的六行体。

[11] 七音步诗行与八音步诗行。

[12] 单音步诗行。

[13] 英国诗人(1822—1888)。

[14] Gautier 是法国诗人(1811—1872)。

[15] 讽刺诗。

[16] 美国诗人(1807—1882)。

[17] 高潮。

[18] 诗节。

[19] 关于这篇书评,朱湘在一九二九年十一月二日来信这样说:"评草莽的文章看见了,作得很有见地。如今按段申述我的意思:我以前是照例的为新诗悲观一下,后来看到汪静之的诗,最近又看到戴望舒的,他们比起 ×××、刘梦苇、郭沫若来并不逊色一毫,因之我又高兴起来。中国此时最需要自信力了,更何况有物可信呢。介绍本人一段中,谈及我性格之处很中肯。'他的情歌多是替别人写的'一句话,是替霓君占身份而说出的,我应当十分感谢。……诗行诚然不可一律很短,但是偶一为之,也觉得新颖。读诗会不能开成的声明,'采莲曲'的辩护,都是你细心体贴之处,我十分感激。'猫诰'一诗的体裁,我当时是采自外国,后来看到赵翼的诗集中也有这一类的谐诗。'王娇'确是抒情的成份多于叙事的,与济慈的《圣亚格尼斯节之上夕》是同类的诗。"

给子沅

葆华：

努力收集子沅的遗稿和书信，整理的责任全交与我。问霓君，子沅身后的儿女有没有力量教养？

子沅投水的详情与社会上的一切评语望尽力收存。我预备为他作传。

自杀是弱者的行为，我们要和生命作对到底。子沅一死，我好象重生了。

《给子沅》我负全责，不要给我改削。

念生

1934 年 1 月 23 日

刚才在酒神剧场前面见到一架丧车，四角悬着白幡，死者的头发隐约可见，我因想起生与死的距离，想起 Sophocles 穿着黑衣在歌舞场上导演歌队[1]。清明的天宇布满乌云，和暖的南方透过奇寒，这异象我不能不惊惧！是古来的圣地在悼惜诗人的早殇。

得葆华的信，说你投水了，我感到一种死沉沉的寂静，象 Jocasta 见到悲剧的逼临[2]。但念及过去的友情，我终于哭了，我哭悼这人间莫大的损失，我哭悼东方陨丧了光明：

美之火炬有谁擎在头前，

时时防备着那雨暴风狂，

在这丑恶人间永放光明，

有如照临下土的那双星？

早先我因一时对《Gautier》（这诗的遗稿在我手中）的气忿，诅咒我一个朋友早夭，[3] 那我好化散心头的积郁；哪知这恶运却临到你身上。我翻悔已经太晚，但愿我能记述你的生平，补偿我一点罪过。

关于你早年的经历可惜我知道不多。我只知你生长在湖南，你父亲作了一世清官，传给你的只有一点教诲。你的几位哥哥把你当作路人。

从芙蓉城到希腊

我对你的第一个印象，是你在清华被革除时孤傲地徘徊，我那时便对你无限敬仰。后来我结识了子潜（我喜欢他这旧名子，当日子沅、子惠、子潜、子离在清华号称四子）。他介绍我们做朋友，我那时很感觉惭愧。我写了一封信到上海给你，等你回到了北京，子潜才带我去见你。你那时很是沉默，只教我拿些东西给你看，但我已很满意了，只要认识了你。不久，你们"四子"同住西城，我又来见过你，苦诉学校生活单调无味，你劝我多与社会接触，体验人生。同住的结果使你们失了和睦。子离那时和我并不熟，竟当着我说你的脾气坏，甚至挑出你的一句诗，说里面的平仄不和谐，他哪知平仄并没有功用。子潜和你竟因一个最细小的缘由起了隔膜，他原是为你好，叫你不要看那种不正经的书，免得伤害你的身子。至于你说他的话，我当时还不敢道出，怕惹起他的忧心。我后来在纽约替你向他解和，他才给了你一封长信，那是我的功劳。但我觉得你有些对不住子惠，他负责编辑《诗镌》稿子那一回，你竟在电话里说他不应把你的作品排在别人的后面；但那不是他的错，他并没有编排。直到你为子惠作悼诗时，你才感到歉意。那首诗正好拿来追悼你自己。后来又死了梦苇，你当时曾怪"诗哲"[4]没有尽力纪念这两位诗人，你便和他作对到底；可如今纪念你的又有谁？

很早的时候，因为"梨花"、"桃夭"的换用惹起了一场很大的笔墨官司。你说那是你故意掉换的。就在西方名诗里，我也曾见到桃梨互换的诗句。就说是你错了，那可不是天大的羞耻，值不得大惊小怪。你的自信心太坚强，错你从来不承认。

你的《草莽集》出来后有谁给你公正的评论？我曾为你作了一个小小的辩白，你很感激我的心细。（在那里你承认我描写你的个性很中肯，但你为何不改去几分？）你在你的《新文》刊物里说，要诗人自己批评自己的东西，未免太瞧不起我们的批评界；实际上我们的批评界又有谁，除了你自己。"诗哲"火化后[5]，惹起了许多蛙叫吹牛，但若没有你的评衡，终于是一阵嘈杂。平心说，你在批评上的贡献比你在创作上的贡献大得多，因为你的诗还不能为人理解。

你写好了《王娇》后，我曾请你到清华一游，那日你多高兴，尽量地酌饮。我扶你到工字厅，给你卷好被，留好水，你说我的心很细，我那时很感觉骄傲，能够服侍一位诗人。

子潜给你交涉好了重回清华念书，但到了开学的日子，你打电话告诉我，郑振铎君对不起你，不早给你稿酬，使你不能入校。我立刻赶到城里来，你说要到杭州去教书，我苦劝你回到清华，回去的车钱还是我在穷苦中分给你的。开课不到几天，曹云祥校长给了那封毁坏你的信看，他原谅你的清白。你当时很忿慨，要苦读十年来活活地气死那人。从那时起你便相信社会的黑暗。我盼望那暗控的人，这时快忏悔。

我写到这里，肚子奇痛，象一团毒蛇在里面乱绞，你得让我同恶魔争斗一会儿。

不，我不能停笔。那时我们同住，对坐在那长方桌旁，有时整天不说话，那便是你感觉不快意，但你从没对我道出半句恶言。你总喜欢在房里漫步，沉沉地思索。有一晚我看见你哭，分明是哭，你却不招认，我知道那有很深的意义，但不象亚历山大的哭[6]，不象希特勒的哭；你是哭你自己。你太相信别人，相信社会，每次上了当，你总是保持缄默。惟其你对人世太热烈，所以处处感到冷酷的失望。

穷是我们那时共同的苦处。有时拿几件破衣服去换栗子，喷香的栗子，一边吃一边谈诗，那便是我们最快乐的时辰。你时常劝我写点东西，我总是提不起笔；只有向你口述我钓鱼打猎的儿童生活，使你听得入神。你说不能入诗，可写成散文，但我疑心散文不是最高的表现，你说好的散文同好的诗并美。我后来写就了《芙蓉城》，你称赞我有一股奇气，文字写得很清丽。

穷得没法使你想起了屈原，你便作了一篇《离骚》的考据文章，想在《清华学报》上换点口粮。我早就问你那东西会不会被接收，你说怎么不会，结果是怎么会呢。我那时只觉得才力的浪费，哪知你还有更深的心意。据说你的散文卖三元一千字，诗要贵重两元，但你那首《送黄天籁》，在一个作家教授的眼底还抵不上散文的评价。我不知诗人要不要穿裤子，啃窝窝头？

寒假时节你动身要回湖南，托我把你的信件转去家中。不知怎的你却呆在北京，没有回去。有一天你忽然接到城里的电话，说霓君来了，你要进城可没有"子儿"。后来说是霓君接着我给你转去的一封情书，她便赶来保持着你们的恩爱，但那封信你还不知是谁写的。霓君要革命，你却要作诗，有时因为儿子将来的职业，你们竟会比武。从那时起我便担心你会对不住她，哪知她竟对不住你。但也只怪你的神经不健康，生出些是非。这也许是你自杀的重要原因。

在那些时候你介绍我认识懋琳[7]。在北海你说你爱水，我们同去泛舟，请懋琳陪伴霓君，他不肯，我便生气走了。过两天我去见懋琳，他以为我真生气了。但北海的舟我们曾经泛过，有带病的梦苇同在，疲劳后你尽力高歌。

你回清华不是念书，是为混满日子好留学。英作文班上你只交了一篇"咬菜根"的英译文，Smith 教授给你一个最优等加花，叫你不需再作。楼光来教授不要你上他的莎士比亚班，只叫你去考一下就成。当日缺了英文教员，学校要请什么《现代评论》的大主笔替代，你便想退学，说叫你来教他倒差不多。

你毕业时北方要起乱子，你还没有准备南下。有一次我进城在一个朋友那儿见到你告贷的信，我便空囊送你南下。听说你在上海住在青年会教室里，桌上只有诗稿和面包。

到了美洲，生活并不能使你感到兴趣，异族的欺凌更使你作怒。你曾在劳伦斯大学因为教科书里说我国人象猴子，你就退学。在芝加哥大学因为一个女生不与你同坐你又退学。我去国那日听说你当天要回到上海，我曾专等你。那全是你自己太"绿"，上了船才买票[8]，那是我们的老办法。我劝你在国外多呆一些日子，至少不至于受经济的逼迫。是闻一多君请你回去帮忙的，但你回去时似乎无忙可帮。我过汉口曾写信与那位诗人，说你早回来没好处，不知他注意到那信没有？如今你竟因环境的压迫而死了，你的朋友们逃不了责任，我也不能算例外。但我有一点辩白，就是你回国后我曾望你自己照顾自己，我对你已尽够职务。你负载不起时，应当早告诉我。如果我在国内，我敢担保你不会自戕。哪知这两三月的工夫你竟不能等待。

你回去后唯一的好处，恐怕就是鼓励了葆华。我告诉你他会作诗，不过是为一点私人的感情，你却说我很有眼光。在文字上你时常做人家的 patron[9]，但在生活上你却缺少了一个"助手"。

使我诧异的是你责骂我得罪了霞村。这事我一点不知道，要不是你提起。我立刻写信向他告罪，可如今还没有回响。我对霞村是很感激的，在上海时我曾二次拜访他不遇。

使我不安的，便是你叫我去探问一位画家对于爱情和婚姻的意见，我曾假意说我同一位黑白混血的女人发生了情感，求他的忠告。哪知道他永不给我只字，只托我一个最亲近的朋友说一声太忙。我追问你，你理想中有一对怎样的佳丽？

使我不接受的，是你看了我那封痴情的书简，说我太维多利亚化了[10]。那正是先前你自己的微瑕。

使我和你隔离的，便是因为子潜说起我的《铁牛》一诗太受你的影响，那是真的，因为我写作时总遥忆着你翻译的《索拉卜与鲁斯通》。我那时才感觉到我受子潜和你的影响已深，唯一的补救是和你们暂时隔离。我那时在诗里所表现的情感决不是对你们发出的。我在《牛犨》一诗里对你有所辩明。你自然不明白我在捣什么鬼，曾对葆华说起我的不好处。这隔离太使我苦痛，我已对子潜表明，也许还未得到他的谅解。我在法国听戴望舒君说起你的潦倒和你的心理变化，我便想写信来致歉并安慰你，但不知你流落到什么地方。如今太晚了。

十几年来只出现了两位诗人，那便是子潜和你，你既然是去了，他的责任更加重大。你如见到了他的《自己的写照》的首章，便知我的话不假。听说他也是到处奔波，丝毫不得意。我盼望他的意志要坚强一些，如果他也不道破这个人生的哑谜，那便是罪过。你的死未免来得过早，你还没有满足你的奢望，写成你的《文天祥》。我们是盼望有一部史诗，我是盼望续写《文天祥》，如今一切都落了空。

你的诗，只有你的诗才含有古典的形式和色彩，严整、简单、精确。如今不是需要爱国文学吗？你才是这种文学的开创者，你的情感是崇高的，这是爱国文学的伟大处。新诗的形式运动多半是你的功劳，但有些地方也就是你的错误，如象方块式的整齐。在诗里，你最大的弱点是没有力量，你不应生长在一个新时期的起首，应该生晚一点。

你的死我相信是因为地下没有人镇守诗坛（"诗哲"是根本不配），同时好减少你在人世的苦痛。

江水呀，凭你污浊的力量把诗人的骸骨冲到清洁的海里，让海豚将他的灵魂升到天星。屈子，太白，你们成了三人。

自然呵，你不须用雨泪来悲吊诗人，放出你的怒号，让雷霆震破尘世，让冷风吹进凡人的心灵，叫他们悔罪，叫他们悔罪。

1934 年 1 月 22 日，在雅典

注　释

[1] Sophocles（索福克勒斯）是古希腊三大悲剧诗人中的第二人。当他得知欧里庇得斯（古希腊三大悲剧诗人中的第三人）的死耗时，曾为死者服丧。——编者注，下同

[2] Jocasta 是 Sophocles 的悲剧《俄狄浦斯王》中的人物，为俄狄浦斯的母亲和妻子。当她得知俄狄浦斯杀父娶母的身世即将暴露时，她便默默无言，退入宫中，自缢而死。

[3] 原件排版有错误，意思不明白。

[4] "诗哲"指徐志摩。

[5] 徐志摩因飞机失事而死。

[6] 马其顿王子亚历山大的师傅亚理斯多德曾告诉王子，宇宙间有许多个世界，王子听了哭起来，说他连一个世界都还没有征服。

[7] 即沈从文。

[8] "绿"指没有经验。朱湘上船后没有买到船票，因此改乘别的船，延期回国。

[9] 意思是：艺术的赞助人。

[10] 意思是：太感伤了。

（载北平《晨报·诗与批评》副刊第 16 号，1934 年 3 月 2 日）

评朱湘的《石门集》

……人本来是这样：黑夜来了，他才想白天；老了，想少壮；画家死了，他们才会叹息，夸张。

——朱湘：《阴差阳错》

诗人是死了，似乎已听到一些人为他叹息。虽说不上夸张，但许多杂志报章上都有"故朱湘"的遗著。（我盼望那些编辑先生把死者应得的稿酬，寄与他的朋友赵景深先生，好作为日后遗嗣的教育费。）

诗人生前很看重他的《石门集》，他屡次在书信里提起他的得意处；但直到今年8月这书才出版。我们对于这集子，似乎不应拿从前对《草莽集》的态度来对待。"程艳秋的戏"还在演唱，但诗人停止了他的歌声。

我们读了这本诗集，大概会感到诗人不得不死：集子里充满了厌恶、潦倒、悲观的情调。诗人对人生有了更深彻的体会，但也因此引起了更大的失望。当中一个打击便是穷：

朱湘，你是不是拿性命当玩，
这么绝食了两天，只吞水，气，
弄得头痛，心怔忡，口里发酸。

我们在诗里也常听见叫穷的妙语，但问那些诗人口里发酸没有？他们每每写完了诗，带着心爱的人到雅座里去饱醉一宵。但我们的诗人也并不是真穷；只不过不肯"世故"，不打算盘：

> 三十年的旧帐一笔勾销，
> 金贵的是光阴，不能浪费
> 在簿上，去查米是便宜，贵。
> 油，盐，菜今天是吃了多少。
>
> ——《三十年的旧帐一笔勾销》

至于那失望的真正原因，他却不曾道及，只责备他自己：

> 完结了，这丑陋的生活！
> 这个不能责备环境……
> 除了人，环境还有什么？
> 唯有懦夫才责备旁人！
>
> ——《完结了这丑陋的生活》

但诗人的死不是一个软弱的行为，他是向着罪恶抗议。他在悲吊屈原的诗里伏下了自杀的动机：

> 我更庆贺你能有所为而死亡。
>
> ——《这条江虽然干涸了还叫汨罗》

我们若认为他是意志薄弱，那就不曾了解他的真意。他始终不肯自弃，对艺术的热情更是深厚：

> 我的诗神！我弃了世界，世界

关于朱湘

也弃了我；在这紧急的关头，

你却没有冷，反而更亲热些。

　　　　　　——《我的诗神愚夫听到我叫你》

　　这集子和《草莽集》有一个不同的地方，便是题材的推广。诗人随时随地都在拾取材料。如象《我情愿作一个邮政的人》，《不见十多年了我们又重会》，《一二三四五六因为不眠》。诗人把邮信、冻疮、数目，一些司空见惯的东西化作诗材。

　　内乱是我们二十年来一件痛心疾首的事，《哭城》一诗便是一个深刻的实写：

从芙蓉城到希腊

他的身边已经没有余粮；

饿得紧时，便拿黄土填肠——

那有树皮吃的还算洪福——

我们写出了两行比这个更美好的诗没有？

人生是窠蜜……

莫让人夺去了，连黄蜡都不留。

　　　　　　——《人生是一个谜，要紧的关头》

　　诗人的长处不在纯粹的抒情，不在故事的叙述，而却在那些细巧的讽刺。《收魂》便是一个绝好的例子。《无名氏三百留得有〈经〉在》，我也认为是上乘的作品。

　　诗人从没有写过一首完美的诗，但有些可爱的句子使我们不轻易忘记，除非听《玉堂春》听得太麻木了。如：

多半的时候，命运有车在将。

——《并不曾征求同意生到世上》

又如《柳浪闻莺》的素描：

> 浣女在湖边洗衣，
> 兵在淘米。

诗人在这集子里介绍了许多西方的诗体，如回环体，巴俚曲，圈兜儿，等等。诗人有时觉得限制太严，想作一种新的试验，如象开卷第一首《人生》：诗人曾在通信上说当时的情境非用自由体不能表现。希望我们的自由体派诗人能够做到这种境界，不要把车载斗量的诗都用那同一的体裁来表现。抒情杂体里的《花与鸟》，我认为太做作。

诗人不曾接受批评，依然死守着那错谬的整齐律，除了一两首自由体而外。诗人误把 measure [1] 当作数学的整齐，求字数的一律，以便合乐；更想由形式生出几何图案的美感，因而产生了生硬与堆砌的毛病。诗人偶尔在诗行里加进几个西方文字，这破坏了那肤浅的整齐，损伤了文字的和谐。他有时甚至采用西文的句法，如：

> 向了门神，金神说出来由。

旧的词句，诗人用得不少，《收魂》因此有许多诗行颇有词的味儿；间或还有文言文的味儿，例子很容易举。同时他又不避俗，弄得全不纯粹。诗人屡次用进他自己的名字，我也认为是俗。

诗人的韵法很谨慎；只可惜时常把相连的字分开来押

关于朱湘

韵，如：

> 人类所崇
>
> 拜的神不曾有过一百只手——
>
> ——《愚蠢的是人类，需要大工程》

我认为这完全失去了韵的效力，因为"崇"字后面决不能稍稍停顿。这甚至破坏了朗读法。

诗人在《文学闲谈》里说起平仄的妙用。他说，他曾经用仄韵来表现紧促的情调；用平韵来表现和缓的情调，并举出这集中某一首诗来作代表。这也许是诗人自己的错觉，因为平仄的差别不够大，不能用来表现两种不同的情调；况且有些平声与仄声的差别还不及阴平与阳平的差别大。

我认为这本集子在思想上、在形式上有了明显的进步；但在运用文字的技巧上和以前相差不远。

1934 年 9 月 16 日，北平

注　释

[1] 诗的韵律。——编者注

《朱湘书信集》序

我们的诗人，脾气也许坏一点；但若你同他作通信的朋友，或是同他疏远一些，多写几封信，那你准可以和他做很好的朋友。

他对于艺术的态度，未免太严肃了，在书信里他多少觉得自然些；所以除了讨论人生、学问而外，他偶尔也讲一两句笑话。就在这一两句笑话里，也还带着几分严肃性，并不能使你发笑。要不是我们读过他的一些讽刺诗，我们可以说他完全缺少这另一种心情。

从这些信里，我们可以看出诗人思想的发展，对于人生的认识，对于宇宙间一切事物的窥探。他讨论过诗，讨论过科学，讨论过男女间一切的微妙。尤其在这最后一点上，我们可以看出他很狂妄，但狂妄得够严肃。我们如今不是在为科学呐喊？这个他早就看得很明白。他对于国家是这样的热烈，是这样的自任，我们对待他只是泼冷水。

他很需要朋友，又爱得罪朋友。奇怪的是我和他同住过一年，写过三四年的信，从没有闹过半句嫌言，可见诗人并不是没有人性的。

他在这些信里得罪了许多人，这是他的率直处，甚至还写信去直接骂人，因此他不能见容于这个世界。等到百年后，这些信才能全部发表。[1]

我们可以看出他对于他的夫人的恩情，对于他的儿女的慈爱；哪知竟为那"苹果的罪孽"重新失去了"伊甸"。[2] 我们还可以看出他的失望与悲愤，他给柳无忌君的信里这样说过："若是一条路也没有，那时候，也便可以问心无愧了。"这弦外有音吧！

1934 年 10 月 13 日，北平

注　释

[1] 原信已遗失。书信集中打了省略号之处已很难复原。第 188 页，原文是这样的："我将来看着时机到了，一定要怂恿一多与徐志摩脱离关系，我自己更是反对徐志摩到底。"——编者注

[2]《圣经》中说，夏娃吃了被禁吃的苹果，因而夫妇二人被赶出"伊甸"乐园。——编者注

朱湘周年忌日 [1]

我们的诗人投江"抗议"已经满了一周年。社会对于诗人的待遇宽厚了多少？诗坛的情形又有多少起色？一个远方归来的"牧人" [2] 想试试生活时便逼他投江。但这回你们遇着的不是一个脆弱的人，他要和生活作对到底。听说这麻木的社会，只为诗人发出了一声太息，并不觉得有丝毫的忏悔；如今日子一久了，事情便忘怀了。不妨大家挤挤，撷拾这一点残余，让诗人在"旷野"里餐风饮露。我们是不是需要一个诗人？一个时代的尤其是一个变动的时代的伟大精神，是不是需要诗人来表现？是不是只凭一点小说，一点散文便可以满足一切？

我们的诗人在诗的形式上曾有不磨的贡献，虽然他有些固执的地方，如象拿字数的整齐来替代时间，毁坏音组（Metre）[3]。但有多少人能了解诗人的贡献？谁也会说新诗简直不象"诗"；倘若你问他要怎样才象诗？恐怕他莫名其妙。谁都会说新诗简直没有希望了，因为我都不写诗了；倘若你问他为什么你不写诗，新诗就没有希望了？恐怕他也莫名其妙。谁也会说"十四行体"不适于我国的文字；倘若你问他怎么不适合？恐怕他也莫名其妙。谁也会说意大利"十四行体"的第一行与第四行的韵法相隔太远；倘若你问他第四行与第五行的韵法有什么关系？最后六行的韵法又有什么变化与调剂？恐怕他又莫名其妙。谁也会说怎么没有好诗给他欣赏；倘若你问他诗人要不要穿裤子？恐怕他也莫名其妙。社会呀，这全是你的罪恶！

我们的诗人死后曾有一点谣传，这消息我不必透露得太明白。[4]赵景深先生最近来信说：

> 有人看见他清晨穿了一件短毛线衫跳下水去的，长衫两件都由轮船带回来了，还有一只手提箱，里面有一本《德国诗选》，一瓶酒，还有改订的《草莽集》，一些张稿纸，笔和墨水等。酒已喝了半瓶。

从芙蓉城到希腊

他的夫人刘霓君听说已进了天主教。我不知道丈夫死了有什么好处。长的孤儿海士寄托在南京白下路贫儿院里，小的孤女已不知流落到湖南什么地方去了。赵景深先生曾给霓君兑去三次款子，总共还不到两百元。现在由诗人的朋友们发起募捐，成绩想来不会十分好，因为死者的朋友们多半穷，要是遇到诗人更糟糕。至于零星的稿酬，赵先生来信这样说：

> 他的遗稿的发表处有稿费的仅《青年界》，《人间世》，《天津益世报文艺副刊》这几处。余如《诗歌月报》，《中国文学》，《诗与散文》所刊者均为短诗，均无稿费。

此外恍惚还有些地方登载过他的译品，我不愿指出来。希望有人即早把死者应得的黄金粉末交给赵先生。

死者的著译约有下面几种，

（一）《夏天》（第一诗集，商务）。

（二）《草莽集》（诗集，开明）。

（三）柏拉图的《会饮篇》（商务），不知已出版否？

（四）《路曼尼亚民歌一斑》（商务）。

（五）《近代英国小说集》（北新）。

（六）《石门集》（诗集，商务）。

（七）《文学闲谈》（北新）。

（八）《海外寄霓君》（北新，即出）。

（九）译诗集[5]，存郑振铎先生处，待印中。

（十）书信集[6]，存罗念生处，待印中。已收有寄霓君、彭基相、汪静之、梁宗岱、曹葆华、戴望舒、吕蓬尊、徐霞村（莫索）、赵景深、柳无忌、罗皑岚诸先生和罗念生的书信，共约七、八万字。此外如寄郑振铎、闻一多、沈从文诸先生的信不是遗失了，就是一时捡不出来，当中有一位亲自告诉我，说他存着的信多半是讨论稿子的，没有发表的价值。这书信如能付印，所得的钱，完全存下作将来孤儿女的教养费。

（十一）我们还可以收集一本他的评论集，死者曾说这集子可以叫《永言集》。

朱湘生前可没有出过《朱湘的诗》、《朱湘自选集》、《朱湘自传》等书；就是死后也不会有这种种的希望了。我很想替他作一本评传，可惜材料不多，他早年的生活和他归国后的两三年我简直不清楚。就是他投江的日子还没有一个朋友能够明白告诉我。"大概是冬天吧！"许多人都这样太息。还有一个朋友[7]答应供给我他在安徽大学两年的经过，可还不见寄来。

"死了的人就死了"，这是欧里庇得斯的一句名言。我只祝活着的人永远有讲座，永远有幸福，永远有名誉、金钱、健康，"下作"和一切做人的"德行"。至于那许多挨饥的诗人，我倒劝他们同生活作对到底，不要往江边临流愤慨！

1934 年 11 月 12 日，北平

注　释

[1] 这篇文章原来的题目叫《朱湘周年忌》,载《人间世》第 18 期,1934 年 12 月 20 日。《二十今人志》(1925 年上海良友图书公司印行,人间世社编辑)上载有罗念生写的一篇文章,题目是《朱湘》(曾被人改为《朱湘的"抗议"》),和这里收入的《朱湘周年忌日》相同,只是文字稍有变动。——编者注,下同

[2] 诗人的代称。

[3] 破坏各行诗中的音步的整齐,也就是破坏时间的整齐。

[4] 谣传诗人没有死。

[5] 即《番石榴集》,1936 年由商务出版。

[6] 即《朱湘书信集》,1936 年由南开大学人生与文学社出版,1983 年由上海书店影印出书。

[7] 指饶孟侃(子离)。

从芙蓉城到希腊

朱湘的身世

为了想为朱湘写评传，我曾多方去寻找材料。恍惚记得他在清华园存有一个藤箱，里面有许多旧稿，稿内夹着一幕《木兰从军》剧本。我回国时就去问过，在那储藏室外逢着一位老校工，我们彼此招呼的模样多够亲热。我告诉他朱湘投水了，他说："哪，朱先生，他骂过我好多次，可不是真心骂我，我知道他的心很好；那样不方便，还赏过我许多钱。"我问他朱先生的书箱在哪儿，他说："您问杨先生[1]去，哪，您连杨先生都记不得了？"于是我忆起了五年前的方位，找着了杨先生。他叹道："朱湘死了，真可惜！人是好，不过脾气坏一点。他的书箱不是由你送去柯家的？"我听了，又感谢，又惭愧，这样一位多劳的人竟能记住一件极小的事，省得我到储藏室里去钻灰。诗人在他的书信里时时提到杨先生，牢记着要奉还几年前欠消夏团的旧债。

我整理《朱湘书信集》时，寻见了柯家的住址。我不管这五、六年人事的变动，鼓着勇气写了一封信去。回信到了，但人事毕竟有了变迁，因为柯家已搬了地方。我立刻去访问柯先生，他是诗人的姊丈。承他和蔼地告诉我一些消息，还介绍我去见诗人的妹妹。诗人的妹妹在医学院行医，她不很知道诗人早年的经历。提起诗人的死和身后的一切，她很是悲伤。诗人，你知否这人间并不缺少天伦的至情，纵说空泛的交游全不可靠。我先前总想你死后得不到一滴眼泪，你便象一条僵硬的鱼，死也不闭眼。Orestes 正要被他的姊姊献杀时，他喊道："愿一个姊妹的手把我从火里取出来。"[2] 你也应该说："愿一个姊妹的手把我从水里取出来。"如今连你的肢体已不知漂去了何方，死后依然漂泊！我在那医学院里，一来怕病人苦等，二来怕诗人的妹妹过于伤心，坐一会儿就告辞了。临去时我还说："不必悲伤，也许子沉还在呢！"我出到街口，见着一个人很象我们的诗人，我不免疑神疑鬼了！我对那人注视了一会儿，他全不惧怕，我才让他过去了。

今天正想再去柯家，访问诗人的姊姊和嫂嫂，可巧来了一位客人。我还当是柯先生，但出去迎接，正象逢着诗人！音容态度是那么相象，谁说大森林里没有两片相似的绿叶，同根生长的绿叶！我忙说太劳驾了！承诗人的姊姊又告诉我许多关于他的消息，还答应去寻觅那只书箱。诗人的姊姊虽是酸鼻，恐怕悲伤的成份比气恼的成份还要少些。大雨过来见了，也是吃惊。大雨夫人说，她只看过诗人的相片，也觉得他们姊弟很相象。

诗人的外祖父是张文襄的二哥，张文襄是四弟。诗人的祖父原籍湖北，后转安徽。他的父亲名延熙，是光绪丙戌年第二个翰林；后来那第一名丁忧，却被徐世昌赶到前面去了。张文襄才叫他做一年湖南的学台，又在那儿做了七年盐运使。官不能算小，却只有两袖清风。诗人生在湖南。他有四个哥哥，二哥已去世，二嫂是薛琪英女士，她对诗人很好，诗人也肯听从她的话，此外恐怕就没有听从过一句旁人的话。他的三哥现在武昌做官[3]，官位也不小。四哥在天津做事。[4] 他还有七个姊妹，大姊、二姊、五姊和六姊都不在了；只剩下况家的三姊，柯家的四姊和七妹。

诗人的夫人霓君姓刘。她的父亲也是翰林。她的母亲因为家产受骗，发了一点疯狂。他们的婚事决定在他们出世之先。后来刘家到江西去了，朱家转赴南京。甲子年（？）霓君先去了湖南，再转南京和诗人成礼。[5] 霓君有一个哥哥。诗人曾亲自告诉我，他不忍这一位孤女受人虐待，才接受这两肩的责任。

听说诗人幼年很聪明。他五、六岁时，有一次家里宴客，他就知道应该穿马褂，可是五月天他自己穿上了一件棉马褂，所以家人都叫他做"五傻子"。他六岁启蒙，自小就爱读书，全不会玩。十岁时回太湖老家，延师专教。随即赴南京住工业学校（无怪他口口声声劝我学实科，那我倒好投了机）。后来才考入清华学校。

关于他的死，我听到一些传说。他离开上海前，曾往二嫂家里吃饭。回去后两夫妇又斗嘴。据说他本是上南京，怎么要坐船呢？他在船上喝醉了，脑中心里都有病，是在大通（？）附近。传说大清早有人看见他跃下水。他的小箱里还有一封二嫂给他的信，不知有人见过没有？关于那一段事实，我全是茫然，连那个不吉祥的日子，还不知道。我在雅典听到噩耗时，曾写过一篇纪念文字寄给一个朋友，顺便托他为我保留关于诗人的报道与批评文字。哪知那位朋友忙着写诗，只给我保留着一首他自己做的悼诗。我责问他，他答应去书房为我寻找，可如今他好象又忙着写诗，把我的事忘在脑后。这对得住朋友吗？

听说五十块钱便救得起诗人的命，他好象被人撕了票。

不死也死了，是诗人的体魄；死了也不死，是诗人的诗；不死也死了，是我们自己的灵魂；死了也不死，是我们自己的卑鄙，刻薄，油滑，世故，吝啬，泼辣和一切做人应有的"美德"。

1934 年 11 月 21 日，北平

注 释

[1] 指管斋务的杨先生。杨先生管学生，早上到食堂点名。在清华，以养菊花闻名。——编者注，下同

[2] Orestes 是古希腊神话中的人物。他同他的姊姊互相认识，因而得救，不曾被杀

来祭神。故事见欧里庇得斯的悲剧《伊菲革涅亚在陶洛人里》。

［3］据钱光培根据朱湘的《海外寄霓君》第 35 封信考证，在南京（不是在武昌）做官的是朱湘的大哥。

［4］据钱光培考证，在天津做事的是朱湘的三哥。

［5］据钱光培考证，朱湘和霓君是在 1924 年结婚的。

（载天津《益世报·文学周刊》第 40 期）

评《海外寄霓君》

　　谁都说我们的诗人没有人性，谁都说我们的诗人没有情感，谁都说我们的诗人太古怪，对不住他的夫人。现在，我们来看，来看这卢骚式的热情，一部真情流露的书简。

　　据我所知，朱湘对他的夫人是在他去国那年才发生情感的。那时他回到了清华，平日同我谈起他的家，他深深感觉旧式婚姻尤其是指腹为婚的为害。他曾写信劝那位罗胖先生[1]不要上这种当，但罗胖先生却比他的"八字"好一千倍。我自己如今倒赞成那种老方式；学一点希腊精神，命运是难逃的，我们的诗人当时虽是那么想，但他又觉得夫人到底是不可少的，每当他见到马樱花而雀跃的时候，我便觉得他身上储藏着过剩的精力。他的生平只喜欢诗同这种劲儿。

　　有一天他忽然接到城里打来的电话，说是霓君来了。我看他那兴奋的神情，以为霓君定是他的什么相好。我问他怎不进城去看看，他说德文小说还没有读完，想走路去又没有劲儿。他约我第二天也进城去看看。记得那是一个下大雪的晚上，一踱进他们那间公寓房间，便觉得有一种别致的馨香，恍惚是洞房里才有的。诗人直是眯着眼睛笑，我问他怎样了，他说："如今了解了。"跟着霓君打开了她那不停的话匣子，说她怎样只身北上，怎样在火车上同大兵抢位子。这些事，诗人在这些信里提起……[2]我自然是说不出的羡慕。但隔了一些日子，看他们打起架来了，原因是为儿子将来的职业，父亲要他做诗人，母亲要他去革命。于是我的一片羡慕变成了恐慌。

后来霓君告诉我，她感谢我转了一封写给诗人的信到长沙去，那信被她没收了。因为怕惹起隔阂，她才跑到北京来。不知那信是否第六十三封信里提及的"某某小姐"写的？

不久，诗人就要去国了。我曾替他们抱了一点杞忧，那五年去国的分离难免不生出淡薄，诗人的情感总是容易迁移。临别时我出了门又回去对霓君说；将来有什么事情尽管找我。

诗人去国的两年内，我不曾听见他提起过霓君，更想不到如今能读到一部《海外寄霓君》。我读时正遭逢着一件绝大的失望，我们情感也许来得重些，读不到几页就掉泪。尤其是读到第十六封信：

> ……你是害了病，这病看来是操劳过度，忧愁过度，我说不出的伤心。我决定把功课快些念完……得了学士便回家。因为我不忍心让你一人在家操心劳力，万一因此害了一场大病，我心中怎么过得去！并且大学里得了学士，饭总不愁了。……万一有一长两短，即我终身都要恨我自己了。……我如今看来，教我替你作奴隶，我多不够资格。何况……你信里说："哥哥哪里去了？哥哥哪儿去了？我可同去否？我可同行么？又想我是无学问，不能同行，恐终身为此坠落，何等痛苦！"我刚才看到这里，眼泪忍不住淌了下来。

这是不是一位血泪作家写得出的？我们的诗人这样爱哭，我还是初次知道。我们同住的一年内，我只见了他哭过一次，那还是在深夜里，而且他还不肯承认有那么回事。这信中引用的霓君的信有很深的意义。

还有一节信简直令我吃惊："写完这信，晚上做梦，梦到我凫水，落到水里去了；你跳进水里，把我救了出来：当时我感激你，爱你的意思，真是说也说不出来，我当时哭醒了……"（第二封）

诗人为什么要出洋留学？他说："只要在中国活得了命，我又何至于抛了妻子儿女来外国受这种活牢的罪呢？"（第五封）在美国，八十元一月我们有时还闹恐慌，难为他每月要寄二三十元美金回家。诗人吐血，和省钱总是有关系。他还说每次三二十元不好意思去兑，其实在美国人看来这已是了不得的数目了。

谁料这样好的夫妇，聚首时竟会失去和睦，闹出一个悲剧的结局？

这集子里，涉及许多朋友的私人的事，人家还没有死，这些信似乎不应完全发表。至于一些不文雅的地方，又似乎应当删去。

诗人临去时曾托我替他取西服和戒子。那西服还是用我自己的当去换来的。至于那戒子，我到劝过他们不必取了，他们说，"那不行，因为那是……！"。

诗人总想吃我一杯喜酒，并且说这酒定要由他去办，如今只是我年前过江，给他奠了一杯白酒到黄水里。

集子里说起的小沅，又名海士，现在南京白下路一三一号贫儿院里，已经十岁了，还在读初小二年级。我年底在南京又去看过他，他说："我天天站在门口望你，老不见来。"那孩子哪知道我南北奔驰为饭忙，现在南北都绝望，只好往西奔。不知又要劳他望到什么时候去了。

《朱湘书信》第二集已编好，由南开大学人生与文学社印行。那些信另有一种风味，那里面净是谈学问，谈人生和颂扬"美德"的文字。他的译诗集听说商务印书馆承印了。不料他的书，在他死后一年，竟印齐全了。

关于朱湘

如果这些书信还不能纠正我们对于诗人的横蛮冷酷，那我们真是没有人性的、没有情感的爬虫动物了。其实爬行又怎样？只要我们有教鞭，有白头到老的妻伴，有一切成功的秘诀——圆滑！

1935 年 1 月 4 日，西安

从芙蓉城到希腊

注　释

[1] 指罗皑岚。——编者注，下同

[2] 原件污损，字迹不清楚。

关于朱湘

如今是小说家的全盛时代，是诗人的倒楣时代，因此我对于那些善于作三部曲、四部曲的小说家和能写革命的前幕、后幕的小说家皆十分敬佩，同时对于那些喝白水高汤的诗人皆十分鄙视。听说某博士小说家自豪道："我不象他们那样捧朱湘。"其实这并不象一个聪明人的口气。他得把这个意思写进小说里，把朱湘这臭名字化成马戏里面的名字，叫我们听了很开心，同时又能了解作家的深意。

我以为我永远不能打听到朱湘投江的年月，今回承诗人的嫂嫂薛琪英女士见告，说是1933年12月5号晨6时。12月5号，我们记得了么？据说朱湘夫妇于12月1号向薛女士借钱，钱自然是得到了。我先前把这件事情误成了会餐。5号早晨有人看见诗人跃入江中，等船主停轮打捞，因江面辽阔，转眼就失踪了。我们得感激那船主，更当感激他打捞不力；不然，这世界上又会多一个人喝白水高汤，又会多一些太多了的无用的诗。那船主在死者的小皮包内发现了诗人的夫人自南京胜家公司寄给诗人的信，我先前以为那信是薛女士写给他的。船上的人就按照那信上的地址报告噩耗；要不然，石沉大海，永无回音。

诗人进清华，全赖他嫂嫂的帮助。至于他们夫妇间的琐事，我不愿在这地方叙述。只听说他的夫人曾在长沙服过一次毒。她后来在那种恶劣的空气下，还不肯回长沙居住，愿意在上海胜家公司图谋自立，值得称为一位女英雄；可是我们的诗人却因此走到了末路。他死后第二天便得到安徽大学续聘的信，我们得感激这聘书到得恰好。

我们为诗人募得的款子成了一个不能道出的数目。我自己还没有捐助分文。他自己的版税，说倒楣也不算顶倒楣，《草莽集》得了三元五角一分，《中书集》（散文集）得了一百五十元。若还有诗人想跳水，让我预先担保他的遗诗也能得三元五角一分。

我希望环境能够磨练一个光洁的灵魂，丈夫死后受一点苦正是磨练灵魂的机会。但住一住小厢房，受一点日晒风吹还不能算苦吧。

朋友，你看了这样一个结局，看了诗人的倒楣时代，还不赶快放下《诗韵合璧》去做《水浒》式的小说吗？等到小说做出名，一定有人觉得你会恋爱，懂得恋爱，倾倒在你的脚下。又何必预先着急，到处去碰硬钉子，还当是碰在棉花上。等到恋爱成功后，不妨再说一句："我决不捧朱湘。"

1935 年 5 月 23 日，在杜曲

（载天津《人生与文学》，1935 年第 1 卷第 3 期）

关于《番石榴集》

　　只要我们留心《朱湘书信集》这部书，我们就会知道朱湘对于各种的文字是如何努力学习。他学过英德法文和一点拉丁文与希腊文，想从那些文字里直接翻译各国的诗歌。我们可以相信《番石榴集》里面的英德法拉丁诗歌大都是从原文译出来的，其余的大概是从英文转译而来的。这本 453 页的集子应该费去多少心血，多少工夫！我们还可以从那部书信集里知道这诗集所遭遇的命运。这工程大概从 1922 年就已开始。他很早就译出布朗宁（Browning）的《海外乡思》一诗，因为把"梨"译成"桃"，惹起了一场无谓的争辩。到 1930 年已集成一部翻译的短诗，名叫《若木华集》，开明书局想印又没有印。当即由译者取回，加进一些新译品，更名为《番石榴集》。同时他又译成了三篇长诗，命名为《三星集》。这集子开明书店没有接受，岐山书店接受了，又没有印。诗人投江后，这两部遗著还是无法印行。我当时写信给赵景深先生，请他把这两部书交给我，后来说是有人介绍到商务去了，商务把《三星集》和另一篇长诗附入《番石榴集》，于今年 3 月出版了。

　　有几个书摊主人问我"番石榴"是不是"海外石榴"或是"西红柿"一类的东西。我告诉他们，那是一种绿叶红花或白花的植物，结实甚香。他们又问这书名有什么用意呢？我说是古代的希腊人在宴会里诵诗时要捧着一束番石榴枝，或是一顶桂冠。

这人诵完后，便把这东西交给他愿意交给的人，由那人接着诵一段诗，那诗必须与上面的多少有一点相连接的关系。[1]那些主人又问什么是希腊呢，我便说，这个我可不知道了。

这书出版后已经引起了两篇书评，一篇是本刊第二卷第3期上胜已先生的批评，一篇是大公报《文艺》第二二四九期上常风先生的批评。这两位先生都把本书看得太高了，我自己极不喜欢这部译品，到现在还没有读完。诚如常风先生所说的，本书最大的毛病是没有捉住原诗的神味。其次是文字太生硬。胜已先生也这样说。朱湘的诗有他的一种固有的风格，有一种缠绵软弱的情调。他只宜于翻译那些与他的作品相近的东西，若是去翻译旁的作品，往往会失败的。

这书编辑方面的缺点是无法掩饰的。如果这书的出版人将来许可我过问，我倒愿意把它整理一番。关于专名词的译音我也认为可以依照流行的译法，不管这译法正确不正确。譬如说，译者硬要把"莎士比亚"改为"莎士比"，这样纠正了流行的错误。[2]为这书里一些奇怪的译名，我曾劝过译者。哪知不劝他还好，一劝他，他反把"莎士比"弄成"施士陂"。他生成了一种"跳水"的硬脾气，从来不肯接受批评。胜已、常风两先生只注意到作家姓氏的译音，我认为这还是小事，因为我们还可以猜想得到。译诗里有许多专名词简直没法猜想，使我们难以了解，譬如第三页的"双睛是哈掌尔，颈项是哀西司"一句，有多少人懂得？

这部书的坏处太多了，但这样坏的书我们还有多少？

1937年，北平

注　释

[1] 参看《忆诗人朱湘》注［3］——编者注，下同

[2] Shakespare 这姓氏有三种读法：'Seikspiə, 'Seikspjə, 'Sekspir。jə 也不等于"亚"。

（载天津《人生与文学》，1937 年第 2 卷第 4 期）

关于朱湘

忆诗人朱湘

诗人朱湘早年投江身死，使我感到无限悲伤与愤慨，我当时写过《给子沅》、《朱湘周年忌日》、《朱湘身世》、《关于朱湘》等文章，以悼念亡友，抒发我心中的积郁。我还有为诗人立传的心愿，但岁月蹉跎，立传的事始终未能动笔。如今年近迟暮，再不写点回忆录，愧对故人。

朱湘生于1904年。1917年3月他还在江苏省立第四师范学校附属小学三年级读书，时年十四岁。1917下半年到1918上半年，他上南京工业学校，有志学实科。1919年秋，他考上清华学校，插入中等科四年级。[1]我于1922年插入中等科二年级，和朱湘同学近两年，但未同他结识，因为我当时志在数学和自然科学，对文艺兴趣不浓。

朱湘于1924年在清华即将毕业时，被学校开除。据子潜（孙大雨）日前来信说："朱湘因为在清华学校抵制斋务处在早上学生吃早餐时点名的制度，经常故意不到，记满了三个大过被开除学籍。"这样被开除，在清华还是破天荒第一次，轰动全校。我因此想看看这位同学，只见他在清华西园孤傲地徘徊，若无其事，我心里暗自称奇。

后来我写信问他为何不好好在清华念书，他于1925年6月29日回信说："你问我为何要离开清华，我可以简单回答一句：清华的生活是非人的，人生是奋斗，而清华只钻分数；人生是变换，而清华只有单调；人生是热辣辣的，而清华是隔靴搔痒。我投身社会之后，怪现象虽然目击耳闻了许多，但这些正是真的人生。至于清华中最高尚的生活，都逃不出一个假，矫揉。"他后来还当面告诉我，他恨死了清华，他若是有仇人，一定劝他送儿子入清华，这样才害得死人。

朱湘被开除后，先到上海，在子潜的老母家里作客，住了一些时候，因为性情怪僻，给居停主人留下不好的印象。1924年，他在南京同刘霓君结婚。原来，他的父亲是个翰林，早年在江西做学台，他的岳父也是个翰林，早年在江西做官，两人交情甚笃，因而指腹为婚，结成姻亲。后来的结婚仪式由朱湘的大哥主持，这位代父行使家长职权的长兄要五弟行跪拜礼，弟弟只肯三鞠躬。哥哥晚上便大"闹"新房，把喜烛打成了两截。新郎当晚即离开了大哥的家，搬到二嫂薛琪英家里去了。据朱湘的女儿小东的回忆录说，她父亲是她的二伯母抚养大的。据朱湘的儿子小沅的回忆录说，诗人一生都得到薛琪英的关照，他的求学费用大部分是这位嫂子提供的。薛琪英曾留学法国，翻译过童话小说《杨柳风》。她的丈夫只活了二十多岁，丈夫死后，她没有再嫁。

1925年冬天，朱湘回到北平，在适存中学教书。那时清华"四子"即子沅（朱湘）、子潜（孙大雨）、子离（饶孟侃）、子惠（杨世恩），同住在西单梯子胡同的两间屋子里，每天作诗，写文章。子惠性情随和，与人无争；其他三位诗人，性格完全相同，都很急躁暴烈，所以生活上有时发生一些不愉快的事。有一次，子沅竟然叫大司务请子离离开饭桌，好让他写作。子沅贫穷，到了阴历年底，付不出膳费给厨司务，子潜便把他的黑缎万字花纹皮马褂送进当铺，借钱替他支付伙食。子惠早年逝世，子离于1966年因病在北京逝世。如今只剩下子潜，他每次想起子沅以老大哥自居的态度对待他，至今不能释怀。

关于朱湘

正是在这个时期，朱湘和闻一多、刘梦苇、徐志摩等人在北平晨报创办《诗镌》，因此被人称为"新月派"。其实朱湘并未加入新月派，这个文学派别创立时，朱湘已到美国求学去了。与其称朱湘为"新月派"，不如称他为"清华文学社派"或"清华派"。朱湘和新月派在思想上和情感上有很大的距离。他很早就同徐志摩等人决裂了。同时，他也厌恶他们这批人的贵族生活作风。朱湘有一次告诉我，他在徐志摩家里吃过一回早点，单是水饺就有各种各式的花样。罗皑岚后来问朱湘："你与新月社交往多，为什么不去北大教书？"他回答说："北大是胡适之一股学阀在那里，我去求他们犯不着。"

这两年是朱湘创作最活跃最有成就的时期，《草莽集》就是这个时期的产品，使他在诗坛上有了名声。那时他刚二十出头。

1926 年，子潜替子沅向清华校长曹云祥请求复学。我也曾代他恳求。校长问："朱湘果真有天才吗？"我回答说："绝顶聪明。"校长听了点头说道："就让他回来吧。"

秋季开学前，朱湘来电话，说郑振铎对不起他，没有及时给他寄稿费来，害得他连赴清华的车资都没有。我立刻赶到城里去看他，他说不回清华了，要到杭州去教中学，月薪有六十元之多。我苦劝他返校，把手中的钱都给他了。

朱湘终于回到学校。他在英文班上将他的得意之作《咬菜根》一文当堂译成英文交卷，史密斯先生给了他 E（Excellent 最优等）加花 [2]，叫他不必上课了，大考时再交一篇作文就行了。楼光来先生也叫他不必上莎士比亚这门功课，大考时来考一下就行了。当时，现代评论派的权威要来清华教毕业班的英文，朱湘放出风声说："我教他倒差不多！他来教我，我就退学。"这个人到清华教书的美差事终于吹了。

朱湘和我同窗，他终日沉默寡言，埋头读书写作。有一位同学贴出一张字条，称赞他每天用功十一小时。他象着了魔似

从芙蓉城到希腊

的，浑身是灵感，口吐珠玑，笔生花朵。后来，他在给柳无忌的信上说："以前我每天二十四点钟都想着写诗。"书他一本本地读，读完后大致记得，就把书还给图书馆，所以他的书桌上没有几本书。他读书译诗从来不用字典。有一次，他问我德文的 grey（灰色的）是什么字，我讽刺他说："您不是不用字典吗？"他告饶说："一时记不起了。"我提醒他说："音相近。"他立刻就念出 grau 来。脑海中的活字典容易记错。他曾把 pear（梨）译成"桃"，以致引起一场笔墨官司。他不认错，说是有意掉换的，很难令人信服。还有，他曾把他翻译的诗题名为《番石榴集》，"番石榴"译自希腊文 myrsine（英文是 myrtle），不是译自希腊文 side, rhoia（石榴）。其实 myrsine 这个草木之名，应译作"桃金娘"。古希腊人在进餐后饮酒的时候互相传递这种植物的枝条，谁接住，谁就唱一节诗。诗人也许有意这样译，因为"番石榴"可以望文生义，"桃金娘"则需要解释[3]。

　　有一次，朱湘写了一篇论《离骚》的文章，投《清华学报》，主编陈达先生要他多次修改。最后，他叫我代表他去见主编，我所答非所问，于是这篇文章就如我所预言的发表不出去。屈原是朱湘最喜爱的诗人之一，骚体的黄钟大吕在他的诗里留下了余音。《楚辞·九歌》中的名句：

　　　　青云衣兮白霓裳，举长矢兮射天狼。
　　　　操余弧兮友沦降，援北斗兮酌桂浆。

化为《热情》中的新诗：

　　　　我们发出流星的白羽箭，
　　　　射死丑的蟾蜍，恶的天狗。
　　　　我们挥彗星的条帚扫除，

　　拿南箕撮去一切污朽。

　　我们把九个太阳都挂起，……

　　我们拿北斗酌天河的水，……

　　朱湘在清华从来不看电影，他有偏见，认为那不是艺术。他最爱好的娱乐是打弹子和唱歌。大一学生住的大楼（上面题有"清华学堂"四个大字）下面有一间漂亮的弹子室，经常空着无人打。他多次教我打厚打薄，我始终没有学会。他最爱唱《一百零一首名歌》中的 *My bonny is over the sea*（我的好宝宝是在海外），歌声柔和悠扬，至今犹缭绕在我的耳际。

　　饭后我们在校园里散步，他经常谈论新诗的写作，我只是偶尔讲述西蜀风光和儿童时期的乡村生活，他听得入神，叫我写成文章。我怀疑散文的品格不高，他回答说："好的散文和好的诗一样高。"我后来写了一些散文，其中一篇题名为《芙蓉城》，曾在清华校刊上发表，后来被林语堂命名为"特写"。朱湘称赞我的散文风格"清丽"，有一股奇气，过誉得使我深感汗颜。那年冬天，下了一场好雪，我们上颐和园，偌大一个好去处，就只有我们两人。他是在雪中寻诗句，我只顾看雪压枝头，这是我们最快乐的日子。

　　一日三餐，朱湘尽啃馒头，偶尔有点好菜，他才吃米饭。这一年，我同他只下过一次馆子，就是到前门外去吃"馅儿饼周"，这家铺子有饼有粥，味道鲜美，他大享口福，笑得眼睛都睁不开，我很少看见他这样大笑过。二十年后，我又去吃过一次，时过境迁，觉得淡而无味。

　　在学校吃饭，我们都是向厨房赊账。朱湘毕业时欠二厨房的饭费和裁缝的工钱，都是由我担保付还的。他后来在给霓君的信上说："我从前不是托罗先生在清华还债吗？他暑假就出洋，一个钱也没有，我只好在 5 月寄了美金二十元给他。"

朱湘连饭都吃不起，却要挤出钱来办一个刊物，叫做《新文》，每期赔十多元钱，发行处是东安市场（东风市场的前身）一家旧书摊，订阅的只有二十人。这个刊物只登他自己的诗文，采用他别出心裁的标点符号：黑点与白圈。他在刊物上特别称赞冯雪峰，我曾在解放后把这件事告诉这位作家。《新文》只出了两期，第三、四、五、六各期都已经编好，只因他"手头拮据，不克如期印行"。我只保存着1927年2月出版的第二期，恐怕是海内惟一孤本。

文章写出来自费印行，还要亏本，这种行为令人费解，但是这个办法使他心里畅快。他在给皑岚的信上说："我记得从前印《新文》月刊，看到几大捆的书打开的时候，什么都是自己出的主意，那一股滋味真是说不出的那样钻心。"我自己也有这种图畅快的想法。后来在1931年，柳无忌、罗皑岚、陈麟瑞（林率）[4]和我在纽约筹办一个刊物，叫做《文艺杂志》，由我编辑，经名誉主编柳亚子先生介绍，在上海开华书店出版了四期，当然没有稿费。朱湘曾寄新诗支持我们，但我们没有结社，所谓"朱湘参加过文艺杂志社活动"，是出于误传。

朱湘本拟于寒假中回长沙探亲，曾托我把他的信件转到他家里去。据说我转去的信件有一封是别人写给他的情书，究竟是谁写的，连朱湘本人也弄不清楚。实际上他并没有到南方去，但这封信却促使霓君赶到北平来。我看他们生活美满，堪羡诗人有福，唯有皑岚能看出他们之间的情感有裂缝。

1927年6月26日，我进城送朱湘出国。我先在一个朋友那里看见他告贷的信，便赶去看他，倾囊送他南下。他到上海住在青年会的教室里，桌上只有果酱、面包和稿纸。

朱湘于8月以清华公费赴美留学，公费的期限是五年。他先在威斯康星州的劳伦斯大学插入四年级，读拉丁文、古英文和三年级法文。他因为思家心切，想在劳伦斯读满一年，大学毕业后就回国。他在写给霓君的信中说:"只要衣食不愁,何必考什么博士。老实一句话,博士什么人都考得,象我这诗却很少人能作出来。"经皑岚和我劝阻,他才打消提前回国的念头。

有一次,法文班上念法国作家杜德(Daudet)的小说,上面说中国人象猴子,美国学生听了哄堂大笑,朱湘当即退出课堂。尽管班上的教员曾向他表示歉意,他还是气愤地离开劳伦斯,转学到芝加哥大学。他在那里念高级班德文和古希腊文,读过荷马史诗原著。他曾把辛弃疾的《摸鱼儿》和欧阳修的《南歌子》译成英文诗,在芝加哥大学的校刊《长生鸟》上面发表,受到读者欢迎。有一位女同学读了他的译诗,作诗同他相唱和,因而引起一场风波。[5] 美国学生作的英文诗也曾请他修改。他先后写过两首十四行体的英文诗,一首致荷马,另一首致古希腊悲剧家埃斯库罗斯,后一首曾由我寄给《天下》英文杂志,因抗战爆发,没有下文,我原以为原稿已遗失,后来又找到了。现存的朱湘的英文诗还有一首,见《朱湘书信集》中寄赵景深的第十二封信,那开头一行是:

The twilight of the gods(诸神的末日)

听说朱湘回国后译有古希腊悲剧数种,交《小说月报》,这个杂志本拟出古希腊文学专号,后因故未出,译剧也不知所终。对我来说,这是一大憾事,我没有机会在翻译古希腊悲剧的时候以他的译本为借鉴。此外,他还译有柏拉图的对话《会饮篇》,译稿也没有下落。由此可见,他对古希腊文学是多么爱好。

朱湘到美国后,悔不该学文学。他曾劝我学商业、银行、印刷,我家里却要我学兽医。临到我快要在清华毕业时,他还劝我放弃文学。可惜我没有听从他的劝告。

朱湘在芝加哥大学读书时，因为一位教员疑心他不曾将借用的书还给教员本人，他便愤而离开芝加哥，转学到俄亥俄大学。他曾叫皑岚和我也入俄亥俄和他同住，以为我们到后，结成风尘三杰，他的颓丧生活总可以改变一下。我到达西雅图时，才知道他已于1929年9月12日离美回国了。

朱湘回国后，在安徽大学教书，起初一段时间，生活似乎很优裕，每月薪金三百元，有闲钱买骨董，如新出土的陶马、郑板桥的墨迹。他很喜欢这陶马，写信告诉我时，问我还记不记得他的诗句"黄土的人马在四周环拱"？至于那幅墨迹，已经被鉴定为仿制品。后来，他时常和霓君争吵，两人把房里的东西砸毁，次日和好了，又去购买一套新的。

目前接到谢文炳（文友）来信，这位老人早年在清华比朱湘高一班。信上说："关于朱湘在安徽大学的情况，我知道一些，并拟写进第三卷（按：指长篇小说《他们是知识分子》，共六卷，百余万言，已成两卷）。当时他是外文系主任，我和饶孟侃为教授。1932年暑假，安徽大学大改组，其时已欠教职员工薪资半年有余。我们（两人）是自动离开安大的。……我以为朱湘也接到了聘书，殊不知并没有。在安大时，他和夫人有时口角，往往是请我和陈纲（按：即谢文炳的爱人）去调停的。事实上他们的感情相当好。除我和饶孟侃外，他很少和同事们来往。他教书认真，很受学生欢迎。"

据小东的回忆录说，她还有一个小弟弟，名叫再沅，出生在安庆，因为没有奶吃，活活地饿死了。这个幼儿的早殇，发生在诗人失业之后，很伤了他的心。

自从离开安大后，朱湘南北奔波，一直没有找到职业。他的诗被认为不如程艳秋的戏，他的身体被旅馆扣留，甚至被茶房押着去找朋友解救。他曾在信中说："这一次所受的侮辱可谓尽矣，我简直不好意思写文章。"他的散文本来能卖三元千字，诗甚至能卖五元二十行，可是已找不到地方发表，因为他得罪的人太多了。在我编辑《朱湘书信集》的时候，凡有可能得罪人的地方，我都删去了。我曾声明："要等百年后，这些信才能全部发表。"

朱湘性情倔强、暴烈、傲慢、孤僻，表面上冷若冰霜，内心里却热情似火。我曾在评论《草莽集》的文章中，说朱湘"天性孤傲，脾气急躁，他的神经过于敏感。……然而他并不懂得人情世故，太相信别人，太诗人化了，所以他处处上当"。他后来在信中承认那篇评文中谈及他性格之处很中肯，可是他就是不改。他对知心的朋友很热诚、直爽、忠厚，从来没有对无忌、皑岚和我流露出不豫之色。他同闻一多、彭基相（哲学家，是迪肯森的《希腊人的人生观》一书的译者）、郑振铎、沈从文、徐元度（霞村）、赵景深、戴望舒、施蛰存等人也相处得很好。他对生活非常认真，为人纯洁而又善良。他的弱点是个人奋斗，孤军作战必然归于失败。

据小沅的回忆录说，约在 1932 年，霓君赴上海寻夫，因为没有为小沅买火车票，被人查出来，多亏一位旅客说好话，只是补了票，未罚款。那位旅客本是中共地下党员，后来事泄被捕，霓君也因此带着小沅坐牢，这就是所谓"教授夫人赤色案"。又据小东的回忆录说，朱湘因为写文章触犯了当局，受到追捕，他在上海化装进入俭德公寓，被人发现，他还是逃脱了，改名为董天柱；霓君则被捕，坐牢一年多，后来由薛琪英花了一大笔钱救了出来。以上这些事有待考证。[6]

到后来，诗人走投无路，曾在给无忌的信中说："若是一条路也没有，那时候，也可以问心无愧了。"这句话弦外有音！

朱湘于 1933 年 12 月 1 日，向薛琪英借得二十元旅费，四日由上海乘吉和轮赴南京。次日清晨，船快到南京时，他喝了半瓶酒，朗诵德国诗人海涅的原文诗，六时许在大通附近跃进江流。

别人以为他是失足落水，投下救生圈，他不用，挣扎几下就不见了，待停船下去打捞，已经渺无踪影。诗人短短的一生，虚岁三十。

薛琪英曾在上海万国公墓购买一块墓地，为朱湘修建衣冠冢。

朱湘曾有《残诗》一首，成为谶语：

> 虽然绿水同紫泥，
> 是我仅有的殓衣，
> 这样灭亡了也算好呀，
> 省得家人为我把泪流。

子潜的悼词是一首译诗：

> 我这个肉身该死在海中间，
> 　　我要的不是在一块新坟
> 六尺来见深的土里去长眠，
> 　　我要在汹涌的海水里浮沉。
> 让骇人的巨鱼啮我的骸骨，
> 　　你们生人想起了得发抖，
> 让它们吞我趁我在新鲜时，
> 　　别等我死过了一年半载后。
> 　　　　——美国现代女诗人文森特·米莱：《海葬》

我的悼词是散文：

> 江水呀，凭你污浊的力量把诗人的骸骨冲到清洁的海里，让海豚将他的灵魂升入天星。屈子、太白，你们成了

三人。

——《给子沅》

诗人身后萧条。儿子小沅由薛琪英送入黄兴和徐宗汉创办的贫儿院，坐落在南京白下路。我于 1934 年 9 月回国时去看过他，同年 12 月我到南京为找考古工作而奔走时，又去看过他。小沅的回忆录是这样写的：

> 记得大约是入学的次年，父亲的挚友罗念生伯伯来看过我，并答应下次再来。我就时时到学校大门里竹篱笆边去望。我心里多么希望他来呀！他会给我带来好吃的糖果，他会摸着我的头半天不说一句话，他会轻轻地喊我小沅。他果然又来了。又来过一次，以后再也没来过。但是我还是天天到大门口去望，希望罗伯伯又来看我。

小沅后来到处流浪，一多曾叫他到昆明去投考西南联大，可是小沅到达时，一多已被刺。小沅果然考上了西南联大，但是他母亲不让他学文学。他在云南大学经济系读过书。他后来因为历史问题，被送到煤矿劳教二十年，已于 1978 年死于职业病——矽肺病。家里的人最近才得到有关单位的通知，说已于 1979 年 5 月为朱海士（即小沅）平反。朱湘的孙子佑林患红斑性狼疮，一种白血病，三年痛苦，已于本月 18 日逝世。朱湘的女儿小东的情况也很艰苦。从前听说霓君已削发为尼，我曾于 1937 年到长沙平地一声雷小巷去打听，没有找到尼姑庵。1947 年秋我到湖南大学教书，在长沙住到次年春间，时常怀念诗人，但是打听不到霓君一家人的下落。直到 1977 年，我才从景深那里得知他们早已迁往昆明。所以迟到四十年后，我才同朱湘的儿女取得联系，得知霓君已于 1974 年去世，丧葬维艰。

诗人的生前和身后如此凄凉！

我的眼泪浸湿了这张纸，我的笔再也写不……。

1982 年 3 月，北京

（载《新文学史料》，1982 年第 3 期）

注 释

[1] 朱湘:《海外寄霓君》第 90 页:"不单外国这一年，就是清华住的那六年，我也不曾尝这真菌子。"据此推算，朱湘于 1919 年秋到 1923 年冬或 1924 年春，在清华读了将近五年，后来又复学读了一年。清华旧制分中等科四年（相当于旧时的普通中学）、高等科三年（相当于旧时的大学预科两年、大学一年）、大学一年（相当于美国大学的二年级或三年级）。

[2] 清华学校的分数分最优等、优等、中等、下等、及格和不及格六种，不及格是零分，须用别的分数来填补。

[3] 五十多年来我一直是这样理解的，但不知朱湘的根据何在。此文写就后，我查商务印书馆的《综合英汉大辞典》，发现 myrtle 条有如下解释:"[植] 桃金娘。West Indian myrtle，番石榴。"我认为"番石榴"用得不合适，特别是"番"字。如果不加解释，则意义变成了"番邦的石榴"，与古希腊的酒会无关了。

[4] 林率是戏剧家，笔名石华父，曾为《文艺杂志》翻译英国戏剧。抗战期中，他在上海写《刘三姐》、《职业妇女》、《晚宴》、《海葬》等戏本，其中一两个曾在上海上演。——编者注

[5] 参看《朱湘书信集》第 133—134 页。

[6] 本文草就后，得赵景深来信，信上说:"霓君小沅坐牢的事曾有所闻。"

朱湘的英文诗

朱湘于 1927 年在清华学校毕业时，交了一箱文稿给我，不幸在战争年代中遗失了。我原以为他写的一首十四行体英文诗也一起遗失了。后来我找到朱湘夫妇二人与沈从文合摄的相片，旁边有一张黄色的稿纸，打开一看，正是朱湘那首英文诗。诗是草稿，有些修改，字体潦草。我现在把它抄写清楚，并将大意译出。

To Aeschylus

As lightning darts that pierce through cloudy gloom

And flash upon the boiling brine below:

So thy bright thought shines on Atridae's doom

That like a lake's continuous marge doth show;

And as, to lonely cliffs and dalesa round,

Prometheus shouted forth his dread daydream:

So swells the deep unhesitating sound

Of thy grand Paean on the awful theme.

The hand that wields the plume had grasped the spear

And bravely won the field of Marathon;

The Genius that roams Elysium near

Had stood the black Eleusian priests among.

Milton alone dares to trace thy steps bold,

As Hercules bore Atlas'globe of old.

June 24，1925   Chu Hsiang

致埃斯库罗斯

有如闪电的飞矢穿过阴云，

　　　射向下方的大海，汹涌的波涛，

你清明的思想照彻阿里代的命运，

　　　象湖边绵延不断的长堤一道；

你描述这骇人的题材的庄严诗歌，

　　　是这样无限地深沉，无比地凝重，

象普罗米修斯被缚在荒凉的高加索，

　　　倾吐出他那可怕的白日噩梦；

那只握过写诗的羽毛管的手，

　　　曾经挥舞着长矛，在马拉松打胜仗；

在长乐岛上遨游的天才皓首，

　　　曾经站立在厄琉西祭司的身旁。

唯独弥尔顿有雄心学你的榜样，

　　　象赫丘利把阿拉的天体扛在肩上。

　　　　　　　　　1925 年 6 月 24 日　朱湘

　　埃斯库罗斯（公元前 525—前 456）是古希腊三大悲剧诗人中的第一人，被认为是最伟大的希腊剧作家。

　　阿（特）里代（Atridae）是阿特柔斯的两个儿子，即阿伽门农和墨涅拉俄斯。这里主要指远征特洛亚的希腊联军统帅阿伽门农，他在攻下特洛亚之后，回到希腊，被他的妻子克吕泰墨斯特拉谋杀了。他的儿子俄瑞斯忒斯为父报仇，杀死母亲，后来被报仇神们追逐，要他偿还杀母的血债。俄瑞斯忒斯逃到雅典，由雅典的守护女神雅典娜开庭审判，赦免他无罪。这表示民主的法庭审判代替了氏族社会的血腥仇杀。埃斯库罗斯的三部曲《阿伽门农》、《奠酒人》和《报仇神》就是写这个家庭的悲剧。

cliffs 指高加索悬崖。普罗米修斯是一位巨神，曾经盗取天上的火种送给人类，为此被大神宙斯缚在高加索山上。埃斯库罗斯的悲剧《被缚的普罗米修斯》就是写这位恩神在高加索受难的故事。普罗米修斯不屈不挠，坚决反抗宙斯的压迫。

埃斯库罗斯曾经在公元前 490 年参加马拉松战役，抗击波斯侵略军。他为自己写的墓志铭，只提起他作战有功：

> 马拉松圣地称道他作战英勇无比，
> 长头发的波斯人听了，心里最明白。

长乐岛（Elysium）是众英雄死后在冥居住的地方，岛上无风雪，遍地长春花。一说这个岛屿在大地的西方。

厄琉西（斯）（Eleusis）在雅典领土阿提卡西部，是敬奉农神和她的女儿（冥后）的圣地。埃斯库罗斯曾被控泄露了厄琉西斯的宗教密仪，他在答辩中说，不知道那是密仪，因此被判无罪。由此看来，他不可能站在厄琉西斯祭司们的身旁。

弥尔顿（1608—1674）是英国最著名的诗人之一，著有模仿古希腊悲剧形式的悲剧《力士参孙》和史诗《失乐园》。

赫丘利（Hercules）是希腊最伟大的英雄赫剌克勒斯（Herakles）的拉丁名字。他曾经请求大力神阿（特）拉（斯）（Atlas）为他渡海去寻找金苹果。阿特拉斯答应了，但要赫丘利替他扛着苍穹。赫丘利扛着时，偶尔一抖动，天空掉下了许多星星。扛地球是后来的说法。古希腊人认为大地是一块圆饼。亚理斯多德曾设想大地是一个圆球。哥伦布就是根据这位哲学家兼科学家的想象而发现美洲的。globe 可以解作"地球"，也可以解作"天体"。

　　十四行诗是很难写的。朱湘这首诗采用莎士比亚式十四行诗体，格律是一轻一重，每行五音步。前面三节四行诗，隔一行押韵，最后两行诗同韵。第十二行尾上的 among 与第十行的 Marathon 押韵，有些勉强。但是一个二十一岁的青年，只读了半年大学，就能写出这样一首好诗，用上这么多典故，是难能可贵的。

1982 年 8 月，北京

关于朱湘

朱湘的诗论

　　五十年前的今天，我们损失了一个青年诗人，一个诗歌理论家。鲁迅先生称誉他为"中国的济慈"，他自己曾以"湘"江、"沅"江（子沅）为名字，可见这是写在水上的，终于在李白扑月的采石矶江面同他的躯体一起沉没了，被人忘记了。

　　日来重读朱湘论诗的文章和书信[1]，有如昔日朝夕相处。听他谈论诗歌，很是亲切。他有灵感就作诗。诗成低声吟哦。他有兴致就译诗，译时从不查字典，难免"梨""桃"互换，受到当日名流学者王先生等人在《晨报·副刊》上围攻。当时也曾有人写文章，说大主笔大教授何必指摘一个中学生。其实这种错误并不是什么严重的问题。且说朱湘在其他时间就开卷读书，从不作札记，写起文章来资料如泉涌，说得头头是道。

　　有关朱湘身世的情况大半是我提供的。材料主要来自诗人的嫁到北京施家的姊姊和他的二嫂翻译家薛琪英。据说他是安徽太湖人，可是他在南京江苏省立第四师范学校附属高小念书时，成绩单上却注明是江苏人。今年夏天，钱光培特别到太湖县去寻访朱家的后裔，信息全无。[2] 涉及诗人的身世，还有许多矛盾的说法，不容易弄清楚，好在古希腊人认为，炭精无关紧要，只看它发出的光亮。说起荷马，谁知道他是什么地方的人？

　　朱湘少年时，曾在南京工业学校念过一年书，可见他早有实业救国的思想。1919年他考上清华学校，时年十五岁，已能看

英文的侦探小说。1922 年，他开始发表新诗创作，第一本诗集
《夏天》出版于 1924 年。从那时起，他就开始写评论新诗创作和
探讨新诗理论的文章。他对我国的古典诗歌和西方各国的诗歌有
丰富的知识和深入的研究。三十年短短的光阴能有这样的成就，
在当日曾有几人？

诗人一生穷困潦倒，曾被轮船上的茶房押着去找赵景深求
解脱，并曾在旅舍"搁浅"，写信求苏雪林拯救[3]。这样一个
苦命人，是不大可能躲在象牙塔内的。他自己也曾声明："我作
诗，不说现在，就是以前也不是想造一座象牙塔，即如《哭孙中
山》、《猫诰》、《还乡》、《王娇》，都是例子。"（《开辟草莽与播
种五谷》）他曾说："文人要观察社会实情。"（致罗皑岚信之五，
《朱湘书信集》第 113 页，上海书店复印本）他要"批评社会"。
（致赵景深信之十六，《朱湘书信集》第 84 页）朱湘对徐志摩有
许多贬辞，并曾在信中告诉我："我将来看着时机到了，一定要
怂恿一多与徐志摩脱离关系。我自己更是一直反对徐志摩到底。"
（《朱湘书信集》第 188 页）但他也称赞徐志摩的诗"取材于平民
的生活"。（《朱湘书信集》第 188 页）朱湘并且说："王维同杜甫
一样好，但在当今形势之下，杜甫实在更重要。"（《用世界眼光
介绍外国文学》）这些话能从象牙塔里传出来吗？

朱湘热爱祖国，歌颂五千年的灿烂文化。他要写叙事诗以
"复活起我国古代的理想、人格、文化与美丽"，称述"中华民族
的各相"。他富于自尊心，在美国念书时受到"异族人的闲气"，
义愤填膺。诗人的爱国主义思想是他的诗歌理论的出发点。

在新诗运动刚刚发轫的时候，朱湘就给新诗的发展指出一条
正确的道路，就是一方面走向民族化，向我们古典诗歌学习，特
别取词和民歌之所长。我们曾在 50 年代中期掀起向民歌学习的
运动，但当时只着眼于当代的民歌。朱湘当年的眼光却放得更
远，他主张向历代的民歌学习，指出民歌的特点是"题材不限"，

"抒写真实"、"比喻自由"、"句法错落"和"字眼游戏",前四种都是值得学习的。在向古典学习方面,朱湘深得其中三昧,能吸收融化,不大着痕迹。另一方面,朱湘主张借鉴西方的"真诗"和诗律学,强调翻译介绍的重要性。他自己就曾译出西方各国的诗歌,身后出版《番石榴集》,这是我国第一部西诗大观。

对于新诗的形式问题,朱湘的基本论点是:"新诗的未来便只有一条路,要任何种的情感、意境都能找到它的最妥帖的表达形式。"(《巴俚曲与跋》)所以连"自由诗"他也是赞成的。他并且认为"诗这种东西,说来,应当内容、外形、音节三种并重的。"(《我的读诗会》)他特别强调新诗要注意音节,要有"音乐性",这是测量真假诗人的标准。他甚至说:"节奏、境地、辞藻,这是散文的元素,当中节奏最重要。"(《诗与散文》)他并且认为"音韵是组成诗之节奏的最重要的分子。"从上面几句话里,可以看出诗人十分重视"节奏",但是他对"节奏"的理解不大正确。

"节奏"和"音韵"是两种不同的东西。诗的节奏是有异有同的字音在相等的时间内有规则地交替而形成的,是由字音的长短或轻重(或长短加轻重)造成的。[4]"音韵"是字音本身之美,与"节奏"无直接关系。至于"音节"一词,似可包括"节奏"与"音韵"在内。(狭义的"音节"则是指字的"音缀"。)朱湘所说的"节奏",实际上是指"音韵"。

朱湘本来已注意到"音步",这个词源出希腊文 pous,相当于英文的 foot,当时有人误译为"音尺"。陆志韦译为"拍",孙大雨定名为"音组",朱光潜改称"顿"。节奏是由音步组成的,一行诗可以有一个至六个(顶多七个)音步,可以称为"六音步短长格"等或"六音步轻重格"等的诗行。节奏不止一种,主要有短长格或轻重格(前者用于古希腊戏剧对话等,后者用于英诗中的无韵体等)、长短格、短短长格、长短短格(用于古希腊史诗）、长长格（极少用，我国的古典诗歌似是重长长格），以及各种抒情杂体。我们的白话诗却分辨不出不同的节奏，主要是由于轻音字无法安排得相当整齐以产生不同的节奏。

有一种非常错误的见解，认为中文诗的节奏是由平仄相间而形成的，朱湘也有类似的想法，因为他说"平仄是诗的脊骨"。我们的平声和仄声，不论就高低、长短或轻重而论都不显著，不能构成节奏。平仄声调的比例大约为"4比5"与"2比3"。论高低，阴平为55，阳平为35，上声为214，去声为51（此处所用的数字符号是音乐上的简谱的符号），差别不够大。若说平仄是长短，到底有多长多短，差别恐怕也不够大。若说平仄是轻重，到底有多轻多重，差别恐怕也不够大。所以平仄的长短或轻重都不能构成节奏。古希腊语无重音、轻音，而有尖音、低音，类似我们的仄声和平声，可是古希腊人并未用这两种音来造成节奏。但是在中文诗里，平仄调配得比较好，音调比较悦耳。

字音的元素除长短、轻重、高低而外，尚有"音质"（即音色），"音质"属于声音之美，与节奏毫无关系。

朱湘的另一个错误，就是提倡"形体美"，有如闻一多提倡"建筑美"。因为诗是时间艺术，与空间无关。诗是拿来朗诵或默读的，而不是拿来看的。

朱湘把每行诗字数的整齐作为诗律学的一条规矩，这是为追求"形体美"而引起的错误。每行诗字数整齐，如果音步不整齐，就会破坏各行时间的均称。而且限定字数，往往会拉掉一些字或塞进一些字以求整齐，这就会破坏意义或音韵。朱湘由于有音乐家的耳朵，在他的诗创作和译诗中，这种毛病并不显著。别人仿此，往往是东施效颦。朱湘后来对此有了认识，并不严格地求整齐。

听人朗诵而能听出是自由体诗或格律体诗，不分行写而能使人悟出是自由体诗或格律体诗，我们的形式才算成功。我们的古典诗词是经得起这种考验的，朱湘的一些诗，如《采莲曲》、《摇篮歌》等也是经得起考验的。

诗以音步为小单位，以行为单位，以节为大单位，合而为一篇诗。朱湘重视行的建立，他说："不过我们要是作'诗'，以行为单位的诗，则我们便不得不顾到行的独立同行的匀配。行的独立便是说，每首'诗'的各行每个都得站得住，并且每个从头一个字到末一个字是一气流走，令人读起来不至于生疲弱的感觉、破碎的感觉；行的匀配便是说，每首'诗'的各行的长短必得要按一种比例，按一种规则安排，不能无理地忽长忽短，教人读起来时得到紊乱的感觉、不调和的感觉。"（《评徐志摩的诗》）这个见解是非常中肯的。据说所谓"自由诗"并不"自由"，这种诗体的分行要有内在的韵律（cadence）上的理由，不能随便分。朱湘曾转述说："美国有的自由诗的作者将自由诗的起源上溯到希腊。"（《古典与浪漫》）这句话是有见地的。我们应当对古希腊的自由体抒情诗的形式加以研究。朱湘还转述说："弥尔顿的《失乐园》的序言中，说他的无韵体是蜕化自希腊史诗的'六音步'。"（《文化大观》）弥尔顿弄错了，应当说"蜕化自希腊戏剧对话的'六音步'"，理由上面已经提到了。朱湘说，有时候他不得不写无韵体。他的无韵体诗行有些不合规格，不足五个音步，这是因为他强求字数的整齐，例如《洋》，每行基本上是十个字，分为五音步，遇上虚字就变成四音步，如：

> 辉映着棕榈，鳄鱼的炎阳，
> 在北斗光中扇白风凌乱。

朱湘对无韵体信心不足，成就不大。这种诗体成功的试验，50年前有孙大雨译的莎士比亚悲剧《黎琊王》（即《李尔王》，商务印书馆），现在又有卞之琳译的《哈姆雷特》（人民文学出版社，1957 年）和林同济译的《丹麦王子哈姆雷的悲剧》（中国戏剧出版社，1982 年版）。这种体裁非常重要。许多人认为无韵不成诗，英国诗人德莱顿曾告诉弥尔顿，他要替《失乐园》加上韵。这位瞎眼诗人却认为韵是野蛮人发明的，他回答说："你试试看。"结果是，德莱顿不敢试。

朱湘很重视各种诗体，除无韵体外，他还创作并翻译过意大利式十四行体、莎士比亚式十四行体，法国的巴俚曲（ballade）、圈兜体（rondeau），以及其他各种抒情体。这些都是值得试用的。我们总不能老是写"四行体"。

朱湘的诗论和诗评，在当时曾起过一些作用，徐志摩就曾接受朱湘的意见。卞之琳在《徐志摩选集序》（载《新文学史料》1982 年第 4 期）中说："朱湘对徐志摩的诗艺有过精辟的评论。……至于他在韵律方面批评《志摩的诗》，应该说基本正确。……他（按：指徐志摩）在《志摩的诗》新版里把朱湘指摘的许多诗极大部分都删去了，删得合理，而他把朱湘认为最好的一首诗《雪花的快乐》改排在卷首，把朱湘认为最坏的一首诗《默境》也删了，则未免有些盲从。撇开内容的浮浅不论，朱湘赏识《雪花的快乐》，主要是因为它的音乐性。虽不照他自己算字数的严格要求，也就是推崇它各行、各节的整齐，匀称。实际上照较合语言规律以'音组'或'顿'作为每行格律单位的标准来衡量，这首诗也算不得完整，每节各行换韵也并不统一。朱湘批评《默境》这首诗'一刻用韵，一刻又不用，一刻象旧词，一刻又象古文，杂乱无章'，说得对，但是非难它'一刻叙事实，一刻说哲理，一刻又抒情绪'，未免迂阔。"

朱湘对新诗的发展采取正确的道路，对新诗的内容与形式提出合理的要求，他的贡献是不应当抹煞的。

1983 年 12 月 5 日，北京

注 释

[1] 朱湘的诗论主要见于他的专论和书评，如《中书集》中的《古代的民歌》、《北海纪游》、《刘梦苇与新诗形式运动》、《评徐君志摩的诗》、《评闻君一多的诗句》、《郭君沫若的诗》等文章。此外，《朱湘书信集》中有许多信也是讨论诗歌理论的。本书中引用的段落，均见《朱湘诗论》（人民文学出版社，即出）。——编者注，下同

[2] 赵景深曾在《朱湘传略》一文（载《新文学史料》1982年第3期）中说："安徽有人到太湖去寻查朱湘的历史，我希望他能查到朱湘的世系，即祖辈的传承和名号。"作者在注中说："滁县地区文联吴腾凤写信给我，要到太湖去实地进行考察。"我们在等待消息。

[3] 见苏雪林：《我所见于诗人朱湘者》（1935年6月7日《武汉日报》，《现代文艺副刊》第17期）。

[4] 参看《诗的节奏》（《文学评论》1959年第3期）及《诗歌格律问题的讨论》（《文学评论》1959年第4期）。先后参加讨论会的有丁力、王力、王亚平、卞之琳、田间、刘岚山、朱光潜、邹荻帆、金戈（钱光培、金克木、罗念生、林庚、陈业邵、徐迟、郭小川、袁水拍、袁鹰、陈志韦、陶钝、贺敬之、楼适夷、顾工等同志。讨论会上对节奏问题展开了热烈的争论。

《二罗一柳忆朱湘》编后记

五十年前，编者编辑《朱湘书信集》一书，只是恳请一位心爱的朋友抄录原信，自己不识货色，无动于中，胡乱安排，未费心思。如今编辑这本《忆朱湘》，既动情感，又费工夫。

作者三人各有各的特色，五十年来依然故我。皑岚的笔调象小说，无忌的风格象诗，念生的涂鸦则"四不象"，所以都不好改动，只作了一些技术上的修订。但是对事实有出入的地方则作了修正。例如，《忆诗人朱湘》一文中所引谢文炳的话："据说柳无忌曾电报通知他（按：指朱湘）去南开大学，他不想去"一语，已删去，因为无忌日前来信说："你所提出的一点，答复是'否'。子沅在安徽大学被解聘，我根本不知道，因为当时我们没有通信。"又如该文中所引朱小东（朱湘之女）的话，已按朱细林（朱湘的儿子小沅之子）的来信更正，信上说："爷爷文中提及姑母的回忆录说，她还有两个弟弟，实际上只有一个，取名叫'塔士'，即再沅，是祖父失业后在安庆所生。"[1]

三个人的文章各按年代排列，加上一些注释。如《朱湘》一文中"我的朋友"一语，在当日是很有风趣的笑话，不加注释，则今日的读者恐怕难以理解。《忆朱湘》一文中的"谢汗川"，注明为"即谢文炳"，但无把握。日前接到文炳两封信，第一封信说："'汗川'这个笔名，我似乎用过，时间不长，记不清楚是在哪年哪月，哪篇文章上用过。你问这干什么？"第二封信说：

"关于'汗川'的笔名，我想起了，是在 1927—1928 年间，我给《留学生月刊》写留学生的故事时用的。文章多属讽刺性，不便用本名，就用了这个笔名。回国后再没有用过，几乎忘了。"有了这些根据，我才定稿。

感谢三联书店为我们出版这本纪念册。编者曾请求把《朱湘的诗论》一文收入这本小册子。责任编辑写上：此文不错，但似与"忆"不大相干，请编辑部决定。后来有人批上"收入"二字，真是叫编者也就是作者感激不尽。

罗念生

1983 年 12 月，北京

从芙蓉城到希腊

注　释

[1] 信中还说："赵爷爷（按：指赵景深）文中（《新文学史料》1982 年第 3 期第 131 页）说：'大约小沅本是中学语文教师，被"四人帮"打到矿山去工作。'这话与事实不符，应如您老人家所说：'他后来因为历史问题，被送到煤矿劳改二十年（实际是"劳教"）。'"——编者注

朱湘骂人

我们的诗人死去多久了？鬼知道！知道又怎样？诗人活着时简直白吃了我们的饭，七月里还糟蹋"冰膏一杯"；如今那儿有了一个空；你先挤进去，我又把你挤出来；但留心，别让一个诗人挤进来。我们不妨把所有的诗人，一齐赶到江干，叫他们泅出海口；有一个生还，便用机关枪扫。要是他回来了，他更会痛骂我们，骂的我们骨头痛。总之，诗人是最可恶的人，他常带着宗教的或伦理的镜子来观看我们，把我们的邪魔，假道德一齐暴露出来。故宫的古物尽管让人家"盗"，一身的精力尽管让毒药醉，这些都不关痛痒，最关痛痒的唯有诗人。

我们的诗人爱写信骂人，有时竟自用手纸来写，未免太不恭敬了。他骂我们"狂野，无信，下作，嫉妒，阴险"。岂有此理，他哪儿知道我们这许多美德？他曾说："……这次旧金山案，又有某君带了许多图书馆里的书回国。又有某君自己偷了别人的信，嫁祸在无辜者身上。……像这样看来，将来回去了，还不是一个卖国贼。"

他骂我们的教育："××（学校）的生活是非人的，人生是奋斗，而××只有钻分数；人生是变换，而××只有单调；人生是热剌剌的，而××是隔靴搔痒。……至于××中最高尚的生活都逃不了一个假，矫揉。"他说他将来准劝仇人的儿女进那个害人的学校。

他愤恨外国教科书里不应该叫我们做猴子，因此退了学。

他骂我们的文学界不争气，"西方的文学不曾有过人好好的介绍，偶尔有点，也是十八由英文转译的。这同德文有八种'道德经'译本，英文有四五种译本相较，是多么可耻的事情。来西方学文学的人已经少了，少数之中又有的中文欠佳，有的懒惰成性。并且这班人都偏于英文。攻习他国文学的少极。"

他说："《金瓶梅》这本书，几乎成了淫书，是因为它的态度时常不严肃；终于不是淫书，便是靠了书中许多踏实的描写。"

他骂一个小文豪："××在这方面作起了一个头，骄气与溺爱使他不能作下去——我想也是他老了，所有的几句话都说光了，不然，怎不见他作出一本写乡村生活的长篇小说呢？"

他甚至骂起一位诗人来了："我将来看着时机到了，一定要怂恿××与×××脱离关系。我自己更是一直反对×××到底。"

他骂过一个朋友太轻率："处世我固然不学他，处朋友要学不会，以后一生是要很苦的。"我们简直可以这样反责他。

他骂过我们一个城市："安庆这地方无聊之至，电影院都没有，有一个大戏班子，坏透了。人生这出戏我倒不怎么喜欢看。没有音乐，没有图书，没有任何什么；只是狮子在那里变把戏。"

我们的书店，供养诗人的书店，也不能得到他的好批评，他说："'东镇'不收的理由是'书稿太多'，《三星集》不收的理由是因印法'麻烦'。丛刊不收，为了不能贴钱。"

他惯诅咒人生："我如今……不是念法文就是念德文，不是作饭，就是睡觉。……简直是一个走肉行尸。道家所提倡的心如死灰，身如槁木一段工夫我可以说是完全做到。要是能够装起金身，真可以供上香案，永受善男信女的香烟了。"

他问："卖肉同卖力卖智又有什么分别？"更说："狎娼并不像平常想的那么好，结婚也不像平常想的那样好。"这叫我们道貌岸然的伪君子听了岂不要吐出舌头收不拢来？

他甚至作成了诗来骂我们，骂我们是"愚夫"，那我们真流芳百世了！

"世间的罪恶算愚蒙最大。"

"江水已经算好了，喝井水的多着呢。全城到处都是臭虫，卑鄙的臭虫。最销行日本货价钱巧，样式好看。"

> 别人的性命与老母鸡一般；
> 唯一的目标在延续下生息。
> ……
> 新中国有的是那班大人物，
> 用不着你这条鲫鱼作供养；
> 并且，你的骨头吞下了难吐。
> ——

他曾在电话里向我骂过一位诗人不曾替刘梦苇、杨子惠身后尽一点责任。又骂过某编辑大家到期不给他稿费，使他不能入学。

他有时竟当面骂我们是王七的弟弟。骂我们圆滑、世故，骂我们空谈"主义"，闭目译书。他后来误信谣言，对一个朋友说："以后在我面前不要提起念生。"只要没有当王九的哥哥我已觉很好受了。

自从诗人死后，我们这社会，尤其是我们被骂的人，知否为什么挨了他的骂？我们可想过没有，那是诗人不该骂，还是我们该受骂？是社会卑鄙龌龊，还是诗人的脾气太古怪？总之，他骂了我们，我们得逼死他。看以后还有没有人敢骂我们？有！

1934 年 11 月 19 日北平

（载《论语》第 55 期，1934 年 12 月 16 日）

朱湘书信集

　　为纪念一个投江死去的诗人，我们几个朋友替他印就了这样一部书信集。书印得不能算十分坏，唐君右先生替我们绘的长条图案那样简单，又那样秀气。（这位画画的朋友在一个大学里每礼拜教二十四点钟的课，还要画二十四点钟的画，已经累倒在床。一个画家的命运并不比一个诗人的命运好得多。）我们这几个书呆子拿到了这一大堆书简直没法去推销。就是给人家很大的折扣，人家也不肯承销。后来我们亲自送了二十本到一家小书店里去交涉，居然是成功了。

　　今天我跑去看看，二十册书原封原样的摆在那儿。问掌柜说是定价太高，折扣太小，没人肯上当买。这一二百多页的书只有一位客人还过两毛钱，当半价的残货买。同时看见旁边摆着的新诗库里的"永言集"，掌柜说销路不顶好。我问他新诗库第七册出来没有，他反问"先生，您喜欢第七册？"我回答说我顶讨厌那一册。这人倒也聪明，他忙说："哦，好像记得那就是您先生的。您怎不写小说，写长篇小说；诗是最没有出路的东西。"我这时恍然大悟，这话中颇有真理，诗是最没有出路的东西；换句话说，诗是一条死路。我更因此明白了我们的诗人为什么会投江，明白了这书信集怎样会没有销路。我纳闷，我忧思。

　　有人说我太捧朱湘了，我当初还以为捧得不够高；如今才发现我这天大的错误。朱湘的诗有什么好呢？那样死板板的形式，那样冗长的叙事诗，那样淡如水的味儿。就说这一部书信集吧，付印前我读得津津有味，每个字都写得那样美观，都那样富于艺术的精神，尤其是读到他骂人处，我总是雀跃三百，拍手称快。如今印出来后，我连半页都看不下去，内容是那般平淡，字体是那样机械！我真失悔把他印出来。人同此心，无怪乎这书会没有销路。我纳闷，我沉思。

偏偏这时候我去赴一个什么会，会里的人很聚精会神的听人家诵诗，欣赏一些无味的诗。还很热心的讨论民歌对于新诗的影响，讨论内容与形式的关系，讨论"商籁"体怎样不是一条康庄大道。我以前对于这种种问题都感到莫大的兴趣，但因为心里纳闷，因为诗是一条死路，一直到会完时我都是哑口无言。我真想劝人家莫再作诗，莫再留心这些问题，省得走到绝路时又往江边临流怅望。

后来有人提议办一个杂志，许多人都定下了一个题目，定下了多少字，再签上名。我顺手把单子递与左边的朋友，他签名时没有看见我的名字，一定要我也照样做。我心想近来各处的文章都被退了回来，一定是自己的文章十分不好，简直没胆量定下这样的约言。那位朋友竟为我签上了名，定下了一个未定的题目。好在没有申明字数，这数目许是十个零。散会时有一位朋友要我写一点歌谣文章。我如今听到诗就头痛，听到"歌谣"也就恶心，忙说我不敏，不会做文章。旁边有一位朋友似乎是在打趣我，他说"写一篇希腊歌谣吧！"我那时极力搪塞，忙说"希腊好像没有歌谣"。这朋友以为我在和他开玩笑，骗他有也说没有。后来我转问一个博学多闻的朋友，他也说没有听说过什么希腊歌谣，我才放了心。我十分不愿意为歌谣这事得罪一个好朋友，更不希望我和诗再订下因缘。我纳闷，我无思。

（载《论语》，1936 年第 89 期）

《中国现代作家选集·朱湘》序

我一口气读完这本选集，书中情调这样凄凉、忧伤，引起我怀念半个世纪之前朱湘和我的一段友谊，悲叹诗人一生穷困潦倒、颠沛流离。我要奋笔疾书，抒发我胸中的积郁，心里的哀思。

朱湘于1924年在旧制清华学校即将毕业时，因为抵制斋务处在学生吃早点时点名的制度，经常故意不到食堂。三次不到构成一个小过，三个小过积成一个大过，三个大过就把朱湘开除了。他先到上海，在子潜（孙大雨）的老母家里作客，住了一些时候，因为性情怪僻，给居停主人留下不好的印象。次年3月，他在南京同刘霓君结婚。原来，他父亲早年做江西学台，是清水衙门，岳父早年做江西盐运使，衙门有油水。两人交情甚笃，因而指腹为婚，结成姻亲。

1925年冬天，朱湘回到北平，在适存中学教书。当时清华"四子"，即子沅（朱湘）、子潜、子离（饶孟侃）、子惠（杨世恩），同住在西单梯子胡同的两间屋子里，每天作诗、写文章。子惠性情随和，与人无争，其他三位诗人，性格完全相同，都很急躁暴烈，所以生活上有时发生一些不愉快的事。有一次，子沅竟然叫厨司务请子离离开饭桌，好让他写作。子沅贫穷，到了阴历年底，付不出膳费给厨司务，子潜便把他的黑缎万字花纹皮马褂送进当铺，借钱替他支付伙食。子惠早年逝世，子离因病死于

1966 年。如今只剩下子潜，他每次想起子沅以老大哥自居的态度对待他，至今不能释怀。

1926 年，朱湘同刘梦苇、闻一多、孙大雨、饶孟侃、杨世恩以及徐志摩轮流主编北平《晨报》的《诗镌》，因此被人称为"新月派"，其实当时"新月派"尚未出生。朱湘早就不满意于徐志摩的"学阀积势"，在头三期《诗镌》上发表过诗文后，他就和徐志摩决裂了。同时，他也厌恶他们这批人的贵族生活作风。朱湘有一次告诉我，他在徐志摩家里吃过一回早点，单是水饺就有各种各式的花样。罗皑岚后来问朱湘："你与新月社交往多，为什么不去北大教书？"他回答说："北大是胡适之一股学阀在那里，我去求他们犯不着。"

这两年是朱湘创作最活跃最有成就的时期，《草莽集》就是这个时期的产品，使他在诗坛上有了名声。

1926 年，子潜替子沅向清华校长曹云祥请求复学，我也曾代他恳求。校长问："朱湘果真有天才吗？"我回答说："绝顶聪明。"校长听了，点头说道："就让他回来吧。"

秋季开学前，朱湘来电话，说郑振铎对不起他，没有及时给他寄稿费来，害得他连赴清华的车资都没有。我立刻进城去看他，他说不回清华了，要到杭州去教中学，月薪有六十元之多。我苦劝他返校，并把手中的钱都给他了。

清华学校分中等科四年，高等科三年，大学一年，要读八年才能毕业。朱湘是 1919 年插入中等科四年级的。这次，他重读大学一年级。他在英文班上将他的得意之作《咬菜根》当堂译成英文交卷，史密斯先生给了他"E"（Excellent 最优等）加花，叫他不必上课了，大考时再交一篇作文就行了。楼光来先生也叫他不必上莎士比亚这门功课，大考时来考一下就行了。当时现代评论派的权威要来清华教毕业班的英文，朱湘放出风声说："我教他倒差不多！他来教我，我就退学。"那个人到清华教书的美差事就这样吹了。

朱湘和我同窗，他终日沉默寡言，埋头读书写作。有一位同学贴出一张字条，称赞他每天用功十一小时。他象着了魔似的，浑身是灵感，口吐珠玑，笔生花朵。后来，他在给柳无忌的信上说："以前我每天二十四点钟都想着写诗。"他读书译诗，从来不用字典。有一次，他问我德文的 grey（灰色的）是什么字。我讽刺他说："你不是不要字典吗？"他告饶说："一时想不起了。"我提醒他说："读音相似。"他立刻就念出 grau 来。脑海中的活字典容易记错。他曾把 pear（梨）译成"桃"，以致引起一场笔墨官司。他不认错，说是有意掉换的，很难令人信服。还有，他曾把他翻译的外国诗题名为《番石榴集》，"番石榴"译自希腊文 myrsine（英文是 myrtle），不是译自希腊文 side，rhoia（石榴）。其实这个草木之名应当译作"桃金娘"。古希腊人在宴会后饮酒的时候互相传递这种树木的枝条，谁接住，谁就唱一节诗。诗人也许有意这样译，因为"番石榴"可以望文生义，"桃金娘"则需要解释。[1]

有一次，朱湘写了一篇论《离骚》的文章，投《清华学报》，主编陈达先生要他多次修改。最后，他叫我代表他去见主编，我所答非所问，于是这篇文章就如我所预言的，发表不出去。屈原是朱湘最喜爱的诗人之一，骚体的黄钟大吕在他的诗里留下了余音。

朱湘从来不看电影，他有偏见，认为那不是艺术。他的娱乐是打弹子或唱《一百零一首名歌》中的英文歌。他最爱唱 *My bonny is over the sea*（我的好宝宝是在海外），歌声柔和悠扬，至今犹缭绕在我的耳际。

一日三餐，朱湘尽啃馒头，偶尔有点好菜，他才吃米饭。这一年，我只同他下过一次馆子，就是到前门去吃"馅儿饼周"，这家铺子有饼有粥，味道鲜美，他大享口福，笑得眼睛都睁不开，我很少看见他这样大笑过。二十年后，我又去吃了一次，时过境迁，觉得淡而无味。

在学校吃饭，我们都是向厨房赊账。朱湘毕业时欠高等科厨房的饭费和裁缝的工钱，都是由我担保付还的。据朱湘的儿子小沅的回忆录说，诗人一生都得到他的二嫂薛琪英的关照，他的求学费用大部分是这位嫂子提供的。薛琪英曾留学法国，翻译过童话小说《杨柳风》。

朱湘连饭都吃不起，却要挤出钱来办一个刊物，叫做《新文》，每期赔十多块钱，发行处是东安市场（东风市场的前身）一家旧书铺，订阅的只有二十人。这个刊物只登他自己的诗文，采用他别出心裁的标点符号：黑点与白圈。他在刊物上特别称赞冯雪峰，我曾在解放后把这个意思告诉这位作家。我只保存着1927 年 2 月出版的第二期《新文》，恐怕是海内唯一孤本。

文章做出来，自费印行，还要亏本，这种行为，令人费解，但是这个办法使他心里畅快。我也有这种图畅快的想法。后来，在 1931 年，柳无忌、罗皑岚、陈麟瑞（戏剧家，笔名林率、石华父）和我在纽约筹办一个刊物，叫做《文艺杂志》，由我编辑，经名誉主编柳亚子先生介绍，在上海开华书店出了四期，当然没有稿费。朱湘曾寄新诗支持我们，但我们没有结社，所谓朱湘参加过文艺杂志社的活动，是出于误传。

朱湘本拟于寒假中回长沙探亲，曾托我把他的信件转到他家里去。据说我转去的信件中有一封是一个女子寄给他的情书，究竟是谁写的，连朱湘本人也弄不清楚。实际上他并没有到南方去，但这封情书却促使霓君赶到北平来。我看见他们两人生活美满，堪羡诗人有福。唯有皑岚能看出他们之间的情感有裂缝。

朱湘于 1927 年秋以清华公费赴美国留学，公费期限是五年。他先在威斯康星州的劳伦斯大学插入四年级，选读拉丁文、古英文和三年级法文。他因为思家心切，想在劳伦斯读满一年，大学毕业后就回国。他在写给霓君的信中说："只要衣食不愁，何必考什么博士。老实一句话，博士什么人都考得，象我这诗却很少人能作出来。"经皑岚和我再三劝阻，朱湘才打消提前回国的念头。

有一次，法文班上念法国作家杜德（Daudet）的小说，上面说中国人象猴子，美国学生听了哄堂大笑，朱湘当即退出课堂。尽管班上的教员曾向他表示歉意，他还是气愤地离开劳伦斯，转学到芝加哥大学。他在芝加哥念高级班德文和古希腊文，读过荷马史诗原著。他曾把辛弃疾的《摸鱼儿》和欧阳修的《南歌子》译成英文诗，在芝加哥大学校刊《长生鸟》上发表，受到编辑和读者的欢迎。美国学生写的英文诗也请他修改。他曾经写过两首十四行体的英文诗，一首致荷马，另一首致古希腊悲剧诗人埃斯库罗斯。后一首曾由我寄给《天下》英文杂志，因抗战爆发，没有下文，我原以为底稿也遗失了，后又找到。现存的朱湘的英文诗还有一首，见《朱湘书信集》中寄赵景深的第十二封信，那开头一行是：

The twilight of the gods （诸神的末日）

听说朱湘回国后译有古希腊悲剧数种，交《小说月报》出古希腊文学专号，专号因故未出，译剧也不知所终。对我说来，这是一大憾事，我没有机会在翻译古希腊悲剧的时候，以他的译本为模范。

朱湘到美国后，悔不该学文学。他曾劝我学商业、银行、印刷，我家里却要我学兽医。临到我于1929年快要在清华毕业时，他还劝我放弃文学，改行学实科。可惜我没有听从他的劝告。他后来叫我入美国俄亥俄大学和他同住。我到达西雅图时，才知道他已于 9 月 13 日离美回国了。

朱湘回国后，在安徽大学教书，月薪三百元。起初一段时间，他的生活似乎很优裕，有闲钱买骨董，如新出土的陶马，郑板桥的墨迹，后者已被鉴定为仿制品。后来，他时常和霓君争吵，两人把房里的东西捣毁，次日和好，又去购买一套新的。

日前接到谢文炳（文友）来信，这位八十高龄的老人早年在清华比朱湘高一班，信上说："关于朱湘在安徽大学的情况，我知道一些，并拟写进第三卷（指长篇小说《他们是知识分子》，共六卷，已成两卷）。当时他是外文系主任，我和饶孟侃为教授。1932 年暑假，安徽大学大改组，其时已欠教职工薪资半年有余。我们（两人）是自动离开安大的。……我以为朱湘也接到了聘书，殊不知并没有。在安大时，他和夫人有时口角，往往是请我和陈纲（即谢文炳的夫人）去调停的。事实上他们的感情相当好。除我和饶孟侃外，他很少和同事们来往。他教书认真，很受学生欢迎。"

自从离开安大后，朱湘南北奔波，一直没有找到职业。他的诗被认为不如程砚秋的戏，他曾被旅馆扣留，甚至被茶房押着去找朋友解救。他曾在信中说："这一次所受的侮辱可谓尽矣，我简直不好意思写成文章。"他的散文本来能卖三元千字，诗甚至能卖五元二十行，可是已经找不到地方发表，因为他得罪的人太多了。

据小沅的回忆录说，约在 1932 年，霓君赴上海寻夫，因为没有为小沅买火车票，被人查出来，多亏一位旅客说好话，只是补了票，未罚款。那位旅客本是地下党员，后来事泄被捕，霓君也因此带着小沅坐牢，这就是所谓"教授夫人赤色案"。这件事有待证实。

到后来，诗人走投无路，曾在给无忌的信中说："若是一条路也没有，那时候，也可以问心无愧了。"这句话弦外有音！

朱湘于 1933 年 12 月 1 日向薛琪英借得二十元旅费，四日由上海乘吉和轮赴南京。次日清晨，他喝了半瓶酒，朗读德国诗人海涅的原文诗，随即跃进江流。别人以为他是失足落水，投下救生圈，他不用，挣扎几下就不见了，待停船下去打捞，已经不见踪影。诗人短短的一生，虚岁三十。他曾为自己写下一首"墓碑"：

> 虽然绿水同紫泥
> 是我仅有的殓衣，
> 这样灭亡了也算好呀，
> 省得家人为我把泪流。
>
> ——《残诗》

子潜的悼诗是一首译诗：

> 我这个肉身该死在海中间，
> 　　我要的不是在一块新坟
> 六尺来见深的土里去长眠，
> 　　我要在汹涌的海水里浮沉。
> 让骇人的巨鱼啮我的骸骨，
> 　　你们生人想起了得发抖，
> 让它们吞我趁我在新鲜时，
> 　　别等我死过了一年半载后。
>
> ——美国现代女诗人文森特·米莱：《海葬》

我的悼词是散文：

> 江水呀，凭你污浊的力量把诗人的骸骨冲到清洁的海

里，让海豚将他的灵魂升入天星。屈子，太白，你们成了三人。

诗人身后萧条。小沅由薛琪英送入黄兴和徐宗汉创办的贫儿院，坐落在南京白下路。我于 1934 年 9 月去看过他，同年 12 月我到南京去找考古工作，又去看过他。小沅的回忆录是这样写的：

> 记得大约是入学的次年，父亲的挚友罗念生伯伯来看过我，并答应下次还来。我就时时到学校大门里竹篱笆边去望。我心里多么希望他来呀，他会给我带来好吃的糖果，他会摸着我的头半天不说一句话，他会轻轻地喊我小沅。他果然又来了。又来过一次，以后再也没有来过。但是我还是天天到大门口去望，希望罗伯伯又来看我。

小沅后来到处流浪。闻一多曾叫他到昆明去投考西南联大，可是小沅到达时，一多已被刺。小沅已于 1978 年死于职业病——肺矽病，真是冤枉。小沅的一个儿子患红斑狼疮，一种白血病，三年痛苦，已于本月 18 日去世。朱湘的女儿小东的情况也很艰苦。从前听说霓君已削发为尼，我曾于 1937 年秋到长沙平地一声雷小巷去打听，没有找到尼姑庵。霓君已于 1974 年在昆明去世。

诗人的生前和身后如此凄凉！

朱湘性情孤僻、傲慢、暴烈、倔强，表面上冷若冰霜，内心里却是一团火。他对知心的朋友很热诚、直爽、忠厚，从来没有对无忌、皑岚和我流露出不豫之色。他同闻一多、彭基相（哲学家，迪肯森的《希腊人的人生观》一书的译者）、郑振铎、沈从文、徐元度（霞村）、赵景深、戴望舒、施蛰存等人也相处得很好。他对生活非常认真，做人纯洁而又善良，他的弱点是个人奋斗，孤军作战必然归于失败。

我们的诗人并不是生活在象牙塔里。他有强烈的爱国思想和民族自尊心。他对旧社会的黑暗十分愤慨，对军阀的统治无比憎恨，对外来的侵略坚决反抗。他关心世事，在悼念孙中山先生的诗里，写出

　　　　生人的音乐是战鼓征鼙

这样鼓舞人心的诗句。他对乞丐、戍卒、征人（见《还乡》）的悲惨遭遇寄予无限的同情。

朱湘一直在摸索新诗创作的道路，他写过五十来篇评论新诗作品和探讨新诗理论的文章和书信。他主张一方面走向民族化，向我国的古典诗歌学习，特别取词和民歌之所长。另一方面，他主张借鉴西方的"真诗"和诗律学，强调翻译介绍的重要性。他说："新诗的未来便只有一条路，要任何种的情感、意境都能找到它的最妥帖的表达形式。"[2] 所以连自由诗他也是赞成的。他并且认为"诗这件东西，说来，应当内容、外形、音节三种并重的"。[3] 他特别强调新诗要有格律，有音韵，有音乐性，可以朗诵，可以入乐。这个见解是很中肯的。直到如今，新诗的弱点依然是不能上口，不能唱。朱湘曾在清华文学社和北海舟中唱过"小船呀轻摇"，听过的人莫不同声称赞。抗战初期，我在成都时常到刘开渠家里开读诗会。有一次，一位诗人大声朗诵他的诗作，手之舞之，弄得满头大汗，还是不大能讨好。我接上去念朱湘的这首《采莲曲》，声调平和，韵律优美，听众随舟摇摆，如痴如醉。

朱湘的诗有一个缺点，就是讲究诗的"形体美"，有如闻一多讲究诗的"建筑美"，把每行诗的字数限定死了。诗是时间艺

术，是拿来听的，不是拿来看的。古典诗歌字数整齐，是因为只用实字。新诗采用口语，口语中有不少虚字，这些虚字并不占据实字那样长的时间。朱湘的一些诗行往往少用了字，偶尔又多用了字，显得做作而不自然。首先看出这种诗行的弊病的是子潜，早在1925年他就注意到诗行中音步应当整齐（他后来给音步取名为"音组"，意思是"音节小组"），字数可以多，可以少。这是韵文学中一条非常重要的原则。至于文学作品中的"建筑美"，不应当表现在字数的整齐上，而应当表现在布局，结构，戏剧中的场次，小说中的章节，韵文中的诗节等的匀称和比例上。古希腊悲剧处处匀称，是这种建筑美的最高表现。英国作家哈代学过建筑，所以他的小说的结构有建筑美。

朱湘还翻译过东西方各国的格律诗。他翻译外国诗的目的，在于"迎外而获今"。他认为"外来的思想……有时还极应当融为己有"。他译诗是极认真的，他领会了原诗的精神，并且完全保留了原诗的形式，诗节的安排、诗行的长短以及脚韵的组织都不变动，他在这方面实费苦心。他后期的译诗打破了诗行字数的限定，偶有增减。所以他后期的译诗音调更和谐，念起来也更顺口。这是他的一个进步。

朱湘还介绍了西方的各种诗体，如无韵体、巴俚曲（法国诗体 Ballade）、圈兜儿（法国诗体 Rondeau）。这一类的诗体可以使新诗的体裁多样化，无可厚非。无韵体是一种非常重要的诗体，主要有五音步无韵体（英国诗体）和六音步无韵体（古希腊史诗体）。朱湘曾在《洋》中试验过五音步无韵体，每行十个字，其中只有少数诗行才是真正的五音步无韵体，如：

> 瀑布只知喧嚣它的长舌；
> 湖泽迂滞，小河跳过白沙。

遇上虚字，诗行就变成四音步，如：

> 辉映着棕榈，鳄鱼的炎阳，
> 在北斗光中扇白风凌乱。

朱湘对这种诗体尚缺乏信心。无韵体诗成功的试验，五十年前有孙大雨译的莎士比亚悲剧《黎琊王》(即《李尔王》，商务印书馆)，现在又有卞之琳译的《哈姆雷特》(人民文学出版社，1957年)和林同济译的《丹麦王子哈姆雷的悲剧》(戏剧出版社，1982年)，都属于同样的风格。至于六音步无韵体，虽然有徐迟等人试验过，但尚未获得可观的成就，因为在中文里由于诗行过长而显得软弱无力，并且容易分成两个均等的三音步诗行。

朱湘在新诗发展的初期阶段，就能提出这样一些有创见的正确意见，是难能可贵的。

朱湘的著作和翻译，据说有十三种，在国内已经不容易见到了。但是在美国衣阿华大学、柏克莱大学、芝加哥大学、西北大学、美国国会图书馆、英国剑桥大学、东京等地都能找到朱湘的书。

朱湘死后不久，我曾预言："死了也不死，是朱湘的诗。"当日鲁迅先生曾说：朱湘死后报纸上是热闹了一阵子。但后来的五十年间，这位诗人似乎被人忘记了。直到最近才有人在编写朱湘论、朱湘传、朱湘年谱、朱湘资料，有几家出版社在出版朱湘诗选、朱湘文选、朱湘译诗选、朱湘诗论，复印《朱湘书信集》。看来诗人已经复活了。朱湘曾被鲁迅先生称为"中国的济慈"。英国的济慈是不死的，中国的济慈也是不死的。

> 1982 年 3 月北京
> 1984 年 2 月修改

注　释

[1] 五十多年来我一直是这样理解的，但不知朱湘的根据何在。此文写就后，我查商务印书馆的《综合英汉大辞典》，发现 myrtle 条有如下解释："桃金娘，West Indian myrtle，番石榴。"我认为"番石榴"不合用，特别是"番"字，如果不加解释，则意义变成了"番邦的石榴"，与古希腊的酒会无关了。

[2] 见《巴俚曲与跋》。

[3] 见《我的读诗会》。

关于朱湘

《现代诗人朱湘研究》序

　　三个昼夜读完这本朱湘研究，心情激动，感慨万端。1933年底在雅典获悉朱湘投江的噩耗，不胜悲痛，曾写《给子沅》一文寄曹葆华，并去信告诉他："努力搜集子沅的遗稿和书信，整理的责任全交给我。……子沅投江的详情和社会上的一切评语尽力收存。我准备为他作传。"次年秋天我回国时，纪念诗人的高潮已经过去，我还是写了好几篇文章，对朱湘的不幸遭遇表示悲愤，奉劝穷途末路的诗人同生活作对到底，不要往江边临流愤慨。此后生活不安定，到处奔波，我也就把朋友忘记了。只偶尔在读诗会上朗诵《采莲曲》、《摇篮歌》几首好诗。1947年到长沙访问诗人的亲属，消息全无，不胜惆怅。直到1977年我才从赵景深处得知朱湘的后人流落在昆明，并和他们取得联系。他们的艰难困苦已记入《新文学史料》1982年第3期《忆诗人朱湘》一文，这里不再赘述。

　　1979年1月12日，记事本上有这样一句话："拟与景深兄合写朱湘的小传，不知有无用处。"但因事迁延，没有动笔。前几年，朱湘的同班人谢文炳出主意，要罗皑岚和我合写朱湘传，如果因故中断，由他来完成。皑岚当然乐意，只恨天不从人愿，计划成泡影。文炳年事最高，尚有百万言小说待写。我与朱湘同庚，余日无多，手头的扫尾工作尚难完成。后来偶然见到钱光培，他有心写朱湘论，我便把我的一些想法告诉他，并把手头所有的资料交给他。现在书写成了，我可以借花献佛了。

这本书对朱湘的生平叙述甚详，纠正了许多错误的记载。作者曾亲赴安徽太湖县寻访朱湘的世系，尽管是空手而回，但这种不辞辛劳的求实精神是可贵的。前些时候，友人自哈尔滨寄来1983年第3期《艺谭》（安徽文学研究所刊物）上发表的《朱湘的世系及其它》一文，使我如获至宝。文章作者赵荆华是朱湘的小同乡，现在太湖宣传部工作，我曾央求他再寻访朱家的情况。

据赵文说："朱湘一生未曾回过太湖，就是在安徽大学执教期间及失业后都未回太湖祖籍。这是他的思想、性格所决定的。他的四兄朱文庚少时由湖南送往太湖祖居百草林祖父处读书，继承了全部家产祖业，良田达数千亩，靠雇工收租。朱湘的祖父，一生从医，家里权力交给一些雇佣，……自己不过问，一心要子孙求学，以诗书理家。"当时，安徽大学在安庆，距太湖县不过百来里。诗人穷苦潦倒，却不想回老家就食，这里面有文章。我曾听说，诗人的兄长视他如路人，此说似有根据。

诗人身后遭受两个不白之冤，其中一个是被定为"新月派"，按照亚理斯多德的三段论，必然得出"反动"的结论。但是大前提和小前提都靠不住，所以结论难成立。但要驳倒这个三段论，须花费大力气。本书作者对这个问题提出反面的证据和严谨的论证，言之成理。这是本书的一大发现。

另一个不白之冤，是说诗人生活在象牙塔里，为艺术而艺术，为形式而形式。尽管诗人曾经声明："我作诗，不说现在，就是以前也不是想造一座象牙塔，即如《哭孙中山》、《猫诰》、《还乡》、《王娇》都是例子"（见《朱湘书信集》第136页，并曾以《开辟草莽与播种五谷》为题发表），偏偏有人不相信。本书作者对这个问题提出反证，亦持之有据，言之成理。这是本书的第二个大发现。

本书的第三大发现，是在第六章指出朱湘"十分大胆地发出了要文学作者去反映'赤区'（即共产党领导下的'苏区'）实情的呼声"。朱湘曾于 1933 年在上海《青年界》发表《文学闲谈·地方文学》一文，提出下面的呼吁：

> 即如"赤区"的实情，全国的人，哪一个不想知道？如其有文学作者，对于这一方面是有深切的认识的，能以用了公正、冷静、畅达的文笔，写出一些毫无"背景"的、纯粹的文学作品来；那么这些作品，它们不仅要成为文学上的，并且要成为社会上的珍贵的文献。

这是诗人公开发表的言论，是评论诗人的思想倾向最重要的资料，似乎还没有别人注意到。

本书作者掌握大量资料，行文条理清楚，分析入微，论证谨严，"笔锋常带情感"（梁任公自述语）。各篇文章都是有火力，有针对性的，所以读起来不感觉沉闷。这不是说这是一本十全十美的书。这只是第一本系统研究朱湘的生平和创作的书，今后还会有更好的论著和评传问世。曾经有几位同志来信向我要有关朱湘的研究资料，准备写评论文章。据我所知，朱湘诗文选、朱湘袖珍诗选、朱湘诗创作、朱湘全集、朱湘诗论、朱湘论文、朱湘论、朱湘研究资料（其中有朱湘的儿子小沅写的回忆录）、朱湘的《草莽集》、译诗集、《朱湘书信集》、《海外寄霓君》、《二罗一柳忆朱湘》等书正陆续出版。这些著作大都沾染上我的汗水，我该是无愧于这位良师益友、薄命诗人。

罗念生

1984 年 6 月于北京

从芙蓉城到希腊

《朱湘译诗集》序

诗人朱湘于 1904 年生于湖南沅陵县，别号子沅。1919 年入清华学校，1924 年因旷课逾章，被学校开除。1926 年重入清华，次年赴美国留学。1929 年回国，在安庆安徽大学教书，兼外文系主任，三年后被解聘，从此颠沛流离，于 1933 年 12 月 5 日投长江自沉。

过去有关朱湘身世的资料，大半是笔者提供的，其中一些不大准确。近年海内外对朱湘的研究日趋活跃，不少专家作出了可喜的贡献。赵荆华同志撰写的《朱湘的世系及其它》（载安徽《艺谭》1983 年第 4 期）就很引人注目。文中说："朱湘祖籍在安徽太湖县。祖居弥陀寺百草林（今弥陀公社长岭大队）。父亲朱延熹（字益斋），是个翰林。……朱湘的祖居百草林，位于弥陀寺小镇西二华里，四面小丘环绕，一个仅有两户人家的破旧山庄。几间陈旧古老的瓦房掩蔽在一丛绿树修竹中。朱湘的祖父是一个中医郎中，在地方上医术很高明，家里又兼开了一个中药铺子。……朱湘的祖父对子女要求十分严厉。他的父亲从小受到家庭的熏陶，博览群书，学问精深……连任江西学台、湖南道台等官。同治年穆宗皇帝赐与金匾一块，上书'功高九万里，道台十三春'。这块金匾保留至文革初，被造反者作为'四旧'焚毁。……原国民党安徽省建设厅科长李幼荪是朱延熹的同乡，又是故友，挽朱延熹对联一副尚存，文曰：

学仰斗山高，尔时天丧斯文，谁衍薪传承鹿洞

恩流湘水阔，他日祠崇名宦，应多涕泪堕羊碑

……朱湘在兄弟中排行第五，他年岁尚幼，父母就相继去世，生活十分清寒。……朱湘一生未曾回过太湖，就是在安徽大学执教期间及失业后都未回太湖原籍。这是他的思想、性格所决定的。他的四兄朱文庚少时由湖南送往太湖祖居百草林祖父处读书，继承了全部家产祖业，良田达数千亩，靠雇工和收租。朱湘的祖父，一生从医，家里权力交给一些雇佣……自己不过问，一心要子孙求学，以诗书理家。朱湘既不向兄弟乞求，也不向社会屈服。……百草林的朱湘祖居，因无人管理，年久失修，已破旧不堪。有关祖传家谱、文物古籍也大部分遗失。当年皇帝赐给朱湘的父亲朱延熹的一颗镶在古玩具上的夜明珠，被人抄去卖给了浙江来太湖收集民间文物古董的人。……几十年来，大凡有关朱湘的文章都未提到他的祖籍、世系问题。在朱湘逝去的五十年后的今天，就我所知道的写下这些，一为纪念，二为研究朱湘的专家学者提供一点资料。"这是很难得的资料。笔者曾央求赵荆华同志再作进一步访问。

朱湘自 1922 年开始发表作品，他从事文学活动的时间不过十年，最后一两年等于浪费。他生前死后出版新诗《夏天》、《草莽集》、《石门集》、《永言集》，散文《中书集》，文学评论《文学闲谈》，信札《海外寄霓君》、《朱湘书信集》，翻译小说《英国近代小说集》。此外，朱湘还译有古希腊埃斯库罗斯的悲剧两种、柏拉图的对话《会饮篇》、英国作家谢立丹的喜剧《造谣学校》，可惜都散失了。

这本《朱湘译诗集》收《番石榴集》、《罗马尼亚民歌一斑》中的译诗，以及朱湘的几首零散的译诗。

朱湘认为研究和继承我国民族的古代文化以及研究和介绍外

国的文化，是推动我们的"文艺复兴"的力量。他在《文学闲谈》一书《文化大观》一文中说："玄奘到印度去取经，给唐代文化安置了一块基石。"他并且在该书《翻译》一文中主张研究和翻译外国文学。他说："在这种文学之内，有的研究、翻译，是为着它们所产生的世界名著、欧洲名著；有的是为着它们所供给欧洲文学史上的文献；有的是为着它们与中国的文学、文化所必有的以及所或有的关系。"朱湘肯定这种研究与翻译必然会影响我国的新文学与新文化的建设。他在致孙大雨的信中（见《朱湘书信集》，上海书店影印本，第211页）这样说："经过一番正当的研究与介绍之后，我们一定能产生许多的作家，复古而获今，迎外而亦获今之中。"

朱湘翻译世界各国的诗歌，包括印度的，在1930年集成一部短诗集，取名《若木华集》，开明书店想印又没有印。当即由译者取回，加进一些新译的诗，更名为《番石榴集》。至于现存在《番石榴集》下卷中的长诗，则是诗人在美国留学期间翻译的，其中《迈克》、《老舟子行》、《圣亚尼节之夕》，原来命名为《三星集》，这个集子开明书店没有接受，歧山书店接受了，又没有印成。诗人逝世后，商务印书馆把《三星集》和《索赫拉与鲁斯通》附入原来的《番石榴集》，于1936年出版。

我曾于1937年在《关于〈番石榴集〉》一文（已收入《二罗一柳忆朱湘》）中这样写道："有几个书摊主人问我'番石榴'是不是'海外石榴'或'西红柿'一类的东西。我告诉他们，那是一种绿叶红花或白花的植物，结实甚香。他们又问这书名有什么用意呢？我说是古代的希腊人在宴会里诵诗时要捧着一束番石榴枝。这人诵完后，便把这东西交给他愿意交给的客人，由那人接着诵一段诗，那诗必须与上面的多少有点连接的关系。"但究竟是什么植物，我当时也弄不清楚。1982年，我在《忆诗人朱湘》一文（载《新文学史料》1982年第3期，已收入《二罗一柳忆

关于朱湘

朱湘》）中这样写道："他曾把他翻译的诗题名为《番石榴集》。'番石榴'译自希腊文 myrsine（英文是 myrtle），不是译自希腊文 side，rhoia（石榴）。其实 myrsine 这个草木之名，应译作'桃金娘'。古希腊人在进餐后饮酒的时候互相传递这种植物的枝条，谁接住，谁就唱一段诗。"我在注中说明："五十年来我一直是这样理解的，但不知朱湘的根据何在。此文草就后，我查商务印书馆的《综合英汉大辞典》，发现 myrtle 条有如下解释：'〔植〕桃金娘。west Indian myrtle，番石榴。'我认为'番石榴'用得不合适，特别是'番'字。如果不加解释，则意义变成了'番邦的石榴'，与古希腊的酒会无关了。"

朱湘非常重视翻译。他有灵感就写诗，无灵感就译诗。他读书，翻译从来不用有中文释义的字典。柳无忌在他写的《我所认识的子沅》（1934 年）一文（已收入《二罗—柳忆朱湘》）中写道："最使我钦佩的，是他译诗的方法。他读书与翻译时从不用字典，真的，他去美国读书时连一本字典都没有带去；遇有疑难的地方，他才借我的字典来应用，但是这些次数并不多。他翻译时不打草稿，他先把全段的诗意读熟了，腹译好了，然后再一口气的写成他的定稿。他的诗稿上很少有涂抹的地方，就是他给友人的信，也是全篇整洁不苟。"

头脑中的活字典难免记错，弄不准确。王宗璠曾指责朱湘把白朗宁的《异域乡思》（发表于 1924 年 10 月出版的《小说月报》第 15 卷第 10 期）第 11 行中的"梨花"译成"夭桃"。朱湘曾为文作了答复。

《番石榴集》在 1936 年出版的当时，受到好评。胜己先生曾在南开大学《人生与文学》杂志第二卷第四期中对这部译诗表示称赞。常风先生也曾在 1936 年天津大公报《文艺副刊》第 249 期发表《〈番石榴集〉书评》（收入常风散文选《弃余集》）。他说："朱湘氏是位诗人，不过他最早得名似乎是因为翻译诗。这部翻译是极值得称赞的。从曼殊大师翻译外国诗开始以迄今日，没有一本译诗赶得上这部集子选拣的有系统，广博，翻译的忠实。……以一人而译了这些重要的长篇叙事诗和短诗真是惊人的努力。"评论家也曾指出朱湘译诗有时候未能传达原诗的神味，文字有些生硬。

朱湘的翻译手法有时近于创作，例如他曾把本·琼生的《给西里亚》第三、四两行译成：

> 我要抱着空杯狂吸，
> 倘若你曾吹气轻呵：

本·琼生的原诗是：

> On leave a kiss but in the cup
> And I'll not look for wine.

（大意是："你在杯中留下一吻，我就不再找酒喝。"）

这两行借用六世纪希腊诗人阿伽提亚斯的碑铭体诗的意境。希腊文原诗大意是：

> 我不嗜酒，如果要我喝得醉醺醺，
> 　你先尝一口，递过来，我就接受。
> 只要你用嘴唇抿一抿，那就不容易
> 　教我戒酒，同甜蜜的斟酒人分手。
> 这酒杯会从你唇边给我带来亲吻，
> 　向我示意它享受过多么大的愉快。

朱湘不直接从英文翻译，而取阿伽提亚斯的原意，等于自己重新

关于朱湘

创造，和本·琼生的诗有距离。

朱湘讲究"形体美"，为求整齐起见，把每行的字数严格限定。这是一个错误，因为诗是时间艺术，与空间无关，诗是拿来朗读或默读的，而不是拿来看的。古希腊人认为抒情诗属于音乐，是有道理的。在格律诗中，每行诗字数整齐，如果音步不整齐，就会破坏各行所占时间的均称。而且限定了字数，往往会拉掉一些字或塞进一些字以求整齐，这就会破坏诗的意义或音韵。朱湘的译诗有些生硬，原因就在这里。拉封丹的《寓言》一诗，大部分诗行未受字数的限制，所以比较自然，不显得生硬。至于散文诗《牧歌》和《番女缘》则非常自然。朱湘曾在致赵景深的信中（见《朱湘书信集》第47页）说："节奏、境地、辞藻：这是'散文诗'的元素。当中节奏最重要：因为有境地，有辞藻，还不过是散文，须要加上节奏，'散文诗'这名词方有存在的根据。"这个要求，朱湘是达到了。

阿诺德写过一本谈荷马史诗翻译的书，说荷马史诗的特征是：声调轻快，词句朴素，思想简明，风格崇高。他认为恰普曼等人的翻译并没有表达荷马史诗的风格。有人请他翻译荷马史诗，他回答："敬谢不敏。"但他曾模仿荷马史诗，写出叙事诗《索赫拉与鲁斯通》，这首诗朴质，简洁，有力。译这种诗非朱湘所长。

为了做好翻译工作，朱湘曾在文字上下过一番苦工夫。他在致赵景深的信（见《朱湘书信集》第59页）中说："我想在已经学习的希腊文、拉丁文、法文、德文、英文外，加学俄文、意大利文、梵文、波斯文、阿拉伯文。能作到哪一种田地，如今也不敢讲，不过我觉得要这样一番工夫，才不辜负来西方一趟。"这本集子中的诗大部分是根据原诗的文字译出的。

朱湘的另一个志愿，是翻译我国的古典诗歌，向国外介绍。他的英文造诣极深，21岁左右就用英文写过两首十四行体诗，一首致荷马，一首致古希腊悲剧诗人埃斯库罗斯，前一首已散失，后一首已由我译成蹩脚的中文诗，连同原诗登在《新文学史料》1984 年第 1 期，已收入《二罗一柳忆朱湘》。朱湘在留美期间曾翻译我国古典诗词八首，都是用诗体翻译的。

常风曾在那篇书评中说："这个集子在编制上有许多缺点，每个作者应该有一点简单的介绍——而且许多诗人对于国人是陌生的，——假如能于每首诗加以解说，那更是理想的了。最后，我们盼望译者的好友如罗念生先生于本集再版时肯于编制方面加以改良，使成一部更令人满意的书。"

笔者曾在《关于〈番石榴集〉》一文中说："这书编辑方面的缺点是无法掩饰的。如果这书的出版人将来许可我过问，我倒愿意把它整理一番。"但如今"日薄西山"，笔者力不从心。好在这项繁重的工作已由编者完成，费了他不少心血。笔者只有两天的时机，通读译诗，稍加修订。言念及此，愧对故人。

唐弢先生日前告诉笔者，朱湘在新文学史上有他的地位，笔者听了感到欣慰。笔者告诉唐先生，有关朱湘的书将出十来种，他听了表示惊异与赞许。

这本译诗选是我国新文学运动初期第一部外国诗大观，出自一个短命的诗人之手，是难能可贵的。这样一个有才华的诗人，竟不见容于旧社会，弄得衣食无着，曾在汉口旅舍被扣留，写信望苏雪林先生拯救，并曾在上海被轮船上的茶房押着去求赵景深先生解脱，然后讨一点钱去买一件旧衣衫蔽体，再去见这位忠厚的朋友，诉说飘流之苦。最后，我们的诗人在江面上狂饮半瓶酒，朗诵海涅的德文诗。临别不忘艺术，可歌可泣！

去年十月，笔者曾在上海见到赵景深先生，片刻之间彼此相对无言，都为诗人的早逝感到悲伤。日昨惊闻这位忠厚长者已于 1 月 7 日辞世，笔者心里感到悲伤。诗人生前好友，几无存留。

1985 年 1 月于北京

《朱湘书信二集》序

五十年后的今天，重读朱湘的两种书信集，依然感到友谊的真挚与亲切，仿佛诗人犹在身边诉说他的生平与理想，为人与治学。真想不到这些信札被遗忘了这许多年，还能重新出书，这有助于了解诗人的思想与情怀，创作与论述。

朱湘原籍安徽太湖县，祖居弥陀寺百草林（今弥陀公社长岭大队）。祖父是个中医郎中，闻名乡里。父亲朱延熹是个翰林，历任江西学台、湖南盐道使等官职。同治年穆宗皇帝赐封金匾一块，上书"功高九万里，道台十三春"。朱湘的四兄朱文庚继承了全部家业，有良田千亩[1]。

朱湘于1904年生于湖南沅陵县，地处沅江上游。1919年考上清华学校。他时常不到食堂进早餐，听候点名。三次不到，作为旷课论，记一个小过。他可能还旷过课堂上的功课。约在1923年冬天，他即将在旧制大学一年级（相当于美国大学二年级或三年级）毕业时，因旷课逾章，被开除学籍。这样被开除在清华还是破天荒第一次，轰动全校。我因此想看看这位同学，只见他在学校西园僻静处孤傲地徘徊，若无其事，我心里暗自称奇。

1925平初夏，经孙铭传（大雨）介绍，我开始和朱湘通信。是年冬天，朱湘来到北平。当时清华"四子"，即朱子沅（湘）、孙子潜（铭传）、杨子惠（世恩）、饶子离（孟侃）在西单梯子胡同租屋同住，每天作诗写文章，文人气氛浓郁，生活上并不和谐。

1926年夏天，我在工字厅前小溪旁边遇见校长曹云祥先生，先生问会不会下雨，我回答说会下。他追问，何以见得？我说："有雨天边亮。"校长听了很高兴，我趁势替朱湘请求复学。校长问："朱湘果真有天才吗？"我回答说；"绝顶聪明。"校长点头说道："那就让他回来吧。"在此以前，子潜已经替子沅向校长求得复学的许可，这件事我当时并不知道。前些时候，子潜写信告诉我，他曾在当天把这个好消息透露给朱湘，可是诗人听了，毫无表情。

到了秋季开学时候，朱湘自城内来电话，抱怨郑振铎没有提前给他寄稿费来，害得他连上清华的车钱都没有，因此改变主意，想去杭州教中学，月薪有六十元之多。是我给了他一点钱，苦劝他回校的。这步棋可能走错了。

到了寒假，朱湘要回长沙，叫我把他的信件转到家里去。可是他并没有回去。霓君后来告诉我，转回去的信有一封是一个女子写给朱湘的情书，被她扣留下来了。她因此赶来北平，维护这个小家庭。

据《海外寄霓君》第五十八封说："几年来只有在北京初见面的时候最好，那时候人是两个人，心只一片心，那时候我过得最快活。"这倒是真情。我第一次踱进他们那间公寓房间时，便感觉到有一种别致的馨香，仿佛是洞房里才有的。我当时羡慕诗人有福，唯独"罗胖先生"皑岚，以小说家的锐利眼光看出了他们之间的情感有裂痕。

朱湘于1927年赴美国留学，有五年学习的机会。但是他思家心切，才读了一年书就想回国，经皑岚和我竭力挡住了。朱湘也知道自己在国内结的仇人太多，找事不容易，想考个硕士或博士，保证将来有饭吃。可是到了1929年，闻一多约他到武汉大学教书，他就决定回国。他在上海碰见几位熟朋友，被他们拉到安庆安徽大学去了。这一步棋又下错了。一个连学士都没有弄到手的大学生当上教授，月薪三百，这是最优厚的待遇。可惜有好日子不会过，夫妻口角，捣毁家什，次日和好，又去购置一套新的。有钱无处花，就去买骨董字画，如郑板桥的墨迹，已被鉴定为仿制品。到了 1932 年，朱湘没有接到聘书，从此失业，饥寒交迫，曾被轮船上的茶房押着去找赵景深求救，并向他借一点钱买件旧衣衫穿上，然后再去见这位忠厚长者，诉说飘零之苦。

从芙蓉城到希腊

夫妻双方性情急躁，霓君的口又"厉害一点"，再加上怀疑，终于酿成大祸。据朱湘的儿子小沅的回忆录所记，1933 年 12 月初，朱湘在上海购得霓君最喜爱的软糖，问霓君甜不甜，回答是出乎意外，诗人一定感到失望。他随即乘船西上，于 12 月 5 日清晨船过李白饮月的采石矶时，狂饮半瓶酒，朗诵德国诗人海涅的原文诗，然后随江流而去。诗人热爱祖国，浩气凛然，愤世嫉俗，刚正不阿，只身奋斗，穷困潦倒，可哀可惜！

后来呢？听说霓君曾一度服毒，削发为尼，一说进了天主教。我两次到长沙，都没有打听到霓君的下落。小沅当时寄托在南京白下路贫儿院。我曾于 1934 年两次过南京去看他，他说每天都到院门口竹篱边望我再去看他。朱湘有个嫂子，名叫薛琪英，曾留学法国，译有法国童话小说《杨柳风》，并曾在《新潮》上发表过多篇译文。是这位二嫂接过小沅，要他"一子双祧"。可是霓君后来把儿子带走了。这一步棋又下错了。一多曾叫小沅到昆明去投考西南联大，可是小沅到达时，一多已被刺，小沅因此流落在昆明。

小沅后来因为有一点历史问题，被下放到煤矿劳教二十年，染上矽肺病，于 1978 年病死。听说煤矿曾为小沅平反，后来证实不确。小沅的儿子幼林患红斑狼疮，浑身水肿，脸上布满紫红色疮疱，往外渗黄水，三年痛苦，已于 1982 年病故。霓君早已于 1974 年在昆明逝世。朱湘的女儿小东曾于 1983 年筹借路费到北京来看我，并向一家出版社诉说生活的困苦。她先天不足，"生下来很轻"，后天失调，"没有奶吃"，所以个子矮小，身体虚弱，少年时因病无钱医治，锯去了一条腿。她由北京回到昆明时，得知她的一个女儿已于日前被一辆三轮车撞断脊骨，成了残废。这许多灾难都落到了诗人的后代身上。诗人曾誓言，要让霓君同小沅小东"过一辈子好日子"，哪知他自己求解脱，一家人却因此陷于穷困之中。

上面这些事的详细情形，大半见于罗皑岚（已于 1983 年逝世）、柳无忌和我合写的《二罗一柳忆朱湘》（三联书店），书中二十来篇文章可以说是对朱湘的生平、创作活动和学术思想所下的注解。

本书中的《海外寄霓君》有一个特点，就是写夫妇间的琐事，不让外人知道，只等将来回国，两人共同阅读，重温往事。皑岚特别称赞这一点，他曾在《读〈海外寄霓君〉》（已收入《二罗一柳忆朱湘》）一文中说：

> 如果有人问我，文学作品中最喜欢的是哪一种，我可以马上回答说，我顶喜欢书信和日记，但也有一个附带的条件，那便是写这书信和日记的人，生前没有存着要印给大家看的心思。如果存着这样的心思，他无形中便把真情藏了一半，读者能看到的，不过是他那副摆给观众欣赏的面具而已。这部《海外寄霓君》的好处便在这里：朱湘写这些信给他的太太时，并没有想到他日后要投水自杀，更没有想到这些信会印成集子，公诸世人。

朱湘的字很清秀工整，简直是美术作品。他的信有一些近似优美的小品文。《海外寄霓君》于 1934 年 12 月由北新书局印刷

1500册。本书中的《朱湘书信集》于1936年3月由天津人生与文学社印刷1000册，大部毁于战火。这部书是用罗皑岚的长篇小说《苦果》赚来的钱津贴出版的。对这些书信，我当初不识货，胡乱编排，恳请心爱的朋友抄录出来，就交给无忌出书。如今有人发现这部书是研究朱湘的重要资料，其中对新文学应走的道路和新诗发展的前途有精辟的见解。

但是这两部书信集当时都未经整理，我这次协助校订，颇费功夫与情感。当初顾虑到诗人树敌太多，我曾将《朱湘书信集》中一些字句用省略号代替，以免再得罪人。我曾在原序中说，要等到百年后，这些阙文才能补上。但是原件已于抗战初期被托管人销毁，所以我如今只能凭记忆恢复几处原有的字句。至于文字有错误、意义不明的地方，我不便改动，只好加上一个问号，如（？）。

朱湘一生勤奋，每天读书写作十一小时。他曾写信对无忌说："以前我是每天二十四点钟都在想着作诗。"诗人生前及死后出版了新诗《夏天》、《草莽集》、《石门集》、《永言集》，散文《中书集》，文学评论《文学闲谈》，翻译诗《路曼尼亚民歌一斑》（即《罗马尼亚民歌一斑》）、《番石榴集》，翻译小说《英国近代小说集》等书。一个短命的诗人能有这些成就，是无愧于大地对他的养育的。

朱湘二十一岁就能用英文写十四行体诗，一首致荷马，一首致古希腊悲剧诗人埃斯库罗斯，后一首曾由我译出大意，发表在《新文学史料》1984年第1期上，原稿已遗失，好在那本史料上附有原诗的照片。《朱湘书信集》中致赵景深第十二封信上有朱湘的自由体英文诗一首，是1927年冬天写的，当时他还是一个二十三岁的大学四年级学生。诗中有美妙意境和哲理玄思，这种形式和内容在当日的美国是很时兴的。至于诗人翻译的辛弃疾的《摸鱼儿》和欧阳修的《南歌子》，已无存稿，希望有好事者到芝

加哥大学去，从《长生鸟》（一般误译为《凤凰》）杂志上把这两
首译诗抄录下来。

对朱湘的评价有一个关键性的问题，就是他是否新月社中
人。据钱光培同志在他的《现代诗人朱湘研究》一书中考证，朱
湘并不是新月派人。《朱湘书信集》致罗念生第十一封信中有这
样一句话："《新月》月刊方便就请寄一本给我看看（必要时可
寄还），但特别去买则请不必。"如果诗人是新月社中人，新月社
理应送他一本月刊，他本人也理应关心这个刊物。所以朱湘这句
话是一个有力的反证。

近年来，评论朱湘的文章、朱湘研究、朱湘年谱、朱湘资
料，以及诗人自己的著作与翻译，陆陆续续地在发表，出书。这
个被遗忘和误解的诗人已经引起人们的注意，受到公正的评价。
对此，我感到欣慰，多年来的抑郁心情从此云散烟消。遥祝诗人
的灵魂自太平洋上升入高天，看霞光四射，听太空中传来自己生
前谱写的《采莲曲》和《摇篮歌》：

> 菡萏[2]呀半开，
> 蜂蝶呀不许轻来，
>   绿水呀相伴，
> 清净呀不染尘埃。
>   溪涧
>   采莲
> 水珠滑走过荷钱。
>   拍紧，
>   拍轻，
> 桨声应答着歌声。
>
>
> 天上瞧不见一颗星星，

地上瞧不见一盏红灯；

什么声音也都听不到，

只有蚯蚓在天井里吟：

　　睡呀，宝宝，

　　蚯蚓都停了声。

1985 年 3 月，北京

注　释

[1] 参看赵荆华：《朱湘世系及其它》，载安徽《艺谭》杂志 1983 年第 4 期。

[2] 菡萏（hàn dàn）：荷花。

关于《朱湘书信集》

曾被鲁迅先生誉为"中国的济慈"的青年诗人朱湘生于1904年。1919年，他改上清华学校，时年十五岁，已能读英文的侦探小说。1923年冬天，他即将在旧制大学一年级（相当于美国大学二年级或三年级）毕业时，因为早餐点名缺席二十七次被清华开除。此后两年半他努力作新诗，写诗论文章，有了名声。1926年回清华复学，次年赴美国留学，专攻英、法、德、希腊文学。1929年提前回国，任安徽大学英文系主任，1932年被解聘。1933年因穷困潦倒，在采石矶投长江自杀，年仅三十。

朱湘同情穷苦人、乞丐、戍卒、征人。他热爱祖国，具有强烈的民族自尊心。孙中山先生逝世时，他悲痛"革命之旗倒在帝座的前方"，发出激励人心的战歌："但停住哭！停住五族的歔欷！听哪：黄花岗上扬起了悲啼！让死者的英灵去歌悼死者，生人的音乐该是战鼓征鼙！"

朱湘的诗风格秀丽，构思巧妙，意象新奇，节调铿锵，音韵和谐。他曾朗诵自己的得意之作《摇篮歌》，使听众仿佛进入梦乡，甚至有人打哈欠。他的诗歌至今仍时常在电台上广播。

诗人生前和身后出版了《夏天》、《草莽集》、《石门集》、《永言集》四部诗集，一部译诗《番石榴集》（我国第一部西诗大观），散文作品《中书集》、《文学闲谈》、《海外寄霓君》等。三联书店香港分店刚出版《中国现代作家选集·朱湘》，人民文学出版社将出此书的简体字版本。笔者正在整理朱湘的诗论书稿，其中有许多精辟的见解。朱湘主张新诗应继承我国的古典诗歌，特别是词和民歌的传统，同时吸收西方诗歌的优点和形式。这本诗论和《草莽集》将由人民文学出版社出版。朱湘的译诗集将由湖南人民出版社出版。柳无忌、罗皑岚（已于今年3月辞世）和我写了二十多篇怀念朱湘的文章，集成一本书，名叫《二罗一柳忆朱湘》，正在接洽出版的地方。此外，朱湘资料、朱湘论、朱湘年谱正在准备中。评论朱湘的文章近年已发表十多篇。

《朱湘书信集》即将在诗人逝世五十周年之际由上海书店出影印本。此书曾于1936年经笔者编辑由天津人生与文学出版社出版，只印一千册，而且大部分毁于炮火。这个出版社把罗皑岚的长篇小说《苦果》一书所赚的钱都赔在这部书信集里。

朱湘在这些书信中谈学问，论诗歌，述说世态人情。《朱湘诗论》收入了其中十来篇信札，可见这个集子是研究朱湘的创作和理论的重要资料。朱湘对生活和友谊是很热情的，也是很严肃的。他的字写得很秀丽，简直是美术作品。这些信札近似优美的散文，足以代表诗人的风格。

笔者曾在这本书信集的编者序中说："他在这些信里得罪了许多人，这是他的率直处，甚至还写信去直骂本人，因此不能见容于这个世界。等到百年后，这些信才能全部发表。"但是事隔五十年，原信留在北平友人处，在兵荒马乱中不幸遗失了，书中打了省略符号之处，已难复原。只记得第188页原文是这样的："我将来看着时机到了，一定要怂恿一多与徐志摩脱离关系。我自己更是反对徐志摩到底。"

笔者想说的，还是五十年前的两句老话："不死也死了，是诗人的体魄；死了也不死，是诗人的诗。"

散　篇

铁　牛

——一名战争

　　我们的先民自波谜尔高原迁来
黄河两岸，更南下蟠踞了长江
与珠江，将本地的蛮夷逐走了，创下了
这几千余年的文明；后来鲜卑，
匈奴，氐，羌，和辽人，金人，相率
起来复仇，直到忽必烈汗，
（哦，人类之王！）才征服了我们。
我惭愧这许多民族间的争斗，竟未有
史诗记载。这都是因我们历来的
诗人，缺乏雄健的气魄，与伟大的
灵感，只知织工与短炼，不曾将
这古今来的英雄事迹，谱入诗歌
与音乐。

　　不看那西方的诗人，荷马尔
当前，魏琪尔继后，讴歌古希腊
与罗马的英雄；还有但丁与弥尔敦，
将中世纪的灵魂化入诗歌里！
兴起吧，诗神！将种族的精灵，付托
与未来的诗人，听他们吹着黄钟

大吕，不让西方的神乐独奏。

　　远望摩天的山岭，上面压着
层层的冰雪，那还是冰期遗下的
痕迹，亿万年不曾改换原形；
雪层下万刃的悬崖，乃当日洪水
未消时，被狂涛急湍所冲刷成的；
崖穴里蓄着浆果，那猛禽探视
下界的森林，忽然敛翼下投，
攫着一只山羊，像一匹飞马
跃过长空；森林内参天的乔木，
老干巨枝，从未经刀斧斩伐，
只偶尔遭雷打火烧，化成了石炭；
地面冷蕨萁掩覆着黄叶，有时
自黄叶里钻出一只野兽，它咆哮
一声，山崩地裂。

　　这荒山里养着
成群的猿猴，它们攀食了智慧的
果实，转变了人形；他们不再
爬行，立起来直走；他们的面角
增阔了，大拇指也长了许多；更学会了
语言，能将思想沟通，于是
他们做了万物的灵长；但他们的
野性尚未完全化掉：他们用
敌人的头颅来做饮器，饮的是
敌人身上猩红的血；他们
饿了时，上山去捉一只九节麟，或是

下海里捕一尾大鸟□来果腹，顺便
把兽皮披在肩上，把鱼骨磨成
箭簇，好射敌人；风雨来时，
他们避入石穴，当他们的家巢。
这山中有一对父子，他们就是
这样的生活。

　　那老汉名叫独眼龙，
（他的眼睛给敌人伤害了一只，）
他的身材比金钢还要魁伟，
望过去像一座山头；他的鬓发
虽已斑白，脸上还透着红光；
他的妻室早被人家夺去，
七个儿子杀得只剩一人，
这儿子名叫铁牛，有万钧的力气。
他襁褓时有神来托梦，说这山洞里
要出龙，果然石缝里钻出了一根
蚯蚓，一见天就变成了长虫，他匍匐去
扭着龙的颈项，等爸爸回来时，
只见死虫；成人后他越发猛健，
一只手便可擎天；独眼龙见有
这般的儿子，不愁杀尽敌人，
为种族争光；因教他百般的武艺
先把河中的磐山搬到山上，
再学猴儿爬树，一身要灵活；
然后给他一根粗短的木棒，
教他练来如同使筷子一般；
又把他的脚掌切成了方块，

就在刀山上也可以攀行，还叫他
把牙齿磨得锋利，就是头颅
落地，还会咬人。

　　他曾去为母兄
报仇，在洞门外大显威风，有如
犀虎出山，逢人便扑，这样
铁牛单身便直捣敌巢；又如
雷神的火钻追劈毒虫，这样
铁牛挥着棒槌直追敌人；
从此他的声名震到了天上，
玉皇听了惊问，是韦陀偷下了
凡尘？

　　那知敌族斗他不过，
遣人来阴伺他的父亲，要不是
铁牛奔救得快，他老子的头颅
已做了血杯；他从此为父亲保镖，
出入定要追随。有一朝铁牛
得了一个噩梦，说是阎王
把命簿一勾，派出鸡脚神来拿
他的爸爸；他惊醒起来，果然
不见了父亲，知道预兆不祥，
连声哭喊，像是三岁孩儿
失去了亲娘；他出洞去叩问土地，
在神前磕了三个响头，那知
土地还没有报出方向，他一脚
踢翻了偶像去祷请玉皇，玉皇

见他无礼也不肯显圣，他急得
捶胸顿足，双手扭着怒发；
他的气息变成了火焰，复仇的
欲念在胸内燃炽：这准是仇人
谋害了爸爸，青天白日怎就
不见了人？

　　铁牛提着木棒
奔向远山，引得地面的沙石
飞扬，登时就天昏地暗，一片
杀气冲上了云霄；他奔到了仇人
洞前，惊雷一般的怒吼；洞里的
人像是老鼠，缩头缩尾的
不敢出来。铁牛一脚踢破了
洞门，杀尽了仇人的全家。顷刻间
惊动了四野的仇人，一起赶来
厮杀，铁牛奋着全身的劲儿，
八方对敌，杀得血肉横飞；
无奈敌人越杀越多，把铁牛
困入了重围，有如一大群毒狼，
围着了一匹雄狮，任雄狮再是
凶猛，也不时要遭毒口咬伤；
铁牛一手举着木棒，一手
提着死尸周身旋舞，只见
敌人倒地好像急风过草。
不提防脚势一虚，铁牛也倒在
地下，群狼蜂拥上前，把雄狮
按住，它挣扎不起，用口乱咬，

散
篇

一直把狼群嚼尽，雄狮也带满了
创伤了；铁牛爬起来狰狞一望，
尸横遍野，海水也染得鲜红。
他用石头劈开一个脑盖，
盛满了人血来酌饮，猩红的嘴唇
紧贴着忿怒的牙关。

　　好在爸爸的
怨仇已报，铁牛提着木棒
凯旋：一路上为何这样清冷，
连鬼影儿都不曾碰见？独有一只
老鸹在身后追随，呷呷的叫个
不休，这鸟音多凶少吉，难道
铁牛今日尚有难关？他立刻
念了一道驱邪的咒语，那知
遣不去那只凶鸟，便向它一箭
射去，那鸟儿把头一闪，躲过了
厄运；铁牛觉得这老鸹有些
灵怪，跟着它追了几重山，最后
来到了一方平野，满铺着黄叶，
一大群老鸹在那儿争吵；铁牛
近前一望，只见满地的残尸
碎骨，他还当是刚才杀却的
尸首，被野兽拖来这里饱餐，
但拾起骨头一看，上下已缺少
两对门牙，他立刻心惊胆战，
痛声的嚎啕：这原是爸爸的尸体，
为何遗弃在此，给野鸟啄食？

他放下革囊，把残尸件件收藏：
这是脊骨，那是一块腿肉，
那血迹斑斑的是脾胃还是心肝？
还有一节肠子，像一条死蛇，
挂在树枝。

　　他负着尸体正要
回洞，忽然起了一阵谷风，
天地骤然变了颜色，现出
凶杀的气象，百兽惊惶的各自
逃命，像游鱼撞见了水獭；铁牛
认是爸爸的阴灵返照，急忙
伏在地下诚敬的迎迓：他恍惚
看见了生父，一身浸得血迹
淋漓；忽然嗅着了一股大臊，
才知前面有恶兽追来，他急忙
抬头一望，那不是一条大虫！
那野兽的毛色黄得鲜明，上面的
花纹好像龙文；它额前有一个
王字，显出它是兽中的王，
它的爪牙利过鹰喙，一身的
筋肉全是气力；它啸着长风
奔跃前来，好像鲨鱼眨眼，
大地都为震动，铁牛看了
怒不可遏，咬着牙关，誓杀
害虫！他急忙张弓搭箭，只听
弓弦一响，那鱼骨已陷入虎的
眼中；那野兽带伤，越发凶猛，

一爪篷就扑了过来，铁牛忙学
一个鹞子翻身，在虎下躲避了
第一个难星；那野兽因为用劲
过猛，把头颈触地，跌了一个
倒栽葱。铁牛忙举起木棒，向虎头
击去，也因为用力过猛，把武器
折成了两截。他趁势就抢着兽的
颈项，不让它翻起身来；有如
野猫咬着蛇颈，鼓起气儿
任它绞缠，等它的力气尽了，
把身子一缩，轻轻就了逃走；又如
猴儿跨在野狼背上，扭着
它的颈皮撕成碎块，任它
怎样的颠簸也不肯松手；又如
鹏鸟发现了恐龙，在它的颈上
抓了一爪，又腾入空中，恐龙
吐了一口乌云要毒害鹏鸟，
反被猛禽抓入了空中，凭空的
又将它坠下：这样铁牛扭着
老虎不放，他自己也时被爪伤；
那野物虓虓的呻唤，声音渐渐的
哑了，但铁牛把手一松，他登时
就跃了起来，好像一具复活的
僵尸；它忽然把铁牛按住，张开口
便要噬人。铁牛一手推开
虎的下巴，一手给它一个
猫儿洗脸，抓瞎了另一只眼珠，
那野物痛得好像毒箭穿心，

不住的乱爪，爪伤了铁牛的肚皮；
铁牛使劲儿搬开了兽的脚爪，
才爬起身来；他举起拳头向虎身
乱击，那野物也闷起脑袋乱闯，
忽然闯着了一块石头，倒在
地下，只是抽筋；就是那奄奄
一息，也还能鼓动着狂风；忽然
见它四脚一伸，再也不能
挣动。

    铁牛结果了老虎，正好
拿来献祭：他把父亲的尸骨
放下来供着，自海边搬来了一块
石头当作祭石；他在台前
跪拜，祝爸爸的亡魂来享虎肉；
他这时才放出悲声，这悲声撼动了
山岳，森林内发出了叹息，河里的
流水也在咽呜。忽听有人
在唤铁牛，乃是他的家族
四处奔来，他们见了这般的
惨象，一齐跪倒在灵前，哭呀，
放声的哭呀，哭悼老伯已归天！
然后他们收集柴薪，架成了
一座高塔，将老伯的尸体放在
塔尖举行火化，只见一柱青烟
悠悠的散入了空冥；便把骨灰
抛下了海里，收藏得干干净净：
他们又回到林内放了一把火，

散
篇

这火光熏红了天顶，把海水也照得
通红；他们剥去了虎皮，把肉身
整个的吊在火里烧烤，时时
转动着那架虎的木轴，把虎肉烤的
焦香；有的撕得了一块腿肉，
两口就啃个精光；有的剖开了
脑髓，舌头一舔，只剩下一个
空框；他们再把虎心剜来
献与铁牛，那知他不肯沾尝，
说是虎身有爸爸的血肉；他们
听了，一齐舍了虎肉，大家
心里转觉悲伤；铁牛因向
他们说道：这原是爸爸的忌日，
大家为何这样欢狂？不见
铁牛一身的创伤，这肠儿一断，
就要归阴？谁料这一时的糊涂，
杀灭了仇人的家族？野兽才是
人类的公敌，从今后别自相残杀！
说完后他唤了一声爸爸，像一根
栋梁，倒地身亡，哭呀，山川的
神灵！哭呀，人类的苗裔！到如今
那山谷里面还响着西风的哽咽。

　　铁牛打虎这样的收场，可惜
当日轰烈的情调完全消失了；
这只是种族间一个小小的争斗，
伟大的史诗纪载要期待伟大的

诗人：直到"文天祥"和"成吉思汗"
出来后，我们的史诗才有模型。

（载《北平晨报·诗与批评》第 9 号，1923 年 12 月 22 日）

散
篇

海　滨

从芙蓉城到希腊

海滨

我本是峨眉山下的一勺清泉

为着美的探询，

飘渡了扬子江流。

海呀！

你的伟大，你的富丽，

都曾感到我心之深处。

你增添我的智慧；

启发我的性灵

还我清白的童心；

给我新生的力量。

如今呵！

我的生命有一部是你的，

你的生命也有一部是我的了。

（载《清华文艺》，1925 年第 1 卷第 1 期）

天　人

周青天来缝制衣裳，
虹霓围抱胸项与身腰；
把日月悬佩在耳旁，
银河做羽纱披挂肩上；
让繁星来装饰帽缨，
脸面与唇边涂抹彩云；
问彗星要发尾拂尘，
土星借光圈好当指环；
愿自然更添增美丽，
洒散着灵魂护照天人。

四月十七日

（载《清华文艺》，1926 年第 6 期）

送　别

一片朝霞，就说有两分淡，
（不须愁怅，更当努力前程！）
红日一升，定是光华灿烂。

秋来了，残柳系不住归心，
学一只雁儿快快的南翔，
如今的巫峡再不听猿声。

高堂有白发，望断了心肠，
归到慈怀，母病登时就愈，
比天涯劳念那些儿不强！

故乡风景似出水的芙渠，
瞧见了时，花儿生在笔端，
别忧心，家乡有无限欢愉。

一片朝霞，就说有两分淡，
红日一升，定是光华灿烂。

（载《清华周刊》，1928 年第 30 卷）

异国的中秋

烟云污毁了皎洁的月光，
西风逐落叶，秋虫为悼亡，
松鼠畏寒来我身边偎傍。

异邦人不解姮娥与丹桂，
他们爱的是灯下的煌辉，
让我独享这清凉的况味。

我听不惯那车辙的辚辚，
我嗅不惯那黄金的膻腥，
使我初来异邦顿起归心。

秋月呵，你移玉照我故乡，
望西蜀的老母泪下几行？
问蓟北的故人情怀怎样？

何处的丧钟，凄切复悠扬，
万物呀，不必惊心与悲伤，
我将随太白抱明月永殇。

十八年（1929）九月十七日

（载《青年界》第 1 卷第 3 期，1931 年 5 月）

现代美国诗

五行体小诗　　　Adelaide Crapsey 作

这是
三样静物：
轻飘的雪花……欲曙的
时辰……和那刚刚断气的
口唇。

雾　　　Carl Sandburg 作

白雾举着
猫足移来。
它蹲着腰
在那儿望望
城市码头
又移走了。

愚人街　　　Ralph Hodgson 作

我亲眼瞧见
　鸣禽的死尸
吊在铺子里

卖给人吃，
在愚人街铺里
卖给人吃。

我恍惚瞧见
　虫吃了麦子，
街铺里没有
　东西给人吃，
愚人街上没有
　东西给人吃。

忘掉罢　　　Sara Teasdale 作

忘掉罢，像忘掉一朵花，
　像一星火，金光闪耀，
永远忘掉罢，永远忘掉罢，
　时间是良友，它叫我们老。

要是有人问，请说忘掉了，
　老早老早，就忘掉了，
像一朵花，一星火，像忘掉了
　雪花上的步音飘杳。

（载《青年界》第 4 卷第 1 期，1933 年 8 月）

散篇

给葆华

　记得是阿魏德玩弄过一点"爱情的
　　　把戏"记下他对科雷娜凭空的迷恋，
　　　还替神话里的女英雄写过缠绵的
　书简，竟自恼怒了国王，被禁
　在黑海岸旁；他在那儿苦痛的歌吟，
　　　细数他奔流的景况，制就了几篇
　　　"宗教礼赞"又在"变形"诗里发现了
　一颗星辰，总不见国王的赦恩。
　朋友，你曾在铁窗下梦想过自由，
　也曾吐尽了多少心血，诅咒
　　　你道的不平，诅咒人间的险毒；
　朋友，你应该怨恨自己，换取
　一个严肃的心情，免得又去
　　　闯祸，在牢狱里面一生叫苦。

廿一年十月十三日于美国康乃尔

鬼　影

我恍惚看见你的阴影，
　　出现在这中夜的床前，
一团惊喜爬进了我心，
　　像门徒骤见了耶稣生旋。

我正想讯问你的遭历，
　　你用目光向我引示，
还没有开言就听鸡啼，
　　你的鬼影忽然消逝。

我惊醒来淌了一身冷汗，
　　在温暖的被里倒觉冰凉，
我在床上终宵辗转，
　　这场幻梦有什么兆祥？

自从那日送你还山，
　　你的家道就往下迁，
你妻的眼泪终年不断，
　　到晚来屋顶上不见炊烟。

幸得庭前发了新笋，
　　渐渐就会竹叶阴浓；
愿你的阴魂从此安定，
　　不会再来向我托梦。

未必是你怕我在异域飘零，
　　追过地球来同我作伴？
我今夕来在这繁华的巨城，
　　在人众里我会觉孤单。

也许是因为我不知自爱，
　　造下了上天不赦的罪恶，
你今夕才来向我警诫，
　　要我到你的坟前悔过？

未必这忏悔已经太晚，
　　我的死期就要来到？
我愿随你一同归返，
　　让灵魂飞到天外逍遥。

（载《北平晨报·诗与批评》第 12 期，1934 年 4 月 12 日）

十四行

亲爱的，你的手臂是两道长堤，
　　挡着那险恶的风浪，让这憔悴的心
　　享受须臾的安息：我此次航行，
损失完尽，只记取海上的神奇：
我曾随那战后的英雄飘波依几，
　　曾闻莲花的妙乐，异岛的歌鸣；
　　纵有妖魔巨怪阻碍前程，
他终放返到了家巢，守护爱妻。
我难忘天付的使命，一生的艰险：
　　我要下水去斩杀蛟口鼋鳌，
　　拯救那苦海的生灵；任海神暴烈，
　　　掀起狂波巨浪，我总不惊惶；
　　　每念及你的勉励与安慰，仰望
长天有爱星照佑我的安全。

二十三年五月二十三日

在 Heracleion，Crete，Greece

（载《北平晨报·诗与批评》第 13 期，1934 年 7 月 23 日）

别故京

我曾像哥仑布航海到新陆

　　发现了一片黄金的沙漠；

我更向西方鼓着船橹，

　　那儿只露着文化底躯壳。

于是我梦想古代的荣光，

　　到依几海[1]上去访问神奇；

传说"美丽"原住在东方，[2]

　　我离开了"乖岛"[3]只身遁逸。

如今在景山前顷听歌声，

　　琉璃的殿脊镀上了红霞，

我爱那湖心底水光明净，

堤边的柳树倒影横斜。

我怦怦地赞了一声"美"，

　　那远方的回应依旧是"充军"，

这征衣未染血时先浸泪，

再回来，马革里裹着尸身。

元旦，关中

（载《大公报·文艺副刊》第 134 期，1935 年 1 月 30 日）

注　释

[1] Aegean Sea。

[2] Aphrodite（Venus）原是小亚细亚女神。

[3] 借指 Aeaea。

歌——异国的风光

任凭你花这样红，
草这样青，
任凭你鸟儿在歌颂，
猫儿在叫春；
我心中再不起粼波，
爱情已不是我的了。

任凭光这样媚，
风这样轻，
任凭你鸟怎样高飞，
丰美的羽翮；
我心中不再要活泼，
年华已不是我的了。

任凭你山这样明，
水这样秀，
任凭你歌舞升平，
幸福的悠久；

我心中再不要快乐，
和平已不是我的了。

（载《人生与文学》，1935 年第 1 卷第 3 期）

散
篇

爱　情

浮士德知道才那末一点，
我能读天上罗列的经典，
更能道破异兽的妖言；[1]
　　那知呀，最奥妙还数爱情！

我也曾替过阿特拉士，[2]
把沉重的苍天负了半世，
可不曾震落一颗星子；
　　那知呀，爱情重压却难擎！

亚力山大还不算威武，
我从东海扫过了里湖，[3]
践踏的名城谁能计数？
　　那知呀，却捣不碎少女的心。

那玩皮的童子[4]弹下了错误；
我要去祈祷爱神报复，[5]
更忍痛拔出了这只毒簇，

向远方射我心内的人影。

二月十八日，长安□病中。

（载《益世报·文学周刊》第 50 期，1935 年 2 月 27 日）

注　释

[1] Sphinz：为狮身人面，妖言惑众之异兽。

[2] Ailus：为负天之神。

[3] 即里海，本为湖。

[4] Eros：爱神。

[5] Aneros：为另一司爱之神，凡人神不回报爱情，必受其惩罚。

散
篇

圣 火

从芙蓉城到希腊

"记得么，凡人，当初普罗米苏士盗去
圣火，给了你无尚的威权，我是多么
妒忌，曾将他禁在高加索山巅，叫猛禽
喙食他的肝胆？那圣火融化了铜铁，
引起多少战争来毁灭你的文明。
如今你竟盗去我的电雷，造积堆山的
富财，使你回到那失去的黄金时代，
不再勤劳你的肢体；你更发现
死光来焚烧你自己，毁坏这最后的残余：
我因此宣告世界的末日，万类的死亡。"

二十二年十二月二十九日在雅典

（载《益世报·文学周刊》第 50 期，1935 年 2 月 27 日）

马剌松信使

海神为报复他献马争城时所受的耻辱，
叫醒东风把波斯的楼船吹送到马剌松；
女战神也鼓动着希腊的戈矛前去抵挡：
保佑呀，天山上的神祇，别让那野蛮的偃月刀
斩断了希腊的命脉！他们在毒矢的蔽荫下
往前冲，像渔夫刺杀网内的囚鱼。

当中有一个健儿，（他曾在奥林比亚
取得了荣冠，）他望见沙尘往海上飞，
抛下了盾牌回身就跑！有如野狼
攫得了山羊归巢去养子。又如遇难的
舟子奔回去告慰亲心。他爬上了山腰，
行到酒神峰下，烈日当空寻不见
半滴山泉；他只顾前行只顾奔，
愿酒神照护嗳斯苦罗斯，来年春日
才有社戏听；他只顾奔只顾前行，
愿神使给他添上足翅，早一刻奔到，
早一刻安定那千万颗惊跳的心。他绕过
大理石山，望见了高城，高城上升起了
求救的青烟。但是呀，他脚下渐觉沉重，
眼前垂挂着一片阴沉；雅典那，神使，

赶快扶持！他一定得奔跑一定得跑，

他的双足这时候更是轻捷如飞，

他口里喘不过气，依然在飞奔，飞奔；

他奔到城边忽然倒地，口吐鲜沫，

紧闭着牙关。雅典人情了惊惶不定，

难道是波斯兵就快要屠城？神使呀神使，

快叫他醒来吐露军情！雅典那，雅典那，

别让你这美丽的山城化作灰烬，

快保护城内的生灵，保护你的庙宇！

他的眼皮在跳，他在笑，他道了一声

"胜利，"忽然又咬着牙关再不肯张开。

二月二十七日

（载《新诗》，1936年第1期）

注　释

　　纪元前四九零年波斯国王遣派数千万大军去远征希腊。两军在马刺松（Marathon）相遇，雅典人与普拉泰阿人（Plataeaus）合共才一万一千人。他们以寡破众，杀敌六千四百；自己才死了几百人。这些殉难的英雄共埋在一个山丘内，如今还能看见。马刺松距雅典城约二十二英里，如今的马刺松（或作马拉敦）赛跑便起源于这件史事。海神（Poseidon）曾与女战神雅典那（Athena）竞争过雅典城，他的战马被和平的橄榄枝赛败了。奥林比亚（Olympia）是开运动会的地方，酒神指代俄奈萨斯（Dionysus），神使指赫美斯（Hermes），唉斯苦罗斯（Aeschylus）为雅典三大悲剧家之一，他曾参与过这次的战役。

李妈的梦

兔儿含着人骨变鬼叫，
四眼狗向着天空呼噑；
"我得——我得娃呀！
我得——我得花呀！"

哭声渐渐的咽在喉头，
嚱！嚱！耗儿偷吃了灯油！
一口阴风吹灭了油灯，
李妈入梦了，还在咽哽。
"阿弥陀佛，你真回来啰！
谁说你死啰，哄得到我？
娘的坟山垒上啰眉毛，
还不回来啦，坟上长草！

"自从'拉夫'把你拖走，
害的为娘私下寻求：
十字街头天天坐着，
逢人便问你得下落。

"忽然传说你短啰命，

叫娘听啰好不惊心！
娘去'走阴'叩见阎罗，
奈何桥上徒唤奈何！

"后来又去卜问观音，
说儿还在阳世生存，
从此娘不再信人言，
一心望儿弃甲归田！

"今天杀人娘奔到刑场，
看见那杀得不是儿郎！
儿颈上怎有一根红线？
哎呀！这是梦还是阴间？"

鸡声一啼交了五更，
四眼狗儿再吠一声！
"我得——我得娃呀！
我得——我得花呀！"

（载《小雅》第 4 期，1936 年）

从芙蓉城到希腊

注　释

　　传说山兔含着人骨会"哇哇"地叫。眼上有白眉的为"四眼狗"，能见鬼神。凡鬼入室必先将火拜熄。俗说人到中年，坟土便堆上了腰身。传说断头鬼的颈上有一道红线。

恨

不是为春天去得太早，
也不是为黄莺儿在梦里相惊；
不是为六宫传入了新黛，
也不是为君王罢幸朝阳。

只是为东宫无端生怒焰，
骂烂了唇儿又含笑相看：
想必是这杯中沉入了毒鸩，
我死后依然埋恨在心头。

四月十八日

（载《大公报》，1936 年 5 月 15 日）

哀希腊

迈利塔战没的英雄还露着白骨浮磷，
两千年后波斯人马又杀到了城边，
眼见那美丽的山城忽然又变了颜色，
大理石在流泪，雅典娜倚着矛子放悲歌：
哪儿是马拉松的男儿，温水关前的勇士？
希腊人的心血完全流到了斯巴达的矛尖；
哪儿是艨艟巨舰，那神示里所说的"木墙"？
□百年前已沉没在海底变做了乌木。
亚力山大，快显出你这盖世的英豪，
快用长戈刺入达赖阿斯的胸中，
快给这衰老的遗民壮一口气，看能否
重挽这垂危的命脉，重振这古代的声威？

二十五，十，二十四，平津道上。

（载《大公报》，1937 年 1 月 31 日）

注 释

迈利塔 Miletus，雅典娜 Athena，马拉松 Marathon，温水关 Thermspylae，达赖阿斯 Darlus。

书　桌

桌子，记得我随着一个巨灵，
　　在一个愁惨的阴天到天桥散步
巧遇着你，你就像一个游浪人
　　回到了家乡，重操旧业负图书。
记得□琊王在你背上冒出火焰，
　　波斯的水师就沉没在这墨水瓶底，
还有苏格拉底，那古代的圣贤，
　　串在这笔尖上打秋千，□□云霓？
"这桌子的形相太古拙"，众宾齐道，
　　"配不上这立体的书架，扁体的滕床"；
只有主人对你十分爱好，
　　但不知我去后，你又流落到何方？
柏拉图的哲理让给了亚理斯多德，
　　桌子，你永远不会遭遇毁灭。

廿六、六,二日。

（载《星岛日报》第 16 期，1938 年 8 月 16 日）

小讽刺

当我在人事的纷纭里乞讨生活，
当我分析米卖多少钱一颗，
　　　水要多少钱一杯；
这时候我忘却了诗，只顾死活。

当我执着笔寻找那无边的想像，
当我细数商籁脱有多少行，
　　　每行又要多少字；
这时候我忘却了生活，只图梦想。

　　　（载《星岛日报》第 272 期，1939 年 5 月 7 日）

思　母

　　八岁失母人。五十二还思。失母失记忆。所忆勉记之。儿之离乳年。母在为妇时。早起儿不知。舍儿趋晨炊。儿醒待呼母。母持贴饼来。新黄腾釜气。特较常形微。开衾投儿怀。儿乐不可支。嘱儿且勿起。担此聊自怡。饭熟母再来。为儿看着衣。儿之始读书。怜儿日不离。严父乍出门。欢颜纵儿嬉。须臾唤之回。令视日晷移。汝不熟汝书。汝不畏父笞。寒冬儿足冰。解襟纳之怀。抽屉抽作案。侧仆床之隈。一灯复一书。卧听儿读谐。是时父在官。中馈母所为。惜物到弃余。蒸包腹葱须。儿言须味恶。但予空腹皮。剥须堆满盘。母咽不蹙眉。及乎儿疾病。甘食猜所宜。呼儿看作汤。压面切银丝。煮之烂且香。盛碗木耳披。儿颜先自喜。到口病若遗。云何塾中儿。母病了不知。五月十一日。读书儿面师。父颜变入房。呼儿疾速归。儿师父弟子。惨惨行相随。那知母当去。但见抹母敧。须臾麾之出。阿姊啼声悲。所悲无母语。所见惟母尸。母慈无可托。转觉严父慈。其年时八月。梦母来视儿。母非平昔身。缩影圆半规。儿身倚其半。团团紧抱持。不知有言语。但觉温在兹。如此一夜间。牵翻到晨曦。清醒复哑闷。母与儿爱私。年尽舅迎枢。千里扬灵旗。上枢双骡间。门外风凄其。儿随全家出。注视惘惘痴。哀哉母遂隔。从此如天涯。十一视母葬。抚枢解涟洏。儿事继母再。儿颜换若驰。直至儿娶妇。心未回儿姿。妇来梦亲婆。恍有味若饴。如今妇婆年。

儿女罗庭帏。惜乎母不见。一生痛儿迟。儿身所经历。百幻穷人奇。但觉人疲劳。不知所为谁。如其有母语。应胜天听卑。儿年四十八。母亡四十朞。是日盛设荐。假庙为礼仪。拈香默默祝。申诚隐其词。母灵忽被体。覆帱周儿肌。谁云儿有身。与母天地弥。今朝年又四。课徒霜入髭。暇日思弄翰。谬欲文字垂。无端母在心。觉是第一题。儿有文字兴。告母儿未衰。便令衰且没。文在母在斯。思母泪纵横。与墨俱入池。滴兹一日墨。报母百年期。何时再思母。何时诵此诗。此诗诵不得。一诵儿涕洟。千秋念儿者。念母同嗟咨。

（载《新东方》，1941 年第 2 卷第 3 期）

迎灰曲

当日一家家把青年人
送出希腊的海滨；
到如今这岸前一片愁惨：
送出去相亲的人影，
运回家半瓶泥土半瓶灰，
再不是那活着的心肝！

战神用黄金来收取
壮士的尸体；
在戈矛林立的沙场上
高擎着命运的天秤；
且从特罗亚送回
这火化的骨灰，
让死者的亲人
用泪来祭奠，
这灰尘压在心上多沉重！

战神不肯放走生灵，
只放回这一坛满满的沙尘，
未亡人见了满心赞美：

"他在沙场巧如鹰！"
"战死沙场不愧生！"
"却只为那淫奔的女郎！"

还有人在暗中咒骂，
那忧愁里怀着的怨恨，
正爬向那出征的国王，
还有许多美丽的青年，
返不到家乡，
远卧在特罗亚的城根下，
让敌国的乌泥
掩盖着英雄的白骨。

从芙蓉城到希腊

最难犯这满城的怨声，
万世的咒语最为险毒！
我忧心的等着听
那愁惨的消息。
愿天神不赦免那流血的手
那凶恶的报仇神终于会
给那久经幸福的人
一个严厉的惩罚，
一个倒转的命运，
使得他无声无息，
他坠入那失败者之群，
再别想翻身！

声名太响了，
会种下祸根，

那高天的雷霆

会刺破他的双睛。

我宁愿挑选

那不堪羡慕的幸福，

不去毁灭人家的城池，

也不肯受人家践踏，

眼看我自己

化成奴隶被欺凌。

（译自 *Aeschylus'Agamemnon* 第 429—474 行，

载《半月文艺》第 7 期，1941 年 2 月）

散
篇

爱　情 [1]

爱情啊，你从没有败阵逃亡，
你荡破人家万贯家财；
你躲在少女润泽的容颜里，
你游过海，□到荒野牧人家；
那不灭的天神都变做俘虏，
蜉蝣似的凡人怎抵挡？
谁遇着你，谁就疯狂。

（载《华西晚报》，1943 年 5 月 16 日）

注　释

[1] 希腊 Sopholes 著。本诗曾在五·一三文艺朗诵晚会朗诵。——编者注

早上起来

早上起来，
念念希腊文，
看看古悲剧，
到班上讲解《奥德赛》；
窗口有人在呼唤：
"先生，今天拿什么下饭？"

早上起来，
看看江边景，
望望大雪山，
到班上诵读小商籁；
窗口有人在呼唤：
"先生，今天拿什么作饭？"

早上起来，
逛逛菜市场，
望望米粮铺，
到家来提着空口袋；

耳边有人在呼唤：

"先生，精神粮食可当饭？"

（载《燕京新闻》，1944 年第 10 卷第 17 期）

菜　单

红海椒，
水盐菜，
甜苔焖饭。

炒萝卜，
萝卜汤，
豆豉回锅肉。

花旗鱼，
菠萝排，
咖啡冲牛奶。

烤羊肠，
烤野猪，
松香葡萄酒。

烧对虾，
熘黄菜，
香槟酒加蜜。

散
篇

大头菜，
官米粥，
多渗薛涛水。

绘画饼，
闭门羹，
叫花子鸡。

跋　这首诗作于 1948 年，由申奥同志介绍给《新诗潮》编辑罗迦同志，由于刊物停刊未能问世。现由钦鸿同志自麦紫先生遗留的杂稿中发现寄给我。诗仿古希腊抒情诗体，写四川乡间、学校食堂、美国餐厅、雅典郊外、北京新婚、四川教学以及流浪时期的生活。希腊酒加松香以利保存，有异味，喝久了，甚香。"官米"是发给教授的劣质米。成都四川大学前面有望江楼公园，园中有古井，因唐代女诗人薛涛投井而死，水甚名贵。"叫花子鸡"不去羽毛，鸡腹内加盐，外面裹上湿泥，用带火的灰煨熟。

1987 年 9 月 9 日，北京。

（载四川威远县文化馆编《清溪》，1988 年第 1 期）

不合作运动

这回英日两国用暴力来残害我国的人民，发生了上海的大惨杀案。听说事前英日早经议定用武力来摧残我们，故意扩大事实，诬赖我们是"赤化"，是"暴徒"，这无非是想乘我们人情激愤时，随便藉故用武力去分占我们国家，好像义和团时那样欺侮我们。可幸我们四万万同胞人心未死，义气尚存！我们除了唤起民众的爱国运动，作外交的后盾，引起世界的同情，作公平的评判而外，我们还可采用一种可以制日本的死命，给英国以重伤的武器，这武器是比刀枪还更利害的不合作主义。

"不合作"主义是印度甘地式革命的唯一武器。这个意思就是和对手方面的国家完全脱离政治与经济等一切的关系。这是根据非暴力主义而产生的一种消极的，和平的抵抗方法；这是一种有精密的理论和系统的计画的抵抗方法，它不像"排货"的抵抗方法，是片面的，一部分的，暂时的。

从浅近方面说来，譬如在上海的英日租界里，中国人不跟他们合作，平常替外人做工的现在不做了；在里面做生意的也不做了；街上的电车我们不坐了；卖食物给他们的商人，现在不卖了；甚至于粪夫不替他们倒粪，清道夫不替他们搬运废物，我敢说英日租界内的外人几天之内就会不能生活。

可是不合作运动并不是像这样简单而容易的事。甘地在他开始实行不合作运动之前，曾有一日的斋戒祷告以示不合作运动的决心。他说："不合作的有效与否，全看我们全体有无整然的组织。"所以我们在不合作运动实施之前，必先有严整的组织，深沉的步骤。我们在开始不合作运动之先必要联合全国各界的人开国民大会表示我们运动的决心。由那个大会中组织不合作运动中央执行委员会，复由各地区设分会，有了整齐的组织才开始我们运动的第一步骤。这第一步骤是详细办法及其实施必经专家考虑得了一种系统的计画才交出执行。我在此时不妨先提出一个草纲。查一九一八年的全印度国民议会所通过的不合作运动方案，共有八个条款，因为英印的关系与我国和英日二国的关系不同，我们所能采用的甚少。

从芙蓉城到希腊

我提出的草纲的第一款是经济的不合作：

（一）不用英日货品：联合商会共同合作，首先派员在海关上调查不准英日货入口，严禁商人贩买。已经买得的货物，像印度在一九二一年焚烧洋布及贵重的物品的办法，完全烧毁，表示我国人的决心，因为这是为害我国的货物，这实是一种必要的对外手续，如果留下来分给贫民，那是不对的，因为贫民也有他们的自尊心。印度人七年前即用此办法，他们抵制英国布，用自织的土布，曾收了莫大的效果。日本卖给我们的货品以布类为多，只要我们不用，他国内的棉纱工厂有多少便要停业。同胞们，这次惨杀案即是从日纱工厂闹起的，我们当更要有决心啊！

（二）不得运卖原料及用品与英日：原来小小的日本自己不能立国，专靠着我国的原料拿去制成熟货又来换卖我们的钱。只要我们不与他来往，他的国家就要受莫大的损害，而且可以制他们的死命。我们自己的原料，自己制成货物，何必用英日的货品呢。再进一层，我的货物及食品等也不卖给他们，眼见那一大群强盗立刻就会饿毙！

（三）不用英日银行：英日在我国的银行界最有势力，影响我们的商业与个人非常之大。今后我们绝不用他们的银行，原有的存款，全行取出，原有的钞票，完全不用，眼看他们的银行就要倒闭。

（四）交通事业的断绝：我们的水陆二道不载运英日人和他们的货物。

第二款劳力的不合作：

（一）工人的不合作：凡是英日的工厂所雇用的中国工人都一概退出，在他处去作工。那怕他们再有资本，莫有工人和原料，一件东西也造不成。这个工人的处置方法倒是一个大问题，我想有法解决的。

（二）不与英日服务：凡是帮忙英日的人不论是顾问，书记以至于小工，粪夫，清道夫都一概不帮他们的忙，等他们自己无力生活时，自然只好回国。

第三款文化上的不合作：

（一）不住英日办理的学校：因为那种教育制度使优良的中国青年变成了外国的奴隶而不自觉。这真是莫大的危险！不但不送子弟到那些学校去念书，而且要使已经在那些学校念书的青年，全体退学，同时里面的中国的教员也应完全退职。

（二）辞退各文化机关的英日人：凡是各学校各机关所用的英日人都应完全辞退，驱逐回国。

（三）迎接留学生回国：凡留学英日二国的中国学生都应一律由政府派员迎接回国。

（四）拒绝英日文化运动：凡是一切文化上侵略的运动，都应完全拒绝。如退回"庚款"作文化运动似乎尽可不必！

此外如政治上的不合作等可归入第二步骤。如果以上三款都办到了，不需几多时日即可看见英国在亚洲将失去一切权利，内部也要受重伤。日本好好是中国的寄生虫，如果我们不与合作，简直可以摇动他的国基，制他们的死命。愿万众同胞立刻起来做这不合作运动。经济的不合作！劳力的不合作！文化的不合作！

（载《京报副刊》，1925 年第 175 期）

再论收回领事裁判权

这次上海惨杀案，全国震动，国民竞起以对英日，将从根本解决祸源，进而取消一切国际不平等条约。不平等条约中以领事裁判条为最重要，故特别提出来简略说明，使大家知道，以便着手进行。

什么是领事裁判权？简单说来，就是一个国家的人民，在他国的领土内，不受那国的法权管理；由驻在那国的本国领事，对于己国的侨民，行使裁判权。这种裁判权和治外法权有什分别呢？照普遍说来治外法权有两个解释，一是"在本国领土以外的法权"，这和上面所解的领事裁判权相同。二是"在外国境内享受的一种法律上的特权"，这办法的起始只限于外国的元首公使等，是一种惯例的要求；后来依条约的特别让与，外国侨民也享有这种特权。虽是出发点不同，事实却是一样的。所以把治外法权来代替领事裁判权，似乎不会错的。

中国所行的领事裁判权，不是由习惯自然发生的，乃是根据条约而生出的。起源是由于一八四二年江宁条约追加的"五口"通商章程，大意说凡英商告华民，必赴领事处投禀；华民告英人，也可听诉。此后在我国就生出了外国领事权，可恨不可恨？我们今次收回运动，也得先从英国做起。希望旁的国自动的退让。等到一八五八年的中英天津条约更把领事裁判权一项，规定详明。内有两件重要条文：第十六款，"英国人民有犯事者皆由英国惩办。"第十七款，"凡英国民人控告中国人事件应先赴领事官衙门投禀领事官。"到了近来，英国在中国境内行使裁判权的，不仅是领事，且有特设法庭。一九〇四年英国有"英皇在中国的高等法庭"，判理上海的案件。

领事裁判权原是一种国际的不平等关系。最初用于土尔基国，因为土国的宗教与别国不同。可是在中国并没有宗教的分歧，所以不适用；又说是东西文明不同的原故。可是东西文明虽有不同，但法律上的执行 并没有多大的困难。退一步说，外人在中国有这种特权，何以中国人民在外国仍须服从外国的法权，而不自设领事裁判庭呢？还有文化相同的日本，也有这种特权呢？（这又是中日战争后订的中日通商条约所许的。）可见得的确是一种国际的不平等关系了！我们应先积极向英日二国收回此不平等条约。

这强蛮的领事裁判权的坏处有六。（一）侵害我国主权。（二）紊乱司法系统。（三）领事官的法律精神薄弱，评批得不公平。（四）容易惹起轻视的观念，伤害我国司法权的尊严。（五）领事处手续太繁，办理不易。（六）中国人不懂外国的律法，弊病丛生。有这六大害处，我们还不快快起来取消吗！

华盛顿会议对此一点没生效。现在只靠我们民众起来做这收回运动。等撤消领事裁判权以后，不分中外人民，完全适用中国司法制度，不可使外人直接或间接用何种形式干涉我国司法的自由，才能提高我国的国际地位。愿全国同胞及法界同人特别注意。

什么是帝国主义

"帝国主义"简单说就是侵略主义。凡一个国家用进取兼并的方法来侵略他国，扩张他的领土，推广他的势力，只图本国的自私自利，不讲人道，不顾义理，侵犯他人的自由，破坏世界的和平，这就叫"帝国主义"。不管那个国家是有皇帝统制（如像可恶的英国和日本），或没有皇帝的共和国家，只要他用这种侵略的方法，就是"帝国主义"的国家。世界上顶可恨的两个帝国主义的国家，英国和日本，到处去侵略别国，时时刻刻都在侵犯我国，这回上海的大惨杀案就是他们侵犯我们的一种表现。

帝国主义成立的原因有四：（一）国内的皇帝或总统好大喜功，横暴野蛮！（二）国人想发横财，想了多种方法去打抢别人。（三）国土太小，人口过多，好比英国和日本两个小岛国，还当不得我国的一个中等省份，可是人口很多。（四）工业发达，货品增多，力图推广国外市场，实行经济的侵略，占据别国的土地。

大凡帝国主义的国家，兵力很强，海军陆军练的很多，并且要有险要海港。请看英人霸占我们的香港和威海卫，日本也霸占我们的旅顺口和大连湾。此外还实行帝国主义的教育。英国的儿童常穿海军服，上面写着"英国皇帝陛下的水手"，使儿童记着他们海军的强大，承继先人。日本人民的脑壳里深刻有"天皇神圣"四个字，绝对服从皇老子的上谕。两国都极力提倡帝国主义的教育，以鼓起人民自大和侵略的野心。

帝国主义进行的方法：（一）殖民政策。因国内人口太多，出产又少，于是到处派兵占领土地，教国人前去居住。中国现处半殖民地状况之下，英日国人移殖甚多。（二）外交政策。靠着本国兵力强盛，在外交上作种种欺侮行为。如像这次的上海事件，反在外交上故意逞滑，说我国人是暴徒。（三）经济政策。取别国的原料造成熟货，拿来卖与原主，获得厚利，垄断市场。在各地设立大公司大银行，以吸收别国的脂膏。请看英日的货物，充满我国市场，公司银行，遍地林立，我们每年被他们赚去的钱，多到十几万万，国家那得不穷！（四）交通政策。要侵略别人的国家，先在交通上占有一切权利，当然为所欲为，运货也好，载兵也好。我国的铁路航权都在外人之手。近来盛倡"铁路共管"，总是想法置中国于死地。除了这几种政策而外，其他的还很多呢。

英日二国采用以上的侵略方法，在我们遍处殖民，租借我们的土地，如旅顺、大连、威海卫等地无异被他们强占。并且还得着几多租界地，如上海、天津、汉口、广州、九江、镇江等处。这租界好比是殖民地，或租借地，随他们驻兵，经商，横蛮无理，所以才生出这回的惨杀案。

帝国主义作恶已不小了，全世界都不得安宁，还惹起前回欧洲大战。所以全世界有觉悟的民族都起来反抗他。他的命运快要告终了。怎么告终呢？就是我们大家起来打倒帝国主义！这次英日用帝国主义的余威，残杀我们的人民，真是岂有此理！我们四万万同胞快快联合起来反抗英日侵略！！打倒帝国主义！！！

（载《京报副刊》，1925 年第 177 期）

英日侵略我国的过去

日来因惨杀事件的发生，人心愤激，山川震怒，全国人的目光集中在仇敌方面，积极的作爱国运动，以为外交之后援，虽在现刻最急进的时期，却不可忘了过去，作者借"鸡鸣起舞"中的一点闲暇，为大家说说往事。英日二国是东西相峙的二岛国，他们对现世界都怀抱有莫大的野心，就中尤以英国为甚。英国对世界的政策以独霸海上为唯一的职志，现在凡日光所照都有他的领土，可以周行不履他国的疆界。对中国则用保全领土，独揽我国的商权为几十年来不变的政策。他同我国交通较他国为早，一八五七年因维持鸦片烟贸易和我国开战，占有香港，要求五口通商，以为商业活动的根据。既复联日败俄，联法抗德，且租借威海卫，九龙以求与各列强均势。凡和他的经济发展有利益的，不惜全力进取；凡和他的商业的障碍的，不惜全力奋斗，宁肯用武力来解决。如中英之役，英法联军，临城案主张的强硬，及对我国内争想来干涉，都是上说的原故。我国南部一带的贸易，差不多都在他的手里。欧战后日本取而代之，所以近来中国外商的竞争，可说是英日之互斗。我们这时靠民众的努力，把他两个冤孽都驱逐出境！他在远东暂无侵略土地之野心（？），但有妨碍他的商业政策的，就取严厉的主张，蔑视我国的主权。如铁路共管，长江联防，对我国内乱的干涉，趋用国际共管。大家看明白了英人对我国的野心，也就了解这回惨杀的远因与发动的近因。

所以我国对他的战具，就是唯一的经济绝交，坚持到底，已可丧他的狗胆了！

中日同文，关系至密，因为本国人稠地窄，谋向外侵略。可巧他的邻人多是强大的英，美，俄，独独西边有一个"土肥"，最好侵吞。占了我国的琉球，台湾，朝鲜，还租借了旅顺，大顺，伸手要深入南满，蒙古，脚头尚想踏进福建，山东。自从二十一条件的提出，就种上了日中不可解除的恶感。日本地窄，原料极为缺乏，凡铁，棉，毛及食品，都望我国供给，同时他的熟货，不能输入欧美，只靠我国做仅有的商场。好比是我们雇用的工人，如果我们把他辞退了，别无工作，白白地就会饿死！因为这政治和商业的侵略，两国日趋交恶。欧战期中，日人在我国之经济，极为有势，但战后英美相联，和他竞争，皇天不佑，又教他吃点地震"黄连"，于是哑子有话难说，假意和我们亲善，藉以维持生活。这回因日纱工厂事件，偏又遇着英国故意惹大，我国仇恨他越积越深。大家切莫以为英国帮日本的忙，其实害了他有冤莫白！

以上我们明白了英日对我国完全是谋经济的侵略为目的，这回也不过他两条癞狗抢骨头吃。只要我们拿出经济绝交的木棒，可以重伤"英狗"，可能打死"日狗"，为世界除贼，为国家去患，是我们的天职。

（载《京报副刊》，1925 年第 179 期）

从芙蓉城到希腊

民众运动的四要素

我国从来没有一次具体的民众运动，辛亥革命运动时，民众还不甚觉悟，多由少数先烈奋勇而成。如像意大利的棒喝团革命运动，和印度的不合作运动一类的民众运动在中国是未曾发现过的。新近因上海惨杀事件的发生，惹起全国民众——军、政、商、学、工、绅、各界——的愤怒，群起努力以反抗英日的侵略，从而成功一个具体的民众运动也是意中事。

民众运动的第一要素是军队式的组织。民众运动是一种政治战争，无论此运动之为对外的或对内的武力的或和平的，都必赖有纪律严明的军队似的组织。要是一大群乌合之众，呼啸呐喊，乱轰一阵，这样的运动没有不失败的。这回我们对抗英日，尤其是需要这种组织作武力的后盾。切不要说国弱民贫，抵他不过。应知非有武力的准备，国际交涉上是无力的，让步的。所以尤宜注意到此层。

所谓军队式的组织是要有纪律的，对外是要守秘密的，一切行动都受领袖的指挥。中国以前的团体，鲜有坚固的组织，严密的纪律，内中各分子，不但不能一致动作，有时且互相冲突，互相歧异。如果有了细密的规律，则一经号召，便立时集合，呼应灵敏，赴汤蹈火，都所不惜。据我所亲见的我国民间的军队式的组织，要数四川的民团组织。四川近年因兵匪的横行，民间生活极不安稳，于是为自卫起见，组成了民团运动。大略的组织法是由各县区人民自行招募团练队。此外尚有居民的壮丁亦于一定时间加入团练队演习，有事时互相帮助。枪械及用费均由地方分派。每县有团练队数千人。这种组织几乎遍布全川，功能极大。一些无名的军匪，不敢和他们为难，甚至有时各县联合去攻打为害的兵匪，莫有不胜利的。我们正不妨仿效这种办法。

民众运动的第二要素是认清敌人。我们作一种运动，必先认清了对敌；不然，就会与敌合作，也不自知，以至于失了国民的信任。所以我们当有明显的态度，无畏的指认我们的敌人。我们最近的反抗运动，我们当明鲜的指认我们的敌人是英日的政府和资本家，而不是他国内的平民。我听说日本的劳工界因想援助我们，被他们的政府派兵解散了。又有英国的工党也表我们的同情。可见他们国内的人民确是我们的援手。只有二国的政府和资本家才是我们的仇敌。

民众运动的第三要素是要有确定的目标。民众是易于激动的，但缺乏思考力，所以必须有一简单、鲜明、确定的目标，才能激发民众，使他们奔向我们的旗帜之下。要是目标不确定，或因外交而牵涉内政，则民众不免要生惶感。如俄国的十一月革命，他的目标是"停战"，能够迎合一般的心理，所以前敌的军队望风归顺，革命立即成功。前年我国抵制日货的目标是雪二十一条的国耻，总算有几分成功。最近我们运动的目标是反抗英日侵略，很明鲜而又确定，一般人易于了解。所以民众大家一致的对付英日，我相信我们的成功。

民众运动的第四要素是领袖人才。民众是涣散的，暴烈的。必赖有强毅的领袖来统率，才能平稳的进行，团结坚固。但这够有领袖资格的人，实在难找。这人的公德私德自然是要健全，且须有伟大的忍耐力，和充实的经验。还不可着上什么色彩。因为要这样才能得民众的信赖，才配统率，才能达到运动的目标。

（载《京报副刊》，1925年第180期）

国际侵略者的危机

近数十年来的国际侵略者，大肆其武练的手段，到处去争殖民地，争市场，以吸取被侵略者的脂膏，闹的全世界不得安宁。甚至作鬼作祟，以残害被侵略者的人民，毁伤被侵略者的国体，以逞其万丈妖魔，横蛮无忌。此次上海，汉口等地所发之惨杀案，已可见一般，长此以往，举全世界将无所谓公道与正义，无所谓同情与互助！此世界革命将因之而兴起。

所可幸者：此国际侵略已是末运临头，而不容其暂息苟存，一个被侵略的国家，国民群众忍辱负痛，仇恨愤慨，到了极顶。以人情事理而论，他们对于侵略国的货物，因厌弃而群起作排货运动，排货一起，侵略国输出的货物，必要遽减。因而影响到那国的经济界，就中最为痛苦的是劳动者的失业。工业恢复，加之物产缺乏，生计腾贵，因失业而致贫乏，试想那个国家的状况还能安宁吗？大家知道排货的发生，是由于侵略主义的反应；失业者的增多，是由于排货运动的反应。换句话说，就是侵略者间接夺劫劳动者的生计，排货继续下去，障碍因而增多，侵略国的能力日形消失，那个国家必日就衰弱，或竟制其死命。在排货期内尚有一大危险，即是正当排货时，必有他货来替代，替代者即占有其地盘，那国的货物将永远失其消场，今次我国受了英日的侮辱，只须我们作排货运动，贯彻到底，已卒以贻仇人莫大的危机。不惟足使英日国内发生失业与资本消失问题，且可使二国失却亚东一切消场，永无恢复之望。

今日各强国，对于粮食原料的供给，至为缺乏。其较为充实为此时的北美合众国及将兴的中国。被侵略的国家立于供给地位，一天发生恶感，便不肯接济。如果加以战争发动，这种供给，势必完全停止，再有第三强国，因有利害关系，协助小国，对于侵略国，更加以封锁，则粮食问题，和原料问题，已足以促成国内的革命，将无战斗力之可言。今日的日本对于中国正是如此。只要中国不肯供给粮食与原料，国内必大起恐慌，美日之战，即乘机而暴发，也是意中事。这是日本生死存亡的关头，就在中国的封锁。我们所持的经济绝交的武器是多么锋利啊！

正当此时，其他的侵略国因利害相反，多有幸灾乐祸的心理，对于那个侵略国至为不利。但我国的意思不是说与仇国经济绝交后，便与他国多相来往；我们是要向自杀的道儿上走，将自有的原料制成国货，以应需用，才能渐脱去各侵略国的陷害。大家明白了经济绝交对仇国至为不利，且生莫大的危机，愿大家即此努力，贯彻我们的主张，坚持到底，我们宣传的力量快做到了，以后我们要进入实行时期，勇猛进行，打倒这些横蛮的侵略国！

（载《京报副刊》，1925 年第 182 期）

虫　子

虫子，这小小的生物多么可爱！在儿时，在乡下，我总爱向禾田里捉一只蚱蜢玩；更喜欢在草根里捕几对蟋蟀，关进笼内，用草尖逗引它们打架；那蜜蜂和粉蝶的穿花，池塘上蜻蜓的点水，和麻柳树上蜩蝉的叫噪，都能令我出神，令我陶醉；如其半天里掉下一个黑壳的打卦虫，像一个很小的天牛，我总要把它仰起身来占个阴阳卦，卜卜我一生的命运；要是在椿子树上寻得了成熟的山蚕，把它的身腰撕成两段，取出丝囊，放在醋里一泡，便可以抽出一根很粗的钓丝；它的尸体还可以拿去喂黄蚂蚁，只须叫上几声："黄丝蚂蚂！快出来吃呷呷！"它们就会牵线般的前来搬移；在神秘的夏夜，点起松脂火炬，向南瓜花里擒两个螽斯，挂在门辙上通夜的鸣；还有那萤火虫，像一颗明星在林边闪动，我挥着蒲扇向它扑去，那光亮永不会灼伤我的指头；我更崇拜那恋慕光明的灯蛾，凭着它大无畏的精神向灯花扑去，葬身在那滚沸的桐油盏里；四初八嫁毛虫，用红纸条帖成一个十字，上面题着："佛生四月八，毛虫今日嫁，嫁到深山去，永世不归家！"把纸条粘在梁上，四脚拱起来活像几根毛虫，从此它们就归山去了，不来相扰；玩虫子也得要会玩，捉一支蜈蚣，一根菜花蛇，和电锅边的粟褐色的偷油婆，像一个扁平的蝉子，把它们关进匣里，蜈蚣耍毒蛇，蛇耍毒偷油婆，偷油婆耍毒蜈蚣，它们一个想害一个。却又一个害怕一个，大家动都不敢动，反而联盟不相侵犯；喂虫子也得要会喂，我喂过一批黑壳的"洋虫"，很像打卦虫，幼虫有两分多长，白的，把它们关进一个楠竹筒里，用印糕，大枣，莲米一类的药料喂，晚上睡觉时放在棉絮里温着，渐渐的会长生很多黑油油的成虫，成虫下酒吃，味道辛辣，可以疗治肚痛，人家有病总来向我讨去吃。除了这些以外，可爱的虫子还多呢，蝗虫，蚕子，蜘蛛，苍蝇，蚊，蚤，虱……但都没有"床虱"和"推屎婆"有趣！

床虱是赤褐色，身子椭圆扁平，大的有两分长，周缘生着绒毛，像一个极小极小的虾蟆，白天躲在帐子的角顶上，席草下，床缝里，或壁孔内，一到晚来，嗅着一股汗渍肌香，它们从帐顶上把脚爪一缩跌到被面，或是从席下牵着儿，孙，曾孙，玄孙，四世孙——全家赴宴，坐在一块光滑温暖的肉上，使起针尖似的嘴管刺进皮肤内，饱吸那肉中的血精，它们饮足了，肚子胀得红红的，像一个小鼓，还替人家打进一个毒针，所以被啮的地方，赤肿得，痛痒得怪难受的；有时更放出一包臭液，闻了叫人心恶。但它们不停留在人身上，清晨起来遍体搜索，一个也没有，人体会一天一天的褪色，许还要害场大病呢；虫子却长得很肥胖，三朝就做了家婆。因为好吃懒做，肚子越胀越大，别的部分却全行退化了，原有飞行的翅膀连痕迹也消灭了。有时人家被咬得烦腻了，擒着几个放在榻板上，用鞋底轻轻一擦，只听脆的一声，血涂满地！可是它们家族兴旺，不论用火熏，或使开水烫，总不能斩草除根；何况它们的寿命又长，挨得饿，经得冷，我的公公告诉我，他少年时擒了几个，用火纸包着塞在墙缝里，等了十年八载取出来看，那"臭老九"只退了几层皮，身子变小一点，肚囊里没有了血，但放在手上，它立刻又会啮人。旅舍中的臭虫更加厉害，出门人最是心焦，有时半夜三更被咬醒了，起来然烛一照，天哪！一团团的包围着咬，像蜂窠里的毒刺，见了背上阵阵发麻，想起家中安乐的枕席，真有天堂地狱之分，难道就对着这群毒虱坐到天明？如其那客人知道一些妙计，他会含着几口盐水向席下喷，那些虫子舍了人血去吸饮盐水；但是第二晚上呀！那床上的新客人会痒痛得喊娘喊老子，可恶的寄生虫！

"推屎婆"并不是推粪球的蜣螂，这是拼音，叫做"推蚩扒"也成，但你就说它推粪也没有什么"来头"，反正在它们的鼻官里，（如其它们有）像狗儿一样，大粪反是香的。它的样儿像床虱，不，像一个极小极小的乌龟，皮子很粗糙，土褐色，背上有几首卦文，周身也簇生着绒毛，它的脚特别有劲，爬起路来也与众不同，永远是往后退。它在垣墙下幽暗的沙滩里住家，你别嫌它寄人篱下，在它的眼中，不，它许没有眼睛，在它的体腔内连锁形的神经中，这宇宙只是一片无人看管的平沙！它在灰堆里经了千万年的演化，它们的家越建筑得美丽，只须用它的后腿往后几扒，那灰沙面上立刻就现出一个圆锥形的窠，这圆锥是几何圆上描画不出的，这是艺术！每颗沙砾都是明珠，都有一定的安排，像金字塔上的砖石一样整齐，宏壮。我最喜欢这精巧的沙窠，蹲在旁边细细的观赏，有时故意给它弄一个缺口，它在窠底又开始另一个浩大的工程，这工种真是浩大，全个世界都要受它的震动和影响；我从它的新巢里把它擒在手上玩玩，它依旧在我的手心里往后退，等我把它放回，它又重新筑个家巢。有时那红头将军侧着颈，眨着眼，向沙窠里探望，把那虫子啄了出来，看见是推屎婆，又放它回去。这家巢许是一个陷阱，但陷阱于它没用，它对这世界别无所求，它虽不能学鸣蝉的清高，餐风饮露；但它和蚯蚓正是同志，上食土壤，下饮黄泉，澹白的过了一生，为艺术而生存，为艺术而创造，这就是这小小生物的志愿，至少，它能够在幸福的屋子的周遭，筑起许多美丽的装饰，给孩子们一片天真的欢心！这已经值得敬爱了。

给彦生

　　彦生，听说你过世了，我早就相信。你去后，我的朋友少却了一人，余下的只不过像三五辰星，纯挚的友谊真是希罕。如今我又有一位朋友遭了同样的命星，我真不敢往后面想。前几天我去医院拔了一枚蛀牙回来流了大堆血，鲜红的血，正和你吐的一样。正在难过的时候，得到一封字墨很熟的信，拆开一看，才是一位天天见面的朋友写给我的。信上说他近日忽然吐血，大夫宣布了他的死刑。这位朋友和你也面识，他顶怕吐血病，记得有一回你到清华，他简直不敢见你，其实你那时是尚好的人。他一时很着急，越急越坏事。那晚上我冒病去看他，他见到我就哭。彦生，还是你好，你连气也没有叹过一次，而且时常把自己当作健强的人。那晚我很吃力的同他谈四川风景，他听的很入神，好像重看了我的《芙蓉城》一样，将来还想到我们的故乡去游历呢，这显然使他忘却了自己的病，当晚才平安的过去了。昨天我从学校医院接他出来送进疗养院，不，那不是疗养院，那是吐血病的传染所，许许多多的病人挤在一起，乱嚷乱动，这诚然足以表现他们的西方文明，而且到处都很肮脏。我那朋友好像进了屠场，不病也得要病。院旁即是墓场，难保墓中人不是患吐血病从那疗养院抬出来埋葬在那儿的，这不应该靠得太近。彦生，你记得清华医院背后的白杨么？那不知扰了你许多清梦，应该完全伐掉才对。再说，我那位朋友躺定了后，知道我要走了，他又哭，我恨不能与他同住，只得含泪走了，就是我离家远别也没有这样伤心。

彦生，我记得你投考过好几次清华，直到去年，终于仗着你的勇气考中了。快到开学时我们才遇见，我正要给你道贺，你却带着失望的神情向我说因为耳朵有病不能进校。耳病你就该来请教我，怎样装假，怎样从动容上去猜测人家的心理。后来，我们几位朋友多方设法才使你进校。在我，以为你到水木清华来养病到也不错，可是我的身体却给清华弄坏了。年节前你抄了许多首歌谣给我做成绩，你说是绞脑髓绞出来的。我读诗好像回到了儿时与诸姑姊妹一块儿赛唱歌谣一般的光景。我念给你听：

> 斑竹芽，苦竹芽，
> 对门对户打亲家，
> 亲家儿女会写字，
> 亲家女儿会剪花，
> 大姐剪朵灵芝草，
> 二姐剪朵牡丹花，
> 只有三姐不会剪，
> 嫁在高山苦竹林，
> 要柴烧来柴又高，
> 要水吃来水又深，……

底下的我又忘了。还有过端阳那首歌谣我应当特别谢你。那首我曾听我的小弟弟唱过，只是唱讹了。好在你抄给我，使我的《端阳》一文不致闹笑话，你再听：

> 丁丁猫，爱赶场，
> 飞蛾子，爱乘凉，

不杀猪来不杀羊，

杀根耗儿过端阳。

　　我原说歌谣及了格，我要请你的客。后来果真得了八十分，不多不少。"三十晚"上我们两个飘泊的游子在厨房里大嚼了一顿，那时你的食量比我的还强。那知春来了，病也会发芽。有一天赵"大哥"来找我说你病得厉害，我即刻到医院来看你，我踱进了病室，见床上的被盖铺得平平的，我当时以为你出去了；要不是你动一动，我即要退出去了。我见你的病容如黄腊一般，眼睛也没有光，我疑心是见了鬼影。从此你的病况一天一天的变坏了，你的脚腿只剩一根骨头，不能再瘦了。好容易到了暑天，万料不到我能够回家去。我来给你道别时，我知道那是永别！你的心肺，喉咙，耳朵，一身都是病，我们只能作纸上谈。你说只要有健壮的身体，什么病都不成问题。后来你又说我同家庭和好了到是好事，只是我的婚姻怎样办呢？这话问得有点儿唐突吧，难道那时你也知道了我的隐衷？我回答说："管它婚姻不婚姻，横竖变人的日子也就有限得很！"我过后自悔失言，不知你把那些纸条留下，玩出些什么味来？我西向奔波，不久便到了家乡。记得我到资中时，夕阳已搁在笔架山上，珠江泛着血红的水，全城都笼罩在炊烟里。我进了城，由大东街奔到水西门，寻不到一间栖身所，又回到新街踟蹰，不料归返故乡还是一般的流落。故乡哟，游子归来了，但你记得还有一位他乡久病，欲归不得的游子么？后来我又溜到了上海，便听说你死了，我当时呆了许久，恍惚看见一口棺材从医院里抬出来葬在校外。那时我抱着满怀的失意与悲哀远达异国。等我到了芝加戈，在青年会遇见一位胖胖的朋友同我握手，我疑心他是你的哥哥，但他那有那么胖？我掉头问旁人你哥哥现在何处，这话也许他听到了，但他那时正在咳嗽，没有立刻回答我。我同他谈了几句，知道他才从医院出来，

跟着要到德国去。我一时很慌张，不知凶信泄漏得否？他问我离
清华时你真的还住在医院么，为何这许久没有信来？那神情似乎
他已经有几分怀疑了。我迟迟的回答"在"，但我的语气多么不
自然，他应该可以听出我的话中有泪。彦生，这样的事我遇到好
几回了，据说这是小说家最神妙的结构。我上次回家时，首先去
拜见耀才的家人，他们并不知耀才在广东打死一年多了，还在望
他生还。他父亲说不晓得是那门子一回事？他母亲却只是掉泪。
那时节我只得噙着泪扯谎。

　　彦生，你的病一半许是先天的弱点，望典瑞好生注意；据说
一半也怪你自己，你爱爬山涉水，你好动；又据说你的病根是年
轻人的一种通病，这病有一种迷力，热烘烘的熏着全身，这时正
像一条毒蛇把我缠着，这泥坛子经不住破坏，我真想病一病。

　　彦生，我恨不能给你视殓，但八年前我离家赴清华时，带了
一块家乡的黄土，我那时以为我会死在外边。前日离校时我把那
勺黄土抛在清华义地，预先替你奠定了坟基。

十八，十二，二十二日

（载《清华周刊》，1930 年第 33 卷）

散
篇

一封信

葆华今晚读了你的《寄诗魂》与《再寄诗魂》，好像在迷梦中忽听了钧天的神乐，比我前晚听了 The Deluge 谐乐还受感动些，那音乐演奏人类的悲哀，我仿佛见了满天的洪水自天上涨到人间，我哭了；你的诗吐诉个人的悲愤，你的热情也如洪水般的氾流。我一连读了三遍，觉全诗的意境很高，气魄很雄健。这是一座火山的爆裂，远看是一个整体，近看不免有些凌乱。在思想上有了骨架，可还没有深厚的哲学作根据。你要指出一个人生的解决，如 Wordsworth 一样，单是诅咒是不够的。我不敢说这是一件很成熟的艺术，这还只是一个图样，你得依照这样式建筑一座金字塔，一座 Parthewon 永留给人间。这诗的想像大有长进，只太抽象了，而且转变得太快。《再寄诗魂》第一段即是个好例。我总觉 Des criptive 比 Saffestive 高，Concrete 比 abstract 好。今后你更当控制你的情感，用最适合的方式表现出来。说形式我以为这两诗已很完整。如能取 Spencerian Stanza 体，将句子打断更妙。能求每行回音尺，更合音乐的时间。韵脚是否 aaba, aaca？这是转变的歌谣体，但太类似我国的古体了，a 韵已太单调，bc 又没有谐音。句子有时太硬，虚字不宜删去；音节方面还须细细审查，气势是有，只有些地方不大顺口。用字方面我不嫌粗，只怕俗，如"樱唇"，与"红尘"。

新的 phraso 不易制造，要新颖又要熟。如"山陵"二字总欠熟，照古意是对的，不过通常总当作小土山与坟土解释。用字不可重复，在意思上也不要重复。关于韵，像这样的长诗不宜用一律的韵，以免单调，且在抑扬上与情调不协合。我以为"青"太韵低沉，不够光亮。望你努力，难免没有第二部《浮士德》出现。在情感上愈求 Aeriousy 避免粗糙，在意境上愈求 loft 把 Daute & pulton 合而为一。我们要打破一切的 tradition 力求 Origihalil（非 Novelty）这独创本是现代才有的需求，因为有了几千年的开创，旧的东西重行提说有些可厌了。独创决不受人家的影响，不说今人，即古人的也不要受。我始终以为你的诗集别忙印的好，可先在各处发表，再自己修改，修改又修改！这修改不是要求精致，乃是求最好的表现，即是 The best words in the best order 我觉得你如今真是诗人了（我的 Style 来了，Style has something to do with levotier, wof facts）你一身都是诗！你要经过一种选炼，你的"心"（the friest particles）才是诗的精华。黄金不会比铁多。且按着 Style 不讲。再说，你的诗不易使一般人了解，你得来的结果只是嘲笑！人家总以为你是疯狂了的诗人，其实真的诗人就是这样。再说，你的诗太灵空，没有踏到实际的人生，这是清华生活太良好了的影响，你见到子沅的"软项圈"没有，那是真实的呻吟，不过我不喜欢。再说，你的东西不 Modern 这种精神还没有表现在中国诗里，且待看子潜的"自己的写照"，也是 Lyric 希望有二千行。（已成四五百行）这"新"诗是说题材的推广，体裁的解放，偏重实写。望你抱着时代精神，这不是以利沙白时代，不是唯多利亚时代，不是乔治时代了；这是新新古典时代古典以前的时代。你除了读诗文集外，应该在哲学上自创一个 System，即是说创造一个自己的世界。对于社会科学与科学都应该有很深的了解。

此外你应该脱离清华，出外游历，一方面可以观察人情，一方面可以摄取自然的精灵。

念生　十二月六日

（载《清华周刊》，1931 年第 34 卷）

希望的指戒

有一位农夫，境遇不很顺。他坐在犁头上憩一会儿，把脸上的汗水揩干。一位老女巫偷偷的走来向他喊道："什么东西害了你，你总是没有成就？你对直向前走两天，走到一根大杉树底下，那树独长在森林里，高过一切别的树子。要是你把它砍倒了是你的运气。"

那农夫一听便相信，他拿起斧头就上路。走了两天寻到了那杉树。他登时就动工。砍伐那树，不一会儿树子便倒在地上，地下都震动得很凶，从那很高的树杪落下一个鸟巢，巢里有一对卵。那卵滚到地下打破了，当它们破烂时，有一个卵里出来了一只小鹰，另外那一个却滚出一只金戒。那鹰看看就长大了，一直长到半人高，振振它的翅膀，那农夫正想要去捕它时，它从地上立了起来喊道："你放了我吧！我拿这戒指报答你，这原是在另外那一只卵里的！这是一只希望的戒指。当你戴上指头转动时，许下一个愿望，那愿望立刻就会实现。可是这戒指里仅有一个希望。一经用过，那戒指的魔力就失掉了，只是一个平常的戒指了。因此你得仔细思量你希望什么，免得后来懊悔。"

于是那小鹰飞上了空中，在农夫的头上盘了一个大圈，朝东方箭一般的飞去了。

那农夫拾起金戒戴在指上，动身回去了。到了晚上，他走进一座城里，那店里有个金匠，他有许多宝贵的戒指出卖。农夫把他的戒指给那金匠看，问他值得了多少钱。"贱货！"那金匠回答。于是农夫大笑起来，告诉他那是一个希望的戒指，比他出卖的戒指的总和还要值价。那金匠是一个骗子。他邀请那农夫在他家里过夜，他说："招待你这样怀财带宝的人定有好运；住在我家里吧！"他用美酒和蜜言百般的奉承他，等他睡着了时，偷偷的把那金戒从他指上取下，用一个很普通的，很相像的戒子来交换，替他戴在手上。

第二早晨那金匠等不了那农夫动身的时刻。他大清早起把他唤醒说道："你还有很远的路程呢。你顶好早一点动身。"

等农夫一走了，他赶快奔进他的屋子，把店子关上，不使人瞧见，他再把大门上了锁，站在屋子中间，转动那戒指喊道："我马上要有千万块钱。"

他还没有说完，那洋钱，光亮的洋钱，就开始坠下，好像大雨倾盆般的落下，打在他的头上，肩上和手臂上。他于是哀唤起来，想跳出门外，但是他还没有奔到门前打开门时，他已经倒下了，周身都在流血，流到地板上。那洋钱还落个不停，不久那重量把地板都压断了，那金匠同着那些钱倒在地窖里。那钱还在落，一直落满了千万块，后来那金匠竟死在地窖里。身旁是一大堆的钱，邻居们听见这响声赶快跑来，当他们见了那金匠压死在钱堆里，他们道："这真是一个大大的不幸呵，要是运气来的太凶了。"于是他的后人跑来分享这笔横财。

同时那农夫快活到了家中，把戒指给他妻子看。"我们如今并不希罕什么，爱妻，"他说。"我们有了幸福。我们得认真考虑我们想要什么。"

那女子立刻就知道怎样计划。"你说怎样？"她道，"我们想多要一些地方？我们有的太小了。有一块地方洽在我们的中间，我们正想要那个。"

"那道是一个好愿望。"丈夫回答。"只要找我作一年苦工，运气好的话，我们就可以把那块地方买来。"于是夫妇两人极力工作了一年，论收成从来没有这年丰盛，他们买了那块地方，还剩下一些钱。"你看！"丈夫问，"我们买得了这块地方，那个愿望还是留着的。"

于是妻子又道，如其他们想要一条牛和一匹马，那真好呀。"女人"，丈夫又答道，他说时把那剩余的钱在他的裤袋里摇着响，"我们怎地把我们的希望将那一点儿东西抛却了。我们可以设法得到那牛马。"

真的，又过了一年，他们得到了一条牛和一匹马。丈夫快活地搓搓手道："这希望又留了一年，我们想要什么，还可以完全得到。我们的运气真好呵！"妻子热烈的劝他的丈夫道，他毕竟要有一个希望呵。

"你简直是大变了，"她怒道。"从前你总是抱怨不平，什么东西都想要，如今你所希望的都有了，苦苦的工作，自己以为很满意了，过的是好年头。天皇，国君，伯爵的宝库内都装满了钱，你只是一个有钱的农夫——你不能决定你想要什么。"

"别老是那样焦心，"农夫答道。"我们还算年轻，日子长呢。这戒指里面只有一个希望，那希望立时就会用掉。谁知道我们会不会发生什么意外。那时正好使用这金戒。我们缺少什么？自从我们有了这戒子，我们不是很兴盛吗，谁都羡慕我们？所以你得要灵敏一点。这其间你可以时常想想我们希望什么。"

这场风波暂时平息了。这好像是真的，那戒子带了许多幸福进门，谷仓和豆库一年年的更是丰满，过来许多年后，这穷小的农夫变做了一个阔富的人了，白天他同着用人努力工作，好像他要取得全世界的财富，到晚来他安稳的满足的坐在门口，人家给他道晚安。

一年一年的过去了，时常当他们静处时，没有人听得到他们，那女人一定向她丈夫提及那戒指，并是提出各样的建议。但他每回总答道，日子长呢，那最好的事往往在后头想起，于是她不多于说话了，到后来差不多没有提起那戒指了。那农夫每天把那戒子在他指拇上至少转动二十次，细细察看，但他总很小心没有说出一个心愿。

过了三四十年，那农夫同他的太太老了，头发白了，可是那希望还是没有许下。上帝降福他们，让他们俩在一个晚上老死。

子子孙孙绕着那两口棺材哭唤，有人想要把戒子取下来保存，但那长子说道："让老父带着他的金戒入葬。他在生时对于那指戒有些秘密。它真是一个可爱的纪念。老母也时常察看那戒子；也许是她年轻时赠给父亲的。"

于是那老农带着那金戒下葬，以为那指戒里面还有一个希望，实在是没有了。但是它带了许多幸福进门，这都是一个人所想要的。什么是真，什么是假，都是些奇怪的事呵；很坏的东西落在好人手里还是有许多益处，但是好东西到坏人手里——

（载《河北民国日报副刊》，1929 年第 11 期）

小　鸟[1]

　　一对夫妇住在一座玲珑的小屋里，他们的幸福是很圆满的。屋后有个花园，园中有些长得很好的老树，妻子在那里栽了些珍异的花木。有一天丈夫在园中散步享受那些花儿放幽的醉人的芳香，他自思道："你是一个多么幸福的人并且有一位良善的，娇好的，灵巧的妻子！"他正在沉思的时候，有什么东西滚到他脚下。

　　那丈夫的眼睛很近视，他蹲下去发见了一个小鸟，许是从巢里滚下来的，还不能够飞行。

　　他把它拾了起来，放在眼前查看，并且拿到他妻子面前去。

　　"心爱的妻，"他向她喊道，"我找见了一个小鸟；我相信将来定是一只夜莺！"

　　"瞎说，"妻子连鸟都不看一看就回答，"一只雏夜莺怎样会来到我们的花园里？并没有老夜莺在这儿蓄过窠。"

　　"你可以根据这个，这儿不是一只夜莺！况且我曾经在我们的花园听过一回夜莺叫唤。等它长成时开始歌唱，那鸣声定是很悦耳的！我很爱听夜莺的歌声！"

　　"这委实不是夜莺！"妻子再说，还是没有抬头看看；因为她正在编织，她这时脱落了一针。

　　"真的，真的！"丈夫说，"我这时完全看清楚了！"他把小鸟凑近鼻子看看。

散

篇

妻子站了起来，大笑大嚷："亲爱的人，这只是一只瓦雀！"

"妻，"丈夫应道，他有些作怒了，"你怎的想我连一只夜莺这样普通的事都闹不清楚！你对于自然史一点也不懂，我从小就搜集过一些蝴蝶和甲虫。"

"可是，丈夫，我问你，夜莺是不是有这样宽的嘴同这样大的头？"

"真的，它有；这定是一只夜莺！"

"我告诉你，这不是夜莺；且听它怎样的啁啁！"

"小夜莺总是啁啁的叫。"

他们争持下去，直到他们真吵了起来。后来丈夫怒冲冲的走出房子去拿了一架小笼来。

"这讨厌的鸟儿不得放在室中！"妻子向他喊道，当他站在门口时。"我不要那东西！"

"我看，我还是这屋里的主人！"丈夫回答，把鸟儿放进了笼内，还要去找些"蚁蛋"来喂他——让小鸟吃的有味。

晚餐时两夫妇各人坐在桌角上，一句话也不说。

第二早晨妻子很早就去到丈夫的床前正经的说："亲爱的人，昨天你太不近情了，并且对我太不友爱了。我刚才看了一回那小鸟。那真是一只小麻雀让我把它放了吧。"

"你不准动我的夜莺！"丈夫暴燥的喊，连他妻子都不看一眼。

过了两礼拜。这小屋里的幸福与宁静久已消失了。丈夫总是怨谤，妻子却不，只是悲泣。那小鸟给蚁蛋喂大了，羽毛也现出来了，恍惚不久就要生长好了。它在笼内旋转跳跃，伏在笼底的沙堆上，把头掉转来栩栩的飞，同时摇摇它的身子，啁啁，啁啁的叫——好像是一个真正的黄雀。它每回啁啁时，那妻子的心上就如针刺一般。

有一天丈夫出门去了，妻子老坐在房里哭，回想她以前同丈夫居住多么幸福，一天到黑是多么快活，丈夫是多么痛爱她——如今的一切，一切都完了，自从那可恶的鸟儿来到这屋里。

她忽然跳了起来好像一个人立时下了决心，把鸟儿从笼里擒出，让它从窗口跳到花园里去。

丈夫马上就回来了。

"亲爱的，"妻子说，不敢抬头望他，"一件不幸的事发生了；猫儿捕食了那小雀儿。"

"猫吃了吗？"丈夫回答，他痴痴的不动；"猫吃了吗？你哄我的！你故意把夜莺放走了！我从不想你敢这样做。你是一位恶劣的妻子。现在我们的友谊永远完蛋了！"他说时脸都气青了，眼中还流着泪呢。

女人见了这情景忽然明白她做了个很大的错把那鸟儿放走了，她大声哭泣着奔向花园里去，或许还可以觅见那鸟把它擒住。真的，那小雀儿正在那路中跳跃飞扑；因为它还不能自在的飞行。

那女人向它扑去要把它擒住，可是那小鸟溜到花坛上去了，从那儿又溜到林里去了，从这个林里钻进了那个林里，女人急急的追逐它。一点不留心，在花坛上与花间践踏。她在花园里，追那鸟儿追赶了半点钟。最后她擒住了，脸儿泛着紫红，头发乱蓬蓬的跑回房中。她的眼儿闪着快乐的光芒，她的心跳得很厉害。

"最亲爱的丈夫，"她说，"我重行找到了那夜莺。别再发气了；我真是下贱呵！"

丈夫又是初次很友爱的待他妻子，他瞧见她时，他想，她从来没有像这时的娇好。他从她那儿把小鸟接过手中，再把它靠近鼻前四方八面的看看，于是摆头说道："亲爱的，毕竟你对了！这时我才看清楚了它真的只是一个麻雀。这真奇怪呀，一个人怎会自欺自骗。"

　　“亲爱的，”妻子回答，“你只是说来安慰我吧。我今天看这鸟儿真正像一只夜莺。”

　　“不像，不像，”丈夫插进她的话说，同时再把那鸟儿查看了一回便大笑起来，“这完全是一个很平常的黄嘴壳。”于是他很热诚的亲吻他妻子，他继续说道：“把它带到花园里去，让这蠢笨的麻雀飞走，它已经扰乱了我们两个礼拜了。”

　　“不，”妻子回答，“这太残忍了！它的羽毛还没有十分长成，那猫儿真会捉着它呢。我们应当把它再养几天，等它的羽毛长些时，——那时我们才可以放它飞去——”

　　这故事的教训是：当其一个人寻见了一个麻雀以为是一只夜莺时——万不可给他说穿；不然，他会厌恶你的，到后来他自己会明白这个的。——

（载《河北民国日报副刊》，1929 年第 9 期）

注　释

[1] Volkmaun–Leauder 著，念生译。

除夕的忏悔 [1]

散篇

"你瞒着你的太太、她起了猜疑。可是她没有抱怨，悄悄地忍受着。自从我丧母后，她是我结识的第一个女人，她好像一颗明星，我崇拜她，和崇拜天星一般。我壮起胆子问她有什么烦恼。她只是笑着说身子不好——你记得那正是保尔出世不久的时候。不久除夕到了——四十三年前的今夕，我照常八点钟进来。她坐着刺绣。我高声念书，我们在等候你回来，一点钟一点钟地过去了，你还没有回来。我眼见她越发不自在，发起抖来了。我也替她发抖呢。我知道你在那儿，我怕你在那妖妇的怀里忘记了交年的时刻。她停了刺绣，我也没有念书了。可怕的寂静压住了我们。我看见了她的眼眶里充满了泪，慢慢地滚在她膝上放着的绣花上。我跳起来要出去找。我觉得我能够强迫地把你从那妖妇的怀中夺开。可是她同时也从椅子上跳了起来——就在我现在坐着的地方。

"'你到那儿去？'她喊道，满面惊惶。'我去找法郎士，'我说。于是她大声喊道，'为上帝的缘故，你至少也该伴着我——你也要抛却我么？'

"她赶快走到我面前，双手放在我肩上，她的泪脸伏在我胸前。我全身的纤维都在发抖，从来没有一个女人和我挨的这么近。幸得我极力自克，安慰安慰她——她太忧愁了，因为没有人安慰她。不久你回来了。你没有注意到我的情绪，你的脸儿烧红了，你的眼睛饱受了爱情的疲劳。从那晚过后，我发生了一种变态，那变态骇坏了我。当我觉得有双柔细的手臂挽着我的颈子时，当我觉到她头上的发香的，那明星就从天上坠了下来——一位美丽的、满怀的爱情的女人站在我面前。我叫我自己是恶棍，是流氓，我想要稍微安慰我的良心，设法把你和你的姘妇分开。幸得我有笔钱来做这件事。你那情妇满意了我送给她的钱，并且——"

"有鬼！"老兵惊嚷道；"那末，毕安加给我那封动情的告别会定是你弄出来的了？——信中她说定要抛却我——虽然她的心碎了。"

"是的，是我弄出来的，"他的朋友说。"听我说，我还有话告诉你。我以为那笔钱可以使我宁静了，那知还没宁静呢，那胡思乱想在我的脑中越发猖狂。于是我埋头用功——正是那时候我构成了'概念不灭'那书——可是还是不宁静呢。过了一年，除夕又到了。我们又一块儿坐在这儿，她同我。你这回在家中，可是你躺在隔壁的沙发上瞌睡。你吃了快乐的年饭就疲倦了。我坐在她身旁，望着她惨白的脸，禁不住回想起去年的事。我又觉得她的手放在我胸上，我又可以亲吻她——于是——最后，要是必须的话。我们的眼光碰了一会；我恍惚看出了一种秘密的会意，她眼光中的一个回答。我再不能自克了；我跪在她的脚下，把我红烧的脸伏在她的膝上。

"我伏在那儿约么两秒钟没有动，我觉到她发冷的手摸抚着我的头，她柔和的声音这样说：'镇静着，亲爱的朋友；是的，镇静着——不要欺骗那很信托你地睡在隔壁的人。'我跳了起来四面望望，昏迷了。她从桌上取了一本书给我。我懂她的用意，随便翻开，高声朗诵。我不知读了些什么，那些字在我眼前跳动着。可是我心灵里的暴风减退了些，钟报了十二下，你睡眼惺忪地进来拜年，我当时觉得罪恶离开了我，好像在许久以前远离了我。

"从那天以后我宁静了些。我明知她没有报答我的爱情,我只望她怜恤我。年华似水,你的子女长成了人又婚嫁了,我们三人一块儿老了。你改掉了你那放浪的生活,忘却了别的女人,只守着一个女人,我也是那样。叫我不爱她可办不到,但是我的爱情改变了一种方式;尘世的欲念全消了,我们当中只是精神的结合。你听见我们谈起哲学时,你总是打笑我们。要是你知道我们的心灵那时是多么接近,你会大大地吃醋呢。现在她已去世了,明年除夕节前,我们许会跟着她去呢。所以,这正是时机,我好把这秘密告诉你,并且向你说,'法郎士,我曾经有一次带了你的过,请赦免我。'"

他举起一支恳求的手向着他的朋友;可是那人怨声答道:"废话。赦免什么。你所告诉我的,我早年就知道了。四十年前她已经向我忏悔了。现在我告诉你我为什么去追逐别的女人直到年老——全是因为她告知了我你是她一生唯一的爱情。"

那朋友盯着他不说话,那破哑的钟敲了——半夜交年了。

（载《河北民国日报副刊》,1929 年第 146 期）

散篇

注　释

[1] H. Suderunaun 作,念生译。

两个有志青年的悲剧（续）[1]

这是下午了，礼拜堂的围场清静得很，只有乌鸦叫噪的声音。约苏亚，哈波罗已经用过那种清净的午饭，进图书馆去了。他在那里站了一会，眼睛从一个大窗眺望礼拜堂的草场。他看见草场那边"慢吞吞"地走来一个人，穿一件粗绒布的裖子，戴一顶破旧的白帽，围着一块很□的领巾，臂上挽着一位高个儿的流浪的妇人，妇人的耳上戴着副长耳环。那男子神气古怪的凝视那礼拜堂的西部，哈波罗从那形状和外貌上认出了是他的父亲。至于那个妇人是谁，他却不知道，正当约苏亚发现这件事的时候，那个兼副主教的学校校长——约苏亚对这人比正主教还要敬畏——刚从门内出来，走上一条穿过草场的路上。那男女两人和那校长碰头，约苏亚的父亲还转过身来叫呼校长，这使约苏亚吃惊不小。

他两人说了些什么，约苏亚听不清楚。他站在那里冷汗直淌，只见他父亲很亲匿的把手搁在副主教的肩上；又见副主教将身子一缩，匆匆的走了。那妇人似乎没有说什么，等副主教过去以后，他们两人便向学校的大门走来了。

哈波罗连忙跑过走廊，从一头旁门赶出去，要想拦住他们到前面的去路。他在一丛桂树的后面碰着他们。

"哈哈，这孩子便在这里！好罢，你是个阔人了，连烟卷儿也不寄几根给你父亲抽，还等我老远的跑来找你！"

"你且先说，这是什么人？"约苏亚，哈波罗很庄严地沉着脸，挥手向那戴长耳环的胖妇人说。

"哼，哼，这就是太太，你的继母呢！你还不晓得我已经结婚了吗？有一天晚上她从市上扶我回家，我们双方说妥，便做成了买卖。不是吗？塞丽娜？"

"哦，天知道，谁说不是呢！"那妇人傻笑着说。

"好罢，你们这里是一个什么地方呢？"那造磨工头问道。

"我看好像是一所感化院？"

约苏亚没有心听，他的神气早就想要抽身。却满心难受地问他们此来是否缺少什么，什么吃的呀……他父亲插嘴道，"怎么，我们来邀你一同到一家'鸡酒馆'去吃东西，我们今天便耽搁在那里，还要到班格尔市去看太太的朋友，在那里要有一两夜的耽搁。那鸡酒馆里的菜虽算不得怎样好，论酒到是极难得的，那儿有我许多年来爱喝的老汤姆酒。"

"谢谢，可惜我是个戒酒的人，而且已经吃过饭了，"约苏亚说。他闻着父亲的一股酒气，完全相信他说的话。"你晓得我们这里得要遵守教规，所以我不能到鸡酒馆去。"

"哦，那末，你不必去，这算你的恭敬。不过对那些能够到那儿去的人，你替他们做个东道主大概可以罢？"

"一个便士都没有，"那儿子很坚决的道。"你已经喝的很够了。"

"谢谢你一文不破费。我们刚才遇见的那位长瘦的，鞋上有扣儿的牧师是谁？他似乎怕我们要毒死他的样子！"

约苏亚淡然的说那是他们学校的校长，他又留神的问道，"你告诉他说来看谁没有？"

他父亲没有回答。他和他肥胖的夫人——若果是他的夫人——也不再耽搁了，两人扶着向大道那边去了。约苏亚，哈波罗回到图书馆中。他的性情虽是倔强，却禁不住流下一阵热泪在书上；那天下午他比那不受欢迎的造磨工头的心里还更难过。晚上，他坐下写一封信给他兄弟，把白天经过的情形和他父亲怎样娶那荡妇为妻，更增他们的羞辱的话叙了一遍，又提出一种计划要想筹一笔款子，把他们送到加拿大去。"这是我们唯一的时机，"他说。"如今的局面简直叫人发狂。在别种人呢，譬如画家呀，雕刻家呀，音乐家呀，著作家呀，这到算不得什么，而且一班流氓和酒徒甚至还要当面称赞他这种浪漫的行为。但是呀，英国教堂里的牧师遇见了这种事！柯奈利啊，这是致命伤呢！要在教堂里做事，得要使人相信你，第一要是个正人君子，第二要是个有钱的人，第三要是个学者，第四要是个传道者，第五要是个基督教徒——然而最要紧的还是先做正人君子，做一个彻底的正人君子。若是他做人做得体面些，那我便是一个小工匠的儿子也何妨。忍辱是基督教的精义。蒙上帝的帮助，我把这种教义发挥光大了。谁知又加上这一重可怕的不名誉的关系！若果他不肯容纳我的条件离开此地，那简直害死我们。这种日子叫我们怎样过法？怎么能把我们的高远的目的抛弃呢？又怎么能委屈我们那亲爱的妹子罗莎去做荡妇的继女呢？"

三

有一天，拿罗奔教区的居民忽然群情鼓舞起来。一大群的男女刚做完晨祷出来，大家谈论的莫不是新牧师哈波罗先生的话，因为那天是他署理牧师的第一日。

牧师更替的事情，在那乡村里原不是第一次，然而村民的感情从来不曾像这次的鼓舞。一百年来，那地方的情形总是暮气沉沉的，如今似乎变了。大家做完礼拜，把经文当作复句互相背诵："上帝啊，你是我的救主啊！"从礼拜堂的门口到墓场的大门，大家一路出来，都拿刚才讲演的题目当做谈话的资料，也不批评人的长短了，也不提起这一周间的新闻了——这种情形，便是村中的前辈也是从来不曾见过的。

新牧师一番动人的讲演，仅那一天都萦绕在教民的心上了。但是这村里的人是麻木惯了的，如今那些青年男女，中年人和老年人，他们感情上乍受了激动，反觉有些羞涩似的，不敢公然表示，只装作一种微笑，将□掩饰过去。

这村里的人，四十年来，便是那些老当牧师的也不曾感动过他们一点，却被一个新出山的牧师大大的鼓舞起来，已经很奇了；还有更奇的，不但一般平民受他的感动，便是那些在礼拜堂坐特别座的有产业的富翁也都受了感动。这般富翁大都眼界很高，对于牧师讲演的价值至少要打一个折扣；然而这回也跟其余的人一样，对于这位新牧师的丰采言论竟也倾心佩服了。

这些富人当中，有一个田主叫费麦尔先生，是个青年的鳏夫。他结婚的第二年，夫人产了一个脆弱的小女便死了。他母亲还很康强，自从媳妇死后便恢复她的主妇的地位。费麦尔从丧偶一直到如今，都蛰伏在村里过那无聊的生活；因为鼓不起兴致，所以总是无精打采的。他如今重新请他母亲主持家务，他自己的主要事务便只管理那不很宽大的田产。他母亲费麦尔夫人那天早晨和他并排坐着听哈波罗讲道，她是个和悦坦率的妇人，上市买东西呀，周济穷人呀，事事都亲身去办，她最喜爱旧式的花卉，便是大雨天也要去拜访村人。他们母子两人要算拿罗奔唯一的人物，那天听了约苏亚的一番讲演，也和那些乡人一般，大大的受了感动。

哈波罗前几天才到这里的时候，便有人替他给费麦尔母子略略介绍了一下，如今既引起他们的兴味，便在那里等了一会，等他从更衣室出来，和他一同走出墓场的夹道。费麦尔夫人对于他的讲演着实恭维了几句，说他到这里来真是地方的运气，又问他住的地方还舒服么。

哈波罗脸上微微有点发红，说他在一个农夫家里找着了很好的住处，那里房间很多，又把那农夫的名字也告诉她。

她又说恐怕他太寂寞了，尤其是晚上，希望常常可以去拜见他。问他几时可以到她家里吃饭。希望他当天就去，因为第一个礼拜日便在那乡下人家里过夜，未免太无意思了。

哈波罗回答说，本来是很乐意去的，但恐怕应当谨谢才对。"我并不十分寂寞，"他说。"我的妹子刚从布鲁萨回来，也像你这样怕我太寂寞，送我到这里，要想住几天，等她把我的房间布置妥当，使我住得舒服了再回去。今天她因为太疲倦了，不曾到礼拜堂来，现在在那田庄上等我呢。"

"哦，你尽管将你妹妹带来——那不是更好了，我很愿意认识她。怎么早不告诉我！千万请你向她说，我们不晓得她也来了，请她别见怪。"

从芙蓉城到希腊

哈波罗对费麦尔夫人说，那话一定转得到；不过她肯来不肯来却包不定。其实这件事哈波罗尽可主张，因为他妹子罗莎是向来顺从他的意思的，差不多和对父母一样。但他不晓得罗莎出门的衣裳有没有，不愿叫她那天晚上就草草的到人家府第里去，以为将来的机会很多，尽可以等装得体面些才去。

他便大步的回田庄去了。这是他署理牧师第一天早晨的情形。他一向事事如意，牧师的凭照已经到手了；派到的地方又很舒服，他在那里差不多可以总揽一切，因为正牧师是老病无用的。他一开场便给众人一种很深的印象，虽没有大学的学位，并不妨害他。而且他父亲和那黑妇人，经过许多的劝谏又给了他们许多钱，已到加拿大去了，想来他们在那里，对于他的事业不至有大大的妨碍了。

罗莎出来迎接。"啊！你今天该听我的话到礼拜堂去，像一个很好的女人。"他说。

"是的，我后来也想应该去。可是我对于教堂向来是讨厌的，因此连你的讲演也忽略了。这真是坏脾气呢！"

这女子说话这般随便，容貌很美，绰约如仙的身材穿上一袭轻纱的裙裳，又带着一种俊俏的风情，大概英国女子到过外国的都带着这种风情回来，但在本乡住了几个月之后，却又会消失的。至于约苏亚的神气，却很严重，他把世上的事看得太认真，不敢稍有轻忽的心。他如今将费麦尔夫人请她吃饭的话用一种坚决切实的语气告诉她。

"我说，罗莎，我们总得去的！事情是说定的了！如果你有一套衣服像这种宴会用得着的。我想你到这种偏僻的地方来，当然没有想起把晚装带来吧？"

罗莎从城里来到这个地方，对于这些事情是不会疏忽的。"晚装吗？我带来了。"她说。"因为谁料得定要用不要用呢？"

"好极了！那末我们七点钟去罢。"

天色渐渐的黑了，兄妹两人步行前往，罗莎把裙子撩起来塞在褂内，免得沾着露水，她的下半身就好像挂着个气袋一般，又把缎鞋子夹在臂膀底下。她本想进门再换，可是约苏亚不答应，要她找一根树子底下换了，进门叫人看见，好像不是步行来的。他对于这种琐屑的地方很细心，很看得认真，可是罗莎却把这些事情——走路，穿衣，吃饭，以及一切——都只当做一种消遣。在约苏亚呢，这件事便是人生一种严重的事。

费麦尔夫人万料不到牧师的妹子会有这样的人物。她脸上惊异的神色不期然的流露了出来。她看见罗莎的时候，总当她是道卡斯，马尔查或罗达一流的人物，如今一见面，不期然的使她脸上现出一种惊疑的神色。要是那天早上罗莎曾和她阿哥同到礼拜堂去，也许竟没有这回请客的事情了。

但是那青年的鳏夫——她的儿子——却又当别论。他一见罗莎，好像夏天午梦初醒，却还当是才天亮。他禁不住当着他们伸懒腰，打哈欠，被一种预料不到的东西突然惊醒。当他们坐下吃饭的时候，他对罗莎说话还带着一种高傲的神色，可是女人究竟

散篇

厉害，不多一会功夫便将他征服了，只见他把罗莎的口，手和模样儿，不转眼的看，仿佛他真不懂得它们怎么生出来的：于是他觉到更深的满意，这不用叙述的了。

他很少说话；她却谈得很多。费麦尔的一家人是很受人敬畏的，但在罗莎看来，也觉得很平常，心里便宽了许多。那位田主，自从上年起便不肯出门，应酬上觉得很生疏了，把世界看得空空洞洞，直到今晚才恢复原状。他母亲经过初见面时一阵惊疑之后，觉得不如随她儿子去应付她，自己便专注意在约苏亚身上了。

哈波罗虽有先见之明，而且胸中成见十足，如今这一顿饭的结果，却竟出他意料之外了。当初他以为他妹妹不过走一个漂亮的轻微的女人，全靠他的能力帮助她才叫人注意的；这时才恍然大悟，她的天生的美质比他的智识强得多。当他自己还在那里苦苦的穿山洞，罗莎好像飞过山头去了。

第二天他便写信给他兄弟。他兄弟正住在神道学校，他从前住过的那几间房子里。信中狂喜地把罗莎怎样的在田主府上初次出场便得着意外结果的情形告诉他。下一班邮车便送来一封道贺的回信，可是附着一种扫兴的消息，说他们的父亲不喜欢加拿大——他的新妇人抛弃他走了，因此他觉得很寂寞，想要回家。

近来约苏亚、哈波罗因为自己种种的成功，觉得很满意，把旧时的烦恼几乎忘掉了——这是新近拿距离将他隔开的。但今后又回来了；他在这寥寥几句话里，比他兄弟所见的关系格外重大。这只是一朵乌云，看起来还不过手掌般大。

四

十二月又到了，圣诞节前一两日，费麦尔夫人偕她的儿子在她屋子的东边一条宽大的碎石子路上走来走去。这早晨下了半点钟的毛毛雨，在朝食前他们谈了些话。

"你看，亲爱的娘，"儿子说，"因为我是个鳏夫，我非常的需要她。当你说我生来就瘸了足，和我的生命不健全的时候，我就讨厌社会，我没有政治野心，我唯一的目的和希望就是把我前妻遗下的女孩教养成人，你看哈波罗小姐可以变做我多么需要的妻子呵，免得我化成了不中用的东西。"

"要是你爱上了她，我猜你会接她做续弦！"他母亲侃切的回答。"但是你终久会发现她不满意在这儿过活，用全副精力抚育那孩子。"

"我们就是这一点合不来。她的缺点，据你说，是没有家庭，但这个正是我心目中最喜欢她的地方。因为她没有权贵的亲人，不会有什么奢望。从我了解她的地方看来，做填房是她很愿意的。如其要她看守家园，她绝不会出门闲耍的。"

"既是迷恋着她，亚白，又想接她做妻子，所以你才会发明这些应用的理由把事情说得这么体面。好罢，娘就让你去做；我没有权利干涉你，你为什么来同我商量？你这会就要向她求婚吗？一定的。你到底求不求呢？"

"没有那个意思。我仅仅想把这心事决定。要是在这结识期中，她真像这样的好——哪，我再看。现在，娘，你承认喜欢她吧。"

"我愿意承认的，她头一眼就把你迷住了。但仅是做你的孩子的后母。亚白，你好像一心要抛弃我！"

"一点儿没有这种心肠。我不像你想像的那么粗心。我一点儿也不着急。只是我有了这样一个意思。娘，所以我登时就对你提起。倘若你不喜欢，说吧。"

"我没有什么异议。倘若你决定了，我要尽心的玉成你，她哪天来？"

"明天。"

这些时候副牧师的家中正忙着准备一切，他现在做了房东。罗莎上年两次到那儿住了几个礼拜，引起了那绅士的亲爱，这时她又来了，同时她二哥柯奈利也来加入这天伦的聚会。罗莎从中地来，非到深夜不能赶至，柯奈利当天下午就可以来到。约苏亚出门去接他，在那铁道旁边的田野中散步等候着。

约苏亚的家中一切都准备好了，他心里很高兴，很感激，这是他有生以来的头一次。他有了一个良好的名誉，将来他兄弟进教会里做事是分外容易的，他盼望同他较量自己的经验，虽然他手边还有一桩更烦恼的事没有做完。他年轻的时候，在那古旧的乡中，就认定了教会可以得获社会的信用，比起别种职务或事业来得更容易，他自己的经历好像证明了他的见识是对的。

他在那儿散了半点钟的步，才瞧见柯奈利沿路走来；几分钟后，两兄弟便聚首了。柯奈利的经验没有约苏亚的那么直接有趣味，但他个人的位置是很满意的，他平日刻苦的习惯却不曾道及，约苏亚看他必是用功太苦了；他又告诉兄弟，罗莎当晚也要来，并且预想她这次来玩耍的或然的结果。"下个复活节前她就要做他的续弦，老弟。"约苏亚说时现出严重的欣喜的神色。

柯奈利摇了摇头。"可惜她来的太晚了！"他回答。

"你是什么意思？"

"请看这儿。"他取出一张荒多公报，用手指着那上面的一段新闻，约苏亚念了。这是轻罪法庭审判送来的报告，一个很普通的扰乱秩序的罪犯，因为打坏人家的窗户，判决了一周的监禁。

"怎样发生的？"

"这是有天晚上发生的，那时我正在街上经过，犯人是我们的父亲。"

"不是吧——那里——我寄了许多钱给他，因为他得应了我留在加拿大。"

"他平安的回国来了。"柯奈利用同样沉重的声音把未完的消息一一的说出。"他亲眼瞧见过那事，父亲却不曾瞧见他，他还听见犯人的口述说是要去看他的女儿，不久就要同一位富家绅士结婚的女儿，那不祥的事只有一点儿侥幸，就是那造磨工头的名字报上印成了阿尔波罗。"

"受了打击！在我们希望成功的圣诞节晚上遭了打击！"阿哥这样说。"他怎样猜到了罗莎要结婚？我的天！柯奈利呀！你好像生来是报凶信的，不是吗？"

"是的，"柯奈利回答。"可怜的罗莎！"

他们几乎要哭了，他们的心痛和耻辱真重呵，两兄弟默默的走回约苏亚的家中。到了晚上他们出门去接罗莎，雇一辆轻车把她送回村里，等她进了屋子，同他们一块儿坐下的时候，他们几乎忘掉了为她的一个秘密的焦愁。

第二日费麦尔全家来访，快快活活的过了两三天。那绅士兴奋得很——拿定了主意——这是无疑的。礼拜天柯奈利念圣经，约苏亚讲道。费麦尔太太对罗莎很喜欢，她好像决定了慈爱的欢迎那注定了的儿媳。那可爱的孩子得要再同老太太过一下午，在屋里依着圣诞节的礼俗料理那些教区的应酬，跟着还要用正膳，到了晚上她的哥哥才来接她回去。老太太也请了他们弟兄赴宴。但他们说预先有约便辞谢了。

他们的是一件忧愁的预约。他们要去叩见父亲，他那天正从荒多监狱里放出来了，他们要劝他别到拿罗奔来。费尽心力想把他送回加拿大或是中地的老家——别的地方也成，才不至于危险的阻碍他们的前程，破坏他们妹妹的婚姻喜事，那正是千钧一发的当儿。

罗莎刚被她的朋友邀去了绅士的庄上，她的哥哥就动身旅行，连茶饭都等不及用。那造磨工头每回写家信总是交给柯奈利，柯奈利这时从衣袋里取出一封短信，边走边读，就是这信叫他们去的；这是头晚上他父亲恢复了自由立刻就写给他的，信上说他写信的时候正在动身到拿罗奔来；因为缺少盘川，不得不一路步行；预算第二天六点钟可以经过半路上的莱威尔城市，在那堡店里吃晚餐，盼望他的儿子叫一辆双马拖的轻车来接他，别样的车也成，好使他来到那儿不致丢脸，像一个步行的人。

"那个意思好像他猜透了我们的地位，"柯奈利说。

约苏亚知道那为父的口气中含有嘲弄的意思，但他没有开腔。静默的行了一大半的路程。他们走进莱威尔街市，已经是上灯的时候了。柯奈利在那儿是一位陌生的人，并且他不是穿的教士衣服，所以决定了他去堡店叩见父亲。他走进那店里拱廊的阴暗处打问一个旅客，有人告诉他那样的一个客人在厨案上吃了饭，才走了不久。那人是个酗酒的醉汉。

从芙蓉城到希腊

"那吗，"约苏亚说，当柯奈利出来报告他时，"我们刚才必定碰着他，和他对面闯过！我现在想起了，我们在恒弗山对边的树林下碰见一个偏偏倒倒的人，那里太暗，我们瞧不清楚是谁。"

他们赶快的追转去；在那回家的路上走了很远，没有追上一个人。行了一大半的路程，他们恍惚听得一种不整齐的脚声在他们的前方，昏暗里可以看出一个白影。他们参信参疑的追上去。那个影子逢着另外一位路人——清静的路上只碰着这一个人——他们清楚楚的听得那影子打问到拿罗奔的正路。那行人回答说：不错的，那条捷径经过那第二座桥头的踏板，沿着从那儿分路的穿过草原的小道儿走去。

那两弟兄走过了那道踏板，也沿着小路追去，但是没有赶上他们焦虑的人，直到他们穿过了两三块草地才追上，那儿可以望见拿罗奔的贵族屋子射出的灯光从树林里透过来。他们的父亲不再前进了；他坐在那连合的篱笆外的湿堤上。他瞧见了他们的身影高声嚷道："我是往拿罗奔去的；你们是谁啦？"

他们走近前去，现出了本相，提起他那短信中所说的行路计划，他们应该在莱威尔接着他。"当天赌咒，我忘却了！"他回答。"哪，你们把我怎样？"他的口气分明是吵闹。

开了很久的谈判，那头一个暗示不要他到这村里来，使他老是不快。那造磨工头从衣袋里取出一个瓶子赌他们饮了里面的东西，要是他们是人，并且对他怀着好意。他们两弟兄多年没有饮酒，但是他们想顶好偶尔接收了，才不致于无益的激怒他。

"瓶里是什么？"约苏亚问。

"一滴很淡的渗水的杜松子酒。这害不死你们。就从这瓶里喝了吧。"约苏亚正在喝，他父亲将瓶底往上一倒，让他吞了许多，不管自己还有没有剩。这酒像溶化的铅锡滚进了他的胃子。

"哈，哈，好了！"年老的哈波罗说。"这只是很淡的酒。——哈，哈！"

"你为甚么骗了我！"约苏亚说，他醉的不能支持了，勉强的镇静着。

"因为你先骗了我，孩子，把我赶到那受苦的地方，反说是为我好呢。老实说吧，你们只是一对假善人。你们要逃避我才叫我去的。——洽洽是这样的。可是，天哪，这会我是你们的对手，我要破坏你们传道的灵魂。我的女儿就要同那绅士结婚。我听见了这个消息——从报纸上看见的！"

"日子还早呢！"

"我知道这是真的；我是她的父亲，我想把她交给他，或是把你们都活活的死犯，我老实告诉你们！那位绅士就在那儿居住吗？"

约苏亚哈波罗在无力的失望中挣扎着。费麦尔还没有正式的承认，老太太又不很赞成；在这教区里他们父亲的丑恶足以捣毁那建筑得极好的希望底宫庭。那造磨工头站起来。"如果那儿是那绅士的庄子，我要去拜访。我刚从加拿大为她带了些嫁奁回来——哈，哈！我对那绅士没有一点儿恶意，他对我也是一样的呵。但是我要取得家长的地位，享受我的权利，不让人家太瞧不起我了！"

"你已经做过家长！你带走的女人那儿去了——"

"女人！她是我的妻子，好像宪法那样合法的——从你们出世以后，她比你们的母亲还要合法！"

很多年前约苏亚听过一些街谈巷议说他的父亲花言巧语的诱惑了母亲，当他们初于结识的时候，后来补救得很晚；但他从来没有听过父亲涉及这事，除非是这会儿。这是最后的一个打击，他再也忍受不了。他倒在篱笆上。"完了！"他说。"他害了我们兄妹三人！"

从芙蓉城到希腊

那造磨工头起身走了，得胜似的挥舞他的手杖，那两弟兄站着不动。他们瞧见他灰色的身影沿着道儿大摇大摆的走去，他的头上射过哈波罗庄上花房里的灯光，在那里面，亚白费麦尔也许正同罗莎坐下谈心，牵着她的手，祈求她同他一块儿分享家庭幸福。

那蹒跚的灰色的影子想要去污毁一切，这时在阴暗中渐渐的变小了；在一个水闸旁边忽然不见了。那儿有一阵泼水的声音。

"他跌到水里去了！"柯奈利说，开步跑向他父亲不见了的地方。

约苏亚沉入了昏迷的幻想，这时惊醒转来奔到那边去，他弟弟在前面还没跑上十来步。"等一等，你想怎样？"他跑去擒住柯奈利的手低声说。

"救他起来！"

"是，是——我也这样想。但是——待一会儿！"

"但是，约苏亚！"

"为她的性命和幸福，你知道——柯奈利——为你我的名誉——为咱们发达的机会，咱们三人——"

他死死的擒住兄弟的手；他们屏息的站立着，水闸里手脚乱动的拍水声不断的响；那高处绅士的花房里射出的希望之光，透过那挥动的稀疏的树枝。

泼水的声音渐渐低了，他们听见那水泡似的呼声："救命呀——我淹在水里了！罗西呀——罗西！"

"我们快去吧——我们一定要拯救他。哦，约苏亚！"

"是，是！我们一定！"

他们还是没有动，只是待着，互相拉住，他们都是一样的想。脚下好像系着铅块一般，不肯听从他们的意思，草原上静很了。他们恍惚看见些影子在那花房里的移动。那里面的空气好像充满了温柔的吻。

最后柯奈利开始奔去，约苏亚也跟着追去。两三分钟就奔到河边。起初瞧不见水里有什么东西，虽然河水不很深，夜色不很暗；父亲的发亮的薄呢大衣，应该可以瞧得见，如果他是躺在水底的。约苏亚在那儿东探西望。

"他莫非浮到那拱桥底下去了。"他说。

正当水闸一带，河身突然窄了一半，流过一道拱桥，那桥是专为运草用的，晒草的时候许多车子打上面经过，拖进那草坪的中央。这时正是涨水的季候，洪水涨到了桥的拱顶，桥头的水泡"咯儿咯儿"的响。他瞧见一个白影在那儿滚过去。一会儿就不见了。

他们奔到下河，但没有发现什么。他们试了很久在河的两端呼唤水里的人，但没有回应。

"我们应该快一点来！"他们找累了的时候，问心自愧的柯奈利说，还滴着泪呢。

"我也这样想，"约苏亚沉重的回答。他在岸上寻见了父亲的走路棍，连忙拾起来插在那芦苇的稀泥中。他们回去了。

"我们可以泄露这意外的事么？"柯奈利轻轻的说，当他们走进了约苏亚的门口时。

"那有什么用呢？一点也没有好处。我们要等尸首发现后再说。"

他们进了屋子，换过了衣服，才走向绅士的府第，十点钟才走到。除了他们的妹妹以外，只有三位客人；邻居的田主同他的夫人，还有一位衰老的牧师。

虽然他们才别了不久，罗莎也前去握着哥哥的手，现出一种狂烈的快乐的神情，好像分别了多年一样。

"你们的脸这样白，"她说。

她哥哥支吾的说他们走了很远的路，有些累了。房里的主客都像得了些惊异的见闻：绅士的邻居夫妇两人伶俐的盼顾，费麦尔当主人，他的样儿很热诚。到了十一点钟，他们告辞了，没有坐主人吩咐的马车，因为隔得很近，道儿也很干。那绅士亲送他们到黑暗的外边，那可以不必送的，他用一种神秘的习惯同罗莎的哥哥稍为避开点，向她道了个"晚安。"

他们走上了路，约苏亚强笑为欢的说："罗莎，进行得怎样了？"

"哦，我——"她喘着气要说又说不出来。"他——"

"别介意——要是这个使你不安。"

她兴奋得很，起初说话都不连贯，他带回来的习惯了的丰采完全消失了。她镇定的说："并没有使我不安，一点事儿都没有发生。他只是说有一天要向我讨点东西；我说现在不用管它。他还没有向我讨呢，他要先同你们商量。他今晚本想就同你们说的，只是我劝了他不用着急。他明天要来，我敢包。"

五

六个月后，夏天到了，刈草的人同晒草的人正在草地上工作。在他们的劳动中，他们时常提起对门那座贵族的庄子；评论那绅士的行为和他年轻的太太，那副牧师的妹妹——他现在很受大家的称道和注意。

从芙蓉城到希腊

罗莎是很快乐的，要是可以说女人是很快乐的。她还不知道她父亲的命运。有时候很惊异——也许带有宽慰的意思——他怎的不从加拿大假定的住家写信给她。她结婚不久，约苏亚哥哥就被派到一个小城市去了，柯奈利哥哥来承继哈罗奔空下的副牧师职位。

他们两兄弟疑虑的等候着父亲尸体的发现，但是还没有发现呢。他们天天盼望一个大人或是小孩从草原上跑来报告这个消息；但是从没有人跑来呢。日子积成了星期，垒成了月；妹妹结婚到了，又过了；约苏亚在那新教区内打钟做了礼拜，潜心读了些书；这造磨工人的遗尸从没有人惊讶的道过。

这是六月间了，这些工人在草地上刈草，为了工作的便利起见，把水闸放开，让洪水从沟里流出去。有一位工人，提着镰刀蹲在那儿，他横起望着那拱桥，瞧见一个东西在那河床上新近露出的水草上浮动。一两天后检察官来验了尸，但是尸首已经不能分辨，鱼虾同潮水忙着打扰那造磨工头；他没有表或是别的有记号的东西可作证明他是谁；一件判词下来说是意外的淹死了一个生人就算了事。

那残尸是在拿罗奔教区内发现的，所以就埋在那地方。柯奈利写信给约苏亚请他前来念读圣经，或是打发人来也行，因为他自己不能念。约苏亚像一位生人跑来，悄悄的查看了验尸官的公文，那是一个管理葬事的人交给他的。

> 予为亨利凯尔，外萨色中部之仵作，兹令埋葬尸体，经验尸陪审员作证判定为一成年男子之无名尸体……

约苏亚哈波罗随便做了安葬的仪式，同他弟弟回到柯奈利的家中。妹子家中请他们吃茶点都不去，说要讨论教区的事务。到了下午，妹子跑来，他们不想再见她，因为他们已经去访问过。

她那清秀的眼睛，极黄的卷发，戴花的帽子，柠檬色的手套和晕红的美丽在那房中是多么光耀，他们的黯淡都给她照透了。

"我忘了告诉你们"，她说，"在我结婚一两月前发生了一件奇怪的事——这事情据我想来和你们今天埋葬的可怜的人倒有点关系。那晚上我在那绅士的庄上等你们来接我；亚白同我坐在冬园里，我们静静的坐在一块儿的时候，好像听见有一声呼唤。我们开了门，亚白去拿帽子，我一人站在门口，又听见一声呼唤，我昏迷的知觉好像听见有人叫我的名字。亚白转身出来的时候一切都静了，我们以为只是一个醉汉的呐喊，不是一个救命的呼唤。过后我们都忘记了这事，从来没有想起过，只是今天的葬事使我忆起了那呼唤许就是这位死人喊出来的。那名字不是我听错了，就是他的妻子和我同名，可怜的人呀！"

她走了过后，两兄弟都沉默了，后来柯奈利才说，"记着这话，约苏亚。迟早她会知道的。"

"怎样？"

"从你我的口中得知。你相信人人都是铁石心肠，我们可以永远守秘密吗？"

"是的，有时候我相信是的，"约苏亚说。

"不然。这秘密终会泄漏的。我们得告诉她。"

"什么，打算要害死她吗？打算要羞辱她的孩子，让我们听见费麦尔昌盛的家庭破坏吗？决定不能告诉她。你要我告诉她，除非先让我在父亲淹死的河中自尽！绝不，绝不。你一定也会这样说，柯奈利！"

柯奈利好像退守了，不再说什么了。从那天过后，他许久没有会见约苏亚了，第二年还没有过完，费麦尔家中就添了一个婴儿，一个嗣子。每天晚上村人敲着那三口钟庆贺，敲了一个多礼拜，费麦尔先生请他们吃酒作乐；圣诞节到了的时候，约苏亚又到拿罗奔走一遭。

那天做礼拜的教徒中间，那两位兄弟牧师顶没趣。一个穿薄呢大衣的鬼影在他们的脑中作祟。那晚上他们一块儿在田野中散步。

"她现在很好了，"约苏亚说。"但是你在这儿作手艺，柯奈利，从清晨做到晚上，我看得出来的。我也有一个糊口的生计——不过我究竟是个什么样的人？……说老实话，教会只是那不中用的人的可怜的生路，尤其当他们心意灰颓的时候。一个社会改造家在外面的机会更好，在那儿他不受什么教条和迷信的拖累。至于我，我宁肯去修理磨坊，嚼我的面包皮，享受我的自由。"

他们机械的顺着河岸走；他们这时停了步，站在那很熟识的水闸旁边。那是水门，那是拱桥；在那澄清的水底，他们可以瞧见那碎石卵铺成的河床。礼拜堂的钟声送到他们的耳边，还是那热诚的村人敲的。

"你看——就是那儿我插着他的走路棍！"约苏亚望着那芦苇说。跟着吹过一阵轻风，柯奈利注意瞧望的地方有什么白色的东西闪耀着。

从那芦苇中生出了一株银灰的笔直的小白杨，树叶翻动时闪出那白光。

"他的手杖活起来了！"约苏亚接着说。"这是一根很粗的、从那篱笆中砍出来的，我还记得呢。"

每次吹风，那树就发白，直到他们不忍再看了，他们走开了。

"我每晚上都瞧见他，"柯奈利喃喃的说……"呀，我们当初不很用心读那使徒致希伯来的书信，约！忍受痛苦，看轻耻辱，这才是人上的人！但是如今我常想离开这苦难的地方。"

"我也这样考虑过，"约苏亚说。

"总有一天我们要离开的，"他弟弟喃喃的道。

"也许，"约苏亚感伤的说。

他们静想着后来的日子真难预料，一步一步的回家去了。

（载《河北民国日报副刊》，1929 年第 6 期）

注　释

[1] *A Tragedy of Two Ambitions*，Thomas Hardy 原著，念生译

给——

○：我刚才读了丁尼生的"Enoch Arden"，起初是哭，后来且感到*丝丝*的快意。这诗叙述 Enoch Arden, Philip Ray 和 Annie Lee 三人的爱恋。Philip 暗中很爱 Annie，可是命星注定了 Annie 先嫁给 Enoch，过后生了几个子女，家业不顺，她丈夫便出外航海经商。哪知十年不返，她在贫乏中时蒙 Philip 的救济，且代为教养她的儿女，最后经过了许多恳求她才嫁给他。Enoch 远飘荒岛，冒了无数的艰险才奔还故乡，这时候人事全非，旧巢倾覆，他有一次在 Philip 的门外望见里面和乐的空气。

"And all the warmth, the peace the happiness." 他不忍进去踏破他们的幸福，偷偷地退出来祷许上天，永守秘密。直到他临死时才泄漏给他的房东太太，并祝福那一家的人，只让他的亲生前来视殓，Annie 是不许来的。○，我希望你听了这故事不要动情，你是永远幸福的。我知道你是不易动情的，你自己说过你是木石，不然，我的罪过更深了。

前几天得到霜的信，这信望穿了我的眼，知道你已和○君有约，并且在这几日内就要举行结婚，这是你最快活的日子，听，地球的那面正在

　　低吹箫，
　　暗拍铙，

让乐声奏彻通宵。

霜还说了一大堆劝慰的话，生怕我看了伤心，哪知我反而快乐起来，顿觉我的身子轻松了许多，像一片暴风雨后的白云，在无际的晴空自由舒展。昨夜我梦见你，这是我到了新大陆后我们第一次的梦会，你要我亲吻你，意思是要把我一生的幸福教我放在几秒钟内享受。谁说这是幻景，但我诚恳地盼望○君不要感受不快，我们连手都未触过，何况是接吻呢。据说你们对我没有半句闲言，反说我好呢，感谢天！让我再向○君道一个歉，就是我知道他太晚，否则不会有这么一回事了。我读完了信后，那天我共读了三十多封信，当即去拍一个海底电信来祝贺你们，电文只Happiness一字。我一面请霜替我送你们一只美丽的花篮，我心愿里面有秋海棠，因为你曾经赠了我一幅秋海棠与枯草。你记得霜和素结婚时我代你送了他们一只，你当时说我们合送，但我觉得不好，才替你单送，我另馈了他们两瓶蜜。想来霜不会误我的事。我先前对他说过将来第一个贺信和花篮一定是我给你的。

○，我许久没有给你写信了，虽是我答应了永生和你写的（我明知你永不会复我只字）。我去国给你最后一封信，据说你已收到了，并且回了一张"亮晶晶"的名片，这名片我一定去要来。那些时候你正在怪我为什么不同你写信，我发了那封信后，又去拍一个无线电来告别，免使你悬念。这时刻我的笔尖又微微的抖颤着，好像在做一件犯罪的事。我先前是盼望不来扰乱你内心的安宁，现在好事告成，我正好来向你表示我的好意。我去国时虽抱着满胸的失意。但我的心尚未碎裂，多感你不让我在离国前感到极度的难堪。我到了美洲，不生活也得要生活下去，这样"充军"似的天日不觉已度了半载。上周我曾将你给我的书信画绢、相片、名片、包单和几张北海的写生券携往纽约，原想交托子潜给我保存，哪知他看了一笑，我又只好收回。我当时并没有重看，好像捧着一束"亡友的遗函"，等我死时才拿出来给我殉葬罢。我如今说话要估量分寸，但我想这或许不至于太过分了罢。这回和子潜相见我们不约而同地走上了一条道儿。你知道王家事曾经给了他许多苦受，你也曾怜悯过他，此时他的心情转变了，拿灵魂去兑换快乐，除夕晚上他喝了一大瓶酒（此邦的禁酒令全不生效），交了年后又去逛街，只见一大堆醉醺醺的男女满街嘻嚷，归寓后他太兴奋了，还痛哭了一场。在纽约玩了一来复，刺激得很够了，但回头来我觉得感官是麻木的、虚幻的（除非你真的相信 pagan 哲学），所贵者还在灵魂的超脱。我相信艺术高于一切，在那儿看了些美术，跳舞，听了一回美妙的音乐，这信仰更来得强（我自然也看过影戏，普里斯克和一分钱一秒钟的跳舞）。在从前以为爱即生命，生命即爱，现在才知道没有爱还是有人生，但没有艺术，就没有人生，至少人生的意义已完全失掉了。因此我眼前现出了一个理想、一道光。我何尝不知道人是血和肉做的，但我有我的方法可以对付我自己。○，你是研究美术的人，真是有福，愿你努力不息，为中国创造一个"文艺初兴"和新的人生。

○，文华殿的天使、三贝子的碧桃、西园的月光、昆明的水色，都化成了梦影。过去了的一切，让它们过去。但请你牢记着"双城记"的约言，Carton 本是英雄，我希望这不会成为谶语，让我做了一个喜剧的配角。愿流光催老人生，等你儿孙满堂时节我才来拜望，看那时还可以看出你一些儿少女之妩媚么？不然，就让我孤零地死葬荒郊，免使你感觉丝毫的不快，我的天！

（载《现代文学》第 1 卷第 1 期，1930 年 7 月）

散篇

异国的重阳

是在禁酒有名的国度里，然而我今天因为兴致好，竟喝了一大钟，这秘密倘若泄漏了出来，可不是玩的。刚才警兵查问我为何耳面通红，我辩护道："真的醉了，可不是酒，这只是一点儿Vorginia Dare！"回家路上，我辨不清街灯的红绿，"过河"时险些儿给自转车辗死。此刻我余醉未醒，昏昏的在这儿发泄我的牢骚。

这地名叫做哥伦布，真可惜当年克里斯多夫·哥伦布费尽了心力，蒙上帝的向导，终于发现了这块新地。后来不知怎的，把"阿美利"拿来作大陆的命名，他的大名反落在这小小的城市，我来此快满月了，一点儿也住不惯。可诅咒的生活，不痛快，一千个不痛快，我给子潜写信这样诉苦。看影戏，不论有声音的，加歌舞的，全没味儿。这种消遣，我的家门罗素先生是不看的，所以我也不喜欢。我真像是醉昏了，这逻辑正确么？再讲低级趣味罢，看大腿戏，我又嫌不够肉麻。人家都说我害了色情狂，见到女人就要狂。在讲堂上，尤其是在图书馆里，"毛姑娘"的，甚至黑蛋的诱惑太大，我"一心以为有鸿鹄将至……"这几天，心里怪痒的……"白的五元，黑的三元"……但是我这份月费给雪海兑了二十金元去，连糊口都糊不起了。

今天是重九，这岂不是我国的文人名士登高赋诗的佳节么？既然充到了异国，这名词还有什么意义！在这一点，我不能不爱慕我们的古雅。犹忆去年今日，我攀登"燕大的水塔"，从那三角窗口眺望西山，一片青葱隐伏在渺茫间，迤南"什景"的山光更是鲜明，那蜿蜒，那秀丽，好似峨嵋。玉泉山同颐和园就在眼底，还可望见一线昆明的水色。四野的树林焦黄了，女校那边墙上的爬藤最是鲜艳，血样的鲜艳！底下湖心荡着一叶轻艇，里面坐着一对男女，在那儿吃糕饼水果，极尽重阳乐事，女的发上还佩着一朵野菊。我那时也是喝了几口"莲花白"，醉醺醺的真想跃入水池。今天又是重阳了，但这儿没有地方可以登临赏玩。设使子沅尚留此地，那我们可以坐在斗室之内，高谈我们的理想，解析人生的微妙，或是诵读他的诗句：

散
篇

> 再不要登高望远，
> 万里中只见秋山！

　　但是今天，我的天，您教我怎样消磨？早上起来念了几篇现代诗，知道一点近十余年来诗体的解放，题材的推广，在这种现代文明之下，诗歌寻得了新的出路，甚至钻进机械里去创制新诗。我前月过 Chicago 时写信告诉子潜："'诗家谷'全没有一点儿诗意。"他回信却说："芝城有无诗意的话，全看你自己的内应如何。我看纽约与芝城是美国两首杰构的诗章。"我真该死，当时竟忘了他的《纽约城》，如今知道了 Carl Sandburg 十四年前已把芝城谱就一部诗，更使我惭愧，好在我自己不是诗人。这匹野马好像驭制不住了，回头罢，还没有读得十分上劲时，我抬头望见窗外的朝阳越发红艳，这光与色的引诱，似乎比女人的力量还来得强。我书也懒关得，抽身就往外跑。一会儿后我便立在 Olentany 游艺园中看人猿了。这园子很可以表现一部机器文明，飞机、汽船载满了客人不住地打旋，还有天桥、水磨，甚至一个小小的玩意儿都有机关在里面。我逛了一圈，觉得乏味，闷闷地踱出了园门。园外有一道虹桥，桥下的枫林枯黄了，落叶堆里杂着几只彩羽的鸟儿，更增秋色的美艳。桥外是一条曲折的小河，水色澄清透底，有一位渔人立在水中垂钓，水面时时绉起一线波纹。沙滩上横卧着老干巨枝，废弃的柴薪无人收用。对岸是田庄，收获已毕，望去只是一片金黄的草色。远处是一带平林，林外浮着白云，我要向白云外去探望家乡。我信步走下河边，沿着白堤过去，发见了一道"板板桥"（这名字使我心跳！），我战地涉过，石苔滑润，几乎把我滚入河中。我在那边逢着一位老人，扶杖徐行，荆棘丛林我不识途径，便追随着老人的履迹前进。我见老人白发龙钟，忙上前去认一认祖父。老人道今年已经四个二十岁"four-score"零八月了（此邦人平均五十岁）。他是一位天主教徒，名 E. B.Brother，他从袋里取出部《圣经》示我，那书已经怀带了五十年，烂得像林中的枯叶。他又取出一串安全珠，珠的年寿比圣经还要长十五岁。他说这珠可以避邪，使他一生蒙天主的保护。他抱怨如今的生活太匆匆了，一位厨师竟没有时候把东西煮熟就给人家吃，吃了准病。他又抱怨如今偏要禁酒，这是违反人性的，有时病了想吃点酒简直找不出，下个月他要用公民资格去投票反对。他还说人心不古，大家都爱赌咒，亵渎天主，这个他是从来不做的。老人最后称赞东方的优美，他们先前也有这种好处，教我永葆勿忘。临别时，老人抚我的头为我祷祝，并示我前面有一坦途。我奔上了那儿，只见车子来，车子去，又使我还俗了。但这些车子是有趣的。车里坐的通常是一男一女，有的还载着一条狮子狗。驭车多半是后面那人。他们是下乡去寻乐的，有一辆车只载着一位女郎，她向我道一声"Whoopee"又匆匆驰过。我又曾遇着一位艳装的美人迎面走来，香汗盈盈，不胜累困，这叫做"Walk home"。她乘了人家的车，又不愿取乐，只得独自步行回去，这未免太不 Smart 了！（Smart girl never walks home！）我行了一程，野色十分可爱，更是努力前迈。有时我踱进土中，见枯了的玉麦，茎虽不高，果子却结得像手臂一般长大，想起今年家中顶好的玉麦还不过尺来长，真觉得我们墨守陈法的农艺太不行了。子沅回国前来信说："如今中国正在饿着肚皮，种五谷自然是要务了。"这话有理，我打算回去作农圃，已经写信请求父亲把地方收回来自家耕种。在土中不比得在路上，时时可以嗅着一股草香，赶起虫子在前面飞跑。远远的望见冒烟，我疑心是着火，走拢一看，却架着一堆干柴，又疑心是火葬场，却又没有尸骨。这野火的红焰，更衬出秋色的鲜明，一缕缕的烟香，使我忆起了故乡的炊火。我经过了两处农庄，庄里不闻犬吠与鸡鸣。有一家的屋前立着两株青苍的古柏，我在树下盘旋不忍去，这古柏应当生长在古庙堂前，为何寄在荒野人家！又行了许久逢到一花圃，这时还在开放，花色很杂，有些花花白白的颜色简直辨不出是花是草。这许多的奇花异卉，都是我先前不曾眼见过的。这时凉习习，送来丝丝的清氛，这便是我跋涉的酬庸。后来我走进一间广大的墓场，那儿满立着石碑，有方体，有圆柱，还有尖塔，上面刻着墓中人的姓名年代和"AT REST"。有几块只刻着"MOTHER"或"BABY"这些无名的死者，更能引起我的伤情。这几天因为多读了两首 Epitaphs，使我对这些碑文更生趣味。Walter de la Mare 有两句：

散篇

> But beauty vanishes; beauty passes ?
>
> However rare–rare it be;
>
> And when I rumble, who will remember
>
> This lady of the west country ?

在我脑中留下不磨的印象。美与爱是留不住的，死没了的人有谁忆得！忽然有一辆车子驰进，下来了一位妇人，她捧着一束鲜花，寻到一个"BABY"碑前将花瓶埋入泥中，再展开一幅国徽竖在石碑前招摇。她哭走了后我去看那坟土还是新的，可惜这孩子早夭，伤了慈母的心。倘使抚养成人，就不说天才绝世，至少也可以安慰亲心。我在石旁题了两句：

Here is my love, and here is my heart,
She is sleeping in my lullaby sweet.
Oh, please don't disturb this mound,
Let her rest with peace, my God !

从芙蓉城到希腊

墓场外有一座寺院，叫做 Amaranth Abbey，寺门半开，我悄悄地踱进去，里面寂静得很，好像入定了一般。这全是大理石的建筑，从那绘着圣徒的着色的玻璃窗射进些微的光亮，我才看见一条很深的甬道，两旁净是一方一方的大理石碑文。我在里面沉思起来，好像我已葬身此地。呆了很久，见有献花的人进来，才醒觉我还是活人，并且想起了今天是重九！我本是出外登高望秋的，却来凭吊古人。这样，我度过了我的重阳，感谢天！

（载《现代文学》第 1 卷第 2 期，1930 年 8 月）

春与光明

"春"，确是悄悄地来到了人间。

风吹在脸上已不像寒冬时一样的料削。植物发出了嫩芽。桃花含苞待放。就是娘儿们也把披在身上的兽皮大衣卸下，而换上了艳丽轻逸的春装。一切，都在启示着"春"底来临。

于是，一些人在欢欣，一些人在跳跃。

"'光明'到来了哩！"人们在这样想着。

然而，"'光明'果真到来了吗！"

全世界经济情势的动摇；失业人数成千整万地在增加！社会现象的不景气；农村的破产；这些横在我们眼前的悲惨的事实，都是"光明"到来时的劲敌！

道德（不论它是新的或旧的。）的沦亡；人心的险诈；苟且心理的燃炽；这些，又都是"光明"到来时的仇寇！

然而，"春"的来临终究是不可磨灭的事实。那末，我们对于"春"底来临将取怎样的态度呢？

"春"虽然未必给我们带来了"光明"，但她赐给我们了新的精神新的身心，新的气象却是的确的。我们应该用了新精神来干新的事业。在心中播下新远种子，这些新的种该是：正直，勤俭，诚勉……

我们该用尽我们的力，来破坏一切"光明"到来时的劲敌与仇寇；来突破这黑暗的氛围，来树立些人间的幸福！假如真能这样干的话，那末，我们何尝辜负了"春"底来临？

我们现在是处在一个非常的时代，狂风早已吹散了"光"，"热"，"同情"；暴雨早已打折了，"蓓蕾"，"新牙"。接着来的怕是一个哄然的霹雳，它将夺去了我们生命。当然，我们不能等待死亡的降临，我们要呼号，挣扎，斗争：站在这时代的最前线。

季节是春天啦！我们该振作，准备，动员！

这些，都该是每个人在春天的工作。没有一个人应该等待，蹉跎，徘徊，惰倦，为了他将来的收获，和前途的幸福。

未来的欢欣与光明是能够被我们望见的，假如我们不荒芜这春天的话。

（载《光华附中半月刊》，1934 年第 2 卷第 7 期）

忆子沅

（顺便当作启事）

我恨这一块血肉不曾腐烂在 Corinth 海岸。自从回到这苍老的祖国，匆匆已过了半月，这半月的"奔走"只获到心与力的疲劳：今后我就坐在"树"下等候罢。趁如今床头还没有罄尽，顶好去饱餐一顿。我辞谢了大门外的洋车；走到了十字路口我才开始叫车；这一面是向后面的人抗议，一面可省下几个"光边"。在车上看《记胡也频》，忆起作者当初的公寓生活，卖文勾当，如今这潦倒将临到我头上。

我进了煤市街的"馅儿饼周"，伙计们一阵高吼，教我发昏；但他们看见我穿一身老毛蓝布，连手帕香茶都不敬上，好在这些不是我的需求，手帕是万病的媒介，清茶可抵不上咖啡的浓烈。菜我全然不会点，才回来时一切都可口。伙计说"爆羊肉"是他们的拿手，虽然我在一个古国里讨厌了一年的□羊肉，但进了那家羊肉馆子又有什么办法。菜来齐时我感到了一种莫名的悲戚，眼见这美味不忍下喉。是六年前子沅带我来过一次，同食他的"裙带饭"，馅儿饼依然是那样焦香，吃起来总没有味儿。子沅生前唯一的嗜好就只有吃食，但他可没有像苏东坡那样吃干牛肉胀死，竟为不能糊口追学了屈原；不，他不会为生活所逼迫，逼迫他寻短的是友谊的浅淡和"苹果"的罪孽。

我回到海滨，反有人来向我打听他的死因和身后，我的回答是曹葆华君写给我的简单一句："子沅投江自杀了"，这里"自死"二字还是赘犹。若不是赵景深君告我一些消息，我简直是茫然。但同时在许多杂志刊物上见到无数的"故朱湘"，这名字的甜蜜完全是因为一个"故"字，"生朱湘"抵不上半个"程艳秋"，那还是一个批评家的口吻

于是我赶忙跑上南京，在白下路一个贫儿窟里打听他一块遗下的骨肉。那里门房说没有"朱小沅"这人，我再三拜托他老者去查问一个朱湘的孤儿，他进去打了一头出来还是说没有没有。我失望了，难道这孩子追学了他的父亲？后来我问另外一位孩子，他说有一位姓朱的，我问他那小孩有不有父亲，他回答是跳水死了。那遗孤不叫小沅，叫海士。我终于见到了那孩子，样子有些儿像他的父亲，额骨很宽大，面很平，嘴很尖。我喜欢他口齿清楚，将来诵读《采莲曲》好令我们忆起那清脆的遗音。我问他学堂里面好不好，他说好；我又问他想不想出来，他说不。我预告他我将来要接他出来念书，他又谢了一个好。我拍了拍他的肩头道别了。

子沅的《石门集》已由商务书馆出版了，可惜书里还漏了一个"故"字；不然销路总不会恶。听说他的译诗和他给霓君的书信正在付印中。至于其他的信我想出来收集刊行。赵景深君已经给了我不少，友人方面，如谢文炳，孙大雨，闻一多，曹葆华，梁实秋，沈从文诸君，我已向他们直接取了；此外他的家属和另外一些朋友，望他们见到这小品时，也肯帮忙（请寄交北平清华大学诗与批评社）。将来书信的版税全作为海士的教育费。我还想利用这些材料替死者作评传。

二十三年八月二十日在北平

（载《北平晨报·诗与批评》第 34 期，1934 年 9 月 3 日）

给级三

我回来专吊一个朋友的灵魂，在大江临流怅望，不知他的骸骨已漂向何方。过天津本想下去找你寻一点乐趣，只因名利心太切，赶快奔来了旧部。看见这苍老的城垣，楼角，石狮子，一切都不曾变化，只这成千上万的人好像五年就全然生疏了。正在感觉这空虚，听说你也由这空处里遁去了，我不曾为这消息所惊骇，不曾为你悲泪，只觉这空虚又空虚了。

前天我看人家把许多花朵和冬青很均匀的插在一个纸圈上，我正在欣赏那香色的美好，忽然忆起了。

"这花馨可以避免瘟疫的流行，

还可以掩盖棺材，点缀坟墓"

我便昏沉了。在法源寺见到你的大相片，那样活跃，那样熟识，我正要叫你出来；但望见灵前的香炉，两旁的对联，我只好缩着手，向你躬腰。喂，老朋友，何必讲起这样大的礼节！家祭时，你妹妹的哭声那样凄切，幽长，移柩时，我不相信我也禁不住下泪。

里面安眠的就是你，我想打开来看，道一声别语。车慢慢的出了古城，向着我们的□前进，直达香山前一块干净的野坪。别了，我曾亲手为你盖上一抔黄土，这一抔黄土能接近你的身边，也算不辜负我远道归来。想起我对沉江的朋友连这一点情谊都尽不到，我只好等冬来为他奠酒在江心。

太感伤了，朋友，这是你生前所不许的，还是让我们谈谈笑笑吧。

我认识你，那是若干年前的事了，那时我们同是幼小天真，不过在球场上嬉戏，在食堂里谈天，我现在问你那炸得甜甜的果子是什么菜，那好像只有我们俩才吃，如今我问谁去？记得日观奇峰前曾有你的踪迹，日神赋给你雄健的意志；趵突泉畔曾留你的身影，海神赋给你清洁的心神。

我到了哥仑布士，你问我浅水养得活龙吗？我说只须一点友谊的水，我便可自在的浮游。我去到那儿时，我那位后来投江的朋友已负气归国。你时常向我诉苦，诉说心力的疲劳；（我实在不明白奖学金的好处。）我劝你同我做做打油诗，或是装作诗人样子，在野外，在花间，在柔媚的声笑里用一点情感；同时我也从你那儿学到一点哲学的脑想，思维的方法，这样我们便做了极好的朋友。你还劝我研究一些家庭问题，种族偏见。我们便加入了一个种族会□在那里面讲起我们的婚姻制度，与黄色的高贵。我们曾带过一大群黑，黄，红的颜色进入我们所不能进入的戏院饭馆里去，替人家开开风气。有一次我在会里认识了一位美丽，我曾为她费去多少心情，你总想知道我的秘密，还向对方警告，叫她不要同我玩，怕我把她谱入诗歌里。我当时真想同你绝裂，那知那姑娘竟在种族会里学得了很深的种族偏见。

有一天你气喘喘的捧着一本书来看我，要我签一个香甜的名字在上面。任凭你怎样解释；怕人家借去不顾惜，或是怕这本书日后不经心保存，我总不会明白。你说我的笔姿秀气得像女人的，这个假可造的真。事情是做过了，但把 Agnes 写成了 Angea，你竟不好意思把这书给人家看。这个字我如今想起来还觉得有趣。有一次很夜深了，你跑来把我叫醒，我以为发生了什么天大的事。如像那一位侨生子打伤了官老爷要到法庭见面一类的事。却只为了一件新发现，为一家 Shum rook Dinner Club 里面的美味。于是我们每天到那儿光顾，同主人谈点诗，谈点中国的菜食。到后来客人没有了，只剩下我们三人在那里高谈，我们把饭厅弄空，学起跳舞来了。这一门学问你可抵不上我。等后来我在这上面倾家破产后，你还是没有学会呢。有一次我们约了许多朋友去那儿跳舞，也就是练习，可惜我请的那位姑娘答应了又不来，惹得我冒火，据说是她另有了约会，其实那位老处女何曾有人带，只是去到研究院聚乐会寻我了一点开心。这事，直到烟消云散后，你才告我。

颜色毕竟是空虚，我们要向大自然寻求默契。我们在河堤下荡过舟，在老人洞采过野花，见到那禁令时才把花朵抛在林间。有一个夏天，城里够多闷人，你那时正考得了新功名，跑来向我说，"诗人，我们到'Luke Distriol'去联句吧"，我们便约得了几位朋友，开向印度湖。那回有一位老爷同去，他一事不做，只知享福，不是说这个不干净，就是说那个不温热。我们迫着他洗碗，他连袖子都不会卷起来。经了你一翻嘲讽。他退出后我们才有心情作诗。我们在那儿学会了西洋钓鱼法，夜里用灯火向土里寻找蚯蚓，捉着它慢慢拖出来。鱼钩要挂上一圈虫子，准见菜时才扯起来。或是用假饵子在水里拖着乱跑。因为这一甜蜜的回忆，第二年我们约了一位印度人又去温习旧梦。这回因为玩的有趣，你竟想长留在湖畔，不让我们回去。等我们用武力强迫你时，你才忆起城里的事。我们的友谊竟因此起了一个裂痕。

于是我们便分手了，你曾写过几次信与我，我总是淡淡的回覆你。直到我快离开美国时，才写了一封长信给你，你回信这样说："读来示，快活极。兄走后，此间生活，盖单调无聊，远不及兄在时共游共息之富有乐趣也。数月前阅报，谓印度湖被焚，不知东家住宅受影响否？兄过此时可教弟跳舞，星期尚可继续吾辈从前之骚人生活，不知兄以为何如？"

这些放浪的痕迹，对于你微弱的身子未必没有一点好处。那知我去后，你又一味的死念书，念到死。如今我还有什么可说？

等到清明，倘若这江山还能作主，倘若这团泥还不曾分散，我必带一壶酒浆，来到你的墓前致奠，默想昔日的荒唐，看你的坟草发青没有。

二十三年八月十八日在北平

（载《益世报》，1934 年 9 月 12 日）

从芙蓉城到希腊

我闻如是

散篇

人物：甲，乙，丙三人看守着行李。

时间：下午七时。

地点：渭河上游沙滩上。

甲：我国教育事业如根本错误，就是教职员的薪水太高。

乙：这简直是教育事业的致命伤！

丙：高到了什么程度？

甲：比外国教职员的薪水高几倍。

乙：岂止高几倍？

丙：我倒以为比外国的报酬低得多呢！

甲：低？外国教员的薪水比他们的农人的收入高不了几倍；而我们的教员的薪水却比我们的农人的收入高出了几十倍。所以我说我国教员的薪水太高。

丙：可是我们的教员的消费也大，譬如购买图书仪器。

甲：那些东西应该由学校购备；可是那一笔钱却被教职员吞了。不减低教职员的薪金，我们的大学教育永远不能发展。

乙：应该减低很多。

丙：可是在我国知识是贵族的，一个研究院学生或留学生必得花许多本钱，所以他们的要求才这样高。

甲乙：（同声）这又是根本的错误。

丙：但是我们这贫穷的政府为什么肯出这一大笔钱？

甲：因为这一批知识分子不得意时专会捣乱，给他一大碗饭吃，天下就太平无事了！

乙：我们的国家全是他们弄糟了的。试看民国以前的秩序多好！

丙：我以为他们的贡献也不小。既然是薪水太高，凡是有觉悟的教职员就应当首先自行减薪。

甲：我办学校时就没有拿过很高的薪水，心里已觉惭愧得很，现在出来受一点苦倒觉好过些。

丙：可是现在有许多教职员反在闹穷，想要加薪呢！

乙：一个月入十元的人倒说够用，月入"三百六十元"的人反会闹穷，这道理通不通？

丙：我们的小学教员的薪水比我们的农人的收入也高许多倍呢！

甲乙：（同声）那简直太低，太低！

丙：我们的政治又怎样呢？

甲：什么政治！上台是官员，下台是教授。

丙：现在偏重科学，不要哲学家，不要诗人，这态度健不健全？

乙：现在科学最要紧，哲学文学不很要紧。

甲：哲学也要，文学也要；可是我们所要的乃是真正的哲学，真正的文学，并不是洋八股。我们从前的学者专做八股，那是虚假的文哲学，所以现在才会反过来。

丙：我们的小学生应不应读经？

甲：提倡读经的人该死。我们的小学生读一点经书里的格言，如像"发愤忘食，乐以忘忧"，未始没有好处，但胡乱地拿来读，则害人不浅。

丙：（自语）人之患在好为人师，师之患在好食民脂！

（前面来了一队驴子，打断了这一出戏。）

廿四年（1935）三月六日，写于京剧闹声中。

散
篇

Ediwin Markham

生性不喜欢拜谒宇宙闻名的作家，所以在国外混了几年面包吃，却连一个人不认识。去年在美国依沙卡，和一位世界著名的"珍珠"女作家住得很近，她很喜欢同我国人来往，好多收取一点小说资料；我总不耐烦去扣门。

生性不喜欢现代的东西，只想凭着几部经典抹杀一切。在当代诗人里，我也只喜欢 William Watson, Robert Underwood Johnson 和 Edwin Markham 几个人，许是因为他们年高，带着一点经典味儿。这三位诗人似乎都已落伍了，在许多英美诗的捧场里，现在绝对听不到他们的名字。说来也怪，Markham 所喜欢的诗人里，如密尔敦，沙士比亚，伯郎宁夫妇等，我只喜欢那头一位。Markham 生长在美国 Oregon，早年就学写诗，他曾经做过农夫，铁匠，牧牛人和教师，自从他发表了《林肯》和《荷锄者》两诗后，他就世界闻名，那已经是二三十年前的事了。随后他又写了许多好诗，当中最著名的是 "Our: Israel"，那是一首描写 Poe 的奖品诗，那次与赛的人全世界有二百多人。

他今年已是八十多岁了，还像少年人那样健壮。他也许正在创造他最伟大的东西。有人说他的 'Ballad of the Gallows-Bird' 比柯律奇的《古舟子行》还好。George Stirling 且认为那是全世界五大歌谣当中的一首。新近他写了些《林肯抒情诗》，许多批评家认为那些诗还超过他的《林肯》奖品诗。

他很关心一切社会问题，不论大小；尤其反对童工。他时常到各地游行演讲，诵读他自己的作品，把所得的钱捐与矿区的穷人。两年前他到美国依沙卡康乃尔大学演讲过一次。

记得那是一个大雪晚上，礼堂里挤满了人，好像女人比男人多。时间一到，诗人就出场了：样子有些像太戈尔，胡子长得浓密些，外表粗野得像一个牧蓄人。他先向听众深深的鞠了一个躬，弄得大家都站起来了。主人敬上一杯水，他说"不饮"，那声音好像电鸣。他说："我很喜欢在这儿"，大家正感觉荣幸；但他又说："我很喜欢不论在什么地方。"他首先提出什么是诗？那只有鬼才知道。不过他认为诗是由深思的心里流露出来的。他说："诗不仅是为思想存在的，像科学一样；诗是为情感存在的。艺术是情感的传达，高尚的情感的传达。诗是超绝的美。诗和宗教是不能分离的。诗表现一个理想的，完美的人生；宗教却教我们实现那种人生。科学只是指出思想的重要。诗在科学以外；科学走到尽头，诗才从那儿起始。诗是永恒的真理；真理是人生的基础，诗便是那基础的美点。"他又引出了柯律奇，爱伦坡和沙士比亚一般人对于诗的见解。他们都指出同一个结论，就是诗超过了常人的眼光，诗人每每从通常的事物里看出一种新异的诗。

散篇

他曾劝少年人读过十年诗才动笔。有一位青年却写信问他："我为什么活着，为什么写诗？"他回信说："我很奇怪你还是活着的。"

他接下说："自然界的一切都是神秘的，从电子到太阳系。科学发现把宇宙弄得更神秘了。一切是诗。"但有一回一个天真的孩子却从自然界取得了许多东西叫他拿去做诗。

他跟着读了几首诗。里边有一首是《山中乐趣》：

我奔过山岭，恣意驰骋，
我寻得了生命，真高兴。

我驰过那陇原的麦浪，
惊哑了百灵婉转的欢唱……
　　我轻快地
　　跃过悬崖：
头上枝叶间
闪过那转动的天；
麦苗拂着马鞍；
野罂粟开遍了河岸；
一只黄蜂自香草里飞出；
喜鹊也和我笑个不住。

我奔上高山，忘了
生命里储蓄的愁怅……
　　和一切束缚底
　　恐惧与苦虐。
　　压迫呀，城市，仅管高压：
　　只一点尘埃我给你留下。
我跃入空中……辽阔无际，
世上的黄金只当一堆沙砾。
让他们在室内勤劳，
我要和着瀑布的流声奔跃。
我像在梦里转动，我转动，
我狂歌高啸，驰下长空；
世界原是这般虚渺：
我身如风中的枝干，心如鸟。

　　这首诗够粗鲁了。他该得特别有劲儿，把他从前牧牛骑马的精神活跃的表现出来。他读后把怀中带来的擦嘴的纸取出来揩汗水。他拿《林肯》一诗来殿后。掌声许久不停，他再诵读《荷锄者》。那首诗是为著了 Millet 的名画，深感劳动者的痛苦而作的。那时经许多人认作这世纪最伟大的作品，未来一千年的战声。

他下台来看见我这个外国人，开口向我说："我很喜欢你们的孙逸仙大夫。"他又问我喜不喜欢作诗？我说还要等十年呢？他告诉我那首劳动歌已经译成了四十多种语言，问我喜不喜欢替他译成中文。我答应了十年后替他译好。于是他取出一篇签了字的送给我，这是我从海外携回的唯一珍品。

廿三年九月廿六日在北平

（载天津《人生与文学》，1935 年第 1 卷第 1 期）

散篇

音　节

　　我在 1 月 10 日本特刊上说起新诗的"节律和拍子"，引起了梁宗岱先生的一篇讨论文字，登在 1 月 30 日本特刊上。梁先生认为诗的音节是很复杂的，且提出了两个问题。第一：一首诗里是否每行都应具有同一的拍数？梁先生说"纯粹抒情的短诗可有可无"。在这一点上我完全和梁先生同意。我所说的"整齐"，并不是"划一"。乃是说各节里的长短诗行要合一。其实除了抒情杂体外，还有许多是长短不齐的诗行。如像 Spenserian 节里前八行每行是五拍，最后一行是六拍。第二：拍数整齐的诗体是否字数划一，梁先生却很肯定的说应该划一。他说：

　　　　不知我们现在的拍子可以由一字至四字组成；如果字数不划一，则一行四拍的诗可以有七字至十六字底差异。把七字的和十六字的放在一起，拍数虽整齐，所占的时间却大不同了。

　　我认为四拍七字的诗行与四拍十六字的诗行所占的时间大约是相等的。实际上四拍十六字的诗行就不易出现。其次梁先生以为由字数划一所发生的"增添"和"删削"是可以避免的。我认为很不容易避免。纵然是避免了，词句的组织恐生出单调的毛病。

我上次说明我们的文字不容易产生"节律"的效力。这缺点可不用我们的文字的种种特长来补救，如像双声，叠韵，韵母的响亮与声母的柔和。我们的文字的音乐性差不多全靠这种种的特长。我在前文里讨论过音节里的"节律"与"拍子"，这次特别要讨论音节里的他种元素，如双声，叠韵，韵，平仄，和声音与意义的关系。

第一：双声　凡字首的声母相同的字叫做双声。我们字首的声母大约有这几种：ch，f，g，b，j（如法文的柔音 j），k，l，m，n，p，s，sh，sz，t，ts，tsz。这里面的 l，m，n 最柔和，清亮；g，h，k，p，t 较为重浊，s，sh，sz 很阴沉，只有 ts，tsz 才能算粗糙。

古德文诗曾用双声来形成诗行，英文诗不常采用，且须避免。我们的旧诗里采用得不少；新诗的音节既然不好，更当借双声，叠韵来补助。

第二：叠韵　凡收声的声母相同的字叫做"半谐音"（consonance）我们的收声的声母只有鼻音 n 与 ng，在方言里自然还有旁的辅音。这种声母既然是这样少，我们便不能在这方面下功夫。正因为太少，我们的语言才能这样柔和。又凡韵母相同的字叫做叠韵（Assonance）也正因为收声声母太少，我们的叠韵多半是由两个韵重叠起来的。"家沙"固然是叠韵，那有辅音与没有辅音的"长沙"也算是叠韵。我们的单字不一定就是单音，我们的介母和随附的元音用得很多，一个字可以有几个音，因此我们的叠韵也就特别响亮。

古 Romance 文字里用叠韵来形成诗行，他种文字里多用来做装饰。我们的音节很依赖叠韵，且极容易采用。凡是不连在一块儿的同韵母的字也可以生出同样的效力，如曹葆华先生的

绿纱灯下伸出了爪牙

一行里的绿，出；沙，下，牙；灯，伸；了，爪都能生出叠韵的效力，所以念起来非常悦耳。

第三：韵　凡主要的元音和随附的元音或辅音相同，但那音的声母和介母不同的字叫做韵。（参看赵元任先生的《国音新诗韵》第7页。）

韵的用处是形成诗行和协助音节。东方的韵采用得很早。在西方，有人——如弥尔敦——认为是由野蛮文字里传入的。通常都说古希腊文和拉丁文里没有韵，其实是有的。在希腊文里往往在行里用来增加停顿的力量，有如现代的内韵。希腊文的同尾字太多，用起来太没趣。第五世纪的拉丁文里已经通用脚韵。从生理上讲，同音的字能生出一种快感，我们尽可以采用，但不是必需的。大概短诗宜于用韵，长诗不必需要这种迫切的效力。无韵的诗比有韵的诗难做得多。

我们的语言里大概只有四百种配合的音，这些音可以归纳成二十多种韵，有的韵还可以通用。还有平仄韵也可以通用，（近代诗人喜欢用不完美的韵。）这样说来，我们的韵实在很丰富，押起来也很容易。

韵的距离不可太远，大概三行以上就不容易生效。距离较远的韵要特别响亮。单字韵很严肃，多字韵往往产生一种滑稽作用。押韵要押重音字，读后面的轻音字也要相押，且可押同字，正如西文里的雌韵尾。我们的文字里不宜用"破韵"，即是把两个相连的字分开，用上一个字押韵，把下一个字归入次行，如朱湘的：

　　……你不要再吵

　　闹在耳边……

因为"吵"字后面有一个行尾的停顿，如同腰斩。内韵如果有规则的采用，便是两行诗写作了一行；如果不规则的采用，所生的动力与叠韵的相同。

第四：平仄　我上次说了平仄与节律无关，它的用处全在协助音调。通常认为平声长而低，仄声高而促。平声多时很舒徐悠扬，仄声多时便短促急迫。平仄调的诗念起来自然很顺畅，这并不是说平仄不调和的诗便不能念。一行诗尽管只有一二个平声字，或尽是一平一仄的字，只要双声叠韵配合得好，尤其是双声，也是很好念的，胡适之先生在"谈新诗"一文里说得很透澈：（见良友出版的《中国新文学大系》第一集第三零二页。）

散
篇

古诗"相去日已远，衣带日已缓。浮云蔽白日，游子不顾返。"音节何等响亮？但是用平仄写出来并不能读了。

平仄仄仄仄，平仄仄仄仄。

平平仄仄仄，平仄仄仄仄。

又如陆放翁：

我生不逢柏梁建章之宫殿，

得峨冠侍游宴？

头上十一个字是"仄平仄平仄平仄平平平仄"，读起来何以觉得音节很好呢？……因为这十一个字里面，逢宫叠韵，梁章叠韵，不柏双声，建宫双声，故更觉得音节和谐了。

至于顺口不顺口，全看读诗口舌的变化如何。倘若变化太快太多，我们便觉不顺口。

第五：声音与意义的关系　状声的字自然与意义发生直接的联想，如"嗡嗡"，"吱喳"。我在这里要说的是"音色"，即是用一种特别的字音来引起一种特别的联想，如像丁尼生描写宝剑用一些很坚硬的字音来引起宝剑的坚硬的性质。又如"风劲角弓鸣"一句用"风""弓"二字来状出箭弦的声响。在新诗里似乎很少有人注意到这一点。朱湘常说他用响亮的字来描写热烈的情绪,用沉浊的字来描写忧郁的情绪。例如他"婚歌"(见《草莽集》第 23 与 24 两页)里用"阳"韵来状出拜堂时热闹情形,用"青"韵来状出洞房里的雅静与温柔,也就是一种音色作用。

二月十日,平。

(载《大公报·文艺》第 101 期,1936 年 2 月 28 日)

大　都

"忽必烈汗诏令在此建一个宫城和一所壮丽的园囿，这宫墙围绕着三十里肥沃的土地。"

自从我上次做了一个异梦，把一枝五彩笔还给了一位老道后，终日扶乩抱佛脚，笔尖总不生花。今晚妄想天开，把上面的一段神话反复念了三百遍，喝了半瓶安眠药，在椅上睡了片刻，于是梦见我写成了一部史诗，也许是长篇小说，是这样开始的：

自从忽必烈汗建下了这座宫城，经过了六七百年才进入这个旧时代，当日的城垣已经圮废了，只剩下一个社稷花园。如今正值牡丹节，不知是春天还是夏天？老是刮风，老是飞沙，天气再热一点也好，下一点雨也好，却只是这般怪闷的。园里的游人并不因此减少，名士骚客，群聚在来今雨轩——我希望这地方会下雨——赏花，大家抱怨花太多，不知哪一朵好？想发横财的人，却挤在坛内看抽黄灾奖券，由官家鼓励这种公开的赌博，由优秀的童子军维持秩序。结果好像没有人中过什么奖。

于是这梦境移入了几座宫殿里去，不见珍奇，不见宝鼎，却只是空空的。问宫人说是忽必烈汗下诏把神器移走了，但此刻却有人想去要回来；还是不要回来好，家里有钱财会惹强盗的。钱财既然不在家里，这空屋子又何必留着呢？

这梦境又变换了，四周现出了许多小商店：有玩具摊，有洋货店；有洋货店，有玩具摊，东西摆得真挤，价钱仍然是太高。自从海陆两禁开放以来，大香蕉仍旧卖一毛一斤，那应该卖五分钱一斤才对，才能够大利民生。

每次变换梦境时总看见一种倒拉的罗马马车，拉车的可不是马，因为每辆车下只有两只脚。这不是忽必烈汗梦想得到的东西，他只爱骑马。常听说"士大夫，要车吗？""前门到后门，铜子廿四枚。""我拉！""我拉！"记着"这宫墙围绕着三十里肥沃的土地。"

街上的行人都是弯曲的，像江南人，全没有一点蒙古人的神情；不像人，倒像一群赴"东来顺"的羊子。他们一声不响，个个是端坐在城上的诸葛孔明。你看水到了一百度还不开花，不能不说是一件奇事，偶然可以见到一些像样的人物，那一定是堂堂的官吏，他们新得了一些美妙的名称，可惜我全然忘记了。除了这些了不得的人物外，还有许多绅士和学者，你若这样称呼他们，他们便不好意思不红脸。据说这一座"文化城"全是由他们造成的，也不知这文化还可以保存多少日子？

午门旁边有一个卖艺的老人，他记得许多史乘上的掌故。听他唱道："周朝文武都酆鄗，前后相传八百年；汉高有祖建长安，长安社稷何绵延？忽必烈汗都大都，明朝成祖往北迁；传说北京不安好，孔雀南飞落应天！"

写到这儿，友人郭璞又来拜访；回头一看，再也续不下去。Aurion Adion Aeido...（明儿再歌）

小学与古文

我五岁启蒙，坐在祖父的腿上认识了一些方块字。随后就聘了刘子棣老师在家里教，从"三字经"念到"四书"。后来我到外家进了河东初小。记得那头一天在黑板上演习三加一，就挨了一下磬棒。不久父亲来抽问我的"四书"，竟全然忘了；他和外祖父生气，说他老人家误了外孙，便把我带到半边寺去亲自教。这时学作古文，记得开笔那几篇全是"口水话"，可见儿童宜于先作白话文。每天散了学，父亲总提着画眉鸟上山去教我诵诗。

打好了根底，父亲又把我送下资中考中学的附属高小，那次又拜了古文大家张老师的门。投考的国文题是："说文字之功用"。我当时好像"见官三次尿"，心理很慌乱。我从上古结绳说到仓颉造字；文字的功用便是记载事实，传达意见，如记账与写信。父亲听说我连"文以载道"都忘记了，预料我考不上。那知我竟考中了第五名，那前四名都是"假枪干"。第三名叫"罗念生"。

资中是一个小小的芙蓉城，一个文风郁郁的地方。那为骆状元修的奎阁，绮秀的保镇着文风，对河有笔架山，滴水弹琴，这面有醮坛山的百步云梯，那是计数不清的奇迹。那时代，文人比武人高得多。我们常用足球来"炮毙大兵"，有时把他们击倒了，听他们噜苏，我们便骂道："挨球都挨不起，还当'啥子'兵！"

圣诞日，县知事到学校来观摩，全校会考，题目是："孔子圣诞说"。我便把家中的宝贝完全搬出来，从夫子讲道授学，说到周游秦楚；更从牌楼上偷来一些"大哉孔子"，"百世师尊"一类的肉麻话。文章尾上还做了一个"赞"，大有太史公的文笔。结果每年级取二人，我是压尾的一名。那发第一名的中学生是我们小小同乡蔡君，他听说这次知事要选女婿，忙打发人回家去报信。我那时心想，要选怎不会选一个最年轻的。

过了几天，县长派了大队卫士来请，我们十四个神童便大摇大摆的进入了衙门。大老爷把我们迎入了花厅，大大的赞许了一番。随就依次入席，酒过三巡，（只有我一人免酒）每人站起来朗诵自己的文章。最后读到我的，我简直念不断句，那赞辞里改过的韵脚简直认不清。那还是祝知州替我念的，据说卷子全是他自己改作的。他还问我几岁了，从前念过些什么书。我好像报"三代履历"，很是慌张，感激蔡大哥替我回答。那晚的筵席真丰美，我半生只吃过那么一回好菜，最后还有祝县母手制的腊肉和糯米粑。酒是不停的酌，有七八个人当场就呕了，大老爷还不叫停；直到他自己沉醉了时，我们才偷偷的走了。

十一月十三日在北平。

（载《青年界》，1935 年第 7 卷第 1 期）

从芙蓉城到希腊

晨　钟

克勒吉夫人說："美国人做事所以会成功，因为不怕失败，而且心中想着要做的事，必出以全热诚，赴以全力，简直想不到有任何的失败，假使有了失败，则立刻会站起来，抱着更大的决心，向前奋斗，到成功而后已。"这话可以做我们的座右铭。

"一寸光阴一寸金，寸金难买寸光阴。"就是说时间的可贵，因为别的东西，失去后，可以复到。独有光阴，失去一分，就少一分，过了一刻，就失掉一刻，失去以后，任凭你用何力量，终是不能复得。但有许多人，以为今日过去，还有明日，今日的明日，明日的明日，若如此般谬误的想，把黄金般的时间丢掉，岂不可惜。青年们！莫再梦想着明日的明日，须抓住现今干去，否则，鬓发苍白，悔已不及了。

散篇

川苗的风俗

　　苗人的种族很多，大概有十六七种。他们的名称也很好听，有花苗，鸦雀苗等等。他们自称叫做 Hmong；"川苗"是我们给他们的名称，特指那些居住在川滇黔交界处的苗人。那些地方尽是崇山峻岭，他们居住在那儿生活很艰难，如今还有穴居的习惯。那些苗人和汉人群处，受了同化，叫做熟苗；至于那些未经同化的"生苗"却还是很野蛮的。

　　他们没有历史的记载，所以他们的历事只能在他们口头的传说与歌谣里去寻求。他们自己可不愿意泄漏他们的史话。大概是怕外人见笑；葛维汉先生和他们来往了十五年之久，才渐渐的得到一些材料。他们大概在五千年前的新石器时代里由南方跑到北方去，后来被汉人赶回了南方，我国历史上曾说起三苗之战。直到一七三三年（雍正年间），他们的弓箭抵不过枪火，又被汉人从广东福建赶到湖南，四川。所以他们如今还带着一些广东和福建的风习。

　　他们多半务农，间或捕鱼打猎，或是做一点手工业。

　　他们的模样儿和汉人差不多。男人的衣服完全改成了汉装，只有女人还穿着她们自己做的花衣裳，从前的男人也穿得花花绿绿的。女人的衣服有裙子，围腰，飘带，上面绣着花，镶着边，怪好看的，很象东欧土人的装饰，颜色特别鲜明。这全套衣饰要花三年工夫才能绣得成，如今的苗女已不似先前的勤苦，这种工艺渐渐的废去了。

他们的娱乐很少，只喜欢音乐，吹着芦笙舞蹈。

男子到十二岁时要举行成人礼，请"端公"来主持，要踩过十二只碗和十二把刀。他们很早很早就结婚了，甚至早到二三岁，很少有"成人"的旷男怨女。男婚女嫁都是凭媒说合，男家要送许多货财与女家。有的青年女子喜欢去赶市集，在那里挑选她们所喜悦的男子，一同到野外去嬉游。倘若双方家长不许他们结合，他们便会逃走。有的成年的单身汉子得不到偶伴时便去抢人家的闺娘，那些女子且很愿意给人家抢去。

他们相信一切的疾病是因为鬼魔在作祟，所以不请医生，专请端公来用魔术祛鬼。因此他们的人口生得多也死得多。人一死了在家里放上两天半到七天才抬上山去掩埋。上山时要由端公开路，先杀一只公鸡，用鸡魂来引导鬼魂，沿路上便要敲着鬼鼓，吹着芦笙。七八天后，那鬼魂便要"回煞"，主人用细灰洒在门外，看灰上现出什么样的足迹，由那足迹来断定死者的来生变人变兽。一年后要主祭，要杀一条公牛来献祭。再过两三年便要启坟，把骸骨用酒洗过，放在新棺材里重新埋葬。这回也要杀牛献祭。据说广东福建还有这种风俗。

他们虽是信鬼，可没有庙宇和偶像。他们的宗教可以说是祖先教，他们把祀奉祖先和孝顺父母当作两件大事。可是他们并不把祖先当作神看待，乃是当作人看待。死去的人和在生的人一块儿生活，天天要吃东西。敬得好，他们保佑后人；敬得不好，他们便要作祟呢。

他们的节日和汉人的相同，即是正月初一，正月初五，清明节，端阳节，七月十三，十四，十五的中元节，中秋节，重九节，十月初一和年节。他们在这些节日要敬祖宗，平常只祭三代，逢大祭时要祭九代的祖人。

他们把家族看得很重要，同姓不通婚。一切的事都由家族解决，他们并没有政府的组织。

他们敬信一个主宰天地的神，叫做 Nizi，这神是很尊严，很公平的，还敬信一个脚踏地，手擎天的魔鬼，这魔鬼的指姆打得死人。他们又敬兽为神，敬树为神，敬门为神，年年要杀猪敬门神。他们把日月星，水火土，杀人的刀，发声的乐器以及世间的万象都当着有生命的东西。那回音明明是活的，雷像一只公鸡，鸡叫成轰鸣，那神怪还会放火刀来"打人"。

他们的文字有九声，和广东的声调相同。他们喜欢说"狗黑"，不说"黑狗"，把形容词放在名词后面。他们的传说和歌谣很丰富，一个人能够唱三千只歌，三天都唱不完。在歌谣里面情歌占大部分。他们传说盘古开天辟地，传说猴子坐久了，渐渐把尾巴坐短了变成了人。家鸡是野鸡变来的，狗是狼变来的。那各民族所共有的洪水故事，他们自然不会缺少。据说有两个农人听说地要翻了，哥哥做了一个铁筒，弟弟做了一个木筒来逃命。那结果我们可以猜想得到。他们还说地下住得有一种矮人，叫做扫把人，只有二尺多高。据说有一个人由皇宫里跌下去看过，后来天旱地裂了才爬了起来。他们住在高山上，不把地势当做圆的，也不当做平的，他们以为只有天堂才是平的，一个凡人上天后便不再受爬山的苦处。

他们受了四千多年的压迫，到如今才算是苗汉一家。经了十五年的进化，他们居然有了十三个初等小学，一个高等小学，都是在教育厅立了案的。且有学生进过成都的华西大学。四川政府很优待他们。前不久我国的最高长官送了他们一些很会生蛋的母鸡，很会结果的花红树，和一匹最猛健的公牛：那是一种很好的怀柔政策。

他们是一支可爱的民族，他们的可爱处怕只有一位白色的人了解得最深挚。——这一篇短文是根据葛维汉先生的演讲和他的谈话写成的。葛先生是美国人，现在成都华西大学教授人类学及考古学，并任该校的博物馆馆长。那个博物馆里陈列着许多石器和苗人的风俗品。

二五年十一月

（载《中央日报》，1936 年 12 月 31 日）

散
篇

节律与拍子

（一）释题

先从诗底音节说起：这里所谓音节包括节奏，韵，双声，叠韵等等。节奏可以说是一种字音底连续的波动。如其这波动来得规则一些，便叫做节律。节律可以由长短，轻重或他种元素造成。散文里只有节奏，诗里应有节律。

每一段小波动占据一个短短的时间，这叫做"音步"（Foot）或"拍子"（Metre）由几个音步组成一个诗行。可以说拍子是时间的分断，节律是时间的性质。试举《失乐园》第二行作例：

of that forbidden tree

whose mortal taste

行里第二个字算是半重音。这一行的音节算是前轻后重，一共有五个拍子，在术语上叫做"轻重律五拍"诗行。

（二）古典诗与英文诗

节奏是大自然底脉搏。山川底蜿蜒，笋衣底解脱，和我们的呼吸脉息都有一种天然的节奏。节奏可以用任何种重复的动作造成，一切的艺术便基于这种重复的动作。我们在空间艺术里，如建筑，雕刻，绘画，可以看出形体上的节奏，雅典女神庙（Parthenon）"三角顶"上面的三位女神底衣褶所生出的自然流动便是极明显的例子。至于时间艺术里的波动更是显著，更有规则，如舞蹈的音乐。

诗底最小单位是字音。字音里含有四种元素：

（一）音量（Volume）：就是震动力底大小。

（二）时间底长短（Duration）

（三）高低（Pitch）：震动底次数多时发出高音，震动底次数少时发出低音。

（四）音色（Timbre）：即是每种机器或每个人声底特别性质。

这四种元素里，音色与节律没有关系。高低与音节有关系，但与节律的关系很微小。

古希腊诗与拉丁诗底节律是由长短构成的。希腊文里有高低音（Pitch accent），但不与节律发生关系。在这两种古文字里，一个长音差不多等于两个短音。这两种字音均匀地配合起来便可以生出各种不同的节律。每一种节律赋有特殊的性质。"长短短"律是很沉重，宏亮和工整的，适宜于写史诗。《依利亚特》（*Iliad*）首行是：

行里第三音步有两个长音，算是一种变化。最后的缀音本是短音，但因为行尾有一个停顿，所以当作了长音。"长短"律很轻巧，活泼，最合于语言底格调，多用来写戏剧里的对话。至于抒情诗则用"短短长"律或混合节律来写。古典节律比英文节律丰富得多，但很严格，不让诗人自由变化。

英文诗底节律多靠音量，再加上一点儿"长短"与"高低"

便变换了轻重。这种节律有如鼓声，全看用力大小；古典节律有如笛音，全看时间底长短。关于轻重律底例子上面已经举出《失乐园》第二行。在英文诗里，"轻重"律和"轻轻重"律用得最多，前者较"重轻轻"律要沉重一些，这和古典节律效力正相反。"重轻轻"律在英文诗里极不自然，采用得很少。凡是重音在前面的节律，容易引人注意，从心理学上讲，这种节律底运动也要快些。凡是摇篮歌，进行曲，跳舞曲，船曲，猎歌都宜于用头重脚轻的节律，在音乐里那第一个字往往是重音。此外在英文里没有"重重"律，因为在英文语言里没有重重的字，有一个例外是 Amen。希腊诗里间或有"长长"律，如攸立匹得斯（Euripides）底《依斐格纳亚》（*Iphigenia*）第一二三行到一三六行，那一节敬神歌的节律十分沉重迁缓。

节律太严整了是很单调的，所以要生出许多变化来调剂。沙氏比亚晚年的"无韵体"（Blank verse）诗底节律变化最大，也最富于音乐性。只是不可变化得太过了，以致听不出主要的节律。但如作者有一种特别的用意，到可以把节律弄得十分凌乱，如像密尔敦在《失乐园》第二卷第八五零到九五零行里用一种比较凌乱的节律来描写魔王身周凌乱的情景。

一行英文诗底音乐性要看它的节律和本身时间的关系。即是看每个音步里所占的时间是否大约相等。我们对于时间本没有准确的记忆，很少人知道五分钟到底有多长久。但真正相等的时间是单调的，机械的。我们并不真以为各音步底时间是相等的，只觉得大约是相等的。我们读诗时应保持一个时间观念，这并不是说要把每个音步读得相等，乃是同样长短的诗行所费的时间大约要相等。

诗行底目的是要在读者底下意识里形成一种固定的模型（Pattern）。诗行可以少到两个音步，单音步的诗行是很特殊的。但若超过了六音步，便不容易使读者当做一个联合的单位，往往分做两截。长行很沉重，宜于写幽深的思想，短行很轻快，宜于写愉快的情绪。华茨握斯（Wordsworth）底 *Ode to Immortality* 底长短诗行便含有这种用意。

散文不要整齐的节律，且不可要整齐的节律。散文底拍子也不要整齐。只不过一气读下去，可以听出一种自然的节奏。诗可以当散文读，不致于使人厌烦；散文若当作诗读就会显得太做作了。

在这里我不愿多讨论自由诗。自由诗多少也有一点节律，偶尔也有近似整齐的拍子。可以说是一种富于节奏的散文，用一种新的组织法排列起来，这排列法疏忽了行首底重要位置与行尾底停顿。

（三）中文诗

有许多人认为我们的节律是由平仄造成的。这实在是一个很大的误解。平仄大半是高低，它除了协助音调以外，没有什么旁的用处。

赵元任先生在他的《国音新诗韵》（商务）第四五两页上说起平仄底长短高低。据他的意思，阴，阳，入（入声现已归入它种声调里去了。）算是高音；上，去，轻算是中音；只有上半才是低音。可见仄声里也有高音，这岂不破坏了我们的规律？而且高音与中音底差别太微小，不能生出一种显明的波动。

赵先生又说阴，阳；上，去，上半底时间较长；入声和轻声底时间最短，约等于阴声底一半又三分之一。我们的节律似乎可以由此产生，但阴，阳与上，去，上半同算长音，岂不也破坏了平仄底划分？

根据上面两节理由，我们的平仄是不能产生任何种节律的。

我以为我们的文字有虚有实，大概虚字轻读，实字重读；此外轻读的实字自然也算是轻音。在时间上重音字较轻音字要长一些。这样讲来，我们的旧诗在节律与拍子两方面便没有丝毫缺憾。大多数的旧诗是用"重重"律写出的。轻音字采用得过少，不能生出很大变化。前面已经说过这种节律是很单调与沉重的。所以我们的旧诗读起来不好听，要吟起来或哼起来才能悦耳。五言诗是双拍子或三拍子重重律诗行，如果算三拍子，那第三个拍只有一个字音，尾上停半拍，例如李太白底《青溪半夜闻笛》：

寒山—秋浦—月
肠断—玉关—情

从芙蓉城到希腊

七言诗是三拍子或四拍子重重律诗行，例如李太白底《峨眉山月歌》：

峨眉—山月—半轮—秋
影入—平羌—江水—流

新诗里的轻音字既然加多，节奏底变化也多起来，复杂起来。"重重"的音步依然保存不少，但最多的是"轻重重"音步，也许有人喜欢叫它做"重重轻"音步，这全看个人怎样划分。这两种音步本可以造成节律的，不幸旁的极复杂的音步常常出来破坏了节律底组织。最破坏节律的是两头重中间轻，或两头轻中间重的音步。结果便生出了一种混乱的节律。就是做得最好时也只能产生一种散文的节奏，不能产生诗的节律。这和法文诗的情形有些相似。法文"十二缀音"的诗行每行底节律各自不同，简直变成了散文的节奏。但这十二个缀音里通常只有四个属于高音的重音（Pitch accent），到还容易听出一种自然的语调来；我们的重音较多，排列又不整齐，所以很难听出一种相似的语调来。我们简直没有法子用各种不同的节律来传达各种不同的情调。但我以为可以稍稍限定多字拍与少字拍。

本来要有节律才好划分拍子；但我们不妨依着文字底组织，

把相连的字分在一个音步里。这样我们可以把时间弄得均匀一些。每遇有同一行诗可以分做四拍或五拍时，要看那首诗底拍子是什么数目，再依照那数目来划分。

有许多人忘却了诗是时间艺术，想用豆腐干块式的整齐主义来替时间，替代拍子，这是一个颇不小的错误。旧诗虽也整齐，但不破坏时间。我们这些整齐的新诗，在视觉上是整齐的，但在听觉上却不一定整齐。

其实拍子这东西，在十年前就由孙大雨先生发现了。他的《自己的写照》长诗是用四拍子诗行写的，本特刊第一期刊载了一段，那尾上七行底音步可以这样划分：

> 这转换—变更，—这徙移—荟萃，
> 如此—如此—的频繁—（我又想，
> 我又想），怎么会—不使—这帝都
> 像古代—意琴海—周遭—的希腊
> 诸邦—之雄长—那明丽的—雅典城
> 也披上—昭示—百世—的灵光，
> 正如她—披着—这晴光——样？

"那明丽的"底"的"字如果放入下一音步里，则底下太挤。"这晴光"底"这"字如果放入上一音步，则下面太空。这七行里轻重底排列如下：

这里面有九个"轻重重"音步，占总数三分之一。"重重"音步也有六个。这两种音步本可以排列成一种节律，但此外的十三个音步内尚有九种不同的音步，变化实在太多，当中最破坏节律的是两拍"重轻重"，一拍"轻重轻"，和一拍"轻重重轻"。这几行诗底节奏还算比较整齐的，旁的诗不知凌乱到什么程度！

（编者按） 梁宗岱先生在本刊创刊号《新诗底十字路口》一文里曾经提出"创造新音节"为新诗人应该努力的对象之一。罗先生这篇文章便是对这问题一个具体的建议。这问题表面似乎无关轻重，其实是新诗底命脉。希望大家起来讨论。

（载《大公报·文艺》第 75 期，1936 年 1 月 10 日）

从芙蓉城到希腊

论新诗

这一两年来新诗好像又抬头了。去年冬天大公报文艺开始出《诗特刊》。里面有一些值得注意的论文和新诗，跟着上海时代图书公司出版了第一集《新诗库》，共十册。卞之琳先生的《鱼目集》和他与何其芳、李广田两先生的《汉园集》也是这时期内出来的。臧克家先生也出了《运河》等诗召。此外还有许多旁的诗集都值得我们留意。翻译方面朱湘先生的《番石榴集》和梁宗岱先生的《一切的峰顶》（为新诗库第二种，现改由商务出版。）算是很丰富的收成。Haroid Acton 和陈世骧两先生更替我们译成了一部英文的《现代诗选》。各地方的新诗刊物也很兴盛，算来总有一二十种，如像《诗歌月报》，《现代诗风》，《小雅》，《黄沙》，《诗志》等等。新近戴望舒先生和几位旁的人共同出了一种大规模的刊物，名叫《新诗》，内容很精彩。这时期内也曾引起了一些争论，如像关于"明白清楚"，"长短大小"一类争论。但有一个极好的现象便是许多作家都结合起来，把他们的作品摆在一块儿。再没有听到什么向前转，向后转，新月派，创造派一类的闹声。

在这个新时期内自由诗的发展和成熟是很明显的，但是新诗本身的问题依然是一个□□问题，文字问题。过去十几年曾经有许多人讨论过这问题，但都讨论得太笼统，没有细细去分析过。梁宗岱先生又重新在大公报文艺第三十九期上（即诗特刊创刊号）提起形式问题，他说："形式是一切文艺品底永生的原理，只有形式能够保存精神底经营，因为只有形式能够抵抗时间侵蚀。"我明白梁先生这理论，但觉得他的话很有语病。《诗特刊》虽出了十几期，但因为篇幅太小，并没有十分讨论形式问题。最近朱光潜先生在《新诗》上发表了两篇文章论中国诗的"韵"和"顿"，（见第二与第三两期，）几认为这才是我们讨论形式的起点。

我们，韵法，诗节，和"调质"（Tone-quality）等等都是没有问题的。我认为最大的问题许是"节律"（Rhythm）与"拍子"（Meaure）的问题，我对于这两个名词下了一个定义。

"节奏可以说是一种字音的连续的波动。如其这波动来得规则一些便叫做节律，节律可以由长短，轻重或他种元素造成，散文里只宜节奏，诗里应有节律。每一段小波动占据一个短短的时间，这叫做'音步'（Foot）或'拍子'。由几个音步组成一个诗行，可以说拍子是时间的分段，节律是时间的性质。"

我觉得定义这东西十分要紧。没有共同的定义，我们的讨论往往不能够接头。譬如说林庚先生在《新诗》第三期上发表了二首"节奏自由诗"。我依着我自己的定义去读他那两首诗，始终不明白那里面的"节奏"。也许是因为林先生的术语和我的术语各有不同的含义。希望林先生自己出来解释解释，正如他解释他的"四行"体一样。有许多人把我所说的"节律"和"节奏"两种不十分相似的东西通通叫做"节奏"。他们的定义空泛一些。他们的讨论也就空泛一些。

我们知道古希腊诗和拉丁诗采用长短节律，英德文诗采用轻重节律，法文诗采用高低（Pitcb accent）节奏。我们自己的诗里到底有没有节律呢？朱光潜先生在他的文章里说我们的节奏是由"韵"和"顿"做成的。朱先生这见解我们很欢迎，只怕难于成立。第一点他所说的韵的节奏是一种很宽泛的节奏，他把韵的去而复返的功用比作建筑和美术里的均称作用，把它当作一种节奏上的协助。可是一般讨论韵文学的人，却把这种作用当作声音上的协助，因为他们认为诗里的节奏应该是指严格一点的节奏。第二点朱先生所说的"顿"大约相当于"音步"。他说中文诗每读到顿的时候声音略为提高延长加重。这理论应用到旧诗里也许没有什么严重的问题，可是应用到新诗里便成问题了。第一层是因为凡中文里两字相连时第二个字有时降低，缩短，变轻，特别是叠字，如像"青青""鸽子"。第二层白话诗里加入许多轻读的虚字，这些虚字有时会落在顿上，如像"披着"，"青的"，这岂不破坏了朱先生的理想？

我们的平仄与节奏没有什么关系，朱先生说得十分透澈。希望不会再有人拿它来做节律的元素。

此外我们还能用什么旁的字音的元素来做成我们的节律？我并不十分坚持中文诗里的节律是一种凌乱的轻重节奏。如果有人能用长短或高低或其他的元素来做成一种比较严格的节奏，那真是一件大发现。

希望我们的诗人听了这些话不要发生反感，我们明白先有韵文后有韵文学这道理，决不是想替诗人创出些什么法则。一个真正的诗人必能替我们解决这问题，等他替我们解决后，我们不妨在他的作品里去寻求这个法则，我们更不能同诗人有所争论，因为历来诗人与论诗的人中间所发生的争执的最后胜利往往是属于诗人的。如果有诗人愿出来指教我们，我们很愿意听受。但是我更希望他用希伯来式的说事方法来指示我们，不要用希腊式的说理的方法来指教我们。

还希望自由诗的诗人不要说我们太多事。自由诗好像不讲究节奏，其实这是一种误解。自由诗并不是如一般人听的那么自由。它在没有规则当中去寻找规则。近代的音乐往往采用一点不谐合的成分来表现现代人的不谐合的情调。但这种不谐合的成分已经融化在谐合里使我们听来是谐合的。我们做自由诗的诗人应该做到这个境界。近代英美的自由诗已经没有从前自由了，已经变成了一种很做作的东西。节奏在自由诗里还不及诗行重要，希望做自由诗的诗人特别注意诗行的形成，特别注意诗尾的文字的安排和行首的地位的重要性。我个人并不反对自由诗，而且还替朋友们庆幸自由诗的成熟。但成熟的作品实在太少了，除了自由诗外我们还应该承认有规则的诗的存在。因为我们的题材很广，我们的情调又复杂，不是一种单独的题材所能够完全表现的。

关于文字的选择与安排我们无从讨论，这是一个公开的秘密，只有诗人自己才知道。如果我们的节律不明显，便得想法从这方面补救，许多作品的失败不是失败在形式上，而是失败在文字的驾御。

这时期内产生了许多描写意象的诗，而且描写得很轻巧，我在这时期内帮助一个朋友读过一二千首诗稿，里面百分之九十几，是描写意象的作品。我们的诗人何不放粗一点放野一点，自远处大处去搜集材料，把长江大河的浩荡的急流注入诗的动脉里。

（载《中央日报》，1937 年 1 月 10 日）

与林庚先生论节奏

我曾在本刊第一期上说起"节奏"的定义，文中涉及林庚先生的"节奏自由诗"，承林先生在本刊第二期上回答。他说：

> 节奏自由诗与四行诗的分别只是诗行的不同。如新诗第三期上所登那两首都是五行，每行用十二个字，五行是其不用于四行处，亦即其自由处；十二字是其同于四行诗处，亦即其节奏处。我所谓节奏即一行中的顿，每顿的时间相同而字数不一定相同，如十二字诗即以"三四三二"或"三四四一"构成，此下半之"三二"及"四一"通常即合为一"五"字大节奏（亦即五字顿）盖为一不可分之节奏（如"谁家的门前"），"的"字似可属上又可属下），又实占有两个节奏（即两个顿）之时间也。

林先生所说的"自由"只是诗行的自由，五行诗比四行诗多一行，这就是五行诗的自由处。他这种自由诗体并不限于五行，他在《诗林双月刊》第二卷第一期的"节奏自由诗"一文里且说：

> 节奏自由诗即是以一个四行的节奏诗为基础而注意再加上几行或半行。这样成功为四行半，五行，五行半，六行，

六行半，七行，七行半等七式，所谓半行即重复其上行的下半段一次，并须在字句完全相同之下，如此方完成其仍为节奏的，一方面却又得到一种形式上大量的自由。

一首诗诗行数目的变化诚然是一种自由，林先生所作的这种种诗体的尝试，是很有价值的。但若叫做"自由诗"，便容易使我们把这种诗体误作一般人所说的"自由诗"，那是一种不限韵法，不限诗行，不限顿数及字数的诗体。希望林先生能给他这种诗体取一个更好的名字。

林先生说的"节奏"即是"顿"，即是"时间"，每顿的时间是相同的。照他的定义讲来，他的原理当然可以完全成立。可是一般人对于节奏所下的定义却和林先生的大不相同，因为一般人认为凡分顿的诗行不一定就有节奏，必要顿中有一略为整齐的"起伏"或"波动"乃可生出一种节奏，这里所说的起伏或波动可用长短，轻重，高低等元素造成。如果林先生怕人家误会，就请改用"顿"，不再用"节奏"。"节奏"二字的含义太广了，正如英文的 Rhythm 一字的含义一样广，我常想改用"节律"二字来讨论诗里的"起伏"或"波动"。

朱光潜先生认为旧诗每顿的长短无定律（见《新诗》第三期），我认为新旧诗每顿的长短大略相同，林庚先生且说他的新诗每顿的时间是相同的，请大家审察审察到底是谁错。

林先生把他的诗行里每顿的字数划一，这容易生出一种单调与机械的毛病。他的第一顿诗总是三个字，他在大公报"文艺"第二九三期上发表了一首《九秋行》，这首很富丽的诗共有三十六行，当中有二十三行的第三字都是"的"字，这便是太机械了。林先生说过"三"字节奏不可多得，而多用"的"字亦为白话诗之缺点，（见大公报"文艺"第二百期）可见这种缺点林先生并不是不知道，如果林先生专讲求顿数，不限定各顿的字数，他的诗念起来一定活跃得多。

林先生是一位很勇敢的诗人，他这种冒险尝试的精神十分可佩。许多人对他的批评不很恰当，甚至在不关痛痒处吹毛求疵，如像大公报"文艺"第二九三期庭棕先生的《读北平情歌》一文。林先生对于这些批评全然不介意，且着着实实的依旧做他的尝试，这种精神真是可敬的。

林先生在回答我那篇文字里且论及"轻重"问题，他说：

> 罗先生对于新诗中的轻重音一向似甚注意，记得以前曾有一文提到孙大雨先生的诗是可以轻重来读的。我对此甚为怀疑。

散篇

我倒是很注意新诗的轻重字，但认为新诗里的轻重字的排列是凌乱的，不能产生"节奏"的效力。我并没有说过孙大雨先生的诗可以轻重来读的。我曾在大公报"文艺"第七十五期的《诗特刊》上发表过一篇"节律与拍子"，里面引用了一段孙大雨先生的诗来说明新诗里的凌乱的轻重节奏，我的结论是：

> 这里面有九个"轻重重"音步，占总数三分之一，"重重"音步也有六个。这两种音步本可以排列成一种节律，但此外的十三个音步内尚有九种不同的音步，变化实在太多，当中最破坏节律的是两拍"重轻重"，一拍"轻重轻"和一拍"轻重重轻"。

林先生看了这段话当不至于再误会我的意思。林先生跟着说：

> 一则所谓轻字总不外"的""着"等字，此等字在诗中

似应希望减少。……其次是如果诗行的节奏真正成功了，则所有的字将根本无轻重可言；因为中国文字的轻重音不由于文字的本身，而由于句法的语吻如"的"字固是轻字，而"目的"之"的"字便不是轻字，"齐鲁青未了"之"了"字便不是轻字，"了""的"之所以在白话中读为轻字乃是由于语吻使然，然语吻在整齐的诗行中是不会长久存在的。……如此则轻重音只在白话散文中有之，与诗本无关也。

从芙蓉城到希腊

我认为"的""着"是轻字，也承认此等字在诗中应该少用，"目的"之"的"字是实字，自然应该重读。旧诗里的虚字可以重读，但新诗里的虚字则只宜于轻读，因为我们读新诗要用自然的语吻来读，不能像读旧诗那样做作。林先生说整齐的诗行中没有语吻，这话很值得讨论。要讨论这问题得先要决定读诗的方法。我所说的这种读法和林先生的读法都可以拿来试试。

一月二十三日，北平。

（载《中央日报》，1937 年 3 月 7 日）

与高一凌先生谈新诗的诵读问题

高一凌先生在本刊第三期（二月六日，误排作第二期）上发表了一篇文章讨论新诗的诵读问题。他主张用比较具体的"诵读"二字来代替"节奏"或"节律"两个抽象的名词。他认为旧诗可以依照朱光潜先生的意见分成若干顿来诵读；（见《新诗》第三期，）但认为词曲里的顿不明显，不能分开来读，得要一气读下去。他且认为旧诗的分顿和平仄很有关系，旧诗里的平仄排列得很整齐，双字顿不是平平就是仄仄；词曲里的平仄排列得不整齐，所以不能分顿。他还说新诗不需要顿。

所谓分顿的读法（即朱先生所说的拉调子的读法）并不是"读"而是"哼"；高先生所说的读词曲的办法许才是真正的"读"。朱先生且说有人用拉调子的读法来读词曲，似乎是说词曲也可以分顿。我认为旧诗，词，曲都应在读的时候见出一种语言本身所固有的自然的节奏。若说哼，则什么诗文都可以哼出一种人为的节奏，平仄排列得不整齐的诗词自然也可以哼。因此我认为旧诗的分顿与平仄没有很大的关系，试把一行旧诗的平仄错乱后，仍然是可以分顿，可以哼，如"江水归海流。"新诗应该合起来读，不应该分顿来哼，这是我们二人所同意的。

高先生且说起曲里面的抑扬与节奏，他说：

"词曲放弃了顿，代之而占顿的位置的，即是发达其本身的字句的抑扬。"又说：

"词曲在几乎没有如诗中顿的元素之下，而能保持其诵念的自然，我认为是由于其韵脚与尤其重要的字句的抑扬两个元素存在的缘故。字句的抑扬，即是上面所说的字句的潜在力，也许就是普通所谓的节奏，所谓音乐成份罢。"

我们暂时不讨论韵脚。高先生所说的字句的抑扬许就是节奏，归根到底我们还是得讨论节奏。可否请高先生把他所说的抑扬节奏说得更具体一点？

最后高先生说起韵和抑扬节奏的关系，他说：

"我……还认为韵也是不怎样重要的东西，若能把字句的抑扬在新诗中渐次的发展下去，是可以取韵的地位而代之的。"

我认为韵是音节的一种装饰，（自然还有别的功用，如形成诗节等等，）它和节奏不发生很直接的关系。节奏不能代替韵，但一首有节奏而没有韵的诗仍然可以成为一首好诗，或好听的诗，因为韵并不是诗里所必需的，不必用旁的东西去代替它，如古希腊与早期的拉丁诗根本就不用韵。

（载《中央日报》，1937 年 3 月 20 日）

从芙蓉城到希腊

与朱光潜先生论节奏

散篇

在本刊第二期上读了朱光潜先生的《论中国诗的韵》，当中说起中文诗的节奏，很有意义，我想提出来解释一下。

诗的"节奏"（Rhythm），（我喜欢叫做"节律"），大概是从字音的元素里产生出来的，字音的元素共有四种，即音长（Duration），音势（Volume, force），音高（Pitch）和音色（Timbre）。这最后一种和节奏完全没有关系。平仄（即音高加一点音长与音势）不能生出节奏的作用，朱先生已经说过了，（见第二零四页。）我们的轻重（即音势加一点音长与音高）也无法在新诗里排成一种有规则的节奏，这一点留到以后再说。朱先生却找出了"顿"和"韵"来产生中文诗的节奏。（见同页。）

朱先生在"论中国诗的顿"说法文诗的节奏是由"顿"（Caesura）造成的，这大概是可靠的，因为他在那里说法文诗读到"顿"的位置时，声音也自然提高加重。他又说法文诗的节奏起伏同时受音长，音势，音高三种影响。这样说来，法文诗的节奏还是依赖字音的元素，有了规则的提高加重，便能产生规则的节奏。但这个原理应用到中文诗里恐怕有问题。朱先生在本文第二零四页上说："在顿的地位，仄声可长于平声，平声也可长于同类的另一个平声。"我们似乎可以拿这一点和法文诗的顿上的提高着重相比，同样的产生一种节奏。只可惜这种长短的差别太微小了，无望产生节奏；朱先生也频频告诉我们四声不易见出节奏，我们便无法重视这一点。再次，朱先生在上文里且说中文的声音到"顿"时并不必停顿，只略提高，延长，加重。我们似乎更好拿这另一点和法文诗的"顿"上的提高着重相比，希望也产生一种先抑后扬的节奏，有些儿像 Iambic Rhythm，但是朱先生所说的"提高，延长，加重"并不可靠，因为中文两字相连时第二字往往"降低，缩短，减轻"，如"青青河畔草"的第二个"青"字大概没有第一个"青"字那么高，长，重。如果是"青青的河畔草"，这顿处的"的"字决没有"青青"二字那么高，长，重。我们且退一步承认朱先生所说的是对的，但这种高，长，重的差别还是太小，不能产生节奏的作用。这道理朱先生很明白，所以他说："有一派新诗作者于改句为行时，在每行里规定顿的数目，使中文诗如为英文诗行有一定的音步。……不过中文分音步的诗行究竟不能像英文分音步的诗行那样轻重节奏分明。我们在上文里说过，旧诗分顿所生的抑扬节奏全在读的声音上见出，文字本身并不像英文轻重分明。现在新诗偏重语言的节奏，不宜于拉调子读出抑扬的节奏来，所以虽分有规律的音步，它对于音节的影响仍是很微细。"（见第二零七页。）可见新诗的顿不能产生节奏。至于旧诗的顿所生出的节奏既然在拉调子时才听得出来，可见旧诗的"顿"的本身也不能产生节奏。说起音步对于音节的影响我认为有相当的重大，因为音步的作用是在组成一个整齐的时间，整齐的时间的本身是含有音乐性的。一切的时间艺术都应以时间为前提。因有人说英文诗的拍子（Measure）比节奏还重要，节奏可以变化拍子却是固定了的。

关于韵的功用朱先生说："韵是去而复返，前后相呼应的。韵在一篇声音平直的文章里生出节奏，犹如钟声在长夜深山的寂静里生出节奏一样。"（见第二零四页。）朱先生这里所说的节奏是指一种极广泛的节奏，一种很远很远的回应；决不是指前面所说的严格的节奏。我却把他所说的这种作用当作音节上的协助，不当作"节奏"：因为韵和韵的距离有相当远，而且一行诗里常有和内韵及脚韵同韵的字和声音相近的字，这样一来，那些同韵的字和声音相近的字会生出一种凌乱的节奏，节奏一凌乱便失去了效力。韵在西方的诗里不是必须的条件，因为西方的语言，除法文外，大都有一种分明的节奏，如英文的轻重节奏与希腊的长短节奏，不必赖韵来生出这种效力。

我认为新诗里的节奏大概是一种凌乱的轻韵节奏，和散文的节奏很相似，和法文诗的节奏也有些相似。这是一个很大的缺点，（这缺点可以用"调质"Tone quality 来补救。）但我们的旧诗里却有节奏，也只有一种"重韵律"（Spondaic）节奏。如希腊诗里也有这种沉重的节奏，如像攸里辟得斯（Euripides）的《依斐格纳亚》（*Iphigenia*）第一二三行以下的几行诗。这种节奏念起来很单调，我们的老办法是把这种节奏哼成调子，这近于唱歌，不是念诗。我们的新诗里加进了许多轻音的虚字，这些虚字把节奏弄得十分凌乱。如果我们想避免这种缺点，应该稍稍控制我们的轻音字。有许多人不承认我们的节奏是一种轻重节奏，因为他们不承认我们语言里有轻重音。其实我们的轻重音是很分明的，我们的轻声的音势较小，时间较短；重音的音势较大，时间较长。轻重音里音势的成份且较时间的成份为大，至于音高的成份却是很少的。如"青青的"三字"青青"明明是重音，"的"明明是轻音。如果这一点能够成立，我们希望能够产生一种轻重节奏；但因为这些轻重音无法排得整齐，所以这种节奏是凌乱的。

再与朱光潜先生论节奏

我在本刊第四期上同朱光潜先生讨论到节奏问题，承朱先生在第五期上回答。我现在依照朱先生的话分段来检讨：

朱先生说：

先说"顿"，我的意见详见本刊第三期，大要是说在拉调子念时，旧诗每句分成若干音组，在每组最后一字上面读的声音略提高延长加重，如是产生一种先抑后扬的节奏。罗先生说：

"朱先生所说的提高延长加重并不可靠，因为中文两字相连时第二字往往降低缩短减轻，如青青河畔草，第二个青字大概没有第一个青字那么高长重。如果是青青的河畔草，这顿处的的字决没有青青二字那么高，长重。"

用——号代表延长加重拖长的顿音来说明，我读"青青河畔草"（记着我所指的是旧式拉调子的读法）如"青青——河畔——草——"，罗先生读如"青——青河——畔草"。……我所根据的首先是自己的读法，其次就是听到的许多旁人的读法。像罗先生那样读法我简直没有听过。读过他的文章以后，我也试用过他所说的"青——青"式的读法，觉得它既不顺口，又难听，这是我们的第一个异点；请大家判断是他错还是我错。

实际上恐怕我们两人都没有错，好像是我误会了朱先生的本意，把他的拉调子的读法当作不拉调子的读法。朱先生所说的"读"字很容易引起这种误会不如换作"哼"或"吟"。既然是要拉调子，则一切的顿哼到顿处都可以略为"提高，延长，加重"，这完全是人为的，外在的，并不是语言本身所固有的。这样说来，朱先生的理论自然可以完全成立。但若不拉调子，则叠字的第二字比第一字（如"青青"的第二个"青"字）为低，为短，为轻。我在这里只论及"青青"二字的读法，关于"河畔草"三字的读法我还没有告诉朱先生。我并不是说凡两字相连时，所有的第二字都应该减低缩短变轻，朱先生不应替我那样分顿，他把我的不拉调子的读法用去拉调子，自然要闹出笑话。这一句诗不拉调子时，第一第三第四三个字似乎可以读成同样的高，长，重；第二字为叠字，略为减低，缩短，变轻；第五字占行尾的地位，应拖长半拍，补足这音步的时间。

我个人的私见且以为拉调子近于唱歌，与其说旧诗由拉调子的读法产生一种节奏，不如说由这种读法产生一种 Melody 来补救节奏上的缺点。（我认为旧诗的节奏是很单调的，容后讨论。）再者，拉调子的方法恐怕各地不同。四川某地方的老前辈总是把一句七言诗分成四字顿及三字顿，即是在第四字与第七字上拉调子，拉得很长，这种分顿法和朱先生的颇不相同，不知这种节奏也能成立么？

朱先生跟着说：

> 至于"的"字是虚字，在本身虽很轻短低，如果拉调子读，恐怕还是要提高延长加重，有如"母也天只"……诸句中之"也"……等虚字。

对于这种虚字我们并没有什么争论，用朱先生的拉调子的读

散
篇

法来读自然可以提高延长加重；用我的不拉调子的读法来读却是很轻短低。我在"青青"后面加上一个"的"字，原是有意把旧诗变作新诗，暗中说明新诗里的虚字应该轻读。

此后朱先生说明旧诗顿的节奏不能适用于新诗，（其实我的前文也就着重在这一点，并没有什么和朱先生作对的意思），但朱先生跟着又说：

> 不过新诗既有顾到音步与顿的倾向，……有顿就微有起伏，就不能为罗先生所说的"新诗的顿不能产生节奏"，关于这一点，也最好请新诗作者与读者去较量。

新诗有了音步不一定就有节奏。朱先生刚才说过"新诗既不惯于拉调子读，我所说旧诗顿的节奏自然不能适用于新诗"，到这时反说新诗有顾到顿的倾向，有顿就微有起伏，有起伏就可以产生节奏，这前后的话恐怕会自相矛盾。朱先生所说的"起伏"大概是指拉调子所读成"抑扬"新诗既不惯于拉调子，则无法产生"抑扬"，无法产生"起伏"，更无法产生节奏。

朱先生更指出我自相矛盾的地方：

> 罗先生似乎没有把这问题细加分析，常自陷矛盾。在说"新诗的顿不能产生节奏"之后，立即接着说："说起音步对于节奏的影响我认为有相当的重大，因为音步的作用是在组成一个整齐的时间，整齐的时间的本身是含有音乐性的"。
> 请问罗先生：这所谓音乐性是否指"节奏"？

我们知道音乐里的时间是整齐的，新诗如有整齐的音步，即可望有整齐的时间，与音乐相似。（我认为中文诗的音步与英文诗的音步同样含有一段大略相等的时间。）我们且知道歌的音步顶好是四的倍数，因为这种整齐中的整齐最含有音乐性。"时间齐整"的诗行不一定就有节奏，我们的节奏还需要一点时间以外的成分来组织，可见我所说的"音乐性"决定不是指"节奏"。

一般讨论英文诗的人都说英文诗每音步所占有的时间大略是相等的。R. M. Alden 在他的 *English Verse* 一书第十一及十二两页上这样说：

> The fundamental principle of the rhythm of English verse (and indeed of any rhythm) is that the accents appear at regular time-intervals... the modern English reader, where the number of syllables between accents is variable, makes the time-intervals as nearly egual as possible by lengthening and shortening the syllables in the manner permitted by the freedom of English speech; ...

朱先生在"论中国诗的顿"一文中举出了这样一行诗，把它分作：

> Shadowing | more beau| ty in | their ai | ry brows.|

他说："第一音步含三单音，是无疑地比第三音步两个短促而不着重的音较长。"我以为第一音步的第二第三两单音可以缩短读成一个单音，即是占一个单音的时间。又第三音步的 ty 后面有一个"内顿"，可以补足这音步所应占的时间。这样说来这第一与第三两音步所占时间便与其他的音步所占的时间大略相等了。朱先生且在本文里说：

> 音步至少在中文里不能叫做"拍子"，因为"拍子"是

音乐上的名词，它指定量的长短，而诗的音步节奏尽管有规律而不必有定量的长短。

"拍子"二字已成了很通用的名词，许多讨论新诗的人都采用过。如果我的理论能够成立，这两字便可以应用。如果不能成立，则"音步"二字恐怕也不能应用；因为"音步"是由 pous（即英文的 foot）一字转译出来的，（从前有人把这字译作"音尺"，实是笑话，）这"步"字含有定量长短的意思。

说到韵，朱先生并没有再加讨论，只是引了我几句话来说我自相矛盾，又没有说出我怎样矛盾。朱先生好像依然坚持他的"韵节奏"，可是一般论诗的人都把韵当做 Tone-quality，（朱先生把这字译作"调质"，我以为不如译作"音质"。）朱先生在《文学》八卷一期上的"中国诗中四声的分析"文中把"叠韵"当做"调质"，且说"叠韵和'押韵'根本只是一回事"，那末，"调质"是诗的"非节奏的成分"，"韵"当然也是诗的"非节奏的成分"。

朱先生在本文里且说："我以为罗先生的根本毛病在没有把'节奏'弄清楚。"我却以为是朱先生误会了我所说的"节奏"的意义，他把我的"韵文学术语"（见第四期）里的"节奏"当作普通一般人所说的"节奏"。我在"与朱光潜先生论节奏"一文里把"节奏"和"节律"混为一谈，还没有应用我的"韵文学术语"。

"节奏"二字在中文里用得很广，很滥，（林庚先生且把这名词当作'时间'），正如英文的 Rhythm 一字用得同样的广，同样的滥。我因想出"节律"二字来代替诗里的"严格的节奏"，把"节奏"两字当作散文里的"不很严格的节奏"。朱先生却说：

（一）音的"不规则的波动"或"连续的波动"，就只能叫："波动"，不能叫"节奏"，是"节奏"就要有起伏呼应。一篇坏的散文有一不规则的连续的波动，不一定有节奏。

我这里所说的"波动"原是指"长短"，"轻重"等等波动，也就是朱先生所说的"起伏"，有了"长短""轻重"等等的波动便能产生"节奏"与"节律"，所以我说"节奏"是字音的一种波动。依着我上面的种种解释，散文里的"不规则的（不是指凌乱的）连续的波动"便可以叫做"节奏"。但如一篇太坏的散文里的波动形成了一种凌乱的状态，自然就没有"节奏"。这里所说的"韵文学术语"里的"节奏"，并不是我在前面同朱先生所讨论的"节奏"。朱先生要讨论我的术语就不能把它混作一般人所说的很广泛的"节奏"。

朱先生又说：

散
篇

（二）英文的 Rhythm 是"节奏"而不是"节律"，它是字音的"有起伏呼应的波动"，而不是为罗先生所定义的"字音的有规则的波动"。一般人都承认散文应有 Rhythm 而不说应有 General movement，因为它无论好坏都有 General movement。"散文应有 Rhyhm"一句话，用罗先生的 Rhythm 定义来说："散文应有字音的有规则的波动"，这岂不是笑话？

我刚才说过英文的 Rhythm 一字的含义很广，这字是"节奏"也是"节律"。我仅把严格的 Rhythm 当作"节律"。朱先生所说的"字音的有起伏呼应的波动"是指广义的 Rhythm，我所说的"字音的有规则的波动"（即是"有规则的起伏的波动"）是指狭义的 Rhythm。我的术语里有一个很大的毛病即是不应在每个名词下注入英文名词，那些英文名词的含义往往很复杂，很含糊的。譬如 General movement 二字的含义就很含糊，我现在想把它换作 regular rhythm。

朱先生所说的"一般人都承认散文应有 Rhythm"一语应作"一般人都承认散文应有广义的 Rhythm"。用我的话来说应作"散文应有字音的不规则的波动"，而不应作"散文应有字音的有规则的波动"。我在"韵文学术语"的"自跋"里明明说过"散文里应有节奏，严格的诗里应有节律"，即是说"散文里应有不规则的波动，严格的诗里应有字音的有规则的波动"。可见朱先生所说的笑话乃是朱先生把大前提弄错了，乃是朱先生的逻辑在那儿作怪闹出来的笑话。

朱先生更往下说：

罗先生所说的"字音的有规则的波动"或"节律"就是 Metre，就是分音步的波动。

我把"节律"（Rhythm）和"音步的组合"（Metre）当作两件东西，苦口婆心的在各处说了许多遍，朱先生却还以为我把这两件东西混为一谈。我常说音步是时间，节律是时间的性质：譬如说，英文的"无韵体"诗行有五个小时间，即是有五个音步，由这五个音步组成一种 Metre 叫做 Pentametre；这每个小时间里的性质通常是前轻后重，前轻后重便能产生一种"节律"，叫做 Iambic rhythm。

朱先生还说：

他（指罗某）不明白旧诗递化为新诗，就形式说，是由有规则的"节律"变到无规则的"节奏"。

在新诗的"节奏"还没有弄明白以前，朱先生这话可以说全没有意义。除了我所说的"新诗的节奏是一种凌乱的轻重节奏"一说外，还没有人说明过新诗的节奏到底是一种什么节奏。朱先生似乎不赞同我这说法，希望他有他自己的学说。到了一种强有力的学说出来后，我决不坚持我自己的谬见。至于旧诗的不拉调子的节律我却认为是 Spondaic 节律，不论讲轻重，抑扬或长短。（我虽曾说"青青"的第二字没有第一字那么高长重，但这两字的差异太微了，颇似英文的 Primary accent 与 Secondary accent 的差别，不能因此产生一个 Trochaic 音步。）这种节律很单调沉重，不拉调子读时很不好听，得要拉拉调子，才能悦耳。

散

篇

我对于"诗"和"一首诗"所下的定义十分不完备，承朱先生指出，甚为感谢。我的"韵文学术语"里面的毛病很多，也承朱先生指出了一些，再致谢意。那里面有许多意见并不是我个人的，乃是想彼此迁就，使成为一种公认的术语。如今这种奢望既然是无望实现，我只好希冀有人出来做一篇很完备的韵文学术语。

三月四日，北平。

（载《新诗》，1937 年第 2 卷第 4 期）

韵文学术语

（1）诗（Poetry）：指诗歌的性质。和"诗"相对的不是散文，也许是科学宗教。

（2）一首诗（Poem, a）：指一种有固定的形式和有音节的作品，包括自由诗及散文诗。

（3）歌（Song）：是特别注意形式与音节的诗，可以入乐。

（4）韵文（Verse）：借用古义，和散文相对，不论用韵与否。

（5）韵文学（Versification）：参看上条。

（6）散文（Prose）：和韵文相对，没有固定的形式和音节。

（7）音势或大小（Volume, Loudness）：为发音时用力的大小所成。

（8）音高或高低（Pitch）：为震动数的多寡所成。

（9）平仄：为高低所成，兼含有一点儿音长和音势的关系。

（10）音色（Timbre, tone-color）：指各种乐器与各人所发出的声音的特性。又如用特种的字音来引起特种的联想也叫做音色作用。至于字音与意义相同的字却叫谐声字。

（11）音长或长短（Quantity, length）：指发音时所费的时间。古希腊文与拉丁文的一个长音约等于两个短音，但它们的长音与高音及重音不一定相合。

（12）轻重（Quality）：字音的轻重，是由音的大小而成的，重音较轻音高而长。

（13）重音（Accent, Stress）参看上条。

（14）轻音（Unstressed）参看上两条。

（15）节奏（General movement）指字音的不规则的波动。参看跋语。

（16）节律（Rhythm）指字音的有规则的波动。参看跋语。

（17）升律（Ascending rhythm）即是先轻后重，或先短后长的节律。

（18）降律（Descending rhythm）即是先重后轻，或先长后短的节律。

（19）短长律或轻重律（Iambic）即是一长一短或一轻一重的节律。下仿此。

（20）长短律或重轻律（Trochaic）

（21）短短长律或轻轻重律（Anapestic）

（22）长短短律或重轻轻律（Dactylic）

（23）长长律或重重律（Spondaic）

（24）长长短律或重重轻律（Antibacchius）

（25）短长长律或轻重重律。

（26）长长短短律或重重轻轻律。

（27）短短长长律或轻轻重重律。

（28）短长短律或轻重轻律（Amphibrachius）

（29）长短长律或轻重轻律。

（30）短短律或轻轻律（Pyrrhic）

（31）短短短律或轻轻轻律（Tribrachius）

（32）长短短短律或重轻轻轻律（Paean）

（33）长短短长律或重轻轻重律（Choriambic）

（34）短短长短律或轻轻重轻律。

（35）短长短短律或轻重轻轻律。

（36）短长长短律或轻重重轻律。

（37）代替（Substitution）：如一首诗的节律为"轻重律"，偶然有"重轻"的音步，这种音步便叫做"代替"。

（38）停顿（Pause）：兼指行内及行尾的停顿。

（39）意义的停顿（Sensepause）：指没有标点时的意义上的停顿。

（40）标点的停顿（Punctuation-Pause）：指依赖标点的停顿。

（41）缀音（Syllable）：指西方文字字音的分段。

（42）音步（Foot）：指一行诗里依照着节律而分出的小单位，又叫做"一拍子"。在中文诗里可依照词句的组织而分段。"断桥流水人家"又分作"断桥"，"流水"和"人家"三个音步。每音步内的时间大约相等。

（43）拍子（Metre, Measure）：由音步组成。参看上条及跋语。

（44）分步（Scansion）：即是把一行诗分成若干音步。

（45）双音步诗行（Bimetre）：指每行诗内有两个音步者。下仿此。

（46）三音步诗行（Trimetre）

（47）四音步诗行（Tetrametre）

（48）五音步诗行（Pentametre）

（49）六音步诗行（Alexandrine, hexametre）

（50）韵（Rime）：凡主要的元音和随附的元音或补音相同，而那音的声母和介母不同的字叫做韵。

（51）脚韵（Foot rime）：指行尾的韵，参看上条。

（52）内韵（Internal rime）：为行内的韵，与行尾的韵相叶。

（53）同字韵：（Identical rime）：指用同字叶韵者，不论字义同否。

（54）破韵（Broken rime）：如"樱桃"二字，将"桃"字移入下一行，用"樱"字叶韵。

（55）间行韵（Cross rime）：如第一行与第三行叶韵。

（56）假韵（lmperfect rime, eye rime）：指同是一字而发音不同不能叶韵者。如同"供给"的"给"字与"给他"的"给"字叶韵。

（57）双韵（Double rime）：即行尾用两字叶韵。

（58）三叠韵（Triple rime）：即行尾用三字叶韵。

（59）叠韵（Assonance）：凡韵母相同的字叠用时叫做叠韵，如"东风"。

（60）双声（Alliteration）：凡字首的声母相同的字叠用时叫做双声，如"之洲"。

（61）音节：指节律，拍子，韵，平仄，停顿，和字音等等的总合。

（62）诗行（Line, verse）：即是一行诗。

（63）断尾诗行（End-stopped line）：即独立的诗行，不与下行相连者。

（64）跨行（Run-on line）：上下相联的诗行。

（65）重行尾（Strong ending）：行尾最后一字为重音或长音者。

（66）轻行尾（Weak ending）：行尾最后一字为轻音或短音者。

（67）节（Stanza）：由若干诗行组成的一节诗，通常用韵来连锁。

（68）复节，复行（Refrain）：指重复的诗节，诗行，前后的字眼不一定完全相同。凡相同的诗行而非复行者可叫做"重行"。

（69）骈韵体（Couplet）指五音及四音步的诗行两行一韵者。

（70）连锁体（Terza rima）：上节的中行与次节的首行与第三行叶韵者。

（71）四行体（Quatrain）：行数为四，韵法可随意安排。

（72）无韵体（Blank verse）：无韵体的诗行为五音步缺韵的诗行。

（73）十四行体（Sonnet）：为一种特殊的诗体。

（74）意体十四行（Italian or Petrachan Sonnet form）：分前八行与后六行。

（75）英体十四行（English or Shakespearian sonnet form）：前面分三个四行，尾上为双行。

（76）赋（Ode）：把 Ode 当作"赋"是根据朱光潜先生的理论，见"中国诗何以走上律的路"，载北京大学《国学季刊》五卷四号。英文诗里的不整齐的 Odes 倒和我们的"赋"有些相似，但那些摩仿希腊古歌的分节的 Odes 却和我们的"赋"大不相同。我原想译成"长歌"也觉不安。

（77）自由体（Vers libres）：为一种无固定形式与韵法的诗体。

（78）散文体（Prose-poem）：为一种类似散文的诗体。

自跋　近来讨论新诗的人渐渐多了，大家都觉得我们的问题依然是一个形式的问题。可是没有一种共同的术语，我们的讨论往往不能够接头。譬如说你以为我们的新诗里没有 Rhythm 我以为有，他以为似有似无的。争论了许多，结果大家都有真理，因为你所说的也许是指狭义的"节律"，我所说的也许是指广泛的"音节"，他所说的也许是指飘飘渺渺的"节奏"。

现在我要把"节奏"，"节律"和"拍子"稍稍解释一下："节奏可以说是一种字音的连续的波动。如其这波动来得规则一些，便叫做节律。节律可以由长短，轻重等元素造成。散文里只有节奏，（严格的）诗里应有节律。每一段小波动占据一个短短的时间，这叫做"音步"或"拍子"，由几个音步组成一个诗行。可以说拍子是时间的分段，节律是时间的性质。"（见拙作"节律与拍子"，载《大公报》"文艺"第七十五期）。英文的无韵体诗行里的字音是前轻后重，一共有五个拍子，在术语上便叫做"轻重律五拍子"诗行。

这些术语全是试拟的，凡有不妥当的地方希望高明指教。这里面有一些重要的是孙大雨先生拟定的，还有朱光潜先生也给了我许多指示，一并致谢。朱先生且说"体"字（如"十四行体"的"体"字）可以改成"格"字，不知有人赞成这办法否？

（载《新诗》，1937 年第 4 期）

散篇

论新诗的音节兼论"宝马"

关于新诗的音节和形式近来又引起了许多讨论，大家都想为新诗建树种种的理论。那讨论最殷勤而态度又最勇敢的大概要数林庚，朱光潜，和周煦良三位先生。林先生的"平仄论"，朱先生的"音盲论"和周先生的"音组代替平仄论"都是很新异的发明。此外还有一位说话的次数不多，而态度却十分谨严的便是叶公超先生。叶先生在商务新近出版的《文学杂志》创刊上发表了一篇很精彩的"论新诗"。把新诗整个的问题提出来分析过一番。叶先生首先告诉我们新诗应该注重"说话的节奏"。他且提出"音组"二字来代替一般人所用的"音步"二字和朱光潜先生所用的"顿"字，我觉得这办法很好。两年前孙大雨先生也偶然想起过这两个字，我当时因嫌太生，没有应用。如今叶先生既已正式使用了，我希望大家都采用这个术语。（名词太杂乱了会生出许多误会，讨论起来往往彼此不接头。）叶先生说：

> 中国的语调的……长短轻重高低的分别都不很显著；……我们的语言中就缺少铿锵响亮的重音和高（长？）音，因此我们也就不能有希腊式的或英德式的音步……

他又说：

　　究竟我们的语言的节奏是轻重的，抑长短的，抑高低的。关于这点，我们可以回答：都是的，因为对于我们这三种音律中任何一种都可以同时包括其它二种。

　　有时音组的字数不必相等，而其影响或效力仍可以和等。

他还说：

　　我觉得音组的字数无须十分规定。音组内的轻重或长短律我觉得也无类像音步的情形一样，严格规定，但是每音组内必须有一比较重长的音，或二个连续的重长音。

　　叶先生上面这些话我大致赞同，但我不相信这种"说话的节奏"。"说话的节奏"的成份诚然包括轻重，长短，亮低；但在说话的时候这三种成份的组织往往是近于凌乱的，果真是凌乱了便无节奏可言。新诗每音组内虽有了一个或二个比较长重的音，这些音若全没有一点稍整齐的组织便不能产生节奏的效力。比方说，我们知道英文诗的节奏是相当整齐的；英文散文的节奏有时近于整齐，有时简直是凌乱的；英文说话的节奏则大半是凌乱的，若把这种凌乱的语调应用到诗里去，恐怕不能产生节奏的效力。我们可以说叶先生替我们找到了新诗音节的元素，可还没有为我们发现新诗的节奏。

　　林庚先生曾在《大公报·文艺》上说起旧诗的平仄律，替我们绘出了许多"平仄曲线"，那似乎和真理隔得有一段距离，我们的平仄律并不像林先生所说的那么神秘。林先生还在那里嘲骂那些吃过洋面包的人讨论新诗，说他们总带着一些洋面包的味儿（大意如此），这态度似乎不是一个学者和诗人所应有的。林先生又曾在《北平晨报·文艺》第14期上面发表了一篇"与罗念生先生谈理想的顿"，我直到今天才有机会回答他，十分歉仄，我同林先生的意见差得并不十分远，只是我认为有顿不一定即有节奏，林先生的意思却恰恰相反。他说：

> 十二字诗顿的分配为"三""四""四""一"，……如果第二行又是"三""四""四""一"，第三行又是"三""四""四""一"，则每个相同的顿便都有了一定的重复，于是在诗行的进行上也便产生了节奏。罗先生主张顿的字数不限定，所以也便没有重复；因此罗先生认为"节奏"二字不合。我主张顿的字数要划一，划一了便有重复，有重复亦便有节奏。

我认为林先生这话似是而非，因为林先生所说的重复是指字数的重复，而不是指字音的性质的重复，那要后一种重复才能产生节奏。周煦良先生在《文学杂志》第一期上的"北平情歌"一文里说得很好：

> 诗的音律大都建筑在两种质地上，一是声量的重复，二是两种相反相成的声质上不管是长短，轻重，或是平仄——所形成的简单图案式格式，……

（这上面的"平仄"二字用得不十分妥当。）周先生所说的声量即是林先生同我所说的顿，至于他所说的声质便是造成"节奏"的元素，林先生似乎应该重视这一点。如果林先生能够同时做到这两种重复，那自然便有节奏，但那种形体是多单调和机械啊！

叶先生说过音组的数字无须规定，这理论我很赞成，我认为每顿的字数应由诗人自己凭着他的敏感去分配，不应严格的规定。梁宗岱先生的十二字诗行和林先生的十二字诗行的分别便在这个地方，结果梁先生的诗行比林先生的诗行活泼得多。我且认为每行的顿数应规定，每行的字数也应由诗人凭着他自己的敏感去分配。孙大雨先生的"字组法"诗行大概就是这样组成的，所以他的诗行十分活泼，有时候如瀑布奔流，有时候如波平浪静。

林先生这种机械的音律在周煦良先生看来便成了"万水千程后的归真反朴。"（见"北平情歌"一文）周先生在这同一篇文字里说：

> 林庚先生的成功是在能给原无绝对长短的单字音组以一个相对的或假设的长短，从量的不同上假定出一种质的不同。他的方法所形容为小小豆腐干式，每两音组为一小豆腐干。每两组的字数合为五，可是两组各各的字数则可是二三或三二或一四或四一。因为两组字数决不会相等：如果第一组是三或四，第二组必是二或一。所以我们就能在两组五字的限制上感觉到三四的音组为长，一二的音组为短。……

> 日出高高的走出大门去
> 朋友们青青在天的远处
> 清晨的杨柳是春的家乡
> 白云遮断了街头的归路

这上面的"从量的不同上假定出一种质的不同"一语不知作何解释？这种两音组合成的小豆腐干的短处不在小豆腐干的本身上，而在每行都是两块同样大小的豆腐干，这种机械的办法为任何韵文学的基本原理所不许的。

周先生且说在林先生的"北平情歌"里新诗的音律第一次脱离平仄的拘律，还说起三字音组怎样破坏了平仄律。据我所知新诗的音律很早就脱离了平仄的拘律。三字音组诚然是破坏了平仄律，但平仄的本身依然存在，并不需要什么音组去代替它，而且平仄是属于音质的，音组是属于音量的，二者似乎不能够彼此代替。

散篇

周先生还说：

> 整齐的音律也自（？）它的特长；像宝马（《大公报》二十六年四月十一日）那种八百多行的叙事诗恐怕就需要更整齐点的音律。北平情歌中的试验虽都是短短的四行抒情诗，但还有多方面发展的可能，尤其在长篇叙事诗和史诗方面。

"北平情歌"还不显得十分机械便是依赖它的简短，若用这体裁来写长诗，叫人读了立刻就会发生厌倦的心理。"宝马"的失败自然是因为诗行太欠整齐，但若用"北平情歌"的诗行来写便写不出来，纵写出来了，它的失败一定更是悲惨。

孙毓棠先生这首"宝马"无疑是一首很值得惊赞的"叙事诗"，并不像许多人所想像的那样全无好处，许多目前的作品同它比起来简直会变作蚂蚁。这诗里装进了一种很雄伟丰富的浪漫题材，作者的像象力很高，气魄很强，结尾一大段写得美而有力。只可惜作者太不能驾驭他的文字。诗行太软弱，散慢，行尾太没有力量，如像"在"字留在行尾，"这里"二字却归到下一行里。除了诗行的失败外要数对话的失败。此外还有许多滥调。如"囊括四海，席卷八荒"都极应除去。这首诗缺乏叙事诗，或者说史诗，应有的美德，那便是简单和力量。这远不是一首实写的作品，它的材料不像 *Iliad* 的那样新鲜，这首诗可以说是一种浪漫的想像之作，它就和史事稍有出入，对于它本身并不是一种很大的瑕疵。据说这首诗仅仅用了十几天工夫便写成了，这似乎很可以显现作者的才力，但如作者肯用十几个十几天来起稿，再用十几个十几天来修改，这匹马当不致于这样粗野。

廿六，七，二日。

（载《中央日报》，1937 年 7 月 17 日）

从芙蓉城到希腊

成都文艺协会

前几天我提着一口破锅，好容易才碰见一位补锅匠，求他替我安上几颗钉子。那知他把那破口更敲大些，还没有补时，就有一位警长跑来干涉，说不许在这条大街上工作。我忙问他为什么不许，他侃切的回答："冯玉祥要来咯。"我听了更加气愤，因向那官长说："旁的官人我不敢说，冯将军是最喜欢看我们补锅的。"那人望了我一眼，竟逼着那补锅的走了。

我得了这消息，忙去同几位朋友商量，趁这机会成立"中华全国文艺界抗 X 协会成都分会"。我们这分会筹备了一年，至今最后胜利快到时，还没有成立。去年秋天我们就得了中宣部及总会的指令，叫我们马上组织起来。可是本地的什么部至今还没有核准我们的登记。这次总会的理事冯玉祥和老舍两先生来蓉，我们正好利用这时机，正式成立起来。

到了一月十四那天，我们大家聚在青年舍的礼堂内举行成立大会。市政府及党部都派得有代表来指导，此外来宾及新闻记者也到得很多。冯理事准时到场，我们先摄了一张影相，冯先生不肯坐在当中，他一定要立在旁边。我告诉他挡着了后面的人，他才笑了笑，坐在那旁边的凳子上。二十年前我见过一次冯先生，到如今衰老了些，脸面也长宽了些。看起字来要戴眼镜。那样子依然很纯朴慈祥。

冯先生致训词时，说起他本是一个端枪杆子的人，如今摇起笔杆子来了，希望我们这些摇笔杆子的也去玩枪杆子。他又说有的兵士没有望见日本人就逃跑了，有的却一直往前冲，这便是因有的精神饿瘦，有的精神饱满。那些大街上卖菜的，补锅的，抱着头在嚷精神饥饿，我们必得给他们一种精神上的粮食。这些话在一般人的嘴里说出来未免淡而无味；但经冯先生这样亲切的解说，我们听了便如同啃了北平酱菜一样。冯先生最后说起汪案，他说他知道有三件事情可以证明汪先生的为人：第一件，冯先生出到新都时便听说汪先生被击三枪，他问一个朋友，这一批青年人为什么这样不喜欢汪先生。那人说，汪先生被刺乃是他自取的，因为他的哲学改变了，他在青岛时忽然想起要回南京去，有人问他为什么要回去，他说："你记得，岳飞是大混蛋，而秦桧才是爱国的英雄。"（原意大概如此。）他不许那朋友反驳，竟自就上飞机走了。第二件，从前冯先生的部队在多伦等地 XX，死伤一两千人，北平协和医院里充满了伤兵。汪先生却宣称冯某又在造谣，仗都没有打，哪来的伤兵？第三件，前不久某将军到河北上任时向冯先生说，汪先生每天打好几十通电话到前方去问消息，他闻败则喜，闻胜则恼，这事很值得□意。

跟着是老舍先生致训词。这位教育家的北方官话讲得很纯熟，口气亦庄亦谐，他说起总会起初很穷，时常向人家告贷，可是文人借钱是不肯退的，这一点，那些债主也就默认了。他又说平常我们学文学的人心里总像有一点什么，但今回大家聚在一起，并不觉怎么样隔阂。他告诉我们，总会曾派人到前线去慰劳，有的头上带了伤回来。他希望我们替总会做文章，可是申明在先，没有稿费，除非是投稿的人鞋子破了，笔头秃了，他们倒可以送一点钱。

我们跟着就去电向委座及前方将士致敬，并响应总会的讨汪号召。我们的分会就这样成立了。会员有四十几人，我们打算办一个会刊。在这里写作最努力的有李劼人，谢文炳，周煦良，熊

佛西，叶石荪，周文，刘盛亚，萧军，陈翔鹤，方敬，曹葆华，
（此君近日诗兴暴发，正写蓉城诗集，）诸位先生。可惜近来走了
不少的会员，朱孟实先生下嘉定武汉大学去了，马宗融先生下北
碚复旦大学去了，卞之琳先生大概已冲到了山东，何其芳和沙丁
两先生当已进入了绥远山中。

（载《星岛日报》，1939 年 1 月 28 日）

散
篇

谈新诗

自从卢沟桥畔的炮声一响，许多诗人都随着那迁徙的巨浪奔波，一时听不到他们的歌声。但事过半年，各处的抗战诗歌如枫叶一样红鲜鲜的片片飞来。差不多全国各大报纸和刊物上都刊载新诗。长沙大火前有许多诗人聚在那儿，出版了几卷《中国诗艺》，那是这时期中仅有的书形刊物，内容和样式都很精彩。最近戴望舒先生在香港星岛日报上出诗歌旬刊，还想恢复他从前所办的《诗刊》，这是一件可喜的消息吧。可是我耳边常听人家批评："戴望舒之流的作品就是好到天上，也是无用的。"我也希望戴先生改变他的作风，要写与抗战有关的诗啊！因为有许多人告诉我们："除非你不写诗，写就非写抗战诗不可。"

现在上前线的诗人已不算少，留在后方的多半集中在重庆和昆明两地。重庆文协总会有一个诗歌座谈会，每次开会讨论皆十分热闹，所有的议论也很新鲜有趣。

谈起成都的抗战诗歌更使我们兴奋。报章杂志上的作品不算，单是讲专刊，就有好几种。如像《华西日报》和《新中国日报》上的诗专页，那前者是由一些老作家办的，作品和批评皆十分新颖，那后者的论调虽是半新半旧，但那专页上也有不少可读的诗。此外新民谈座上的诗也很拥挤。此地的研究会有诗作者座谈会，成都文协分会诗歌研究组，川大文艺研究会诗歌组等等。任钧先生曾在这样一个集体里，给抗战以来的作品下一个总批评：

> 现在，有许多人说诗太消沉了，我是不大同意这个的。先从量上看，报纸杂志上发表的诗的数量，我相信是超过了战前一切时期的。再说到质的方面，也比战前进步多了。
>
> （《华西日报》诗歌专页第三期）

量的方面我刚才也说过了，质的进步我还不十分领会，也许是因为我读的太少了。新近在《今日评论》上读了孙毓棠先生的"人"，倒觉得悲壮又缠绵。就像那样的作品已很难得，成熟的东西实不能算多。任先生且在《华西诗歌》第二期上这样叹息：

> 有一部分曾在战前啁啁唧唧，热闹一时的诗人们，差不多都噤若寒蝉，一声不响了，好像猛烈的炮火老早把他们吓跑了或是吓死了似的。

这叹息似乎有一点浪费，因为我们知道有许多战前写诗的人并没有停止他们的歌声，如像在成都的曹葆华、方敬、叶菲洛、周煦良诸位先生。此外我相信还有一些诗人写了诗没有机会发表。或者发表了，我们又没有机会拜读。据我所知，卞之琳先生在某游击区内发表了好几首诗，那便是我们所不曾读到的。卞先生的诗已达到了很高的境界，他的自信力却不很强，他并不把他自己当作一个诗作者。可是他今回告诉朋友说，他的近作或许还在他旧日的成绩之上。

现在一般批评家对新诗发出一些这样的见解：抗战诗歌到今天为止，旁观主义仍是一个弱点，像外国的新闻记者或摄影师，看见英勇悲壮的伟大的场面就记了，或摄了下来，虽然逼真，但都没有热情，没有血肉。……诗人得过现实的战斗生活……好使我们见到战场上壮烈的图画，读到那真实而又感人的歌颂。……到今天为止的抗战诗歌有一个小毛病是感伤气氛太浓。……他们的作品虽很热烈或悲壮，然而是空洞的字眼的堆积，并没有经过作者感情的温暖。……目前的诗歌已经公式化，口号标语化，"尾巴主义"化。很多的诗总是用着千篇一律的题材以至字眼，如什么"总动员"，"前面有着光明"，我们并不反对总动员和光明，但用得太多，太抽象时，易令人厌憎而至麻木。（见"我们对于抗战诗歌的意见"，载文协总会会刊《抗战文艺》第三卷第三期，和胡风先生的《略观战争以来的诗》，载《抗战文艺》第3卷第七期）这些见解都是很正确的。

这时期里的叙事诗很少，史诗简直没有。这两种是歌颂战争的最好形式。成都文艺风景社里面有一位青年诗人，在这时期，成了一篇《岳飞》，内容相当好，只是形式不十分站得住。我们希望能早一点见到这长诗。

我这里所要特别讨论的是文字与形式等等问题。我认为战前的一两年是新诗的讨论时期，就文字、音节、形式加以分析。那时期贡献最大的是朱孟实先生，此外如梁宗岱、周煦良、叶公超、林庚诸位先生都有不磨的功劳。我同这几位先生都在纸上动过刀枪。我当时觉得各人的讨论都不接头，你说你的节奏我说我的节律，因在戴望舒先生主编的《新诗》上提出一些新诗术语，把各名词加以界说，却被朱先生教训了一顿，我也就放下了。这种不接头的现象到如今依然存在。比方我们对于朗诵诗的界说就各有不同，那些拥护朗诵诗和挖苦朗诵诗的人都把新名词说不出一个所以然。所以我们要讨论新诗，必得先有一种共同的术语。

最近几月来各座谈会上，各刊物上又在很热烈讨论新诗的原理。有的挖苦新诗打不过小说和戏剧，有的抱怨新诗的内容太空虚，可是他们并不明白这二十年来新诗的根本弱点，这弱点我认为是节奏问题。我曾在"节律与拍子"一文里这样说过：

从芙蓉城到希腊

节奏可以说是字音的波动，如其这波动来得规则一些便叫做节律。

每一段小波动占据一个短短的时间，这叫做拍子或音组。

节奏是大自然的脉搏，山川的蜿蜒，笋衣的解脱，和我们的呼吸脉息都有一种天然的节奏。节奏可以用任何重复的动作造成，一切的艺术便基于这一种重复。（见 1936 年 1 月 10 日，《大公报·诗歌特刊》）

朱孟实先生在生活书店出版的《文学》上替旧诗解释出了一种节奏，大意是旧诗的节奏以顿为单位，用吟诵的方法来产生节奏。（我对于旧诗的节奏另有不同的见解，认为是重单节奏。）可惜朱先生这原理不能应用到新诗里面，因为新诗是拿来"读"的，根本就不能"吟诵"，直到如今还没有一个人能够说明我们的新诗的节奏是怎么产生的。我自己虽想借拍子与重音来造出一种节奏，但觉得太凌乱了，不易产生节奏的效力。这最基本的问题还没有解决，我们的新诗连命脉都没有，又何能对它怀着太奢的希望？

新诗的第二个基本问题便是文字的问题。我们的小说、戏剧、散文都从旧的文字里学得许多乖巧，惟有诗的文字是一种新创的文字，这文字太贫乏，且缺少弹性。我们现在很需要一些善于锻炼文字的诗人。在这抗战期中有谁注意这另一种基本弱点？

我们耳边且常听见一些不很正确的讨论。朱孟实先生在《文学》上把平仄问题讲得十分透彻，可是到如今还有人把平仄看得十分玄妙。老舍先生告诉我们：

我的学生写诗不辨平仄音韵，收到通俗文艺稿，也有许多不辨平仄音韵！……新诗也应该注意平仄，但许多人忽略了这一点。（见《抗战文艺》第三卷第三期）

这许是一种错误的见解。通常认为平声长而低，仄声高而促，平声多时很舒徐悠扬，仄声多时便短促急迫。平仄调和的诗念起来自然很顺畅，但这并不是说平仄不调和的诗便不能念。一首诗尽管只有一二个平声字，或净是一平一仄的字，只要双声叠韵配合得好，尤其是双声，也是很好念的。

胡适之先生在"谈新诗"一文里说得很好：

> 古诗"相去日已远，衣带日已缓，浮云蔽白日，游子不顾返"音节何等响亮，但是用平仄写出来便不能读了。

－｜｜｜｜，－｜｜｜｜，
－－｜｜｜，－｜｜｜－。

又如陆放翁：

> 我生不逢柏梁建章之宫殿，安得峨冠侍游宴？

头上 11 个字是：｜－｜－｜－｜－－－｜
读起来何以觉得音节很好呢？

因为这 11 个字里面，逢宫叠韵，梁章叠韵，不柏双声，建宫双声，故觉得音节很和谐。（见良友出版的《中国新文学大系》第一集第 302 页）

最后我要谈谈形式问题。胡风先生告诉我们：

> 今天为了表现从实际生活得来的诗人的真实情况，就不得不继承而且发展诗史上的革命传统，采取了自由奔放的形式。（见《抗战之艺》第三卷第 7 期）

任钧先生的论调更是激烈，他说：

但，因为内容空虚，甚至根本没有内容，于是，只好在形式上用功夫，希图掩饰这，无以名之，只好名为"骷髅的装饰"……

据胡适之的解释，由旧诗到新诗，实等于由里脚到天足。……而另一部分人呢，则虽然已经看不起那些臭脚布，但因为自己是受过外国教育的绅士，也觉得粗壮的天足究竟有点不雅，于是就穿起了来路货的高跟鞋……

然而，我更希望大家认清：祖传的，土制的镣铐；固然是镣铐，而来自西洋的镣铐，也一样是镣铐；千万不要因为它们做得比较精巧，比较美观，比较摩登，就忘记了它们是镣铐。

而且大胆地打毁，抛弃一切的镣铐，争取恢复得到自由：这正是现代中国诗人们最伟大的责任和最神圣的事业！

我不知道要写从实际生活来的真实情况是不是非采取自由的形式不可？我不知艺术是不是很自由的东西，全不要做作？但我觉得他们这两位先生都把形式看得太呆板了。在广义上说来，形式是指一首诗的整个的外形。一首诗应该做到很完美的地步，不容许人家稍有增添或减削。其次韵可不必要，诗节可以变化，但诗行不能不顾及，那是诗的物质的单位。

现在许多诗人专作"自由诗"。我并不反对自由诗发源于美国的惠特曼（Whitman），成熟于法国的近代诗人。这种诗体多少也有一点音节，偶尔也有近似整齐的拍子，可以说是一种富于节奏的散文，用一种新的组织法排列起来，这排列法疏忽了行首的重要位置与行尾的停顿。我们的自由诗是不是也像人家的那样有一点规则？退一步说，就承认我们这形式是很成熟的，可是我们并不能用这形体来包办一切。如果我们要写一篇长的叙事诗或史诗恐怕就不能采用这形体。此外，我觉得这种形体十分玄妙，恐怕难于被大众所了解。如果我们要宣传抗战，不采西洋的各种形体，就得采用旧的"镣铐"，如像民歌、大鼓书、剧词等形体。

我这人的古兴趣太浓厚，太看重形式，过于固执，希望高明来指正我这种种的谬见。

1939 年 4 月 10 日

日本留学生

前几年我在希腊考古时，感觉十分寂寞；但有时也私心自傲，认为来自东方的就只我一人。有人问起我中国公使馆在什么地方？我回答就在我家里，公使是我，侨民是我，使馆里当差的也就是我兼任；甚至日本的侨务也委托我代办。

可巧有一天我在雅典国家馆里上雕刻功课，正沉没于那雅典的巍峨尊贵里，忽然有一位同学过来惊醒我的美梦，说他发现了一个中国人。我听了心里一阵狂喜，忙跑去用中国话同他打招呼，那知他半天不回答，我才恍然大悟。同他说现代语言，他都不很懂，他的希腊话也并不比我的高明，我才同他在纸上谈了几句，知道他是专来研究瓶画的，真是难得！他正拿着一本 Bee Bae-dker 的指南书对着那玻璃柜里面的古董细心研究。

第二天我特去拜访他，见他住在一个希腊人家的顶楼上，房里只有一架床，一张桌子，那其余的空隙处尽摆着酒瓶。我们还是半天写一句话，我问他喜欢 Severe style 或 Fine style 瓶画，他说都喜欢。我又问他红人物瓶画和黑人物瓶画哪一样难画，他倒反问我什么是"红人物"，问得我"莫名其妙"。这一来我对他便起了疑心。他那时大概有几分醉意，竟同我谈起跳舞，谈起跳舞场里面的颜色，约我当夜一点钟在那里面相见。

美国古典学院里面的同学后来告诉我，他们那几天常在那热闹场里面碰见那朋友，但许是因为个儿小，走路又不大方便，从没有看见他跳过，只见他的桌上挤满了酒瓶，时常请客人同他对饮。大家觉得他是个怪有趣的人物，很想见识他。于是学院里开交际会的时候，我特别把他请来。Round number 的就随饮，（有些像我们打通关，）可惜大家没有什么话说。正在无法招待他的时候，有一位同学拿了一本日本杂志来，要他解释一篇关于亚历山大的文章。我们好几个人围着他闹了半点多钟全没有结果，真急坏了那些脚痒的姑娘，白耽误了她们狐跳的时光。

学院旅行到斯巴达，这是一片卑湿的原野，一点儿也不险要，（斯巴达的长城是血肉筑成的，）只那北边有一带环拱的山脉。到晚来成群的长脚蚊咬死人。希腊人人讲究卫生，不挂蚊帐，就在那大暑天，我也盖上被单，只让昆虫刺我的脸面。头一晚简直没睡，第二晚倒睡得很安稳，起来时一看，才知道有人替我点过一盘日本蚊香。

那早上我肚子去重温旧课，远望见我那日本朋友也在那儿，使我吃惊不小。我用望远镜一照，见他并不是在考古，却在绘一张斯巴达的形势图，我明白了，站得远远的同他打招呼，问他前来做什么？他在纸上告诉我，这地方没有瓶画可研究，只好测量测量这古殿的遗址；顺便还可替蚊子香做一点广告。

我当时倒觉得十分惭愧，恨自己只知在那断石残柱间梦想古代的光华，不知替国家做一点类似他那样的工作。将来重游三岛，一定得实习测量啊！

等我回到雅典再去侦查他的行动的时候，那房东太太说警察来找时，他刚好坐日本兵船回国去了。

我听了并不觉奇怪，且把他到斯巴达的情形告诉那老太太，她叹息的说："难道日本人想要攻打斯巴达？"

十二月八日，峨山。

（载《笔阵》，1939 年第 2 期）

峨云道上

三月十三日

冬来郁闷，很想出外闲游。今早起来收检行囊，小鳞跑来问道："爸爸去伏虎寺上课啦？怎么不带我呢？"这孩子才三岁便懂得许多事情。他母亲在旁边插道："你爸爸不上课，他又要回家去。"孩子听了，扯着我的衣角不放松。我多方安慰他，说回家去给他捉白鸡来，捉花猫来，他便下厨房去看红豆粥熟了没有，我才趁势溜走。

我离开报国寺。向东前进。心中想念着这双峨，忽然回头一望，望着那万仞的悬崖上有三个圆弧，那便是金顶，千佛顶与万佛顶。上面还压着层层的冰雪。我在此半年，也曾冒雪登山，但总不识这名山的真面目；今晨望见这一片雄浑，不禁咏道"峨眉天下雄"。我行行又行行，那山岭依旧在望，好像远远的在向我挥手；后来才渐渐隐入了云层里。隐入了我的记忆。

这一路平田万顷，尽是□麦与菜花所组成的天然图案。说起来菜花，恐怕有人不认识。这同我们所□的□菜苔很相似，顶上开一团小黄花，越开越□，结成细长的荚，荚中藏着挤菜油的小果实。这花香有些像金钱菊那样怪细腻，怪甜蜜的。你若从这菜田里穿过，会惹上一身的藤黄。一种很硕美鲜艳的菜花，有一人多高，放出紫罗兰的浓香，问老年人说是高菜子。果肉内所含的油汁没有矮菜子的那么多，但枝茎很健壮。可用来束叶烟。如今煤油来不了，我们的光亮全靠这农产。蚕豆也在开花，那里面还有彩蝶翻飞，不是彩蝶，是豌豆花。每一个农村里都映着几点桃红与李白。我们这里的桃花比北方的红颜的多，有的花心是深红色，有的全作紫红，还有那结实的□□桃花有些像□叶梅，三月的农村是这般秀丽。

这平原上有成群的民工，正在修建一条笔直的要道，这规模要新大陆那边才有。处处可听见开山的爆炸，石工的杭唷，破坏的战争能鼓舞我们创造。

行到青衣河畔，我搭木船下大城，河水澄清到底，可以看见下面鹅卵石往后面滚移。前面江水转角处，两岸合成一道圆弧，这平静的水面就像一个大湖。

到了城里只见破瓦颓垣；那几条残余的街道上却人行如潮涌，里面挤着一些教授与学生。看来这城子是有文化的了。我连安身地都找不到，到□□先生家里又不见主人；于是我舍了墨鱼，江团□美味和一品香的涮羊肉，再携着行囊前进。

在路上遇着几个鸡蛋贩子，翻山时我壮了不少胆量，他们从遥远的乡下收买了成千的鸡蛋往大城里送，一到就卖光了，他们奇怪今年吃鸡子的人这样多，甚至疑心这东西可以作手榴弹用。可不是吗，我们校内有一次学生包围系主任时便每人手中捏着一个这样的弹丸。

行到一个小镇上已是上灯时候。

十四日

今天这一路上尽是螺蛳山，田里见不到水，只见裂土如龟甲。偶尔剩下一角水。便成了水禽的天堂。土里的麦田还像初插的秧禾。蚕豆苗也只半尺高，也在开花，也在结实。但还没有结成便被雷火烧枯了。有的农夫看见天爷不滴雨，收成绝望，便把这植物扯回家去养猪。我想世间最美丽的第一是枯萎的禾苗，第二才是病人。

这一路山弯，尽是粉白的李花，间或点缀着两株紫桃。我想秋来一粟不收的农夫望见那满树的果实，当不致感到全然绝望。

我爬上一个螺蛳，看看天色渐晚了。到处有人挑着水桶，携着木瓢往远方的井里去吊水，然后屋顶上才冒炊烟。

这晚上又投宿在一个小镇上。这是集期，晚上还挤满了人，大家所谈的不是大干，便是米食如珠。我看见一家测字摊，特跑去占占我的运数，占出了一个"暴"字和一个"春"字。那神秘的测字先生把易经，礼记背诵了一大套，才说我清明后准交财运。因为这两字都有日头，日听伴月便是清明的明。他最后叮咛我在路上怕失落东西，我觉得这句话便值得六个大亮钱（如今又用"光绪通宝"一类的亮钱；）果然，我后来信了他的话。收拾行李时，拾到几枚大铜元。

十五日

夜忽然变得这样长，鸡叫了三通还不见天光。起来一看，漫天的乌云，降雨了，街上的人疯狂一般的立直观望。让这如膏的天雨浸湿他们的衣衫，半年来的愁容到如今才变成微笑。

我冒雨出发。滑竿夫起初满高兴，尽说天有眼，雨下得好。从今天起"帽儿头"饭要堆得高一些。路渐渐油滑起来。地方人士为修乡村马路把旧有的石板全翻过来，扔在旁边，人行道上尽是泞泥。脚踩不稳了，力夫脱下草鞋，用稻草挽成圈紧在脚掌上。下坡时只能滑，不能走，行人处在这样阴湿的道上能不断魂？

前面进山了，乌云往下压，聚在山峰上，我们得辛苦的往云阵里钻。遍山都在冒白烟，青蔚的松柏尽被人家砍下来放进窑里烧成炭。原来这地方快到□□头，这黑炭运到镇上同石头碰在一起就会变成一种很坚硬的东西，我们□人身上会□□全靠着硬东西，说不定□□镇□名字会随着我们的礼物掉下东邻。路上是不断线的人，挑着黑炭，挑着石头，挑着往镇上奔。他们一天的收入和一个大学教授的收入并不差得天远。然而这地方的生活也就贵得可以，半年前三百文一个麦粉锅□，如今涨到一串四百文了。生活虽高，大家有办法，大家不发愁。天天在下雨，麦子就是差一点。豆苗倒长的肥。小春还很有希望。况且去岁丰收的谷米今年怎样也吃不完啊。

天渐渐暗了，我屋侧的火烧坡已□约在□。那捷径全□稀泥，不许攀登，我只得绕大路归去。我下了沟又上坡，坡是这样长，尽往黑云里钻。爬上山顶一望，四面都是森林，中间有五根大松是从一个根里拔出来的，这地名就叫五根松。这景致总萦绕在我儿时的记忆中，今回才攀上这青蔚的山峰。问土人说离我家不远，那边打鸟这边都听得见了。我迷失了方向，还在往西走，后来有人引我寻捷路，转向东方便是我熟识的山路。

我梦一般的往家里奔，进了堂屋，家人都来潮着我。我四面观望，才去世的父亲自然见不到形影，怎样连母亲也不在家里呢？我原听说她老人家要出门去治病，我不敢问。还是小侄聪明，问我走山上过看见奶奶没有，奶奶昨天上街去，向许大爷贺生去了，人尚好的。大家虽是这样热闹，我这晚上睡在父亲病逝的房里就像一个无父无母的孤儿，睡到半夜，听楼板滴答的声，疑心是爸爸归来了。这声音渐渐响到床头，我的耳尖好像被针刺了几下，才知是□□动物在作怪，人便如此倒霉了。

三月十三日

（载《星岛日报》，1940 年 12 月 18 日）

菲洲的全貌

——一个综合性的简单叙述

菲洲是阿菲利加洲 Africa 的简称，古称爱西屋皮亚 Ethiopia，乃希腊语，含有"烧面"的意思。原来古时以为居于大陆内部的人民，其卷发黑面，是被太阳烘烧所致者，至于现在所用的 Africa 一字，其语源系自从拉丁语中的 Africa 来的，也含有"日灼"的意思。又有人说，出自菲尼基语的 Afrygua，为"殖民地"的意思，更有人说，是由古时住于迦太基地方的民族阿菲尔人 Afar or Afer 的名而来的。

菲洲位于东半球的西南部，也在欧亚大陆的西南，介大西，印度两洋间，北隔地中海而对欧洲，东北隔红海而望亚洲，并有苏彝士地峡连接两陆；东濒印度洋，西临大西洋；大陆的四极，东为瓜达夫伊角，西为佛得角，南为阿古拉斯角，北为布兰科角。

菲洲面积合岛屿计之，共二千九百八十四万方公里，内中岛屿占六十二万五千方公里，约占全地表百分之五又八五，占全陆面百分之二十，为世界第二大洲。人口约一亿四千三百四十万，约当全球十分之一，亚洲五分之一，欧洲五分之二，平均每方公里只有五人，密度次于欧亚二洲，居世界第三。

菲洲为一浑然的高原大陆。在赤道以北，像一大方形，以南像一较小的三角形。这大方形和三角形，都是平均高六百余公尺台地，周围多以断崖或阶段临海，川河至此等地方，均成急流，

散篇

台地外缘比内部更高，内部好像一个巨大的汤盆，由于那汤盆的高缘，海风不易侵入，内部多成为干燥沙漠地方，如北菲的撒哈拉及南菲的喀拉哈里。

至由土地断裂所成的地方，虽各地均有，但以东菲的大裂谷带为最著。此裂谷由三比西河北延：一经尼罗河流域，到约但河流域；一经维克多利亚湖东到红海。这些裂谷，一部分成长形的湖，如维多利亚湖，坦噶尼喀湖，尼亚萨湖等。裂谷地带，皆喷出多数的火山，阿比西尼亚山地，即一大火山块，此外如维克多利亚湖东的恩扎罗山，怯尼亚山，及厄尔根等为其著者。恩扎罗火山，高六千余公尺，为全洲第一高山。

从芙蓉城到希腊

大陆上最著名的河流有尼罗河，刚果河，奈遮河，三比西河等。入地中海的尼罗河，长约五千九百公里，为菲洲最长的河流，世界第二长流，发源于赤道地方。中流有白尼罗与青尼罗两源，在英埃苏丹相会，出折北流，贯通埃及，分一大三角洲，注入地中海，尼罗河每年有定期泛滥两次，灌溉沙漠中的沃地。刚果河长四千六百余公里，因流于终年多雨的赤道直下地方，其水量之大，仅次于南美的亚马孙河，占世界第二位。源出坦噶尼喀，尼亚萨两湖间，西北流成一大曲形，汇刚果盆地诸水，注入大西洋。奈遮河长四千一百六十公里，源出法属几内亚，向东北流，更折而东南，便成一大弯曲，灌溉苏丹，几内亚间，南入大西洋的几内亚湾。三比西河长二千六百公里，自安哥拉的极东发源，经罗得西亚，莫三鼻给，注入印度洋的莫三鼻给海峡。中流有维克多利亚瀑布，澎湃之声，闻数十里，为世界大瀑布之一。

大陆的海岸曲折甚少，其海岸线之短，次于南美，占世界第二位。海岸全长，约三万零六百公里，每九百七十四方公里，仅有海岸一公里，即每方公里的地方，仅有一公尺的出口。大陆少海湾，半岛，更少岛屿。海湾除了几内亚湾，仅北部地中海岸的加柏斯及锡德拉两湾，和东北的亚喀巴湾，苏彝士湾半岛除了西奈半岛，仅有东岸的索马利兰而已。岛屿的面积，仅占全面积百分之二，除东南方的马达加斯加大岛外，其余均为极小的岛屿。至于有所谓象牙海岸，黄金海岸，谷物海岸等，皆是航海家不过就他出产命名的，奴隶海岸是为贩运黑奴出口而命名的。由于海岸线短，大陆内部，既距海洋遥远，匪特气候不良，即生产地极少，同时交通也非常不便；又海岸多高峻的绝壁，海风不易入内地，此为菲洲文化不进的主因。

大陆因平均分布于赤道的两侧，南北端均仅止于南北纬三十五六度，大部地方在热带亚热带，气温甚高，为世界最热的区域，不适宜于居住，也未有人冒险前往探访，所以称为黑暗大陆。且其气候带的分布，在沙漠地方，日中温度，往往会把放在沙上的鸡卵在一刹那煮熟，然在夜间，则室内结冰，其温差之大，可想而知，这是沙漠上的传热快，散热也快的缘故。在最寒日的平均气温，却在华氏七十度左右，其温暖可知。赤道地带，终年高温多雨，气候湿热，疾病流行，人不能居，而尤以刚果河流域为最。不过在东菲高地，比较温冷，人多居住。雨量以海岸地方赤道带为最多，尤有是太阳通过赤道的春秋分时。在西岸和内部，因背风或风外缘高山所阻，雨量较少，撒哈拉大沙漠和喀拉哈里沙漠就是这样造成的，当向南北，则为信风带，在东岸因东北信风或东南信风，雨量较多。

菲洲一般来说，热带和寒带的动植物均有出产。在埃及苏丹和南菲联邦等地，都有丰富的谷类；埃及，苏丹又以产棉花著名，桑给巴尔岛是世界第一丁香产地。英领西菲洲是世界第一可可产地。地中海岸和南菲联邦，有葡萄，柑橘，橄榄等果品。热带地方有椰子，香蕉，凤梨等果品。咖啡，甘蔗也多产于热带。森林树胶产在赤道地方和赤道南北。奈遮河流域的棕油，产额几占世界总额的一半。畜牧以埃及，苏丹，南菲联邦，地中海岸，索马利兰和马达加斯加岛最盛，有牛，马，羊，骆驼等。苏丹地方又产象牙和驼鸟羽，厄立特里亚的珍珠，地中海的海绵，都是海产中很著名的。至于矿产，罗得西亚的铬，占世界第一位。南菲联邦的金和金钢石均占世界第一位。比领刚果和西南菲洲的金刚石，也占世界第二，三位。铜在比领刚果，占世界第三位，锰在黄金海岸，也占世界第三位。此外铅，银，煤，铁，石油，岩盐等蕴藏甚多。

菲洲内部的开示与世界交通者，实仅最近半世纪以来的事，内地且有至今犹未能悉知者，其开化的迟可想而知。在一四八八年，葡人巴托罗缪始发见菲洲的南岸，将在途中所发见的暴风角改称好望角翌角，葡人伽马绕好望角达印度，于是菲洲的沿岸，渐为世人所明了，内部的探险殖民乃接踵而起。十七世纪，英，法，荷诸国，始各于西岸拓殖民地。十八世纪，英人布留斯的探查青尼罗上源，十九世纪英人李温士敦与史坦利等先后至内地探察，足迹遍中南菲洲，于是内部情形，遂大白于世。自此等大探险家后，各国均纷纷自由占领各地，每一个发见一地，即自行列入其版图。缘菲洲土人愚昧无知，易于处置。欧洲强国只须致送细微礼物，即足以行贿土酋，签订条约，愿受保护。或二三外交家安坐于巴黎或伦敦，展开地图，而分割菲洲的土地，即可占为己有。因此，自一八八四年的柏林会议后，所谓黑暗大陆的领土，大部已归入于欧洲强国的版图，所以菲洲又有殖民大陆之称，这实在是含有耻辱性的名词呵！

（载《万象》，1942 年第 8 期）

欧洲的乐园：瑞士

在列强争雄最激烈的欧洲，至今尚保持完全中立，得免受战祸荼毒的国家，要算瑞士这一国了。

瑞士在欧洲中部，东连旧奥，西界法国，北接德国，南邻意大利，东北一带又与支敦士登小国密接，为永久局外的中立国。所以什么国际联盟和各种国际的重要机关都设在瑞士的国境内，许多重要的国际会议也都在这里举行的。

瑞士全境一万五千余方英里，约及法国面积十三分之一，美国纽约州三分之一，国境既如狭小，故联邦共和制极便进行。

全境因阿尔卑斯山脉绵亘其间，北方的人民居于山岳起伏的高原之上，其余人民，则居于深谷之间。在瑞士，山顶四时积雪，多冰河，山崖多飞瀑，山麓多湖水，风光明媚，游客麇集，素有"欧洲乐园"，"世界公园"，以及"欧洲的和平境地"之称。

在瑞士最著名的地方，要算在日内瓦湖出口处的日内瓦了。这里有驰名世界的钟表，以及国际联盟的本部和万国红十字会。此外如洛桑和洛迦诺，也是近年来列强所召集重要会议和签订重要公约的所在地域。

瑞士人种异常复杂，照最近的统计，全国人口四百零五万，其中说德语者约百分之六十九，居于国之东，北，中，南等部，共十五县。说法语者约百分之二十一，居于国之西部，共五县。

说意语者约百分之八，居于国之南部。此外则说罗马语者约百分之一又五，居于东部。所以国中人民，非一人通数种的语言不可。但因受伟大的湖山的陶冶，质朴勤勉，敏捷尚武，富有爱国思想，并不妨碍其国民精神的统一。

瑞士首都叫伯尔尼，高出海面达五百四十五米，居民约有十一万九千，其人口的密度却在任何地方之上，伯尔尼又名熊城，因其以熊为市标。

原来在这里有着很多的古迹，如十字街头的泉水，在泉水上的披着甲胄的熊像，正义的女神，食孩子的人，所有这些古迹，现在都存在着。这里还有教会的高塔，万国邮政联合会的纪念塔，公园和巨大的议室，历史博物馆和万国电信联合会的纪念塔等。

瑞士人民大部分以牧畜耕种为职业，产多量的牛酪，炼乳，腐乳，麦及葡萄等，矿产缺乏，仅多岩盐，但人民善用水力和汽力，工业很发达，以制钟表，宝石，装饰品，器械等驰名于世界。

瑞士风景最美丽的要算鲁色内湖，特别是这湖的左岸的鲁色内城。鲁色内湖又名四州湖，瑞士的罗尼河即发源于此，鲁色内城有登山铁道，各地来此游览者特别多，可说是络绎不绝。

在罗尼河上有一古桥，像长蛇渡河似的斜卧在河上，是一座木桥，据说在一四〇七年建修的。

因为瑞士有美好的自然风景，所以各地来此游历的人非常之多，尤其是在夏季，游历的人趁此来避暑。于是瑞士人设法在各方面给与游历者以便利。例如修筑山间铁道和隧道，以便利旅客乘车往来；开设旅馆于孤峰绝顶，以供游人的休息；开辟温泉浴场，湖畔公园，以增加游人的兴趣。

瑞士最著名的隧道有二：一为新伯隆隧道，长十二哩；一为望格特隧道，长九哩又四分之一。前者为世界最长隧道，后者为世界最著名的螺旋状隧道。至于瑞士境内铁路的密度，次于比利时而位世界第二。

（载《万象》，1942 年第 6 期）

散

篇

想像的对话 [1]

人　物

马塞拉斯（Marcellus）[2] 罗马大将。

汉尼巴尔（Hannibal）[3] 迦太基（Carthage）大将。

高卢队长 [4]

医官

汉尼巴尔　一个非洲骑士不能够加鞭再快吗？[5] 马塞拉斯！喂！马塞拉斯！他动也不动……他死了。他的手指不是在动吗？弟兄们，站开……站开，退后四十步……让他吸一点空气……快拿水来……立定！快采集这些大树叶和那些别的，长在那丛林里的……快解开他的铠甲。先把头盔放松……他的胸膛冒起来了。我想他的眼睛正盯着我……又转回去了。谁敢摸我的肩膀？这个畜牲？这一定是马塞拉斯的牲口！谁也不许骑它。哈！哈！罗马人也染上了奢华：黄金佩在马项下。[6]

高卢队长　可恶的贼子！我们国王的金链子竟悬在这畜牲的颚下！天神的报复落到了这不洁的人身上……

汉尼巴尔　等我们进了罗马城再谈报复，再和那些祭司讨论清洁不清洁，只要他们肯听。快吹号招请医官。那箭头许可以从他的胁肉里拔出来，虽是钻得那样深……这征服过叙拉古（Syracuse）的英雄会躺在我跟前……[7] 派一只船到迦太基去。说汉尼巴尔攻到了罗马城边……那惟一阻挡我们的马塞拉斯已经倒了。这勇敢的家伙！我很想大乐一场。可是我不能……他的神色多么镇定！这样的神色只听说那"福岛"上才有。[8] 他的仪表和身材多么威武！只有那"福岛"上的人才是这样！那岛上的英雄也曾经这样躺在地下，血染尘沙……别样的人很少去到他们那里。这铠甲多么朴素！

高卢队长　是我这队人把他杀了的……真的，我想是我亲手把他杀了的。我要这金链子：这原是我国王的：高卢国的荣誉少不得这东西。再看见人家夺去她决难容忍：她宁肯牺牲最后一个兵士。我们发誓！我们发誓！

汉尼巴尔　朋友，马塞拉斯的荣誉可不会叫他佩上这东西。当他把你们那英勇的国王的戈矛挂在那神殿上时，他认为这小小的装饰品不合他自己的身分，不合天帝（Jupitor）的神威。[9] 他把那盾牌敲破了，还用短剑刺穿了那胸甲，这两件东西他曾经交给老百姓和天神看过；他的妻子儿女还没有看见这金链子时，他就把这装饰佩在马身上。

高卢队长　请听我说，汉尼巴尔啊！

汉尼巴尔　什么啦！正当马塞拉斯躺在我面前时？正当他的性命许还可以挽救时？正当我可以把他夹在凯旋队里带回迦太基时？正当意大利，西西东（Sicily），希腊，亚洲都引领要归顺我时！你该要知足！我要把我自己的缰辔赏赐你，那抵得上十串这样的金链子。

高卢队长　赏给我一个人？

汉尼巴尔　赏给你一个人。

高卢队长　这些红宝石，绿翠玉，和那颗橙黄的……

汉尼巴尔　是的，是的。

高卢队长　威赫的汉尼巴尔！长胜的英雄！我那幸福的祖国得到
　　这样一个同盟人和保卫者。我发誓永远感恩……是的，感
　　恩，敬爱，忠心，永无穷尽。

汉尼巴尔　一切的条约我们都规定时间：我并不希望"永无穷
　　尽"。快回到你的岗位上去……我要看医官在做什么，听
　　听他的意见。马塞拉斯的性命；汉尼巴尔的胜利！这世界
　　上还有什么别的？只剩下罗马同迦太基。她们也就跟随着
　　我们。

医官　他的性命活不到一个钟头。

马塞拉斯　那我非死不可！感谢上天！罗马军中的统帅可不会变
　　做俘虏。

汉尼巴尔　（向医官）他经不起一次海上旅行吗？快把箭头拔
　　出来。

医官　那他立刻会死去。

马塞拉斯　我痛得很：拔去这箭头。

汉尼巴尔　马塞拉斯，你脸上看不出什么痛苦的表情：我绝不
　　许人家催促我掌握里的敌人快快死去。你既然是无法得救，
　　便不算我的俘虏，你这话说得很对。

　　　（向医官）可没有什么方法减轻这致命的创伤？虽是他
　　极力压制着他的表情，他一定感觉很痛苦。简直就没有东西
　　可以减少他的苦楚？

马塞拉斯　汉尼巴尔，把你的手伸给我……你已经找到那东西，
　　并且送给我了，那就是同情。

　　　（向医官）朋友，你快去；旁的人正需要你救助；我身
　　边还倒下了好几个人。

汉尼巴尔　马塞拉斯啊，趁时间还来得及，快把和议推荐给你的
　　国家，告诉那些元老，说我的兵力太强大，无法抵抗。书

版已经准备好了：让我把这个戒指取下来……你试写吧，

至少签上你的名字。我看你能够支在肘上，甚至露出笑容，

感觉得十分满意！

马塞拉斯　不到半点钟的光景，那冥府里的迈诺斯（Minos）便

会严厉的责问我："马塞拉斯，这是你的手笔吗？"[10]

　　　如今罗马只丧失我一个人：她先前已丧失很多我这样的

人，可还剩下那许多呢。

汉尼巴尔　你本来怕说谎，还这样说吗？我惭愧的承认我的兵士

太野蛮。很不幸高卢人站在这前方的哨地上，他们还更残

忍。非洲人残忍为着报仇，高卢人残忍为着报仇，也为着

游戏。我须得到另一个地方去，我恐怕他们太野蛮，当他

们知道，他们一定会知道，你不肯接受我这一番为大家好

的心意时，他们便觉得你这样一拒绝就叫他们不能够回国

去，他们离开那么久了。

马塞拉斯　汉尼巴尔，你倒不致于就死去。

汉尼巴尔　那又怎么样，你这是什么意思？

马塞拉斯　这有许多事情使你忧心，那倒是应当的：我可没有什

么忧心事了。你的兵士再野蛮也不关我的事：我的兵士可

不敢做得太残忍。汉尼巴尔不得不到旁的地方去，他的权

威也随着他的马一同离去了。

　　　这草地上躺着的是一个带伤的罗马将军的形体；可是马

塞拉斯还能够节制他的兵士。你要把你的国家赋给你的职权

放弃吗？或是你承认你的职权已经变得没有你的敌人的那样

完整，那原是你自己的错。我说得太多了，让我们想想；

这件斗篷压着我。

汉尼巴尔　正当他们首先把你的头盔解下时，正当你躺在太阳光

里时，我就把我的斗篷盖在你头上。让我把他折起来放在

底下，再把这戒指给你戴上。

散
篇

马塞拉斯　你拿去吧，汉尼巴尔。这原是一个可怜的妇人在叙拉古献给我的，她把戒指用头发包着跑到我面前，她扯下她的头发，因为她没有别的礼物献给我，觉得难过。想不到她的礼物和这句话会变做我自己的。一个最豪强的人多么快就走到了这最困苦的地位！就把这戒指和我头下的斗篷当做客人分别时的交换礼品。许会有这样一天，汉尼巴尔，你会坐在我儿子的堂前，（只有天知道你那时是一个征服者或是被征服者，）不管怎样，这戒指对你定有用处。[11] 在你的恶运中，他们会想起他们的父亲曾经在你这枕垫上呼吸过最后一口气；在你的幸运中，（愿上天许可你的幸运在旁的国内向着你照耀辉煌，）你就保护他们，那真令你高兴。虽是我们明知道苦难会落到我们身上，当我们救济人家时，总觉得自己是不会受苦的。这儿倒有一件事不由我们双方处置。

汉尼巴尔　什么事？

马塞拉斯　这个身子。

汉尼巴尔　你想被抬到哪儿去？夫役是准备好了的。

马塞拉斯　我不是指这个。我的体力很弱了。我好像只听见内心里的声音，不十分听得见外面的事情。我的视觉和旁的感官已经昏乱了。我想要说这身体，等到那几圈气泡离开了这里面时，就不值得你我注意了：可是你的荣名不让你拒绝这尸体享受我家庭的孝敬。[12]

汉尼巴尔　你可以求点什么旁的东西。到现在我才看出你有点焦急。

马塞拉斯　有时候责任与死灭叫我们想起家来。

汉尼巴尔　一个征服者和被征服者的心思都飞向家园。

马塞拉斯　你俘着有我的卫士吗？

汉尼巴尔　有几个躺在这儿快死了……让他们躺着吧……他们是

多斯加纳人（Tuscans）。[13]那其余的我远望见他们在奔跑，他们当中只有一个勇敢的……他恍惚是一个罗马人……一个年轻人，他虽是受了伤，却还回转来。他们围着他，拖着他走，用刀尖刺着他的马跑。那些伊特卢利阿人（Etrurians）细心的估量他们的勇气，先把它收拾好再试它，可是后来又很轻便的把它放下了。[14]

马塞拉斯，为什么想起他们？或是有什么别的事情扰乱你的心思？

马塞拉斯　我把这事情压制得太久了。我的儿……我亲爱的儿。

汉尼巴尔　他在哪儿？那就是他吗？他曾经和你在一块儿吗？

马塞拉斯　他倒愿意分担我的命运……可没有做得到。

我祖国的真神啊！我生前你们对我很仁慈，我临死时你们更是仁慈，我最后一次同你们谢谢神恩。

（载《笔阵》，1944 年 5 月革新号）

散篇

注　释

[1] （兰多［W. S. Landor］著，罗念生译。——编者注）《想像的对话》是一本很美妙的书，作者兰多生于一七七五年，死于一八六四年。他生在那浪漫时代里，却变成了一个真正的古典作家，简直就像一个希腊人或罗马人。他的诗很谨严，散文也很隽永。他一共写了一百五十篇对话。

[2] 马塞拉斯是第二次迦太基（Punic）战争里的罗马英雄，他大概生于纪元前二六八年，做过五次罗马执政官。他曾于纪元前二一二年亲手杀死因修布利斯（Insubres）族的高卢人（Gauls）的国王布利托马塔斯（Britomartus），或名维利多马拉斯（Viridomarus），把那次夺得的战利品献与天帝（Jupiter Feretrius）。纪元前二一二年他去攻打叙拉古（Syracuse），那城子靠了那位希腊数学家阿基米得（Archimedes）的科学技巧支持了两年之久。这位罗马大将曾几次击败汉尼巴尔，却于纪元前二〇八年战死在未那喜阿（Venusia）。

［3］汉尼巴尔大概生于纪元前二四七年。他一生与罗马作对，从十八岁起就开始带兵。他于纪元前二一九年攻下了萨干图（Sayuntum），罗马人却要迦太基人把这胜利的英雄交出来，这事情自然是遭了拒绝，因惹起第二次迦太基战争，从纪元前二一八年打到纪元前二零一年。他随即进攻罗马。节节顺利。他于纪元前二零三年回到非洲，次年全军覆没。此后这英雄出外逃亡，直到纪元前一八三年无处藏身，才饮毒自尽。

［4］这队长是意大利北部因修布利斯族的高卢人，参看注［2］。

［5］"非洲骑士"原作"那密提阿（Numidia）的骑士"。那密提阿是非洲北部的古国。

［6］参看注［2］。

［7］参看注［2］。

［8］荷马诗里的英雄死后住在那西方幸福的岛上。

［9］"天帝"指朱彼忒（Jupiter Feretrius），他是罗马众神之长，参看注［2］。

［10］"那冥府里的"是补充的。迈诺斯本是宙斯（Zeus）与欧罗巴（Europa）的儿子，他生前是克里特（Crete）的国王，为人很公正，死后变做了冥府的审判官。

［11］古希腊时代的客人分别时总互赠一件礼物来作纪念。

［12］荷马诗里特罗亚（Troy）的英雄赫克托（Hector）临死时也曾经这样恳求过。

［13］指意大利西部多斯加纳地方的人。

［14］伊特卢利阿在意大利中部。

中学课程问题

教育部最近为改进中学课程起见，特聘请国内教育专家，在重庆举行中学课程讨论会。讨论中心为三三制中学课程之调整，六年制中学课程之检讨，五年制中学课程之厘订，和新型中学设置之讨论。鄙人对教育本是外行，对中等教育情况又不很熟悉，原不敢妄发议论；只不过就日常经验所及，略抒浅见，或可作参考。

我曾经在一个小地方的小报上办过几天"青年文艺"，每天要接读十来篇散文，三五首诗，多半是中学同学投来的。文字通顺与否暂且不讲，最使我头痛的便是那许多的别字，如像"青春不在来"，"我的心以经碎了。"这令我想起中学的国文程度。

有一次我去看许多同学做一个数学问题：四男四女围坐一圆桌，问有多少种坐法。这问题我实在不能解答。从前学过的公式已经很模糊了，很希望从那些卷子里得到一个正确的答案。那第一本说有三千八百多种坐法，第二本却说只有三十六法，我一连看了十来本，都没有发现两个相同的答案。这令我想起中学的数学程度。

年年暑天最怕看也最爱看英文入学试卷。倘若有人把这一句古典与信条 The golden rule of my life has heen moderation and not excess 译作"这个金戒指是我的妻子用来做装饰的，一点用都没有"或是译作"金钱被妻子管理者是最好没有的方法。"我一面微笑，一面加上一个大圈。后来有人告诉我零分不可随便给，因为一个有数学天才或其他特长的同学英文得了零分便无法进入大学的门户，我只好勉强给了一两分。这令我想起中学的英文程度。中学英文也并不是没有好的但实在太少了。

我后来访问过好几位同学，问他们在中学里读些什么功课，他们说化学呀，物理呀，动物呀，植物呀，历史呀，地理呀，此外还有公民，看护，劳作，以及生理卫生。功课一繁重，简直没有功夫去读国文和英文，数学更是他们所不喜爱的。

有人说由中学进大学算是大跳一步，中学基础太差，进大学后功课追不上；学校方面不得已只好将大学功课降低，以求适应。据我所知，许多国立大学的英文都没有善良的办法，课本的水准差不多降到了过去高中二年级程度，在短短一年的训练中，要同学看英文书都感困难，更不用说写作了。

我认为本国文，外国文和数学应该是最基本的课程。我们在中学里没有学好，进了大学又没有功夫学，那末，工具不精，高深学问又怎样研究呢？据说英国的中学叫做"预备学校"，在这预备，专注重数学和英德法几种近代语言，此外还得念一点拉丁文或希腊文。在美国，拉丁文得要在中学里学习。工具预备好了，一进大学便可望深造。英国认为大学是研究纯粹学术的地方，他们把一些实用科学归入职业学校里。

希望我们的新型中学也采用这老办法，把一些实用科学移入职业学校里去，再不职业学校发起什么改大运动。我们的中等教育可以分做预备学校和初级职业学校。凡想升大学的应该进预备学校，多注重本国文，外国文和数学。再念一点拉丁文或希腊文更好。上年牛津大学陶德斯教授就曾经建议我们在中学里开始学希腊文，他还答应与我们介绍希腊文教师，这是很值得一试的。至于初级职业学校的外国语可改作选修，凡是对语言不感兴趣的同学顶好不要选修，省得白费功夫。现在有一部分人竟主张把中学英语改作选修，把大学课本完全改为中文本，这办法就像因噎废食，行起来也不方便啊！

　　我们的新教育办了这许多年，中学制度时常改变，到如今还没有固定。我个人还是喜欢过渡时代的办法。那时候我们从私塾里念过一些古书，从高小里念过启蒙英文，从大学预科里念过文科或理科（这就是一种预备学校）。那时代的学生常识也许太差，但根底总要实在些。如今制度又在改变之中，我认为三三制也好，四二制也好，五年制也好，最要紧的是要把小学，中学，大学的课程衔接起来，不要让同学由初中跳到高中，由高中跳到大学；同时又由大学降到高中，由高中降到初中。这就是说在程度方面我们表面上往上升，实际上是往下落。其次是要注重基本课程，不要好高骛远，让一般中学同学带上几只假羽翎满天飞。

散篇

　　希望经过这几次的专家会议，中学课程能有一种转变；万一他们论来论去，依然要保持现行的制度，就只好盼望我们的中学校自动增加本国文，外国文和数学的钟点，量增添质也并重。听说有些中学校已经有文组和理组之分，文组多念英文，理组多念数学，这也是一种补救办法。至于国文一科，却应共同注重。

（载《燕京新闻》，1943 年第 9 卷第 23 期）

忆柏林

　　一九三二年暑天我在巴黎热够了，闹够了，想到一个清静地方去，于是我乘车进了柏林。这都城洁净，清幽，一切都井井有条。我到朋友家里谈了一阵，然后到一个住户人家租了一间房子，每天一个马克（约合当日银币一元），早上还有咖啡与面包。那时候德国缺少麦粮，普通餐馆里都没有面包待客。房内陈设许多旧家具，还有钢琴与闹钟，很足以显示一个破落的中产阶级人家。我在房内安静下来对这中世纪的气氛颇发奇思。房东太太忽然敲门进来，问我去警察局报过到没有，我说忙什么，她却催促我赶快去。我只好把这一套思想收敛起来，回到现实里。那警官问我几时到的，我说刚才到的。他听了大吼起来，说是他们的秘密人员已经跟随了我三个钟头。这令我吃惊不小，这个国家竟组织得这样严密。

　　柏林生活未免太冷静了，一切都闹得很忧郁，一般人的脸色是忧郁的，咖啡馆里透出来的麦香也是忧郁的，这个民族喜欢的是悲剧的情调。

　　只有在安息早上才看见柏林露出笑容，一群一群人到湖边，到野外去游玩。许多瘦骨如柴的年轻人没有出路，没有工作，每天在街上示威，喊口号，拖着几架纸糊的坦克车在广场上操练。这一辈青年后来吃了荷兰的牛奶，乌克兰的面包，长得肥胖胖的，听希特勒的命令一个个进了坟。在当日除了组织能力的表现外，我可没有瞧得起他们。不论在什么地方，只要出了一点小小

事情，立刻就有许多国社党人集合起来。我曾在深夜里看见汽车
撞人，不到三分钟就围了一二百人，他们立刻挡这一辆车子，把
受伤的人送进医院。

在那儿看不见什么机械文明，想不到这些工厂里都在秘密造
枪弹。只有一次我去参观无线电展览馆，看见有好几百台收音
机，各个机器不同，各个花样翻新，不像美国人造出的东西那样
标准化，统一化。我当日猜出他们会用无线电造出许多罪恶来。
德国的工艺品似乎笨重而结实，我曾经买了一套保险剃刀，一直
用到现在都没有损坏，可是我每次旅行时总嫌它加重了我的行囊。

柏林每一条街道都很干净，雅致，道旁陈列的商品就像展览
会里的陈设，只看见一些人去参观，没人购买。许多漫游的女子
也为这里头加不少的景色。她们没有事做，没有知心人，一班男
子只会喊希特勒，他们不需要爱情，不敢结婚，虽是政府答应送
两千马克给每一对新婚夫妇买蜜酒，作旅行车费。因此那许多漂
亮人物时常同外邦人联合起来，国社党人看了很愤慨，生怕他们
的血统越来越不纯粹。

柏林最美丽的还是博物馆里的收藏。我此行专为看希腊古
物。他们曾经把小亚细亚 Pergamum 的希腊建筑整个搬到玻璃房
里，看起来那样和谐秀丽，可是那些石柱全给他们弄坏了，没有
好好的还原。德国人不明白希腊柱子一倒就倒了，那是无法还原
的。这民族很爱好希腊精神，他们想重造一座雅典城，大街上处
处是希腊柱子，希腊门，这种古典意趣时常环绕在我的梦想中。
如今这都城只剩下瓦砾，一片荒凉，遥想夕阳下坠时，好一幅圆
明园的景色出现在那西方。

散篇

一九四四，十，一。

（载《华西晚报》，1944 年 10 月 23 日）

自由人与奴隶 [1]

雅典城邦的劳动工作是由什么人操作的？乡下的工作是由公民带着家人雇工担任的；城里的工作一小部份是由公民担任的；一小部份是由解放的奴隶担任的；一部份是由居留的外邦人担任的；最大部份乃是由奴隶担任的。所有的工匠，店员，商人，金融家都是些没有投票权的人。一般市民很鄙视劳动工作，自己做得越少越好。他们□□生活而工作是一件很不名誉的事，甚至把那些专门职业，音乐美术的传授，当作低贱的事情。那高傲的骑士色诺芬曾经说过：文明社会瞧不起工艺，这并不是无理取闹，试看那些工匠生定不□，就是暗中摸索，或是整体看守熔炉，真是有伤身体，身体一衰弱，心灵就疲惫，他们一生劳劳碌碌，简直没有功夫参加政治活动。

至于商业也同样令人藐视。在那些高贵的，明哲的希腊人看来，商人只不过是赚人家钱财的人，他们的目的图贱买贵卖，并不是在制造货物。没有一位可敬的公民会亲手经营商业，虽然他可以投资，叫别人去经营，替己获利。据希腊人说一个自由人切不可参加经济活动，他得要叫奴隶或旁人替他经营事业，□，且可享受经济管理财产；这样一来，他才有功夫参加政治，战争，文学和哲学方面的活动。没有有闲阶级就没有艺术，文明，没有高雅的趣味，忙忙碌碌的人不会很文明。

一般和中产阶级有关的事情是由那些居留在雅典的外邦人担

任的，他们虽是自由人，可不能享受公民权。他们变成了专家，商人，包工人，制造家，经理人，店员，工匠和艺术家，他们漂流到雅典，这地方机会好，刺激上的自由，这些东西在他们看来比投票权重要得多。雅典城除了矿业外，所有主要的工业都落在他们手里，制陶业简直由他们霸占了，他们极力挤在制造者和消费者中间；法律困扰他们，又保护他们，他们像一般的公民要上税，要服兵役，还有缴纳一种人丁税，他们不得购置地产，不得和公民通婚，不得参加宗教活动，每当被控时，不得上法庭直接辩护。在另一方面法律很欢迎他们参加经济活动。对于他们的勤劳与技巧十分赞扬，他们订下的合同保证生效，他们所有的财富也受保护，此外他们还可以受宗教上的信仰自由，有的外邦人很俗气的炫耀他们的钱财，可也有一些在科学，文学，艺术方面下功夫，或是充任律师，医师，或是创办学校，研究哲学修辞学。纪元前第四纪他们提倡喜剧，纪元前第三世纪他们更提倡国际精神。他们想望公民权，很□好雅典，苦苦的贡献他们的财力来帮助□城邦抵抗外患。有他们，雅典的海军才能建立起来，商业才能够兴盛，邦家的力量才能够支持。

　　和外邦人混在一起的是□□得到解脱的自由人，他们原来是奴隶。一般奴隶想要恢复自由可不容易，他得要找一个替身，有的主子临死时解放他们忠诚的奴隶，像柏拉图一样，可以取他们的亲友来赎回；有时候奴隶立了战功，可以由政府偿付他们的主子，换取他们的自由；有时候他们自己积下一笔钱也可以赎取他们的自由。他们像那些外邦人一样可以参加工商业，和经济活动，坏一点，做苦工的换取报酬；好一点的成为工业界的主要人物。密利阿斯替人家管过盔甲厂，巴西翁和福密俄变成了银行家。这种人是最好的管理员，对待奴隶十分严厉，他们原是奴隶出身，一生忍受压迫，却反过来虐待旁人。

　　此外雅典城邦还有一万五千个奴隶，有的是没有被赎的战俘，有的是抢得的奴隶，有的是罪犯，有的是遗弃的婴儿，被人家收养成人的。希腊的奴隶很少是希腊人。希腊人把外国人当作天生的奴隶，因为他们绝对顺从他们的国王，如果替希腊人出力气也是该当的，要是他们自己的人做了奴隶他们就不答应。希腊商人买奴隶就像买货品一样，再把他们带到各处市场里去贩卖。雅典城贩奴隶的人是那些最富有的外邦人。在提罗斯岛上，一日间往往可出卖一千个奴隶。赛蒙有一次打败了波斯人，把两万俘虏送到市场里去出卖，雅典城有一所奴隶市场，那些可怜人站在那儿任人观看，讨价还价。他们的身价从半个密那高到十个密那（约合美金五十元到一千元。）有人买来自己使用，有人买来囤积；还有人买来租给私人，工厂或矿场使用，有时候可以得到百分二十三的高利息，雅典城最穷苦的公民也有一两个奴隶，挨斯基同斯为证明他很穷苦，说他家里只养得起七个奴隶，有的人家可以使用五十个之多，政府当局也雇用奴隶，叫他们充任书记，随员，医祭或是低级官员。这些奴隶的衣服由政府发给，每人的津贴只有半个希腊币（约合五角美金），在居住方面他们都很自由。

乡下的奴隶数量不多，多半是在私人家里当女用人，希腊北部和南半岛很多农仆，用不着奴隶，可是哥林多，美加亚拉，雅典有的劳动工作大半是由奴隶担任的，至于家庭内的操作却是由女仆担任的。工商业和金融界的书记与管理工作也有一部份是由奴隶担任的。至于那些更专长的职务却是由自由人，外邦人，或被解放的奴隶担任的。当时并没有什么受过很高的教育的奴隶，那是希腊晚期和罗马时代才出现的。一般的奴隶都不得生养儿女，因为买一个奴隶比养一个合算得多。奴隶行为不止要受体罚，他□见证时要受苦穷，一个自由人打了他，他不得还手，但若他太受虐待，可以逃到神殿里去，然后由他的主子转卖与他人，在任何情形之下他的主子都不能杀害他。只要他肯工作，他可以得到保护；遇到生病或是老死不能工作时，他的主子还继续养他，并不会把他赶出去，叫官家来救济。如果他很忠实，他的主子就把当作一个仆人，甚至家人一样看待。他还可以经营一点事业，只要他把赚项分一部份给主人。纪元前第五世纪奴隶和自由人在衣饰上没有什么分别。有一个守旧派的人在纪元前四二五年写过一本小册论《雅典制度》，他抱怨当日的奴隶在大街上不肯让路，他们的言行很随便，就仿佛他们和自由公民是互相平等的。雅典城对待奴隶很温和，大家公认这民主政体下的奴隶比起那些寡头政体下的奴隶好过得多。雅典城邦虽也害怕奴隶反叛，反叛的事实却是很其的。

可是奴隶制度的存在很令雅典人心内难安，柏拉图责备希腊人奴役希腊人，却承认外邦人是可以奴役的，因为他们的智力太低了。亚理斯多德把奴隶当做一种活的工具，他认为奴隶制度在某种形式之下永远存在，除非有自助机器来代替工人。一个普通的希腊人对待奴隶虽是很宽厚，可是他想像不到没有奴隶文明社会怎样生存，他觉得消灭奴隶就等于消灭城邦。有的人要过激一些。犬儒派学家痛斥奴隶制度，他们的承继人斯多派哲学家的态度要温和一点。那位悲剧家攸里辟德斯再再引发观众对战俘的同情。那位诡辩家阿西达马斯曾到希腊各地鼓吹过卢梭学说："天神把我送到人世来，我们原是自由的，大自然并没有把我们化做奴隶。"这不就像卢梭的话？可他没有打扰他。但是奴隶制度依然没有废除。

（载《华西日报》，1945 年 12 月 18、19、20 日）

散篇

注　释

[1] 本文由罗念生先生译，发表时未注明原文作者，未查到。——编者注

论宁静

现代生活太不安宁了。巴黎人听说原子弹偷袭都城，立刻就骇死了多少生命，第二早上医生接见的都是些害恐惧病的人。这两天谣传马伯伯要回去，多少人心虚，觉得草木皆兵。前两年听说东洋兵打贵阳，成都人就喊逃难，鸡和犬到处飞奔。这样生活下去，我们还要不要灵魂？

古书上说罗马人攻到叙拉古时，那位几何学家亚奇默得还在房门口的沙盘上做他的几何问题。他叫做客人让开些，省得挡着他的阳光，哪知那人一刀就结果了他的死命。古书上又说人家告诉希腊人波斯的箭矢射起天日无光，他们却这样回答："那我们就在阴凉处厮杀吧！"这精神曾鼓励三百个斯巴达健儿在温泉关抵抗五百万波斯人马。古书上还说起有一位希腊哲学家听说他的儿子丢了，他并不悲伤，只淡淡的说："我早知道我生了一位会夭折的儿子。"这薄情虽是我们现代人所疾恶的，但号啕有什么补益呢？

歌德少年时多么狂放，多么热烈；他后来到意大利游历，发现古希腊的墓碑，上面表现死者生前一片宁静优美的家庭生活，正如郑振铎君所说的一望就知道它美，可又不知美在什么地方。我可以告诉郑君美在那一片安宁。希腊人不懂得悲哀。雕刻家不能表现这种情绪，只好在坐椅下面刻一个小奴隶在那儿哭泣。歌德见了大为惊赞，他因此发现了希腊生活的秘诀，一变他的浪漫作风。

但这种精神最好还是在希腊悲剧里去寻找。提起悲剧，一般人总以为剧情一悲就该要痛哭悲伤。可是希腊悲剧里从没有过激的情感，每当剧情一紧张，歌队便唱一只歌和缓下来，等到收场时更是安宁静穆。就《窝狄浦斯王》一剧而论，这国王发现他娶了自己的母亲，杀了自己的父亲时，他心里难过极了，弄瞎自己的眼睛，哭闹了一阵，后来国舅把那对小女儿弄来安慰国王，他心里就安宁下去，就这样静静的收场。我有一位学数学的朋友，他读过几篇现代的法国剧，觉得生命太肮脏，太激烈，想要自杀。我劝他读读希腊剧，他拿了五本去，那时候，我出版了五本，一夜未曾合眼就读完了，第二天老早的来惊醒我，说生命原有美丽安宁那一面，他才抛弃了自杀的念头。我当时责备他，不应一晚上不睡觉，不应这样早来打破我梦里的安宁。

古书上的故事也许没人肯信，但这些悲剧还摆在我们眼前，这是医治灵魂最好的药物。我自己呢，生晚了两千多年，并没有取法多少古人的妙诀。只记得"六一一"太阳牌爆裂品快落下时，我还送了五碗面条到地窖里，却没有人肯吃，我独自吃到第三碗时听到"砰砰砰"还不肯丢手！要死也得让我胀个饱，省得看见伊壁鸠鲁的门徒时嚷肚子饿。

七，二一。

（载《生活与学习》，1946 年第 1 卷第 5—6 期）

回川杂记

七年前我回川游历，深觉兵祸与烟毒是我们川人的二大死敌。这次回来，由川东一直到川中，就没有见到一个穿"二尺五"的灰布的人。问乡邻，说是他们完全被充到边境上去了，从此鸡和犬便得安宁。至于中央军，我倒还见过两位：一位的肺叶上生了虫，另一位更染上了一种最美丽不过的病。此外我还望见一个税警的背影，他的斗笠上题着他的官衔。

记得从前遍街是烟舍，遍里是青灯；如今却连一股香味儿都不容易嗅到了。"烟不禁绝，国日贫，民日弱，数十年后，岂惟无可筹之饷，亦且无可用之人。"天知道，林则徐这预言不会应验在这西天府吧。在这严厉的申禁中，也曾发生过许多喜剧和惨剧：有一次一位堂皇的官吏擒住了一个瘾民，叫他把本地方有这同样的癖好的人供出来。他首先供出了一些有声有势的绅粮，官员说他们都已登记了。于是他供出了一些一文莫名的"干滚龙"，官吏说他们也是登记了的。最后他只得供出一大群有财无势的人，于是那长官不论他们登记与否，通通去擒了来。这些老百姓的命运我们不妨由历来的官吏的习惯上去猜想出来。还有一次一位县长请他的新添的上司吃酒席，席旁摆着一具烟"行头"，那上司从从容容地吃了饭，才把行头和行头的主人带走了，如上法炮制。更倒霉的是一位知事胆敢去搜了丘九的哥哥的营盘，第二天就把老命送给了他们。还有一次几位区丁望见人家楼头白日漏灯火，他们立刻跑上去尽忠他们的职分。烟灯确是有，当中有一位瘾君子原是旧日绿林间的英雄。他以为是案子爆发了，立刻从窗口跃将下去，那三位勇士也跟着跃下去。后来他躲在一个土坎间，时正黄昏，一位区丁按下去把他抱住，那人急忙抽出锋利的匕首，只轻轻一刺，便结果了一条性命。那第二个勇士也跟着跃下去，正好落身在那锋芒上；那第三个也随着他的伙伴过丰都城去了。那凶手在忙乱中误伤了自己，被官兵一阵乱枪击毙了，于是这一场公案便不了自了。

地方上的工商业全没有颜色。全川的盐味怕要数罗泉井的来得最长，如今这些煮盐的灶户全都在叫苦，一加上官厅的督责，要他们改良煎法。但改良变成了退化，把硷水和盐汁化分不开。到后来那提倡改良的官吏也有些茫然了，说是待回去研究一番。连界场的铁质很坚硬，颇有销场。前两年铁价抵不上矿价，全不是生意；如今因为修成渝铁路和乡村马路，用铁很多，全场的人都望着这一桶饭吃。这地方自来是用木炭冶铁，如今有人用煤来试验，快要成功了，还惹得许多人嘲笑。蓝靛事业也衰落了。至于蚕丝呢，因为受了人造丝的影响，无法竞赛。寒家的桑林全都砍伐了，从此后我们只好"把酒话桑麻"。

下川东一带初夏时便现出了秋收的颜色。我曾向一位农夫出重价讨几个烧包谷吃——你该还记得那股焦香的味儿？——他说："师爷纸票有啥子用头，要留下干粮才能活命。"这是不是一句伤心语？同时我们可以看出纸币在川中发生了什么样的信仰。天气一干就得求雨。哈代的小说里也曾说起许多英国农民的迷信；我们的官吏可不准许这种痴人痴事，因而激起了流血的乱子，甚至还强迫专员向着龙王行拜跪礼。有一种新的科学祈雨法便是放炮轰天，希望在空气的扰乱中生出雨水来，可从没有见效。近日来太空中油然作云，沛然下雨，想必是天心化作了仁慈。这雨水，像秋霖一样，三五天还不肯停息，弄得稻子不好扬

散
篇

花，于是大家又回头来祈祷太阳。

年来的苛捐杂税虽取消了许多，粮款却加重了三四倍。有许多重税的谷田，收出来只够缴公款。一般农人在没法的时节便去挑煤挑铁，两日间的重压可以获得五分钱的酬劳。马路捐是一笔重款，我乡的官吏却由庙产方面生出了一条妙计，弄得一些和尚饿着肚皮，懒得去撞钟。

乡下人十分穷苦，处处去借高利钱，两月后就得加倍地偿还。许多中产阶级的人把产业败坏在烟赌和女人身上，或是卖了地方来嫁爱女，弄得比农人还要贫苦。既没有资本，又没有气力，只好去填填沟壑吧。我就曾逢着这样一个不相识的人来求我栽培，我送他一两餐盘川钱，他不肯走，坐在大门外尽哭，口口声声要去跳水。这命债拖不得，我得让他用这种柔软的手段来榨取人家的血汗钱。

忆一多

　　一多在清华文人当中，无疑是一位老大哥，在我这位小弟弟眼里，简直是一位偶像。我读过他的《死水》诗集，至少一百遍。每次进图书馆总爱去翻翻，我爱它那样冷静、深沉、严肃。我当日崇拜诗人，苦无机缘拜见。后来我央求子潜带我去看他，我说看一眼也满意，纵然是他不理会我。初见时他正在替人家写几个大字。他原是学美术的，写起字来就像画画，那样严肃、卖气力。客人进门，他全不打招呼。我看他那清瘦的高个人，庄严、沉着，全没有一点风雅的气质，不禁吓了一跳，我正想告诉子潜，我们该走了，诗人恰好放下笔。同我先握握手，问我喜欢读些什么英文诗。我回答只读过几首华滋华士的短诗，还不很懂□□□□□□□□□□□（原文不清，空十一字）半年功夫，便说："反正希腊文我们都不懂，你就随便翻吧！"我反问他："诗里那许多难懂的句子是不是你随便解释的？"他听了才改口道："你这样有艺术良心，难得难得！如今我已无法告诉你，我由一年一本变成三年零本了。"而他在学术上的成就，据佩弦先生前两天告诉我，在他们那一行里，要算最好最好的了。

　　去年，从昆明来客的口里听说一多很热心政治，富有引力，当时子离和我都很担心，劝朋友莫推着一多往前跑，省得惹是非。不幸这预言竟自应验了！子离的一片忧伤已不是文字所能形容的。我自己勉强在这懂得的。听他那和蔼的语气，我才觉得诗人原是可亲的，再也不觉害怕了。

那时候，（民国十五六年）"清华四子"，子沅（朱湘）、子潜（孙大雨）、子惠（杨世恩）、子离（饶孟侃）同在北平西城租了一所屋子，在那里读诗写诗。四人当中，以子惠的性情最温和，其他三人在情感上、意见上每有失和之处，总是由一多老大哥出来和解，他的话大家都肯听。我有时在那儿看见他，听他对新诗的见解。当日北平《晨报》副刊上，几篇论新诗的文章，多半是子离写的，便是那些谈话的结论。而那些结论，又已明白表现在《死水》里面。

最后一次看见他，是二十五年冬天，他弟弟家借哥哥的地点请客，□那次□□□□□□□□□□□（原文不清，空十二字）不到适当的字汇。

一个文人的政治见解应该放进他的作品里。他也许懂得许多政治原理，富于政治良心，但若参加实际活动，往往因不明白这里面的藤葛纠缠，会惹出多少事来。像一多，这老大哥若明白这点道理，把精力完全放在学术上，国家的命运不知要好多少倍。

我思念老大哥，思念他给我的鼓励和教诲，再想像火葬前，找不到一件像样的旧衣衫，来遮覆他的尸体。我应该用一些什么字来形容我的忧愁。

从芙蓉城到希腊

谈伟大作品

　　记得抗战初年，在一个文艺晚会上，谈起伟大作品。大家对时代抱有极热烈的情绪，以为把握时机，定能创造出战时伟大的作品。我当时对这个见解有些怀疑，认为抗战期中大家心境不安宁，情感太激昂，对于战争，对于这个时代都不易有清楚的认识。要等到战争完结后，痛定思痛，才能有像样的作品产生。那样产生的作品，对于战争往往不怀好感。第一次战后的文学便是一个很好的证明。乱世中并不是全没有好的作品，伟大倒难说，但那些多半不是描写战争的，如像梵乐希（Paul Valesy）在第一次大战中写就的"水仙词"，那题材原取自希腊神话（那首诗曾由诗人的私淑弟子梁宗岱先生译成中文）。我跟着就引证历史上伟大的作品多半产生在大乱后的承平时代，如像希腊的培里克利斯时代（等到城邦内战打得很凶时希腊文学便往下坡路走），罗马的奥古斯都大帝时代，英国的依利萨伯女王时代……我的话还没有说完，四座已经骚动起来，许多人攻击我这一套迂腐的见解，痛驳我一番，甚至有人说：现在还不快产生伟大的作品，是否要等到战败，当亡国奴才想努力。我那时单刀作战，情势非常险恶，连朱孟实、冯文炳、卞之琳几位都不肯出马相援，我只好退一步，认为伟大的作品不易产生，我们还是要尽够责任，努力作抗战宣传（我多么厌恶这两个字），这才算逃出了重围。这回的教训使我明白真理是不能随便揭开的。

我自己决不是伟大作品的产生者，但在八年苦斗中，也曾写过一些有关抗战的文字，如像"日本留学生"、"捉汉奸"以及古希腊的抗战史话；此外我还把攸里辟得斯（Euripides）的悲剧《特罗亚妇女》（商务）译了出来。记得我出北平时知堂老人曾经叮嘱我翻译这剧本，他频频地说那真是一部描写战争的、可以提高人性的伟大作品。（愿老人心境安宁，在铁窗下还不会辍笔，把希腊小品多多译述出来，他那日本化的性格不让他怎样喜欢伟大的作品。）

那次晚会上的朋友（何曾是敌人），有的亲身到游击区写过很好的报告文学，有的留在后方和我一样只写过一些不痛不痒的东西，但大多长得羽翎丰美，过着软绵绵的生活，早把伟大的作品忘在脑后去了。

苦战过去了，我们的伟大作品在哪里呢？"野玫瑰"、"天字第一号"伟大吗？（我偏喜欢"天字第一号香烟"、"天字第一号花生米"。）"胜利号"算不算胜利的作品？"霜叶红似二月花"是不是文艺的花朵？"裙带风"又怎么样？那舞台上不健康的空气真令人呕吐。

大难过去了，承平的日子还望不见，这样的现实，真难于产生伟大的作品。我如今试提出下面几个偏方来改造环境，看能否进入一个伟大的文艺时代：

（一）立刻关上哲那斯（Janus）庙门。（这象征和平与战争的庙门在罗马时代也只曾关闭三次。）

（二）全国稿酬一律提高到五十万元或八十万元一千字，（诗稿加十倍），以后随米价提高，使作家不愁温饱，全部时间和精力都属于他们自己的。可别让多产的作家变做富翁，作品要过得去才给报酬。（像我这篇杂文只给两千元作贴补邮费之用。）那些每晚上写八千到一万字小说的作家只能产生长的作品，不见得就伟大。

（三）立刻把全国的银幕换做舞台，专演希腊悲剧、莎士比亚悲剧、法国悲剧。我的意思是要介绍人家的伟大作品，让天才作家多多学习，看十年、二十年后是否能有奇迹出现。

（载《青年界》新五卷 1 期［总 77 期］，1948 年 2 月）

散篇

谈 灵 感

文章是怎样写成的？

这问题很不容易回答。各人的经验不同，各人的解释也就不同。我不知道文艺心理学上怎样讲法，好像一般人都说是靠灵感写成的。可是灵感又怎样解释呢？照荷马的说法，那伟大的史诗并不是他自己写成的，乃是女神降在他身上，替他写出来的。据埃斯库罗斯的说法，他的悲剧原是他替父亲看守葡萄园时，酒神托梦来叫他写的。据萨福的说法，灵感来自爱情，她的情诗多半是由她对女弟子发生很强烈的情感而激发出来的。此外还有人说是由香烟熏出来的，是由败水果的气味引出来的，是在马上驰骋，随着那紧张的节奏发出来的。这些说法也不知道近不近真情？我的师傅曾经告诉我，那是由一种抒情刺激引起来的，灵感应是一种刺激，不论中魔，饮酒，恋爱，抽烟，闻香，驰骋都算是刺激。其实任何事物都可以刺激你，布劳宁在意大利看见一种粗俗的瓜花，因而受刺激，因而写成了那首不朽的《海外乡思》，歌咏英伦的美妙风物。刺激一经发动，你一身就像着了火，想像活泼，思想敏捷，文字最听安排。

我个人全没有这种种经验，酒一醉就糊涂，爱情一蠢动就疯狂，骑上马就昏迷得不省人事。我甚至否认灵感这东西，认为文章乃成于潜意识的活动。记得是许多年前的事了，那时候我和朱湘住在一起，他老劝我写文章，可又不肯教我怎样写。这位诗人专讲灵感，他的灵感来自女人，只要看见一幅苗条的身影，他立刻就回去写一首诗，这样成功的作品，往往和女人又全无关系，真把我弄糊涂了。我这朋友给我讲过一个有趣的故事，据说是柯立治有一次讲过一些中国稗史，然后抽大烟昏沉入睡。在梦中写成了一首几百行的长诗——《忽必烈汗》，他醒来执笔就写，全不费功夫，后来有客人拜访，打断了他的记忆，回头再也续不下去，他便在尾上添进两个希腊字 Aeidoaurion（明儿再歌）。这故事十分感动我，我也想这样写一首诗，名垂不朽。然而抽大烟这一关就不好过，偶尔抽一点去睡觉，连梦也不见踪影。可是我总相信这故事的真实性，相信文章成于潜意识的活动。有晚上并没有抽烟，竟做了一个梦，梦见芙蓉城妩媚的江中有几对鹭鸶觅食，这可就触动了我的乡思。天还未亮，我躺在床上尽想，神志依然是昏迷，就这样写了我第一篇散文《芙蓉城》。我当时不好意思告诉我那朋友，偷偷寄与那位"幽默大师"，三五天后，就被退回来，使我灰心到极点，使我怀疑我这套理论，文章并不成于潜意识的活动啊。事隔许久，我要求大雨把那篇文章送到"人间世"去试试，这次那位"幽默大师"眼睛好像复明了，那先前本是瞎的，文章立刻就刊了出来。"大师"随即复信大雨，说那像女人的手笔，也不知道他在赞美文章呢，还是在赞美那替我抄字的人？总之，太幽默了。前两年"大师"路过芙蓉城的时候，相见之下，他大吃一惊，"原来你就是那位姓罗的"，也许他正忆起那"手笔"呢。他当时还替那篇小品命名为"特写"，这是"特写"二字的起源。"人间世"后来出过一本《特写集》，那小品竟摆在第一篇。这样一来，文章竟被人盗印过一二十次，直至前几年我才有机会把它印成书，朋友看了都想到四川来观看风景，其实我那篇文章哪有这样大的魔力，原来是战争把他们放逐到四川来的。

这样写文章虽是来得快，可也累死人，文章写成后就像害了

散篇

一场病，至少是亏了一次早觉，三五天复不了原。从此以后我有了信心，相信我那套理论近于真理。《老钱局剧景》描写我同大雨的一段生活，那是天未亮时就腹稿已成，起来在灯光下草成的。那时候人未清醒，文思却异常美妙，写完后又去睡觉。《皮夹子》是我丢了钱袋，一夜昏昏沉沉的，冬天起来赶早课，在打钟前20分钟内草就的，潜意识的活动往往比显意识的活动还要活泼些。前两天写过一篇论伟大文学的讽刺小品，也是这样写成的，但写到半中腰来了一个辞行的客人，我用"一路福星"四个字打发他走了，回头便有些写不下去。我们门上终年贴有"晨九时前请莫敲门"几字，便是为避免这种扰乱，许多人却疑心我贪睡早眠。今天醒得早，又想起我这套理论，便起来一气呵成，感谢Zeus，可没有什么事情来打扰，只听窗外一片断续的蝉声，那也像潜意识的活动啊，你说是灵感也成呀！

（载《论语》第 146 期，1948 年 2 月）

从芙蓉城到希腊

诗的节奏

我们的新旧体诗的节奏问题是一个老问题，从"五四"到解放前时常有人谈论，但始终没有把问题弄清楚。1936 年左右曾引起一番争论，但由于大家对名词定义理解不同，争论形同浪费。四五年前，何其芳同志提倡格律诗，曾触及这个问题，但没有引起大家注意。这次由于对新民歌的看法引起了一场大论战，发展到现阶段，有人提出讨论形式问题。希望这次能把问题弄清楚；如果能够解决问题，那就更好了。我愿提出我个人的肤浅看法。

节奏能给我们以快感，能满足我们心理上和生理上的要求，它是舞蹈、音乐和诗歌的基础。节奏是有规律的运动，诗的节奏是由不同的字音很有规律的交替而造成的。诗的文字是声音的符号，所以我们要讨论字的声音问题。字音有四个元素，只有四个，别无其他，即长短、强弱（即轻重）、高低和音质（即音色）。音质是各人的声音的特质，它和节奏没有关系，此处不讨论。我们的平仄有长短，轻重之分，但主要是高低之分。直到最近还有人以为我们的诗的节奏是由平仄造成的，这是一个误解。因为我们的平声和仄声，不论就高低、长短或轻重而论，分别都不很显著，所以不能造成节奏。我们有一个反证，就是我们的《诗经》，古诗和赋里有一些仄声字比较多或全是仄声字的诗句，读起来并不显得是另一种节奏，或者不悦耳。大跃进时代的民歌，一般是不讲究平仄的，念起来还是有节奏，很好听。何其芳同志说：

平仄主要是字的声调的变化，不相当于欧洲语言里的轻重音。古典诗歌，除了所谓"近体诗"和词而外，都是不讲平仄的。然而我们读时并不觉得它们不如讲究平仄的诗节奏好，可见平仄和节奏的鲜明与否不一定有关系。[1]

平仄不相当于欧洲语言里的轻重音，而相当于古希腊语的高低音。平仄和节奏的关系不是"不一定有"，而是没有。平仄只是对音调有影响而已。

现在谈长短节奏。按照字音的元素而论，古希腊语的字音当然也有轻重之分，但是重音和轻音之间的分别并不很显著，所以可以说古希腊语没有轻重音。古希腊语每个字只有一个高音，有时候因为后一个字失去高音，前一个字就多了一个高音；但前一个字与后一个字相连时，前者又往往失去高音。尽管古希腊语的高音和低音分别相当大，但因为上述种种理由，古希腊语的高低音无法造成节奏。既然轻重与高低都无法造成节奏，古希腊语的节奏只好靠长短了（古拉丁诗的节奏也是靠长短）；古希腊语的短音所占的时间约等于长音所占的时间之半，所以长短音有规律的交替可以造成节奏。古希腊诗的节奏十分严格，不同的节奏一般不能混用，但是古希腊的诗人对此并不感觉困难；因为古希腊语的短音可以因位置关系变为长音，字又可以随意排列。古希腊诗的节奏主要有四种，即"短长"节奏，"短短长"节奏，"长短"节奏，"长短短"节奏，此外还有"长长"节奏，但极为少用。各种节奏的功能彼此不同。"短长"节奏适用于戏剧中的对话，为日常语言的节奏。"短短长"节奏适用于舞蹈，为进行的节奏。"长短短"节奏比较庄严，为史诗的节奏。最复杂的是抒情诗的节奏。

现在谈轻重节奏。德文诗、英文诗、俄文诗等的节奏是由轻重音造成的。在这几种文字里，轻音的强弱约等于重音之一半，所以这两种不同的字音有规律的交替也可以造成节奏。英语长短之分很明显，曾有人摹仿古希腊诗，采用长短音来造成节奏，但是终于失败了。德文诗和英文诗的节奏的类型，与古希腊诗的节奏类型大致相同，但功能不尽相同。这两种诗的节奏，没有古希腊诗的节奏那样严格；为了避免单调的毛病，这两种诗的节奏可以起多种变化，例如"轻重"节奏和"轻轻重"节奏可以互相代替，"重轻"节奏和"重轻轻"节奏也可以互相代替，轻缀音可以省略，用"停顿"来代替，或者在"音步"之外加一个轻缀音。但这些变化并不影响基本的节奏。俄文诗的"重音体"是罗蒙诺索夫于 1739 年创造的，在那时以前，俄文诗采用"音节体"[2]，"音节体"的原则是每行的缀音数目相等，但重音的数目不拘，也没有一定的安排。至于"重音体"的原则则是每行的重缀音和轻缀音都有一定的数目和安排。[3]

格律诗每行有一定数目的"音步"，"音步"是一个希腊名词，相当于音乐中的"拍子"。各个音步所占的时间彼此相等，音步内的长短音或轻重音又有一定安排，这样就能产生节奏。古希腊戏剧中的对话，每行六音步，采用"短长"节奏，叫做"六音步短长节奏"诗行，或叫做"三双音步短长节奏"诗行。音步按照节奏来划分，但须首先找出整首诗的基本节奏，才能划分音步。音步的尾可以落在字尾，也可落在字的中间部分。若遇节奏不显著的诗行，则按音步划分，但须力求保持整首诗的基本节奏。英文诗里的轻音字可以作为"次重音"来念，以求保持整首诗的基本节奏；诗的念法与散文的念法不同。

现在谈中文诗的节奏。平仄既不能产生节奏，我们只好考虑重音和长音。我们的旧体韵文所采用的字，一般说来，都是实字，虚字用得很少，而所采用的虚字一般也是重读长读，至少是作为次重音、次长音，而不是作为轻音、短音。次重音和次长音在韵文里应作为重音和长音看待。所以我们的旧体韵文的节奏是

轻重节奏，又是长短节奏，姑且叫做"重长"节奏吧。试举七言
律诗为例：

> 浔阳江头夜送客，
> 枫叶荻花秋瑟瑟。

> 千呼万唤始出来，
> 犹抱琵琶半遮面。

这四行诗里可以说没有虚字，没有轻而短的字。

　　我们现在按"顿"来划分节奏。什么是"顿"呢？何其芳
同志说："我所说的顿是指古代的一句诗和现代的一行诗中的那
种读时可以略为停顿一下的音节上的基本单位。"[4] 我不赞成
"略为停顿一下"的念法，那样念似乎不好听。我认为最好是把
"顿"尾的字音略为拖长，跟着就念下一"顿"。即使我们承认
"略为停顿一下"的念法，但是把这种"基本单位"叫做"顿"，
并不算正确；因为我们所说的是"单位"，而不是"单位"之后
的"停顿"。我以前采用"音组"（意即音节小组）一词，我认为
这个词的涵义比较明确。其实，所谓"顿"，即是"音步"，不如
就叫做"音步"吧。我们分顿的办法是按照词的自然组织来分，
原因是由于节奏不鲜明。上面列举的诗句可以这样分：

> 浔阳—江头—夜送—客
> 枫叶—荻花—秋瑟—瑟

> 千呼—万唤—始出—来
> 犹抱—琵琶—半遮—面

我把这些诗句各分为四顿，末尾的单字顿占同样长的时间，念起来从容，比较好听。如果把每句末三字作为一顿，则念起来急促，不大好听。须记住每顿所占的时间大约是相等的。如果把句末三字仍作为两顿，而采取不同的分法，例如：

> 浔阳—江头—夜—送客
> 枫叶—荻花—秋—瑟瑟

则破坏节奏而不好听。"夜送"和"秋瑟"之所以能作为一顿，是由于节奏的要求，正像西方韵文中把同一个字分成两半，上半归入上一音步，下半归入下一音步。

上面这几句诗的节奏是什么节奏呢？我认为是"重长节奏"：

> 重长重长—重长重长—重长重长—重长

散篇

"重长"代表每个"既重且长"的字。这种节奏很像古希腊诗中的"长长"节奏，沉着而缓慢，节奏本身很单调。另一个弱点是只有这一种节奏。但是总的说来，我们的旧诗的节奏是合乎节奏的原理的，它本身是站得住的。我们生理上和心理上的节奏感可以多多少少弥补这种节奏的弱点，即是各种单调的声音，加表声、铃声，在我们听起来是有节奏的，它们不再是原来的"提提"和"玎玎"，而变成了"提塔"和"玎珰"。所以多听旧诗的诵读，我们会有节奏感。民歌的节奏基本上也就是这种节奏，我们喜欢新民歌的内容，也喜欢它的节奏。

现在谈新诗的节奏。新诗因为和口语接近，其中就有了许多虚字，如"的"、"了"及词尾之类。这些虚字的声音轻而短。这些轻短的字，论时间大致相当于长音之一半，论轻重大致也相当于重音之一半。有了这些轻短音的字，情形就大不相同了。从理论上说，我们可以把轻重长短大有区别的字排列得相当整齐，以造成节奏，但实际上做起来却有很大的困难。过去闻一多先生和陆志韦先生曾做过实验，但是没有成功。陆志韦先生有这样一行诗：

> 苇子—杆子—稀稀—拉拉的—雪

作者认为每顿第一个字是重长音，其他的字都是轻短音，认为他创造出了这样一种新节奏：

> 重长轻短—重长轻短—重长轻短—重长轻短轻短—重长

其实并不是这么回事；因为第二个"稀"字和第二个"拉"字至少应算作"次重长"的字，而"次重长"的字在韵文里应作为"重长"的字看待。我们姑且退一步，承认作者创造出了一种节奏，可是再按照这种节奏作下去，就很难了。

目前许多人都同意先讲究顿，按照词的组织和意义来分顿，例如：

> 透明的—海水—是透明的—青天
> 浮动的—水母，—飘忽的—白云[5]

这两行诗听起来似乎有一种节奏。这首诗《猎潜舰上》是半格律体诗，作者丁明同志有意在全诗里重复这种节奏，但是要造成这样一种节奏是很困难的。又如：

> 毛主席的—两只—眼睛
> 像天上的—星星

> 住在—深山的—人们
> 也看见—它的—光明[6]

这四行诗的作者范海亮同志是一位农民，他不一定懂得什么韵文学原理；如果在第二行里加上一顿，顿数就整齐了，但是就节奏而论，这四行诗仍然会是凌乱的。又如：

> 然后—你听—那秋虫—在石缝里—叫
> 忽然—又变了—冷雨—洒着—柴扉[7]

散 篇

作者闻一多先生是很讲究格律的，但这两行诗，就节奏而论，是很凌乱的。这样的例子很多，不再举了。由此可以看出，有了轻短音的字，节奏是很难安排得整齐的。诗有了整齐划一的顿数，念起来有节拍之感，但不能说有了顿，就有了节奏。我们的新诗的弱点就在这里。我们的新诗的节奏有些像俄文诗的"音节体"和法文诗的"亚历山大里亚体"的节奏。法文诗的"亚历山大里亚体"，每行十二缀音，第六缀音后面有一个"大停顿"，"大停顿"前后的重音没有一定数目和一定安排，这种诗体节奏性不强，但是法文诗里也有轻重音很整齐的格律诗。我们不能满意于外国也有这种节奏性不强的诗，而不想法改进我们的节奏。我和一个写诗的人二十多年前想到了一个改进办法，即是把一些轻短音的字移到下一顿，例如：

> 透明—的海水—是透明—的青天
> 浮动—的水母—飘忽—的白云

这样念，可以使重要的字落在顿尾，声音响亮。多数的顿是头轻脚重，再与词首有轻短音的词配合，也许可以显出一种节奏来。例如：

> 早晨—的阳光—是这样—明亮，
> 给我们—带来了—欢乐—和希望，
> 生活—像无边—的绿色—的草地，[8]

但并不是所有的轻短音的字都可以移到下一顿，例如：

> 红的白的花

这一行里的两个"的"字便不可能移到下一顿。我的念法的根据是：第一，旧诗文有这样的念法，例如：

> 在河—之洲

又如：

> 念天地—之悠悠

第二，我们的口语里偶尔也有这样的分法，例如：

> 我国和苏联—的友谊

有人认为由于上一部分相当长，故此处的"的"字可以移到下一顿。第三，我们的旧戏中的道白往往把轻短音的字移到下一顿念，例如《清官册》中寇准的道白：

> 似你这不忠，不孝，不仁，不义—的乱臣贼子

这一句里的"的"字这样念比较好听。这个念法一直没有第三个人赞成。我今天同一位研究文学和语言的同志谈起这个办法，他完全赞成，并且答应写一篇短文来说明这念法的理论根据，真使我喜欢。在此以前，曾有一位同志提出个折中办法，即把轻短音的字放在两顿之间。但是这样安排是很难念的，念来念去，不是回到一般的念法，就是改为我的念法。

新诗所采用的顿，最多是二字顿，次多是三字顿，一字顿和四字顿比较少。四个字以上的顿念起来过于急促，最好分为两顿。少字顿节奏弛缓（如果有节奏的话），多字顿节奏急促，节奏随情感而变化。格律诗各行顿数要相同（长短行相间者例外），所以我们念格律诗，要按照顿数来念。如全诗采用四顿诗行，凡遇有可念为三顿或五顿的诗行，要设法念成四顿；因为顿是人为的，例如"红樱桃"可念成一顿，也可念成两顿，即"红樱——桃"。每行的顿数，可以由一顿到七顿，超过七顿的诗行会显得软弱累赘，难于成行（诗是以行为单位的）；遇到太长的诗句，可采用跨行，即把过多的顿移到下一行。

现在谈"停顿"。"停顿"和节奏有关系，它可以避免节奏上单调的毛病。"停顿"分"行尾停顿"和"行中停顿"。"行尾停顿"是相当长的，即使行尾（例如跨行的行尾）在意义上没有停顿，在节奏上也该有相当长的停顿；不然，诗行就不成其为行了。新诗的行尾多半是二字顿，行尾的三字顿，特别是三个重长的音组成的顿，不必念得如行中的三字顿那样急促，可以借用一点"行尾停顿"的时间，四字顿的行尾最好少用；反之，行尾的一字顿则显得很从容，"行尾停顿"的时间也显得比较长。行尾的"弱尾顿"（即以轻短的字收尾的顿）可以调剂"强尾顿"的单调的声音，但不宜多用。至于"行中停顿"，长短随语气而定。在戏剧中，有时候为了配合动作，可以长一些。"行中停顿"的位置不宜固定，以避免单调的毛病。前面列举的"水母"一词之后有一个逗点，该处有一个"行中停顿"；即使行中没有标点，有时候也按照意义，在行中停顿一下，例如"海水"之后也应当有一个"行中停顿"。我们念诗，特别要注意"行中停顿"；不然，就会把诗念成散文。

最后谈韵。韵属于声音之美，与节奏没有关系。此点可从反面来证明，即是有韵的诗行和无韵的诗行并不显示节奏上有差别。韵并不是韵文中必不可少的东西，我们知道古希腊诗和拉丁诗是不用韵的。古希腊语的每个动词都可以押韵，所以押韵并不难，但古希腊人认为韵很刺耳，他们只是在描写滑稽的动作，如喝醉了酒的人的动作时，才采用韵。西洋诗里有五音步无韵体。英国诗人弥尔顿认为韵是野蛮人的发现，这个意见我们不能同意。格律诗以"顿"为小单位，行为基本单位，节为大单位（各节诗行的数目是相同的）。韵的作用除了加强声音之美而外，还可以把诗行组织成节。我们的新诗既然节奏上有弱点，就应该重视脚韵以及内韵、双声、叠韵、拟声、复句等等，以求加强声音之美，弥补节奏上的缺欠。但须注意，轻而短的虚字不能押韵。新近有人认为可以用"了"、"的"等字押韵，这是很错误的。[9] 遇到这种情形，应当用"了"、"的"之前的重长音的字押韵，它们后面的轻短音的字也要附带押韵，这样就成了双字韵。这是题外的话。

诗的"格律"包括节奏、顿（行的组织）、韵（节的组织）和它们的相互关系等等。诗的"音节"包括节奏、顿、"停顿"等等。所以"节奏"、"格律"、"音节"各有不同的涵义，若不分别清楚，会引起许多不必要的争论，重蹈 1936 年左右的覆辙。

5 月 22 日

注　释

[1] 《再谈诗歌形式问题》见《文学评论》1959 年第 2 期，第 72 页。

[2] 似应作"缀音体"。

[3] 参看《俄国文学史》第 118—119 页，蒋路、孙玮译，作家出版社 1954 年版。

[4] 《关于现代格律诗》，见 1954 年《中国青年》第 10 期。

[5] 《猎潜舰上》，丁明作，见 1957 年《诗刊》11 月号。

[6] 范海亮作，见 1959 年《文学评论》第 1 期，第 15 页。

[7] 《大鼓师》，见闻一多《死水》集。

[8] 《讨论宪法草案以后》，何其芳作，见 1954 年《人民文学》10 月号。

[9] 参看《论郭沫若的诗》，楼栖著，见 1957 年《文学研究》第 2 期，第 106 页。

散
篇

怀念健吾

昨夜怀念健吾，回忆往事重重，辗转反侧，直到天明。今晨九时许在北京首都医院与老友告最后的别离，见他安详躺卧，与生前无异，我想唤他醒来，又知不能，但心酸落泪，不能出声。

健吾酷爱戏剧，一生于剧作、评论、翻译多所建树。早在一九一九年他上小学时，就参加过话剧演出活动。当时话剧还没有女演员，和欧阳老一样，健吾是演"旦角"的。依稀记得，他演过陈大悲的《幽兰女士》和熊佛西的《这是谁之罪》。二十年代健吾上中学的时候，就写作并发过剧本。他是我国早期话剧的开拓者之一。法国留学回来迁居沪上，他一直未辍舞台活动，不少戏是他自己创作、自己参加演出的。健吾一生写作、发表过三十多个剧本，算得上是我国现代剧坛的多产作家。海外不少汉学家，很重视健吾的剧作，对他专门进行研究并给予高度评价。他的剧本，和他的小说、散文、评论一样，文如其人，焕发着作者独特的个性，绝忌与别人雷同。他的作品，语言的纯净、自然，文笔的流畅、隽永，少为他人所能企及。

我和健吾相识，是在上大学时。清华大学高年级同学唐亮（字仲明，著名画家）介绍我认识了这位青年作家。这位新同学谈起话来滔滔不绝，谈笑风生，仲明和我都插不上嘴。那时我在编《清华周刊》的文艺专刊，健吾交来一篇描写兵士生活的小说，写得很深刻。我把其中一些为当局所忌的字句用黑墨涂去，等审查通过排好版时，再把那些字句添上去。我把这个办法告诉健吾，他说，做得巧妙。后来，他又交来一首他翻译的彭斯的诗，苏格兰方言被译成了优美流利的北京话，我击节吟诵，音调铿锵。昨晚深夜，我偶尔翻出了一九二七年九月九日日记中的一句话："覆李健吾一信，谈译诗的事"，使我重又忆起这些往事，只可惜老友已离我而去了！

后来我在校刊上发表《打猎》一文，健吾读后鼓励我此后多写这种文章。其实我只能写散文和打油诗，小说也作过一篇，但和健吾的作品一比，魂都不见了，因此后来我把它抛在字纸篓里去了。

一九二九年，我们在清华分手。一九三三年夏天，我们又在巴黎相逢。当时健吾忙于写作，特别介绍我认识了戴望舒。我们谈论新诗的节奏，直至深夜。健吾要送我回旅馆。有人说，他是书呆子，找不到路。果然，我们在街上转了许多弯。就在绕路时候，健吾说起他的写作计划，规模宏大，种类繁多，我于感佩之余，只频频点头称赞。

一九三四年，我们都在北京，我和健吾住得很近，时常见面。我们当时都没有职业，谈话中不免常有牢骚。健吾笔力甚健，那时发表了各种体裁的文章，苦苦笔耕。

此后，他去暨南大学教书。在上海的那些年月，是健吾戏剧创作最活跃的时期，也是他成就非常突出的时期，出版了很多戏剧作品。其中影响较大或是当时经常上演的，有《以身作则》、《新学究》、《这不过是春天》、《老王和他的同志们》、《母亲的梦》等。抗日战争中，他是孤岛时期上海话剧运动中的重要一员。上面提到的后两部作品，当时都因有"反日"内容而遭禁。此时，他还改编了巴金三部曲中的《秋》，并将萨都的《托斯卡》改编为《金小玉》，将莎士比亚的《麦克佩斯》改编为《乱世英雄》，将《奥赛罗》改编为《阿史那》。抗战胜利后，健吾又发表

散篇

了《梁允达》、《村长之家》、《青春》三个剧本，都是写农村生活的，技巧更臻炉火纯青。《和平与女人》一剧，由张骏祥导演，是部反对内战、讽刺时事的作品，演出轰动上海。

健吾多年来用"刘西渭"笔名写评论文章，见解独到，很引人注意。评论文字能写得那么洒脱优美，也是少见的。

至于健吾在外国文学、戏剧研究以及翻译上的成就，也早为人所共知。健吾的英、法文，都深有造诣。他翻译过高尔基、契诃夫、托尔斯泰、屠格涅夫、罗曼·罗兰的剧本和莫里哀的全集共二十七部喜剧。这应该看作是一种重大贡献。前些时候，胡乔木同志到他家里，还要他把清华学校王文显教授的两部用英文写作的话剧译本整理出来出版。文化革命前，健吾还编有一百多万字的西方戏剧理论译著，其中我曾为他译出古希腊的《喜剧论纲》。这样一部重要译稿，竟在动乱年代不翼而飞，十分可惜。他曾把拙译亚里斯多德的《诗学》，按传统的解释加以修改，将注文简化，作为这部理论译著的第一篇文章。多亏他那时把这篇译文的底稿交给我，现在我已根据他的修改，整理出一个修订本，即将出版。这是我可以聊以告慰亡友的。

一九七九年秋，希腊国家剧院来我国演出埃斯库罗斯的《普罗米修斯》和欧里庇得斯的《腓尼基少女》。我约健吾写文章，他欣然允诺。他写的《古希腊悲剧一瞥》在《人民戏剧》上发表；后来又在《光明日报》发表了《青春常在的古希腊悲剧》一文，足见他对古希腊戏剧的爱好和素养。记得一九四八年我从四川北上，绕道上海去看健吾，他见了我非常高兴，并告诉，有人读他翻译的《普罗米修斯》，一读即懂，读我译的同名剧本，则要想一想才能懂。这话对我很有启发，使我力求译文在"诚"、"信"的基础上，也要使人易懂。

健吾谦而好学，乐于助人，有客必见，有求必应。他曾两次前来要我解放前出的旧译剧本和解放后出的新译剧本，寄给他的朋友。大百科全书戏剧卷一位编辑要我转请健吾担任法国戏剧条目的主编，我替他答应下来，他后来表示同意。我最近请他为我寻找古希腊悲剧的插图，他费了很大的力气，从他的书库里把两本大书找出来，并亲自送到我家里。

健吾为人耿直，待友诚笃。他很关心我，常鼓励我。此间中央戏剧学院有人说我是"老顽固"，搞古典戏剧研究而不看当前的演出。其实是因我年老耳聋，坐在后面听不见。健吾知道了，多次带我上剧场，进门后设法把后排的票换到最前面去，这样我才多看了一些戏，多有学习的机会。近年来健吾体衰，步履维艰，目力不好，我们也就不大看戏了。健吾学贯中西，对中国戏曲也颇有研究。周企何来京演出川剧《迎贤店》，他邀我在家共看电视，说这个剧种"压垮了整个北京城"，真是出语惊人。

我虽比健吾稍长几岁，却很担心健吾"走"在我的前面。最近我们一道赴西安参加外国文学学会理事会会议，健吾不顾疲劳，游兴颇高。十月廿九日下午阴雨，我们去大雁塔，参观完毕在寺院门口见到健吾，他厉声责问我为何不在宾馆叫他上汽车。他是误了车，由宾馆另派车送来的。我半聋半瞎，在车上没看清有些什么人，他又没事先特意吩咐我叫他。我看出他有些不正常，只是苦笑。肝火过旺是伤身的祸根。此后他又游四川，乘船出夔门，该是过于劳累了吧？

上月二十五日大清早，有位老大娘告诉我，李先生昨天过世了，我就是不相信。但是消息越传越真。这几天我心里悲伤，精神恍惚，编订古希腊、罗马小说选，弄得前后的情节和译名不统一。我们虽同住一院，但我不忍心再登上大楼四单元二楼一号的门。过了好几天，我才勉强爬上去。我没有进书房，只站在门口，大妹告诉我，她父亲这些天仍在写作，坐在椅子上，一口气上不来就去世了。我听了，默默含泪离去。

健吾，您不仅是早熟，而且乐享天年，卓有建树。您的音容笑貌，永远留在我的心里。您的等身著述，是后世的宝贵遗产。可敬的朋友，安息吧！

一九八二年十二月三日

（载《戏剧报》，1983 年 1 月 16 日）

从芙蓉城到希腊

我的希望

1927 到 1929 年，我在清华学校高等科（高中部）念书时，曾靠翻译糊口。五、六十年来，不论在抗战时期，还是动乱年代，我都在搞翻译；尽管吃力不讨好，我对这种工作还是有感情的。建国后十来年间，我觉得翻译工作缺乏完善的计划和良好的领导，为此，于 1962 年左右在报上建议成立文学编译所。20 年后的今天，我得知翻译工作者协会成立的消息，真是喜出望外。成立大会那天，我因事略有耽搁，等我快步赶到人民大会堂，为时已晚。大会上的发言，我只听到一部份。听后，才感到这种工作至关重要，并不象我所想象的那样简单。

许多年前，我见到荷马史诗《伊利亚特》（又译《伊利昂纪》——编者）的两部译稿，都不相上下；我只能推荐其中一部，另一部可能作废了。听说前几年有个出版社收到普卢塔克《希腊罗马名人传》的全部译稿，近两百万字，可惜没有出书。这两件事是我感到翻译工作要有计划，要通声息，以免浪费时间和精力。

我希望我们的协会多做一些具体工作，调查翻译界的情况，制定译书计划，办好《翻译通讯》，并且协助解决翻译工作者，特别是以翻译为职业的老年人的一些困难。听说，有人靠翻译古希腊亚里士多德的哲学和科学著作为生，不知他每天能否平均定稿五百字，这个数字已相当可观！

据我所知，全国性的翻译机构，只有马克思恩格斯列宁斯大

散篇

林著作编译局，这个单位的工作条件特别好，成就、贡献非常大。我有一次去那里查古希腊罗马专名的译音，流连忘返。希望我们的编译局能扩大一些，附带编译其他经典著作，如重要艰深的哲学著作、历史著作、甚至文学著作。如果扩大有困难，希望协会协助成立一个新的编译机构。

人生百岁难逢，我自己剩下的时光不多了，很愿意在协会的指导和鞭策下尽最后的努力，为建筑我们的翻译大厦砌一块砖，铺一片瓦。

（载《翻译通讯》，1983 年第 1 期）

韵文中"的"的念法[1]

诗人胡乔木在今年四月九日《人民日报》上发表《诗四首》。诗人在"附记"中说:"近年写了几首新诗……每句都是四拍的(每拍两三字,有时把'的'字放在下一拍的起头,拿容易念上口做标准),觉得比较顺手。"诗人在这里提出一个重要的念诗原则。如

散篇

> 只凭它—五颜—六色—的翅膀
>
> 第一首诗《蚕》
>
> 猛烈—的风—在狂吹着—大地
>
> 第二首诗《怒吼的风》

我这样分拍,不一定合乎诗人的意思,但把"的"放在下一拍,读起来"容易上口",也比较悦耳。但下面这行诗便不宜于这样分拍,而应念成:

> 我们是—田野的—老相识—你记得
>
> 第二首诗《怒吼的风》

有时把"的"字放在下一拍的念法,是诗人孙大雨于1934年首先提出来的,赞成的一直只有我一个人。到了1958年,诗

人何其芳赞成一半，他建议把"的"字放在两个拍子的中间。这样安排是很难的。1959 年，中国社会科学院文学研究所吴晓玲先生告诉我，他完全赞成我们这种念法，并替我举出京剧《清官册》中寇准的道白为例：

> 似你这不忠、不孝、不仁、不义——的乱臣贼子（参看《文学评论》1959 年第 3 期《诗的节奏》一文，该文详论"的"字的念法。）

如今有了第三位赞成者。

这种念法涉及诗歌的节奏和朗诵问题，是相当重要的。

四月九日

从芙蓉城到希腊

注　释

[1] 本篇由钱光培先生提供。钱先生按：本文原稿的写作时间有月日，没有年份。但从本文开头云云可知，这篇短文是罗先生在胡乔木《诗四首》发表当日有感而发的。查《诗四首》发表时间为 1983 年 4 月 9 日，本手稿的写作也应当是 1983 年之 4 月 9 日无疑。——编者注

《柳无忌散文选》序

　　本书作者柳无忌出身于亚子先生的书香之家，1907 年生，江苏吴江县人，笔名啸霞。幼年读私塾。1920—1925 年在上海圣约翰中学及大学一年级念书。1925 年自"后门"进入清华学校，他的家庭曾为他付出"巨大的金钱代价"。那一年旧制清华改办为大学，需要资金，凡愿捐赠五千元的家长，可以送子弟入学。当时有几位家长都是自愿加倍捐献。无忌于 1927 年以清华"公费"（庚子赔款）留学美国，攻读西洋文学。1931 年赴欧洲游历。次年回国，相继在南开大学、西南联合大学、中央大学任教。1945 年赴美讲学，原定一年为期，却一去不返三十余年。

　　无忌初入清华时，异想天开，要制造毒气炸弹，因此学习化学，可惜不会做实验，制造不出来。次年，在朱自清先生和同班人朱湘（子沅）的指引下改学文学。其实无忌"家学渊源"，尽管他自己不承认。他刚满十岁就加入亚子先生组织的"南社"，受到文学熏陶。少年时喜欢阅读旧小说和新译的西洋说部。十七岁"醉心于新文学"，很早就开始苏曼殊研究。由此可见他的志趣早已趋向于文学方面。

　　无忌手不释卷，笔不停留，学贯中西，著述编译有三四十种之多，其中重要的有：《苏曼殊全集》、《少年歌德》、《抛砖集》（新诗集）、《柳亚子文集》、《柳亚子年谱》、《印度文学》、《英国文学史》、莎士比亚戏剧《西撒大将》（中译本）、《中国文学概论》、《葵晔集》（三千年中国诗选，英译本）、《古稀话旧集》（散文集）、《休而未朽集》（散文集）。

这本散文选大半是好文章。《我不认识的苏曼殊》一文，意味深长，娓娓动听，结尾句尤佳。《我所认识的子沅》是一篇优美的散文，情感真挚，叙述生动，很令人感伤。《集邮六十年琐记》经过转载，为千千万万读者所喜爱，惟有笔者不在此数之内，这不是说文章不好，而是说各有所好。

作者最爱好英国浪漫派诗人，特别是雪莱，他自己的诗文也深受浪漫派的影响，情感奔放，风格华丽，花样繁多，描写细致。浪漫派的最高成就要数但丁的《神曲》，古典派的最高成就要数弥尔顿的《失乐园》。前者细致入微，可以丰富我们的想像；后者简洁单纯，可以刺激我们的想像。这两种手法在艺术上难分高下，在我们的经典著作中，可举《红楼梦》与《三国演义》为例，对前者经常有论著发表，对后者尚未作深入的研究。

浪漫派注重情感，而情感又是由灵感引起的。无忌的诗文都是由灵感生成的。笔者曾央求无忌写梁宗岱，他回信说，一俟情感成熟，方能动笔。宗岱逝世后，笔者把为宗岱作传的陈锡添的来信告诉无忌，说是宗岱听见笔者央求无忌写文章的事，泪流满面而不能言语。这句话给无忌引来了灵感，他立即快笔草就怀念宗岱的文章，正如他自己说的："情绪汹涌起来，文字如泉水般直泻而下。"

无忌喜欢写文章，办刊物。他和罗皑岚、陈麟瑞（戏剧家，笔名林率）、石华父几个同学在纽约聚首，他提议办个文学刊物，取名为《文艺杂志》，请柳亚子先生做名誉主编，介绍上海开华书店出书。至1932年9月，共出四期。无忌在刊物上发表新诗和诗论。我们还刊载过朱湘的诗作、水天同的书评、曹希文的散文。可以说这是清华学生的同人刊物。现在有人考证，亚子先生并未编辑此书，笔者只好承认是自己一个人编辑的。另外还有人说朱湘参加了"文艺杂志社"的活动。这是误传，因为我们并没有结社。我们结社是在 1935 年，由无忌与皑岚在南开大学发起组织"人生与文学社"，编辑期刊《人生与文学》、天津《益世报·文艺副刊》，出版丛书《苦果》(皑岚的长篇小说)，《朱湘书信集》，这个集子已由上海书店复印，是研究朱湘诗论的重要资料。

无忌对朱湘怀有深厚的友谊。他曾于 1976 年为《朱湘文选》作序，写出《朱湘：诗人的诗人》一文，可谓有胆识。当时我们还不能动笔写这种文章，主要原因是有人把这位诗人归入"反动的"新月派，其实他并不是新月派中的人，而是与他们作对的。我们三人五十年来写了二十多篇怀念朱湘的文章，无忌坚持要出《二罗一柳忆朱湘》一书，经他推荐与催促，这本小册子终于编成，即将出书。

无忌在国内任教期间，写了许多篇论说文，集成《西洋文学研究》一书，其中《西洋文学与东方头脑》、《西洋戏剧发展的阶程》、《少年歌德与新中国》等篇，既是精辟的学术著作，又是优美的散文。

无忌自 1976 年从美国大学退休后，集中精力研究元代杂剧，著有专论多篇，如《中西古典戏剧的比较观》、《关汉卿的戏剧艺术》、《合称双璧的董王两部西厢记》等篇，考证精确，立论严谨，很有学术价值。作者日前来信说："忽然心血来潮，有意把我历年来的有关中西戏剧的文章编成集子，看有无出版机会。"

无忌曾告诉我，他要花七年功夫，写出三卷本《中国戏剧史》，这是一位年高学者的宏伟计划。笔者祝愿这部巨著水到渠成，尽管自己不一定能有机会捧读，拿元曲与古希腊悲剧中的歌曲对照比较。1973 年，无忌回国探亲，到北京大学去找我，到校时发现错误，以致失之交臂，未能见面。1981 年，无忌第二次返国，参加辛亥革命七十周年纪念会，我们才得相逢，但见他精力充沛，翩翩风度，不减当年。半个世纪久别重聚首，有话不知从何说起，只谈了为朱湘恢复名誉的事。他最近来信说，准于亚子先生百岁诞辰，回来参加纪念会。后会有期，复怀希望，但愿天假我年，得与健存的老友一同回忆"水木清华"的弦歌之声与读书之乐。

1984 年 4 月，北京

从芙蓉城到希腊

跋　语^[1]

散
篇

　　我生于 1904 年，童年时期生活在四川威远县乡下，读私塾。
1922 年考入清华学校，自 1926 年起因家庭无力供我读书，只好
弃理学文，以卖文为生，千字一元。在高等科（高中）时期，写
了《钓鱼》、《打猎》、《养鸟》、《飘叶子》（落魄文人求衣食）等
散文，后来收入散文集《芙蓉城》。现在回味起来，青年艰苦，
壮年奔波，老年安定，而幸福时期则在童年。祝愿少年朋友珍惜
时光。

罗念生

1986 年 4 月

北京

注　释

[1] 此《跋语》为《作家童年文萃百篇》收入先生早年作品《钓鱼》应约而写。——编
　　者注

忆皑岚

——写在罗皑岚小说选《诱惑》出版之后

旧制清华学校分中等科四年、高等科三年、大学一年（相当于美国大学二年级或三年级）。罗皑岚和我于 1922 年分别插入中等科三年级和二年级，于 1929 年同时毕业。这七年间，学校有很多名教授。张欣海先生教英文，王文显、楼光来两先生教莎士比亚，波勒先生教小说，詹姆森先生讲欧洲文学史，张彭春先生讲戏剧，杨振声、朱自清两先生教新文学。清华国学研究院有梁任公、王国维、陈寅恪、赵元任、杨树达大师讲学。所以当时清华文风鼎盛。皑岚和我于 1924、1925 年间，因受清华文学社社友的指引，放弃数学，改攻文学。闻一多已于 1922 年毕业，赴美学绘画，他一直是文学社的精神领袖，大家都尊称他为"老大哥"。当时文学社的中心人物是朱湘和孙大雨。朱湘于 1924 年即将毕业时，因为不到食堂吃早餐，听候点名，被学校开除。我先认识大雨，他介绍我与朱湘通信。朱湘在第一封信上这样回答我："你问我为何要离清华。我可以简单回答一句：清华生活是非人的，人生是奋斗，而清华只有钻分数；人生是变换，而清华只有单调；人生是热辣辣的，而清华是隔靴搔痒。我投身社会之后，怪现象虽然目击耳闻了许多，但这些正是真的人生。至于清华中最高尚的生活，都逃不出一个假，矫揉。"（《朱湘书信集》第 147 页）当日的清华是"世外桃园"，脱离生活与社会。皑岚和我都听从朱湘的劝告，多接触社会实际。其实"水木清华"并不缺乏政治斗争。约在 1926 年，清华同学罗隆基在留美期中，请假回国来组织政党。我们在工字厅举行政治辩论会。有人代表国民党说话，同班人彭光钦身为国民党员却代表共产党发言。我作记录，自命为超然派，说国民党不好，共产党也不好，罗隆基的第三党更是要不得。记录在校刊上发表后，罗隆基说我"缺德"。这场辩论，皑岚是参加了的，事先我们几个人曾在对待罗隆基的态度问题上交换过意见。

1925 年，朱湘（子沅）由南方回来，与孙大雨（子潜）、饶孟侃（子离）、杨世恩（子惠）同住在西城梯子胡同，每天做诗，写文章。在这个时间，我介绍皑岚与朱湘结交。皑岚当时已开始写小说，朱湘对他非常器重，曾多次对我说："皑岚生来只能写小说，只好写小说。"朱湘总是劝别人学实科，却鼓励皑岚学文科，专写小说。朱湘还介绍我们认识沈从文，从文当时已以写小说闻名。

1926 年夏天，皑岚因交通阻塞，困处在湘潭家中，十分焦急。朱湘曾写信安慰他："大变动的时期，小说材料最多，正好着手写。千万不要消极，这正是千载难逢的机会。"（《二罗一柳忆朱湘》第 28 页）皑岚的小说资料，主要是这个时期累积的。他的长篇小说《苦果》也是根据这时期的材料而构思的。朱湘曾写信鼓励皑岚："《认识》收到。小说较《东镇》又进一竿头，在你这一方面我完全放下心了，根基打好了，以后便是正式事业的开始。你的肩膀上已经落下中国新小说的重担，皑岚，你是应当多么欢喜，又多么恐虑呀！"（《朱湘书信集》第 132 页）朱湘并且对他说："你好象矿工进了矿，开采第二批原料，写，拼了命写。你这正是火起的时候，千万不要让它冷下去，皑岚，为了祖国过去的光荣，拼了命写。"（《朱湘书信集》第 138 页）

朱湘也曾告诫皑岚："短篇小说的要素在这几篇之内可以说是规模具备，以后所需要的便是发展与提炼，由较模糊与稚弱

散
篇

的地方升高到光明与坚固。序文我现在不便写，因为你现在所处的地位是需要鼓舞的，不过我若是说些好话在上面，别人多心的（这种人并且如今多极）便会说是自己捧场。弱点方面我一说的时候，那别人更有话讲了。这让不同情的人抓作了话柄，那又何苦呢？不过彼此之间，谈谈也好。这八篇中我最喜欢的是《告阴状》（按：后来改名为《清白家风》），喜欢它的弦外音。正面的反讽不须说了，侧面的用以暴易暴的方法来烘托，更见巧思，乡愚的心理也被握住了。其次是《租差》，就中描写老板娘子为李四长求情之处，恰到好处。生活与人物是小说的必要条件，禀赋上在这两方面并不缺乏，那就无论是多么幼稚与模糊，都有指望。不过在人物描写方面，我对你有一个最大的警告，便是人物不可类型化！"（《朱湘书信集》第 121 页）

从上面这些引文里可以看出朱湘对皑岚的提拔与期望，而最宜于为皑岚的小说作序的，是他的这位文学引路人。

朱湘投江后，皑岚写过五篇怀念诗人的文章，即《朱湘》、《读〈海外寄霓君〉》、《朱湘的书》、《忆朱湘》（以上四篇收入《二罗一柳忆朱湘》）和《海外遥寄诗魂——悼朱湘》，情感真挚，文笔象小说。那篇《忆朱湘》是我为了配合《朱湘年表》逼他写的，不料文章竟成绝笔。

谢文炳也是皑岚的文学引路人，他曾建议由皑岚和我编朱湘传，如果编不完，他愿意继续编。皑岚于 1982 年 9 月 19 日来信说："多谢文炳兄的好意，论我与他，尤其与子沉的友谊，'义'与'谊'都不容辞。写评传的文章，我万不如你，并且材料又少。……万一要助瓦添砖，届时当尽一臂之力。"皑岚去世后，计划成泡影。文炳有重病，也不知他在长篇小说里把朱湘写进去没有。我后来把写传的材料交给诗论家钱光培，央他写《诗人朱湘研究》一书，算是借花献佛。

皑岚很勤奋，在学校功课的重压之下，他在短时期内读了许多中外小说，写了许多篇小说，真是难得。他写作十分认真，我曾看见他绘制《苦果》情节的"草图"。这个长篇他一再修改，等了七年才发表。他私淑鲁迅先生，取法于薄伽丘的《十日谈》以及英国、法国的小说。他的作品，意义深刻，讽刺锐利，结构谨严，文笔生动，很能引人入胜，发人深思。皑岚观察敏锐，分析入微。我们这些人都处他的透视之下。我原来以为朱湘夫妇生活美满，皑岚初次见到他们，就对我的看法表示怀疑。皑岚很敏感，容易动情感。我曾在我们的《文艺杂志》上发表《回川》一文。他写信告诉我，那一期刊物上，以我的游记写得好，引得他流泪。他为人如此，我却很麻木，因此我们之间偶尔闹点小意气，一会儿又和好了。

1931 年，皑岚由美国西部转学到哥伦比亚大学，与陈麟瑞（林率）和我同住在纽约河边路 530 号。柳无忌得闲，时常自耶鲁大学来我们家里作客。根据皑岚的建议，我们创办《文艺杂志》，由我编辑，请柳亚子先生任名誉主编，在上海中学生书局和开华书局出版了四期。为刊物写稿的还有清华同学朱湘、水天同、曹希文等人以及无忌的大妹无非。这个杂志由于登载了皑岚的小说而引人注意。开华书局还自杂志中抽印选本《文艺园地》。后来我们分散了，刊物没有继续办下去。

无忌、皑岚先后回国，在南开大学任教。我在北京译书，兼课。1934 年初冬，大雨到南开讲美国现代诗，我讲荷马。南开当时文风正盛，无忌、皑岚创办文艺刊物，出版丛书，我也加入凑热闹。

1937 年秋，我路过长沙，曾到皑岚家中作客，特别游览东镇。那是一条普普通通的湖南街道，但经过皑岚用彩笔描绘，已成为小说中的知名之地，有似从文小说中的"湘西"。朱湘给皑岚的小说集取的书名，原来叫《东镇》（按：后来改名为《招姐》）。

1947 年，皑岚约我到湖南大学任教，我们朝夕相处，切磋琢磨。我在油灯下编文艺副刊，皑岚也写文章，但不见他的小说。湖南得天独厚，物产丰饶，生活上的舒适使我们的"胖公"越来越发福，我很替他担心。

1983 年早春，岚的大少君学澄自英国剑桥大学来信说，久未见家书，心里很焦急。我回信告诉他，清华同学陈嘉当时曾在长沙见到学长，他身体健康。不久噩耗传来，使我感到震惊。无忌同皑岚交情甚笃，他痛失良友，写出《恻恻吞声，生死两别——悼念罗皑岚》一文。我则无泪可流，不是出于无情，而是为他的无辜遭遇感到愤恨不平。

我认为皑岚在新文学史应占有一席地位，他的作品不容湮没。我因此把他的《疯婆子》(收入《现代中国短篇小说选》，人民文学出版社，1981 年）和《小迷姐》(载《文学杂志》第四期）交给人民文学出版社"五四"编辑组，推荐出版皑岚的小说选。这就是本书编辑的起因。对于《诱惑》的出版，我感到由衷的喜悦。

（载《中国文学研究》，1989 年第 3 期）

格律诗谈

我们的新体诗发轫于 1917 年，到现在已经有七十年的历史。最早出现的是"半解放"的新体诗和模仿惠特曼及其他西方现代派诗人作品的自由诗。直到 1925 年左右才出现新体格律诗，由孙大雨、闻一多、朱湘、饶孟侃等清华诗人首先开创。七十年中比较有成就的当推自由诗，但格律诗也一直有人在写，而且有许多好诗。

对于格律诗的形式问题，一直有争论。首次论战发生在 1935 年，朱光潜曾经同笔者就新诗的节奏问题开展辩论，因两人对节奏的涵义理解不同，故辩论无结果。此后虽然偶尔也有讨论的文章，但真正认真对待诗歌的形式问题，是在解放以后。

1950 年首次笔谈诗歌的格律。萧三、田间、马凡陀、冯至等人认为诗人应创造新的形式、新的格律。

1953 年开展关于诗歌形式的讨论，讨论发展成为格律诗与自由诗之间的争论。主张格律诗的人认为应当利用古典诗歌和民歌来创造格律诗。主张自由诗的人则反对给诗歌规定形式，认为诗歌的音节不应当排列整齐。

1956 年又开展一次关于诗歌形式的争论，涉及到古典诗词与现代口语有无矛盾的问题。有人认为我们的新诗还没有找到合理的形式。朱光潜认为"五四"以来的新诗从外国诗借来音律形式，这种形式在我们人民中间没有"根"。郭沫若、冯至等人则

散
篇

肯定新诗的成就，认为用五七言形式来表达今天的时代生活是有困难的。

1958 年开展新诗与民歌之间的争论。有人认为新诗缺点大，是"洋腔"。也有人认为民歌也有缺点，有限制。这次的争论持续时间最长，参加的人有二三十位之多。大多数人认为新诗应向民歌和传统诗词学习，这个意见无疑是正确的。过去在这方面比较有成就的是朱湘，他的《采莲曲》脱胎于古典诗词，又是新体格律诗。

何其芳认为诗歌的形式问题相当重要，他因此于 1959 年邀请许多诗人和诗歌理论家写文章谈论这个问题。这些文章主要发表在《文学评论》1959 年第 3 期上（后来收入《新诗歌的发展问题》第四集，作家出版社，1961 年）。随后，何其芳召开了三次诗歌格律问题讨论会，集中谈诗歌的节奏问题。讨论会的记录《诗歌格律问题的讨论》，发表在同年《文学评论》第 5 期上。

此后二十多年过去了，诗歌形式问题没有再开展讨论。一位曾经参加那次大论战的诗人认为那是一场混战，没有解决问题。笔者现在把上次讨论所涉及的各种问题再提出来探讨，希望把诗歌形式问题弄清楚一些。

首先确定什么是"格律诗"。何其芳说："我们说的现代格律诗在格律上只有这样一点要求：按照现代的口语写得每行的顿数有规律，每顿所占时间大致相等，而且有规律地押韵。"格律诗是否必须押韵，下面再谈。

现在谈何其芳为什么提倡格律诗。何其芳一方面说："五四运动以来，曾经有一些人作过建立现代格律诗的努力，闻一多就是其中作得最有成绩的一位。"另一方面他又说："后来我为什么又提出了建立现代格律诗的主张呢？……这是因为五四以来虽然有人作过建立格律诗的努力，然而还没有成功的缘故。"他还说："今天只能说有格律诗的萌芽或不大成熟的格律诗。"这样，何其芳否定了格律诗过去的成就，进而建立他所说的新格律诗。

古今中外的格律诗是由顿和节奏构成的。"顿"出自希腊文 pous（英文译作"Foot"），闻一多误解为"音尺"，应当译为"音步"。

孙大雨在 1925 年就考虑过诗行中的音步问题，认为格律诗各行的音步应当有一定的数目，但每音步的字数不必绝对相同。他在 1934 年把"音步"称为"音节小组"，经与笔者磋商，定名为"音组"。

把"音步"称为"顿"，并不恰当。这个名称是朱光潜首先采用的，他说："与这个问题（按：指四声）密切相关的顿的问题即句中有几个停顿。"周煦良说："音组是指几个字作为一组时发出的声音，'顿'是指'音组'后面的停顿或者间歇；换句话说，'顿'是指一种不发声的状态。"何其芳说："我所说的顿是指古代一句诗和现代一行诗那种读时可以略为停顿一下音节上的基本单位。"

可是大多数人读诗并不是在每顿后面停顿一下，而是把每顿的末一字稍微拖长。王力指出节奏不等于停顿，例如"毛主席的两只眼睛"（·代表重音）并不需要一重一轻完了就停顿一下。（见于《诗歌格律问题的讨论》）孙大雨说："如果把'顿'解作没有语音的'休止'……则不论在文言诗或白话诗里，在每一个音节的终了时，语言之流便是停止一下——这样把一行韵文断成不相衔接的一橛橛，岂不变成笑话？要晓得我们在分析时在音节与音节之间固然可以用线条来划分，但在诵读时却切不可一橛橛地加以中断。"（见《诗歌底格律》，《复旦学报》，1956、1957 年）

徐迟的意见比较正确，他说："顿，不是指停顿，是相等整齐的意思，即一些东西的重复，是均衡的次数。"既然是"一些东西"，就该另起名称，何必用"顿"，以致引人误会为"停顿"。

音组理论是孙大雨首先提出来的。他曾于 1926 年春天到北京与朱湘、闻一多等人讨论格律诗问题。当时朱湘主张各行诗字数一律，孙大雨不赞成，闻一多则同意朱湘的意见，要求每行字数整齐，以显示"建筑美"，因此他们写出来的许多诗像"豆腐干块"，这种形式曾受到讥评。闻一多后来在抗战期间否定了他过去的主张。

孙大雨于 1926 年 4 月 10 日用"孙子潜"的笔名在北京《晨报·副镌》上发表他的意大利体商乃诗（Sonnet，十四行诗）《爱》，那是我国最早的一首严格的格律诗。过了五天，闻一多的《死水》才在这个副镌上发表。孙大雨后来于 1934 年开始按照他的音组原理用五音组无韵体（又称"素体"）翻译莎士比亚悲剧《黎琊王》（king Lear）。他在《黎琊王》（这剧本迟至 1948 年才由商务印书馆出书）原来的译本序中详述他的音组理论，长达十万言，后来压缩到几千字。那篇抽出来的论音组的长文后来在香港被焚毁了。事隔多年，他将原材料写成《诗歌的格律》一文，长达八万字。笔者曾将此文手稿给何其芳看，并同他讨论过格律诗问题。何其芳随即提出他的格律诗理论，而孙大雨的长篇论文直到 1956、1957 年才在两期《复旦学报》上发表。因此有人认为何其芳的格律诗见解创于孙大雨之前，这是错误的推断。

有了音步，各行诗所占的时间显得整齐，但还没有构成节奏。宋垒在《建立真正的格律诗》一文中指出："现代格律诗还有一个重要的弱点，就是没有考虑'顿'的内部音律。……各国格律诗都是安排了'顿'的内部音律的，我国古诗是安排平仄声，英诗是安排轻重音，据说希腊诗是安排长短音。"这个意见提得很好，只是对平仄的看法不正确。

诗歌的节奏是由字音构成的。字音有四种要素，即长短、轻重、高低和音色。音色是声音的特质，和节奏没有关系。据王力说："除音色与节奏无关外，其他三种要素都可能和节奏发生关系，而且只有这三种要素可以构成节奏。"

从理论上讲，高低可以构成节奏，但是古今中外的诗歌中还没有用高低（在汉语中为平仄）来构成节奏的。法国 17 世纪古典体亚历山大诗行分为四个音节段落，每个音节段落末一个音读重一点，长一点，又高一点，这样构成节奏，但是高一点的音在这种诗行里只起辅助作用，而不是单靠高一点的音构成节奏。古希腊语几乎每一个字都有高声、"高低音"（先高后低的音）或低音，但是这种高低很难构成节奏。我们的平仄有长短、轻重之分，主要是高低之分，但不论就高低、长短、轻重而论，区别都不够显著，所以不能构成节奏。我们的五七言诗中有各种的平仄配合，却并不是显示出不同的节奏。平声或仄声占绝大多数的旧体诗句，也显示不出不同的节奏。何其芳说："古典诗歌，除了所谓'近体诗'而外，都是不讲究平仄的，然而我们读时并不觉得它们不如讲究平仄的诗节奏好。"

对于平仄的看法，现在大家的意见已经一致，只有个别的人仍然坚持我们的诗歌的节奏是由平仄构成的。

现在谈轻重音和长短音的作用。王力说："也许轻重音的节奏比高低音的节奏更有前途，因为轻重音在现代汉语的口语里就具有抑扬顿挫的美，在诗歌中，轻重音如果配合得平衡、和谐，必然会形成优美的韵律。"这里所谓"韵律"，是指"节奏"。

王力还说："在希腊和拉丁的诗律学里，长短音相间构成音步，因为这两种语言的每一个元音都有长短两类；在德语和英语的诗律学里，轻重相间构成音步，因为这两种语言的音节都有重音和非重音的分别。在法语里，……音步指的是诗行的一个音节（按：应作"音节段落"，每个"段落"是由一个或几个音节即音缀组成的），因为法语既不像希腊、拉丁语那样有长短元音，又不像德语和英语那样具有鲜明突出的重音。俄国的诗律学在 17 世纪到 18 世纪初期用的是'音节体系'，也就是法国式，后来特列奇雅科夫斯基和罗蒙诺索夫等诗人……改为'音节·重音体系'，这个体系不但使每行诗的音节相等，同时也使每行重音的数目相等，位置相当。"这里所谓"构成音步"，也就是"构成节奏"。

一行诗里同样的长短音相间或轻重音相间就能构成节奏，所以节奏视音步内不同的字音的排列而定。在一些西方格律诗的诗行里，须先找出不同的字音的排列，即找出节奏，然后才能划分音步。在我们的新体格律诗里，音步则是按照词的组织和意义划分的，原因是由于节奏不鲜明。

在西方格律诗里，主要有四种节奏。试以古希腊格律诗为例。古希腊诗的节奏是由长短音构成的。第一种是短长节奏，适用于戏剧中的对话。第二种是短短长节奏，适用于舞蹈。第三种是长短节奏。第四种是长短短节奏，为史诗的节奏，比较缓慢、庄严。此外还有长长节奏，偶尔使用。各种节奏可以互相代替，以避免单调，但不能在一首诗里混合使用两种或多种节奏。德文和英文诗的节奏也有这几种分别。

我们的语言里的实字，是重音又是长音，可以说是一种重长音。我们的旧体诗的节奏便是由这种重而长的字音构成的，有些像古希腊的"长长节奏"。这种节奏有似寒山寺夜半发出的钟声，有些单调，但完全合乎诗律学的原理。五七言诗各行字数整齐，所以音步很有规律，这也完全合乎音律学的原理。我们的民歌也是这种节奏，但因为偶尔有轻而短的字音插入，所以节奏比较活泼。

到了我们的新体格律诗里，情形就大不相同，原因是由于我们的口语里有不少轻而短的虚字，这些虚字很难和重而长的实字一起安排得相当整齐，以显示出节奏，更难显出不同的节奏。过去闻一多和陆志韦曾试用口语里的轻音和重音构成节奏，都没有获得成功。

我们的新格律诗的节奏有些像俄文诗的"音节·重音体系"，

更像 12 世纪法国诗的"亚历山大体"，那种中世纪亚历山大体每行有 12 个音缀，分成两半，第六音缀后面有一个意义上的"顿停"，停顿前后比较重读的字音没有一定的数目，也没有一定的排列。这种诗体节奏性不强。我们的新格律诗的节奏的弱点也是在这里。

我们的新格律诗的节奏还有些像古伊朗文的圣经。据孙大雨说："据 E. A. Sonnenschein 氏在他的研究了二十多年的成果《什么是节奏？》一书里所介绍的，古伊朗文（波斯文）的拜火教圣经《阿梵斯泰》是用不分语音长短、重轻或高低，不区别音质而仅仅计算音数以分行的方法，形成分行的标准。这种等音计数（每行 16 缀音），不能说完全没有节奏，但是这种节奏是机械的、死板的。"（见于《莎士比亚的戏剧是话剧还是诗剧？》，载《华东师范大学学报》1987 年第 2 期）我们的"豆腐干块"诗就有这种缺点。

散篇

补救之计似乎可以采取孙大雨提出的办法，把一些虚字如"的"、"和"移到下一音步里念，把实字放在响亮的位置上，这样勉强显出一种头轻短、脚重长的节奏。孙大雨并且认为把虚字移到下一音步念，是为了尽可能地做到上下两个音步的时长之间的平衡。但是这个办法，长期以来，只有笔者表示赞同。1957年，吴晓铃认为这个念法是合理的。前几年，又有胡乔木主张这样念。他说："有时把'的'字放在下一拍的起头，拿容易念上口做标准。"（见《诗四首》附记，人民日报 1983 年 4 月 9 日）很希望诗人和学者考虑这个办法。

现在谈韵。韵属于声音之美，可以加强字音的和谐与悦耳，还可以把诗行组成诗节，但与节奏无关。何其芳说："我们的新诗的格律的构成，主要依靠顿数的整齐，因此需要用有规律的韵脚来增强它的节奏性。"这个说法是错误的。我们可以从反面来证明：把韵去掉，改用不协韵的字，节奏并不起变化。

我们的古老的《诗经》中，有些诗是没有押韵的。据顾炎武在《日知录》卷二十一《五经中多有用韵》篇里所说："三百篇之诗，有韵之文也……又有全篇无韵者，《周颂》、《清庙》、《唯天之命》、《昊天有成命》、《时迈》、《武》诸篇是矣。"

印度的梵文诗是不押韵的。据金克木说："印度梵文诗讲长短（叫做'轻重'）。……梵文诗一般不用韵，近几百年来的（印度）各地的口语诗一般都用脚韵。……很明显的，印度人是把长短、轻重合并考试的。"据季羡林说："在印度，古代梵文诗没有脚韵，有由诗句内长音和短音组成韵律和音节数目的限制。"季羡林还说："这（诗的）形式也可以是诗句内轻音和重音、长音和短音组成的韵律。"这里所谓"韵律"不是指"韵"，而是指"节奏"。印度梵文诗的格律可以供我们建立格律诗参考。

古希腊、拉丁诗也是不押韵的。在古希腊文里，押韵是很方便的事，因为几乎每个动词都可以用来押韵，这是由于动词的词尾变化大致相同。有韵脚的诗行只偶尔见于古希腊悲剧的滑稽场面中。

英国的五音步素体诗也是不押韵的。

上面提到的几种诗体都是不押韵的，所以我们不能说，不押韵的诗，就不是格律诗，也不能说孙大雨、卞之琳用五音步素体诗翻译的莎士比亚悲剧，以及徐迟用五音步素体诗翻译的荷马史诗《伊利亚特》不是格律诗，而是自由诗。

综上所述，可以看出，诗的"格律"包含节奏、音步、韵等，诗的"音节"包含节奏、音步、意义上的"停顿"、平仄、韵、双声、叠韵等。"节奏"专指不同的字音有规则的排列所构成的"韵律"。所以"格律"、"音节"、"节奏"各有不同的含义，不区别清楚，就会引起误会，例如袁水拍说："节奏就是节拍，新诗需要研究节拍的规律化。"其实"节奏"并不是"节拍"，"音步"才是"节拍"。如果按照袁水拍的解释，则我们的"节奏"问题早已解决了，不至于引起这许多争论。又例如卞之琳认为节奏在一般格律诗里应是特别整齐、匀称，有特别显著的规律；节奏的中心环节是顿数和顿法（顿的内外关系），或者叫音组安排。他还认为在诗中虚字经常是轻读；平仄在五七言一路调子中，对节奏的作用明显，在四六言一路调子中则不起作用。他还认为今日说话式调子（四六言一路调子）的诗里，摆脱了作为基本考虑的平仄律，总还有和平仄律相当的讲究，才能使节奏特别显著。这种讲究还是以二字顿（音组）和三字顿（音组）为基干的适当安排，而考虑到这种安排，却又要考虑平仄律的安排方法，从参差里求整齐的办法。（以上均见于《诗歌格律问题的讨论》）用卞之琳自己的话说："更重要的顿呢，虽然和西方诗歌的'音步'这一类概念有共同的地方（那是在普通的节奏基础或者节拍这一点上），可是不作每顿轻重音相间或长短音相间这一类要求。"卞之琳所说的节奏是由顿的安排构成的。他还认为平仄的安排可以对节奏起一定的作用。他指出我们的诗中有轻音字，却又不考虑轻重音的安排。由此可见他所说的"节奏"是指"音节"中的某些要素，惟独没有接触到诗律学中的"节奏"问题。

散篇

总的说来，格律诗是由音步和节奏构成的。平仄并不能构成节奏，韵也不是格律诗所必需的。理论来自实践，我们的格律诗的形式问题，应由诗人自实践中求得解决。过去的成功与失败可供参考，前后积累一百年的经验，我们的新体格律诗的形式自然会有个眉目。

1987 年 6 月，北京

《卓文君》杂感

我出生在上川南山区，从小喜欢站在茶馆外面听《活捉王魁》、《文君当垆》一类的围鼓清唱。尽管吴祖光在《求凰集·凤求凰》后记中说，川剧这个丰富的艺术宝库，对她本土这一对照耀千古的才子佳人竟也没有一部象样的剧作，我还是非常喜爱这种不象样的当垆戏。儿时的爱好引导我对戏剧发生兴趣。但是我只懂得一点"洋古"，而对我国的戏曲艺术则一窍不通。

六十年前我曾在散文《芙蓉城》中写道："西郊外可寻访相如的古琴台，在市桥西岸，也就是文君当垆涤器的地方。北门外可望见凤凰山，满生着青翠的梧桐。山旁有驷马桥，相如当日豪语道：'不乘高车驷马，不过此桥。'……倦了，你踏进酒家酌饮几杯，别忘了当垆的美人。"这些话多半是我的想像之词，但曾惹动几位写新诗的朋友追踪诗圣的足迹，上西蜀赏弄风光，寻觅诗兴。

1985 年 8 月，在西安观看易俗社演秦腔《卓文君》，觉得非常清新、优美。我提过两点意见，一是有些场面太闹了一点。我说，笑剧是喜剧，喜剧并不都是笑剧。有些喜剧，如古希腊米南德写儿女之情的世态喜剧，一点不逗笑，仍然是上乘的喜剧。另一点是，秦腔高亢、悠扬，十分悦耳，但有些单调。提过后，觉得不妥当，有些后悔。

《卓文君》的演出使我入迷甚深，我因此找到吴祖光的《凤

求凰》，深夜细读，爱不释手。此剧含义极深，结构完整，性格
鲜明。剧情忽告终止，使我没有欣赏尽兴。我曾将此意告知祖
光，本是称赞之意，他却误会为我对结尾不满，回信说，他已费
尽苦心，只能如此收场。祖光曾慨叹写文君的戏有三四十种之
多，但是在舞台上从来没有占到它应有的重要地位。他有意再度
罗致演员，重演这个剧本，我引领以待。

　　秦腔《卓文君》是一首抒情诗，近日重看，演出更雅致，造
型舞蹈也添新姿。青年演员戴春荣和郝劼分别扮演文君与相如，
他们歌声圆润，表演优美，本是伉俪，情感真实。这令我想起古
希腊演员波洛斯扮演索福克勒斯的悲剧《埃勒克特拉》中同名的
女主人公。这女子接过尚未被她认识的她的弟弟奥瑞斯特斯交给
她的骨灰罐（里面装的是奥瑞斯特斯的假骨灰），悲痛欲绝。波
洛斯把他刚死去的儿子的骨灰罐从墓室里取出来，当作奥瑞斯特
斯的骨灰，发出真实的情感。那是人工造成的，而我们这里的表
情则是天然的。

（载《戏剧电影报》，1987 年 6 月 28 日）

散
篇

学术书籍的命运

　　三年前我"漂流"到上海，寄居在一间教室里，在邻近宿舍遇见张君川先生，我们在清华是先后同学，开怀畅叙，旬日之间，顿成莫逆。他当时约我写一篇论希腊、罗马悲剧与文艺复兴时期英国戏剧的文章，事隔年余，这位老学长来函责备我把文章拿到别处去发表了。我满腹冤屈，无处申诉，立即把草稿寄给他，征求修改意见，并说明还须有一年时间进行修改。事过半年，经我催问，他才告诉我，文章早已直接交给出版社付排了。此后，我一直盼望他主编的这本莎士比亚论文集出书。昨天我偶然遇见那家出版社的编辑才知道书已打好纸型，但须等他们的编辑小组完成今年的定额利润后，有了万元盈余，才能印刷。这本论文集的征订数只有两百本，书的命运可悲可叹！

　　我曾花六七年光阴编写一本二三百万字的书，交稿四年，尚未付排。最近听说出版社拟向我所在的单位要求贴补，数目必然可观，因为这本书的篇幅比那本论文集大十多倍。可怜我的单位连一分钱的剩余都没有。此刻日薄西山，看来我是见不到这一大堆卡片成书了，这也是可悲可叹！

1988 年 1 月 27 日，北京

有关梁宗岱的资料

第四次文代会期间（1984 年 12 月 27 日—1985 年 1 月 5 日）未见宗岱出席，我曾向广东代表打听宗岱的住处。后来刘思慕告诉我，宗岱说，老朋友都见到了，就是没有见到那个姓罗的。我当即到二里沟附近一家宾馆去找宗岱。服务台说，宗岱夫妇上香山去了。我等了很久，打开房门一看，原来他们都在房内休息。惊喜之余，宗岱告诉我，他曾寄信到北京大学交给我，这表示他的记忆力差矣。我搬进城已经三十年，多次通信都用东城区地址。

这次见面由我独自谈笑。我告诉宗岱，1935 年我们在北京第二次碰头时，就因为新诗的节奏问题而进行辩论，各不相让，继而动武，他把我按在地上，我翻身压倒他，使他动弹不得。我警告他，如今再动手，我可一拳送他"回家"。这样的话我讲了许多。宗岱回广州后，来信说我吹牛过甚，无一事是真。

约在 1977 年，宗岱来信说，他在广州一家大饭店碰见几个美国人，同他们比赛喝酒，回家时从楼梯顶上滚下来。我曾写信提醒他，不能这样同外国人接触，狂饮伤身体。不幸而言中，此后不久，就听说宗岱病倒了。

我曾请柳无忌写一篇评论宗岱的文章。他回信答应了，但要等待情感成熟时才能动笔。后来，甘少苏来信说，从前宗岱听说我约无忌写文章，当时他已不能言语，只是流泪。宗岱去世后，我把这件事告诉无忌，无忌从中获得灵感，立即写就了《宗岱在南开》一文。

对于宗岱的性格，温源宁先生描写得最好，他曾在英文著作 *Imperfect Portraits* 一书中强调宗岱的乐观精神。我曾托人自南京大学将这篇文章复印出来，寄给陈锡添同志。

少苏多次催我写忆宗岱的文章，并拟托人带录相机来找我。我因为身体衰弱，忌动情感，只好先写出这些资料。何日成文，难以预料。

以上录自一部分旧稿。其他部分尚未找到。

1987 年 11 月 2 日

1935 年，沈从文约宗岱和我编天津大公报诗刊。有一天青年诗人赵梦蕤、陈梦家来访，各留下一首新诗，宗岱看了摇头，我请他再读一遍，他说，有意思。结果两首诗都发表了。

1935 年某日，宗岱酒后告诉我，让沈樱快乐一时。我曾将此意告诉沈樱，希望她自寻好路。沈樱本来写小说，曾引起茅盾注意，他写信问编辑部，这是老作家还是新手的著作。但沈樱疏懒，久不动笔，抗战胜利后，沈樱到台湾，自设发行部，专出版自己翻译的小说——"蒲公英丛书"，获得巨额金钱，然后携家赴美国，教育子女成才。我曾把她译的小说《女性三部曲》介绍给重庆出版社，印了十多万册。此外，山东人民出版社出了沈樱翻译的小说集《同情的罪》，听说还要出她翻译的短篇小说集。

1935 年秋，南开大学柳无忌约我去教书，我因为在北京大学兼课，并翻译古希腊戏剧，无法分身，便介绍宗岱前去。1937 年 9 月，我到天津，过了"万国桥"，被宗岱发现，他约我住在一所空无所有的房子里。有一天，我们出去逛街，遇见几个法国人，宗岱同他们用法文聊天，说抗战必胜，法国人不相信。后来，我们往回走，望见对面就是我们的住所，有人阻挡，不让我们通过，宗岱偏要通过，因此我们被押到法国"巡捕房"，站在那里受审问。突然，楼上有个法国人下来，他认出我们是参加辩论的人，便挥手示意把我们释放了。

约在 1960 年，我把宗岱译的歌德的《浮士德》上部交给人民文学出版社，可能因为该社已出版名家译本，稿子没有被接受。约在 1978 年，我劝宗岱把稿子再拿出来。当时上部已经散失，我从清华大学毕树棠先生处弄到已发表的《浮士德》上部片断，宗岱自己又弄到一些片断，并将上部凑齐，交给人民文学出版社。他们表示接受，但要求稍加修改。我告诉他们可以修改，作为我的意见交给宗岱。（后来，有人把稿子自人民文学出版社取出，在广东出版，未加修改。）1979 年，第四次文代会期间，我又劝宗岱把下部译出，计划竟成泡影。

1962 年，人民文学出版社郑效洵同志要我用个人名义向宗岱索取他翻译的莎士比亚十四行诗。我要来以后，人文社把全部十四行诗编入莎士比亚全集。我于 1963 年把译稿带到大连去修改。我曾写信告诉宗岱，他若接受一个字，我就满意了。结果，他全部接受了。

解放后不久，宗岱出了事。我得到一份资料，上面列举宗岱十五条罪状，其中任何一条，如通匪，即可将他结果，后来听说他被保释出来了。（据说是胡乔木同志保出来的）我希望他来北京搞翻译，曾对茅盾、罗隆基几位同志表示此意。不久，中山大学戴锦龄同志来信问北京有无教法文、德文的教师，我回信说，广州方面就有这种人材。宗岱得知有人找他教书，便自动找上门。此后，有关宗岱的消息都是锦龄告诉我的。他曾说，宗岱被斗时，说了一句"要文斗不要武斗"，结果被打得遍体鳞伤，他回家时口上道："快拿药来！"

宗岱多次来信，说他炮制的中草药消炎水能治百病。我写信讽刺他，他反而认为我是在称赞他，寄来许多张处方和病人的感谢信，我匆匆过目，似懂非懂。我于 1983 年患寒冷性血红蛋白尿症，宗岱托人带来两桶百灵药，我服了一些，似灵不灵。

1988 年 2 月 14 日重抄

从芙蓉城到希腊

我的两位朋友

沈从文于 5 月 10 日在会客时突然病逝。13 日我得知噩耗，听说不举行悼念仪式，心里十分惆怅。那些日子我正在翻译古希腊碑铭体诗，为荷马史诗体，一般只写两行，第 1 行是 6 音步长短短节奏，第 2 行也是这种诗体，但第 3 音步和第 6 音步分别缺少两个短音节和 1 个长音节，翻译时凑成 5 音节。16 日我吟成 4 行这种诗。

散
篇

> 一个"黄"字就剥夺了别人手中的笔，
> "服饰"虽美，究非艺术创作；
> 毕生勤奋，终于赢得时人称赞，
> 我怅望云天，怀念自幼的友谊。

附注：《中国大百科全书》中国文学卷沈从文条："沈从文的作品总的思想倾向是向往一种健康的世态，富有人情美和心灵美的人与人的关系。……在中国历史文物方面的研究成果主要有……《中国古代服饰研究》。"

1949 年北京解放前后，我和从文每天见面，我看出他的心情不大好。后来，他想见丁玲同志，据他说，他曾护送丁玲离开上海。我见到丁玲时，她只叫我安慰从文。失望之余，我把从文的情况告诉田汉先生，先生答应约同盛加伦先生一起去看从文。在汽车上，我称赞萧军，打听他现在何处，近况如何。两位先生笑而不答。事后我才知道当天有人批判萧军，我坐在远处，为自己的一篇文章构思，因耳力不聪，不知道发言人讲了些什么。见到从文时，两位先生好言安慰他，我则劝他振作精神，再有等身的文艺创作。我随即把从文送往清华，寄居在金岳霖先生家里。

从文自香山慈幼院进城后，我就认识他，一生的友谊有如手足。我拟写长文叙述我们的交往，但愿天从人愿。

抗战初年，我在成都见到萧军，他为人豪爽、倔强、活跃，喜欢蹲在地上跳皮靴舞，给我留下深刻的印象。

约在 1940 年 2 月间，萧军到峨嵋山四川大学，住在我家里。我当时不在学校，未能亲聆教诲。他把我翻译的古希腊戏剧读完后，留言鼓励我在这方面继续努力。

约在 1977 年左右，张艾丁同志把萧军的住址告诉我，说可以去看他。我在什刹海边转了许久，才找到他的家。见面时，我们很欢乐，他依然是当年丰采，心身强健。我曾把汽车上的"问话"告诉他，他表示感激。我问他是不是地下党员，他回答说，若是党员，早就被开除了。他告诉我，他在我家里得到消息，不可返成都，他因此离川北上。

两年前这个时期，我曾给萧军寄出古希腊索福克勒斯悲剧《俄狄浦斯王》演出的戏票，请他观看。他来信说："谨贺《俄狄浦斯王》在中国演出获得成功。嫂夫人均此不另。萧军上附'喜糖'一盒，聊表寸心。"

我曾于 6 月 22 日（不吉利的日子）飞瑞典，到德尔菲阿波罗庙地看哈尔滨话剧院上演索福克勒斯悲剧《安提戈涅》。7 月 21 日我回到家里，准备请这位老朋友看这出悲剧在北京演出，可是我突然发现萧军讣告，不胜感伤。

我这两个朋友，命运有些相似，但都有卓越的文艺创作，并已恢复名誉，我在怀念之中，也为此感到欣慰。

（载《文汇报》，1988 年 11 月 9 日）

乡　思

我于 1904 年出生在连界场庙坝子，地处威远、仁寿、资中交界处，为煤铁矿山区。我童年生活愉快，曾著有散文集《芙蓉城》，描述钓鱼打猎的田野乐趣。这类文字有的已选入《中国现代散文选》第五卷。

连界场当时连小学都没有，我只能在父亲罗九成开馆的私塾读古书。1919 年，我考上县立中学，因学校临时停办，入荣县中学攻读半年，随即转学到成都华西中学。我拉了不少知交赴省城求学，免得他们去吃粮当兵；我父亲改行，烧木炭炼铁，每年给我六十元求学费用。

1922 年，我考上北京清华学校，每年费用近两百元。自 1926 年起，家里炼铁赔本，我不得不改学文学，以习作和翻译挣稿费，维持生活。1929 年，我在清华毕业，回家探亲。蒙亲友资助，使我能赴海外留学。两位同乡人自南京接济我，使我能治装上船。对这些乡情我感激不尽。

1936 年，我进县城，拜见几位长辈，结识一些新交。我县当时人才辈出，有文人、学者、工程师。我对他们十分钦佩，这样增进了我对家乡的情感。

抗战初年我到成都四川大学教书，寒暑假常回家，同年轻人交朋友，他们很关心抗战局势，努力求知。我曾劝他们学习实用科学，其中一些已成为工程师，对建设作出贡献。

散篇

　　今天见到《威远》图片，得知我县建设突飞猛进，成就辉煌。图片中的中学教学大楼，宏伟壮观，使我神往，恨此身早生了半个多世纪。

　　我曾于去年11月赴雅典潘特奥斯学院领取一个学位，到达时即因肠病开刀，12月初回国，又住医院四个月，在病床上常怀念家乡，现在我的身体逐渐复原，以新诗体翻译荷马史诗《伊利亚特》，这是我最后呕心沥血。

　　我热爱家乡，愿身后骨灰能洒一点在家乡田间，使泥土肥沃，催促生机，养育一代新人。

1989 年 6 月 21 日，北京

从芙蓉城到希腊

莲湖公园发掘记 [1]

散
篇

（一）发掘之动机

一月十一日余随考古会梁午峰李印唐两先生赴莲湖公园北湖之东北角，距东岸约二十八米，得见古墙一段，疑系唐代宫墙。十七日考古会开会，商决试掘该处，派余负责进行。直至二十三日方购备用具，前往动土。共发掘八日，填土五日。

（二）发掘之经过

一月二十三日：用四工，上午九时起，下午五时收工。先由露面之墙角向北试掘，仅见乱砖。乃由南角折向东掘，掘至墙基，基下为黄土，墙高约九十七公分。往东九十四公分忽中断。距此一百八十公分后发现墙基。此段砖墙往东一米六公分折向北，往北一米一四公分半再折向东。

午后薛定夫先生前来参观，云此墙基乃渠首先发见者。并示余此处为唐代承天门内之嘉德门及宫墙所在地，且领余观察附近各处之殿瓦。

本日得小钱一，陶片四块，上绘朱红。

一月二十四日：四工，九时至五时。昨日掘出之墙面，经人毁坏。继续往东掘一米八十七公分，墙基忽缺十公分，再往东三十九公分即完全断绝。本日因向北挖，进行甚缓。由地面至墙基约二米六十五公分，土质颇类生土。地面之近代层仅三十公分。

得古钱一，陶磁片数块。

一月二十五日：九至五时。由墙基中断处再往东掘，得褐色之土墙一道，与砖墙平行。往东五六米，墙面即不分明。

一月二十六日：余昨渐怀疑宫墙之推断。惟梁薛二先生均仍坚持，谓土墙原有之砖层，恐已被移去。故于土墙不明处向北挖，以便探视墙心，见全系生土，掘至道旁即停止。

乃于砖墙与土墙相接处向北探视二者之墙基。砖墙往北一米二十一公分折向西，其构造与南部相同；往西二米三十六公分更折向北方，相当于南部之折向南方。于是宫墙之说显然打破矣。同时于土墙下发现砖地板，此更非城垣下所宜有之物。

得陶片多块。

本日更由湖之北岸掘得彩色壁画数小块，尚有一大块，仍埋入泥中，以待他日备置石膏往掘。

一月二十七日：四工，九至三时。先将砖地板掘出，长凡二米四十六公分、宽一米二十六公分。

午后于路旁打下，以探视北部之墙面。时公园当局恐伤及道路，劝令于三时停工。

是晚奉考古会遣派，进谒□主席，报告数日以来发掘经过。主席面谕：原为试掘宫墙；如系唐墓，即不必掘；苟欲掘墓，可掘汉墓。

宝鸡发掘团主任徐旭生先生于是夕归来，余当即向渠详细报告。徐先生谓为自地址观之，恐系唐以前之坟墓；盖唐时，此地点适在宫中，绝不准许埋葬也。嘱余继续试掘，并须注意为俯身葬或屈身葬。且谓欲求学术上之贡献，须照原有计划，于道旁挖下，以便观察全墓形式。

一月二十八日：四工，九时至五时。先掘东部坟内，得五铢钱甚多，并有云母石，及一琉璃狗腿。

继掘正坟之东南角，此为脑骨所在地。得陶器甚多，铜灯一，瓦当一，上有"长乐未央"四字。

一月二十九日：四工，九至五时。续掘正坟之东南部，见腿骨，观其位置，疑系一屈身葬。此部古物甚富。

一月三十日：四工，九至五时。正坟之东北，古物较稀。中部及西部全无所获，土层亦甚混乱，且于西北靠墙处得一腿骨，与昨日所发现者相距甚远。又于中北部得牙床骨，立于砖地之下。又西部偏北之墙基几全受毁坏，墙外黄土有裂痕。方知此坟大部已被人毁坏，且毁坏之时代距今甚远也。

北部因未便损坏道路，未能将墙基之外部挖出，仅打二孔，探视往北之墙面。

南部伸出之墙面仅余痕迹。

发掘至此告停。

一月三十一日：余前往视察，见东首之门道，及北面之砖墙全被人破坏，甚为烦闷。考古会曾函公安局，请为保护。闻公安局已转知公园当局，而公园当局又不能负责。此诚难事。余照相绘图完备后，野工作即告完竣。

二月一日，二日，三日，五日，七日，共填土五日，每日用六工，填成一斜坡。于第一日曾购瓦镡将掘出之骸骨置入安埋，盖思有以慰坟墓主人于地下也。

（三）坟墓之形式

坟基略作十字形，各端之长短不等，且每端左右之正墙与北端左右所伸出之砖墙复不相称。

全坟东西长九米四十公分，东首之砖地为二米四十六公分，合计十一米八十六公分。南北现存仅五米，因南端已遭损坏。正坟东西三米八十一公分，南北三米六十五公分，略作正方形。东坟东西一米九十七公分，南北一米五十三公分。东首之门道宽三十九公分。砖墙现存最高者为一米二十五公分，最低者仅三十公分。

东首有一类似祭台之砖地，及连接入地之孔道（即月二十五日所掘出之土墙。）疑该处为正门，且门限亦尚明显。墓顶已全毁。坟底均有砖地，惟正坟西部之砖地已经破坏。

（四）掘得之古物

（甲）建筑类

（1）大砖，仅一块，无花纹，长三十八公分半，宽二十公分，厚十公分半。

（2）破砖，有长条纹，斜方纹及斜网纹，宽十五公分，厚六公分。此类砖不多，疑系汉代物。

（3）细绳纹砖，长三十一公分，宽十二公分，厚六公分。全坟均为此种砖所砌成。

（4）斜网纹砖，长三十一公分，宽十一公分，厚五公分半。（薛定夫先生存有六朝永平砖，与此极似，惟较宽零七公分。）

（5）细网纹砖，宽十四公分，一端厚七公分零二，一端厚五公分零三，北系墓顶之拱砖。

（6）花纹砖：约十七公分见方，中有古状花纹，边有点纹，出自上层，为唐代物。

（7）"长乐未央"瓦当，仅一块，直径十五公分。较普通之"长乐未央"瓦当为小，字体亦较劣，疑专为建墓所用，不能断言为汉代物。

（8）双螺旋纹瓦当二，其直径一为十五公分半，一为十四公分。

（9）双螺旋纹瓦当四块，残。

从芙蓉城到希腊

（乙）陶磁泥塑类

（1）琉璃瓦鸡，全。

（2）琉璃瓦鸡，残。

（3）琉璃瓦鸭二，残。

（4）瓦狗，残。

（5）瓦鸭，稍缺。

（6）瓦鸟头。

（7）小瓦龙头五，疑系瓦鼎之足。

（8）瓦匙二，稍缺。

散
篇

（9）瓦盘，直径八公分半。

（10）瓦罐，缺口。

（11）瓦碗，直径十七公分半，高七公分，稍缺。

（12）瓦盏，残。

（13）小瓦盂，残。

（14）瓦枕，残。

（15）瓦盒二，残。

（16）瓦台，底尚完全。

（17）其他残缺之陶片十一种。

（18）乱陶片多块。

（19）磁片八块，出自上层，为近代物。

凡陶器均涂有朱红圈纹。关于此类物器，因无接合之原料，尚未细加研究。

（丙）钱币类

（1）五铢甚多。

（2）八铢半两数枚，为汉吕后时物。

（3）货泉数枚，为王莽时物，甚可靠。

（4）四出五铢多枚，为汉灵帝时物，甚可靠。

（5）剪边五铢，疑为六朝时所剪，"五"字之外角及"金"字外部均被剪去。"古泉汇"载有六朝之剪边钱，但无与此全然相符者。

（6）藕心钞一，为薄片所连成，长三公分半，宽二公分半，厚一公分零三。为西汉成帝元延时铸。

钱币共约百十枚。承薛定夫先生细为鉴定，无任感激。又前四种曾参考载文节之《古泉丛话》。

（丁）装饰器具类

（1）铜盏一，直径约七公分半，三足，有柄及心针。尚有击盖之双耳，盖未见。

（2）碎铜片，有金饰。

（3）铜（？）钮扣一，（未便酸化）带铜丝及铜片。

（4）铁钉多个，铁环一，多为棺材上物。

（5）碎木，多为棺材遗木。

（6）布，有用以色钱者，有经火焚者。

（7）云母石薄片。

（戊）生物类

（1）人骨，已埋入。

（2）大肋骨一片，宽四公分零二，疑系牛骨。

（3）小兽骨，六根，其一疑系猫之足爪骨。

此外尚取得彩色壁画数块，疑系唐代物。（见一月二十六日之发掘经过。）

（五）坟墓之时代及其价值

根据四出五铢，可判定此墓为汉灵帝以后之物。如剪边五铢被剪之时代可靠，则更可定为北魏时墓。（此点当留待日后评定。）隋建都于此，非但不得埋葬；且宫城中之坟墓多被其损坏。故此墓之时代当在隋以前。

此次之发掘在艺术上无甚价值，因多数古物均早被窃去。其在历史上之价值，因泥层之翻动，大受损失。惟所得之各种材料，将来可作比较之研究。

（六）余论

在发掘中，掘坟为一难事。余仅在雅典协掘一古希腊后代之坟墓，为清理骸骨之形体，颇费工夫。若只徒窃取古物，不为科学之考究，诚易易耳。凡窃坟之罪，尚不在其偷取古物，而在其破坏泥层与墓体，使后人不能复作科学之研究。故吾人极宜保护古坟。近有人反对掘坟，谓"何必掘坟，然后为学"，此诚属情感之言耳。古人因宗教迷信，对于埋葬极为重视。今世之考古学，多赖古坟，如埃及之金字塔，荷马时期之"蜂巢"坟、希腊之墓碑，伊特拉斯康之坟窟，皆考古学中最有名者，倘不得掘发，则古代史将为一大残缺。古人地面之生活遗迹，多已毁灭，惟坟墓尚能保存。吾人可由坟墓之构造及其遗物，窥见古人之生活状态，与技术程度，且可进而研究其宗教与艺术。但吾人发掘后，须将骸骨埋入，坟面须使复原，如能设祭设醮则尽善也。

二十四年二月十五日，陕西考古会。

注　释

[1] 本文由上海大学中国艺术产业研究院罗宏才教授提供，特此致谢！——编者注

陈仓城发掘记

1935年初，我在陕西省政府担任考古工作，曾在西安连湖公园发掘出唐代建都以前营造的一座汉墓，墓中有王莽时代铸造的未经流通的"四出五铢"铜币。我曾向省长邵力子先生建议保护那几块陈列在省图书室门口的浮雕昭陵骏马和郊区田地上存留的汉石马，后者纯粹是我国的雕刻艺术。

4月初我参加北平研究院考古组在宝鸡县斗鸡台进行的发掘工作。考古组曾在送子娘娘陈宝夫人的庙后发现一些圆形坑和一口深井。我建议开一个十字形长坑，没有发现什么遗迹。5月，我看东边田地上的麦苗出现一根颜色较浅的长条，我因此横切下去，发现城墙。城墙往东伸展，圆形坑位于城外。我在城墙东边的黄土层发现一枚秦钱，因此断定那就是陈仓城遗址，是三国末年郝昭麾下3000人马的驻地。6月，考古组收工，我未能继续发掘。

1990年1月，北京

真实的传奇 [1]

有个女婴，生于 1943 年 7 月，未满周岁，患胃肠道病，人已昏迷，医生认为婴儿生存无望，父亲便把她遗弃在荒地上。母亲得知，伤心落泪，要父亲去找回来，但已无踪影。婴儿受地气温暖，苏醒过来，由牧羊的农民抱走，喂她鲜枣吃，把她的病养好。她在农村住了九年半。农家偶尔有点腊肉，拿来煮面条给她吃，养父只吃碗里几根面条，养母喝面汤。乡村女子一般不上学，养母却送女儿读书，孩子品学优良，担任小组长。

女孩的家迁往北京后，她的大姐姐曾下乡找她，农家把她藏起来，这件事女孩当时不知道。大姐姐曾给她寄花衣服。后来家里又派人接她到北京玩，养父舍不得她离开，养母却让她前往。她不爱住在自己家里，不认亲人，恨父亲当年那样对待她。她刚到家里，母亲叫她吃饺子，她不吃，冲出房门，看见母亲在里面哭，她认为是假慈悲。经过两个姐姐说服，养母又来信相劝，她才留在北京念书，专攻光学和医学。父亲家教甚严，女儿、姑爷在仪容上稍有不正，他就厉声斥责，惟独对这个失去多年的女儿相当宽容。

女孩上学时，曾将吃早点的零用钱省下来，装在信里寄往乡下。养父曾两次到北京看女儿。他后来患食道癌，到北京看病，家里曾送他医药费，后来又给他寄钱去。

女孩十二岁时，曾在寒假中买些点心，坐火车到德州，换车到龙华，二十五里路走了一个下午，好容易到乡下，看望养母。她到水边砍下一大堆芦苇，背不回去，等晒干后，养母用车子推回家。女孩十六岁时，又在暑假中下乡，在德州买些食品，带给养母。1971 年 10 月，她用自己的钱在德州买扒鸡、蛋糕带下乡。她到家时，见房门上锁，屋里只堆着青草。她得知噩耗，便去到养母坟前，伤心痛哭，将食品埋下，报答养育之恩。乡邻见了，都为她落泪。她现在还想到乡下去上坟。这位医生在一个装配厂工作。她长期以养父的姓氏为姓氏，到 1984 年填写身份证表格时，才改用父亲的姓氏。她三十六岁入党。她的优良品格主要是由特殊的环境养成的。

医生哭诉身世，笔者含泪记录。

（载《北京晚报》第三版《居京琐记》，1990 年 3 月 25 日）

从芙蓉城到希腊

注 释

[1] 此文是作者生前发表的最后一篇文稿，写于北京中日友好医院病床前。文稿发表后半个月，作者与世长辞。——编者注

自　传

　　罗念生（1904—　　）　学者、作家、古希腊文学翻译家、研究家。1904 年 7 月 12 日生于四川省威远县。1922 年到北京入清华学校。1929 年赴美国学习英美文学与古希腊文学。1933 年赴雅典入美国古典学院研究古希腊戏剧和艺术。1934 年回国。1935 年参加北平研究院考古组，在陕西宝鸡县发现陈仓城。自 1935 年起，先后在北京大学、四川大学、武汉大学、湖南大学、山东大学、清华大学任教。1952 年，任中国科学院文学研究所研究员。自 1964 年起，任中国社会科学院外国文学研究所研究员至今。罗念生是中国作家协会、中国戏剧家协会、中国翻译工作者协会的会员。

　　罗念生翻译的索福克勒斯悲剧《俄狄浦斯王》和《安提戈涅》曾分别于 1986，1988 年由他的儿子罗锦鳞导演在国内和希腊演出，受到好评。

　　罗念生于 1987 年 12 月 29 日获雅典科学院文学艺术最高奖。1988 年 11 月 4 日又获雅典潘特俄斯大学赠予的博士荣誉学位。

　　下面是罗念生的著作和翻译：

　　（1）英国哈代：《儿子的抗议》，短篇小说集，1929。

　　（2）《醇酒、妇人、诗歌》，中世纪拉丁学生歌，译自英文，1930。

（3）德国施笃谟：《傀儡师保尔》，中篇小说，译自德文，1930。

（4）古希腊欧里庇得斯悲剧：《伊菲革涅亚在陶洛人里》，1933 年译自古希腊语，1936 年出版。

（5）《龙诞》，新诗集，1937。《中国新文学大系》第 14 集（1985）收《龙诞》中的《时间》、《眼》、《蚕》。

（6）《希腊漫话》，散文集，1943。北京三联书店重排，1988。

（7）《芙蓉城》，散文集，1943。《中国现代散文选》第五卷收《芙蓉城》中的《芙蓉城》与《钓鱼》。

（8）埃斯库罗斯悲剧全集，7 种。

（9）索福克勒斯悲剧全集，7 种。

（10）欧里庇得斯悲剧 5 种。

（11）阿里斯托芬喜剧 6 种。

（12）亚理斯多德的《诗学》，1962。

（13）亚理斯多德的《修辞学》，三联即出。

（14）《琉善哲学文选》，1980。

（15）《伊索寓言》，1983。

（16）《希腊罗马散文选》，1985。

（17）《论古希腊戏剧》，论文集，1985。

（18）《二罗一柳忆朱湘》，散文集，1985。

（19）《古希腊字典》，300 万字，商务印书馆即出。

（20）《普鲁塔克名人传》中的两篇传记，商务印书馆即出。

（21）《古希腊罗马文学作品选》，1988。

（22）《古希腊诗选》，湖南人民出版社即出。

（23）《格律诗谈》，论文，《北京社会科学》1987 年第 4 期。

（24）荷马史诗《伊利亚特》，诗体翻译。

下面是《中国大百科·戏剧卷》的评语：

　　罗念生的翻译，不仅数量多，而且文字讲究，忠实于原文，质朴典雅，注释详尽。在把诗体原文用散文译出时，不失韵味。罗念生的《论古希腊戏剧》和其他文章，对希腊戏剧的思想内容和艺术特点有精辟论述和系统研究，并有独到见解。

散
篇

自撰档案摘录

历史部分

现名　罗念生

原名　罗懋德（学名）

外文名　Nien-Seng & Mao-Te

性别　男

民族　汉

籍贯　四川省威远县

出生年月　1904 年 7 月 12 日（农历五月十九日）

家庭主要成员：

母　韩如意　76 岁　家庭妇女　地主　在北京

配偶　马宛颐　43 岁　家庭妇女　群众

子　罗锦鳞　21 岁　北京中央戏剧学院三年级学生　团员

子　罗锦文　13 岁　北京 101 中学初中新生　队员

妹　罗德芬　41 岁　家庭助理员　地主　在成都

弟　罗育德　39 岁　参加高级农业合作社　地主　在四川威远有子三人、女二人、孙儿一人

弟媳　罗段氏　约 40 岁　参加高级农业合作社　地主　在四川威远

（1）童年时期

1910—1912 年请教师刘子第在家设私塾。读《三字经》、《天生物》、《四川全省简要歌》、《论语》等书。1913 年入资中罗泉井小学三年级。后来父亲（罗九成）认为我荒废旧书，带我回家。他于 1914—1915 年在仁寿县半边寺设私塾，我在私塾读《四书》、《左传》、《唐诗三百首》等书。1916—1917 年入刘子第先生私塾，读《诗经》、《古文观止》等书。1918 年入资中县立高小一年级。

此时期受封建教育毒害甚深，父亲有旧文人习气，隐居避世思想，重视封建道德与礼教，我受了他的感染。

（2）中学时期

1919—1920 年入荣县中学，有朝气，热烈参加反日运动。1920—1922 年住成都华西中学。二三年级，受英美教会教育毒害甚深，但不信基督教，做礼拜时打瞌睡，受到斥责，有崇美思想，埋头读书，不问政治，连"五四"影响都没有接受，甚至反对白话文。

（3）清华时期

1922 年考入清华学校，插中等科二年级，读中等科三年，高等科三年，大学一年。1929 年在旧制部毕业。初时因为对数学有兴趣，有志学理科，后来受泰戈尔及朱湘（已故）和孙大雨（现在是国家刑事犯）的影响，改学文学，读的多半是英文和英国文学功课。此时期崇美思想更为浓厚，但爱国热情高涨，曾参加反帝游行。憎恨北洋军阀，对孙中山先生很崇敬。对共产党不了解，但因为愤恨社会经济不平等，赞成共产党的经济政策。罗

散篇

隆基（现在是右派分子），于 1926 年（？）回国鼓吹国家主义，成立大江社，有许多清华同学加入。他曾至清华参加政治辩论会，会上有人替国民党说话。三方面大起争论，快要结束时我以超然派姿态出现，认为三派都不好，对国家主义派尤多攻击。我写的辩论记发表后，罗隆基说我缺德。1927 年左右，我有一次因为愤恨国民党压迫共产党，贴出一张字条，说要研究共产主义可到我屋里来，事后有人在我背后说我是共产党，但了解我的人都知道我在闹着玩，没有发生问题。在清华与曹葆华、李唯建自命为浪漫诗人，写十四行体诗，受新月派影响。

证明人是罗皑岚（湖南师范学院教授）、赵以炳（北大生物系教授）。

（4）留学时期

我于 1929 年由清华公费送往美国留学，入俄亥俄（Ohio）州立大学英国文学系三年级，1931 年毕业，得学士学位。1931 年下学期入哥伦比亚大学研究院，1932—1933 年上学期在康奈尔大学作研究生，均未念学位，而选读希腊文学与考古学。留美时期对美国人种族偏见很起反感，曾参加种族会议。哥伦比亚大学时常调查我是否在工作，我很气愤，曾把我的"外交护照"（清华学生均领外交护照）给他们看，告他们无权向我调查。我崇拜美国物质文明，但对他们的精神文明很失望。美国式政治上的民主自由，也曾迷惑我一个时期，后来看见黑人受压迫，他们中间许多人没有选举权，我才初步明白其中有假。在美国受了美帝报纸宣传的影响，开始对苏联抱怀疑态度，有一位同学（美籍俄国人）介绍我读普希金的诗，我也没有读。这和我后来的反苏情绪是很有关系的，可见我受的毒害是多么深。

1933 年夏赴欧洲游历，特别喜欢意大利的风光与古文化。1933—1934 年在雅典美国古典学院肄业（该院只有一年功课），大部分时间赴希腊各地参观。在希腊时期对古希腊文化十分向往，把古希腊文学艺术看作世界最高峰，厚古薄今思想是那时候形成的。

证明人罗皑岚、沈锡琳（在铁路局工作）。

（5）回国时期

我于1934年秋回国，时各大学均已开学，找职业为时已晚。在上海见到李济之，他介绍我到北平找胡适。胡约我给中华文化教育基金会编译委员会译希腊悲剧（共译了七部），月支120元。我对胡很尊敬，因为他有势力。曾和孙大雨到他家祝寿，这说明我趋炎附势。但我对翻译工作不满意，嫌钱少。是年冬沈兼士向徐旭生推荐我作考古工作，徐因此向伪陕西省政府推荐我。伪陕西省政府来电约我去时，我已答应李济之赴南京担任伪内政部考古方面的工作，因此辞谢了伪陕西省政府的邀约。我在南京候差月余，伪内政部部长傅汝霖久病不接见，接见后又不委任。后来见到伪陕西省政府主席邵力子，邵问我为何不去西安，我说明原委，即同邵于年底赴西安。我在伪陕西省政府没有名义，工作不开展，只作了一些调查工作与小规模发掘。1935年4月请调至陕西斗鸡台，参加北平研究院发掘工作，发现陈仓遗址。七月停工，我到西安向邵请假，返北平。

1935年下半年，除翻译外，在北京大学任兼任讲师，直至1937年上半年，担任希腊文、希腊文明史及考古学。

1935年冬和马宛颐结婚。

这个时期因为职业不顺手，我到处奉承人，拉私人关系，养成自卑感。在北平同所谓"京派"文人，如杨振声、沈从文、朱光潜、梁宗岱、孙大雨搞在一起，在《大公报》文艺副刊，《论语》、《西风》等刊物上发表文艺作品，在《大公报》上办过诗刊，与梁宗岱合编。曾和茅盾同志为了荷马史诗问题发生争论，并时常写文章批评郑振铎同志，和左翼作家很疏远，这是一个很大的错误。

散
篇

证明人赵诏熊（北京大学西语系教授）、沈从文（在北京博物馆工作）。

（6）抗战时期

"七七"事变后，我绕道香港到成都，由杨振声介绍，在四川大学外文系任兼任讲师，起初只担任两小时英文，后来担任八小时功课。次年任讲师。1939年秋川大迁峨嵋山，我改任副教授，次年任教授。历年担任英文、希腊悲剧、希腊罗马古典文学、英诗等课。

我在成都时期为成都文协分会的发起人之一，开始和左翼作家，如周文、沙汀、陈翔鹤，有来往。有一次分会找不到地方开会，我就把我家里的一间屋子搬空，开了一次会。和卞之琳、朱光潜、谢文炳（此人于解放前入党，现已堕落为右派分子）等人办《工作》月刊，由卞之琳主编，为学院派刊物。

在峨嵋山时，系内人事摩擦很厉害，有人怀疑我想当系主任，其时我对川大校长程天放（国民党党棍子）不满，实无此野心。有一次学生宿舍楼上灯花掉至楼下，学校当局说有人放火，要开除学生，我和谢文炳、叶石荪（现在大概在四川北碚西南师范任教）打抱不平，当局因此对我们不满。谢叶随即他去，我也于1941年由谢文炳介绍到武汉大学（四川乐山）外文系任教授，担任英文、古典文学、英国文学史。我在武大，生活极为艰苦，有严重胃病，爱人又长瘤子，卖物度日，连书桌椅子都没有。苦得没办法，于1943年春到成都英国新闻处作翻译工作，试工一月，双方不如意。当时只想到同英国人共同抗战，不知道那是危害民族利益与革命事业的工作。

我随即由饶孟侃介绍回到川大（成都），担任的功课与以前在川大担任的大致相同。到校不久，外文系因为人事摩擦，主任没有适当人选。我因为初去，态度中立，当了系主任（一直维持到 1947 年，主要靠谢文炳的支持）。

我在川大时期，曾向旧势力进攻，攻击老先生们只重视古书，不重视新文学，年年新生试题都出自《荀子》。我也曾在进步宣言上签名，受到特务的盘问，但是我的政治态度不鲜明，有明哲保身的想法。闻一多先生被刺后，我曾写悼念文，认为闻一多先生之死是学术界的一大损失，而没有看出他遇难的政治意义。此文发表后曾受到进步人士的批评，当时我一点没有认识自己的错误看法。我甚至还作过一件后来才意识到对革命有害的事。有一次伪四川教育厅厅长郭有守托我鼓励川大同学投考翻译官。我当时以为是为了协同美军抗日，到时候只有两个同学到会，我这才知道事情不妙。他们问我去好不去好，我回答说，自己决定。成都区约有五十人投考，有五六个人阅卷，我只看了两本。后来知道有的翻译官被迫加入了特务组织。此时期我曾在进步报纸（如《新民日报》、《新民晚报》）和反动报纸（如《中央日报》、《四川时报》、《成都快报》、《新中国日报》）上发表文艺作品，因此有人说我是民盟盟员，也有人说我是青年党党员，其实什么都不是。

证明人卞之琳、方重（上海华东师范学院教授）、陈翔鹤、饶孟侃（北京阜外国际关系学院，原外交学院，教授）。

（7）抗战胜利到解放前的时期

胜利后我仍在川大。我因为抗战期中生活艰苦，在成都许多中学里兼过课。胜利后嫌教中学报酬低，想另找别的事。1946年 9 月何翘森（川大外文系讲师，在伪空军机校兼课，于胜利后赴杭州伪空军学校）介绍我到成都伪空军机械学校任英文教官（我还约了饶孟侃同去），待遇约为大学二分之一（同少校待遇）。当时以为机校是为了加强国防，后来革命运动高涨时，才意识到是为了镇压革命，有些后悔。我到伪机校教书之前，曾告何我不愿加入国民党，不知到那里教书有无问题，他叫我拖。拖到冬天，伪机校突然要我限期交党证。当时何告我向伪省党部要一张"申请书收条"即可对付。我因此填了一份申请入党书（由川大秘书主任胡鸿经盖上黄季陆［川大校长］的私章做介绍人），交与李兴仁（？）（此人曾任川大注册部主任，他的名字我记不很清楚），并暗示他我不过是要一张收条而已。此收条交伪机校后无事。原想再要我交党证时辞职，但于 1947 年 7 月被解职，据何说是因为思想有问题。我没有正式入国民党，没有收到党证。此事已于三反后交代。证明人为饶孟侃。

我于 1947 年秋由罗皑岚介绍到湖南大学（长沙）任外文系教授（目的是想借湖大作踏脚石回北平），担任古典文学、英诗、英国文学史、戏剧，并在民国大学（湖南宁乡）兼课，担任英诗。是年冬赴南院师范学院讲课。在湖大时，曾在长沙伪中央日报编"星期文艺"副刊，宣传资产阶级文学，也曾登载过一些进步作品及评文（如漆阿南译的"从普希金到高尔基"）。

次年 4 月由宋君复（现任北京中央体育学院教授）介绍赴山东大学（青岛）任英语系教授，担任英文和英国文学史。该系教师很少，学校再三要我代理系主任，我没有答应。在山大时，曾替宋君复在伪海军学校代教英文约两个月，并且看过招生试卷，对考生举行口试。当时革命运动正高涨，我已意识到这是一件危害革命的事，但因为在青岛别无兼课机会，为生活而不择手段，现在回想起来很后悔。

青岛当时已成孤岛，我害怕该地于解放时发生战斗，于是年 8 月由赵诏熊介绍到清华大学任外语系教授，直到 1952 年，曾担任英文、英国文学选读、翻译、希腊悲剧、希腊罗马文艺批评、希腊神话等课。我认为北平自来没有发生过战争，比较安全，并因为岳家在北平，生活上可以有照顾，所以才回来。到年底北平就解放了。胜利后希望国内问题能用政治方式解决，但看见毛主席到重庆时，蒋介石不久即离开重庆，我因此认为国民党无诚意谈判。同时看出国民党日益腐化，料定它的统治不会长久。我希望能有一个新中国出现，对共产党的高尚理想有些向往，但担心解放后不自由，旧知识分子生活成问题。

证明人饶孟侃、罗皑岚（现任长沙湖南师范学院教授）、宋君复、赵诏熊。

（8）解放到现在

解放后生活安定，使我喜出望外，心情很开朗。我是作家协会和市文联会员。我拥护土地改革，对镇反运动则不够关心。抗美援朝初期有恐美思想。三反运动中，错误地以为自己受到过重的批评，有些消沉，并以为职业会成问题。院系调整时分配我到文学研究所，我曾向严宝瑜同志表示我无力做研究工作，他说先搞点翻译，我也就服从分配。我于1952年11月到文学研究所。

此时期的思想情况见1958年7月31日写的思想总结，这里不重复。

散篇

（9）我的家庭经济状况

现在总述家庭经济情况。1913年左右我父亲三弟兄分了家，我家年收租谷约四千斤（合大米约二千斤），其中一半须交与祖父母作养膳。父亲于1914至1915年教私塾，后来经营土法炼铁生意供我求学，一直维持到1926年左右，有时候生意不好，我的求学用费靠亲友接济。以后生意亏本，无法再做，我在清华最后三年靠卖文生活。留美期间我时常节省求学用费，接济家里生活，回国后知道家里可以生活，没有再接济。我于1936年夏回家，父亲看我不会挣钱，他才又借钱做炼铁生意，并开铁矿煤矿。到年底生意赚了钱，他要买一千五百元左右的地，我曾劝他不要买，他不肯听，来信一定要我寄点钱回去，我寄回了一百元。父亲于1939年冬病故，煤矿尚未开出，由弟弟继续开，没有成功，将生意本钱亏完。土改期中我兑过一百多元给弟弟作退押之用。后来还资助过两个大侄儿的求学用费。

我回国头两三年，月入平均约二百元。抗战时期及胜利时期，小家庭生活很艰苦。解放后生活逐渐好转，现每月工资为二百四十一元，可以够用。过去七八年来稿费收入约七千元，还债千余元，爱人及母亲生瘤，医药费用去一千三四百元，公债只买了六七百元，其余作家用花掉了。

（1978 年撰）

社会关系

彭光钦（广州工业试验所所长）

龙程英（清华同学）

水天同（外国语学院教授，清华同学）

吕宝东（清华同学）

孙大雨（复旦大学教授）

梁宗岱（中山大学外文系教授）

徐霞村（厦门大学教授）

沈从文（北京历史博物馆）

常风（山西师院教授）

余上沅

谢文炳（四川大学副校长）

袁家驹（四川大学俄文教员）

倪受禧（四川大学马列主义理论教员）

何翘森

饶华松

宋君复（中央体育学院教授）

胡适

毛子水

周作人

杨丙辰

叶公超

周至柔

曾扩情

肖恩承

许绍霖

许惠东

周益湘（清华同学）

张毅（成都西南体育学院教俄文）

漆阿南

郑翼棠（北大进修教师）

罗念生

1958 年 8 月 8 日

主要简历

1910—1912　入刘子第的私塾，在家里

1913—1914　四川资中县罗泉井小学三年级

1914—1915　入父亲罗九成的私塾，在仁寿县半边寺

1916—1917　入刘子第的私塾，在连界场

1918—1919　入资中县立高小一年级

1919—1920　四川荣县中学一年级

1920—1922　成都华西中学二至三年级

1922—1929　入北京清华学校（旧制）中等科二年级，高等
　　　　　　科，大学一年级（赵以炳，北大教授）

1929—1931　入美国俄亥俄州立大学三至四年级（同上）

散 篇

1931	入美国哥伦比亚大学研究院（同上）
1932—1933	入美国康奈尔大学研究院（同上）
1933—1934	入雅典美国古典学院（同上）
1934	在伪中华文化基金会译希腊戏剧（张谷若，北大教授）
1935	在伪陕西省政府做考古工作（苏秉琦，历史所研究员）
1935—1937	北京大学兼任讲师（卞之琳）
1937—1941	在成都及峨嵋山四川大学任讲师及教授（谢文炳，川大教授）
1941—1942	四川乐山武汉大学教授（朱光潜，北大教授）
1943—1947	成都四川大学教授（谢文炳，川大教授）
1946—1947	在成都伪空军机械学校教英文（同上）
1947—1948	湖南大学教授（罗皑岚，湖南师院教授）
1948	青岛山东大学教授（曾呈奎，科学院生物所研究员）
1948—1952	清华大学教授（赵诏熊，北大教授）
1952—1956	北大文学研究所研究员
1956—1964	学部文学研究所研究员
1964—现在	外国文学研究所研究员

1978. 9. 13 填

（朱联群摘录）

书　信

致 Devari 小姐

39 East Mianhuahutong

East City District

Beijing

书
信

3/10/1987

My Dear Miss Devari,

We have tried our best to get a chance for you to visit our country. But we cannot get money to cover the expenses of your trip. If you can cover all the expenses for such a journey, we can send you an invitation in order to help you to get a visa from our embassy in Athens.

Many thanks for your gift of a valuable edition of the complete works of Sophocles by Dindorf. I found it very useful at the time when I revised my Chinese version of the Sophocles.

We hope to meet you sometime in Beijing.

With best regards,
Yours Sincerely,
Luo Niansheng
Luo Jinlin

从芙蓉城到希腊

致 Barlow 教授

Foreign Literature Research Institute

5 Jianguomennei Ave.

Beijing, China

10/14/1987

My dear Prof. Barlow,

Thank you very much for your gift of *Trojan Women*, an excellent translation and a scholarly book. This tragedy was also rendered into Chinese prose. It becomes new one of the most popular plays of Euripides in China.

My son Luo Jinlin produced *Oedipus Rex* in Beijing, 1986 and brought it to Delphi and Athens.I was a student of the American School of Archaeology of Athens in the Academic year 1933–4. So I was very glad to revisit Delphi, I had a drink again at the sacred spring of Coslatra. We shall produce Antigone next year.

England is a wonderful country famous for the scholar & poets. I met Prof. Dodds of Oxford during the war in Chengtu, the provincial capital of Szechuan. He gave me a good book of Greek tragedy by Kitto.

I always remember my happy trip to England in 1933.

With best regards,

Yours Sincerely,
Luo Niansheng

从芙蓉城到希腊

致 Poricles Nealhou 先生

European Cultural Center of Delphi

13 Karneadou St.106

75 Athens

Greece

     Institute of Foreign Literature

     The Chinese Academy of Social Sciences

     5 Jianguomen Nei Da Jie

     Beijing

     The People's Republic of China

           May 20, 1989

My dear Mr. Poricles Nealhou,

  Enclosed please find some information about our scholars of Greek classics. These scholars have learned the classical Greek language and literature in Moscow or Beijing. They like to see Greece and the Greek people in order to have a better understanding of the Greek classical culture and spirit. I hope you can make some arrangements for them.

With best regards,

Yours Sincerely,

Luo Niansheng

从芙蓉城到希腊

致 Megulokonomos 大使

书
信

Greek Embassy

19 Guan HuaLu

Beijing

Chinese Academy of Social Sciences

Institute of Foreign Literatures

5 Jian Guo Men Nei Ave.

East City

Beijing

People's Republic of China

18 Feb. 1990

My dear Ambassador Megulokonomos,

You are very kind to me. We have spent some happy time in Beijing. Within a few days you shall have a very good voyage and go back to the violet—crowned city of Athena.

I am quite recovered and shall be able to translate both the *Iliad* and the *Odyssey* into Chinese verse.

Greece is a wonderful country. I always see it in my dream. I shall always remember you and the kind Greek people.

With best regards,

Yours Sincerely,
Luo Niansheng

从芙蓉城到希腊

致 George Contogeorgis 校长

Pandios University

Suggaror St.

Athens

Greece

书
信

        Chinese Academy of Social Sciences

        Institute of Foreign Literature

        5 Jian Guo Men Nei Ave.

        East City

        Beijing

        People's Republic of China

                    20 Feb. 1990

My dear Rector George Contogeorgis,

    Two years ago, I enjoyed a very happy time at your university. I always remember you and the professors at the Pandios. When Prof.Yanis Yunecclopaulos came to see me at my home last year, it seemed to be a happy dream.

    During the last two winters, I was sick. Now I am quite

recovered. Last year, I translated eleven books of the *Iliad* in verse form. I shall be able to finish also the translation of *Odyssey*. Greece has saved my life, and I shall work more for Greece.

My grand daughter Miss Luo Tong will come to the city of Athena to study Greek drama. Thank you very much for granting her the best chance for it.

Greece is a wonderful country. I always see it in my dreams.

With the best regards,

Yours Sincerely,
Luo Niansheng

从芙蓉城到希腊

致胡乔木

胡乔木同志：

承赠诗词集《人比月光更美丽》，为近年仅见的佳作。第一辑新诗，情感浓郁，思想深邃，音调铿锵，形式完美。六十年来，我一直在思考新诗的形式问题，结论见于信中寄上的《格律诗谈》一文。您的诗作完全合乎我所理解的理论。您曾经指出"的"字一类的虚字，有时可并入下一音步，以加强音调和节奏感。孙大雨同志很早就提出这种总结，直到一九五九年才得到中国社科院文学研究所吴晓铃同志赞同。自从你指出后，已逐渐为一些诗人所接受。

我编的古希腊字典经您向商务印书馆推荐，他们已同意出版。为此谨致谢意。

敬礼

罗念生上　1988 年 9 月 3 日

东城干面胡同东罗圈 11 号

书
信

致胡启立

胡启立先生赐鉴：

　　我辛苦六年，编成古希腊语—汉语字典，此书系商务印书馆约稿，已列入周总理批准的世界字典计划，交稿已四年。听说胡乔木先生曾函告商务出书。近期商务要求中国社会科学院出资协助，但院里无此经费。

　　日前雅典科学院授予我最高文学艺术奖，对我介绍古希腊文化与文学的工作表示满意，希腊友人希望见到此书，国内学术界也需要此种工具书。

　　久仰先生热心文化事业，特恳请玉成此书出版。

　　　　谨致

敬礼

中国社会科学院外国文学研究所研究员

罗念生上

1988. 2. 21

赐教交建国门内大街五号外国文学研究所

致赵舒凯

赵舒凯同志：

您好！

我们所里研究现代希腊文学的同志，已自希腊留学归来，因此我把戏剧资料要了回来。新华社国际部专稿组李成贵同志只译出 1500 字，要不要送他十元或什么东西？三五元恐拿不出手。

意大利戏剧稿，月底可能送上。

罗马戏剧稿及廖可兑先生写的稿子已否复制？

我的小传月底以前可以送上。朱生豪及李健吾条如已写好，请速复制一份交给我。

外国戏剧部分何时开会讨论？

前托王文俊同志转告的问题，望答复。我们的稿子请谁审阅，请你决定。

致
敬礼！

书
信

罗念生

1985 年 7 月 21 日

致王玉明

外文所科研处王玉明同志：

　　情报所曾来信要我为他们所冯文华同志评审简明古希腊语语法书。我已告情报所直接发函给外文所。如公函已到我所，而评审意见尚妥当，请所里盖章，并烦请王焕生同志将评审意见送往情报所。谢谢您！

　　　　致

　　敬礼

　　　　　　　　　　　　　　　　　　　罗念生

　　　　　　　　　　　　　　　　1987 年 8 月 30 日

致曹葆华

葆华：

努力收集子沅的遗稿和书信，整理的责任全交与我。问霓君，子沅身后的儿女有没有力量教养？

子沅投水的详情与社会上的一切评语望尽力收存。我预备为他作传。

自杀是弱者的行为，我们要和生命作对到底。子沅一死，我好像重生了。

《给子沅》我负全责，不要给我改削。

念生　1934. 1. 23

书

信

致孙大雨

（一）

大雨：

接来信喜出望外。都老了，人还在，可喜。上月我赴成都，见到谢文炳，他说，他对您有感情，望能见面。许多事，不知从何说起。63年，我的右眼因视网膜脱落，中间部分已看不见东西。65年患寒冷性血红蛋白尿，脚受冻，血即变坏。但整个身体甚好。低血压变为高血压（150/80）。动乱的十年中，我未受到冲击。现编写古希腊语－汉语字典，已成一半，还要搞两年。每年能出两种希腊剧译本。大孩子在中央戏剧学院教话剧导演。二孩子在太原搞化工。有个大孙女，还有个小孙子。您在报上发表的学术演讲，望寄我一阅。目前搞什么工作？卞对您是尊重的。前些时候，他说，他敢于提起您的名字。刚才同他谈起音组问题，他说，现在别人还不承认音组理论，暂不谈理论的起源。看了他纪念闻的文章，其中对您是赞扬的，尽管事实有出入。这个问题，暂且放下，等我以后写篇文章详谈。我已把这事情告诉贺麟；他对您很关心。望多谈谈您的情况。还有什么问题未解决？月波身体可好？我现在只有两间房间，住五、六个人，书房成了堆栈，无法写作。从文很好，是个忙人，不知已搬到何处去了。前两年，我请孟实，君培，自昭来玩，约他来他不来，还是张三姐说了他几句，他才来。会上就是他一个人说话。孟实已衰老，但工作不息，星期天难找到他。他爱人把地点告诉，我才找到他。我现在不上班，整天在家里。朋友很少，活动也少。逛公园也是一个人。望您专心译著，少管别的事。铭新现在做什么？清华Jameson 教授的儿子约我明年到旧金山去开语言学会，我正在考虑。祝好！问好月波！

念生 1980 除夕

宗岱在广州外语学院，半身不遂。

书

信

（二）

大雨：

一直很忙，未能早复。你译的诗比别人的高明很多。我是从政治上看问题，所以问您要《文汇报》上的文章。您可把全文整理出来，由我交此间外文局的《翻译参考》发表，作为一种亮相。那个杂志经常发表中译西的诗，我手边没有旧的刊物。您的诗找到时，我可翻印。您经过那么多苦难，依然健在，可谓奇迹！您的中译、英译是否都保存在身边？"音组"这名称确是在老钱局定下来的，原来您想命名为"音节小组"（？）。卞在"文学评论"上的文章我尚未见到。日前从《新文学史料》1979 年 5 月第 3 辑上看到卞的《雕虫经历（1930—1958）自序》，大谈格律，□□□。他在纪念一多的文章里说《文学评论》讨论格律，毫无结果，未涉及音组。他大概当时未看我的（《新诗的节奏》）及别人的文章。当时两次讨论会（何其芳提出专讨论我提出的节奏问题），卞忘记了讨论会上谈的是格律，节奏和音组。我在会上独当一面，对付全体的反攻。从文的情况我不清楚。

吉林大学中文系在写朱湘评传，恐有几万字。请您提供一点资料，特别是朱湘最后到北京的情况。

我主要工作是编古希腊字典，每年出两个悲剧或喜剧。我只有两间住房，住六、七人。有一间住房被人占据了十年，至今未还。别的事和文章，我都无心做。

您在忙些什么？对外面少露声色。能继续译莎剧，最好。

月波身体好否？她是否已退休？代我问候。

上月 26 日母校七十大庆，我去了，有好几万人。我们 1929 年栽的柏树，长大了，够做一副寿材，只怕无法使用。

念生问好

（1981 年）五月十三日

（三）

大雨：

这两个月我患无菌泄肚，现已稳定一些。照相有可疑的阴影，月中再去照相。精神很差，工作吃力。我是在赶快完结应作的事。字典是所里的工作，已完成四分之三。这些年来，您的成就很大。我出了两种希腊喜剧，即将连同《伊索寓言》寄上。现正整两种 Sophocles 的悲剧。亚氏《诗学》正整理通俗本。看来已无时光把悲剧一种改为诗剧。朱湘复学是您向校长说情，今晚看罗皑岚的文章也如此说，此点已转告写评传及论文的人。他被除名原由也已转告。您的来信已给贺麟兄看过一些，他很有感慨，望您多保重。

怕您望回信，先写这页短简。

祝

双好

念生

（1981 年）九月七日深夜

（四）

大雨：

得十月一日信，很是感激。

我第一次全面灌肠照相，有可疑的阴影。第二次照相结论是："结肠未见器质性病变。回盲部未见结节状影，上次所见可能是伪影。"算是闯过了这一关，身体逐渐复原。

日内可能见到无忌兄。他要花七年时间写中国戏曲史，英文的。

字典是冯至最早答应的，后来无法拒绝。全书 800 页，已成 620 页，再有半年可以告竣。希腊戏我已翻完，陆续出书。荷马有杨宪益在译，□□□。亚理斯多德的《修辞学》我已译出。我应当做的事情已经差不多了。

我让出的一间屋子，已收回。从前我回四川多年，存北京的书籍丢失不少。您的翻译，我带到四川去，才得以保存。

您译的诗可否交 *Chinese Literature* 杂志发表？能在外面出单行本最好。

戴镏龄也有莎翁十四行诗的全部翻译。宗岱的译稿是我要来交给人民文学出版社的。这些诗应有更好的翻译。

我不怕得罪谁。

从文搬了家，不知在哪里。三五年前，我曾约他到我家和光潜，君培，自昭见面，他不肯来，还是三小姐说了他几句，他才来，来了以后，他讲话最多。

少生气，没事可做，就出外游玩。能看见太阳光，是一件乐事，古希腊人是这样说的。哥德临终时，还说 mehr Licht!（不是"更多的光明"，而是"更多的阳光"。）

念生问好

（1981 年）十月四日

（五）

大雨：

　　伊索寓言由于太简单而难译。四人译，四人加工。千字七元，是最高额。东扣西扣，还要买书，下余不过百元。只可买烟一百包，一百包烟出不了这么多活。我的译书第一次印上九万，可喜。版税每万册有稿费的百分之一二。上海盗印我的三个译剧，只给我两本书，价值不到一元。

　　据打听，您译出的英诗，在国外出书的机会甚少。您还是译莎剧吧。见到无忌，他精神很好，但不再回来了。

　　亚理斯多德的《诗学》即将在重庆出修改本。正在整理索福克勒斯的两个悲剧。明年我要出四本书。字典再有半年，初稿可完成。

　　未见到从文，也不知他住哪里。

　　沉樱有十来本翻译小说，由我介绍在重庆出一两本。

　　刘献彪要的小传，也写好寄出。锦州师范学院中文系林瀛、米双宝在编文学翻译史，要我写"翻译文学家自传"，明年夏天动笔。山西《晋阳学刊》要我写自传，我不想写，身后有人会为我写。身体尚好，但甚忙碌。

　　上海师大（您任教的大学）有个教员，名叫孙纪廉，对您非常敬佩。您能否给学生讲点诗或莎剧？

　　　　祝

　　好

　　　　　　　　　　　　　　　　　　　　念生

　　　　　　　　　　　　　　　　（1981）十二月四日

（六）

大雨：

去夏拉肚子后，身体尚未完全复元。最近感冒一个月，才好一点。整理好亚理斯多德的《诗学》修订本，修改好 Plutarch 的 Demosthenes 和 Cicero 传。这几天在赶写《索福克勒斯的悲剧 *Oedipus at Colonus* 及 *Trachiniae*》的译后记（将在长沙出书）。还要整理希腊悲剧和喜剧文章成书，校改 Menander 的喜剧（全本）*Dyskolos*。朱湘的书将出六、七种，可得五、六千元。他的后人生活甚苦。书中一些后记跋语要我写。字典已成八分之七，再有四、五个月可完。看来，我一下子还不会死。

寓言中的其他三人，是留苏学生，我为团结他们而合译，他们现在已能独立工作。版税每万册为稿费的百分之一、二。我的译剧只能卖一两万册，上海的出版社当然要赔本。不知他们每本减价多少。其中的序言，错误百出。上海译文出版社连书都没有送我一本。又我的《诗学》，人民文学出版社将翻印，照例是送我 30 本，是旧书无版税。上海出过新诗选，有朱湘十多首，我两首，大概也有您的，分两卷，也没有送我一本。诗现在是 20 行一千字，合三角多一行。您的书只找到《黎琊王》，似无正误表。

卞和李是二级，钱是一级，我是三级。您现在拿多少，够用吗？您的问题可能要中央决定。您在自己家里住几间房子？

今下午同北大的杨业治（清华大学一年级）去看了李唐晏，他白内障开刀已好。家里象个废品收购站。杨是我的字典顾问，他认为字典还可以。杨治德文，想开希腊文课。他在翻希腊 Hesiod 的史诗。我们还一同看了在巴黎学了三十年希腊历史的左景权（左宗棠的孙辈）。

看不惯的事情，一定很多，不要理睬。

书

信

川大的谢文炳在写长篇小说，第一卷寄来后，如有趣当寄给您。他曾说对您有情感。

念生问好

（1982 年）二月七日

（七）

大雨：

我没有和朱光潜编什么书，是您记错了。您如写信给那个日本人，问他何处可买到古希腊语日语字典。听说他们没有出过这种字典，不知确否？以后来信，只谈一般的事。

大百科某卷，不是文学卷，不会提起您，我以前曾告诉过您。只是曾有人建议要提起您。李健吾已于上月二十四日猝然去世。

您译的英文诗，出版后，早日寄给我。

无忌来信说十分抱歉没有见到您。沉樱病重，不回来了。

我刚编好希腊罗马小说选。还要编希腊散文选和抒情诗选。身体如常。怕您望信，特别写这一封。

　祝

双好

念生

（1982 年）十一月三日

（八）

大雨：

文章极佳。修改后寄武昌华中师范学院《外国文学研究》编辑部主编，您的学生徐迟同志（或戴安康同志）收。《读书》不是学术刊物。我指的是《戏剧卷》，只有条目，尚未写出文字，读后决定，尚不肯定。这件事，我无法说清楚。

希腊、罗马小说选已编好。正在编希腊、罗马散文选。

《诗学》旧译翻印了 80,000 册。此书修订本及 Sophocles 悲剧两种今年都出不来。

　　祝

双好

念生

（1982 年）十二月十八日

勾去处望删去。

加上：古希腊、拉丁韵文都不押脚韵。

（九）

大雨：

重庆出版社选有新格律诗三百首，内有您的《诀绝》和《回答》，也有我的《时间》，此诗中有"跨行"。我只记得□□的名字。准备在湘潭大学给皑岚出纪念专号，我的悼念文章一时写不出来。《外国语》买不到，只好复制。学校的刊物都很穷，《外国文学研究》亦如此。您的英文文章作用大，不管它值多少钱。

《外国剧作选》第一册出版时，（当然无稿费）尚无出版法，各出版社都互相盗印。该书序文有错误，出版社答应于再版时修改。送了我三本，其中一本已还给他们。我曾写信要书，他们不理会。后来我写信给丁景唐。他们才回信说，书已售完（印数不少），寄来五十元，告我在北京买。日前寄了一本《诗学》给您，印数是八万（！），加印的稿酬，不到百元，而且扣了 20% 所得税（我前后所得，尚未超过 800 元），所里扣了 5%（今后起扣

15%）。

《诗歌的格律》是我下放时，家里人当废纸处理了。我未被揪出，也未抄写。

□□□我不认识他。他是胡说。1980年了还这样说！

我和湖南出版社很熟。他们正要出我在1942年出的小册子散文《希腊漫话》，内有多张希腊雕刻。他们重排的书，都付钱。

您的文章译成中文，尚未找到适当的人。您的学生中有无适当的人？译文当然请您过目。

戏剧出版社要印我的有关希腊戏剧的文章。这些应是身后事。我揽到的事情太多，十分忙乱。

祝

双好

念生

1983. 5. 12 日

前几天我去看过新凤霞。日前吴祖光把她的评剧选段录音带送给我。明天可以放。还记得我们在天桥看过她的戏么？

（十）

大雨：

字典快编完了。《诗学》修订本已发排。古希腊罗马散文选也编好了。译诗要拖到年底。现忙于写百科戏剧条目。译古典诗是苦事，成绩可喜。莎剧翻译尤为重要。

前几年各出版社互相盗印。到现在还没有出版法。所以打官司也奈何他们不得。我不缺少钱，但要批评他们的恶劣作风，乱写序文，不经译者同意。

缪灵珠译的《三部曲》已在北京一个小书店买到三本。

我从巴黎图书馆弄到明朝人译的《伊索寓言》，将由上海书店出书。

《外国语》已分别寄给孟实和杨宪益。

朱湘的父亲官不小，皇帝赐匾及夜明珠，家有良田千亩，自己却饿死。您最好把身世写成材料交给我。我不想写自传，身后有人会写。

天气渐好，我常上公园，北海。都是独往独回，乐事在于忆旧。不关痛痒的事不要理会，到自然风光好的地方去散心。尤其不能生气。

听说从文身体更坏了。

朱湘的后人不和睦。我曾为他们弄到不少钱。《朱湘诗论》已编好，胜于他的诗。有关他的书可能出十一本。我是捧出来的。徐志摩的诗大受欢迎，也是捧出来的。

书
信

念生问安
1984.5.6日

《中国现代散文选》（1918—1949）第五卷选了我的《芙蓉城》和《钓鱼》，连书都不送。

（十一）

大雨：

希腊约我父子二人赴 Delphi。我儿子去了。他正在导演 Sophocles: *Antigone*，明年带悲剧赴希腊演出，我可能同去。

你要的各种资料，今寄还。

《莎士比亚研究》年初发排，暑天当可出书。

生活安排好否？

祝

好

念生

1987. 7. 16

（十二）

大雨：

两封信均收到。我曾于上月 10 日左右托人挂号寄上《北京社会科学》1987年第4期（载有我的《格律诗谈》，底稿您看过的）及《中国翻译》一本。如尚未收到，我再寄《北京社会科学》。

纪念何其芳的文章有人要我写，我没有写。纪念他的大会我不知道，没有参加。

希腊大使于上月 21 日要我于 29 日以前赶到雅典科学院去领奖。因为来不及，可能改在本月 20 左右前去。我的大孩子正在排演 Sophocles: *Antigone*，将于六月带往希腊上演，也要我去。我近来手忙脚乱。先写此信。

念生问好

88. 1. 6

（十三）

大雨：

我于 6 月 22 赴希腊，7 月 8 日由哈尔滨话剧院上演 Sophocles: *Antigone*，受到欢迎。18 日飞莫斯科，21 日到家。这次深入希腊生活。11 月初将赴雅典，领大学的名誉学位。身体甚好。

我译出悲剧中的抒情诗 500 行。现正译抒情诗及 *Iliad* 第 24

卷。诗体翻译，只是试验。

　　莎剧能出书是好事。

　　胡乔木送我一本《人比月光更美丽》，为新诗及旧词，形式尚好，合于我们的理论。

　　有人在编十四行体诗集，选有您的诗。现在新诗逢时，恐是暂时现象。

　　唐弢对朱湘有好评。《朱湘研究》似已托人寄上。

念生问好

88. 8. 9

书
信

致彭燕郊

（一）

燕郊兄：

《古希腊罗马散文选》已交稿。

我今天赴青岛开外国文学教学会议。下月十二、三日可回京。不知湘潭大学有无教师参加此会。

已函北京朝外幸福一村六巷八排八十三号钱光培同志把《番石榴集》注释及朱湘的集外译诗直接寄给您。朱译要加快整理，否则来不及。我手头有这本集子。请速将您的引言寄来。我可能写一篇简短的前言。集中疑难问题，早日告诉我。集中错字要修改。《虎》一诗最好删去。《二罗一柳忆朱湘》，十月可能出书，其中有我五十年前译此集的短文。皑岚忆朱湘的文章及朱湘年谱有无发表可能？安徽出版社要出朱湘全集。

敬候

暑安

罗念生上

1984. 7. 30

（二）

燕郊同志：

《修辞学》（150,000 字）中论性格部分，外加论情感部分，配合《性格种种》最合适。二人是师徒，又同样论性格。

我对"漓江"不热心，他们至今没有寄叶译《阿加曼农王》给我。《修辞学》可在他处出书，或几年后由"漓江"出，这要看他们的态度。

我的老大和我带古希腊悲剧《俄狄浦斯王》到希腊去演出。我下月初飞雅典。

致

敬礼

罗念生

86.5.26

书

信

致卢剑波

（一）

剑波兄：

本世纪初欧洲各国讨论古希腊语读音，出了一本书，读法与寄上的读本中的字母表读音大致相同。苏联读法与他们读 x 及现代希腊语读 x 相同，=h。古音可能等于 kh。第二次大战后，又讨论此读音，未见到。英国人读古音，有录音，已于昨日托王敦书同志寄上。胡适之曾告诉我，《诗经》读关 na，关 na，雉 k，鸠 k。不知可靠否？各国古希腊音读法不尽相同。

第二批 191—到末尾五份，及全书三份，已于上月二十四日托人寄到川大历史系。北京寄且需要一个月，寄成都可能快一些。有五六人为此事奔跑。

Oedipus The King 会有录像。

致

敬礼

罗念生

86. 2. 7 晚

（二）

剑波兄：

　　见到您给克柔同志的信，知道您干劲十足，十分敬佩。我现在编古希腊语—汉语词典，有生之年，恐难完成。aoristur 译作"过去进行时"，"过去不定时"，"简单过去时"均不甚好。不想要拉丁文。拟音译为"阿俄里斯托斯"，简称"阿俄"，相当于 aon，您看行不行？《古希腊语法》，请抄几页寄给我。我特别想要术语。《拉丁语法》过去已有三种。商务现收到一种科学上用的《拉丁语法》，能否出版，定不下来。您的《拉丁语法》，规模有多大？上海外语学院在编现代希腊语—汉语词典，并开现代希腊语课。我们译的伊索寓言，本月可以交稿，八人合作，仍很费力。拉丁语－汉语词典由上海第二医学院编写。我的古希腊语译音表尚在修改中，当寄上指教。

　　　　祝

好

　　　　　　　　　　　　　　　　　罗念生

　　　　　　　　　　　　　　　　　9.7 日

（三）

剑波兄：

　　今日回京，得读来信。π tk= 英 ptk，f θ x= 英 p+h，t+h，k+h。请看经过修改的译音表，（此表正在大加修改，作编"百科"之用）。法国人的读法，我不清楚。

　　　ˊ 比仄声高得多。^ = ˋ（先高后低），似上声，先高后低，均为光音 pitch。ˊ 不是重音，^ 不是长音，ε 为短音，η 为长音，后者比前者长一倍。o 为短音，w 为长音（w=oo 模写）。

各国读法不同。前几年欧洲人开会讨论过此事，有专书，清华有一本。

        祝

   好

                      罗念生匆上

                      8.29 日

从芙蓉城到希腊

致杨德豫

（一）

杨德豫同志：您好！

谈修改译稿的信，当已收到。

《俄狄浦斯在科罗诺斯》译后记中有"每次放映收十元磨损费"一语，请删去。有人说这句话有"商业"气味。因恐以后牵动版面，特此函请。

水建馥同志时常念及您。抒情诗选争取早日交稿。

　　　祝

好

　　　　　　　　　　　　　　　　　　　罗念生

　　　　　　　　　　　　　　　　　83. 3. 13 日

（二）

德豫同志：

古希腊抒情诗选已由水建馥交人民文学出版社。译诗并不理想，拟二人另译一些，并修改水的旧译，明年交给您社。曾听说你们这套丛书出书太慢，所以水另作主张。

The summer glittered a gay myrtle leaf.

牛津版《现代高级英汉双解辞典》p.701 Myrtle:

Erergreen shrub with shiny leaves and sweet-smelling white flowers.

Webster's New World Dictionary, p.941, myrtle: with white or pinkish flowers.

shiny leaves ——绿叶一般都发亮，shiny leaves 特别发亮。故 glittered 一字讲得通。

可译为"叶子"。取巧办法可译为"花叶"。

我在北京看见的 myrtle，只见叶子，未开花。

   祝

好

罗念生

87. 7. 4

（三）

德豫同志：

购得《希腊罗马神话》，甚喜。我曾在清华选此书为读物。译文甚好。只是插图过多，（缺少古瓶画），书价太高。如用普通纸来印译文，或可普及。

哈尔滨少儿出版社要我找人写一本希罗神话故事书，字数6—10万，多加童话（mönchen）。请您转问杨坚同志愿不愿意写。

希腊科学院要我即赴雅典访问，因此手忙脚乱。我的老大正在排 Sophocles: *Antigone*，初夏带往希腊演出。

曾托彭燕郊同志向您社介绍我们外文所陈洪文译的 Hesiod
的《工作与时日》（已寄部分译诗）及《神谱》。

　　　　祝

　好

　　　　　　　　　　　　　　　罗念生

　　　　　　　　　　　　　　　88.1.6

致田仲济

（一）

田仲济同志：您好！

重庆出版社拟出沉樱译的《女性三部曲》及《迷惑》，要沉樱的小传及译本序。沉樱回信说，她不能执笔，托上海赵清阁同志代写。赵同志来信说："关于沉樱的小传是否让田仲济同志代写较妥，他知道的比我多。可与他联系。"因此特请您帮忙。

　　　　致

　　敬礼

　　　　　　　　　　　　　　　　　　　　　罗念生

　　　　　　　　　　　　　　　　　　　　　二月四日

山东师范学院和山东师范大学是否同一个学校？

（二）

田仲济同志：

"沉樱小传"写得非常好。我已根据沉樱来信，补充了一点材料，并已寄与重庆出版社，他们可能出《女性三部曲》或《迷惑》。

感谢您费心！
　　　　致
敬礼

罗念生上

一月十一日

北京东城干面胡同东罗圈 11 号

（三）

田仲济同志：

　　去年曾寄上沉樱译的短篇小说选，不知山东出版社出不出此书。如不出，请寄给我，以便交给对外翻译公司出书。如有沉樱译的其他小说，也请寄给我。

　　此间有人为沉樱写传，要看她早年自己写的短篇小说。您手边如有，请复制寄给我。

　　重庆出版社出的《女性三部曲》，当时即售完，我曾寄款去购买，未能买到。
　　　　致
敬礼

罗念生

1983. 11. 18 日

（四）

田仲济同志：

　　来示敬悉。请将沉樱翻译的尚未在国内出版的小说寄几种给我，以便推荐给友谊出版公司出书。《毛姆的短篇小说选》，友谊就不出了。至于征得沉樱同意的事，一待小说收到后，再去信

书
信

相告。

　　重庆出版社寄来沉樱稿费 69.30 元，她将托人于本月自美国来取款。序文稿费由重庆出版社寄给你没有？

　　　　　　致

　　敬礼

　　　　　　　　　　　　　　　　　　罗念生

　　　　　　　　　　　　　　　　1984. 3. 2 日

从芙蓉城到希腊

致倪子明

倪子明同志:

　　您好!

　　友人申奥已将他在人民日报发表的外国文坛消息汇成《域外文谈》,投交您社,如有发表机会,请为玉成。

　　拙译亚里士多德《修辞学》,不知审阅完毕否?

　　敬礼

书
信

罗念生

1988. 1. 4

致罗锦鳞

鳞：

外加的穿插似过多。

第 4 场回忆与二兄不好表现。与海蒙生活，不要搞成恋爱。古希腊人，特别是在荷马时代，无恋爱生活。

退场中出鬼戏，不甚好。

穿插太多会喧宾夺主，打乱原剧的结构和气氛。

《俄》剧只改变结尾，甚好。如该剧穿插过多，则把戏弄坏了。

初步排好，早点送录像来看看。不是要彩排。

八个女舞队，如何舞？不必这样串场。

我三天后去照相。现在在校《读物》。

"顾问的话"，看月底能否写出？ 20 以前才能写好"评传"。

娘如常。

彤明天回来。

生

1988. 4. 4

致朱谱萱、孙敦汉

朱谱萱、孙敦汉同志：

　　你们好！

　　水建馥同志是 1978 年 2 月借调到商务印书馆编古希腊字典的，他于 1980 年进入外文所。所以字典工作是您馆约稿编的。

　　吉林师范大学陈孔伦同志自俄文翻译古希腊字典，是孙敦汉同志去约稿的。我们认为译稿不准确，不合用，曾于同年 3 月 21 日面请朱谱萱、杨德炎两同志，停止翻译。本月 7 日孙敦汉同志说，我们的字典同俄文字典"对不上号"。我恳请孙同志把具体意见提出来，看是不是我们的错，有无补救的可能。

　　　　致

　　敬礼

书
信

　　　　　　　　　　　　　　　　罗念生

　　　　　　　　　　　　　　　1988. 5. 15

　　　　东城干面胡同东罗圈 11 号，电话 551498

致郑敬畴

郑敬畴同志：

您好！

我编有《古希腊罗马文学作品选》，由北京出版社出书。全书 36 万字，平装 6.25 元。绝大部分作品是从古希腊文、拉丁文译出的，并经过校订。书中"概述"连接起来，是简明的文学史。此书只印两千多册，为大专院校中文系同学的阅读资料，据说编得相当好。出版社曾要我补助 12000 元，但未收此款。我分到三百多本书。请费心为我询问，如有人要，八折优惠。预先致谢。

敬礼

罗念生

1989. 8. 17

北京东城干面胡同东罗圈 11 号

100010

致《文艺报》社

《文艺报》社：

您报 1989 年 8 月 12 日刊载的《从"血战"到"服从"》一文中提及"柳亚子在一篇文章中借儿子柳无忌之口曾对……评价"一说有误。事实是：亚子先生曾在他读论新诗创作的文章中说（大意）："他的儿子的朋友罗念生曾对……"因此，这个评论不是柳无忌说的，而是罗念生说的。请予以更正。

　　　　此致

敬礼

书
信

　　　　　　　　　　　　　　　罗念生

　　　　　　　　　　　　1989 年 9 月 18 日

致刘以焕

（一）

以焕同志：

　　昨日寄俄文书（你校的）、希腊文文法、及课本二册。你的问题都可在文法书中求得解释。希腊文重音是 Pitch accent（有似我们的仄声），不是 Shess accent（如英语中的）。

　　下月讲课之后，寄上论荷马的底稿，请你看看那本俄文书中有无可供思想性及总的评价方面的参考资料。可简略的译出大意。

　　你在毕业之前，要努力学习正式功课。暑假中再多读希腊文。能到北京一行甚好。

　　我写了一篇阿里斯托芬喜剧的序文。手边有本俄文的阿里斯托芬评传，拟请你在暑假中照上述办法，译一点参考资料，不知方便否？

　　　　致

　　敬礼！

罗念生

1963 年 4 月 12 日

（二）

以焕同志：

　　荷马底稿问题最多，最不令人满意，须重写。史诗行数，见《诗学》18 页注中。"食莲者"系误译。你的文章作为心得，写得很好。但内容属于一般，故不宜发表。所谓专攻哲学，并不是立刻就搞哲学工作，那要经过一个准备时期。《古代文学史》及《古希腊文学史》（多卷本）中的荷马评论，没有多大用处。我将于本月中旬或下月赴大连休假一个月。日期决定后再告诉你。你如改在寒假中来京，一定能见面。我的大孩子罗锦鳞任职中央戏剧学院导演系教师，他现在齐齐哈尔排《霓虹灯下的哨兵》，将于月中游哈尔滨，你如能带他参观黑大甚好，不要招待。如有可能，请去信齐齐哈尔市话剧团与他联系。

　　　　　致

敬礼！

书信

　　　　　　　　　　　　　　　罗念生

　　　　　　　　　　　　1963 年 7 月 3 日

（三）

以焕：

　　我的右眼坏了，今天赶回北京去开刀，据说要住院两三个月。我存了几本书交你，在旅大疗养院北楼 89 号贺麟先生手中。贺先生八月十二或十三坐船回京。

　　　　　　　　　　　　　　　罗念生

　　　　　　　　　　　　1963 年 8 月 6 日

（四）

以焕同志：

我肾脏发炎，尿作赤色，据医生说是蛋白质流失。今天已恢复正常。《修辞学》已完稿，另附两篇演说。今后译普鲁塔克的《并列传记》。

你的读希腊文心得及论文，即寄还。论文后半尚好，再过一些时候，可压至五千字内，试投报刊。前半比较空。（着重谈希腊剧与中国剧比较。分析美狄亚的性格及心理。）

文学名著丛书及理论丛书，都将出书。莎翁全集今年出。我们以后搞文学史。

希腊文学作为业余。要集中精力于学习与业务。

　　　　致
　　敬礼！

罗念生

1964 年 2 月 7 日

（五）

以焕同志：

来信收到，未能细看。眼睛还是不大让使用。过些时候再给你寄书来。今夏不要来北京。我要外出。希腊文入门及练习本望寄还，书是文学的，要退还。你要先解决红专问题，首先要求红。老路是不能走的。

　　　　致
　　敬礼！

罗念生

1964 年 7 月 10 日

（六）

以焕同志：

词典尚在筹备中，即将试稿。此事并不容易。等体例制定后，请你担任技术性的简单词条，可能是机械无味，但对我们很有帮助。不会花费你很多时间。得暇可译 Dyskolos。根据本是小型英文词典，但可收一些俄文词典中的简单词条，为英文词典没有的。俄文词条要力求编得准确。

那本法文词典，如除字源以外，尚有释义，请寄给我。寄费请邮局开个收条，以便报账。开商务印书馆名义。

尚不能预支稿费，但可能为你弄到路费，以便你寒暑假中来京。俄文词典翻译事已停，因为找不到人校对。

《飘》外文所有原本，不必对版本了。

  祝

好！

罗念生

1978 年 3 月 28 日

（七）

以焕同志：

书及邮费收据已收到。钱以后总算。《喜剧集》刚还来，即寄上。希俄词典即函吉林师大直接寄给你，此书前一部分由我寄给你。

自五一节起人民文学出版社有 36 种中外文学作品（每种 50 万册），由新华书店出售，其中有神话一种。神话要的人多，我不知能够买到几部。

我们收不到研究生，因为懂古希腊语的人太少。

那本英文书，鉴别出来无用处。此书前后两页我救了一救。
你是否答应我们编写一部分简单词条？盼复。

祝

好！

罗念生

1978 年 4 月 19 日

（八）

以焕同志：

楚译神话已买到，即寄上。词典体例尚未拟定，尚未正式编
写。吉大译的四分之一，已成废品，不能用，已花了两个人的
路费及其他用费，这笔钱将来要扣我们的稿费。你要在试稿以
后，才能有路费。你自己花钱来京，不合适，也没有多少事可以
商谈。我看你最好寒假来。顾问杨业治同志认为应作"未完过去
时"和"不定过去时"（没有限制的简单过去时）。上海现代希腊
词典作"过去未完成时"和"过去完成时"。他们作"过去先行
时"。所以我们还定不下来。希俄词典可能已寄到商务。

你的兴趣太广，应集中一点。最好专搞 Dyskolos。

祝

好！

罗念生

1978 年 6 月 25 日

（九）

以焕同志：

卡片已寄还。我作了一些初步修改。独当一面，修改有一定

困难。俄文有好的不同解释，请写在背面。

如愿编写，请按我以前提的，编写技术性的及简单的词条。其他较复杂的，请都写在卡片上，留给水编写。

Menander 有了俄译本，赶快译完。俄译本主人在催还书。

答案抄本已收到。那本语法书，便中寄来。戈的神话书寄上。明年希腊剧团来演古悲剧和喜剧。

   致

敬礼！

       罗念生

     1978 年 11 月 20 日

（十）

以焕同志：

上次的信，您还是没有看懂。我是希望您只编技术性的词条及简单词条。比较复杂的，只抄存词条卡片，由水编。要编，不要翻译。修改有时比自编还要费事。体例始终未弄好。Aorest 改为"不过"（不定过去时）。已译好的 170 张词条，按上述办法重编。

人民文学出版社在编戏剧丛书，我已建议加上 Dyskolos。此剧赶快译出。俄文译本尚可用一些时候。此书译完后再编词典。

寒假不要来北京。卡片未交出，支钱不大方便。以后我把定稿的卡片寄一些给您，您照着编就行了。

《辞海》您另想法去买。我没有功夫。

   祝

好！

       罗念生

     1978 年 12 月 9 日

北大编的哲学史，文学史上卷及喜剧集，及 Crossbyno 的希腊语读本，望寄来。

（十一）

以焕同志：

因为忙乱，久未回信，甚歉。

我现在长春开古代史学会，月底返京。日前寄上三本书给您。文学史送给你。"喜剧"稿，请提修改意见，望早退还。杂志一册，以后退给我。《阿里斯托芬喜剧集》望早退还，可能将此书送给希腊人。那本名人小传，买不到，书不好，有错误。

希腊剧团十月下旬来北京。即使我见得到，也不过寒暄几句，无法谈版本文字问题，他们也不一定懂。不要为看此戏到北京来，戏票不好弄，上演《普罗米修斯》和《腓尼基妇女》（欧里庇得斯的）。

承养料送来的东西，已收到，谢谢。以后不要再送来。

《恨世者》你何时竣工？拟交长沙人民出版社出书。也可能在《外国戏剧》上发表。此书拖得太久了，望集中时间译完。

卡片已收到。

    祝

好！

罗念生

1981 年 8 月 23 日

（十二）

以焕同志：

　　您好！

　　我腹内可能有瘤子，尚在检查中，精神甚差。请不要寄药来。

　　重庆出版社想出米南德的喜剧，请您从速把译稿交来，由我稍加整理，即寄去排印。

　　　　祝

好！

书信

　　　　　　　　　　　　　　　　　罗念生

　　　　　　　　　　　　　　　1982 年 × 月 × 日

我所里的书，望早日寄还。

（十三）

以焕同志：

　　您好！

　　拉肚子的病已稳定，月中再去照相。您不要来北京。我现在十分忙。我在赶必要的工作。您提起的两件事，我无力答复，手头无此书。新约中译甚好。评论人我已记不起。

　　　　致

敬礼！

　　　　　　　　　　　　　　　　　罗念生

　　　　　　　　　　　　　　　1982 年 9 月 7 日

（十四）

以焕同志：

《恨世者》已列入戏剧出版社明年出书计划。译后记写五千字，要精炼。

致

敬礼！

罗念生

1982 年 11 月 23 日

（十五）

刘以焕同志：

《恨世者》只出此剧，决定于下月上旬由此间戏剧出版社发排。译文有错误，笔误甚多。如第十五行译为"前夫新近去世"，后面又说："后来她给他生了一个女儿。"我已加以修订和修补。"译后记"写得很乱。都寄给您，从速细心整理好，寄来。"序文"已成初稿，可能寄给您。文章抄好后，至少要看一遍，才能寄出。马虎是不行的。

致

敬礼！

罗念生

1983 年 6 月 20 日

（十六）

刘以焕同志：

正要去出版社交稿，得到您的信，又得改期了。

译后记改了四遍，还弄不好。译剧又改了两次。处处是语病，您竟看不出来。我的日子不多了，不能这样花费。

孙的文章尚未得《翻译通讯》回信，以后再说。我有个朋友写了一篇谈荷马翻译的文章，拟投《外语学刊》，以后请您关照一下，但不要说是我介绍的。希俄字典、廖可兑的《西欧戏剧史》、录音带等，望托人带来。

您要读 Samia，得在语言上多下工夫。

　　　　致

敬礼！

书
信

　　　　　　　　　　　　　罗念生

　　　　　　　　　　　1983 年 8 月 12 日

1. 第一场　在在前项？　　看不懂

2. Attik（Doric Dichyne），阿提卡从惯译

3. 那时这妇人的前夫去世不久，给她留下一个儿子。

　　p. 35 条？

　　p. 38 条？　　　　看不懂

　　p. 42 条？

4. p53. 指通奸，义甚明

5. p.755. 转进去为妙

　　　　× ×

6.Artemis 应要　　p.98. 已见第 19 页

译后记中有笔误，有矛盾，您都未改。正文说铜的调缸，注

中说瓦缸。漏抄 Tereuce，所以不通顺。我不记得他们各自改编过几个剧本。

戏剧中没有"主人公"。

凡事马虎不得。学语言尤其不能马虎。

英译本已送去制图。

Theophrastos？——公元前 287？

（十七）

以焕同志：

孙大雨同志的文章中译稿请交给黑龙江大学《外语学刊》，可以说是我介绍的。又黄绍鑫同志论荷马史诗翻译的文章，也请交去，但请不要说是我介绍的。此文日内寄上。

《恨世者》已交稿。他们催稿甚急，但出书仍缓慢。

　　　　　致

敬礼！

　　　　　　　　　　　　　　　　　　　罗念生

　　　　　　　　　　　　　　　　1983 年 9 月 6 日

译者吴起仞同志的通信处：

　　上海江宁路 616 弄 20 号

孙大雨同志的通信处：

　　上海南市区画锦路 133 号后门

译文如退还，请寄给我。

（十八）

刘以焕同志：

Lucian 的《真故事》希腊原文本，如在您处，请寄还。

希俄字典上卷已收到。

Samia 两个剧本当已收到。印费发票在书内，共 12 元，请兑交建国门内五号中国社会科学院外文所王焕生同志。

您的序文，如有变动，请早日告知。译剧即将退还戏剧出版社，明年初发排。

孙大雨的文章中的英文诗行最好用照相办法制版。如有困难，排成英文，将字上边的长短音符号删去亦可。

黄绍鑫的文章，听说尚未决定用不用。

　　　　致

敬礼！

罗念生

1983 年 11 月 17 日

书

信

（十九）

以焕同志：

日前戏剧出版社有人来问 Khea 为何译为瑞亚？查出是 Rhea 之误。又谈歌队的地方，删去"作为装饰"一语。《恨世者》可能已发稿，和几种罗马喜剧同时发稿。又，序文次序我已重新安排。

Samia 的复制品早已寄上。

商务来人要希俄字典，已将上卷交给他。他要收回下卷。望早日寄来。可否借用黑龙江大学的一本来复制？

廖可兑同志的《戏剧史》买不到，请将我的一本寄来。

Dover 的读法与录音带相同。

孙大雨同志的文章何时可以刊出？

您知道赵新而同志在上海哪个学校念过孙大雨的课吗？

      致

敬礼！

罗念生

1984 年 3 月 3 日

（二十）

以焕同志：

黄文加上希腊原文，一般人看不懂。

《Samos》英译本交去制图，尚未归还。拟先复制译本及原文。费用可能近十元。对希腊文要下苦功夫，才能读得懂。

《恨世者》序文单独发表，没有意义。您的序文如能发表，当请戏剧出版社复制或抄录一份。此文已加以修改，因其中有不妥之处。

      致

敬礼！

罗念生

1984 年 9 月 22 日

（二十一）

以焕同志：

《俄狄浦斯王》演出组及我的老大已赴希腊，准备演出。我将于十三日飞希腊参加戏剧讨论会。

证件已通知戏剧出版社直接寄给您。

我是 1922–3 冬天开始译希腊悲剧的。在一篇文章中已有说明。
文章在一万字以内，有地方发表。

     致
敬礼！

            罗念生

          1986 年 6 月 2 日

书
信

致朱小东

（一）

小东：

　　您好！

　　久未得来信，甚念。

　　寄上朱湘传，如有修改意见，速告。

　　我身体如常，只是脑动脉初步硬化，照常工作。

　　昨晚见到昆明石林小册子，奇峰突立，甚是壮观，令人神往。

　　　　祝

　　全家好！

罗念生

2 月 10 日

春节快乐！

（二）

小东：

　　朱湘的同班人贺伯伯问你好，望你保重身体。你儿女成群，家里多欢乐。寄来的相片以后寄还。小沅是那个样子。以后有我们照的相片，再给你寄来。不要给我寄任何东西来。我这里什么都有，我身体又好。昆明有蜂王浆之类的药，你多买些来吃。我因为邮包不好寄，所以才想了那么一个办法。太忙了，下次再详写。

祝

全家好！

罗念生

5 月 25 日

（三）

小东：

您好！

去年寄来的简历，已转交语言学院现代文学家编辑部。书将在四川出版。

朱湘的好友徐霞村（厦门大学信箱 253 号）先生已写好朱湘传，将在《新文学资料》上发表。语言学院也有人要写朱湘传。

去年底我返成都一行，因开会甚忙，无时间往南行。

我身体尚好，工作正常。

祝

全家好！

罗念生

2 月 13 日

（四）

小东：

相片收到。

稿费事由出版局决定。你写的"情况"来得太晚。出版社同意给，但要出版局批准。刘平伤势如何？

沈伯母来信，说从文过去和我不分彼此，我也曾给他钱。所以他们夫妇愿意帮助你们。他还有一笔钱寄给你们。

上海书店见了钱光培在上海《文学报》上发表的有关朱湘的消息，他们决定影印我编的《朱湘书信集》，还答应多少给你们一些稿费。

你们两家要真心和好。

祝

好！

罗念生

1983 年 10 月 1 日

致鲁刚

（一）

鲁刚同志：

来信已收到。您提出的问题，我答复不好。迈锡尼文化为多里斯人所毁，是西方一些历史学家的说法，可能不正确。火山爆发恐限于局部地区，不大可能毁灭整个克里特文化。荷马诗中的阿开俄斯人（即迈锡尼人）是一支希腊民族。B 组线形文字是希腊文字的前身。

荷马史诗所描述的是公元前 12 世纪初正在解体的氏族社会，可能杂有后来的情况。

罗马神话自成系统，其精神与希腊神话不尽相同。如朱庇特比宙斯严厉。

美狄亚如把孩子带走，就没多少戏。美狄亚杀子的内心冲突是那剧的一个特色。

商务印书馆已约好人翻译俄文的《神话词典》。您可与商务联系。

《农作与日子》已有两个人译出。《神谱》也有一个人在翻译。

望您译点别的作品。

      致

敬礼

罗念生

1980. 9. 20

北京东城干面胡同东罗圈 11 号 2101 室

（二）

鲁刚同志：

您好！

Oinone Οἰνώνη 俄诺涅 oi 是双元音

Oileus ’Οϊλευς 俄伊琉斯 o + ï，不是双元音，要分开来读。

Pleione Πληϊόνη 普勒伊俄涅 η+ï，不是双元音，要分开来读。Πληϊόνης 见于希俄词典 ДРЕВНЕГРЕЧЕСКО-РУССКИЙ СЛОВАРЬ 第 1327 页倒数第二个字。（大部分神话专名见此书）

Peirene Πειρήνη 珀瑞涅 ει 是双元音。

汉语无 fai（fae）字音。淮 =huai。所以原来的淮，改为费。

楚先生的译名是人民文学出版社按 1959 年旧表改的，楚先生原来的译名是他自己的。出版社更改时，可能将 O，U 混在一起的，那是错误的。

1979 年新表是取得人民文学出版社一位编辑与商务印书馆外史编辑室的同意修订的。商务后来根据此新表，自己制成希腊译音表与拉丁译音表，二者与此新表大同小异。

百科全书要用另一表，这个表是杨宪益先生根据我的新表另外制成的。商务、人文和我都不大同意。

我现在仍用我的新表。

译名只能求大致统一。

从芙蓉城到希腊

又商务将出版由俄语希腊神话辞典译出的辞典，大概是根据我的旧表译的。

译名很乱。杨先生的《奥德修记》（上海译文出版社）是另一套。李赋宁先生在《百科知识》上发表的荷马论文，又是一套。

鲁刚先生，您的努力是令人敬佩的。

希腊神话名字，要照希腊原文译。希俄字典相当全。另外，Smith 的大 Classical Dictionary 最齐全，此书北京大学有。

书信

　　致

敬礼

罗念生

10 月 27 日

（三）

鲁刚同志：

您好！

许多希腊名字拉丁化了，由 O 变为 U 了。按照 Oxford Classical Dictionary 及希俄大词典等书找出希腊文，要名从主。如有困难，可找哈尔滨社会科学院的刘以焕同志。

表上的红字是百科的表（恐尚未完稿），我们不用。我们用打印的字。

多用惯译。戈宝权的马恩选集中的希腊拉丁神话一书（三联或人民出版社）很有用处。楚图南的神话亦有用。

书后附译名表，其他惯译也附在译名之后：如

特洛亚（特洛伊）。

der=dros（希腊字）

不要从英文译，如 Fulēs。

译名大致可以。有一些要改。

致

敬礼

罗念生

1981. 4. 13

（四）

鲁刚兄：

惠款已收到，是雪中的炭。

商务出版了一种希腊神话辞典。还有人在编大型西方神话。

社科出版社曾来要译音表，我花了一夜工夫抄出寄去。他们把我的希腊字母照片也遗失了，而且不理我。

望写一本"希腊罗马神话"，仿 Bulfinch 的书，求简明扼要，有系统，15—20 万字。可与"引论"同时出书。

我还有五本译剧待修改，春蚕丝将尽。

我的老大将于三月在中央戏剧学院上演《俄狄浦斯王》，中央电视台可能播出片断。

致

敬礼

罗念生

1986. 1. 22 晚

（五）

鲁刚同志：

您现在无官一身轻，时间都是自己的，可贺。

小儿罗锦鳞正在哈尔滨话剧院排演 Sophocles: Antigone，七月到希腊演出，我也可能去。

您的神话辞典，已转赠香港大学邝健行，古希腊文学专家。东单社科出版社门市部已售完。您如有多余的，望赐我一本。这个出版社当日要我一夜间抄出"译音表"，把我的希腊字模表也丢失了，始终不理我，因此我弄不到这本书。

敬礼

罗念生

1988. 4. 30

书
信

致王焕生

（一）

焕生同志：

《罗马悲剧》一文，要在本月 28 日以前整理好交去。谈此事的信，不知交到否？

请借 Hesiod 的 Works & Days 及 Plato 的法律篇第一卷，均是 Loeb 本。请交卢峰同志带来。

   致

敬礼

           罗念生

        1983 年 3 月 9 日

（二）

焕生同志：

您的译文多种，早已整理好。

译诗望从速送来。与约稿迟了一个月。

   致

敬礼

           罗念生

        1984. 3. 27

目次中的"作家介绍"拟删去，改为

西塞罗论老年（暗含作家介绍）

书及稿放在玻璃柜左方的书架上，我如不在家，请您自取。

（三）

焕生同志：

已函四川少儿出版社更正。

您的意见很对。

已函余太山同志把练习密封交给您转给我。练习拟寄给学习希腊语的人，由他们自己复制，可以节约。

寄上六个疑难问题，请简单解答。译稿请浏览，作一点批语及修订。

祝

好

念生

1985. 2. 2

书
信

已购到《希腊罗马美术》，有错，印得不好，但便宜，3.20元。

商务已出希腊神话辞典，1.80，及历史小丛书中的希腊悲剧家几种，0.18，得便请代购买。

又人文的《埃涅阿斯纪》，杨译，也请于便中代购一册送左景权。

（四）

焕生同志：

Cicero论悲剧风格与喜剧风格不能相混。见于De Opt. Gen.Or. I。

请查出，译出。

据 Donatus 说，西塞罗曾说：喜剧是生活的摹似。

According to "Donatus", Cicero is said to have described comedy as an imitation vitae, Speculum consuetudinis, linago veritatis.

如能查出，可入注。

祝

好

罗念生

1986. 8. 3 日

从芙蓉城到希腊

Cicero 论喜剧

Turpitudinem aliquam non turpiter

见于 De Orat. Ⅱ 236

见于 De Orat. Ⅱ 237

见于 De Orat. Ⅱ 251

见于 De Orat. Ⅱ 247–263

见于 De Orat. Ⅱ 264–290

见于 De Orat. Ⅲ 28

见于 De Orat. XXiii 76–8

见于 De Orat. XXiii 97

如涉及戏剧，请译出。

<h2 align="center">（五）</h2>

焕生同志：

前信收到否？我将于 13 日飞希腊。因未得你们的回信，时间紧迫，希腊部分，已初步定稿，交百科打印。请你们各自定稿，速交百科。

戏剧出版社催发排理论选。

Cicero 的短文已自英文译出，交去。

另外，笑的起因见于亚里士多德的《修辞学》卷一，11 章，29 节，作为西塞罗《论演说》的根据。见 Cause of laughter must be pleasant, Rhetoric I, xi 29, as basis of Cicero's De Oratore.

请你自 Cicero 论文中找论笑的部分，并译出。另外，请根据我的中译找 De Oratore 中的此段拉丁文，将我的译文修改一下。

    致

  敬礼

       罗念生

       1986. 5. 5

（六）

焕生同志：

（1）De Oratore Ⅰ & Ⅱ 卷中无 Cicero 谈论悲剧和喜剧不相混的话（戏剧理论选中的一小段 Cicero 的话）。不知第三卷有无此段？

（2）De Oratore 卷 Ⅱ

    236–237

    248

    251

    274 只译到 p.407 页头两行

    以上五节似可入选，望译出。

（3）已加上 Martialis，如何译为中文？望译出一两首短诗。

（4）Ovid 的短诗，也望译出一两首。

（5）Cicero 那段已入选的话，是 46 年说的，应在 Brutus（又名 De Claris Oratoribus）或 Orator 中，此二书写于 46 年。借出来，由我寻找。

（6）Cambridge 两本文学史，望借来。

（7）致吕信，望转去。您是否同意改"真实主义"为"现实主义"？
如方便，请同吕谈谈！

罗念生问好

1986. 10. 26

（七）

焕生同志：

对不起，弄错了。

Cicero 那段话见另纸开列的两篇论文，望借出。

Martialis 诗选"购买作品"及"朋友不分彼此"二首，拟稍
加修改。

"你的饭菜"一首不好懂，"你独居"一首在考虑收不收。

如在文学所借书复制，请代我找谢蔚英同志帮忙。我同她认
识。以后再酬谢她。

numine 一字查不到，不知何义。

afflatur 受到灵感（inspired）。

Virgil 的史诗译本，尚未找到。是否能写 Dhido 受 Eros 的灵
感而爱上 Aeneas？

杨译："充满了神力"，不够明白。

She felt the breath of the god（Eros？）。也是受到神的灵感的
意思。

phedra 可译为"狂喜"或"迷狂"。

《伊安篇》论诗的灵感。北大《西方文艺理论名著选编》p.7：
诗人"得到灵感，有神力凭附着。科里班特巫师们在舞蹈时，心
理都受一种迷狂支配，抒情诗人们在做诗时也是如此。"（朱光
潜译）

这个问题以后当面谈。

　　　祝

好

　　　　　　　　　　　　　　　　　念生

　　　　　　　　　　　　　1986. 12. 28 晚

（八）

焕生同志：

Archilochus 的诗疑是另纸上的意思。为求准确，当查 Loeb 本的英译。

天津要演 Aeschylus 的 Agamemnon，请把您手边的《埃斯库罗斯悲剧二种》（其中有 Agamemnon）借给我。您如没有，请向陈洪文同志转借。

我要大稿纸 500 张，小稿纸 1000 张。上次的"迷狂"一段，弄清楚没有？

百科打印稿请从速交给我。

那段 Cicero 引文仍未找到。论笑的一段，望译出大意。

　　　祝

好

　　　　　　　　　　　　　　　　　罗念生

　　　　　　　　　　　　　1987. 2. 3

请替我买两本你们译的《古希腊三大悲剧家研究》。

（九）

焕生同志：

请您和吕同六同志从速将打印稿定稿，送给我。望你们回信或来电话。

漓江来信要您译的诗及小说。

祝

好

罗念生

1987. 2. 22 晚

商务出

罗马加图：农业志

色诺芬：回忆苏格拉底

望购买。

百科要求我们在下月十日以前交稿。

您选的插图，望早日交去。

（十）

王焕生同志：

吕、刘的定稿已交来。请您速将定稿交来。

外文所如有 Humphry House 的 Aristotle：Poetics（《诗学》），请借来复印，发票开给中山大学。

译诗及小说稿，已送上。

埃氏悲剧二种，望借给我。

祝

好

念生

1987. 3. 5

（十一）

焕生同志：

请速将下列各文的出版社及出版年代见告：

①傅东华译《伊利亚特》

②董衡巽译《公断》（米南德的残剧，中央戏剧学院《戏剧学习》某年某期的喜剧专号。如查不到，请问董同志。）

③杨周翰译《特洛亚妇女》

④杨周翰译《埃涅阿斯纪》

⑤杨周翰译 Ovid 的《变形记》

⑥杨宪益译 Virgil 的《牧歌》（梅利伯与提屠鲁的对话）。

祝

好

书
信

念生

1987. 8. 1

（十二）

焕生同志：

Aristotle 有 *De anima* 及 *De Somno* 两种著作（不是二者相同），见 Oxford Classical Dictionary p.95 第二栏头上。

"前言"交稿在即，请早日赐教。

祝

好

罗念生

1987. 9. 1

（十三）

焕生同志：

　　Iliad 第 24 卷，即将译完，有 800 行。近期如有同志到北京图书馆借书，请替我借：Humphry House: *Aristotle's Poetics*。如无人去，请通知我。

　　请另从所里借：G. F. Else：*Aristotle's Poetic*：论证。

　　两书如已借到，请托人带来。半月内可送还。

　　我在准备赴希腊的讲稿。

　　敬礼

罗念生

1988. 8. 29

（十四）

焕生同志：

　　郑恩波同志说，科研处给商务去信，曾提起您审阅过我的卡片。商务不愿把与俄文对不上号的具体意见告诉我。他们想同所里的人谈。可否请商务与您联系？最好我们见面一谈。

　　我已决定全译 *Iliad*。请把傅译本借给我，或替我翻印头四卷，复印费由我出。

　　　　祝

　　好

念生

88. 9. 18

（十五）

焕生同志：

我有前列腺癌症嫌疑，正在检查中，甚苦。

孙敦汉同志来电话，说他来找过您，您开运动会去了。他请您给他去电话（557242，外文工具书编辑室，在灯市口西头路北商务 4 层楼），约好时间，到他的编辑室一谈，他将把卡片交给您。我告诉他，我有病。他的态度很好。这件事请鼎力帮忙。

请替我领 500 张（每张 300 字）稿纸，便中托人带来。光明日报出版社要我的 Aeschylus 全集译稿。

我仍定 29 日赴雅典，下月 10 日回来后再检查。

北大在编世界名诗欣赏，希腊罗马占 10 万字。我已告诉他们用您的《希罗文学作品选》中的拉丁诗。您有其他的译稿，他们也要。您如有杨宪益译的 Virgil 的《牧歌》，他们可能向您借用。

敬礼

罗念生

1988. 10. 11 晚

（十六）

焕生同志：

您好！

我已于五日出院。目前才知道我患癌症，但我很达观。

目前起开始译 *Iliad* 第 10 卷的最后 200 行，每日可译出三四十行。第 24 卷已译出。

请为我复制修订过的古希腊语、拉丁语译音表，也见于社会科学院出版社出的《希腊神话辞典》。

敬礼

罗念生

（1989 年）3 月 3 日

（十七）

焕生同志：

我的 300 本《作品选》，将由杭州一书店代售。

请替我领取 800 张大稿纸，每张 500 字的。

傅东华译的《伊利亚特》，望借我用，或替我复印该书第 5 卷及 7-23 卷（第 1-4，6，24 各卷已复印）。

祝

好

罗念生

1989. 8. 19

致杨丽萍

（一）

杨丽萍同志：

您好！两三年前，师大陈淳教授曾联系放映《俄狄浦斯在科罗诺斯》（见拙译《索福克勒斯悲剧两种》，湖南人民出版社），因时间不巧，没有放映。

昨日见到海淀区国际关系学院（在颐和园北边高级党校旁边）黄兰林教授（住学院 11 楼 2 单元 10 号），她告诉我，已同学院录像室卢永茂、刘和壁两同志说好，让北师大派人带两盘 pal 录像带去转录她录来的这部希腊悲剧。原来每小时收费要 35 元，后来减为 25 元。此剧可能长达两时半，要 60 元左右。机会难得，请你校与录像室同志约好时间去转录。你们出 10 元磨损费，10 元"转录费"，不足的 40 元左右，由我"投资"。以后有人要放映，每次收磨损费 10 元，"转录费" 10 元。上海戏剧学院来转录，则收 10 元磨损费，10 元"转录费"，另外收录像工本费若干元（希望你们优待）。"投资"收回后，即不再收每次 10 元的"录像费"。

去转录时，最好带去拙译本，边放映边念。能配上音最好。如无此书，当寄上一册。

望速回信。

致

敬礼

罗念生

1984. 12. 24 日

东城干面胡同东罗圈 11 号

（二）

丽萍同志：

录像何日放映？请将时间地点早日告诉我。可能有几个人要来看。有我的介绍信和他们的工作证。

您做了一件大好事，传播文化。

致

敬礼

罗念生

1985. 2. 1 晚

（三）

杨丽萍同志：

石家庄师范录像中文声音太大，听不清楚。北大说，希腊文声音太大，经过调整，效果甚好。可见原录像甚好，只是技术上未整理好。

我定于本月 9 日赴西安开全国喜剧美学讨论会，拟将录像带去。已给您校教务长，中文系主任和电教室肖峰主任写信请求外借。怕他们放暑假不办公，望您与他们联系，请特别准许外借。我定于七日左右打电话去约好时间，亲自去借。

致

敬礼

罗念生

1985. 8. 3 日

（四）

杨丽萍同志：

专题研究，进展如何？

我用小带子录下了《俄狄浦斯王》，不说话时有点杂音，转录效果恐怕不好，但可以放映。另外，我同样录下了《俄狄浦斯在科罗诺斯》，是彩色的，相当好，可以转录，但未配中文音。这两部都可借给师大中文系用，如果他们感兴趣。

我想请您设法把分校的录像带上的中文配音录下来（用普通带子）以便在别人放映时，同时放配音，使观众听得懂。

望回信。

我是不是有一本杂志在您那里？

敬礼

罗念生

1987. 4. 18 晚

书
信

致钱光培

（一）

钱光培同志：

得来示，很高兴。欢迎您来舍。我住东城干面胡同西罗圈（东罗圈已不通行）社会科学院旧大楼二单元一楼一号，进后门直走，右手边即到。可由史家胡同转入西罗圈。我晚上多半在家。您的《现代诗人》，我托人文五四组代购，未弄到。很想要一本。我有事要同您商谈。

　　　　致

　　敬礼

罗念生

2 月 14 日

（二）

光培同志：

①《石门集》中

《愚蠢是人类需要大工程》一诗中：

人类不所崇拜的神不曾有过一百只手

有无错误？望早日告知。

②人民日报 1 月 25 日有《上海大学》一文（大夏大学，似是后来的学校）。

③朱湘生平已看过，有些技术更改。甚好。

④上海书店的书中有一篇谈新月书店。另一篇谈《新潮》杂志，其中说朱湘的嫂子薛琪英译过多篇小说。都可找来看看。

罗念生问好

1983. 1. 25

书

信

（三）

光培同志：

您好！

《朱湘诗论》已由人文交来。您要看选题，请通知我。

您的《诗论》部分写好没有？盼告。

此选集尚需费时整理。正在研究序文和评价文章的问题。

请速回信。

　　　　致

敬礼

罗念生

6 月 25 日

（四）

光培同志：

《文学报》上的大作引起上海书店出版部复印《朱湘书信集》。我想把书中打有 × 号的地方加以说明。请您把您手边的复制本由邮局挂号寄给我。

　　　　致

　　敬礼

　　　　　　　　　　　　　　　　　　　罗念生

　　　　　　　　　　　　　　　　　　　9 月 3 日

（五）

　　《诗论》您可多留一些日子，然后请直接寄给侯书良，济南胜利大街山东人民出版社文艺理论组。

　　　　　　　　　　　　　　　　　　罗念生问好

　　　　　　　　　　　　　　　　　　7 月 16 日

（六）

光培同志：

　　您的《诗论》文章快发表了吧。文中提起的卢明德是 1929 级清华学生，我的同班人，是华侨（南洋）。罗皑岚也是同班人，是长沙人。望改一改。将来在《诗论》上发表，拟稍压缩。《诗论》尚未由侯书良同志交来。

　　李凤吾同志今天来舍，说朱湘资料要年底才能编好。

　　《文艺报》报上有无文章发表？

　　　　致

　　敬礼

　　　　　　　　　　　　　　　　　　　罗念生

　　　　　　　　　　　　　　　　　　　10 月 16 日

胡的信望以后带来一阅。

①要湖南师范学院刊物上的罗皑岚年谱。
②要香港版《朱湘》。
③要我编的《文艺杂志》。不知是否在贵处。
④要《朱湘书信集》（复制品）。

（七）

光培同志：

　　前信收到否？未见回信，您大概不在北京。请您的亲友将上述四本书寄到东城干面胡同东罗圈十一号交给我，或者给我一封回信。

　　有关朱湘的书要出十种。

　　　　致

敬礼

书
信

罗念生

1984. 1. 6

（八）

光培同志：

　　大作已看完，正在写前言。

　　生平部分早日送来。

　　　　祝

好

罗念生

1984. 6. 19

（九）

光培兄：

序已于日前寄上。序及您的引言，最好由上海方面找个地方发表。

已当面托关克伦催林乐奇选入您的朱湘诗论文章。

务请将您写的《番石榴集》考证及集外的朱译西诗寄给彭燕郊。

我 30 日赴青岛，下月十二三号回来。

祝

好

罗念生

1984. 7. 27

（十）

光培同志：

安徽约您合编朱湘著作。请于晚间来舍商谈。白天有时候带小孩上医院。中午多半在家。

祝

好

罗念生

1984. 10. 27

我手边的打印本，已交给周健强同志。如尚有多余的，请给我三两本。

（十一）

光培同志：

打印本我要留一本，手边有一本。望另找一本寄给朱小东（昆明小富村街三转弯益兴巷四号）。

人文的选本上（序文及孙玉石写的年谱）仍说朱湘于 1925 年三月结婚，未改动。打印本第 21 页及 22 页上说的"小沅将近三岁"，疑是"虚岁"。您的文章，不改亦可。我的根据已记不起。

祝

好

书
信

罗念生

1984. 11. 10

（十二）

光培同志：

《朱湘研究》已改好否？

彭燕郊同志来信说收到您寄给他们的朱湘"集外"译诗。彭似乎不把书稿寄给我看。我已去信请他们寄来。请您把您对各首译诗的考证寄给我，如果您没有把这些宝贵资料寄给他们。

我正在写译诗的序文。

致

敬礼

罗念生

1985. 1. 13

请将《文学闲谈》同时寄给我。

（十三）

光培同志：

朱湘译诗集的译后记及注释已寄来（译诗未寄来）。注释日内即寄还。后记及我写的前言可以多留几天，等您于晚间来修改，并望把《文学闲谈》及《路曼尼亚民歌一斑》带来。您对译诗的考据也请带来。这本书整理得不好。时间紧迫，无办法，只望您帮忙。

祝

好

罗念生

1985. 1. 23

（十四）

光培同志：

相片已找到一些，都不甚好，《海石花》上面的梁宗岱传已找到，可交给您复制。

如见到深圳特区报工业组的陈锡添同志（有电话），可向他推荐朱湘小传。如有便宜货美国钢笔，请代购一支，以Eversharp牌为好，要笔尖比较软而粗的。

《二罗一柳》如未寄给您，当面赠一册。

我不想照相。如一定要照，请预先通知。

致

敬礼

罗念生

1985. 10. 2

（十五）

光培同志：

见到《研究》的征订单，本想汇款去购 20 册，但书寄东四，我又不便去取书。

您如只订购 80 册，请替我订 20 册。

朱湘的《散章》当已收到。湖南文艺出版社给了 300 稿费给家属。而湖南人民出版社出的《朱湘译诗集》不给稿费或补助费，只给了 500 元审稿费，由我转给家属，只合稿费的 1/8。

最早写格律诗的是孙大雨。我想写文章论此事，恐难发表。孙给我的材料很多，打算交给您。

　　祝

好

书
信

　　　　　　　　　　　　　　罗念生

　　　　　　　　　　　　　　1986. 11. 18

（十六）

光培同志：

小广告将于明年 3 月 2 日在《海外文摘》上刊出。

《俄狄浦斯王》将于明年 1 月 14 日起上演五场。

寄上友人的小诗一首。

　　祝

好

　　　　　　　　　　　　　　罗念生

　　　　　　　　　　　　　　1986. 12. 29 晚

（十七）

光培同志：

我写了一个小广告交《海外文摘》，此杂志销 30 万份。

希腊悲剧将于下月中旬演五场。

你有没有何其芳论新诗形式的书（见《文学评论》）及 1957 年左右我们讨论"诗的节奏"的记录文章？论格律诗一文，拟投《新文学史料》杂志。

《海外文摘》此期有我的游记，下期有《古希腊舞台上的中国旋风》，也可能是我的游记。此杂志格调不高，我的二儿子最瞧不起我的工作，但是他订有这份杂志。

论先秦与古希腊文化的文章，请在方便时候寄给我看看。

　　祝

好

从芙蓉城到希腊

　　　　　　　　　　　　　　　　　　罗念生

　　　　　　　　　　　　　　　　1986.12.20 晚

附：

　　欢迎订购《现代诗人朱湘研究》

　　朱湘才华出众，学识渊博，23 岁以新诗闻名，25 岁讲授英国文学，29 岁穷困投江。罗念生为朱湘出版《朱湘》（诗文集）、《朱湘译诗集》、《朱湘诗论》、《朱湘书信集》、《二罗一柳忆朱湘》等十种。

　　钱光培著朱湘研究（罗念生序），叙述他富有传奇色彩的一生，对他的诗歌创作予以高度评价，使诗人"复活"。

　　北京东城方家胡同青炭局十号农科乡镇企业服务部 1987 年 3 月出售，估价 1.70 元。

（十八）

光培同志：

　　送上 17 日晚 7 时的古希腊悲剧票，9 时演完。

　　　　祝

　　好

罗念生

1987. 1. 14

（十九）

古希腊悲剧 *Oedipus the King*，我的老大导演。

念生

1987. 3. 17 晚

（二十）

钱光培同志：

　　柳无忌先生约您于本月 25 日上午 11 时半到动物园南边二里沟西口附近的大中饭店进午餐。如果那时候上面要见柳先生，则约会改期。请您在 24 日晚上给我来电话（551498），以便确定时间和地点。

　　　　致

　　敬礼

罗念生

1987. 5. 18 午

（二十一）

光培：

谈格律诗的文章已成初稿。孙大雨的女婿孙近仁 87.5.26 来信说："岳父最早发表的一首十四行格律新诗是 1926 年 4 月 10 日在北京《晨报·副镌》1376 号上，现抄录如下：（略）"

第五行末是"云彩"。

孙的最早的另一首十四行，等我写信去问。

孙的《莎士比亚的戏剧是话剧还是诗剧？》一文中说："1926 年 4 月 10 日，我用'孙子潜'的具名，在北京《晨报·副镌》上发表了我的那首《爱》。"

　　　　祝

好

　　　　　　　　　　　　　　　　　　罗念生

　　　　　　　　　　　　　　　　　　1987. 6. 10

《诀绝》和《回答》的写作时间可能比 1931 年早得多。

（二十二）

光培同志：

我编有《古希腊罗马文学作品选》，即由北京出版社付排。此书为大专学院"外国文学课"读物。征订上 6000 册，才印刷。请您介绍科农乡镇企业服务部代为征订。如蒙同意，我直接与他们联系。

　　　　祝

好

　　　　　　　　　　　　　　　　　　罗念生

　　　　　　　　　　　　　　　　　　1987. 8. 5

（二十三）

光培同志：

何其芳论格律诗的文章已看过。我们讨论"诗的格律"的记录见于《文学评论》1962 年（？）某两期（？）请速告诉我。您如有这两本或复印本，请挂号寄给我。如没有，我借得到。

孙大雨论格律的文章，您手边有没有？（见 1956 年第九期和 1957 年第 1 期《复旦学报》。）如没有，我直接找孙要。

请您在本月 24 日下午或晚上来电话（551498）。

祝

好

书
信

罗念生

1987. 5. 11 晚

（二十四）

光培同志：

我编有《古希腊罗马文学作品选》交给北京出版社，要征订到 6000 册，不能付印。请您介绍东城方家胡同青炭局北京"科农"服务部代为征订。

寄上打油诗，供茶余消遣。

祝

好

罗念生

1987. 9. 29

（二十五）

菜　单

罗念生

红海椒，
水盐菜，
甜苔焖饭。

炒萝卜，
萝卜汤，
豆豉回锅肉。

花旗鱼，
菠萝排，
咖啡冲牛奶。
烤羊肠，
烤野猪，
松香葡萄酒。

烧对虾，
熘黄菜，
香槟酒加蜜。

大头菜，
官米粥，
多渗薛涛水。

从芙蓉城到希腊

烩画饼，

闭门羹，

叫化子鸡。

跋　这首诗作于 1948 年，由申奥同志介绍给《新诗潮》编辑罗迦同志，由于刊物停刊未能问世。现由钦鸿同志自麦紫先生遗留的杂稿中发现寄给我。诗仿古希腊抒情诗体，写四川乡间、学校食堂、美国餐厅、雅典郊外、北京新婚、四川教学以及流浪时期的生活。希腊酒加松香以利保存，有异味，喝久了，甚香。"官米"是发给教授的劣质米。成都四川大学前面有望江楼公园，园中有古井，因唐代女诗人薛涛投井而死，水甚名贵。"叫化子鸡"，不去羽毛，鸡腹内加盐，外面裹上湿泥，用带火的灰煨熟。

书
信

1987 年 9 月 9 日，北京。

（二十六）

光培同志：

杨建民的文章，如无发表的可能，请还给我。

写柳无忌的文章，收到否？

《朱湘研究》，何时出书？

下次来舍，先通知我。电话 551498，上午 10：30—11：30，下午 5：00—6：00 我听得见电话铃。

敬礼

罗念生

1987. 11. 8

（二十七）

光培：

　　刚接到饶用虞的信，附上抄本。请将新诗发展及办诗刊的事写成文章，选两三首诗。单是诗，恐难使海外读者欣赏。对所选的诗评论几句。

　　　　祝

　　好

罗念生

1988. 1. 29

　　酒会的事似可告诉卢祖品同志

附：饶孟侃（子离）的女儿用虞来信

念生伯：

　　你好！来信问及我父亲是否用过笔名"了一"的事。我记得是用过。为了准确起见，我又去问了姐姐和妹妹，她们也都记得用过这个笔名。最近我又找到了还留存的父亲过去用的信笺，印有"了一"字样，也可说明此事。敬祝

　　健康长寿！

用虞

1988. 1. 23

（二十八）

　　请代我写三五百字。

念生

1988. 5. 5

中学生诗已收到，甚好！

上海辞书出版社

上海陕西北路 457 号

附：上海辞书出版社来信

罗念生同志：

　　您好！

　　我社正在编纂"中国新诗鉴赏辞典"，拟对 200 余位诗人的 500 多篇作品进行赏析，全书约 150 万字，其中选收了您的《时间》、《蚕》、《眼》，想征求一下您对所选篇目的意见，并恳请您为这三首诗写赏析文章，关于撰稿要求，请参看附寄的《编写条例》。

　　衷心希望您能支持我们的工作。

　　　　此致

敬礼！

文艺编辑室新诗组

1988. 4. 15

书

信

致孙琴安

孙琴安同志：

　　亚里士多德在《诗学》和《修辞学》中所说的"诗"，不是泛指"文学"，而是指"史诗"，"戏剧诗"，也指"抒情诗"，请参看《诗学》第 110—111 页。古希腊文学包括"散文"，主要指演说。

　　请参看《诗学》4—6 页。"酒神颂"和"日神颂"属于抒情诗。参看 6 页注 7。

　　大雨先生久无来信，不知他的生活与心情如何？

　　　　致

　　敬礼

　　　　　　　　　　　　　　　　　　　　　　罗念生

　　　　　　　　　　　　　　　　　　　　　　1985. 6. 20 晚

致周健强

（一）

周健强同志：

　　您好！

　　罗皑岚最好的相片见上海的《青年界》第四卷第四期（约在1933 年），如方便，请托人寻找，翻印。

　　《中国的济慈》（即《忆朱湘》）的序文初稿已抄出，再加修改，即将副本寄上，请您提修改意见，寄给我，然后定稿。

　　注放在何处，是每页上还是每篇文章的末尾？什么是"脚注"？此事决定后，我才能作最后的修订。

　　《芙蓉城》散文集已从四川寄来。《希腊漫话》的责任编辑在北京，尚未来看我。我决定将书稿收回来交给您。

　　　　　致

　　敬礼！

罗念生

1984 年 1 月 15 日

（二）

周健强同志：

相片已齐。

请告诉我用每页的脚注还是篇末加注，以便整理。

序文曾托人民文学出版社五四组的客人周良沛同志送上，谅已收到。请提意见。

致

敬礼

罗念生

1984. 1. 19

（三）

周健强同志：

接到两封信，甚是感激。

个人的希望和想法要等"报审"后才能表示。今天曾到出版社，因为上楼不易，未来看您。后来到门口的服务部买到《散文选》第五卷，上有《芙蓉城》中头两篇散文。六十年前是为"糊口"而习作。

已托湖南出版社夏敬文同志催尤在同志退稿。尤在湖北省图书馆发现《漫话》，未看内容，即选入《中国人看世界丛书》。我曾告诉他不合体例。后来有人怀疑我到过希腊，我就没有兴致出书了。

旧稿尚未整理出来。以后当请您的友人帮忙。

致

敬礼！

罗念生

1984 年 3 月 27 日

（四）

周健强同志：

　　您好！

　　那张四人合照的相片（其中有罗皑岚和我）望速退给我，或给我一张翻印的也行。因为友谊出版公司要印罗皑岚的单独相。

　　　　致

　　敬礼！

罗念生

1984 年 4 月 2 日

（五）

周健强同志：

　　失迎甚歉。

　　尤在在北京三个月未和我联系上。至今未回我只字。似有意压到适当的时候出书。对这种人我毫无办法。

　　　　致

　　敬礼！

罗念生

1984 年 4 月 19 日

　　柳无忌写了一些论元曲杂剧的文章，已汇集成书，拟投三联书店。

（六）

健强同志：

我在京西宾馆开作协代表会，接到你的信，非常高兴。相片要小的，不必放大。如有底片，请寄给我。

我即向湖南要回《漫话》，再寄上。因为整理起来很费事。

致

敬礼！

从芙蓉城到希腊

罗念生

1985.1.2

（七）

健强同志：

您好！

三月份《散文世界》日前出版，上有《二罗》序文。此书最好赶在朱湘资料之前出书，否则恐积压。

请代向《读书》打听董鼎山先生在纽约的通信处。有人要同他谈翻译问题。安徽要出朱湘书信二集及朱湘诗文选。

致

敬礼！

罗念生

1985 年 4 月 20 日晚

又及

罗皑岚之子罗学澄订购的《二罗》50 册及应分到的赠书，请寄往成都邮电部第五研究所七室。

（八）

健强同志：

孙大雨拟写信给董鼎山先生。孙的三顶大帽子已由胡耀邦同志批示摘去。二月五日上海广播对孙有介绍。孙如写信，可能请《读书》转去。

听说尤在同志在北京住了半年，后来回重庆去了。湖南出版社要派人去把他请回长沙。拙稿大概被他封锁起来了。

《朱湘资料》是社会科学院文学所的书，可能由社会科学院出版社出书。见到《散文界》没有？如不怕积压，什么时候出书都可以。

　　　祝

好！

罗念生

1985 年 4 月 25 日

（九）

周健强同志：

您好！

送上《希腊罗马散文选》、书评及致冯亦代同志的信，请转交《读书》编辑部。望能知道他们采用不采用。我认识亦代同志，但不很熟。

稿费已收到，即转送给柳无忌同志及罗皑岚家属。一本书出版要费编辑多少功夫，很是感激。

您那里如有香港三联版《朱湘》，请于便中寄还给我，将转送苏雪林。

赠书 20 册，如尚未寄来，请直接寄给罗皑岚的家属罗学澄，交成都邮电部第五研究所七室。

尤在同志不许人打开他在长沙租用的旅馆房间，每月租金是180元。我已托人请湖南出版社把书稿还给我。

上月我赴西安开全国喜剧美学讨论会，绕道太原回来，尚吃得消。

家里几乎断炊，不知老伴是怎样料理的。今得救助，很是感激。

　　　致

敬礼

罗念生

1985 年 9 月 28 日晚

又及

图片原件请还给我。如找不到，请用你们拍的底片翻印一份给我，翻印费当送上。

（十）

健强同志：

请倪主编审查《漫话》，看合不合格。湖南的主编曾怀疑我到过希腊。原书曾复制，改好后，抄过大部分，剩下的由尤在同志抄。他正抄时，大主编看见了，责问他为何发排"历史"（因书中有历史故事）。我同湖南关系好，还将付抄写费给尤。另加上一篇悲剧《特洛亚妇女》的序文（1941？），此文曾受到称许。另有雕刻图片多张，和我在希腊的照片。我再清理一下，经您社审查，即可发排。

司机同志的照片，请花 8 分邮票寄来。听说花一分半，要走两个月。底片请留下，以后由我来取。

我一家都病了，小孙患肺炎，已出院。

　　人文不让少儿出版社选我译的《伊索寓言》一部分。给经济报酬也不行。我拟退还 50% 稿费，于明日收回版权。您看，有无别的办法？

　　还有六部悲剧译稿待整理，我一生的任务就完成了。

　　犬子罗锦鳞将于明年三月上演古希腊悲剧《俄狄浦斯王》，不知有没有人想看。

　　　　祝

　　好！

罗念生

1985 年 12 月 8 日晚

　　又及

　　尤在湖北图书馆发现《漫话》，他未看内容即选上，以致不合体例。所以你们要审查。

（十一）

周健强同志：

　　书已收到。

　　湖南出版社已自封锁的屋子将《希腊漫话》取出。附有一篇生动的悲剧序文和希腊雕刻插图多幅。寄上原书一册，如您社决定印此书，我即函湖南出版社索回该书稿。在我看来，此书应进废品所。

　　　　致

　　敬礼！

罗念生

1985 年 12 月 13 日晚

（十二）

健强同志：

《希腊漫话》书稿已退还给我。请速来商谈。

您最后给我照的一张（窗帘上有花纹的），我要印五张。最好把底片都交给我。

《俄》剧可能到希腊去演，我也可能于六月中前去。

　　　　致

敬礼！

　　　　　　　　　　　　　　　　罗念生

　　　　　　　　　　　　　　1986 年 5 月 1 日

（十三）

健强同志：

今天交给您的底片，不忙去翻印。我手边翻印得有，等我找出来送给您。

　　　　致

敬礼

　　　　　　　　　　　　　　　　罗念生

　　　　　　　　　　　　　　1986 年 5 月 6 日

（十四）

健强同志：

《俄狄浦斯王》将赴希腊演出。我将于下月初去希腊参加戏剧讨论会。

较好的相片，请多洗几张交给我。将底片给我也行。

《漫话》已整理好。其中一篇正在请人抄。

　　　祝

好！

罗念生

1986 年 5 月 20 日

（十五）

健强同志：

　　您离开后，《漫话》即送来。本星期五（六日）我如无时间送上，请您来取。或等我回来后，再送上。

　　　祝

好！

罗念生

1986 年 6 月 3 日

（十六）

健强同志：

　　稿已整理好。拟在 26 日（星期五）上午 10 时到您的办公室，商量插图事。

　　　致

敬礼

罗念生

1986 年 9 月 21 日

（十七）

周健强同志：

　　《修辞学》已整理好。下星期天（5月3日）上午如果天气好，我送稿子来。如果您不在家，或是家里无人，请给我来电话（551498）。

　　　　　祝

　　好！

　　　　　　　　　　　　　　　　　　罗念生

　　　　　　　　　　　　　　　　1987年4月27日晚

　　柳无忌将于6月24日及25日中午在旅馆会客。你如想见他，请于24日上午九时左右来电话，约好在旅馆于12时吃便饭。

（十八）

周健强同志：

　　柳无忌先生约您于本月25日上午11时半到动物园南边二里沟西口附近的大都饭店进午餐。如果那时候上面要见柳先生，则约会改期。请您在24日晚上给我来电话（551498），以便确定时间和地点。

　　　　　致

　　敬礼！

　　　　　　　　　　　　　　　　　　罗念生

　　　　　　　　　　　　　　　　1987年5月18日

（十九）

周健强同志：

《双交流》文章《海外文摘》不拟用，已退还给我。您另觅他处发表。

文章第 12 页可改为：

"其实是就他们的风格而言，有的'狂热'，有的'华丽'，有的'文静'，跟他们为人无关。……哎呀"（以下不删改）

文章的复印稿，如需寄给您，等我再改一下，付邮。

　　祝

好！

罗念生

1987 年 7 月 15 日

（二十）

周健强同志：

祝肇年先生想看《以文会友》。如有杂志，请给祝和钱光培同志各寄一份；如没有，请复印一份寄去。

　　祝

好！

罗念生

1987 年 9 月 4 日

梁培兰同志已看见您给我的信。她答应以后尽力。

（二十一）

周健强同志：

柳无忌来信说：

"周健强的文章写得很好，把我们二人的照片也登上去了，好容易的一个纪念！上次在北京，正值圣约翰同学会开会，要我去讲话，实在无法分身。

正在和无非合写一本《我们的父亲柳亚子》小书，作为他百周年诞辰的纪念。已由周健强介绍给三联。

朱细林为人如此，没有想到。看了他的文章，倒是写得很好的。我正想办法为他的《诗人朱湘之死》找一个出版的机会，在大陆与台湾。还是经由周健强同志，看三联有无兴趣。

你说我不会再回国了。对此事近来在转念头。也许，会给你一个 Pleasurable Surprise（惊喜）。"

我不赞成三联出细林那本书。

第六图改为第二图，我上次看校样，未注意到，日来为此十分懊恼。请自稿费内预支 100 元送给排版工人，作为补偿，以挽救此书。

我对柳有怨言，曾讽刺他。

《希腊漫话》，我预订 50 册。书留在您的办公室，由我托人来取。书款请在稿费内扣除。

您如太忙，祝、钱要《以文会友》，可由我复制寄去。

　　　　致

敬礼！

罗念生

1987 年 9 月 29 日

从芙蓉城到希腊

（二十二）

健强同志：

　　纽约《海内外》杂志社尹梦龙（40 年前我在长沙认识的湖大学生）寄来该杂志第 51 期（内有我写的《忆诗人朱湘》）及 56 期（内有李丹妮写的《中国与古希腊之桥：罗念生》）。这篇访问记，如不宜再在香港发表，请您收回。似可在国内发表。

　　《柳无忌以文会友》，似可复制寄给尹。如你同意，我就寄去。

　　　　致

　　敬礼！

书
信

罗念生

1987 年 10 月 30 日

（二十三）

健强同志：

　　《会友》即寄给尹梦龙。请加印一张我和柳合照的相片。尹在联合国工作，独自一人办《海内外》，每期赔 1200 美元。

　　六条距我处较近，天气好，我来拜访。

　　　　致

　　敬礼！

罗念生

1987 年 11 月 7 日

（二十四）

周健强同志：

来信甚感谢。

那篇介绍我的文章，如《瞭望》不用，又无他处可联系，请通知我，以便另托人想办法，免得一稿在国内两投。

那篇介绍柳的文章，拟寄纽约《海内外》，不用加照片。

我的正式工作已扫尾，以后打杂。日子不多了。

　　　　　　致

敬礼！

罗念生

1987 年 12 月 5 日

（二十五）

健强同志：

您好！

申奥向您社投寄《域外文谈》一书，请为玉成。

希腊大使馆于上月 21 日通知我于 29 日以前赴雅典访问科学院。因来不及，可能延期。我不大想去。这次家里人要买冰箱，帮不了您的忙。我们在哈尔滨上演希腊悲剧《安提戈涅》，要到希腊演出。那时候再想办法。

敬礼

罗念生

1988 年 1 月 4 日

（二十六）

周健强同志：

哈尔滨和北京争着演《安提戈涅》，尚未作最后决定。七月赴希腊演出。请把《希腊漫话》的校样给我一份，作为演员参考之用。

希腊德尔菲欧洲文化中心要我于七月前去领奖。不知"漫话"能否于 6 月中旬出样书。我屋顶上难冒炊烟，手头很紧。希望您社能在 6 月初预付一笔不小的数目支援我。

照片洗出否？文章定稿否？

敬礼

书
信

罗念生

1988 年 3 月 3 日

（二十七）

健强同志：

两封信收到否？

写柳无忌的文章，已在纽约《海内外》发表，拟设法寄给您。

我们七月赴希腊，可能为您买一个"大件"。

望回信。

敬礼

罗念生

1988 年 3 月 17 日

（二十八）

健强同志：

有人告诉我，《海内外》有 60 元稿费，由邮局汇给您。

《漫话》校样能否给我？预支有无希望？盼回信。

我这里有您的照片。

如剩余胶卷不多，请照完洗出来。

敬礼

罗念生

1988 年 4 月 4 日

（二十九）

健强同志：

希腊大使馆将于本月 28 日下午 3 时半开文化沙龙讨论会，由我讲中希古代哲学、文化的比较，约有 40 人。如您能参加，为我们照相及录音，我即将请帖寄上。

百科辞条望复制后，从速寄给我。

敬礼

罗念生

1988 年 4 月 15 日

望来电话。

（三十）

健强同志：

我定于 6 月 22 日飞希腊。

录音要 360，您最好交 400 给我。

《漫话》有无可能早日出书？

敬礼

罗念生

1988 年 5 月 19 日

（三十一）

健强同志：

我已于 21 日回国。

您的东西已带回来。

如大件和小件要同时买，则将约同希腊使馆的中文秘书陈文娟同志去买。如能分开买，则您先去买。我只要录像带（据说不算小件）。

祝

好

罗念生

1988 年 7 月 24 日

（三十二）

健强同志：

送上戏剧票（《安提戈涅》）。

您要什么东西，什么牌号，我可托人代买，然后由您去取。陈文娟不要小件了，另外有人要。录像带买多少个，我急需要许多个。

祝

好

念生

1988 年 7 月 30 日

书

信

（三十三）

健强同志：

我有前列腺癌症嫌疑，尚在检查中。仍定于 29 日飞雅典。

请将桂林漓江出版社的那本翻译杂志（内有我的译诗），速同《修辞学》希腊文本，准备好，我派人来取。

看来《漫话》还看不见书。

我流年不吉。

敬礼

从芙蓉城到希腊

罗念生

1988 年 10 月 11 日晚

（三十四）

周健强同志：

你好！

我于 1988 年 11 月 6 日回京，住中日友好医院 14 楼 1426 号病房。

《希腊漫话》一书，我需要自购几十册，请你代办一下。

可电话与我儿子罗锦鳞联系，电话：4011270。

　　　　　致

敬礼！

罗念生

1989 年 1 月 8 日

（三十五）

健强同志：

　　我在希腊和回国后大病，住院两月多，快好了。《希腊漫话》我购 100 本，请通知我家里任一凤同志来出版社取，请上午 10 点以前打电话，她在家，是我的儿媳妇。

　　我老伴也生病住院，所谓祸不单行。

　　　　祝

　　冬安！

书信

罗念生

1 月 11 日

您社关同志说来看我，又没有来。

他有什么事？

罗念生（别人代笔）

（三十六）

健强同志：

　　我昨天不该同您谈那件小事情，是我记错了，我特别向您道歉，请原谅！

　　敬礼！

罗念生春节

任一凤代笔

（时为 1989 年 2 月 10 日）

（三十七）

周健强同志：

拙作《希腊漫话》我只收到 3 本样书。我曾预订 80 本。请将这些书及赠书交罗锦文同志。

致

敬礼！

罗念生

1989 年 6 月 25 日

文景

Horizon

社 科 新 知　文 艺 新 潮

从芙蓉城到希腊

罗念生 著

出 品 人：姚映然
责任编辑：薛宇杰
封扉设计：储　平

出　　　品：北京世纪文景文化传播有限责任公司
　　　　　　（北京朝阳区东土城路8号林达大厦A座4A　100013）
出版发行：上海人民出版社
印　　　刷：山东临沂新华印刷物流集团有限责任公司
制　　　版：北京大观世纪文化传媒有限公司

开 本：635×965mm　1/16
印 张：49.25　字 数：557,000　插页：2
2016年5月第1版　　2019年7月第2次印刷
定 价：99.00元
ISBN：978-7-208-13461-4 / I·1467

图书在版编目（CIP）数据

从芙蓉城到希腊/罗念生著. —上海：上海人民
出版社，2015
　（罗念生全集）
　ISBN 978-7-208-13461-4

　I.① 从… Ⅱ.① 罗… Ⅲ.① 随笔-作品集-中国-
当代 Ⅳ.① I267.1
　中国版本图书馆CIP数据核字（2015）第298222号

本书如有印装错误，请致电本社更换　010-52187586